RETOUR À MATTERHORN

Karl **MARLANTES**

RETOUR À MATTERHORN

Roman traduit de l'anglais par Suzy Borello

calmann-lévy

Titre original (États-Unis) :
MATTERHORN

L'extrait de la chanson *Four Rode By* d'Ian Tyson est reproduit avec l'aimable autorisation de l'artiste.

Couverture :
Rémi Pépin, 2012

Photo de couverture :
© Wally McNamee/Corbis

ISBN 978-2-7021-4207-3

Je dédie ce roman à mes enfants, qui ont grandi avec tout le bien et tout le mal d'avoir eu un ancien combattant de la guerre du Vietnam pour père.

« La honte et l'honneur s'affrontent là où le courage de l'homme résolu est aussi bigarré que la pie. Mais un tel homme peut toutefois être en joie, car le Ciel et l'Enfer ont en lui part égale. »

Wolfram von Eschenbach
Parsifal

Tous les personnages, unités et événements évoqués dans ce roman sont de pure fiction. Le 24ᵉ régiment des marines est un régiment de réserve qui n'a pas servi au Vietnam. Matterhorn, Helicopter Hill, Sky Cap et Eiger sont des lieux inventés et Mutter's Ridge ne se prolonge pas aussi loin à l'ouest. Cela dit, le roman se situe au Vietnam, entre autres lieux dans la province de Quang Tri. Tout roman a besoin de méchants et de héros – ceux dont il est question dans cet ouvrage sont de pure invention. J'ai servi sous deux excellents commandants de bataillon. L'un d'eux perdit la vie au feu et, l'un comme l'autre, ils avaient un officier d'état-major de l'infanterie sensationnel.

Je suis fier d'avoir servi avec des officiers et de simples soldats dont la force de caractère, le talent et la bravoure font qu'on est fier d'être marine. Ces hommes ont combattu l'épuisement, le manque de courage et de volonté et les erreurs de jugement qui me rendent fier d'être humain.

Hiérarchie et personnages principaux

(Indicatifs d'appel en italique)

5e division des marines
Général de division Neitzel
Commandant de la division
Redfield

24e régiment
Colonel Mulvaney
Commandant du régiment
Bushwhacker

1er bataillon
Lieutenant-colonel Simpson
Commandant du bataillon
Big John

Commandant Blakely
Officier des opérations
du bataillon
Big John Trois

Compagnie Bravo
Lieutenant Fitch
Commandant de la compagnie
Big John Bravo

Sergent-chef Cassidy
Sergent d'artillerie
de la compagnie

Sous-lieutenant Hawke
Officier adjoint
Bravo Cinq

1re section
Sous-lieutenant Mellas
Chef de section
Bravo Un

2e section
Sous-lieutenant Goodwin
Chef de section
Bravo Deux

3e section
Sous-lieutenant Kendall
Chef de section
Bravo Trois

China

1re escouade
Caporal Connolly
Chef d'escouade
Bravo Un Un

Vancouver
Mole

2e escouade
Caporal Fisher (au début)
Vice-caporal Jacobs (ensuite)
Chef d'escouade
Bravo Un Deux

Hippy

3e escouade
Caporal Jancowitz (au début)
Vice-caporal Jackson (ensuite)
Chef d'escouade
Bravo Un Trois

Cortell
Mallory
Parker
Pollini
Williams

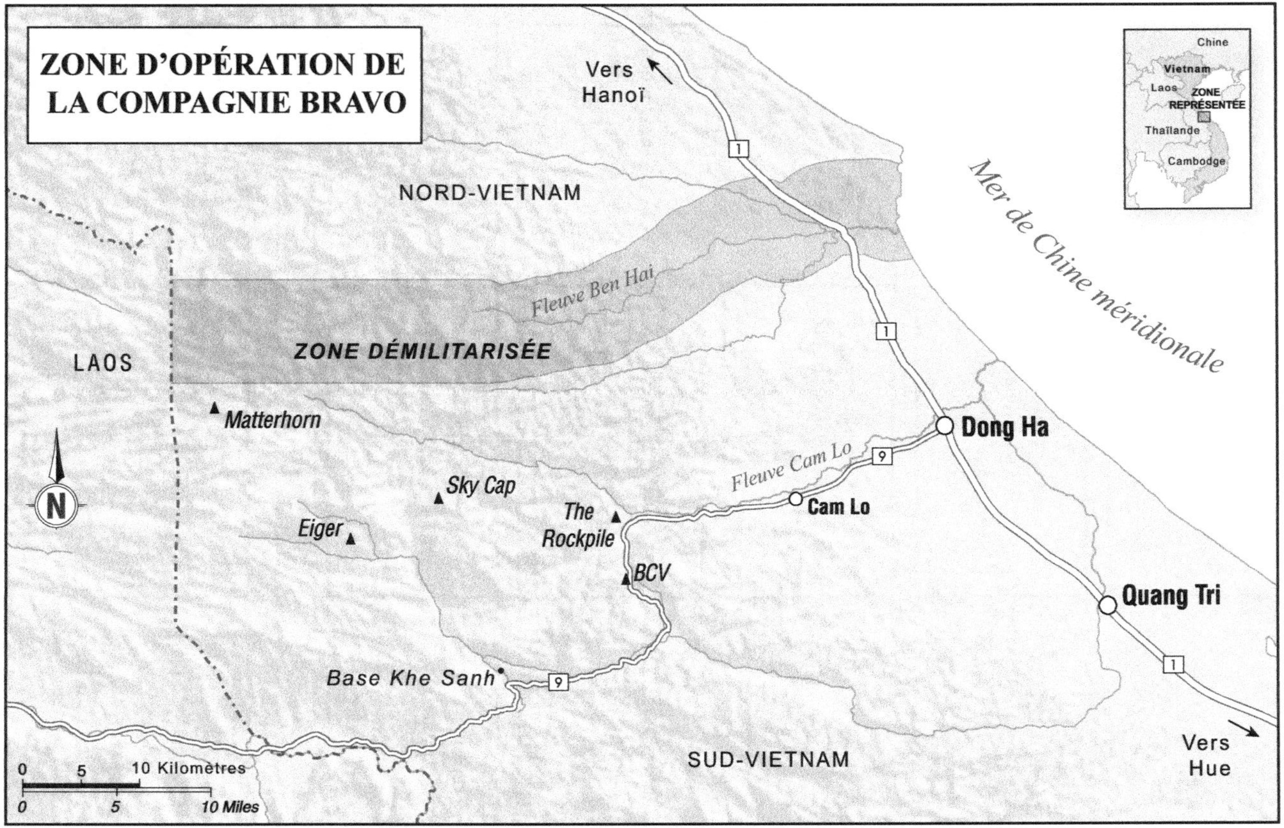

Matterhorn, Eiger et Sky Cap sont des lieux fictifs ; les autres endroits sont réels.

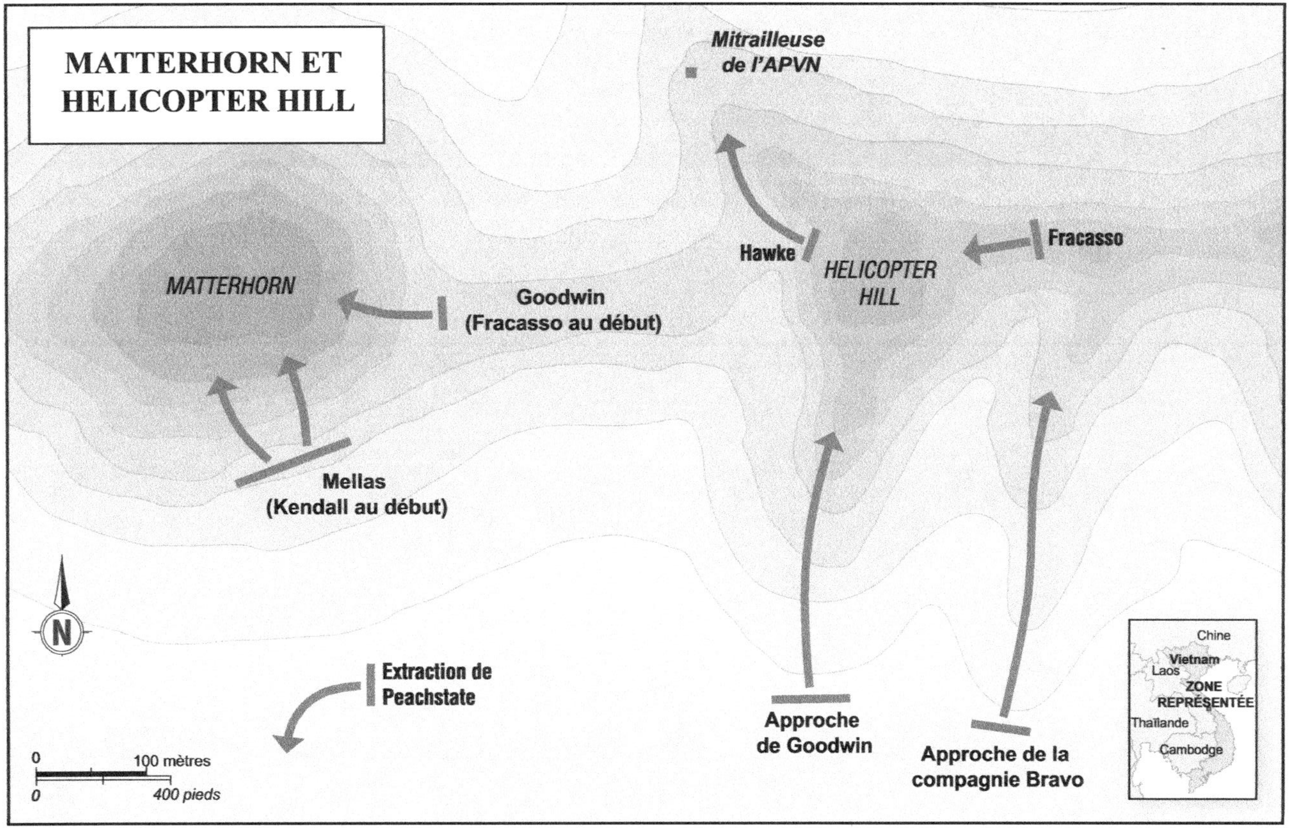
MATTERHORN ET
HELICOPTER HILL
Mitrailleuse
de l'APVN
Hawke
HELICOPTER
HILL
Fracasso
MATTERHORN
Goodwin
(Fracasso au début)
Mellas
(Kendall au début)
N
Extraction de
Peachstate
Approche
de Goodwin
Approche de la
compagnie Bravo
Chine
Vietnam
Laos
ZONE
REPRÉSENTÉE
Thaïlande
Cambodge
0
100 mètres
0
400 pieds

CHAPITRE 1

Debout sous les nuages gris de la mousson, Mellas se tenait sur l'étroite bande de terrain dégagé séparant la lisière de la jungle et la sécurité relative du périmètre protégé. Il essaya de se concentrer pour compter les treize autres marines de la patrouille qui émergeaient de la jungle en file indienne, mais l'épuisement lui rendait la chose difficile. Il tenta aussi, mais sans succès, d'occulter l'odeur de la merde qui clapotait dans l'eau dont les latrines à ciel ouvert étaient à moitié pleines, là-haut, au-dessus de lui, de l'autre côté du grillage. La pluie gouttait du rebord de son casque, dégoulinait devant ses yeux, éclaboussait le tissu satiné vert olive qui retenait le blindage de son encombrant gilet pare-éclats tout neuf. Le tee-shirt et le boxer vert foncé que sa mère avait teints à peine trois semaines plus tôt lui collaient à la peau, lourds et moites sous sa veste et son pantalon de camouflage. Il savait qu'il trouverait des sangsues agrippées à ses jambes, à ses bras, à son dos, à sa poitrine, sous ses habits mouillés, même s'il ne les sentait pas encore. *C'est comme ça avec ces bestioles*, songea-t-il. Elles étaient tellement petites et fines avant de se gorger de sang qu'on les remarquait rarement – sauf si elles vous tombaient dessus du haut d'un arbre –, et jamais on ne les sentait percer la peau. Il y avait une espèce d'anesthésique naturel dans leur salive. Ce n'était que plus tard qu'on les découvrait, gonflées de sang, accrochées à son corps tels de minuscules ventres de femmes enceintes.

Quand le dernier marine s'engagea dans le labyrinthe de lacets et de portes rudimentaires ménagées dans les barbelés, il adressa un signe de tête à Fisher, un des trois chefs d'escouade placés sous ses ordres.

— Onze plus nous trois, lança-t-il.

Fisher hocha la tête en retour, leva le pouce pour signifier son accord, et entra dans la zone protégée. Mellas le suivit, talonné par son opérateur radio, Hamilton.

La patrouille sortit des barbelés, les jeunes marines gravissant alors avec lenteur la pente de la nouvelle base d'appui-feu « BAF Matterhorn » ; courbés de fatigue, ils évitaient avec précaution les souches fracassées et les arbres morts qui n'offraient aucun abri. Les broussailles verdoyantes avaient été taillées en pièces à coups de couteau Ka-bar[1] afin de dégager des champs de tir pour les lignes défensives, et le sol de la jungle, auparavant veiné de ruisselets, n'était plus maintenant qu'argile desséchée.

Les fines lanières humides des deux cartouchières en coton de Mellas, chacune alourdie de vingt chargeurs de M16 entièrement pleins, lui sciaient la nuque. Leurs frottements lui avaient mis la peau à vif. Tout ce qu'il désirait maintenant, c'était regagner sa guitoune pour s'en débarrasser, puis enlever ses rangers et ses chaussettes trempées. Il aurait aussi bien aimé perdre connaissance. Mais ça, ce n'était pas possible. Il savait qu'il devrait s'occuper du problème lancinant que Bass, son adjoint, lui avait collé sur les épaules ce matin-là et qu'il avait esquivé en prétextant le départ en patrouille. Un jeune Noir (un mitrailleur de la 3e escouade, il ne savait plus comment il s'appelait) en voulait au sergent d'artillerie[2] de la compagnie, dont le nom lui échappait aussi. Il y avait quarante nouveaux noms et visages rien que dans sa section, près de deux cents dans la compagnie et, Noirs ou Blancs, ils se ressemblaient tous. Il se sentait dépassé. Du chef au simple soldat, ils portaient tous la même tenue de camouflage crasseuse et déchirée, sans insigne de grade, sans rien pour les distinguer. Ils étaient tous trop maigres, trop jeunes, trop épuisés. Et tous, aussi, parlaient de la même façon, lâchant un « putain », ou un adjectif, un nom ou un adverbe accompagné de « putain » tous les quatre mots. Les trois mots intermédiaires servaient généralement à exprimer leur mécontentement sur la nourriture, le courrier, le temps passé dans la brousse, et les filles laissées derrière eux au lycée. Mellas jura de ne succomber à rien de tout ça.

Ce gamin noir voulait lâcher la brousse pour parler de ses maux de tête récurrents à un toubib, et certains de ses frères semaient le trouble pour l'aider. Le sergent d'artillerie pensait qu'il simulait et qu'il méritait de se faire botter le cul. Il y avait aussi un autre gamin noir qui avait refusé de se faire couper les cheveux, et là, on s'était insurgés. Pour Mellas, c'était la guerre qu'on était censé faire. Personne à la Basic

1. Couteau avec une lame de plus de dix-sept centimètres et une poignée enveloppée de cuir. *(Toutes les notes sont de la traductrice.)*
2. Grade des marines équivalant plus ou moins à sergent-chef.

School[1] ne lui avait expliqué qu'il allait devoir gérer des Malcolm X en herbe et des petits Blancs de Géorgie. Pourquoi donc les médecins de la Navy étaient-ils incapables de décider quoi que ce soit, genre si ces maux de tête étaient réels ou pas ? C'était censément eux, les experts en la matière. Les chefs de section auraient donc dû faire face au même type de conneries à Iwo Jima ?

En grimpant la colline d'un pas lourd, Fisher à ses côtés et Hamilton le suivant machinalement avec la radio, Mellas se sentit gêné par le bruit que faisaient ses rangers dans la boue : il n'avait pas envie d'attirer l'attention sur le fait qu'elles étaient noires et brillantes. Il donna rapidement le change en se plaignant à Fisher du ramdam qu'avait fait Hippy, le mitrailleur de l'escouade, lorsque Fisher lui avait demandé de prendre la tête de la petite colonne parce que l'homme de pointe avait cru entendre un mouvement. Le simple fait de parler de cette quasi-rencontre avec un ennemi qu'il n'avait pas encore vu lui fit de nouveau bourdonner les entrailles, vibration de peur semblable à un fort potentiel électrique n'ayant nulle part où se décharger. S'il était en partie soulagé de l'avoir échappé belle, il était aussi en rogne que ce raffut leur ait peut-être coûté une occasion de se battre, et cette mauvaise humeur gagnait Fisher à son tour.

Dès qu'ils rejoignirent la position habituelle de l'escouade au sein des lignes de la compagnie, il comprit, rien qu'à la façon dont Fisher jeta presque les trois bâtons qu'il avait découpés pour lui et quelques amis pendant la patrouille, que celui-ci pouvait à peine contenir sa propre irritation. Ces bouts de bois formaient la matière première des bâtons de quillards, à savoir des cannes minutieusement sculptées d'environ quatre centimètres de diamètre et longues d'un mètre à un mètre et demi. Certaines étaient de simples calendriers, d'autres de vraies pièces d'artisanat. Chacune était marquée de manière à montrer combien de jours son propriétaire avait survécu à son tour de service de treize mois, et combien il lui en restait à tenir. Mellas s'était aussi inquiété du bruit qu'avait provoqué Fisher en débitant les trois bâtons avec sa machette, mais il n'avait rien dit. Il se trouvait encore dans une situation délicate : il était théoriquement responsable de la patrouille en tant que chef de section, mais, jusqu'à ce qu'il soit complètement rompu aux ficelles du métier, il répondait aussi aux ordres du lieutenant Fitch, le commandant de la compagnie, qui lui avait dit d'obéir à Fisher. Il avait toléré le bruit pour deux raisons, toutes deux d'ordre tactique. D'abord, Fitch ayant

1. École d'officier du corps des marines basée à Quantico, Virginie.

désigné Fisher comme responsable, pourquoi le défier ? C'était Fitch qui pourrait le promouvoir, lui, Mellas, au rang d'officier adjoint, soit de commandant en second, quand viendrait le tour du sous-lieutenant Hawke de quitter la brousse. Il se trouverait alors en haut de la liste pour le poste de commandant de compagnie… à moins que Hawke ne le demande. Par ailleurs, il n'était pas trop sûr que le bruit ait été dangereux et préférait ne pas poser de questions bêtes plutôt que d'en avoir le cœur net. Trop de commentaires idiots et de questions stupides à ce stade ne l'aideraient pas à gagner le respect de la section, et il était bien plus dur d'avancer quand les troufions ne vous aimaient pas ou vous trouvaient incompétent. Que Hawke, son prédécesseur, ait été quasi vénéré par la section n'arrangeait pas les choses.

***

Mellas et Hamilton abandonnèrent Fisher à la hauteur des trous de combat de la 2e escouade et se mirent à gravir lentement une pente si raide que Mellas n'eut qu'à fléchir à peine un genou pour freiner lorsqu'il glissa en arrière dans la boue. Hamilton, presque plié en deux sous le poids de la radio, ne cessait d'enfoncer son antenne dans la pente devant lui. La brume qui tourbillonnait autour d'eux masquait leur objectif – un abri de fortune affaissé qu'ils avaient fabriqué en attachant ensemble leurs ponchos de toile caoutchoutée avant de les suspendre aux fragments d'un câble de transmission tendu à un mètre à peine du sol, entre deux buissons explosés. Cette guitoune, ainsi que deux autres dressées à quelques mètres de là, constituait ce qu'on appelait, non sans ironie, le poste de commandement de la section.

Mellas aurait voulu entrer dans sa guitoune en rampant et faire disparaître le monde extérieur, mais il savait que c'était idiot et que tout repos serait de courte durée. Il ferait noir dans quelques heures à peine et la section allait devoir poser des mines éclairantes au cas où des soldats de l'Armée populaire vietnamienne, l'APVN, approcheraient. Il faudrait ensuite installer les mines Claymore, qu'on disposait devant les trous de combat et qu'on pouvait faire exploser à distance en tirant sur un fil électrique ; elles projetaient sept cents billes d'acier en éventail à hauteur de l'aine. Et il faudrait encore piéger les sections incomplètes des barbelés. S'il voulait réchauffer ses rations C, il allait devoir s'en occuper tant qu'il ferait encore jour, sinon la flamme constituerait une cible parfaite. Il devrait ensuite passer en revue les quarante marines de sa section pour détecter des symptômes de pied de tranchée et s'assurer que tout le monde prenait sa dose quotidienne de dapsone pour lutter contre l'ulcère tropical, ainsi que sa part hebdomadaire de chloroquine contre le paludisme.

Il s'arrêta avec Hamilton juste devant Bass, son adjoint qui, accroupi sous la pluie devant les guitounes, était occupé à faire du café dans une grosse boîte de conserve posée sur un bout d'explosif plastique C4 qui brûlait. Le C4 sifflait en dégageant une odeur âcre, malgré tout préférable aux tablettes allume-feu de trioxane fournies par l'armée et dont la puanteur piquait les yeux. Bass avait vingt et un ans et en était à son deuxième tour de service. Il vida plusieurs petits sachets de café en poudre de ration C dans l'eau bouillante et scruta l'intérieur de la boîte. Soigneusement retroussées juste au-dessous de ses coudes, les manches de sa veste laissaient voir des avant-bras larges et musclés. Mellas le regarda remuer son café et posa contre une bûche le M16 qu'il lui avait emprunté. Bass n'avait pas eu à faire preuve d'une grande force de persuasion pour le convaincre qu'il était idiot de compter sur les pistolets .45 que le corps des marines jugeait suffisants pour les officiers subalternes. Il tira sur ses cartouchières en coton mouillées et les fit glisser par terre – vingt chargeurs, chacun rempli de deux rangées de balles entrelacées. Puis il tortilla les épaules pour se dégager de son brêlage, qu'il laissa tomber dans la boue avec, fixés dessus, le .45 automatique, trois gourdes en plastique d'un litre, des balles pour son pistolet, son Ka-bar, des compresses pour arrêter les saignements sur le champ de bataille, deux grenades à fragmentation M26, trois grenades fumigènes et sa boussole. Soulagé, il respira un grand coup, les yeux braqués sur le café, dont l'odeur lui rappela la cafetière qui ne quittait jamais la cuisinière de sa mère. Il n'avait pas envie d'aller inspecter les armes de la section ni de nettoyer les siennes. Il voulait boire quelque chose de chaud, s'allonger, et dormir. Mais avec la nuit qui tombait, il n'en aurait pas le temps.

Il défit les lacets de serrage à ressorts d'acier qui comprimaient le bas de son pantalon contre ses rangers pour le protéger des sangsues. Trois d'entre elles avaient tout de même réussi à passer au travers et à atteindre sa jambe gauche. Deux y étaient encore accrochées, une trace de sang séché indiquant qu'une troisième s'en était gorgée avant de lâcher prise et de dégringoler. Il la retrouva dans sa chaussette, secoua celle-ci jusqu'à ce que la bestiole glisse par terre et l'écrasa de l'autre pied en regardant son propre sang jaillir du corps du parasite. Il sortit son insecticide pour en presser une petite giclée sur les deux autres encore agrippées à sa peau. Elles se tordirent de douleur et tombèrent par terre en laissant un lent filet de sang derrière elles.

Bass lui tendit du café dans une boîte de cocktail aux fruits de ration C et en prépara un autre pour Hamilton, qui avait jeté sa radio devant la guitoune qu'il partageait avec Mellas et s'était assis dessus. Hamilton s'empara de la boîte pleine de café, la leva en l'honneur de Bass et enroula ses doigts autour pour les réchauffer.

— Merci, sergent Bass, dit Mellas en prenant soin de lui donner le grade que celui-ci venait d'acquérir.

La bonne volonté du sergent Bass, il le savait, était essentiel.

Puis il s'assit sur une bûche mouillée en décomposition. Bass raconta ce qui s'était passé pendant la patrouille de Mellas. Le CAA, le contrôleur aérien avancé recruté par la compagnie, s'étant montré une fois de plus incapable de guider un hélico de ravitaillement à travers les nuages, ils en étaient désormais à leur quatrième journée sans réapprovisionnement. Rien n'était encore sûr concernant l'échange de coups de feu qui avait eu lieu la veille entre la compagnie Alpha et une unité de l'APVN de taille inconnue dans la vallée en bas, mais la rumeur selon laquelle quatre marines auraient été tués au combat était maintenant confirmée.

Mellas pinça les lèvres et serra les dents pour repousser sa peur. Il ne put s'empêcher de baisser les yeux sur les crêtes couvertes de nuages qui s'étiraient à leurs pieds jusqu'au Nord-Vietnam, à peine quatre kilomètres plus loin. Là, en bas, il y avait maintenant quatre KIA[1], quatre gamins morts. Quelque part dans ces ténèbres gris-vert, la compagnie Alpha s'était retrouvée dans la merde. L'heure de Bravo n'allait pas tarder.

Ce qui signifiait que son tour à lui n'allait pas tarder, chose qui se réduisait à une simple éventualité lorsqu'il s'était engagé dans les marines à sa sortie du lycée. Il avait suivi un programme spécial pour aspirants officiers qui lui avait permis d'aller à l'université tout en se formant l'été et de récolter un salaire dont il avait grandement besoin, et s'était vu raconter à des personnes éblouies, peut-être même à des électeurs potentiels, qu'il avait fait partie des marines. Il ne s'était jamais vraiment imaginé combattre dans une guerre qu'aucun de ses amis ne cautionnait. Quand les marines avaient débarqué à Da Nang lors de sa première année à la fac, il avait dû sortir une carte pour voir où c'était. Il avait eu l'intention d'intégrer le Marine Air Wing[2] et de devenir contrôleur aérien, mais une étape administrative après l'autre, ses notes à la fac,

1. *Killed in Action* : morts au combat.
2. L'escadre aérienne des marines.

celles qu'il avait eues à la Basic School et le manque d'officiers d'infanterie l'avaient implacablement conduit là où il était et fait de lui ce qu'il était maintenant, un véritable officier des marines à la tête d'une véritable section de fusiliers du corps des marines, et quasi mort de trouille. Il lui vint à l'esprit que, à force d'avoir voulu impressionner son monde en revenant de la guerre, il risquait de ne pas revenir du tout.

Il tenta de contenir la peur qui montait en lui chaque fois qu'il se rendait compte qu'il pouvait mourir. Mais cette fois encore, elle s'était mise à lui tourner et retourner l'esprit. Si seulement il pouvait récupérer le poste de Hawke et devenir officier adjoint, il serait en sécurité à l'intérieur du périmètre. Plus de patrouilles pour lui ; il s'occuperait de l'administratif et serait le prochain sur la liste pour le poste de commandant de la compagnie. Mais pour en arriver là, il faudrait que le commandant actuel, le lieutenant Fitch, rentre chez lui et se fasse remplacer par Hawke. De fait, ce n'était pas improbable. Tout le monde adorait Hawke, ses supérieurs comme ses subalternes. Il n'empêche, Fitch était nouveau à ce poste. Ce qui voulait dire qu'il faudrait attendre longtemps, à moins bien sûr qu'il ne se fasse tuer ou blesser. Dès que cette idée lui traversa l'esprit, Mellas se sentit mal. Il ne souhaitait le malheur de personne. Il essaya d'arrêter de penser, sans succès. Il lui vint alors à l'esprit qu'il allait devoir attendre que Hawke rentre chez lui à son tour, à moins qu'il ne lui arrive quelque chose. Il en resta stupéfait et honteux. Il se rendait compte qu'une partie de lui-même était prête à souhaiter n'importe quoi, peut-être même à agir en conséquence, si cela lui permettait de monter un peu dans la hiérarchie ou de sauver sa peau. Il refoula cette idée.

— Où en est le barbelé ? demanda-t-il.

Il ne se souciait pas réellement de cette tâche consistant à mettre du barbelé devant les trous de combat, mais il savait qu'il devait se montrer un minimum intéressé.

— Pas trop mal, Sir, répondit Bass. La 3e escouade y a travaillé toute la journée. On a presque terminé.

Mellas hésita. Puis il plongea dans le problème qu'il avait esquivé toute la matinée en partant patrouiller.

— Le gamin de la 3e escouade est revenu vous demander la permission de passer à l'arrière ?

Encore désorienté, il avait du mal à retenir le nom de chacun.

— C'est Mallory qu'il s'appelle, Sir, grogna Bass. C'est un trouillard de tire-au-flanc.

— Il dit qu'il a des maux de tête.

— Et moi, j'ai mal au cul. Il y a deux cents bons marines sur cette colline qui aimeraient passer à l'arrière, et ils sont bien meilleurs que cette petite merde. Ce type a mal au crâne depuis qu'il est arrivé dans la brousse. Et me dites pas de « Faire gaffe parce que c'est un frère ». Y a plein de bons *splibs*[1] par ici qu'ont pas la migraine. C'est une poule mouillée.

Il but une grande lampée et exhala de la buée dans l'air humide et frais.

— Et euh... ajouta-t-il, un léger sourire aux lèvres, Doc Fredrickson l'a collé près de sa guitoune. Il attendait votre retour.

Mellas sentit le café chaud et sucré couler dans sa gorge et se fixer dans son estomac. Il remua ses orteils plissés par l'eau pour s'empêcher de s'endormir. La chaleur du café à travers la boîte procurait une sensation agréable à ses mains qui commençaient à suinter le pus, un des premiers symptômes de l'ulcère tropical.

— Merde, dit-il à personne en particulier.

Il posa la tasse sur sa nuque, là où les lanières de ses cartouchières lui avaient écorché la peau.

— Buvez-le, lieutenant, lança Bass. Lui faites pas l'amour.

Et il sortit son canif et se mit à découper minutieusement une nouvelle entaille sur son bâton de quillard. Mellas l'observa avec envie. Il lui restait encore trois cent quatre-vingt-dix jours de tour de service à tirer.

— Il faut que je m'en occupe tout de suite ? demanda-t-il.

Il regretta immédiatement sa question. Il savait que c'était de la pleurnicherie.

— C'est vous le lieutenant, Sir. PR.

Le privilège du rang.

Mellas cherchait une bonne réplique lorsqu'il entendit un hurlement en provenance des quartiers de la 2e escouade.

— Putain ! Allez chercher le toubib ! Doc Fredrickson !

Bass jeta immédiatement son bâton par terre et se précipita vers la voix. Mellas, lui, resta planté là, si hébété de fatigue qu'il ne trouvait plus la volonté de bouger. Il regarda Hamilton, qui haussa les épaules et finit par boire une petite gorgée de café. Puis il vit Jacobs, le chef des tireurs de la 2e escouade qui bégayait, monter la colline en courant et disparaître dans la guitoune de Fredrickson. Il soupira et commença à

1. Dans la brousse, les *splibs* désignaient les marines noirs, et les *chucks*, les marines blancs.

enfiler ses chaussettes tachées de sang et ses rangers humides tandis que Jacobs et Fredrickson, l'infirmier de la Navy, redescendaient la pente en glissant et dérapant. Quelques minutes plus tard, Bass remonta lentement vers lui, l'air froid et impassible.

— Qu'est-ce qu'il y a, sergent Bass ? demanda-t-il.

— Vous devriez venir, lieutenant. J'ai jamais vu un truc comme ça. Fisher a une sangsue en plein dans le trou de la bite.

— Nom de Dieu ! s'écria Hamilton. (Il tourna les yeux vers les nuages, puis il les baissa de nouveau sur le café fumant qu'il tenait dans ses mains. Et leva sa tasse). À ces putains de sangsues !

Mellas ressentit du dégoût, mais aussi du soulagement. Personne ne pourrait le tenir responsable d'un truc pareil. Ses rangers encore délacées, il descendit la colline vers la position tenue par la 2e escouade en glissant dans la boue et se demanda comment il pourrait remplacer un chef d'escouade aussi chevronné que Fisher alors qu'il connaissait à peine les hommes de sa propre section.

***

Une heure plus tôt, Ted Hawke s'était lui aussi interrogé sur le remplacement d'un chef expérimenté. Mais c'était Mellas qui l'inquiétait, Mellas, le nouveau chef de la 1re section à qui il avait cédé la place lorsqu'il avait été promu au poste de numéro deux de la compagnie, celui d'officier adjoint. Hawke était au Vietnam depuis assez longtemps pour s'être accoutumé à la peur (elle venait avec chaque opération), mais il n'avait pas l'habitude d'être inquiet, et cela le troublait.

Il ramassa un bâton fendu et se mit à griffonner distraitement dans la boue, à tracer et retracer le motif d'une étoile à cinq branches, habitude qui remontait à l'école primaire et qu'il adoptait lorsqu'il avait besoin de réfléchir. Ce bâton était un parmi des milliers, seuls vestiges des arbres immenses qui s'étaient jadis dressés dans la jungle de ce sommet de colline, à trois kilomètres seulement du Laos et à deux de la zone démilitarisée. Semblable à de nombreux autres monts anonymes de la région qui tous culminaient à plus d'un kilomètre et demi d'altitude et dont les sommets étaient ensevelis sous la pluie froide et les nuages de la mousson, cette colline avait eu la malchance d'être légèrement plus haute que les autres. C'est ce qui avait motivé le choix d'un officier d'état-major qui, bien confortablement assis cinquante-cinq kilomètres à l'est au QG de la 5e division des marines à Dong Ha, avait ordonné qu'on l'aplanisse et y rase toute végétation pour y installer une batterie d'artillerie d'obusiers de 105 mm. Le même officier l'avait aussi baptisée « Matterhorn[1] », comme le voulait la tendance du moment qui consistait à faire porter des noms de montagnes suisses aux nouvelles bases d'appui-feu. Les ordres n'avaient pas tardé à descendre jusqu'au régiment du 1er bataillon, le commandant sélectionnant alors les cent quatre-vingts marines de la compagnie Bravo pour les exécuter. Suite à cette décision, cette compagnie et son officier adjoint exténué, le lieutenant Theodore J. Hawke, avaient été parachutés dans une vallée isolée au sud de Matterhorn. De là, il leur avait fallu marcher trois jours à travers la jungle pour atteindre le sommet de la colline. Au cours de la semaine suivante, les soldats l'avaient transformée, avec près de deux cents kilos d'explosif plastique C4, en un désert stérile d'arbres brisés et un enchevêtrement de restes de rondins, de palettes cassées de ration C, de boîtes de conserve vides, de cartons détrempés, de paquets de Kool-Aid[2] jetés au loin, d'emballages de barres chocolatées… et de boue. Maintenant tous, ils attendaient, et Hawke s'inquiétait.

Il y avait d'autres soucis, moins graves que celui ayant trait à la compétence du lieutenant Mellas. L'un d'eux était que la colline se trouvait à la portée maximale de l'unique batterie d'obusiers de 105 située dans la base d'appui-feu Eiger, plus de dix kilomètres à l'est. Ce problème était d'une certaine manière lié à leur attente, parce que avant de pouvoir être largués dans la vallée au nord de Matterhorn ils allaient devoir guetter l'arrivée de Golf Battery, l'unité d'artillerie censée occuper le sommet désormais chauve de la colline et soutenir les patrouilles d'infanterie qui opéraient au-delà du feu de protection des obusiers d'Eiger. Tout était très simple là-bas, au QG. D'abord, les compagnies Alpha et Charlie pénètrent dans la vallée. Une fois qu'elles ne sont plus sous la couverture d'artillerie assurée par Eiger, Golf Battery gagne Matterhorn. Ensuite, les compagnies Bravo et Delta remplacent les compagnies Charlie et Alpha en bas dans la vallée, désormais protégées par l'artillerie de Matterhorn. Le 1er bataillon peut alors avancer vers le nord et l'ouest et poursuivre sa mission d'attaques du réseau complexe de routes, sentiers, dépôts de ravitaillement et hôpitaux de campagne utilisés par les 320e et 312e divisions d'acier de l'APVN.

Ce qui n'était pas prévu, c'était l'unité vietnamienne qui avait abattu avec le tir précis d'une mitrailleuse .51 le premier hélico de ravitaillement CH-46 qui avait tenté d'atteindre Matterhorn. L'appareil s'était

1. Nom allemand du Cervin.
2. Poudre aromatisée à diluer dans l'eau.

écrasé en flammes sur une colline voisine que les marines de la compagnie Bravo avaient immédiatement baptisée « Helicopter Hill ». L'équipage entier y était passé.

Depuis, les nuages ne s'étaient dissipés qu'une seule fois, quatre jours plus tôt, quand un autre hélicoptère du Marine Air Group 39, s'élevant tant bien que mal dans l'air raréfié de la montagne, s'était rapproché de la zone d'atterrissage de Matterhorn depuis la vallée sud. Il était arrivé chargé de nourriture et de relèves, pour repartir avec quelques trous de .51 de plus dans la carlingue et un chef d'équipage blessé. Peu après, on avait fait savoir que le MAG-39[1] voulait qu'on élimine la mitrailleuse viet avant de faire venir Golf Battery, notamment parce que l'opération nécessiterait de suspendre de pesants obusiers à des hélicos déjà mis à rude épreuve par l'altitude – des hélicos qui, en plus, auraient du mal à esquiver les balles. Ce problème, auquel venait s'ajouter un autre souci de Hawke (la pluie et les nuages de mousson qui avaient rendu tout soutien aérien inenvisageable et les ravitaillements quasi impossibles), avait retardé le calendrier des opérations de trois journées entières et déclenché la fureur du lieutenant-colonel Simpson, indicatif radio Big John Six, le commandant du 1er bataillon.

Hawke cessa ses griffonnages et regarda en bas de la pente abrupte. Des lambeaux de brouillard obscurcissaient le mur gris de la jungle juste au-delà des rouleaux de fil barbelé tordus qui bordaient le terrain dégagé. Il se tenait pile derrière la ligne de trous de combat de la 1re section qu'il venait de laisser à sa principale source d'inquiétude, le sous-lieutenant Waino Mellas, réserviste du corps des marines des États-Unis. Un des avant-postes de la compagnie avait communiqué par radio que la patrouille de Mellas venait de franchir le col situé entre Matterhorn et Helicopter Hill et qu'elle ne tarderait pas à arriver. Hawke était là pour se faire une idée du comportement de Mellas sous l'effet de la fatigue due à la tension et aux montées d'adrénaline d'une patrouille rentrée bredouille. Il savait depuis longtemps que ce qui importe vraiment au combat, c'est la façon dont on se conduit en état d'épuisement.

Hawke avait vingt-deux ans, des taches de rousseur et d'épais cheveux foncés aux nuances de roux assorties à sa grosse moustache. Il portait un sweat vert retourné pour en faire apparaître la trame sale et feutrée comme de la vieille futaine. Son vêtement était maculé de sueur et de taches sombres laissées par son gilet pare-éclats. Son pantalon était crotté de boue et troué à un genou. Il portait une casquette de sport,

1. Marine Aircraft Group : base d'aviation des marines.

jugeant les coiffes souples de camouflage trop prétentieuses et *gunjy*[1]. Il ne cessait de scruter la limite des arbres, jetant des coups d'œil furtifs de part et d'autre selon la méthode du combattant aguerri au feu. La colline était suffisamment abrupte pour lui permettre de voir au-dessus des arbres, jusqu'à une sombre couche nuageuse qui dissimulait une vallée tout en bas. Cette dernière était délimitée au nord par une autre chaîne de montagnes élevées, semblable à celle qui se trouvait au sud de Matterhorn. Quelque part dans le nord de cette vallée, la compagnie Alpha venait d'annoncer quatre morts et huit blessés. Elle était trop loin d'Eiger pour avoir pu être efficacement protégée par son feu d'artillerie.

Hawke poussa un profond soupir. D'un point de vue tactique, la compagnie prenait des risques. Elle s'apprêtait à combattre, loin de toute aide, ses trois sections menées par de la bleusaille élevée au grain. Très doucement il murmura : « Oh et puis merde », pivota sur lui-même et jeta le bâton fendu dans la masse d'arbres et de buissons renversés qui séparait la zone d'atterrissage de la rangée de trous de combat la protégeant. C'est alors que l'air de bluegrass qui avait hanté son esprit toute la journée lui revint. Il ne cessait d'entendre les Country Gentlemen – leurs harmonies aiguës, les poignets rapides de Charlie Waller écrasant furieusement les cordes de sa guitare – entonner une chanson sur une expédition qui avait péri lors d'une première tentative d'ascension du Matterhorn, en Suisse. Quand il porta les mains à ses oreilles pour la faire taire, du pus qui lui sortait d'une plaie ouverte d'ulcère tropical lui dégoulina sur l'oreille droite. Il s'essuya la main sur la jambe de son pantalon souillé, mélangeant ainsi du vieux pus à du neuf, à du sang de sangsues écrasées, à de la graisse de spaghettis aux boulettes de viande et à la couche d'argile humide mêlée de matière végétale qui recouvrait le coton pourrissant de sa tenue de camouflage.

Les soldats de la patrouille émergèrent de la jungle l'un après l'autre, pliés en deux, trempés de sueur et de pluie. Hawke poussa un grognement d'approbation rentré en constatant que Mellas se trouvait juste derrière le caporal Fisher, place qu'il était censé tenir jusqu'à ce que le lieutenant Fitch, le commandant, le déclare prêt à diriger les hommes. Hawke ne savait comment réagir face à Mellas. C'était le genre de type qu'on se serait attendu à voir au mauvais endroit, mais non, là il était exactement où il fallait. Top Seavers, l'adjudant-chef de la compa-

1. Argot des marines signifiant « zélé et combatif », ou « trop zélé et combatif », selon le contexte.

gnie, avait fait passer l'info par le réseau radio du bataillon à Quang Tri que Mellas avait fréquenté une fac privée super-chic et qu'il était sorti deuxième de sa promo à la Basic School. Ce passage par la fac super-chic cadrait avec les bonnes notes obtenues à l'école militaire, mais Hawke redoutait d'avoir affaire à un type persuadé que l'intelligence académique l'emporte sur l'expérience et le courage. Ce qu'il y avait d'encore plus préoccupant, c'était que Top Seavers avait précisé que lorsqu'il s'était présenté pour la première fois au personnel divisionnaire le jour de l'an, seulement six jours plus tôt, Mellas avait demandé qu'on le détache dans une section d'armes lourdes plutôt que de fusiliers. Seavers en avait conclu qu'il tentait d'éviter la patrouille, mais Hawke n'en était pas si sûr. Il ne voyait pas en lui un lâche, mais plutôt un politique. Le chef de la section d'armes lourdes, qui comprenait traditionnellement les trois mortiers de 60 mm et les neuf mitrailleuses de la compagnie, vivait avec le groupe de commandement. Il était donc en contact constant avec le commandant de la compagnie – contrairement aux chefs des sections de fusiliers qui se retrouvaient isolés avec la troupe. Mais on manquait maintenant de lieutenants même chez les fusiliers, et comme la plupart des affrontements ne concernaient qu'une seule section ou une unité encore plus petite, on redistribuait, et de façon permanente, les mitrailleuses aux sections de fusiliers, une par escouade ; il ne restait plus alors que les mortiers, qui pouvaient être gérés par un caporal. Cela dit, Mellas ne correspondait pas au stéréotype de l'officier ambitieux. Et d'un, il ne paraissait guère plus âgé que les gamins qu'il était censé commander. Et il n'avait pas non plus l'air particulièrement propre et ordonné, tout rangé à sa place, les voiles aux angles parfaits par rapport au vent, cultivant ce qu'un officier ambitieux aurait appelé « le sens du commandement ». D'un autre côté, son air insouciant disait peut-être tout simplement l'attitude du petit branleur d'étudiant privilégié sorti d'une fac de l'*Ivy League*[1], comme ceux qui se collent du Scotch sur leurs mocassins et portent des jeans troués tout en sachant pertinemment qu'ils finiront à Wall Street ou à Washington, et ce, en costume trois-pièces. Et Mellas était beau, au point d'arborer ce que l'oncle irlandais de Hawke, Art, aurait appelé « les marques de l'œuvre de Dieu » – ce qui est un avantage dans le civil mais presque un handicap chez les marines. En plus de quoi, il contrastait fortement avec l'autre nouveau sous-lieutenant, Goodwin, qui, lui, était bien plus simple à décrypter. Si son dossier de la Basic School était quelconque,

1. Groupe de facultés prestigieuses dites de la « Ligue du lierre ».

Hawke avait tout de suite détecté en lui un chasseur-né. Cet avis s'était imposé dans les dix premières secondes où il avait vu les deux nouveaux sous-lieutenants. L'hélico qui les avait déposés sur la colline avait été exposé au feu d'une mitrailleuse pendant tout le trajet jusqu'à la zone d'atterrissage. L'un comme l'autre, ils avaient quitté en trombe l'arrière de l'appareil pour plonger dans l'abri le plus proche, sauf que Goodwin, lui, avait sorti la tête pour tenter de visualiser l'emplacement de la mitrailleuse APVN. L'inquiétant chez lui était que, si les bons instincts sont nécessaires, ils ne suffisent plus dans les conflits modernes. La guerre était devenue trop technique et complexe – et celle-ci en particulier était devenue bien trop politique.

***

Doc Fredrickson avait allongé Fisher sur le dos, pantalon baissé dans la boue, devant la guitoune du caporal. Les marines de la 2e escouade qui ne montaient pas la garde dans leurs trous de combat se tenaient en demi-cercle derrière Fredrickson. Fisher essayait de plaisanter, mais il avait le sourire crispé. Doc Fredrickson se tourna vers Jacobs, le chef des tireurs le plus gradé dans l'unité de Fisher.

— Dites à Hamilton d'envoyer un message radio pour faire venir l'encornet[1]. Faites-lui savoir qu'on va certainement avoir besoin d'une évacuation d'urgence.

— D'u-u-urgence, répéta Jacobs en bégayant plus que d'habitude.

Il entreprit immédiatement de gravir la colline. Fredrickson se tourna vers Mellas, le regard sérieux et intense dans son visage étroit.

— Fisher a une sangsue dans le pénis. Elle s'est glissée à l'intérieur de l'urètre pendant la patrouille et je ne pense pas pouvoir l'en sortir.

Fisher était couché sur le dos, mains jointes derrière la tête. Comme la plupart des broussards, il ne portait pas de sous-vêtements, afin d'éviter la pourriture de l'entre-deux. Cela faisait maintenant plusieurs heures qu'il n'avait pas pissé.

Mellas leva les yeux vers les volutes de brouillard, puis il les baissa sur le visage mouillé et souriant de Fisher. Et se força à rire.

— C'est bien vous, ça, d'avoir trouvé une sangsue vicelarde ! lança-t-il.

1. « Senior Squid », infirmier de la Navy affecté au quartier général d'une compagnie et qui dirige les infirmiers des sections. *Squid* signifie « encornet », en anglais.

Il vérifia l'heure. Moins de deux heures avant que la nuit ne tombe. Une évacuation nocturne à cette altitude et par ce temps serait impossible.

— Autant remettre votre pantalon, Fisher, dit Fredrickson. Évitez de boire de l'eau. L'endroit serait mal choisi pour amputer.

Jacobs redescendit la pente en glissant, le souffle court. Il fut arrêté par Bass, juste à l'extérieur du cercle formé par les amis curieux de Fisher.

— J'ai fait pa-passer l'information, sergent Bass.

— OK. Rassemblez le matériel de Fisher. Distribuez ses munitions et ses rations C. Donnez son fusil au lieutenant pour qu'il n'ait plus à emprunter le mien. Il était en poste d'écoute ce soir ?

— N-non, on était de pa-patrouille aujourd'hui, répondit Jacobs.

Triste mais habituellement tranquille, il arborait maintenant un air inquiet et ses larges épaules s'étaient voûtées. Chef de l'équipe de tireurs quelques secondes plus tôt, il se retrouvait soudain à la tête de l'escouade.

Mellas ouvrit la bouche pour rappeler que la désignation d'un chef temporaire d'escouade lui revenait, mais il voyait bien que Bass avait déjà pris sa décision. Il referma la bouche. Il savait qu'en insistant sur sa supériorité hiérarchique il perdrait le peu d'autorité qu'il semblait avoir.

Fredrickson se tourna vers lui.

— Je pense qu'on devrait l'emmener à la zone d'atterrissage. Les effets ne vont pas tarder à se faire sentir. Qui sait quand l'hélico sera là... (Il leva la tête pour scruter les sombres tourbillons de brouillard.) S'il n'arrive pas vite, je ne sais pas ce qui va se passer. J'imagine que quelque chose finira par lâcher à l'intérieur du bonhomme, et si ce truc lui détraque les reins ou explose à l'intérieur... (Il hocha la tête et regarda ses mains.) Je suis pas très fort en intestins. On ne nous en a jamais parlé à Field Med[1].

— Et l'encornet ? demanda Mellas en référence au deuxième classe Sheller, l'infirmier de la compagnie et supérieur de Fredrickson.

— Je ne sais pas. C'est un infirmier de deuxième classe, mais je crois qu'il a toujours travaillé en labo. Il n'est ici que parce qu'il emmerdait un type de la 5e unité médicale. Il est là depuis une semaine de plus que vous.

— C'est un bon à rien, cracha Bass.

1. Field Medical Service School : école médicale des marines.

— Pourquoi vous dites ça ? demanda Mellas.

— C'est un gros con.

Mellas garda le silence en se demandant ce qu'il fallait faire pour trouver grâce à ses yeux. Dès le premier jour, alors qu'il cherchait désespérément à se faire apprécier de tous, Bass ne lui avait pas facilité les choses. Ce dernier dirigeait la section depuis près d'un mois sans l'aide d'un lieutenant et s'était empressé de lui faire remarquer qu'il effectuait déjà son premier tour de service au Vietnam pendant que lui, Mellas, commençait tout juste la fac.

— C'est lui là-bas, reprit Fredrickson.

Sheller qui, comme tous les infirmiers de la compagnie, se faisait appeler « encornet », descendait la colline en soufflant, ses nouvelles rangers aussi noires que celles de Mellas, les couleurs de son uniforme pas encore passées par la pluie et le soleil constants. Il avait le visage rond et portait des lunettes de la Navy à monture noire et un chapeau de brousse neuf sur la tête. Il n'était visiblement pas à sa place au milieu de marines maigres et longilignes.

— C'est quoi, le problème ? demanda-t-il avec entrain.

— C'est Fisher, répondit Fredrickson. Il a une sangsue dans l'urètre.

Sheller fit la moue.

— Ça dit rien de bon, ça. Et pas moyen de la faire sortir, j'imagine. Il peut uriner ?

— Non. C'est comme ça qu'on s'en est rendu compte.

— S'il pouvait pisser, on aurait pas besoin de vous, gronda Bass.

Sheller lui jeta un rapide coup d'œil, puis il fixa vite le sol.

— Où est-il ? demanda-t-il à Fredrickson.

— Là-bas en bas ; il rassemble son barda.

Sheller prit la direction indiquée par Fredrickson. Ce dernier se tourna vers Bass et Mellas, haussa les épaules comme pour dire « Ma foi... », et s'apprêta à le suivre. Bass poussa un grognement de dégoût.

— Gros con.

Sheller fit encore baisser son pantalon à Fisher. Puis il lui demanda depuis combien de temps il n'avait pas uriné, observa le ciel et consulta sa montre. Et se tourna vers Mellas.

— Il va falloir l'évacuer. D'urgence. Je vais voir le chef.

— Magne-toi, Fisher ! lança Bass. Tu quittes la brousse. Ramène tes fesses à la ZA[1].

1. Ou zone d'atterrissage.

Fisher sourit et repartit vers sa guitoune en remontant son pantalon en chemin. Bass se tourna vers les trous de combat.

— S'il y en a qui ont du courrier à faire partir, donnez-le à Fisher ! hurla-t-il, ses mains en porte-voix. Il va se faire évacuer.

Aussitôt, ce fut la cohue générale. Des corps disparurent dans des guitounes et des trous de combat, on fouilla dans les paquets et les sacs en plastique qui servaient à garder les lettres au sec.

— Jacobs ! cria Bass. Dis à ce petit con de Shortround, Pollini, d'échanger sa chemise contre celle de Fisher. On dirait Joe la Merde, le chiffonnier[1]. Et demande à Kerwin, de la 3e escouade, de troquer son pantalon.

Jacobs, heureux d'avoir quelque chose à faire, partit recueillir les habits les plus usés de l'escouade pour les remplacer par les vêtements les moins abîmés de Fisher.

Sheller rejoignit Bass et Mellas, puis baissa la voix.

— Il va beaucoup souffrir. Je peux le droguer à mort, mais je ne sais pas ce qui va arriver à sa vessie ou à ses reins.

— Eh ben, nous non plus ! cracha Bass, mais nous, on n'a pas fait une belle école de médecine navale non plus.

Sheller le regarda et s'apprêtait à lui répondre, mais il se ravisa. La mine perpétuellement renfrognée de Bass, ses larges épaules et ses bras épais n'invitaient pas à l'insolence.

— Faites tout ce que vous pouvez pour lui, dit rapidement Mellas en essayant d'apaiser la tension entre les deux hommes. (Il se tourna vers Bass.) Vous comptez enfin le poster, votre roman ?

Bass éclata de rire. Il était tombé amoureux de la cousine de Fredrickson, une lycéenne dont il avait vu la photographie dans l'album de la promotion des terminales. Cela faisait plusieurs jours qu'il lui écrivait une lettre, et elle était déjà longue de quinze pages. Tous deux repartirent vers la guitoune de Mellas.

— J'arrive pas à y croire ! lança celui-ci. Bass le dur à cuire, quasi sergent-chef, tomber amoureux par correspondance !

— C'est juste parce que vous, vous avez personne à qui écrire sauf à votre mère, lui renvoya Bass aussi sec.

La pique lui fit mal. Il pensa à Anne, à cette dernière nuit où elle lui avait tourné le dos dans le lit. Il se rappela leur voyage au Mexique, elle qui pleurait sur la place d'un village, à bout parce qu'il voulait toujours explorer plus d'endroits. Il l'avait regardée, complètement perdu, débordant d'amour mais ne sachant que faire.

1. Argot des marines pour désigner une personne peu soignée.

Il entra dans la guitoune en rampant pour chercher du papier et un stylo. Il avait décidé de lui écrire. Le ton de la lettre était joyeux : *Nous voici dans un endroit qui s'appelle Matterhorn. Je vais bien, etc.* Il pressa ensemble les parties gommées de l'enveloppe spéciale. Dans la jungle, il y avait tellement d'humidité que les enveloppes normales se collaient entre elles avant qu'on puisse s'en servir, et l'été, l'eau était si précieuse qu'on détestait lécher quoi que ce soit.

— Hé, monsieur Mellas !

De temps à autre, Bass employait la formule de politesse consacrée dans la Navy pour souligner le fait que Mellas n'était encore qu'un sous-lieutenant sans expérience.

Mellas ne pouvait rien lui objecter. Bass avait tout à fait raison.

— Oui, sergent Bass.

— Si l'oiseau[1] arrive pas à temps et que Fisher peut pas pisser, qu'est-ce qui se passe ? Il se remplit et il explose ?

— Je ne sais pas, sergent Bass. Quelque chose dans le genre, j'imagine.

— C'est à se pisser dessus... marmonna Bass. Je vais voir si Skosh est encore debout.

Mellas ne sourit pas à ce qu'il savait être un jeu de mots involontaire. Il suivit le sergent en rampant dans l'obscurité de sa guitoune, où Skosh, le jeune opérateur radio de dix-huit ans de Bass, était de veille. Il était si frêle que Mellas se demanda comment il s'y prenait pour transporter son lourd équipement en patrouille. Skosh s'était enroulé une serviette vert foncé autour du cou et feuilletait un livre pornographique qui semblait être passé entre les mains de tous les opérateurs radio du bataillon.

— Renseigne-toi sur l'évacuation médicale, lui demanda Bass.

Puis il alla se poster au fond de la guitoune. Mellas l'y suivit en rampant sur des doublures puantes de poncho en Nylon matelassé, ses genoux heurtant le sol dur en s'enfonçant dans le matelas gonflable de Bass.

Sans répondre, Skosh ramassa le combiné et commença à parler.

— Bravo Bravo Bravo, Bravo Un.

— Ici Big B. Parlez.

— Où en est l'évacuation ? À vous.

— Une minute.

Il y eut un bref temps d'arrêt. Mellas regarda Skosh, qui s'était replongé dans son livre et écoutait le faible sifflement du récepteur. Il y

1. Hélicoptère CH-46 chez les marines.

eut une explosion de parasites lorsque quelqu'un, de l'autre côté, prit le combiné manuel. Une nouvelle voix se fit entendre.

— Bravo Un, ici Bravo Six Autorité. Passez-nous votre responsable.

Mellas savait que Six Autorité était le chef, le lieutenant Fitch, et qu'il demandait à s'entretenir personnellement avec Mellas – celui qui dirigeait la 1re section, et pas le premier soldat en charge de faire fonctionner la radio.

Mellas prit le combiné des mains de Skosh et enfonça le bouton de transmission, un peu nerveux.

— Ici Bravo Un Autorité. À vous.

— Ça se présente mal pour votre oiseau. Il y a une vraie purée de pois dans la vallée à partir de la base d'appui-feu Sherpa. Ils ont tenté de faire partir un oiseau de là-bas et n'ont pas réussi à nous trouver. Comme il reste quelques heures avant que l'état de votre indicatif Foxtrot[1] ne se dégrade trop, ils vont attendre une éclaircie à Sherpa. À vous.

— Je croyais qu'il s'agissait d'une évacuation d'urgence, répondit Mellas. À vous.

— On a signalé que c'était une priorité. Ça deviendra une urgence si votre Foxtrot risque la mort à moins qu'on ne vienne le chercher. À vous.

Mellas comprit qu'ils préféraient éviter de mettre en péril l'oiseau et l'équipage, sachant qu'il leur suffisait d'attendre quelques heures pour avoir peut-être de meilleures conditions climatiques.

— Bien reçu, Bravo Six. Attendez.

Bass lui faisait des signes. Mellas relâcha le bouton de transmission sur le combiné.

— Demandez-lui si la commande est passée pour une classe six, dit Bass.

— C'est quoi ça, classe six ?

— Demandez-lui, c'est tout.

Mellas appuya de nouveau sur la touche.

— Bravo Six, Un Aux voudrait savoir si on va recevoir une classe six. À vous.

Lorsque Fitch revint en ligne, Mellas entendit des rires étouffés.

— Dites à Un Aux que la commande est passée.

— Reçu. Merci pour l'info. Terminé.

Mellas se tourna vers Bass.

1. Alphabet militaire indiquant la lettre F : ici, on désigne Fisher.

— C'est quoi, classe six ?

— De la bière, Sir.

Bass affichait une innocence impassible.

Mellas se sentit bête et peu professionnel. Les muscles de sa mâchoire se tendirent sous la colère. Il était passé pour un idiot devant tout le poste de commandement.

Bass se contenta de l'observer, le sourire aux lèvres.

— Il faut toujours le leur rappeler, lieutenant, sinon ils vous oublient.

***

Hawke regarda le caporal Connolly, chef de la 1re escouade de Mellas, gravir péniblement la colline sur ses jambes courtes et robustes, en s'enfonçant dans la boue et en zigzaguant au milieu des souches explosées. Il devina qu'il ne pouvait déployer autant d'efforts que pour une chose : la bière.

Connolly s'interrompit pour reprendre son souffle.

— Hé, Jayhawk ! cria-t-il. Tu restes debout à rien faire maintenant qu'ils t'ont nommé OA[1] ?

Hawke sourit en entendant l'accent typique de Boston, qui était aussi le sien. Il laissa échapper un grondement de gorge sourd et leva la main droite, doigts recourbés en serres pour former le signe reconnu de tous dans la compagnie, celui du faucon[2] – parodie du poing levé des Black Panthers ou du geste de ralliement des pacifistes, selon le courant politique dont il désirait faire la satire.

— Je fais ce que je veux, Conman, rugit-il. Je suis sous-lieutenant.

Puis il se mit à boxer dans le vide et leva les deux poings au-dessus de sa tête comme un combattant victorieux.

— C'est moi, Willie Pep ! hurla-t-il. C'est le treizième round de mon célèbre match de come-back.

Puis il commença à danser, les bras au-dessus de la tête, index et majeurs toujours repliés comme des serres.

Dans les lignes en contrebas, quelques marines tournèrent la tête. Habitués à ses manières et voyant qu'il s'agissait du Jayhawk en pleine danse du faucon, ils reportèrent leur attention au-dessus des canons de leurs fusils, vers le mur de la jungle.

1. Officier adjoint, le second d'une compagnie des marines.
2. *Hawk* signifie « faucon », en anglais.

Hawke arrêta ses bêtises. Ses yeux se vidèrent de toute expression. L'air de bluegrass lui revint : *Des hommes l'ont tenté, des hommes y ont été tués, dans l'ascension du Matterhorn*[1]. Le banjo à cinq cordes sonnait fort derrière les gémissements du violon, les voix aiguës des Appalaches s'élevant en une lamentation de l'est du Tennessee : *Matterhorn. Matterhorn.* Hawke voulait quitter la brousse. Tenir dans ses bras une fille qui sente bon, une fille à la peau douce. Rentrer chez son père et sa mère. Mais il savait qu'il ne pouvait laisser Fitch et le reste de la compagnie Bravo avec trois bleus-bites qui péteraient plus haut que leur cul jusqu'à ce qu'ils soient parfaitement rodés ou morts, les deux seules possibilités pour des sous-lieutenants inexpérimentés au combat.

Connolly finit par arriver à la hauteur de Hawke.

— Hé, quand est-ce qu'on va avoir un peu de classe six ? lui demanda-t-il en haletant pour reprendre son souffle.

— Conman, je l'attendais, celle-là ! J'ai une tête de diseuse de bonne aventure ?

— L'hélico va réussir à nous trouver ?

— Tu dois vraiment me prendre pour une tireuse de cartes ! lui renvoya Hawke. Si ton escouade passait pas son temps à balancer des briques de Kool-Aid et d'emballages de chocolat « Trop » dans la jungle, peut-être qu'on finirait par trouver cette mitrailleuse viet et que les zoomies[2] nous enverraient quelques Foxtrot Bravo[3].

— J'ai pas envie de la trouver, cette mitrailleuse viet.

— Pas étonnant.

— Hé, Jayhawk.

— Quoi ?

Cela ne le dérangeait pas de se faire appeler par son surnom, du moment qu'ils étaient dans la brousse.

— Les lettres, c'est important pour les soldats.

— Merci ! Tu te tapes le courrier du cœur de *Dear Abby*[4] ou quoi ?

— Je me la taperais bien, la *Dear Abby.*

— Trop vieille pour toi. Va rejoindre ton troupeau, Connolly.

— Depuis que t'as été promu second, on est plus que du bétail.

1. *Men have tried and men have died to climb the Matterhorn.*

2. Personnel de l'Air Force.

3. Chasseurs bombardiers, selon l'alphabet militaire (*Fighter Bomber*, en anglais).

4. *Dear Abby* était le nom d'une rubrique de conseils dans un journal, animée par Abigail Van Buren.

— Dégage.

— Pourquoi ils t'ont pas fait chef ? T'es resté plus longtemps dans la brousse que Fitch.

— Parce que je suis sous-lieutenant et que Fitch est lieutenant tout court.

— Je vois pas le rapport.

— Eh bien, t'es pas Big John Six, alors tout le monde s'en fout de ce que tu penses. Et tu seras jamais Big John Bravo Un-Un Autorité si t'arrêtes pas de m'emmerder.

— T'as qu'à me relever de mes fonctions et me renvoyer chez moi sans les honneurs.

Connolly tourna les talons et se dirigea vers le bas de la colline en remontant son pantalon trop large autour de sa taille. Ses revers qui frottaient par terre étaient effilochés et sales à force d'avoir été piétinés.

Hawke sourit affectueusement à Connolly, qui lui tournait le dos. Puis il fourra les mains dans ses poches, et son sourire se mua en grimace lorsque leurs rebords raclèrent son ulcère tropical. Il regarda Connolly regagner les lignes dans l'obscurité et croiser Mellas, qui grimpait vers lui. Il soupira et, méthodiquement mais très fermement, se mit à frapper une bûche avec son bâton jusqu'à ce qu'il se brise. Ce qu'il voulait vraiment, c'était quitter ses habits mouillés et crasseux et se recroqueviller en une petite boule inconsciente. Alors la chanson revint.

***

Mellas savait que Hawke l'avait vu monter lui parler, mais ce dernier s'était retourné pour gravir la petite distance qui le séparait de la zone d'atterrissage aplanie, la ZA, sans lui. Il éprouva un pincement de colère en pensant à l'injustice dont les types comme Hawke et Bass faisaient preuve envers lui, simplement parce qu'ils étaient arrivés là avant lui. Tout le monde est forcément nouveau un jour. Il continua de grimper en ayant l'impression d'être un gamin qui s'efforce de rattraper son grand frère. Il vit Hawke rejoindre le petit groupe de marines rassemblé autour de Fisher, et un type en qui il reconnut le Gunny[1] de la compagnie : le sergent-chef… quelque chose. Bon Dieu, ces noms ! Il allait devoir penser à les noter dans un carnet pour s'en souvenir.

1. Sergent d'artillerie de la compagnie ; pendant la guerre du Vietnam, le Gunny de la compagnie était le sous-officier le plus gradé dans la brousse.

Lorsqu'il atteignit la ZA, à bout de souffle, Mellas constata que Fisher souffrait terriblement. Il s'asseyait sur son sac, s'allongeait sur le flanc à côté, se relevait, et recommençait. Hawke racontait une histoire et tout le monde riait, sauf Fisher, qui souriait pourtant hardiment. Mellas envia l'aisance naturelle de Hawke. Il hésita, ne sachant trop comment annoncer sa présence. Hawke résolut son problème en le saluant le premier.

— Hé, Mellas ! Vous teniez absolument à voir par vous-même comment Fisher s'est débrouillé pour se faire évacuer sans une égratignure, hein ? (Fisher se força à sourire.) Je sais que vous connaissez déjà notre Gunny, le sergent-chef Cassidy.

Hawke lui montra un homme qui devait approcher de la trentaine vu son rang et son visage buriné. Cassidy s'était coupé et du pus liquide exsudait de l'entaille infectée. Le rouge poivre de sa peau, son nom et son accent sudiste poussèrent Mellas à le cataloguer comme un *redneck*[1] de descendance irlando-écossaise.

Cassidy se contenta d'adresser un hochement de tête à Mellas et de l'observer de ses yeux bleus et plissés – manifestement, il le jaugeait.

Hawke se tourna vers les autres.

— Pour ceux d'entre vous qui ne sont pas dans le premier troupeau, voici le lieutenant Mellas. C'est un zéro-trois.

Lorsque la requête que Mellas avait formulée pour devenir contrôleur aérien dans l'escadre avait été refusée, on lui avait attribué sa qualification de spécialité militaire, ou QSM : 0301, officier d'infanterie sans expérience. S'il était encore en vie six mois plus tard, il serait sacré 0302, officier d'infanterie expérimenté. Toutes les spécialités d'infanterie des marines étaient désignées par zéro-trois, suivi de diverses paires de chiffres : 0311, fusilier ; 0331, mitrailleur. Zéro-trois était un chiffre redouté de nombreux marines car il signifiait que le combat était inévitable. Tous les autres QSM étaient censés venir en aide au zéro-trois. C'était le cœur et l'âme du corps des marines. Peu d'entre eux atteignaient un grade de commandement supérieur sans en être passés par là.

On murmura poliment des « Sir » et « Bonjour, Sir », visiblement soulagés que Mellas soit un gradé de l'infanterie et non un autre officier d'intendance ou du transport motorisé. Le général Neitzel, l'actuel commandant en chef, avait décidé que, comme tous les marines avaient reçu une formation de fusilier, il était logique que chaque officier

1. Terme américain désignant un péquenaud du Sud.

acquière l'expérience du commandement d'une section d'infanterie pendant au moins quatre-vingt-dix jours. Mais il y avait une faille dans ce raisonnement : une fois que l'officier en question avait commis les erreurs inévitables propres à tout officier débutant au combat, erreurs dont les soldats sous son commandement faisaient les frais, il était de nouveau transféré à son poste initial à l'arrière, imposant ainsi aux troupes de roder un nouvel officier et de mourir à cause de ses impairs.

Mellas savait que Hawke lui avait rendu service en disant au groupe qu'il était un *grunt*[1] comme les autres. L'agacement qu'il lui avait inspiré plus tôt se dissipa en partie. Il commençait à comprendre qu'il s'agissait là d'une réaction typique face à Hawke ; on ne pouvait pas lui en vouloir bien longtemps.

Il se joignit à Hawke et à Cassidy et baissa les yeux sur Fisher. Hawke continua de parler à voix basse, s'adressant cette fois uniquement à Mellas et Cassidy, même si tout le monde pouvait l'entendre, Fisher compris.

— Je viens de demander à Fredrickson de réclamer une évacuation médicale d'urgence. Si on ne vient pas le chercher dans deux ou trois heures, je ne sais pas ce qui arrivera.

Fisher fixait Hawke et Mellas du regard.

Mellas se tourna vers Fisher.

— Accroche-toi, champion ! lança-t-il.

Il s'efforçait d'être joyeux, mais ne put réprimer un sentiment de contrariété à l'idée de perdre un chef d'escouade chevronné.

— Je m'accroche, lieutenant. Mais j'aimerais bien pisser. Au moins, grâce à moi, Lindsey ira à Hong Kong[2].

Fisher faisait allusion à un marine taciturne de la 3e section, lui aussi vêtu d'habits usés et moisis.

Lindsey sourit à Fisher. Il ne bougeait pas de la zone d'atterrissage depuis trois jours, attendant qu'un hélicoptère l'emmène pour son tour de R & R[3].

— Il faudrait avoir les entrailles à l'air et un testament en faveur du pilote pour que l'un d'entre eux vienne vous chercher sur cette saloperie de montagne.

1. Argot militaire américain signifiant « soldat », mais surtout utilisé pour désigner les marines dans le contexte de la guerre du Vietnam.

2. Hong Kong était l'un des endroits où on envoyait les soldats se reposer entre deux tours de service au Vietnam.

3. *Rest and Recreation*, permission de repos sans retour au pays.

— C'est comme ça, lâcha Fisher.

Formule stoïcienne rabâchée par tous les *grunts* du monde. Pris d'un spasme, il avait mangé le dernier mot et commençait à gémir. Mellas se détourna. Pas Lindsey. Il était clair que celui-ci avait déjà vu souffrir.

Hawke s'accroupit près de Fisher.

— Ça va aller, mon gars. Ça fait mal, hein ? On vient de te mettre en urgence. Ils vont nous envoyer un oiseau tout de suite. Tu t'imagines tout de même pas qu'un seul de ces *zoomies* raterait son film à la base aérienne de Quang Tri, si ?

Fisher sourit, puis courba le dos en une convulsion incontrôlable pour essayer de soulager la pression.

— Pourquoi ils ont tellement tardé avant d'en faire une urgence ? demanda Mellas.

Hawke le regarda, un léger sourire au coin des lèvres.

— Ben dites donc ! On est grincheux cet après-midi. (Il se radoucit.) Si on en déclare trop, on a la réputation de crier au loup. Le coordonnateur transforme les urgences en priorités, et les priorités deviennent routine. Et le jour où on a vraiment une urgence, on n'a pas d'hélico. Si vous croyez que je plaisante, restez un peu dans le coin pour voir.

— J'aurais le choix ?

— Toi, petit, t'es jeune, mais t'apprends vite.

C'était sorti comme une imitation de W. C. Fields, ce qui agaça Mellas mais plut visiblement aux gamins.

— J'ai toujours été rapide.

Hawke se tourna vers le marine qui attendait son tour de R & R.

— Hé, Lindsey, descends chercher l'encornet.

Lindsey se releva péniblement et baissa les yeux sur Fisher.

— Je lui dis quoi ?

— Que Fisher va mal.

Prendre la peine d'expliquer ce que Mellas considérait comme une évidence ne semblait pas poser de problème à Hawke. Lindsey descendit la pente en petites foulées, direction le poste de commandement.

— Pourquoi Lindsey quitte la brousse, et pas Mallory ?

Le marine qui avait posé la question avait le visage rond, la peau noire, une moustache pendante à la Hô Chi Minh et de petites taches sur le visage dues à des problèmes de peau. Le silence se fit. Les antennes politiques de Mellas étaient sorties au maximum.

— On dit « Sir » quand on s'adresse à un officier, précisa Cassidy.

Sa voix avait le ton autoritaire d'un instructeur des marines, le tout mâtiné de pure antipathie.

Le marine avala sa salive et hésita. Hawke intervint rapidement et le fixa avec insistance.

— China, dit-il, ce n'est ni l'heure ni l'endroit.

— C'est ça. C'est jamais l'heure, jamais l'endroit pour l'homme noir.

— Sir, insista Hawke calmement avant que Cassidy ait pu ouvrir la bouche.

Mellas perçut la colère de Cassidy, mais comprit qu'il se taisait parce que Hawke avait pris le contrôle.

China lutta brièvement en lui-même.

— Sir, finit-il par ajouter.

Hawke garda le silence et se contenta de fixer China des yeux. Ce dernier tenait bon, attendant manifestement une réponse à sa question. Deux des amis de Fisher, des Noirs qui se tenaient dans les parages, se rapprochèrent inconsciemment l'un de l'autre.

— Sir, répéta China. Sauf le respect que j'vous dois, Sir, les marines demandent pourquoi le vice-caporal[1] Mallory, qui souffre de maux de tête et peut-être d'une lésion cérébrale, il est pas évacué d'ici avec le vice-caporal Lindsey, qui souffre d'un manque de compagnie féminine.

La question resta suspendue dans l'air gris qui s'assombrissait. Cassidy posa les phalanges sur ses hanches et se pencha légèrement en avant, prêt à exploser ; Hawke eut alors un petit rire et hocha la tête. Quelqu'un d'autre gloussa.

— China, putain, pourquoi tu nous casses les couilles ici, sous cette saloperie de pluie, alors que tu sais très bien que (il leva un doigt) un, aucun de nous n'est certain que Mallory ait vraiment des maux de crâne, toi compris, à moins que t'aies décroché un diplôme en médecine sans que je le sache, et deux (en levant un deuxième doigt) que même si c'était le cas, il pourrait toujours se battre, en tout cas pas plus mal qu'avant, et trois (en ajoutant le pouce) ce que je disais sur le fait de demander une évacuation sanitaire quand elle est pas indispensable, et quatre (il replia le pouce et tendit les quatre autres doigts), que si on alourdit l'hélico d'au moins soixante-dix kilos, plus son équipement, à cette altitude, sans connaître son chargement initial, alors on court le risque que personne quitte la brousse.

— Lindsey pèse soixante-dix kilos.

1. Grade des marines équivalant à peu près à celui de soldat de première classe.

— Sir, compléta Hawke.

Son insistance à lui faire dire « Sir » ne contenait pas plus d'animosité personnelle que celle de la mère qui tient absolument à ce que son enfant ajoute « s'il vous plaît » à chacune de ses demandes.

— Sir, dit China.

— Il n'a pas tort, lâcha Mellas.

Montrer aux Noirs qu'il n'avait pas de préjugés ne pouvait pas faire de mal.

Hawke braqua les yeux sur lui, bouche bée. China fit de même ; sa propre surprise était manifeste mais mieux dissimulée. Il n'empêche, Mellas vit qu'il avait marqué des points. Mais aussi qu'il en avait perdu avec Gunny Cassidy. Celui-ci avait blêmi, ses yeux ressemblant maintenant à de petites pierres bleues.

Hawke n'essaya pas de masquer son exaspération. Il s'adressa à Mellas comme à China.

— Ça fait onze mois que Lindsey est dans la brousse, et Mallory trois. Ça fait trois jours que Lindsey attend à la ZA, et s'il ne part pas avant qu'on entame l'opération, ce sera foutu pour son tour de R & R. Lindsey s'est jamais plaint de quoi que ce soit et Mallory passe son temps à geindre. Si on le laisse partir, n'importe qui pourra quitter le front dès qu'il nous dira qu'il a mal quelque part. Mais bordel, comme si ça nous arrivait pas à tous, d'avoir mal quelque part ! Vous savez aussi bien que moi pourquoi « ça ng'alivela jamais ».

Les trois derniers mots de Hawke, une parodie d'accent vietnamien, avaient été prononcés lentement et à l'intention de China.

Mellas sentit son visage s'empourprer et aurait aimé que ce ne soit pas le cas, ce qui le fit rougir encore plus. Il vit China jeter un rapide coup d'œil aux deux frères, mais ils avaient pris un air neutre. Puis China le regarda. Mellas garda un visage sans expression, les lèvres serrées.

Après un instant d'hésitation, China capitula.

— Je signalais juste une incohérence, lieutenant Hawke, lança-t-il.

— Ouais, j'ai entendu.

Fisher se mit à gémir, et Hawke et China se tournèrent vers lui, heureux de cette diversion qui leur évitait un affrontement. Cassidy tourna le dos au groupe et quitta la ZA.

— Oh putain, lieutenant Hawke, j'ai vraiment besoin de pisser. Oh, merde. Pourquoi ils sont pas là ? (Il était à deux doigts des larmes.) Qu'ils aillent se faire enculer, ces cons ! Qu'ils aillent se faire enculer !

Il essaya de se relever pour atténuer la pression et poussa un petit cri farouche qu'il étouffa en serrant les dents. Hawke l'attrapa avant qu'il ne tombe par terre.

— Bordel, lâcha Fisher en grimaçant. Je peux pas me lever ni m'allonger.

— Tiens bon, Fisher, ils vont te sortir d'ici en moins de deux, lui dit Hawke.

Il s'assit sur le sac de Fisher et le prit par les aisselles pour le tenir en position mi-assise mi-allongée et supporter la majeure partie de son poids.

Une fois de plus, Mellas se sentit exclu, et bête. Il savait pertinemment pourquoi il s'était foutu dedans, mais il n'avait pas anticipé le fait que, en y allant de son grain de sel sur l'équité raciale, il ouvrait la porte à une sévère réprimande de la part de Hawke, et ce devant tout ce monde. Cela dit, il pensa que son commentaire ferait son bout de chemin dans la compagnie. Il ne regrettait pas d'avoir fait connaître ses opinions politiques; il s'en voulait seulement d'avoir été si maladroit. Puis il commença à se demander s'il ferait meilleure impression en restant sur la ZA avec Fisher, en regagnant les lignes de sa section ou en aidant le commandant de la compagnie, le lieutenant Fitch, à préparer l'évacuation sanitaire. Il décida que mieux valait garder le silence et éviter de poser trop de questions.

Hawke jeta un coup d'œil anxieux aux nuages menaçants, puis il regarda en bas de la colline, vers les lignes.

— Votre courrier est prêt à partir? demanda-t-il sans regarder Mellas.

Celui-ci mit un moment à comprendre que c'était à lui que Hawke s'adressait.

— Ouais. Vous êtes assis dessus. Tout est dans le sac de Fisher.

***

Quelques minutes plus tard, Sheller, l'encornet, et le lieutenant Fitch, le chef, gagnèrent la ZA en remontant du poste de commandement de la compagnie. Fitch avait l'air petit, presque félin, à côté de Sheller. Une fois arrivé près de Fisher, il lui jeta un rapide coup d'œil et fit face à Mellas et Hawke. Il arborait son air mi-joyeux, mi-espiègle, qu'accentuait la sémillante moustache qu'il cultivait.

— On dirait que Fisher s'est bien foutu dans la merde, hein? dit-il. (Il se tourna vers l'intéressé.) Comment t'as fait pour choper ça après ce que t'as ramassé sur la bite à Taipei? J'ai déjà entendu parler de « porteurs », mais là tu fais fort!

Il revint sur ses pas et attendit avec les autres pendant que Sheller prenait le pouls de Fisher.

Quand l'infirmier les rejoignit, il avait l'air inquiet.

— Chef, si on ne l'évacue pas d'ici une heure, la nuit va tomber et il va tomber en morceaux. Il a déjà le cœur qui s'emballe, même avec la morphine. Je n'ai rien à lui donner à part encore plus de morphine, et s'il en prend trop, eh ben… vous imaginez. Alors, je garde une deuxième syrette. Au cas où.

— Au cas où quoi ? demanda Fitch.

— Au cas où je doive intervenir ici.

Personne ne dit mot jusqu'à ce que Fitch rompe le silence.

— Qu'est-ce que vous faites si l'hélico n'arrive pas ?

— Je ne vois qu'une solution, essayer de percer un trou pour lui permettre de soulager la pression. Ça va pas lui plaire.

— À mon avis, d'ici une heure il s'en foutra complètement, fit observer Hawke.

— Où on en est pour l'oiseau ? demanda Mellas.

— Toujours pareil, répondit Fitch. La seule façon qu'il aurait de nous atteindre serait de remonter le flanc de la montagne en rase-mottes à plat sous les nuages. En espérant qu'il y ait assez de place. (Il marqua une pause.) Et de lumière, ajouta-t-il doucement.

— Chef, dit Sheller, il va me falloir une surface d'opération plus propre que la ZA. Je peux pas intervenir dans la boue. (Il avait le souffle court, le teint pâle.) Et puis… je vais avoir besoin de beaucoup de lumière, donc d'un lieu qui ne laissera rien filtrer à l'extérieur.

— Prenez ma guitoune. Avec Snik, on se débrouillera bien s'il doit y passer la nuit, proposa Fitch en faisant allusion à Relsnik, l'opérateur radio du bataillon.

— Oh merde, non, chef! (C'était Fisher, qui les écoutait depuis le début.) Il faut qu'ils viennent me chercher.

— T'en fais pas, dit Fitch. Si on doit opérer, on prendra une photo avant de commencer. Comme ça, t'auras des preuves pour appuyer ton histoire.

Fisher réussit à sourire. Mellas, qui ne tenait pas en place, se balançait d'un pied à l'autre.

Fitch se tourna vers lui.

— Il va pas tarder à faire noir. On ferait mieux de commencer notre réunion d'officiers dans cinq minutes environ, histoire d'y voir assez pour écrire.

— OK, chef, acquiesça Mellas qui ne savait toujours pas s'il valait mieux rester avec Fisher ou partir avec Fitch. (Il jeta un autre coup d'œil au malade.) Tenez bon, Fisher !

Ce dernier hocha la tête. Mellas suivit Fitch.

***

Ils glissèrent en biais avec leurs rangers, skiant dans la boue de la pente abrupte, et arrivèrent devant le poste de commandement de la compagnie. Le PC était une guitoune comme les autres, deux ponchos tendus sur des câbles de transmission. Mais celle-là se distinguait des autres en ce qu'on y avait empilé de la terre sur ses bords inférieurs pour bloquer le vent et les fuites de lumière, sans parler de la grande antenne radio 292 qui tanguait légèrement dans l'air de la mousson.

Fitch se peignait devant un miroir de poche en acier coincé dans une souche d'arbre explosée. La pluie redoubla d'intensité. Il fourra le peigne dans sa poche arrière et se baissa pour entrer dans la guitoune, où il fut aussitôt suivi par Hawke. Mellas hésita, ne sachant trop s'il était invité.

— Bon Dieu, Mellas ! cria Hawke. Vous avez pas assez de jugeote pour venir vous abriter de la pluie, bordel ?

Mellas se glissa dans le petit abri. Deux opérateurs radio s'y trouvaient aussi, l'un assurant la permanence du réseau radio du bataillon, l'autre celle de la compagnie. Une unique bougie projetait des ombres tremblotantes sur le plafond en ponchos affaissés. Trois matelas gonflables en caoutchouc recouverts de doublures de poncho camouflé étaient disposés côte à côte. Les bords de la guitoune regorgeaient de fusils, de bidons, de munitions et de sacs à dos. Un exemplaire du magazine féminin *Seventeen*, un *Time* vieux d'un mois et un roman de cow-boys de Louis L'Amour étaient éparpillés près des radios. Mellas ne savait où poser ses rangers boueuses. Il finit par s'asseoir, le dos calé contre un sac et les pieds dépassant de l'ouverture.

Fitch lui présenta les deux opérateurs radio, dont il oublia instantanément les noms, et demanda à l'un d'eux d'appeler les chefs de section pour la réunion des officiers. L'échange radio qui suivit entre le QG de la compagnie et les trois sections, de la requête initiale de Fitch jusqu'à son achèvement, dura moins de vingt secondes. Mellas, qui s'était demandé si les opérateurs radio de la compagnie ne manquaient pas de discipline, en fut impressionné.

Hawke se tourna vers Fitch.

— Conman vient de me signaler que China s'est remis à ameuter les frères, et je viens d'avoir un face-à-face avec lui sur la ZA. (Il regarda Mellas.) Avec un peu d'aide.

Mellas baissa les yeux sur la boue.

— Ah, merde, dit Fitch. Qu'est-ce qu'il y a maintenant ?

— Là, il s'agit des quotas de R & R. Tout ça, c'est des conneries. (Hawke se tourna vers Mellas.) Hé, Mellas, Top Seavers vous a parlé de Top Angell de la compagnie Charlie ? Pour vous dire qu'il aurait échangé deux Taipei contre un Bangkok pour Parker ?

Mellas eut un haut-le-cœur. Il se rappela vaguement que Seavers lui avait demandé de faire passer un message sur les quotas de R & R à Hawke, mais sur le coup, cela lui avait paru tellement insignifiant qu'il n'avait pas voulu passer pour un idiot en réclamant des précisions.

— Non, je ne crois pas qu'il m'ait parlé de ça, dit-il en mentant calmement.

Il ne voulait pas non plus perdre la face devant Hawke.

— Mouais. Bon, peut-être qu'on pourra l'avoir sur Big John Relay ce soir.

— Vous avez eu des problèmes de racisme dans la compagnie ? demanda Mellas pour changer de sujet.

— Nan, pas vraiment, répondit Hawke. Oh, on trouve toujours un ou deux crétins qui passent leur temps à râler et à faire les agitateurs. Mais par ici, les *splibs* n'ont pas plus à se plaindre que les *chucks*. Pour moi, on est tous des putains de nègres.

— Qui c'est, ce China ?

— Notre H. Rap Brown[1] à nous, notre militant des Black Panthers local, répondit Fitch, le sourire aux lèvres. Il est aussi connu sous le nom de vice-caporal Roland Speed. Mais il n'aime pas qu'on l'appelle comme ça. Cassidy le déteste, mais c'est un bon mitrailleur et il n'a pas encore causé de réels problèmes. On a quelques racistes blancs aussi.

Il observait ses deux opérateurs radio.

Le correspondant du bataillon, Relsnik, soutint son regard.

— J'y peux rien, Sir. Vous, vous avez pas grandi près d'eux, comme moi et Pallack à Chicago. Sinon, vous les détesteriez aussi. Non parce que ici, la plupart des Noirs sont sympas. Il y en a même que j'aime bien. Mais c'est des individus isolés. En tant que race, je les déteste.

Fitch haussa les épaules et regarda Mellas.

1. Membre virulent du parti des Black Panthers dans les années 60.

— On ne peut rien faire contre la logique.

Les deux opérateurs se replongèrent dans leurs magazines.

***

En contrebas, dans les lignes, le première classe Tyrell Broyer, arrivé à bord du même hélico que Mellas et Goodwin, jeta sa petite pelle pliante dans son trou de combat et lui adressa un doigt d'honneur. Ses mains et ses doigts, pas encore accoutumés à la brousse, étaient écorchés d'avoir tendu du fil barbelé, couverts de cloques à force de manier la machette, sillonnés d'entailles infectées par le frottement des herbes coupantes de la jungle. Il revenait de tendre des câbles sous la ligne de trous lorsqu'il avait retrouvé sa propre fosse à moitié remplie par une petite coulée de boue.

Il rajusta ses lourdes lunettes de plastique sur l'arête de son nez et leva les yeux vers le ciel qui s'obscurcissait. La peur de se faire surprendre dans le noir sans protection le poussa à regagner rapidement son trou. Mais aussitôt il eut honte de sa réaction. Il aurait pu être allongé sur la ZA comme ce pauvre type de la 2e escouade. Il se remit à pelleter et s'efforça d'ignorer la douleur de son ongle arraché jusqu'à ce qu'il devine la présence d'un type accroupi par terre, juste au-dessus de son trou. Il se retourna et se trouva face à une paire de rangers délavées. Ses yeux remontèrent sur la peau sombre d'un genou que laissait entrevoir un petit trou dans un pantalon militaire décoloré. Son regard s'arrêta sur le visage d'un marine noir et râblé avec une moustache tombante à la Hô Chi Minh. Le visiteur serra le poing droit en guise de bonjour, puis ils échangèrent la complexe poignée de main rituelle par laquelle se saluaient tous les marines noirs, celle où l'on se touchait les poings en cadence, jointures contre jointures, puis de bas en haut, pendant quelques secondes.

— T'es d'où, mon frère ? demanda le visiteur une fois qu'ils eurent fini.

— Baltimore.

Broyer plongea les yeux dans son tout petit trou, conscient qu'il était de la nécessité d'avoir fini de le creuser avant que, la lumière se mettant à décliner, il se retrouve à découvert. Ses lunettes en plastique lui glissant encore sur le nez, il les y remonta vite.

— T'inquiète pas pour ton trou, *man* ! Tu creuseras suffisamment de ces saloperies dans les treize mois à venir pour remplir toute une vie. T'aurais pas une clope ?

— Si.

Broyer fourra la main dans sa poche pour en sortir un petit paquet de cigarettes de ration C. Il le tendit à l'inconnu, qui lui souriait comme si on venait de lui raconter une blague. Il remarqua que l'homme était atteint de vitiligo, affection qui fait apparaître des taches blanches dépigmentées sur le visage et les bras.

— J'm'appelle China, dit l'inconnu. Je tenais juste à passer voir quelques-uns des nouveaux frères. (Il alluma sa cigarette et en tira une lente bouffée.) Comment tu t'appelles, frangin ?

— Broyer.

— Putain, *man* ! Ton vrai nom, pas ton nom d'esclave.

— Tyrell, répondit Broyer en se demandant s'il s'agissait aussi d'un nom d'esclave. (Il fut soulagé quand China garda le silence.) T'es dans la 1re section ?

— Nan. 2e troupeau. Les tireurs. Mais je circule pas mal. Un peu comme le comité d'accueil, tu vois ? (China eut un petit rire rauque.) Qu'est-ce que tu penses des deux lieutenants *chuck* qui sont venus avec toi l'autre jour ?

— Je les connais pas. Ils ont débarqué à la BCV[1] dans l'hélico après notre arrivée avec le convoi.

— Ça m'étonne pas, commenta China avec désinvolture.

Il attendit que Broyer poursuive.

— Ils avaient pas l'air d'être des mauvais gars. Il y en a un qui doit venir de la cambrousse ; il parlait de chasse et de trucs dans le genre. L'autre a l'air sympa. Sauf qu'on dirait qu'il se trimballe avec un balai dans le cul. Joe le savant, le mec qu'a fait des études.

— Uhm-hum.

China regarda la jungle, moins de dix mètres en bas de la pente où ils discutaient. Broyer suivit son regard vers le mur de feuillages. Celui-ci avait été laborieusement repoussé à coups de Ka-bar et de pelles de tranchée par d'autres membres de la section de Broyer. Quelques-uns montaient la garde dans leurs trous et, fusils et chargeurs soigneusement disposés devant eux, scrutaient la sombre limite des arbres.

— Tu crois qu'ils nous frapperont ici ? demanda Broyer.

— Putain, *man* ! Dis, les Jaunes seraient assez cinglés pour s'intéresser à cette saloperie d'endroit, à ton avis ? Ils ont pas que ça à foutre. Putain !

Il lui adressa un sourire.

1. Base de Combat Vandegrift, ou VCB en anglais.

Broyer rit discrètement, les yeux baissés sur sa pelle de tranchée.

— Écoute, frangin, reprit China. T'en fais pas. Je dois passer voir un autre frère avant la fin de la réunion des officiers et puis regagner ma poz', mais on se voit plus tard, OK? Tu vas vite t'y faire. On a tous la trouille, mais on s'y habitue. Si t'as besoin de parler à un frère, passe me voir.

Ils échangèrent de nouveau la poignée de main rituelle. Broyer songea qu'il avait bien fait de demander à un ami au camp d'entraînement de la lui apprendre une nuit, alors qu'ils surveillaient le feu et que tout le monde dormait.

***

Les officiers se réunirent au crépuscule devant la guitoune du lieutenant Fitch. Un léger brouillard empêchait de distinguer leurs silhouettes sombres, accentuant encore le malaise de Mellas qui ne parvenait pas à se rappeler leurs noms.

Il avait à peine échangé un mot avec le chef de la 3e section, le sous-lieutenant Kendall du quinzième bataillon motorisé. Ce n'était pas par choix : le temps avait tout simplement manqué. Kendall, avec ses cheveux blond-roux et bouclés, portait des lunettes panoramiques teintées de jaune qu'il ne cessait de toucher en parlant. Mellas remarqua qu'il avait une simple alliance dorée au doigt.

Le sous-lieutenant Goodwin, un camarade de Mellas à la Basic School arrivé dans le même hélico que lui, chahutait avec son adjoint, le sergent-chef Ridlow, en étouffant un gros éclat de rire. Il portait un chapeau de brousse. Mellas eut un petit pincement de jalousie. Le premier jour où ils avaient récupéré leur équipement à Quang Tri, Goodwin avait troqué sa casquette de civil contre la coiffe de camouflage molle de l'armée, et c'était comme s'il l'avait portée toute sa vie. Mellas en avait essayé une lui aussi, s'était regardé dans la glace et, se trouvant l'air idiot, l'avait fourrée dans un sac marin pour la rapporter en guise de souvenir, si jamais il rentrait chez lui. Quelques jours plus tard, alors qu'ils venaient tout juste d'arriver à Matterhorn, Mellas avait de nouveau dû affronter sa jalousie envers Goodwin. Leur chef, le lieutenant Fitch, avait annoncé sèchement que Mellas irait avec le sergent Bass. Il avait ajouté que ce dernier s'était sacrément bien débrouillé pour diriger la section dans l'intervalle qui avait séparé la promotion de Hawke au poste d'officier adjoint et l'arrivée de Mellas. Il avait ensuite affecté Goodwin à la 2e section, avec le sergent-chef Ridlow, qu'il avait décrit comme compétent mais un peu laxiste. Mellas avait tout de suite compris que pour Fitch Goodwin était le meilleur officier des deux : il lui avait assigné la mission la plus difficile. Il ne leur avait même pas demandé leurs notes à la Basic School, quelle fac ils avaient fréquentée, ou quoi que ce soit d'autre. Mellas l'avait vécu comme une injustice.

Il fut ramené au présent en apercevant un berger allemand au pelage d'un cendré pâle et aux oreilles étrangement rougeâtres ; allongé dans la boue, l'animal l'observait, tête levée, en haletant. Le maître-chien, un marine maigre doté d'une grosse moustache tombante comme celle d'un guerrier celte, dormait à côté de lui, un chapeau de brousse rabattu sur les yeux. D'autres gars du PC – le contrôleur aérien avancé, qu'on appelait toujours le CAA, l'encornet Sheller et l'observateur avancé d'artillerie Daniels – étaient assis en un petit groupe et mangeaient des rations C, assez près pour suivre la réunion des officiers mais suffisamment éloignés pour ne pas y participer.

— Bon, allons-y, dit Hawke. La météo annonce plus ou moins la même merde. (Il marqua une pause.) Encore. (Des rires fusèrent.) On ne sait toujours pas ce que foutent les compagnies Alpha et Charlie dans la brousse, ni à quel moment Delta et nous sommes censés basculer avec eux. Vous avez certainement tous entendu qu'Alpha a bien eu quatre *Coors*. (*Coors* était le code radio indiquant qu'il y avait eu des morts.) On ne connaît pas encore les noms. Ils se seraient fait tirer dessus en file indienne dans une rivière. (Hawke poursuivit à la hâte, feuilletant un carnet de poche vert cartonné.) Rien sur les quotas de R & R pour l'instant. Qui est de garde au palais demain ? J'ai failli me noyer dans les ordures quand le vent s'est levé cet après-midi.

Kendall leva la main.

— OK, Kendall ! Surveille bien le secteur. Sinon on aura des rats. (Hawke jeta un regard au ciel, plissant les yeux à cause de la bruine.) Correction : on en aura encore plus. C'est déjà la foire aux rats par ici. (Il baissa la tête sur son carnet, l'abritant contre son pull humide.) J'entends dire que le bataillon compte s'installer ici une fois qu'on aura amené les artilleurs, alors dites à tout le monde de se raser de près et d'avoir l'air soigné avant qu'ils rappliquent et se mettent à gueuler.

Ridlow, l'adjoint au chef de section de Goodwin, explosa.

— S'ils nous envoyaient un peu d'eau par hélico, on aurait peut-être plus envie de se faire beau, bordel !

Sa voix râpeuse s'éteignit dans un grommellement, comme quoi c'était merdique d'être toujours à court d'eau alors qu'il y avait cette merde de mousson et que ce pays de merde était une belle merde. Il cracha par terre et essuya sa barbe d'une semaine avec le dos de sa grande main. L'autre reposait sur sa hanche, à côté de son revolver Smith et Wesson .44 Magnum. Lors des présentations, Goodwin avait tout de suite demandé à voir le flingue ; le courant était immédiatement passé.

Hawke observa le ciel pour laisser à Ridlow le temps de se calmer.

— Bon, reprit-il, comme il n'y a pas de remarques pertinentes, je pense que c'est tout ce que j'ai à vous dire. Ah ouais… faites savoir à Gunny Cassidy de quoi vous avez besoin, histoire qu'on puisse avoir des provisions quand les oiseaux arriveront avec la batterie d'artillerie. Gunny Cassidy ?

— Rien, Sir, répondit ce dernier. N'oubliez pas de me donner vos effectifs avant de partir, c'est tout.

— L'encornet ?

— Euh, rien non plus, Sir. Assurez-vous seulement que les infirmiers de la section ont bien noté leurs besoins en fournitures médicales pour que je puisse demander au poste sanitaire du bataillon de les charger dans l'hélico.

— Ils le font automatiquement, grogna Bass.

Sheller le regarda en pinçant fortement les lèvres. Profitant de cette hésitation, Hawke se lança :

— OK, il y a des plaintes, des jérémiades, des réclamations, des besoins ou des requêtes avant que le chef s'en aille ?

— Mallory voudrait encore formuler une doléance, dit Bass. Il dit que sa migraine ne passe pas et que les toubibs se foutent de lui en le gardant dans la brousse.

— Si ce fumier baissait le volume de cette satanée musique de sauvages, il aurait moins mal au crâne, marmonna Cassidy.

— Ça, c'est Jackson, le corrigea Bass. Il est dans mon troupeau. C'est un bon marine.

Cassidy fixa Bass, qui lui rendit son regard. Cassidy ne dit rien de plus, mais eut un hochement de tête presque imperceptible qui signifiait : *Si vous le dites, sergent Bass, alors ça doit être vrai.* Mellas, ses antennes sorties, comprit tout de suite que les deux hommes étaient faits du même bois.

— Peut-être qu'on devrait faire une fleur à Mallory et lui dévisser complètement la tête, marmonna Ridlow.

Il décocha un regard à son chef de section, Goodwin, et se mit à ricaner. Les autres sergents et Goodwin firent de même. Mellas sourit, même si ces sous-entendus ne lui plaisaient pas.

Fitch soupira, conscient qu'il allait devoir s'en occuper.

— Je parlerai à Mallory, dit-il. Mais mettez-le en garde, Mellas, que son histoire a intérêt à être convaincante.

— Mallory est déjà en lice pour le prix Pulitzer de la meilleure fiction, fit remarquer Hawke. (Il regarda autour de lui.) Autre chose ? (Personne ne se manifestant, il se tourna vers Goodwin.) Essaie d'occuper ton mitrailleur, China. OK ? Moins il aura d'heures de visite, mieux ça vaudra.

— Ils veulent voir ce que c'est, le pouvoir noir ? Dites-leur de jeter un coup d'œil dans le canon de mon Smith et Wesson modèle 29, grogna Cassidy.

Ridlow ricana de plus belle.

Hawke jeta un regard las à Cassidy et à Ridlow.

— China est peut-être un gamin un peu bête, mais moi, je le prendrais au sérieux. (Ridlow lança un coup d'œil de biais à Goodwin, puis à Cassidy. Personne ne dit mot.) C'est à vous, chef, conclut Hawke.

— Bon. (Fitch redressa la tête. Il était assis sur une bûche, les pieds dans le vide. Son petit visage séduisant avait l'air fatigué.) Big John Six a encore pété les plombs à la radio pour la mitrailleuse viet.

Big John Six était le lieutenant-colonel Simpson, commandant du bataillon et supérieur de Fitch. Il avait promis à son propre supérieur, le colonel Mulvaney, commandant du régiment, que ce dernier pourrait déplacer une batterie d'obusiers en zone protégée. Perdre l'hélico d'approvisionnement après lui avoir assuré que la zone était sécurisée l'avait suffisamment mis dans l'embarras, mais il lui avait promis de résoudre le problème illico et cela faisait maintenant deux jours que la date promise était passée sans que la zone soit encore sûre.

— Il va faire quoi ? tonna Ridlow. Vous faire couper les cheveux et vous envoyer au Vietnam ?

Fitch rit poliment à cette réplique d'usage et baissa les yeux sur ses pieds qui se balançaient.

— J'imagine qu'il pourrait me bannir à Okinawa.

Okinawa était universellement connu comme le pire endroit possible pour un R & R. Les relations avec les Japonais étaient devenues si tendues que les gradés y avaient interdit quasi toute activité aux soldats. Lorsque les rires s'éteignirent, Fitch désigna le brouillard qui tourbillonnait au-dessus des arbres vers le sud-est.

— Je pense que Nagoolian[1] va se diriger vers cette ligne de crête demain, déclara-t-il. Il s'y est rendu le premier jour, et comme il n'a

1. Dérivé de Nguyen, nom très répandu au Vietnam, pour désigner l'ennemi.

jamais emprunté celle au nord-ouest, il doit se dire qu'on le cherchera par là. Bass, vous y avez été. À quoi ressemble le passage sud-ouest ?

— C'est comme le reste de cette saloperie d'endroit. Il nous a fallu trois heures pour faire huit cents mètres. On a dû sortir les machettes pour avancer. Plutôt difficile de prendre quelqu'un par surprise dans ces conditions.

— C'est pour ça qu'il y sera ! Mellas, envoyez une équipe de base-ball au sommet de la crête pour jeter un coup d'œil aux alentours. Même si vous ne les voyez pas, au moins ça les éloignera des principaux axes d'approche.

— À vos ordres, chef.

Mellas griffonnait des notes dans son carnet vert tout en passant silencieusement en revue l'actuel code radio de la compagnie, dont on se servait souvent dans des conversations directes. Une « équipe de base-ball » désignait un groupe de douze soldats, « de basket-ball » une escouade de quatre tireurs, et « de football » une section de quarante-trois hommes.

— Je pourrais avoir quelques cartes pour mes chefs d'escouade ?

Tout le monde éclata de rire. Il se sentit rougir.

— Mellas, dit Hawke, vous auriez moins de mal à décrocher un rencard avec Brigitte Bardot que de vous procurer des cartes supplémentaires. Vous ne pouvez pas savoir ce que j'ai dû échanger pour acquérir celle que vous avez, et je préfère ne pas le dire devant le chef.

— C'est vrai ! renchérit Fitch. On manque de cartes. Désolé. Le gode vert s'enfonce d'un centimètre de plus. (Il ne s'attarda pas.) Goodwin ?

— Ouais, Jack ?

Mellas tressaillit en entendant la désinvolture avec laquelle Goodwin s'adressait au commandant de la compagnie, qui ne s'appelait même pas Jack. Si Fitch s'en était aperçu, il n'en montra rien.

— Je veux une de vos équipes de base-ball dans le passage sud et qu'elle remonte ensuite le défilé entre le chemin et la crête est. En revenant, allez jeter un coup d'œil à l'oiseau qui s'est écrasé sur Helicopter Hill. Vérifiez si Nagoolian a fourré son nez dans le coin. Et vous, les deux autres chefs de section, envoyez vos chiens rouges où vous voulez, dit-il enfin en employant le code de combat désignant toute patrouille de la taille d'une escouade.

Fredrickson entra en haletant dans le cercle.

— Il s'est mis à hurler ! Lindsey lui a enfoncé une chemise dans la bouche. Dans quelques minutes, on ne pourra plus le contenir. Il va falloir inciser.

Mellas regarda Fitch, puis Sheller, dont on voyait la gorge palpiter sous son double menton. L'encornet se frotta les mains comme pour les réchauffer. Fitch le fixait intensément, sa lèvre inférieure recouvrant la supérieure.

— Il faut le faire, Jim, dit Hawke doucement.

Fitch hocha la tête, les yeux encore braqués sur l'encornet.

— Comment vous vous sentez, Sheller ?

Mellas fut surpris d'entendre l'encornet appelé par son nom.

— Je n'ai pas de cathéter, chef, et enfoncer un instrument dans l'urètre pour extraire la sangsue ferait de sales dégâts. La seule chose qui me paraît faisable, ce serait d'inciser le pénis au niveau du bas. Deux entailles. On voit bien là où l'urètre est gonflé jusqu'à la sangsue. La première incision se ferait à partir de là, côté vessie, pour soulager la pression. J'essayerais d'en faire une petite. On insérerait une intraveineuse pour maintenir la coupure ouverte et continuer de le purger jusqu'à ce qu'on puisse l'évacuer. (Il chercha dans ses poches et en sortit un tube qu'il venait de découper.) Je vais devoir le stériliser et il va me falloir un peu de place au sol pour travailler, Sir. Je pourrais graisser ce truc avec de la bacitracine pour le glisser plus facilement dans l'ouverture.

— Ça ne fait qu'une seule incision, lui fit observer Fitch.

— Ouais. OK. (Sheller avala sa salive.) Deuxième entaille. Je percerais la sangsue pour la saigner et la tuer. Il ne faut pas qu'elle remonte le courant. (Il observa le groupe silencieux, conscient du fait que tous avaient les yeux braqués sur lui.) Fredrickson viendra avec moi. Fisher se sentira mieux si c'est un toubib qu'il connaît.

Hawke avait l'air sombre et satisfait à la fois. Bass continuait de fixer Sheller, puis le chef, son visage dénué de toute émotion.

— OK, l'encornet. Allez-y. (Fitch s'exprimait sèchement, sans manifester la moindre hésitation. Il se tourna vers Hawke.) Ted, va voir ces types pour leur dire de descendre Fisher ici.

Sheller se mit en route et entra en rampant dans la guitoune du PC sans mot dire. Il commença à la vider. Les autres, excepté Mellas, Hawke, Fitch et Cassidy, regagnèrent leurs postes.

***

La colline tout entière était silencieuse, dans l'état d'alerte totale qui marquait chaque tomber et lever du jour. Mellas regardait Fredrickson et Lindsey en train de parler avec Fisher, qu'ils commençaient à déplacer de la zone d'atterrissage sur un brancard fabriqué avec un poncho enroulé entre deux branches d'arbre. Soudain, Fisher poussa un cri et Lindsey jura discrètement. Hawke, qui marchait près du brancard, étouffa rapidement la plainte de Fisher en lui collant la main sur la bouche. Mellas avançait à côté d'eux, persuadé qu'il valait mieux ne rien dire.

Arrivés au PC, ils traînèrent Fisher à l'intérieur de la petite guitoune. Sheller était déjà en train de déballer son matériel et d'allumer des bougies. Fredrickson enleva le pantalon crasseux de Fisher et le plia avec soin. À l'extérieur, les deux opérateurs radio se serraient près de leur équipement pendant que Fitch s'efforçait de bloquer la lumière de l'entrée. Hawke et Cassidy s'assirent par terre en parlant à voix basse.

À l'intérieur, Doc Fredrickson jeta un coup d'œil à Sheller, dont le menton tremblotait légèrement sous la graisse. Fisher se tordait de douleur en s'efforçant de ne pas hurler. Fredrickson passa derrière lui et lui coinça la tête entre ses genoux. Puis il se pencha, lui posa les mains sur les épaules et appuya de tout son poids. Les flammes des bougies dansaient dans le courant d'air, projetant des ombres sur les ponchos tendus.

— Ça va aller, Fisher, murmura Fredrickson près du visage du soldat. Ça va aller.

— Oh, merde, Doc, arrêtez ce truc. Arrêtez la douleur.

— Ça va aller.

Fredrickson dévisageait Sheller, l'incitant à agir. L'encornet finit de lubrifier le tube de perfusion, l'agrippa de la main gauche et rendit son regard à Fredrickson par-dessus le corps de Fisher. Il ramassa un petit couteau de la main droite et écarta les jambes de Fisher avec les coudes pour se glisser entre elles. De nouveau, il leva les yeux vers Fredrickson. Le visage empreint d'angoisse, il articula :

« Je ne sais pas si j'ai raison. »

Fredrickson hocha la tête en signe d'encouragement :

« Vas-y, mima-t-il. Fais-le. »

Fisher se remit à gémir et cambra le dos, s'efforçant de soulever la vessie et les reins au-dessus du sol. L'encornet passa son couteau dans la flamme de la bougie. Puis il versa de l'alcool sur la lame. Il y eut un léger sifflement, et l'odeur d'alcool envahit la guitoune. Il releva le pénis de Fisher et le lui plaqua fermement contre le ventre. Cette seule pression fit hurler le soldat.

Fredrickson pencha son corps tout entier sur son visage comme pour le bâillonner et lui appuya sur les épaules et le haut des bras.

Sheller enfonça la lame dans le pénis. Fisher hurla et Fredrickson força de tout son poids pour l'empêcher de rouler. Du sang et de l'urine ruisselèrent sur la lame du couteau, ce premier jaillissement éclaboussant les mains et la poitrine de Sheller. Puis il enfonça le cathéter de fortune dans l'incision en le faisant glisser sur le côté lisse de la lame, qu'il ressortit prestement. De l'urine coula à flot dans le cathéter, dégoulinant sur les hanches et l'entrejambe de Fisher, emplissant la tente de son odeur chaude, se déversant dans la boue, imprégnant les doublures de poncho en Nylon sous le corps du soldat.

— Putain. Putain. Oh, putain ! cria Fisher, chaque « putain » diminuant en intensité avec l'urine qui s'écoulait moins violemment, jusqu'à ce qu'on n'entende plus que son halètement irrégulier et la profonde respiration de Fredrickson et Sheller.

Fisher brisa le silence.

— Qu'est-ce que je dirais si on était dans un film ?

Fredrickson hocha la tête d'avant en arrière et lâcha un rire.

— Ben merde, Fisher ! dit-il.

Sheller, encore à bout de souffle, se contenta d'un petit signe à l'adresse de Fisher.

Celui-ci grimaça et inspira péniblement. Il retint sa respiration, puis la relâcha tout d'un coup, tourna la tête de côté et regarda le sol de la guitoune.

— Un beau bordel que c'est, dit-il.

— Ouais. Un beau bordel ! répéta Sheller en hochant la tête.

Il était couvert de sang et d'urine. Soudain, il décocha un regard à son collègue, qui fit un léger signe de la tête. Puis Fredrickson se jeta brusquement sur Fisher de tout son corps. L'encornet prit le soldat par surprise et lui entailla le pénis à nouveau, cette fois pour percer la sangsue et la tuer.

Fisher rua des hanches vers le ciel.

— Putain, l'encornet ! hurla-t-il. Qu'est-ce que tu fous ?

Fredrickson continua d'appuyer sur lui de tout son corps pour essayer de l'immobiliser.

— Désolé, dit Sheller.

Le sang de la bestiole boursouflée coula le long de la lame. Sheller retira le couteau et respira profondément. Du sang sombre suintait de la deuxième coupure, se mêlant à l'urine et à celui, plus rouge, de la première incision.

Sheller s'assit sur les talons, genoux au sol.

— C'est fini, bordel ? demanda Fisher.

Sheller fit signe que oui.

La petite guitoune avec ses trois jeunes hommes, la lumière des bougies et l'odeur chaude de l'urine resta silencieuse.

Dehors, ils entendirent le CAA, le contrôleur aérien avancé, qui criait :

— Emmenez-le à la ZA ! L'oiseau arrive.

— Et maintenant ? demanda Fisher.

— Je sais pas, répliqua Sheller. Ils vont t'emmener à Charlie Med. Les réparations habituelles. Ce sont les infections qui posent problème par ici. On sait pas ce qu'a pu te transmettre la sangsue, ni le couteau d'ailleurs.

— Non, je veux dire… (Fisher hésita.) Vous savez, après. Une fois rentré.

Le CAA passa la tête entre les ponchos.

— J'ai ce putain d'hélico au bout du fil ! Emmenez-le à la ZA. Qu'est-ce que vous attendez, bordel ?

Il partit en courant dans le noir, sa radio sur le dos, en discussion avec le pilote.

Sheller roula sur le côté pour laisser Fitch et Hawke entrer dans la guitoune et s'emparer du brancard. Il ne répondit pas à Fisher, profitant de l'interruption pour se dérober. Qu'entraînerait un tissu cicatriciel ? Une infection ? Avait-il sectionné des canaux dont il n'avait même pas idée ? Il ignorait sincèrement ce qui allait se passer et savait pertinemment qu'il venait peut-être de condamner Fisher non seulement à la stérilité, mais aussi à l'impuissance.

***

Mellas regarda les ombres qui remontaient la pente. Le bruit familier de *washboard*[1] qu'on frotte résonna dans la vallée en contrebas tandis que l'hélico peinait à s'élever, rasant la cime des arbres sous la basse couverture nuageuse. Puis les .51 APVN ouvrirent le feu, suivis presque instantanément par les deux mitrailleuses .50 de l'hélico tirant à l'aveugle dans la jungle sombre pour les contrer. L'appareil surgit de l'obscurité et se posa brutalement sur la zone ; son chef d'équipage en bondit aussitôt et cria aux marines de monter le brancard à bord.

Cassidy, Hawke, Fitch et le CAA traversèrent la ZA en courant avec le brancard et gravirent la passerelle de l'hélico, les balles des .51 APVN claquant autour d'eux. Mellas s'accroupit, heureux de se trouver juste sous le rebord de la ZA, en position défilée par rapport aux tirs. L'hélico se remit en mouvement avant même que les quatre porteurs de bran-

1. Instrument de jazz qui rappelle la planche à laver.

card n'en soient sortis. Il avait déjà décollé lorsque la dernière silhouette sombre sauta à terre et courut vers le bord de la ZA.

La masse sombre de l'hélico se fondit dans l'obscurité, la faible lueur de son tableau de bord disparaissant avec elle dans la nuit. Les tirs cessèrent. Mellas se releva à moitié et jeta un coup d'œil derrière lui, à l'intérieur de la guitoune du PC. L'encornet était encore agenouillé sur la surface désormais déserte, l'avant de sa chemise militaire trempé d'urine et de sang, son couteau à la main. Il pleurait et priait à la fois.

CHAPITRE 2

La lumière mourut. Les voix furent réduites au silence. L'obscurité et la peur succédèrent au jour et à la raison. Le murmure d'une feuille raclant l'écorce faisait involontairement tourner les têtes et galoper les cœurs. Les ténèbres environnantes et le mur invisible de la végétation ruisselante ne laissaient aucune issue. Dans ce néant noir et humide, le périmètre n'était plus qu'un souvenir. Seule l'imagination lui prêtait forme.

Mellas grelottait dans sa guitoune en écoutant les chuchotements du réseau de transmission de la compagnie. Là, dans la boue, il percevait les tremblements d'Hamilton sans le voir, blotti qu'il était dans une doublure de poncho en Nylon graisseuse. Son maillot de corps mouillé lui collait à la peau. Chez lui, il s'était agacé contre sa mère qui l'avait teint d'une couleur trop pâle.

— On va me repérer à des kilomètres à la ronde!

Elle s'était mordu la lèvre pour ne pas pleurer. Mellas avait eu envie de la serrer dans ses bras, mais ne l'avait pas fait.

Il devait contrôler les trous à 23 heures et à 3 heures pour s'assurer que les soldats de garde étaient bien réveillés. En attendant, il était assis, comme quelqu'un qui a besoin d'uriner mais rechigne à quitter la chaleur de son lit. Un rat se faufila dans la végétation, Mellas entendant son bruissement parmi les récipients de rations C jetés au loin. Il l'imagina traînant son ventre humide par terre. Il regarda l'aiguille des minutes tracer sa route lumineuse vers le onze de sa montre. À 23 heures précises, loin vers l'est, il entendit ce qu'il pensa être une mission Arc Light – des B-52 en provenance de Guam qui s'envolaient loin vers l'est et si haut dans le ciel qu'on ne les apercevait pas, tous lâchant des centaines de bombes de deux cents et quatre cents kilos. Ce genre de bombardement pouvait transformer une petite zone occupée par des troupes présumées ennemies en un brasier de souffrance et de mort, mais Mellas, lui, n'entendait qu'un tonnerre stérile sans pluie. Il regarda l'aiguille des minutes dépasser lentement la barre du onze. La voix du devoir l'emporta. Il sangla son pistolet, mit son casque et sortit en rampant.

Une pluie invisible frappa ses joues. La chaleur de sa doublure de poncho s'évapora comme un faible cri dans une mer houleuse. Il descendit la pente en se laissant glisser dans la boue. Puis, après avoir tâtonné pendant un temps qui lui sembla bien trop long, il eut peur d'avoir dépassé les lignes et de se faire tuer par ses propres hommes. Il trébucha sur une racine, partit en grognant tête en avant et se blessa au poignet en tentant d'amortir sa chute. L'eau froide de la boue transperça ses vêtements. Aveuglé, il avança à quatre pattes en espérant trouver la position de la mitrailleuse en bas de la pente, juste dans l'axe de sa guitoune. Il essaya d'imaginer son occupant, Hippy, avec ses cheveux d'une longueur peu réglementaire et sa médaille argentée de pacifiste autour du cou – elle ressemblait curieusement à un avion de ligne.

Une voix à peine audible flotta dans l'obscurité.

— C'est qui ?

— C'est moi, chuchota Mellas. Indicatif Mike.

Il craignait que, s'il disait « lieutenant », un soldat nord-vietnamien tapi de l'autre côté des lignes ne lui tire dessus.

— C'est qui, indicatif Mike, bordel ? murmura la voix en réponse.

— Le nouveau lieutenant, répondit Mellas, frustré et conscient d'avoir fait assez de bruit pour se faire tirer dessus de toute façon.

Puis il rampa vers la voix. Soudain, sa main tomba sur de la terre fraîchement retournée. Il devait se trouver près d'un trou de combat. Il perçut plutôt qu'il ne vit une forme sombre dans la petite sphère de sa conscience, là, moins d'un demi-mètre devant ses yeux.

— Comment ça va ? demanda-t-il à voix basse.

— J'arrête pas d'entendre du bruit en bas dans le passage.

— À quelle distance ?

— Pas moyen de savoir.

— Si ça se rapproche et que vous voulez jeter une Mike-26, prévenez-moi, moi ou Jake.

Jacobs avait remplacé Fisher à la tête de la 2e escouade de Mellas.

— Je suis dans la 3e escouade.

Mellas fut soudain déconcerté. Il scruta les ténèbres dans la direction du visage de l'homme, mais ne put le distinguer.

— Vous êtes qui alors ? finit-il par murmurer.

— Parker, Sir.

Mellas en fut atterré. Il n'avait pas du tout rampé dans la direction voulue. Il tenta de visualiser Parker, et se rappela que c'était le type persuadé d'avoir été doublé pour son R & R à Bangkok. Du genre maussade.

Alors tous deux se turent et s'efforcèrent de voir dans le noir. Les giclures de la pluie interdisaient tout espoir d'entendre quiconque se déplacer dans la jungle. Mellas sentit sa chemise lui coller au dos et commença à grelotter. Écouter n'en fut que plus difficile. Parker, lui, faisait porter son poids d'une jambe sur l'autre avec impatience.

Mellas s'efforça de trouver quelque chose à dire pour établir le contact.

— Vous venez d'où, Parker ? chuchota-t-il.

Le soldat ne répondit pas.

Mellas hésita. Il ne savait trop si celui-ci le provoquait, ou s'il avait simplement peur de faire encore plus de bruit. Mais il finit par se décider.

— Parker, je vous ai posé une question.

Celui-ci attendit trois bonnes secondes avant de répondre.

— Compton.

Mellas n'avait aucune idée de l'endroit où ça se trouvait.

— Ah, dit-il. C'est sympa comme coin ?

— Je dirais pas ça comme ça.

— Sir, ajouta Mellas.

— Je dirais pas ça comme ça, Sir.

Mellas ne sut que répondre. Il sentait l'occasion de sympathiser avec Parker lui échapper. Il fit une dernière tentative.

— Moi, je suis originaire de l'Oregon, d'une petite ville côtière pleine de bûcherons, Neawanna.

— Neawanna ? (Il eut une hésitation.) Sir.

— Ouais. Drôle de nom, hein ? C'est d'origine indienne.

Silence.

— Je dois continuer, murmura Mellas qui sentait le malaise de Parker. Qui est dans le trou de droite ?

Parker ne répondit pas immédiatement, et Mellas se demanda si lui aussi avait du mal à retenir tous les noms.

— Chadwick, chuchota enfin le soldat.

— Merci, Parker.

Il partit en rampant vers le trou suivant. Ça ne s'est pas très bien passé, se dit-il. Il se sentait maladroit et incompétent.

La pluie, projetée par une soudaine rafale de vent, lui souffla brièvement dans le visage avant de décroître et ne plus être qu'un lent crépitement régulier sur son casque. Il se traînait dans la boue à quatre pattes dans une obscurité totale, conscient d'avoir manqué la 1re comme la 3e escouade et d'être obligé de revenir sur ses pas. Il détecta une autre forme.

— Chadwick ? lança-t-il à voix basse en espérant que Parker ne s'était pas trompé.

Pas de réponse.

— Chadwick, c'est moi, le lieutenant Mellas.

Son murmure resta suspendu dans le silence.

Il fut accueilli par un soupir de soulagement clairement audible.

— Putain de Dieu, Sir, j'ai cru que j'allais crever ! J'étais à deux doigts de vous exploser la gueule.

Il lui fallut deux heures pour parcourir les cent quarante mètres de périmètre de sa section. Il revint épuisé, les habits trempés et crottés de boue, des sangsues cramponnées à ses bras et à ses jambes. Deux fois par nuit, trois cent quatre-vingt-neuf nuits restantes.

***

Quelques heures plus tard, le chef de la 3e escouade de Mellas, le caporal Jancowitz, regarda le gris du matin infiltrer progressivement les ténèbres. La venue du jour ne l'enchantait guère, car il savait qu'il était de patrouille. Il n'était pas mécontent pour autant – cela lui faisait toujours un jour de moins jusqu'à son R & R à Bangkok, où il pourrait revoir Susi. Cela signifiait aussi que l'alerte totale précédant l'aube était terminée et qu'il pouvait se préparer son petit déjeuner. Il donna l'ordre à son escouade de se retirer et confia la garde à sa 3e équipe de tireurs.

Il sortit une boîte d'œufs en poudre, ajouta un peu de chocolat d'une barre Hershey Trop – un chocolat à haut point de fusion conçu pour la jungle – auquel il mélangea du Tabasco et de la sauce A1, tous deux soigneusement stockés lors de son dernier R & R. Il incorpora ensuite du jus d'abricot, puis il jeta les abricots et la boîte dans la jungle. Il déchira enfin un petit bout de plastique C4, le posa par terre, plaça la boîte dessus, et alluma l'explosif. Une flamme blanche enveloppa la boîte en sifflant. Trente secondes plus tard, Jancowitz en mangeait le contenu à la cuillère en pensant à Susi, l'entraîneuse thaïlandaise pour laquelle il avait prolongé son tour de service de six mois. Cette prolongation lui avait valu trente jours de permission à Bangkok. Cela avait été les trente plus beaux jours de sa vie. Il était maintenant au Nam depuis assez longtemps pour bénéficier d'une nouvelle semaine de R & R avec Susi, dans quelques jours à peine. Une fois de retour, il entamerait sa deuxième prolongation de six mois. Ce qui lui permettrait de passer trente jours de plus avec Susi. Six mois de plus et il en aurait fini, vraiment fini, avec le Crotch – le corps des marines ; il pourrait se marier et, avec plus de deux ans d'économies en poche, commencer une nouvelle vie.

Il en était là, caporal et chef d'escouade à dix-neuf ans, en lice pour une promotion, et au mérite, au grade de sergent pour l'opération Wind River. Jayhawk lui avait dit qu'il essaierait de l'envoyer à l'arrière jusqu'à la fin de sa deuxième prolongation, ce qui le tentait bien plus que de rentrer au pays et de voir tous sortes de trous du cul brandir des panneaux en lui gueulant dessus. Et puis, personne ne l'attendait au pays. Trois mois au bercail pour terminer, et cap sur Bangkok avec presque trois ans de salaire. Ç'aurait pu être pire. Bass avait même dit qu'il comptait sur lui pour l'aider à roder le nouveau lieutenant, maintenant que Fisher était parti.

***

Le nouveau lieutenant, lui, était en train de roder son .45 tout neuf en actionnant la culasse. Son opérateur radio, Hamilton, mangeait son petit déjeuner : du jambon et des haricots de Lima mélangés à de la confiture de raisins. Mellas n'avait pas faim.

— Vous en faites pas, Sir, il marchera, dit Hamilton, la bouche pleine.

Mellas regarda son arme et la remit dans son holster.

— De toute façon, poursuivit Hamilton en la montrant du bout de sa cuillère en plastique blanche, ça vaut que dalle quand ça pète dans tous les sens. Si je pouvais, je me dégotterais un .12 à canon scié.

Mellas ne sut quoi répondre. Selon le tableau d'équipement standard, le document qui indiquait les armes autorisées à chaque spécialité militaire, on n'allouait que des pistolets aux officiers, en partant du principe qu'ils étaient censés réfléchir, et non tirer. Il baissa les yeux sur son pistolet, puis sur le M16 soigneusement huilé et les ceintures porte-chargeurs de Fisher, chacun d'eux contenant dix-huit balles. Normalement ils auraient dû en compter vingt, mais des gamins avaient appris, en y laissant la peau, que les ressorts d'origine étaient trop faibles pour alimenter correctement l'arme avec les projectiles réglementaires. Le tableau d'équipement standard commençait à paraître inapplicable. Mellas s'empara du fusil de Fisher et en actionna la culasse.

— Vous en faites pas, Sir, ça marchera aussi, reprit Hamilton.

Mellas lui fit un doigt d'honneur.

Hamilton poursuivit comme si de rien n'était. Il mâcha pensivement un instant avant de chercher dans son sac la précieuse sauce Pickapeppa qu'on lui avait envoyée de chez lui. Il en ajouta délicatement deux gouttes au jambon froid, à la confiture de raisins et aux haricots de Lima, remua et goûta encore. Le nouveau lieutenant n'avait toujours pas faim.

Lorsque Jancowitz arriva péniblement en haut de la pente qui menait à la guitoune de Mellas, ce dernier avait pris tout son barda : trois gourdes, deux remplies de Rootin'Tootin'Raspberry[1] et une de Lefty Lemon[2], cinq grenades à main, deux fumigènes, une boussole, une carte recouverte d'un plastique qui servait à protéger les étagères chez lui, des pansements, des compresses, des tablettes Halazone[3], son pistolet, deux ceintures porte-chargeurs de M16 et des boîtes de nourriture fourrées dans des chaussettes supplémentaires, celles-ci enfoncées dans les grandes poches latérales de son pantalon de treillis. Certains soldats se contentaient de laisser pendre les chaussettes garnies de boîtes à leurs sacs à dos.

Il serra soigneusement son pantalon sur ses rangers avec les ressorts en acier pour empêcher les sangsues de s'y faufiler et glissa un flacon en plastique d'insecticide sous le large élastique qui encerclait son nouveau couvre-casque vert camouflage. Il regarda sa montre tandis que l'arrière de la patrouille de Goodwin disparaissait dans la jungle en dessous. Jamais il ne convaincrait Fitch qu'il valait quelque chose si sa patrouille ne partait pas à l'heure.

Jancowitz lui adressa un sourire.

— Sir, je, euh…

Il hésita, puis tapota le côté de son couvre-casque mou.

Mellas le regarda.

— L'insecticide, dit Jancowitz. Le blanc ressort dans la brousse. Ça fait une belle cible.

— À quoi sert l'élastique alors ? demanda Mellas en fourrant le flacon dans sa poche.

— Aucune idée, Sir, répondit Hamilton. Ça doit empêcher cette connerie de casque de se défaire, j'imagine.

— On pourrait y glisser des trucs comme des branches pour se camoufler, avança Jancowitz prudemment.

1. Kool-Aid parfum framboise.
2. Kool-Aid parfum citron.
3. Comprimés de chlore pour purifier l'eau.

Hamilton s'esclaffa, et Mellas eut un sourire crispé. Ce n'était pas juste. À la télé, il avait vu des marines avec des flacons en plastique d'insecticide attachés à leurs casques. Et avait attentivement consigné chaque détail de l'affaire. Soudain, il comprit que les scènes qu'il avait vues se déroulaient toutes autour de villages, dans des endroits où les caméras avaient plus de chances de se trouver et où il n'y avait pas de murs de végétation vert foncé de tous côtés.

— On est prêts, Sir, annonça Jancowitz. On n'attend plus que Daniels.

Le vice-caporal Daniels était l'observateur avancé de la batterie d'artillerie. Fitch l'affectait aux patrouilles qui, selon lui, pouvaient nécessiter le peu de soutien d'Andrew Golf, la lointaine batterie de la base d'appui-feu Eiger.

Alors que Jancowitz ouvrait le chemin vers le secteur de la 3e escouade, la voix de Marvin Gaye entonnant *I Heard It Through the Grapevine* rompit le silence matinal. Mellas aperçut les marines de la 3e escouade qui attendaient, certains tripotant nerveusement leur équipement, tous apparemment prêts avant même que Jancowitz ne soit venu le chercher. Un groupe de marines noirs fumait des cigarettes, serrés les uns contre les autres. Au centre se trouvait un jeune homme bien bâti et à l'air sérieux, accroupi au-dessus d'un tourne-disque 45 tours portable.

— OK, Jackson, coupe le son ! lança vivement Jancowitz.

Sans un regard, Jackson leva la main, paume tournée vers lui.

— Eh, *man*, relax ! L'émission du matin est pas encore terminée.

Quelques hommes du groupe rirent doucement, y compris Jancowitz, qui jeta un coup d'œil furtif à Mellas, au cas où celui-ci y aurait vu une objection.

Mellas ne savait trop s'il devait protester ou non. Il regarda Jancowitz et Hamilton, en quête d'un signe.

Bass mit fin à cette impasse momentanée en arrivant derrière eux.

— Pourquoi vous passez pas de la vraie musique, comme du Tammy Wynette[1], au lieu de ce truc de sauvages ?

— C'est toujours mieux que les bassines et les manches à balai[2], rétorqua Jackson, qui attendit que les rires fusent.

1. Chanteuse de country de l'époque.

2. Les musiciens de folk américains se fabriquaient des contrebasses de fortune en se servant d'une bassine métallique comme caisse de résonance et d'un manche à balai pour accrocher les cordes.

Mellas se joignit aux autres, gêné. Jackson leva les yeux en entendant une voix qui ne lui était pas familière. Ayant reconnu Mellas, il éteignit immédiatement le tourne-disque et se leva. Le petit groupe devint aussitôt sérieux, attentif et affairé, chacun écrasant ses cigarettes dans la boue.

— Désolé, Sir, dit Jackson. Je savais pas que vous étiez là.

Ce qui frappa Mellas, c'était que manifestement il n'était pas désolé du tout. Il se montrait poli, rien de plus. La franchise avec laquelle il regardait Mellas laissait entendre qu'il était tout à fait capable de se défendre seul, sans pour autant être sur la défensive. Mellas sourit.

— Pas de problème ! Aucune envie d'interrompre l'émission.

Bass, constatant que Mellas était entre de bonnes mains avec Jancowitz, grogna et partit rejoindre la 2e escouade pour cornaquer Jacobs lors de sa première journée à la tête d'une patrouille.

— Où est Shortround ? demanda Jancowitz en le cherchant des yeux.

Jackson soupira et montra une paire de ponchos recouvrant un trou creusé dans le flanc de la colline.

— Il était de poste d'écoute la nuit dernière. Il doit être encore en train de manger.

— Shortround ! cria Jancowitz. Bon Dieu ! Ramène tes fesses !

Il y eut un grognement. Une tête, encore invisible, gonfla maladroitement le poncho tendu près du sol. Deux jambes courtes, recouvertes d'un pantalon large et sale, sortirent à reculons de la guitoune. Un gamin de petite taille avec des boucles brunes et un nez trop grand adressa un large sourire à Jancowitz. Il avait le visage barbouillé de sauce tomate. Il s'essuya de ses grandes mains tachées de brun foncé et incrustées de terre.

— Salut, Janc, lança-t-il joyeusement avec un sourire.

Jancowitz se tourna vers Mellas.

— Sir, voici Pollini, mais nous on l'appelle Shortround. Et c'est pas parce qu'il est petit et rond.

Il avait acquis ce surnom en référence aux obus d'artillerie qui tombent trop près par erreur et finissent souvent par tuer les hommes de leur camp.

Pollini fourra rapidement quelques barres de chocolat Trop dans ses poches, attrapa son fusil et rejoignit le groupe alors même que Daniels descendait la colline en revenant du PC, sa radio sur le dos. Jancowitz le présenta à Mellas, puis saisit le combiné de la radio d'Hamilton pour appeler le PC.

— Bravo, ici Bravo Un Trois. On y va.

L'escouade avança lentement dans la jungle en un long serpent, Jancowitz troisième en partant de la tête, Mellas derrière lui et observant chacun de ses mouvements, Daniels sur les talons. Personne ne parlait. Mellas songea que Jancowitz était dans la brousse depuis près de dix-neuf mois. Il devait en savoir plus en matière de survie que quiconque dans la compagnie.

Une fois que les gamins furent arrivés sous les arbres, les sangsues commencèrent à leur tomber dessus. Ils essayaient de s'en débarrasser avant qu'elles ne s'accrochent et ne commencent à leur sucer le sang, mais c'était trop tard la plupart du temps, les hommes se concentrant davantage sur la jungle et s'efforçant d'entendre, de voir ou de renifler ce qui leur offrirait, à eux, et pas aux Nord-Vietnamiens, le premier tir.

Les sangsues, elles, exploitaient leurs victimes au maximum. Mellas en vit quelques-unes tomber sur les cous des gamins et se glisser sous leurs chemises comme des gouttes de pluie. D'autres se tortillaient dans l'humus humide de la jungle, se cramponnaient à une ranger, puis remontaient la jambe d'un pantalon, guère plus grosses au début que des vers de terre avant de se transformer en poches gonflées de sang. De temps à autre, quelqu'un en aspergeait une d'insecticide, et elle tombait par terre en se contorsionnant et en laissant un filet de sang le long du bras, de la jambe ou du cou du soldat. Mellas commença à éprouver un certain plaisir à tuer ces petites saloperies et à voir son propre sang jaillir de leurs corps.

Le serpent de quatorze hommes avançait par spasmes. L'homme de pointe s'accroupissait parfois brusquement, tout yeux et oreilles, les suiveurs devant aussitôt se serrer, s'accroupir et attendre avant de pouvoir repartir. Mais ils finissaient par se fatiguer et baisser la garde. Puis, alarmés par un bruit étrange, ils se retrouvaient de nouveau sur le qui-vive. Ils jetaient rapidement des coups d'œil dans tous les sens, s'efforçant de regarder partout à la fois. Ils transportaient des briques de Kool-Aid, de Tang, à vrai dire de tout ce qui était susceptible d'effacer le goût chimique de l'eau que contenaient leurs gourdes en plastique. Rapidement, les traces de Kool-Aid pourpre et orange sur leurs lèvres et la peur au fond de leurs yeux les faisaient ressembler à des enfants au retour d'un goûter d'anniversaire où l'hôtesse aurait projeté des films d'horreur.

Ils s'arrêtèrent pour déjeuner et installèrent un petit périmètre de défense. Jancowitz, Mellas et Hamilton s'allongèrent par terre près de la radio pour manger des rations C. Ils jonchèrent bientôt le sol de boîtes vides. Mouches et moustiques se matérialisant aussitôt dans l'air lourd, Mellas se badigeonna une fois de plus d'insecticide. Le produit le brûla fort en s'immisçant dans ses coupures et ses piqûres. Il trouva deux sangsues sur sa jambe droite. Il les brûla vivantes avec des allumettes en papier tout en mangeant des pêches en conserve.

Déjà épuisé par le manque de sommeil, il luttait maintenant contre la fatigue physique de s'être frayé un passage à travers des broussailles quasi impénétrables, d'avoir gravi des pentes boueuses et glissantes pour atteindre une ligne de crête, cherché des traces de pas, cherché des indices. Il était trempé de sueur et de pluie. Effort. Poids. Mouches. Coupures. Végétation.

Savoir où ils se trouvaient, et pourquoi, ne l'intéressait plus. Il était content d'être le petit nouveau et soulagé que Jancowitz soit encore plus ou moins en charge, même s'il avait honte de le penser. Plus que trois cent quatre-vingt-neuf jours et un réveil.

À un moment donné, ils se heurtèrent à un mur de bambous impossible à contourner. Il s'élevait entre eux et un point de contrôle, une ligne de crête où la mitrailleuse APVN se trouvait peut-être. Ils durent s'y ouvrir un passage. Toute sécurité fut abandonnée lorsque le soldat de tête sortit sa machette et creusa un trou dans les bambous. Bientôt, ils évoluèrent dans un véritable tunnel végétal. Le sol se mit à monter. La pente se fit plus abrupte. Ils commencèrent à glisser. Le gamin à la machette fatiguant, un autre prit sa place. Il leur fallut une heure pour faire environ deux cents mètres.

Soudain, Williams, l'homme de pointe, se figea, puis s'abaissa lentement sur un genou, fusil sur l'épaule. De la vapeur montait de son dos. Tout le monde s'immobilisa en position, l'oreille aux aguets, s'efforçant d'arrêter le bruit de sa propre respiration. Jancowitz avança silencieusement pour savoir ce qui se passait. Hamilton, en bon radio, avança lui aussi, comme s'il faisait partie du corps de Jancowitz. Mellas les suivit.

— T'as entendu, Janc ? chuchota Williams.

Il tremblait, le front crispé par l'angoisse. Ils s'étaient arrêtés au bord d'une corniche. Un petit ruisseau coulait faiblement au milieu d'épaisses broussailles et de plantes à larges feuilles. Mellas tendit l'oreille pour entendre malgré le sifflement de sa respiration et le martèlement de son cœur. Il finit par distinguer de légers grognements, des bruits qui ressemblaient à des toux étouffées, à des branches qui craquent et qu'on arrache.

— Qu'est-ce que c'est ? demanda-t-il à voix basse.

— Des camions de Viets, Sir, répondit Daniels.

Celui-ci s'était glissé derrière Mellas, et si discrètement que son murmure l'effraya. Mellas se rendit compte que Daniels souriait et qu'il avait la bouche maculée de Choo Choo Cherry[1] rouge, ce qui soulignait encore le rose de ses joues.

— Des camions de Viets ? répéta Mellas. De quoi vous parlez ?

Il se tourna vers Jancowitz, qui l'observait avec un léger amusement.

— Des éléphants, Sir.

— Les bridés s'en servent pour trimballer des trucs, ajouta Daniels.

Tout le monde s'étant détendu, l'escouade avait déjà adopté la position de défense intérieur-extérieur, celle où, deux par deux, les hommes visent dans la direction opposée à celle du voisin. Jancowitz montra du doigt Pollini et Delgado, un jeune Chicano[2] aux yeux doux que tout le monde appelait Amarillo parce que c'était sa ville natale. Les deux soldats se relevèrent à contrecœur et s'éloignèrent, chacun d'un côté de l'escouade, pour faire office d'avant-postes.

— Alors ? demanda Mellas.

Il avait le sentiment désagréable que les ennuis n'allaient pas tarder.

— Vous ne croyez pas qu'on devrait demander une mission, Sir ? insista Daniels.

— Une mission de tir ? Sur des éléphants ?

— Ce sont des moyens de transport viets, Sir.

Mellas regarda Jancowitz. Il se rappela le commandant de la Basic School lui conseillant de se fier aux adjoints au chef de section et aux chefs d'escouade, ceux-ci ayant de l'expérience. Sauf que le commandant n'avait pas parlé de vice-caporaux de dix-neuf ans.

— Il a raison, Sir, dit Jancowitz. Ils s'en servent pour trimballer leurs saloperies.

— Mais ce sont des animaux sauvages, protesta Mellas.

— Comment vous le savez, Sir ?

Daniels y alla de son commentaire.

— On en tue tout le temps, Sir. Ça les prive de moyens de transport.

— Mais nous sommes à portée maximale !

— C'est une zone cible, chef, lui renvoya Daniels.

Une zone cible couvrant un lieu dans sa totalité, tel un champ plein de soldats, la précision du tir posait moins de problèmes qu'une cible unique, par exemple une casemate.

Mellas coula un regard à Hamilton et à Tilghman, qui portait le lance-grenades M79. Ils se contentèrent de le fixer à leur tour. Mellas

1. Kool-Aid parfum cerise.
2. Mexicain américain.

ne voulait pas avoir l'air larmoyant ou idiot face à l'escouade. C'était la guerre, après tout. Il ne voulait pas non plus déroger aux procédures standards alors qu'il n'était pas vraiment sûr de lui. Et on lui avait conseillé de se fier à ses chefs d'escouade.

— Eh bien, dit-il lentement, si vous les tirez vraiment...

Daniels eut un large sourire. Sa carte déjà sortie, il attrapa le combiné de sa radio.

— Andrew Golf, ici Big John Bravo. Mission de tir. À vous.

Dans son esprit, Mellas imagina les hommes de la batterie se précipiter en entendant la dépêche d'une mission de tir grésiller au centre de contrôle.

Quelques instants après que Daniels eut transmis les coordonnées de sa carte et la position qu'indiquait sa boussole, le premier obus traversa la jungle tel un train vrombissant dans un tunnel. Un grondement sourd se propagea dans le sol, puis un immense fracas transperça l'air. Suivirent des craquements de broussailles et les mouvements de corps lourds et effrayés. Daniels effectua un réglage rapide, et un second obus gronda. Une fois de plus, la terre remua et l'air se fendit. Et les bruits étouffés ne se firent plus entendre.

Daniels mit fin à la mission.

— Ils doivent être partis en fumée à l'heure qu'il est, dit-il avec un sourire satisfait.

***

Jancowitz ne voulut pas se donner la peine de vérifier les résultats – il aurait fallu descendre tout en bas du ravin. Et remonter aurait pris des heures. Mellas fut du même avis.

Ayant enfin regagné tant bien que mal le périmètre de la compagnie, l'escouade se mit aussitôt à nettoyer les armes et à préparer le dîner en prévision de l'alerte du soir et de la longue nuit de garde. Jackson alluma son tourne-disque, la voix de Wilson Pickett s'élevant alors dans la minuscule clairière artificielle dégagée au cœur de la jungle.

« *Hey Jude, don't make it bad...* »

Mellas parvint à peine à se traîner jusqu'au PC pour faire son rapport à Fitch. Il n'avait qu'une envie : s'effondrer et dormir. Bass, déjà arrivé, n'avait rien à signaler ; Goodwin non plus, mis à part quelques empreintes de tigre. Ridlow, l'adjoint de Goodwin, avait découvert quelques traces de pas près d'un ruisseau. Impossible de savoir combien de personnes étaient passées par là. Il estimait que ces traces ne pouvaient pas remonter à plus de deux jours ; sinon, la pluie les aurait effacées.

Mellas écouta Fitch transmettre ses rapports négatifs au bataillon. Une journée entière de patrouille, et tout ce qu'ils avaient établi, c'était qu'il y avait quelqu'un dans la jungle – comme si un hélicoptère abattu et la mort de plusieurs hommes d'équipage n'avaient pas suffi à le prouver ! Il entendit aussi Fitch communiquer à la batterie d'artillerie les coordonnées des empreintes découvertes afin de mettre en place des tirs de harcèlement et de barrage.

— Qu'est-ce qu'on fait si c'est un *Montagnard*[1] ? demanda Mellas une fois que Fitch eut raccroché.

Il faisait allusion aux populations indigènes que les envahisseurs vietnamiens avaient contraintes à gagner les montagnes quelques siècles plus tôt.

Fitch grimaça.

— Si c'est le cas, avança-t-il prudemment, il travaille forcément pour l'APVN. Sinon, il aurait évacué les lieux ou se serait approché de notre position.

— Je ne sais pas. Peut-être, dit Mellas.

Hawke écoutait tout en versant du café en poudre et du sucre dans une tasse cabossée qu'il avait façonnée avec une boîte de poires de ration C, dont il avait replié en arrière le couvercle encore attaché pour fabriquer une poignée. Il versa de l'eau de sa gourde dans la boîte et posa celle-ci sur un petit bout de C4. La moitié inférieure de la tasse avait pris une teinte bleu acier à force d'être chauffée.

— Il y a partout des brochures qui préviennent que c'est une zone de tir libre, bordel ! s'écria Fitch.

— Vous savez bien qu'ils ne savent pas lire, lui fit sèchement observer Mellas.

— Mais merde, Mellas ! dit Hawke. Il est au courant. Vous allez annuler les tirs de harcèlement et de barrage parce qu'on risquerait de bousiller un montagnard qui s'est paumé ?

— Je ne sais pas. Je suis nouveau dans le coin, répondit Mellas d'un ton brusque.

Sa fatigue était telle qu'il commençait à regretter d'avoir même seulement abordé le sujet.

Hawke alluma le C4, une vive flamme blanche engloutissant la boîte et lui donnant une teinte rouge cerise. L'eau bouillit presque instanta-

1. En français dans le texte original.

nément. La conversation s'interrompit jusqu'à ce que le feu s'éteigne. Hawke toucha délicatement sa tasse de fortune maintenant remplie de café bouillant.

— Eh bien, je vais vous le dire, moi, reprit-il. Non, vous ne savez pas ! Jim se fera baiser quoi qu'il arrive. Si on est attaqués et qu'il a pas demandé de tirs de harcèlement et de barrage, il se fera sacquer. Et s'il en demande un et qu'il tue un *Montagnard*, il se fait virer pareil. Les choses ont changé depuis le départ du président Truman. Maintenant c'est nous les responsables[1].

Fitch sourit, heureux d'avoir le soutien de Hawke. Mellas fixa le sol, confus d'avoir perdu son calme.

— Vous ne m'aviez jamais vraiment dit pourquoi.

— C'était pour vous sauver vos putains de fesses, voilà pourquoi ! reprit Hawke, qui se radoucit en voyant que Mellas regardait par terre.

Il tapota la poignée de sa tasse encore une fois et, jugeant tout danger écarté, la prit entre le pouce et l'index.

— Si vous annulez le tir, dit Fitch, les Viets accéderont à cette montagne comme si c'était une bretelle d'autoroute. Moi, je ferai toujours passer mes putains de soldats avant un montagnard perdu et ça, c'est pas près de changer. Cette décision, je l'ai prise il y a bien longtemps.

Fitch jeta un coup d'œil rapide au ciel qui s'obscurcissait, visiblement gêné par ce discours impromptu.

Hawke leva le bras pour tendre le café fumant à Mellas.

— Tenez. Prenez-le.

— Non, c'est le vôtre, dit Mellas.

— Je suis le faiseur de café le plus rapide du I Corps. Cette petite tasse me suit depuis mon arrivée ici. C'est une source intarissable de tout ce qui est bon et le remède à tous les maux. (Il sourit et fit une nouvelle fois signe à Mellas de se servir.) Coups de colère y compris.

Mellas ne put s'empêcher de sourire. Il prit la tasse. Le café était bon et sucré.

***

Plus tard dans la nuit, à l'extérieur du périmètre plongé dans le noir, le première classe Tyrell Broyer, originaire de Baltimore, Mary-

1. Référence à une phrase célèbre de l'ancien président Harry S. Truman : *The buck stops here.* (Expression signifiant : « J'en prends la responsabilité. »)

land, était à son premier poste d'écoute et grelottait à plat ventre sous la pluie qui filtrait à travers son poncho. Jancowitz lui avait attribué Williams comme partenaire. Celui-ci comptait au nombre des tireurs de Cortell, était calme et avait grandi dans un ranch de l'Idaho. Ses rangers boueuses reposaient près du visage de Broyer et vice versa, les deux hommes pouvant ainsi protéger leurs arrières.

— C'est quoi, ce bruit ? demanda Broyer en chuchotant.

— Le vent. Ta gueule.

Broyer fut tenté de presser frénétiquement les touches du combiné de la radio, juste pour que quelqu'un leur parle. Il se foutait de savoir qu'un lieutenant pourrait se mettre en colère contre lui pour avoir eu peur. Il frissonna de nouveau. Il y eut un bourdonnement. Aussitôt, tous deux se raidirent et poussèrent lentement le canon de leurs fusils vers l'avant.

— C'est quoi, en vrai, ce bruit ? murmura Broyer. Tout là-haut.

— Sais pas. Des chauves-souris ? Tais-toi, merde.

Williams bougea, sa ranger allant percuter le visage de Broyer. Ce dernier étouffa un juron et remit ses lunettes sur son nez, conscient de l'ironie de la situation : il n'y voyait rien de toute façon. Il repoussa lentement la ranger de Williams. Puis il posa le front sur ses poings pour que ses lunettes ne touchent pas le sol, huma la terre humide et sentit le rebord froid de son casque contre son cou. Il attrapa une poignée d'argile et la serra le plus fort possible. Il aurait voulu y faire rentrer sa peur et la jeter au loin. Une rafale de vent frappa sa chemise mouillée, lui faisant remonter un frisson glacé le long du dos. Il se mit à prier, à supplier Dieu d'arrêter le vent et la pluie pour lui permettre d'entendre. C'est alors que Williams allongea une main dans le noir et le tapota doucement dans le dos.

***

Cette nuit-là, Dieu n'arrêta ni le vent ni la pluie. Le lendemain, cependant, il y eut une éclaircie de deux heures. Grâce aux patrouilles de sécurité, six hélicos arrivèrent sans se faire tirer dessus et déposèrent des marines en fin d'arrêt maladie et de R & R, ainsi que des renforts, de l'eau, de la nourriture et des munitions. Leur fut aussi livrée une grande quantité d'explosifs C4 destinée à préparer le sommet de la colline à l'arrivée de Golf Battery, raison initiale de leur présence à Matterhorn.

Mellas s'accoutumait peu à peu à l'angoissante monotonie des patrouilles. Les journées s'écoulaient, heureusement sans contact ennemi. La batterie d'artillerie finit par arriver, les hommes explosant des trous à canon dans la boue et installant des casemates pour leur centre de contrôle de tir. Matterhorn était complètement nue, sans un arbre. Plus rien de vert ne subsistait dans ce paysage qui se transformait lentement en une véritable friche de boîtes en carton de ration C jetées au loin, de latrines-fosses, de déchets enterrés, d'ordures brûlées, de latrines-tranchées, de magazines envoyés d'Amérique, de palettes de munitions défoncées et de sacs de sable en plastique effilochés. Des étendues entières de ce qui avait jadis constitué une jungle épaisse étaient désormais à nu, où branches brisées et souches atrophiées devenaient peu à peu aussi livides sous le ciel sombre que des ossements d'animaux morts. Un petit bulldozer finit d'aplatir le sommet de la colline. Puis, oscillant sous les hélicoptères tels des plombs de pêche, arrivèrent les obusiers. À peine quelques heures plus tard, ces puissants canons ouvraient le feu, leurs violentes explosions blessant les oreilles, grondant à travers les corps, brisant le précieux sommeil.

***

Une salve intense tirée à l'heure sur l'objectif par la batterie tout entière réveilla Mellas en sursaut. Cela faisait tout juste une heure qu'il avait regagné sa guitoune après sa dernière vérification nocturne des trous de combat. L'adrénaline inonda son corps. Il essaya de se calmer, respira lentement et profondément. Des trombes d'eau s'abattaient dans les ténèbres, les câbles de transmission qui amarraient les guitounes claquant avec chaque bourrasque. Il serra un peu plus contre lui sa doublure de poncho trempée, roula sur le côté et replia les genoux sur sa poitrine pour empêcher ce qu'il lui restait de chaleur humide de s'évaporer dans le noir.

Pas de patrouille ce jour-là. C'était comme un sursis.

L'arrivée de la batterie ayant considérablement augmenté le risque d'une attaque de l'APVN, Fitch avait élargi le rayon des patrouilles pour couvrir un territoire plus important. Les soldats étaient donc contraints de partir à l'aube, et lorsqu'ils rentraient, il n'y avait presque plus de lumière. Tendus par l'éventualité d'un contact avec l'ennemi et abrutis d'épuisement, ils étaient tous vidés et irritables quand venait la nuit. Certains gamins s'endormaient pendant leur tour de garde. Pour tromper l'ennui, Mellas s'était retrouvé à inventer des itinéraires de patrouille dans le seul but de voir diverses facettes du paysage. Il prêtait de moins en moins attention à l'emplacement possible d'un sniper ou d'une équipe d'observation de l'APVN. En réalité, il se sentait partagé : il ne savait plus trop s'il valait mieux faire en sorte que ses patrouilles évitent de croiser qui que ce soit, ou s'efforcer au contraire de dénicher la mitrailleuse vietnamienne qui lui permettrait de se faire remarquer par le colonel. Il roula sur l'autre flanc, rechignant encore à quitter sa doublure de poncho. Il s'imagina en train de surprendre des mitrailleurs de l'APVN occupés à manger leur riz, de les cerner en silence et de capturer tout leur groupe. Après quoi, il les ramenait au camp au pas de charge, obtenait tout un tas de renseignements et se retrouvait couvert d'éloges devant le colonel et son état-major. Peut-être même y aurait-il un article relatant son exploit dans un journal américain – ne jamais négliger la notoriété – et une médaille à la clé. Il en désirait une tout autant qu'il désirait commander la compagnie.

Une nouvelle salve envoya un grondement déchirant dans le sol et dans les airs, rompant sa rêverie. Il scruta les ténèbres, tout à fait éveillé à présent, son esprit concentré sur le remplacement de Jancowitz, qui s'apprêtait à partir en R & R. Il avait des cours de cartographie à donner, des pans de jungle à débroussailler, et encore du fil barbelé à poser, mais pas de patrouille. Pas de patrouille ce jour-là.

Il rejeta la fine doublure du poncho et s'assit, touchant de la tête les ponchos tendus au-dessus de lui. Le tissu graisseux de camouflage sentait l'urine. Lui aussi. Il sourit. Il dénoua ses lacets dans le noir et tira sur une ranger mouillée. Elle s'enleva, dévoilant une chaussette humide raidie à certains endroits par le sang déjà pourrissant de vieilles plaies de sangsue. Il ôta la chaussette délicatement – surtout aux endroits où la laine, la peau et le sang s'étaient agglutinés sur les morsures de sangsues et l'ulcère tropical. Il se dit, en se palpant le pied, que celui-ci devait ressembler au dessous d'un champignon. Une bourrasque soudaine aspergea encore la guitoune de pluie. Il commença à se frictionner les pieds dans l'espoir d'éviter le pied de tranchée. Il en avait vu des photos pendant sa formation. Lorsque le pied se trouve constamment dans l'eau froide, tout le sang le quitte. Alors il meurt, toujours attaché à la jambe, et pourrit jusqu'à ce qu'on l'ampute ou que la gangrène atteigne le reste du corps. Il se sentit soudain honteux de ne pas avoir vérifié les pieds des soldats de sa section. Ça ne ferait pas bien dans son dossier s'il y avait trop de cas de pieds de tranchée.

Deux heures plus tard, il donnait un cours de lecture de cartes à la 3e escouade et se sentait tout à fait dans son élément.

— Bon, lança-t-il, qui peut me dire à quoi correspond une équidistance des courbes de niveau ? (Quelques mains se levèrent. Mellas s'en réjouit ; apparemment, ce cours plaisait aux gamins.) OK, Jackson.

Jackson lança un regard timide à ses amis.

— Euh, vingt mètres, Sir.

— Bien. Si vous traversez trois courbes de niveau, quelle distance aurez-vous parcourue ?

Parker, refusant de se laisser battre par Jackson, leva la main.

— Soixante mètres.

Il sourit, content de lui.

— T'as pas de cervelle ! Soixante mètres, putain ! *Man*, t'es qu'une andouille, dit Jackson en pouffant de rire.

— C'est quoi alors, gros malin ? lui renvoya Parker.

— Impossible à dire. Les niveaux, ça monte et ça descend. On peut avoir monté ou descendu soixante mètres, mais on peut tout aussi bien avoir marché jusqu'à Hanoï, putain !

Le reste de l'escouade riant, Parker finit par se joindre à eux.

Mellas envia la faculté naturelle de Jackson à atténuer la dureté de ses propos simplement par sa façon de les énoncer. Comment s'énerver contre quelqu'un qui ne ressent pas plus le besoin d'être agressif que celui de se défendre ? Ç'aurait été comme de s'emporter contre la Suisse. Mellas observa Jackson pendant toute la durée de son cours et nota que si les autres Noirs gravitaient autour de lui, ce n'était pas seulement pour son tourne-disque.

Plus tard dans l'après-midi, il entra dans la guitoune de Bass. Skosh lisait un numéro de *Seventeen* à la lumière de la bougie et portait un sweat-shirt de l'Incroyable Hulk. Bass était allongé sur son matelas pneumatique, généralement appelé « poupée gonflable », et écrivait une longue lettre de plus à la cousine de Fredrickson.

— C'est du lourd, Skosh ! lança Mellas.

— Hé, lieutenant, regardez-la ! dit doucement Skosh en lui montrant une adolescente qui présentait la mode de l'hiver, le visage rayonnant sous ses cheveux de satin rejetés en arrière. Vous croyez que si j'écris au magazine, ils me diront qui c'est ?

— Vous vous foutez de moi, Skosh ? Si les magazines diffusaient ce genre d'information, ces filles recevraient des lettres de tous les connards qui ont la trique en Amérique.

Skosh reprit sa revue et continua de regarder la fille.

— Peut-être que s'ils savaient qu'on est ici, au Vietnam, et qu'on peut rien faire de mal…

— Skosh, ils se foutent de savoir où vous êtes, lui fit gentiment remarquer Mellas.

Il pensa à Anne.

— Oui, bon, j'imagine que oui. Avant que j'arrête le lycée l'année dernière il y avait une fille qui lui ressemblait comme deux gouttes d'eau. Bien sûr, elle était en terminale et moi en première, alors j'ai jamais vraiment pu, enfin vous savez… (Sa voix faiblit.) … apprendre à la connaître, ni rien.

— Un peu de patience, Skosh, dit Mellas. Vous serez rentré…

— Dans cent quatre-vingt-trois jours et un réveil, putain ! termina Skosh à voix basse.

Mellas s'installa, jambes croisées, au bout de la poupée gonflable de Bass. Le luxe de dormir sur un des rares matelas pneumatiques était réservé aux plus gradés ou à ceux qui étaient restés le plus longtemps dans le pays. Tous les autres dormaient par terre.

— Les cours se sont plutôt bien passés aujourd'hui, commença-t-il. Ils avaient l'air intéressés.

— Même les putains de *grunts* finissent par en avoir marre de creuser des trous.

Mellas hocha la tête, un sourire aux lèvres.

— Alors voilà, je pensais à Jackson pour remplacer Janc à la tête de l'escouade lorsqu'il partira en R & R.

Autant aller droit au but.

— Ça me plaît pas, lieutenant. J'ai pas envie de le voir, lui et ses potes à la con, passer leur temps à copiner ensemble sur leur musique de sauvages. Il est trop copain-copain, Sir.

— Vous voulez dire que c'est un frère.

Mellas regarda Bass avec attention pour noter sa réaction. Celui-ci ne cilla pas.

— Oui, Sir, mais c'est pas ce que vous pensez. Y a qu'une seule couleur chez les marines et c'est le vert, j'y crois dur comme fer. Mais je pense pas que Jackson soit de cet avis. Je veux dire… il favoriserait les *splibs*.

— Ouais, mais il n'est pas bête. Et puis, tout le monde l'aime bien. Les *chucks* comme les *splibs*.

— Le chef d'escouade, vaut mieux pas qu'il soit aimé, déclara Bass avec conviction.

— Foutaises, sergent Bass ! Mettez un type qui plaît pas à sa tête et l'escouade sera merdique.

— On m'aimait pas trop quand j'ai été nommé adjoint au chef de section.

— Vous, c'est différent.

— Lui, c'est un perpète[1] ! lança Skosh.

1. Un marine de métier, qui fait souvent passer sa carrière, le règlement militaire et le décorum avant le bien-être de ses troupes.

Mellas éclata de rire.

— Toi, continue de t'occuper de ta saloperie de radio ou je te porte volontaire pour le CAG ! s'écria Bass. Quand les bridés te laisseront tomber, tu prieras le ciel qu'il y ait des perpètes dans le coin.

Skosh rentra la tête dans les épaules et retourna à son magazine.

— Ce serait trop beau, marmonna-t-il.

Les opérateurs radio avaient la vie plus facile lorsqu'ils étaient en poste fixe, notamment parce qu'ils pouvaient effectuer leur garde de nuit dans n'importe quel abri qu'ils réussissaient à construire. Plus ils restaient longtemps sur place, plus leurs abris étaient beaux. Mais lorsqu'ils étaient de patrouille ou qu'ils suivaient des opérations, ils payaient le privilège de ce confort au centuple. Ils devaient non seulement porter les lourdes radios en plus des munitions et de l'équipement de tout le monde, mais ils constituaient aussi des cibles de choix : ils étaient les liens de communication et accompagnaient les chefs, autres points de mire de l'ennemi.

— Le CAG, qu'est-ce que c'est ? demanda Mellas.

— Un beau merdier inventé par un connard de civil planqué dans un bureau climatisé à Washington.

Mellas attendit. Skosh n'écoutait pas.

— Un groupe d'action combinée, Sir, dit Bass. Les bons marines qui sont censés défendre des villages avec des milices viets du Sud. Sauf que ce qui arrive, c'est qu'ils finissent par se battre tout seuls quand les Jaunes du Sud filent *dee-dee*[1].

— J'ai entendu dire qu'on avait obtenu de bons résultats en postant des marines dans les villages. Dans le passé, en tout cas, fit remarquer Mellas.

Il se sentit soudain très éloigné de son gouvernement, tenaillé par le sentiment qu'il pourrait lui aussi se retrouver dans la jungle, abandonné comme ces marines.

Il s'efforça de calmer ses appréhensions et adopta le ton « bien, revenons à nos moutons ».

— Sinon, que pensez-vous de Jackson, sergent Bass ? (Il se pressa de poursuivre sans attendre de réponse.) Moi, je ne pense pas qu'il serait trop copain-copain. Vous pourriez lui en parler. Et puis, à part lui, qui reste-t-il ? Quand Fisher est parti, j'ai dû demander à Jake de le remplacer dans la 2e escouade. Vancouver refuse toute autre position que celle d'homme de pointe, vous le savez bien.

1. Issu du vietnamien « didi mao », qui veut dire s'en aller, ce terme était employé par les marines pour signifier s'enfuir ou partir rapidement.

Bass acquiesça d'un signe de tête. Tout le monde savait que Vancouver, un grand gaillard qui avait quitté le Canada pour s'engager dans les marines, était probablement le meilleur combattant de la compagnie. Mais il refusait tout rôle de chef, préférant rester à la tête des colonnes, la position la plus dangereuse de toute compagnie d'infanterie. Les autres assumaient ce poste à contrecœur, et uniquement quand c'était leur tour. Mellas insista encore une fois.

— Jackson connaît déjà tout le monde.

Il s'arrêta. Il voyait bien que Bass n'écoutait pas vraiment. Il se contentait d'attendre poliment que Mellas ait terminé.

— Lieutenant, à mon avis, les gars vont penser que vous lui donnez ce poste parce que c'est un frère.

— Et vous, qu'est-ce que vous en pensez ?

— Que ça a dû vous traverser l'esprit.

Bass l'observa, attendant sa réponse.

— D'accord, c'est vrai. J'ai pas envie que China réussisse à s'imposer, dit Mellas en terminant sa phrase presque en marmonnant.

Bass le fixa un instant.

— J'aime pas qu'on fasse ce genre d'histoires pour des questions de couleur de peau. Ça pourrait nous foutre dans une belle merde. (Il baissa les yeux sur sa lettre à moitié finie et soupira comme s'il souhaitait être déjà de retour chez lui.) Mais vous avez peut-être raison. C'est plus comme avant, ça, c'est sûr. Quand je me suis engagé en 1964, c'était pour protéger les citoyens américains et leurs biens. Mais cette merde… (Soudain il se rappela la présence de Skosh et s'interrompit.) Skosh, décroche le combiné et demande voir si on ne va pas bientôt avoir un peu de classe six.

— Je leur ai déjà demandé ce matin, sergent Bass.

— Pose-leur en-co-re la ques-tion, insista Bass en articulant chaque mot très clairement.

Skosh commença à solliciter le PC et Mellas regarda Bass.

— On est d'accord sur Jackson, alors ?

— Ouais, on est d'accord. Mais pas de copain-copain.

Mellas eut un rire qui relevait plus du soulagement que de l'humour.

— OK. Pas de copain-copain, dit-il.

Il ressortit sous la bruine. Le chant étouffé de James Brown entonnant « *Say It Loud* » montait des lignes comme en flottant. Il vit Hawke descendre la colline, un cigare à la bouche. Sa moustache rousse paraissait incongrue sous ses cheveux noirs et mouillés. Il l'attendit.

— Que vous vous apprêtiez à faire ceci ou cela, lança Hawke, ne le faites pas.
— Pourquoi ?
— Parce que maintenant que la batterie d'artillerie est ici, le PC du bataillon ne peut pas être bien loin. Fitch veut que vous fassiez le ménage dans vos lignes.
Mellas s'emporta.
— Mes lignes sont plus propres que celles de n'importe qui ici ! Qu'est-ce que vous voulez que je fasse, bordel ? Que je déroule le tapis rouge pour que le colonel puisse se pavaner dessus ?
— Holà, du calme ! (Hawke lui jeta un regard en coin.) Vous avez vraiment un sale caractère, dites-moi !
— Je suis fatigué. Je suis pas toujours comme ça.
— Vous voulez dire que d'habitude, vous ne le montrez pas. Tout ce que veut Fitch, c'est que vous mettiez tous les emballages de chewing-gum et les briques de Kool-Aid dans un coin pour qu'on n'ait pas l'impression de se trouver dans une décharge. Et personne n'a jamais dit que vous étiez meilleur ou pire que qui que ce soit. (Il tira une grande bouffée sur son cigare.) D'ailleurs, si vous tenez à le savoir, vos lignes sont certainement plus propres que celles des autres sections. (Mellas sourit.) C'est vrai aussi que vous avez le sergent Bass avec vous.
Mellas éclata de rire.
— Allez, venez-en au fait, Hawke. C'est tout ce que vous aviez à me dire ?
— Eh bien, non, pas tout à fait. (Il ferma un œil et regarda Mellas de biais, goûtant le tabac sur ses lèvres.) Je me disais que vous auriez envie de savoir où en était Fisher. Ou alors... vous avez peut-être trop à faire ?
— Comment il va ? demanda Mellas avec enthousiasme, tout en sentant le rouge lui monter au visage.
S'il avait pensé à Fisher, c'était uniquement en tant que poste à combler.
— Ils l'ont envoyé au Japon pour une opération supplémentaire.
— Et le pronostic ?
— Aucune idée. Dans le pire des cas, j'imagine qu'il ne pourra plus jamais bander.
— Quelle merde ! dit Mellas. (Il détourna les yeux, puis il les baissa sur les trous de combat de la 2e escouade.) Je dois toujours le remplacer.
Cette remarque s'adressait autant à lui-même qu'à Hawke.

Hawke le regarda calmement.

— Mellas, si vous ne vous détendez pas un peu, vous n'arriverez jamais à vous plaire ici.

La plaisanterie le tirant de sa mauvaise humeur, il rit de bon cœur.

— Vous pensez à qui ? demanda Hawke en soufflant prudemment un nuage de fumée.

— À Jackson, répondit-il, et il attendit une réaction. (Aucune ne vint.) Il en a dans le citron.

— Ça pourrait être une bonne idée, comme une mauvaise.

— Pourquoi ça ?

— C'est un frère. Bordel, il est *noir*, Mellas !

— Et alors ?

— Tous les frères de la 3e escouade l'admirent, non ?

— Ouais, c'est pour ça que je pensais à lui.

— Du coup, s'il vend son âme au diable, que vont penser ses frangins ?

— Merde ! lâcha Mellas d'une voix monocorde. Merde.

Il se sentit coincé par une force qui tenait du champ magnétique. Il avait beau ne pas la voir, il avait l'impression qu'elle se resserrait autour de lui.

Une voix cria d'en haut, du PC.

— Hé, Cinq, y a un oiseau qui arrive de la vallée !

Hawke monta la pente en courant, laissant Mellas seul.

***

En entendant l'hélico remonter de la vallée, Vancouver planta sa machette dans la terre et la laissa vibrer pour courir en haut de la pente.

— Vancouver, tu vas où comme ça ? hurla Conman.

Il tirait sur l'extrémité d'un rouleau de fil barbelé.

— Putain, mon sabre viet est arrivé ! cria Vancouver par-dessus son épaule. J'en suis sûr.

— Ça sert à quoi d'être chef d'escouade quand on bosse avec ce genre de type ? marmonna Conman à voix basse.

Il ne pouvait pas courir après Vancouver, car il fournissait la tension nécessaire pour que Mole, un mitrailleur noir de son escouade, fixe un fil barbelé acéré dans la terre avec un piquet.

— Grouille-toi, Mole, merde ! J'ai autre chose à foutre que de me faire charcuter par cette saloperie.

Le barbelé avait scié les multiples croûtes d'ulcère tropical qui s'étaient développées sur ses mains, et le sang mêlé de pus suintait lentement sur le barbelé, lui compliquant la tâche.

Mole lui fit un doigt d'honneur et continua de taper sur les piquets aussi méthodiquement que s'il était en train de nettoyer sa mitrailleuse.

— Je vais pas saloper le boulot sous prétexte que t'as envie d'aller lire ton courrier.

Mole leva les yeux vers l'hélico qui se posait sur la ZA, ses dernières paroles noyées par le grondement des turbines. En touchant le sol, l'appareil rebondit légèrement sur ses grosses roues. Quelques gamins arrivés depuis peu en sortirent en courant, transportant des sacs postaux rouges.

Vancouver arriva à la ZA au milieu des frémissements et des vrombissements de l'hélico qui se préparait à redécoller. Se dressant devant un petit nouveau, il tendit le bras pour lui prendre son sac.

— C'est le courrier pour la 1re section ? cria-t-il.

Le son de sa voix se perdit dans le décollage de l'hélico et l'air qui tourbillonnait follement. Le gamin se cramponna à son sac. On lui avait fait comprendre – et en des termes on ne pouvait plus clairs – quelle en était la valeur et ce qui lui en coûterait s'il échouait à remettre sa livraison.

— File-moi ça ! hurla Vancouver.

Il empoigna le sac et commença à en défaire les cordons.

— Vancouver, mais qu'est-ce que tu fous, bon sang ?

Vancouver regarda par-dessus son épaule et aperçut le visage rouge du sergent-chef Cassidy. Il se redressa et baissa les yeux sur lui.

— Oh, salut, Gunny. Je cherche mon sabre viet. Ça fait déjà deux mois que je l'ai commandé.

Le gamin reprit lentement son bien, son regard oscillant entre les deux hommes.

— Vancouver, reprit Cassidy avec une lassitude affectée, regagne les lignes et laisse-moi m'occuper du courrier, d'accord ? Parce que sinon, si jamais je vois ta saloperie de sabre, je te le brise sur la tronche. C'est clair ?

— Vous feriez pas ça, Gunny, si ? demanda Vancouver.

— Essaie un peu pour voir.

Vancouver se retourna et descendit la pente.

Cassidy le regarda s'éloigner avec une tendresse évidente. Il avait intercepté le sabre avec son fourreau orné et ses sangles complexes trois semaines plus tôt et l'avait caché dans la tente d'approvisionnement de la compagnie Bravo pour empêcher Vancouver de se faire tuer en essayant de s'en servir. Il se retourna vers les cinq gamins arrivés à bord de l'hélico.

— Qu'est-ce que vous regardez, bordel ? demanda-t-il, son sourire brusquement évanoui. Vous voulez ma photo ?

***

Alors que la majeure partie de la section relisait son courrier pour la troisième fois, Mellas préparait son dîner. Il se disait qu'il faudrait certainement du temps avant que des lettres ne lui parviennent. Il était en train d'ajouter du Tabasco, de la confiture de raisin et du thé au citron en poudre dans sa boîte de spaghettis aux boulettes de viande lorsqu'il se rendit compte que Doc Fredrickson l'observait.

— Je peux vous parler une minute, lieutenant ? demanda ce dernier.

— Bien sûr. Ça vaut toujours mieux que de manger.

— C'est au sujet de Mallory, Sir.

— Ah, merde. Je croyais que vous vous en étiez occupés avec Bass.

— Il se plaint encore de ses maux de tête. Je lui donne tout le Darvon qu'il peut ingurgiter et il arrête pas de m'en redemander.

— Ça rend accro, cette merde ?

— Je ne sais pas, Sir. C'est ce qu'on nous donne. Je crois surtout que ça ne sert à rien. (Il se pencha sur la boîte de spaghettis.) Vous devriez peut-être y mettre un peu de cette fausse crème pour le café. Ça rendrait ça plus onctueux.

— Tenez-vous-en à la médecine.

— Bref, je ne suis même pas sûr que Mallory ait vraiment mal au crâne. Mais je l'observe de près depuis quelque temps et hier, en patrouille, j'ai eu l'impression qu'il souffrait réellement.

— Lui, comme tout le monde. Moi aussi, il m'arrive d'avoir mal à la tête.

— Vous devriez peut-être discuter avec lui. J'en ai parlé à l'encornet et il dit que, des fois, y en a qui chopent des trucs psychosomatiques et que ça leur fait mal, même si c'est que dans leur tête. Mais y a peut-être aussi quelque chose qui cloche chez lui.

— Quoi… vous voulez que ce soit moi qui prenne la décision ?

— C'est vous le chef de section. Si vous croyez qu'il dit vrai, alors on devrait peut-être le renvoyer à la BCV pour qu'il voie un médecin. Au cas où il y aurait vraiment un problème.

— OK.
— Il est dans ma guitoune.
Mellas regarda Fredrickson du coin de l'œil.
— D'accord.
Fredrickson partit et revint avec Mallory, un gamin délicat aux hanches étroites, au cou mince et gracile et à la tête plutôt grosse.
— Salut, Mallory, lança Mellas en s'efforçant de prendre l'air amical. Le Doc dit que vous avez encore des problèmes de migraines.
— J'ai mal au crâne, bordel ! répondit Mallory. Je bouffe des tonnes de Darvon et ça fait que dalle.
— Depuis combien de temps avez-vous ces maux de tête ?
— Depuis qu'ils nous ont largués sans eau pour l'opération de la zone démilitarisée. J'ai dû prendre un coup de chaud ou un truc comme ça.
Mallory jeta un rapide coup d'œil à l'infirmier pour voir sa réaction. Fredrickson restait impassible.
Mellas prit une cuillerée de spaghettis et mâcha en réfléchissant.
— Eh ben, merde, Mallory ! Moi, je ne sais pas ce que c'est. Et le Doc sèche. Vous avez ça tout le temps ?
— J'ai mal à la tête, je vous dis, gémit Mallory.
— Je vous crois, Mallory. Mais on ne peut pas y faire grand-chose. J'imagine qu'on pourrait vous envoyer à la BCV pour vérifier ça.
Mellas attendit une réaction, mais Mallory se contenta de pencher la tête sur les genoux et de la tenir entre ses mains.
— J'ai mal à la tête, putain !
Mellas regarda Fredrickson, qui haussa les épaules.
— Voilà ce qu'on va faire, Mallory, reprit Mellas. Je vais voir si on pourrait pas vous rapatrier sur la BCV pour quelques jours, histoire de voir un médecin. Mais pour l'instant, vous allez devoir supporter ça encore un peu, d'accord ?
Mallory gémit.
— J'en peux plus. J'ai mal tout le temps, putain.
Mellas hésita, puis soupira.
— Je monte voir l'encornet, dit-il.
— Je l'ai déjà vu. Il a rien fait.
— Bon, alors peut-être qu'on pourra vous faire sortir d'ici. Essayez de tenir le coup entre-temps.
— OK, Sir.
Mallory se leva et se traîna en bas de la colline, vers les lignes.
— Vous en pensez quoi, Sir ? demanda Fredrickson.

— Je ne sais pas. Je pense qu'il a probablement des migraines. La question, c'est jusqu'à quel point. (Mellas tritura ses restes de spaghettis avec sa cuillère.) S'il a vraiment un problème au cerveau, ça m'embêterait qu'on ne l'envoie pas voir un médecin. On pourrait se retrouver dans une sacrée merde.

***

En haut, dans la guitoune de Sheller, Mellas rencontra une certaine résistance – non de la part de Sheller, mais de Hawke et Cassidy, qui jouaient à la belote avec lui.

— C'est un con de simulateur, gronda Cassidy.

— Comment vous le savez ? demanda Mellas.

— Je le sens. La moitié des marines sur cette colline ont mal au crâne, au bide et partout ailleurs, mais ils réclament pas en permanence de retourner à la BCV.

— Et s'il avait une tumeur ou un truc dans le genre… Vous voulez courir le risque ?

— Tout ce qu'il lui faut, c'est un bon coup de pied au cul !

— Je suis d'accord avec Cassidy, dit Hawke. Mallory a essayé d'échapper à l'opération de la zone démilitarisée, mais on l'a pas laissé faire. Après, il s'est porté comme un charme. Aucune plainte jusqu'à maintenant. Là, on sait tous qu'on va devoir descendre dans la vallée une fois que Charlie et Alpha se seront retirés. Et voilà que tout d'un coup les migraines lui reviennent !

— C'est peut-être psychosomatique, insista Mellas. Non parce que… c'est peut-être vrai qu'il a peur. Ça pourrait être ça qui lui donne mal au crâne.

Cassidy rassembla ses cartes.

— Psychosomatique, c'est une façon savante de dire qu'un type a pas envie de faire un truc difficile et qui lui fout la trouille. Les nerfs, ça craque pas… ça lâche. Moi, j'ai un vrai plein-le-cul psychosomatique à force de me farcir tous ces troufions de merde. Allez faire un tour à l'infirmerie la veille d'une opération. Vous y trouverez tous les nègres du bataillon alignés en rang d'oignons. Mallory, il est pas différent des autres.

Mellas serra les mâchoires en entendant cette remarque, mais garda le silence.

— Ils n'y vont pas tous, Gunny, le corrigea Hawke. Presque aucun d'eux, d'ailleurs. Mais je t'accorde que Mallory le ferait certainement.

Cassidy soupira.

— Bordel, c'est votre section, lieutenant ! lança-t-il à Mellas.

— Et je vais l'envoyer à la BCV.

— Très bien, Sir. Je vous ferai savoir quand le prochain oiseau arrivera. Ramenez-lui ses fesses à la ZA. Ne soyez pas trop surpris s'il ne revient qu'une fois qu'on sera partis dans la vallée.

Un hélico chargé d'eau destinée à la batterie d'artillerie arriva le matin suivant, et Mallory rejoignit la BCV. Il revint trois jours plus tard avec un mot du chirurgien du bataillon, le lieutenant Selby, pour l'encornet : « Je ne vois rien chez ce marine qui puisse l'empêcher d'exécuter ses tâches habituelles. » Sheller descendit montrer le billet à Mellas et à Fredrickson, et Mellas appela Mallory pour le lui donner.

— Me-eerde ! s'écria Mallory après l'avoir lu. Me-eeerde, quoi ! Je vous dis que j'ai mal au crâne, putain !

Il évita de croiser le regard de Mellas.

Ce dernier aurait voulu lui demander comment une visite au poste sanitaire du bataillon avait pu prendre trois jours. Mais il laissa filer : Jancowitz lui avait déjà passé un savon devant toute l'escouade et l'avait collé en poste d'écoute deux nuits de suite pour rattraper les deux journées pendant lesquelles il s'était probablement tiré à l'arrière pour fumer de la dope.

— Va falloir vivre avec, Mallory ! répondit Mellas. Ça doit être psychosomatique. Il nous arrive à tous d'avoir peur de certains trucs, et parfois notre métabolisme essaie de nous en empêcher. Va falloir vous y faire.

— Vous voulez me faire croire que c'est seulement dans ma tête ? geignit Mallory. (La pointe d'accusation dans sa voix indiquait qu'il mettait Mellas dans le même sac que tous ceux qui refusaient de l'aider.) Je vous dis que c'est réel, merde ! J'ai tellement mal que j'arrive presque plus à réfléchir.

— Mallory, c'est psychosomatique. Il va falloir vous y habituer. On ne peut rien faire pour vous. On a essayé.

— Me-eeerde.

Mallory lui tourna le dos, le mot du médecin encore dans sa main frêle.

CHAPITRE 3

— Le bataillon arrive dans deux ou trois jours, lança Fitch d'une voix tendue. Va falloir qu'ils se nettoient. (Derrière eux, la batterie d'artillerie tira une salve sonore qui les fit tous tressaillir.) Ça veut dire cheveux coupés, rasages de près, la totale. Pas de moustache, à moins d'être sergent ou plus haut. Ordres de Big John Six.

Mellas regagna sa section avec lassitude. En le voyant arriver, Hamilton appela les chefs d'escouade postés dans leurs trous de combat. Une nouvelle salve ébranla la colline, couvrant tout autre bruit. Mellas atteignit sa guitoune et s'assit, les yeux perdus dans le brouillard. Les trois chefs d'escouade finirent par arriver. Jancowitz, tout crasseux, était encore en tenue de patrouille. La sueur sur son visage se mêlait à de fines gouttes de pluie. Connolly s'accroupit, les mains croisées sur les genoux, à la vietnamienne. Jacobs, pas encore habitué à son rôle temporaire de chef d'escouade, avait déjà sorti un carnet vert et un stylo-bille. Le dernier à arriver fut Bass, essoufflé d'avoir gravi la pente. Il s'accroupit par terre et jeta un coup d'œil à la guitoune de Doc Fredrickson, agacé de constater que celui-ci n'était pas à l'heure au rendez-vous.

— Il est à la ZA avec l'encornet, dit Mellas. Ils comptent les pilules pour en commander de nouvelles lorsque le bataillon arrivera.

— Le « bataillon » ? répéta Bass en haussant le sourcil droit.

— Les oiseaux sont déjà en route. Ce qui signifie qu'on doit tout mettre en ordre.

Jancowitz et Connolly acquiescèrent d'un hochement de tête : ils connaissaient. Jacobs griffonnait dans son carnet.

— Se f-f-faire couper l-l-les cheveux, lieutenant ? demanda-t-il.

— Oui, Jake, répondit Mellas, un rien d'ironie dans la voix.

— Avec quoi ? Nos putains de Ka-bar ? demanda Bass.

Jancowitz gloussa.

— Je croyais que chez les perpètes comme vous, les cheveux poussaient déjà court!

— Continue comme ça avec ta grande gueule, rétorqua Bass, et je te couperai les tiens avec ma pelle de tranchée. Même que ma pelle, je te l'enfoncerai si profond dans le cul que tu pourras brouter la moquette avec.

— Eh bien, pourquoi pas, répliqua Jancowitz sans se laisser démonter. On peut tout faire avec ces petites pelles de tranchée.

— À ce qu'on dit, l'interrompit Mellas, Cassidy a réussi à récupérer une tondeuse manuelle auprès des types de l'artillerie, et aussi ce qu'il faut comme eau. Du coup, tout le monde se rase. D'ailleurs, à ce propos... pas de moustache à moins d'être sergent ou plus.

— Conneries, chef! s'écria Jancowitz comme si on l'avait trahi. Je suis chef d'escouade, bordel, et les chefs d'escouade ont droit à la moustache! C'est comme ça depuis toujours.

Il en avait parlé à Susi dans une lettre.

— Janc, on nous a dit sergent ou plus.

— Personne ne la verra ici, fit remarquer Bass. Alors qu'est-ce que ça peut te faire?

— Je vous promets de ne pas approcher de la ZA. Ce sera comme si j'étais pas là.

Il regarda Bass et Mellas. Aucun d'eux ne pouvait l'aider.

— Rasez les moustaches et coupez les cheveux de ceux qui en ont besoin, lança rapidement Mellas pour éviter toute contestation. Fin de la discussion. Qui est de patrouille demain? (Connolly et Jacobs levèrent tous les deux la main.) OK, moi, j'irai avec Conman. Bass, avec Jacobs.

Il définit les itinéraires de patrouille, et ensemble ils établirent les cibles des tirs de préparation pour l'artillerie et les mortiers. Mellas se débrouillait bien avec les cartes, il le savait, et cela ne passait pas inaperçu dans la section – la vie de chacun en dépendait. Fredrickson finit par arriver, distribua les doses quotidiennes de pilules contre le paludisme, et chacun partit de son côté.

Mellas mangeait une ration gluante de bœuf et de pommes de terre mélangée à de la compote de pommes et à un peu de sauce Worcestershire soigneusement rationnée par Bass lorsqu'il aperçut Jancowitz qui remontait péniblement la pente, cette fois suivi par Parker. Bass, qui faisait chauffer de l'eau pour son café, jeta un coup d'œil à Mellas.

— Je vous parie une boîte de pêches que Parker ne veut pas se faire couper les cheveux, dit-il.

— Merde !

— PR, glissa Bass en souriant, les yeux mi-clos.

Les nouveaux venus atteignirent le petit bout de terrain plat qu'occupait le PC de la section. Mellas avala une cuillerée de plus avant de s'intéresser à leur présence.

— OK, Janc, c'est quoi, le problème ?

— Parker veut formuler une doléance, chef.

— Pourquoi ça, Parker ? demanda Mellas en le regardant.

— Pas question que je me fasse couper les tifs.

— Qu'est-ce que t'as dit ? (Bass se releva, les mâchoires crispées, sa boîte pleine d'eau chaude dans la main.) Tu parles à un lieutenant, Parker !

Mellas trouvait le moment mal choisi pour insister ainsi sur l'étiquette militaire, mais le laissa continuer.

— Sir, j'ai pas besoin de me faire couper les cheveux et je demande à voir le chef, Sir, répéta Parker.

Bass se rassit. Formuler une doléance était le privilège de tout marine. Mellas regarda les cheveux de Parker. Ils étaient frisés, presque coiffés à l'afro. Il y avait fort à parier que le PC du bataillon les trouverait trop longs, non seulement parce que le corps des marines préférait les coupes extrêmement courtes, mais aussi à cause des implications politiques.

— OK, Janc, dit-il. Je vais prendre le relais maintenant. Merci.

Jancowitz hocha la tête et redescendit la colline, où Hippy, tondeuse en main, jaugeait un nouveau client assis sur son emplacement de tir, une serviette autour du cou. Mellas indiqua un fragment de palette de munitions brisée.

— Asseyez-vous, Parker. Laissez-moi finir de manger.

Parker s'assit avec une certaine hésitation, les yeux braqués sur Bass. Tout le monde ou presque redoutait son caractère imprévisible. Il finit son café et partit vers sa guitoune sans mot dire.

— Parker, vous savez bien que le chef sera obligé de vous ordonner de vous faire couper les cheveux.

— Pourquoi ça ? répliqua Parker en regardant la boue épaisse sur ses rangers.

— Parce qu'ils sont trop longs, Parker ! Le bataillon ne va pas tarder à arriver et c'est comme ça qu'il faut faire.

— J'ai formulé une doléance, et j'ai le droit de voir le chef, vous pouvez pas m'en empêcher.

— Bon Dieu, Parker ! Je n'essaie pas de vous en empêcher. Je voulais simplement vous éviter de remonter la colline.

— Je veux voir le chef.

— Eh bien alors, allons-y. (Mellas jeta la boule gluante qui restait de son repas dans un carton vide, dont les côtés s'affaissaient à force d'être constamment exposés à la pluie. Il se tourna vers Parker pour une dernière tentative.) Parker, le chef obéit aux mêmes règles que nous tous. Il va falloir les couper, forcément.

Parker ôta son chapeau de brousse et empoigna quelques mèches de cheveux.

— Ils sont pas plus longs que ceux de Bass. Il les plaque avec du gel, c'est tout. Ses cheveux de péquenaud pourraient faire deux mètres de long et personne y dirait rien, putain !

Mellas eut le sentiment qu'un bon officier n'aurait jamais laissé Parker lui parler de cette façon. Cela dit, son argumentation tenait debout, même si la cause était perdue d'avance.

— Allons voir le chef, dit-il d'une voix tendue.

Il se tourna pour gravir le reste de la pente en glissant dans la boue, conscient du fait que Parker observait sa progression maladroite.

Fitch, Hawke et les deux opérateurs radio, Pallack et Relsnik, faisaient une partie de *jungle bridge*, entassés sous des ponchos. C'était la quarante-cinquième partie d'une série de trois cents, officiers contre hommes de troupe. Non loin de là se tenait le sergent-chef Cassidy, assis sur une caisse de munitions. Posté juste devant l'ouverture de la guitoune, il taillait le bout de bois rapporté par Fisher, indifférent à la pluie.

— C'est quoi le problème, lieutenant ? demanda-t-il.

Fitch regarda par l'ouverture et commença à se lever.

— Oh non, chef ! dit Pallack en se tournant vers Parker. Hé, Parker, va falloir patienter un peu. On est sur le point de remporter une nouvelle partie contre les officiers. (Il revint au jeu et abattit une carte en la faisant claquer, fort.) Bande d'abrutis. Hé, hé ! Regardez-moi cette reine !

Les mâchoires de Parker se contractaient sous ses joues sombres. Fitch grimaça et abattit une carte.

Parker prit la parole.

— Sir, j'ai droit à une doléance.

— C'est un pri-vi-lè-ge, Parker ! gronda Cassidy. Il ne suffit pas de faire irruption comme ça et d'exiger de voir le chef.

Parker tint bon.

— J'y ai droit.

Cassidy se leva. Hawke jeta rapidement une carte et Pallack rafla la petite pile avant d'abattre une autre carte en riant. Hawke leva les yeux vers Fitch et haussa les épaules. Fitch jeta les cartes qui lui restaient, Pallack et Relsnik échangèrent une poignée de main, sortirent leurs stylos et leurs carnets afin de consigner le score pour qu'il n'y ait aucun risque d'erreur et rirent du fait qu'on pouvait parvenir à être officier en étant nul aux cartes. Cette partie avait apaisé la tension entre Parker et Cassidy, qui en avait profité pour détourner les yeux.

Fitch sortit de la guitoune à quatre pattes et se releva.

— OK, Parker. Allons parler de tout ça dans la guitoune de Hawke.

Fitch avait des manières simples et directes, et Parker sembla se détendre un peu. Ils se baissèrent pour entrer dans la guitoune.

Mellas, lui, regagna la sienne. Des soldats se tenaient près des barbelés, où ils posaient des mines éclairantes pour la nuit. Un feu de cuisine tardif était visible en bas, vers l'escouade de Conman, et Mellas cria pour qu'on l'éteigne. La flamme disparut. Les lignes étaient silencieuses.

Mellas commença à écrire une lettre dans le peu de lumière qui restait, mais il fut interrompu par Skosh, qui avait la radio avec lui.

— C'est le Six, annonça-t-il.

Il s'accroupit et se mit tout naturellement à lire la lettre de Mellas, qui la lui arracha vivement.

La voix de Fitch grésilla sur le réseau.

— Votre indicatif Papa qu'était avec moi a vingt minutes pour se faire couper les cheveux. Après, je veux le voir. Compris ?

— Compris. (Mellas soupira et tendit le téléphone à Skosh.) Pourquoi est-ce que je dois m'emmerder avec des problèmes de tifs en pleine jungle, tout ça parce qu'il y a un colonel qui débarque ?

Skosh haussa les épaules.

— C'est juste le gode vert qui s'enfonce un peu plus profond, Sir.

Mellas descendit vers le secteur de Jancowitz. Parker discutait avec Mole qui, comme de nombreux frères du bataillon, portait autour du cou un nœud coulant fait d'une lourde corde en Nylon couleur kaki. Mellas se dit que ç'avait à voir avec le lynchage, mais n'osa pas demander. Les autres Noirs de la 3e escouade se tenaient autour d'eux. Ils se turent en voyant Mellas approcher.

Tous s'étaient coupé les cheveux sauf Parker. Jackson prit la parole, son large visage détendu, ses yeux accrochant tranquillement ceux de Mellas.

— Sir, je crois qu'ils font chier les frères avec ces histoires de cheveux.

Il avait parlé sans colère apparente.

Mellas s'efforça d'adopter le même ton.

— Jackson, personne n'a le choix. Les cheveux frisés ne sont pas réglementaires, Big Six arrive et le lieutenant Fitch est sur la sellette. Franchement, je veux plus entendre parler de ça.

— Oui, Sir, dit Jackson en se détournant.

Mellas regarda Parker.

— Vous savez que vous avez un quart d'heure, pas plus, n'est-ce pas ?

— Oui, Sir, marmonna Parker.

— OK. Finissez-en et passez voir le chef, qu'on oublie cette connerie, nom de Dieu.

***

Il faisait presque noir lorsque le première classe Tyrell Broyer vit Gunny Cassidy et le sergent Ridlow, de la section du lieutenant Goodwin, descendre la colline. Cassidy tenait une tondeuse à cheveux manuelle. Broyer ajusta nerveusement ses lunettes alors qu'il n'y en avait pas besoin. Il jeta un coup d'œil à Parker, avec lequel il partageait son trou de combat. Cassidy et Ridlow disparurent dans la guitoune de Bass, et Broyer les entendit rire.

Parker, les cheveux toujours pas coupés, s'adossa à la paroi de leur trou, le regard perdu dans la jungle devant eux. Son fusil sur un sac de sable en plastique, il croisait les bras devant lui.

— Hé, mon frère, dit Broyer à voix basse, j'ai comme l'impression qu'y a des problèmes qui descendent la colline rapport à tes tifs.

Parker grogna et cracha.

— Bouseux de fils de putes de culs-bénits.

Broyer regarda en arrière, vers la guitoune au-dessus de lui. Le sergent Bass en sortait à quatre pattes, ses bras musclés apparents sous ses manches soigneusement retroussées. Cassidy émergea derrière lui, le regard mauvais. Puis ce fut Ridlow. Parker jeta un coup d'œil rapide par-dessus son épaule et se détourna aussitôt, impassible. Broyer aurait voulu courir chercher de l'aide, mais il ne savait où aller. Il excusa son inaction en se rappelant qu'il n'avait pas le droit de quitter son trou pendant l'alerte totale du soir. Il remua nerveusement les pieds.

Le groupe de sergents se rassembla en silence autour d'eux.

— C'est l'heure, Parker, lança Cassidy. Je vois que tu préfères te les faire couper par un pro.

Parker serra les dents.

— Réponds quand on te parle, espèce de merde ! s'écria Bass.

Il s'était placé devant le trou de combat et le fusillait du regard. Ridlow se tenait sur sa droite, ses rangers près du visage de Parker. Cassidy était sur la gauche de Bass. Ce dernier fit signe à Broyer de quitter son trou et celui-ci sortit à toute vitesse, ne sachant toujours pas où aller. Il vit le reste de l'escouade qui observait la scène en silence.

— Tu m'as entendu, espèce de vomissure ? demanda Cassidy.

— Oui, Sir, marmonna Parker.

— Je t'entends pas, Parker, dit Bass, le sourire aux lèvres.

— Oui, SIR ! cracha Parker.

— Qu'est-ce que ce sera, Parker ? demanda Cassidy. La raie à gauche ? Vous en dites quoi, sergent Bass ? Que ferait Sassoon ?

— La raie à gauche, pourquoi pas ? acquiesça Bass. Et puis non, plutôt au milieu. Une belle crête à l'envers.

— Moi, je pense qu'on devrait carrément lui arracher la tête, gronda Ridlow.

Cassidy s'accroupit et se pencha en avant pour chuchoter à l'oreille de Parker.

— Parker, espèce de merde, je jure devant Dieu que si jamais tu fais un geste de travers, je te dévisse la tête et je chie dedans. Je sais pas ce qui cloche chez ces enfoirés d'officiers de cette compagnie pour tolérer les merdes que des petits tas de vomis dans ton genre passent leur temps à leur balancer, mais si ça ne tenait qu'à moi, je te pendrais au premier arbre venu. On formule pas de doléance pour une coupe de cheveux, bordel ! On le fait quand on a un vrai problème. Et on ne désobéit pas aux ordres. Alors maintenant, tu vas poser bien gentiment tes fesses au bord de ce trou et te faire couper les cheveux comme un homme, ou je jure devant Dieu que je te fous la branlée de ta vie et que je te laisse avec tes copains asticots de merde. Compris ?

Bass s'était lui aussi accroupi pour le fixer des yeux. Parker regarda autour de lui. Les autres soldats de l'escouade le dévisageaient de l'intérieur de leurs trous. Tous s'étaient fait couper les cheveux. Broyer entendit Cassidy serrer la tondeuse entre ses doigts. Il regarda les avant-bras musclés de Bass. Il avait les genoux qui tremblaient, les entrailles qui palpitaient.

— Je tiens juste à vous dire que mes cheveux sont pas plus longs que ceux de certains *chucks* qui se les plaquent en arrière à la Gomina. C'est tout ce que j'ai à dire.

— Bien. Maintenant c'est fait, reprit Cassidy. Et moi, je tiens à te dire que je veux pas d'étrons comme toi dans mon corps de marines.

C'est tout. Tu mérites pas le nom de marine. Maintenant, je vais compter jusqu'à trois et tu vas poser ton cul au bord de ce trou de combat. Un…

Parker s'exécuta.

Broyer, qui était resté debout près du trou de combat, reprit sa respiration. Il regarda autour de lui. Le lieutenant se tenait devant la guitoune de Bass. Comme tout le monde, il regardait Cassidy tondre Parker.

***

Dès qu'ils en eurent fini avec l'alerte du soir, Broyer se dirigea vers la 2e section, en quête de China. C'était la première fois qu'il pénétrait dans le secteur d'une autre section, et il fut un peu surpris de voir des détritus joncher le sol autour des trous de combat. En passant devant une guitoune, il entendit quelqu'un s'esclaffer bruyamment, puis rire de bon cœur. La tête blonde du sous-lieutenant Goodwin émergea de la guitoune. Broyer détala, ne se sentant pas à sa place et préférant éviter une confrontation. Il se dirigea vers un frère qu'il ne connaissait pas, repoussa ses lunettes sur son nez, s'approcha de lui et échangea la poignée de main désormais familière. Il demanda où se trouvait China. Le frère lui montra du doigt une petite guitoune à moitié dissimulée derrière un immense arbre abattu, à moins de un mètre d'un emplacement de mitrailleuse. En s'approchant, il vit China et deux autres frères adossés au tronc de l'arbre, dos à la guitoune. Ils mangeaient leur dîner. Leurs voix lui rappelèrent les nuits d'été à Baltimore.

China le salua avec la poignée de main rituelle.

— Hé, mon frère, heureux que t'aies pu venir. Je te présente mes amis.

L'un d'eux proposa à Broyer une boîte de ration C pleine de café chaud. Il la prit et s'assit en maintenant précautionneusement le couvercle replié en arrière pour que la chaleur ne lui brûle pas les doigts. Lorsqu'il commença à raconter l'épisode de la coupe de cheveux, il fut surpris par la colère qui se déversa.

— Et après, ces connards de poules mouillées lui ont rasé le crâne. Jusqu'à ce qu'il ait la boule à zéro, putain ! Et nous, on est restés plantés là à les regarder faire, ces fils de putes.

Broyer en ayant terminé, China bondit sur ses pieds.

— Va dire à Parker de ramener ses fesses ici dès qu'il pourra. Et t'en fais pas, on va pas rester plantés là bien longtemps. On a le pouvoir. (Il martelait le tronc de son poing.) On a le pouvoir. On va pas tarder à foutre le bordel.

Broyer partit à la hâte, se sentant compris, pénétré de la volonté et de la force de China.

China se rassit contre le tronc et soupira. Il tendit la main pour se refaire un café. Les deux autres, sachant qu'il parlerait dès qu'il aurait quelque chose à dire, se mirent à discuter et éteignirent le feu lorsque la nuit finit par tomber.

***

Broyer transmit le message de China à Parker et, quand ce dernier revint de garde cette nuit-là, il poussa jusqu'au secteur de la 2e section. Il dut avancer en rampant et en s'accroupissant à moitié pour atteindre le sommet de la ZA et redescendre vers la 2e section afin d'éviter de se faire tirer dessus par accident. Dans l'obscurité, il lui fallut environ une heure.

À son arrivée, le frère qui partageait la guitoune de China dormait seul à l'intérieur. Il conseilla rageusement à Parker d'aller voir dans le trou en dessous. Celui-ci s'exécuta et, après s'être identifié, se glissa dans la fosse de China.

— Chuuuuut, souffla ce dernier en feignant d'entendre quelque chose et en essayant de réfléchir.

Le vent remonta la colline jusqu'à eux, chargé d'une odeur de terre humide et de mousse. À une dizaine de mètres seulement, des broussailles invisibles murmuraient sous les arbres qui craquaient.

— On m'a dit que tu voulais me voir, finit par murmurer Parker.

— Ouais.

China réfléchissait encore.

— Ils m'ont bien fait chier cet après-midi. Vraiment fait chier, *man*.

— Ferme-la bordel, espèce de crétin! chuchota China d'un ton féroce.

— Eh mais, qu'est-ce que t'as, *man*?

— Tu me demandes ce que j'ai, moi? Pourquoi tu fous une merde pareille pour une connerie de coupe de cheveux?

— Mais, *man*, tu m'avais dit...

— Je t'avais dit qu'on attendrait le temps qu'il faut pour avoir une bonne raison. Maintenant tous les frangins de la compagnie se demandent ce que je vais foutre pour une coupe de cheveux à la con. Je devrais te démonter la tête, putain! Les frères m'envoient des armes et toi, tu t'amuses à tout faire péter.

— Ils m'ont carrément castré devant mes frères, et tu dis que c'est moi qui déconne ?

Les lèvres de Parker se retroussèrent, sa colère à peine maîtrisée. China le sentit, mais il avait la situation bien en main.

— Eh, les frangins, calmez un peu le jeu d'accord ? (Le soldat qui partageait la guitoune de China chuchotait de l'ouverture.) Ridlow va pas tarder à passer les lignes en revue et il risque de nous incendier le cul si vous arrêtez pas.

Parker s'apaisa légèrement et China remua les pieds.

— Écoute, reprit China, on va flanquer une bonne leçon à ces racistes de merde, mais va falloir le faire comme il faut. Tu m'entends ? Comme il faut. On a le pouvoir que si on garde la tête froide. Tu m'entends ? Et les frères au pays ont besoin d'armes... de vraies armes.

— Je t'entends, répondit Parker, maussade. Je buterai ce fils de pute moi-même.

— Tu buteras personne sans que je te le dise.

— Je buterai tous les porcs que je veux.

— Tu vas m'écouter, Parker. On a besoin de toi. Tu le sais. Hein ? Tu le sais. Tes frères ont besoin de toi. Mais on a pas besoin que tu te mettes à tuer, sauf si c'est un vrai règlement de comptes. On a pas besoin de ça. Tu me laisses décider de ce genre de trucs avec Henry. On s'en occupera à la BCV.

— Merde ! Ça fait deux mois qu'on a plus été à la BCV. Qu'est-ce qui te fait croire qu'on va y aller maintenant ? Henry sera rentré au pays avant que tu le voies. Me-eerde.

— On le verra, Parker. En attendant, serre les dents. Du temps, on en a. Alors laisse-moi réfléchir à la meilleure façon de régler ça, OK ? Et fais pas le con. Laisse-moi y réfléchir cette nuit et j'irai voir les frangins demain matin. OK ?

— OK.

— Tu t'en es bien tiré, frangin. Il fallait des couilles pour s'affirmer comme ça. Je suis désolé de t'avoir sauté dessus. C'est juste que les enjeux sont de taille. Tu m'entends ? De taille. Faut pas que ça déraille.

China gloussa, et Parker ne sut que dire.

Parker se mit à quatre pattes et reprit le chemin qui le ramènerait à son trou de combat, laissant China dans l'obscurité la plus complète. Celui-ci passa le restant de son tour de garde, et même celui de son partenaire de guitoune, à tenter de trouver une solution. Il fallait qu'on cesse de se focaliser sur un événement aussi trivial qu'une coupe de cheveux. Cassidy semblait constituer la cible parfaite. C'était Cassidy, pas cette connerie de coupe de cheveux, la clé de la situation. Il parlerait aux frères dès le matin, avant la patrouille.

***

Et il le fit, le lendemain à la première heure. Mellas, inquiet, le regarda. Et lorsqu'il descendit rejoindre la 1re escouade pour la patrouille, il vit que Mole, manifestement en retard, nettoyait encore sa mitrailleuse à la vue de toute l'escouade, époussetant de minuscules peluches. Le nœud coulant pendait encore lourdement autour de son cou couleur café.

Mole, avec son mètre quatre-vingt-dix et sa belle carrure, n'avait pourtant rien d'une taupe[1]. Il avait reçu ce sobriquet lors de l'opération sur la zone démilitarisée. Lorsque l'escouade de Connolly s'était retrouvée bloquée, il avait rampé si près du sol en se dissimulant derrière des rochers et des buissons pour contourner l'ennemi que le reste de l'escouade aurait juré qu'il était passé sous terre. Il avait ouvert le feu sur les Vietcongs, en avait tué deux et éparpillé le reste. Le chef avait proposé son nom pour une Bronze Star[2].

— Vous allez aussi l'aider à faire son rot, Mole ? demanda Mellas en s'efforçant de garder un ton léger.

Mole continua de nettoyer son arme.

— Il faut la materner, Sir, marmonna-t-il, surtout quand on ne reçoit pas les pièces qu'on a commandées, bordel.

Mellas s'accroupit près de lui.

— Quelque chose vous énerve, Mole ?

— Non, Sir. Je fais mon boulot, c'est tout.

Il inspecta le lourd boîtier de culasse.

Préférant éviter d'attaquer de front l'affaire Jackson, Mellas regarda sa montre.

— Écoutez, Mole, on a déjà cinq minutes de retard. Essayez de vous dépêcher, OK ?

Mole grogna et remit en place le mécanisme d'alimentation.

Mellas rejoignit Connolly et Vancouver, ainsi que Daniels, l'observateur avancé de l'artillerie, le berger allemand, Pat, et le maître-chien, le caporal Arran. Tous vérifiaient leurs armes, ajustaient leurs sangles, fourraient leurs rations préférées dans des poches pour le déjeuner et

1. *Mole* signifie « taupe » en anglais.
2. Médaille de l'étoile de bronze.

buvaient une dernière gorgée d'eau avant de refermer leurs gourdes – tous les rites nerveux qu'on accomplit pour continuer de faire fonctionner son esprit face à une mort imminente.

***

Mellas ressentit une vague de fierté de savoir Vancouver dans sa section. Même s'il ne le connaissait pas à l'époque, il se rappelait clairement leur première rencontre. C'était à la BCV, où il attendait qu'un hélicoptère les emmène, Goodwin et lui, à Matterhorn. Le temps était essentiellement à la bruine froide, à l'ennui et à l'énergie nerveuse, au milieu des caisses vides de rations C détrempées, dans l'odeur du carburant JP-4 et des tuyaux d'évacuation d'urine fichés dans l'argile humide, mais Mellas aurait pu passer le restant de ses jours allongé dans la boue. Sordide, la zone d'atterrissage de la BCV était un lieu où il pouvait rester en vie, un lieu où la brousse tant redoutée appartenait à l'avenir, de l'autre côté de la rampe de l'hélico. À la BCV, on pouvait regarder l'hélicoptère partir sans soi. On n'avait jamais à franchir la sombre portière cerclée d'aluminium pour arriver dans l'inconnu terrifiant de la brousse.

Pourtant, vers le milieu de l'après-midi, même Goodwin en eut assez de la pluie et de l'ennui. Ils somnolaient tous dans la lumière grise, sous la bruine, abrutis par l'attente et le désir d'oublier ce qu'ils attendaient. Puis la monotonie cessa.

Un marine solitaire sauta de l'arrière d'un hélicoptère à l'approche et traversa lentement la zone d'atterrissage en direction du chemin de terre qui menait vers l'arrière du régiment. Il devait faire un mètre quatre-vingt-dix, quatre-vingt-quinze, mais c'était moins sa carrure qui attirait l'attention que la mitrailleuse M60 à canon scié qui pendait des deux ceinturons de toile jetés sur ses épaules. Il fallait habituellement deux hommes pour faire fonctionner une M60. Le manuel préconisait une équipe de trois. Une poignée rudimentaire avait été soudée au canon afin de pouvoir contrôler le recul sans assurer l'arme sur un bipied. Deux boîtes de munitions reposaient sur sa poitrine, suspendues à ses épaules. En plus de tout ce poids, Mellas devina qu'il transportait aussi tout l'attirail habituel du broussard : de quoi dormir, manger, se changer, plus des grenades, des livres, des magazines, des ponchos pour s'abriter de la pluie, une pelle, des mines Claymore, des charges de plastic C4, des mines éclairantes, un réchaud artisanal, des photos de petites amies, des articles de toilette, de l'insecticide, des cigarettes, un kit d'entretien pour son fusil, du lubrifiant

WD-40, des pots de café lyophilisé, et peut-être un paquet ou deux de *long-rats* : de la nourriture de randonnée lyophilisée conçue pour servir de rations lors de longues patrouilles, mais plus souvent utilisée par les *grunts* pour des occasions spéciales. Le marine portait un chapeau de brousse australien au rebord gauche remonté sur le côté. Des cheveux blonds et emmêlés, décolorés par la saleté, apparaissaient en dessous. Son uniforme n'était plus que crasse et guenilles. Une jambe de son pantalon avait été déchirée juste au-dessous du genou, révélant une chair blanche et terreuse couverte de morsures de sangsues infectées et d'ulcère tropical. Il avait aussi les mains, le visage et les bras tapissés d'ulcère tropical et de plaies ouvertes. Lorsqu'il passait, on sentait son odeur. Mais lorsqu'il passait, on aurait dit que la ZA lui appartenait, tant il semblait ne pas sentir les cinquante kilos qu'il portait. C'était un broussard, et Mellas désirait ardemment lui ressembler.

Ce qu'il ignorait à l'époque, et qu'il savait maintenant, c'était que Vancouver avait effectué le troc habituel et qu'il portait les habits les plus rapiécés de sa section – il en trouverait des neufs à l'arrière – et que le lieutenant Fitch, sur la recommandation de Fredrickson, l'avait envoyé à la BCV pour son UNS, ou urétrite non spécifique. Il avait contracté ce problème médical lorsque la compagnie avait séjourné à la BCV quelques semaines plus tôt en attendant d'être aéroportée vers une nouvelle opération. Au lieu de rester là, il avait filé en douce une nuit et parcouru sept kilomètres de territoire non sécurisé jusqu'à un village Buru près de Ça Lu. Certains disaient qu'il avait épousé en secret une fille du village.

Ce souvenir de Vancouver à la BCV inspira à Mellas un profond désir de se retrouver de nouveau dans la sécurité relative de son périmètre. Là-bas, Matterhorn ne lui avait guère semblé différente de la brousse. Maintenant, cette colline lui faisait le même effet que la BCV. Dans la lointaine vallée au-dessous se trouvaient des chemins invisibles qui reliaient des camps de base et des dépôts de ravitaillement en coupant la frontière du Nord-Vietnam et du Laos, réseau arachnéen qui permettait à l'APVN d'assurer approvisionnements et renforts aux opérations ciblant les centres urbains dans le sud et le long de la côte. Le bataillon avait pour tâche de les en empêcher. Bientôt, il le savait, il serait en bas… et sans périmètre sécurisé, ni batterie d'artillerie, ni zone d'atterrissage, ni Matterhorn. Il serait dans la brousse, la vraie.

***

Mellas revint brusquement à la tâche qui les occupait. Ils s'apprêtaient à repartir en patrouille de routine pour protéger la batterie d'artillerie.

Ayant fini de nettoyer sa mitrailleuse, Mole s'approcha de Connolly et lui adressa un signe de tête. Connolly se mit en action et lança l'ordre de départ des équipes de tireurs. Vancouver descendit silencieusement vers le labyrinthe complexe constituant le seul passage à travers les barbelés. Skosh, habituellement l'opérateur radio de Bass, était assis contre une souche d'arbre, les yeux fermés. Il se leva et rejoignit Mellas derrière la 1re équipe. Il avait changé de place avec Hamilton pour tromper l'ennui. Pat, le chien éclaireur, reniflait chaque marine qui passait devant lui pour s'en souvenir. Une fois dans la jungle, il serait à l'affût de toute nouvelle odeur. Arran disait qu'il pouvait retenir plus d'une centaine de parfums différents.

Cinq minutes plus tard, ils avaient descendu la forte pente pour se retrouver dans la jungle, loin des détritus, des enchevêtrements de câbles, des ordures et de la boue stérile. Un oiseau siffla. Ils entendirent le battement de ses ailes quand il s'éloigna du sentier. La canopée qui s'élevait au-dessus de leurs têtes faisait entre trente et cinquante mètres, bloquant la lumière du soleil et plongeant l'escouade dans l'ombre. Ensemble, ils s'engouffrèrent en dessous, tels des plongeurs dans une mer gris-vert.

Pat fut presque immédiatement sur le qui-vive, mais Mellas et le caporal Arran s'attendaient à croiser un des trois avant-postes, des équipes constituées de deux hommes positionnés à l'extérieur du périmètre de la compagnie pendant la journée. L'escouade serpenta en silence près de Meaker et de Merritt, de la 2e section, chacun les saluant avec des sourires discrets. Tenir un avant-poste était une tâche facile, mais ceux qui l'exécutaient avaient toutes les chances d'être sacrifiés en avertissant la compagnie d'une attaque.

L'escouade poursuivit son chemin. Les avant-postes disparurent derrière elle. Une dizaine de minutes plus tard, Arran se mit sur un genou, la main sur le dos frémissant de Pat, s'efforçant de décrypter son message. L'escouade se figea, tous les hommes se crispant et lançant des regards de part et d'autre du sentier. Arran désigna la droite du chemin, puis le bas de la pente. Le sous-lieutenant haussa un sourcil à l'intention de Conman, qui acquiesça d'un signe de tête. Mellas leva le pouce – OK – et Conman tapota le gamin devant lui pour lui indiquer la droite. L'escouade quitta le sentier de crête et commença à descendre une pente abrupte vers le fond de la vallée. Soudain, tous furent engloutis par les bambous. Leurs sommets les dépassant de près de un mètre, ils durent s'y faufiler prudemment en repoussant les tiges pour creuser leur propre tunnel à travers cette masse verte et solide.

Au début, Vancouver, qui ouvrait la marche, s'enfonça trop bas dans la ravine. Mellas lança un caillou sur Conman. Quand il se retourna, Mellas fit non de la tête et indiqua le haut de la pente. On se passa le mot le long de la colonne jusqu'à Vancouver, et l'escouade cessa de descendre pour évoluer à mi-pente, sur la bande de terre qui menait vers la vallée en bas. Descendre une ravine était une invitation à l'embuscade.

On donna le signal de sortir les machettes. Quelqu'un qui se trouvait derrière Mellas en fit passer une vers l'avant, et bientôt on entendit la lame fendre sèchement l'enchevêtrement impraticable pour permettre à l'escouade d'avancer. À chaque nouveau choc, les fusils étaient serrés plus fort, les yeux plus grands ouverts, les oreilles toujours plus tendues. Enfin, le bruit cessa. L'escouade reprit sa marche, chacun prêt à tirer au moindre bruit ou mouvement dans la jungle.

L'escouade rampait, glissait, suait et marmonnait dans la jungle enténébrée. Il fallut encore faire passer des machettes vers l'avant. Une fois de plus, leurs coups sourds résonnèrent tout le long de la colonne. Les gamins se mordaient la lèvre inférieure, tripotaient le levier de sûreté de leurs armes. Mais sans les machettes ils étaient bloqués ; et s'ils n'avançaient pas, ils ne pourraient jamais regagner la sécurité du périmètre protégé.

Conman faisait alterner les équipes de tireurs au fur et à mesure que la tension d'être en pointe épuisait les hommes et qu'on se cassait le dos à jouer de la machette. Tous le faisaient à tour de rôle, même Mellas. Il savait que c'était idiot dans son cas – cela le gênait côté contrôle tactique – mais il voulait montrer qu'il partageait le fardeau de ses hommes. Il se rendait bien compte qu'on pouvait les entendre à des centaines de mètres. Mais la patrouille devait passer par certains postes de contrôle pour s'assurer que l'APVN était toujours bien éloignée des voies d'approche menant à Matterhorn. Ce véritable débroussaillage leur permit d'accomplir leur mission sans emprunter les sentiers établis, où les chances de tomber dans une embuscade augmentaient considérablement. Mellas commençait à comprendre qu'aucune stratégie n'était parfaite. Tous les choix étaient mauvais, d'une façon ou d'une autre.

En quelques minutes, il eut les mains à vif et couvertes d'ampoules, et l'impression que son bras pesait une tonne. Tout le temps où il tailla dans le bambou, il se sentit nu, conscient du fait qu'il tenait son fusil de la main gauche et qu'il n'avait pas le doigt sur la détente. S'il se faisait tirer dessus, il devrait se fier au gamin derrière lui pour descendre l'ennemi. Enfin, après une éternité, quelqu'un lui tapa sur l'épaule et il se glissa derrière Conman, avec Skosh et la radio. Mellas transpirait abondamment, tout à la fois sous le coup de la peur et du labeur. Une petite voix commença à se moquer de lui, lui demandant pourquoi diable un Viet se serait trouvé dans cette fichue parcelle de bambou sur laquelle ils étaient tombés.

Deux heures de plus passèrent avant qu'ils puissent sortir de là et retrouver l'aisance relative qu'il y a à progresser dans la jungle, en nage, en se battant contre les insectes et en tâtonnant, aussi aveugles que les sangsues contre lesquelles ils faisaient vraiment la guerre. Le lieutenant Fitch exigeait des *pos reps*[1] – des comptes rendus de position – à peu près toutes les vingt minutes. Mellas les communiquait consciencieusement par radio, et se sentait frustré et inutile parce que c'est à peine si elles changeaient. En deux heures, la patrouille avait dû progresser de trois cents mètres.

Puis, en un instant, monotonie et fatigue furent balayées par la terreur pure et froide.

Conman plongea par terre, devant Mellas. Avant même que ce dernier ait eu le temps de fléchir les genoux, Skosh fit de même. L'escouade tout entière se retrouva à plat ventre, fusils pointés dans des directions alternées le long de la colonne, comme on le leur avait inculqué. Conman scruta intensément ce qu'il avait devant lui, puis, sur le ventre et les avant-bras, il se courba et se contorsionna vers l'arrière, en direction de Mellas. Il se tourna, leva trois doigts en l'air et tendit la paume vers le ciel d'un air interrogateur. Trois au moins, peut-être plus. Mellas sentit son cœur lui marteler douloureusement la poitrine. Il essaya de se rappeler ce qu'on lui avait dit de faire, là-bas à Quantico, mais son esprit semblait vide. Conman se tortilla un peu plus vers l'arrière. Mellas ne voyait personne d'autre. Tout seul. Tout seul, et peut-être sur le point de mourir.

— Pat a donné l'alerte, murmura Conman. Arran dit qu'il y a trois Viets au moins, vu le comportement de Pat. Peut-être plus.

— C'est peut-être l'équipe des mitrailleurs, chuchota Mellas en se disant : *Pourquoi moi ?*

Conman haussa les épaules.

— On fait quoi, lieutenant ?

Mellas n'en avait pas la moindre idée.

Il avait envie d'appeler Bass et Jayhawk pour le leur demander. Mais il savait que c'était ridicule. Un nombre vertigineux de possibilités lui

1. *Position reports*, en anglais.

traversa l'esprit. Conman attendait, bouche ouverte, que Mellas lance un plan d'action. S'il n'y en avait que trois, il pouvait envoyer l'escouade en file indienne et les anéantir. S'il s'agissait d'un avant-poste de trois hommes, alors ceux-ci devaient appartenir à une unité, section ou compagnie. S'il les affrontait avec l'escouade, ils se retrouveraient tous dans un beau merdier et auraient de la chance qu'il reste des survivants. Cela dit, s'ils n'étaient que trois, il n'y avait aucune excuse pour ne pas les poursuivre. Mais quelqu'un se ferait certainement tuer. Ce serait peut-être lui, Mellas, à moins qu'il n'envoie deux équipes de tireurs sans lui. Mais qu'en penseraient les autres ? Il devait y aller. Mais il risquait la mort. Il n'y en avait que trois. Comment pouvait-il avoir peur ? Les chances étaient franchement de leur côté. Il se vit soudain avec les quatorze membres de l'escouade alignés contre un mur, face à une équipe de tireurs de quinze hommes dont un seul avait une balle dans son fusil. Là aussi, les chances pencheraient beaucoup en sa faveur. Mais… et si cette seule et unique balle le frappait, lui ? Il comprit brusquement que les chiffres se vidaient de sens lorsque tout était en jeu.

Il décida de faire comme s'il s'agissait de l'avant-poste d'un groupe plus conséquent – jusqu'à preuve du contraire. Il allait donc falloir en savoir plus. Son entraînement prit le dessus. Il commença à faire l'inventaire des armes disponibles.

— Mitrailleuse en position, murmura-t-il à Skosh. (Le message redescendit vers les gamins invisibles qui jonchaient le sol de la jungle.) Mettez-la là, dit-il à Conman. Postez Vancouver et sa mitrailleuse à cent quatre-vingts degrés d'ici.

— Ça va pas lui plaire.

— Qu'il aille se faire foutre. Envoyez une équipe de tireurs sur la gauche. On les couvrira avec Mole s'ils ont des problèmes. Vous voulez envoyer qui ?

C'était désormais au tour de Conman de jouer Dieu – à l'âge de dix-neuf ans. Il ferma les yeux.

— Rider.

Ainsi certains sont-ils choisis pour mourir jeunes.

Mellas se tourna vers Skosh.

— Dites à Rider de venir.

Skosh rampa en arrière, vers l'homme suivant.

— Rider.

Le chuchotement fila le long de la colonne.

— Votre soixante-dix-neuf a des grenades ? demanda Mellas à Conman.

Conman leva trois doigts.

Mellas jura dans sa barbe. Les grenades, si utiles dans la jungle où on ne voyait rien, manquaient toujours. Les tireurs de grenades M79 en étaient avares.

— Il ira avec l'équipe.

Conman hocha la tête.

— Positionnez la mitrailleuse pour permettre à Rider de revenir si jamais il a des problèmes. J'irai le chercher moi-même.

— Et l'artillerie ? demanda Conman.

Mellas fut soudain pris d'angoisse. Il l'avait complètement oubliée.

— Je passerai voir Daniels en redescendant, dit-il pour sauver la face.

Conman leva le pouce en signe d'acquiescement et se mit à ramper vers le soldat le plus proche pour installer le périmètre.

Mellas passa devant Skosh.

— Restez avec Conman, dit-il. Moi, je serai avec Daniels et sur la fréquence de l'artillerie si jamais le Six me cherche.

Il poursuivit à quatre pattes le long de la ligne de visages tendus et interrogateurs. Il ne cessait de chuchoter : « Trois Viets. Peut-être plus. Conman va vous placer », tout en leur faisant signe d'avancer. Il tomba sur Mole et Young, son ravitailleur, qui avançaient tous les deux en nage. Mole avait la mine sombre. Young lui adressa un pâle sourire en traînant à côté de lui les lourdes munitions pour la mitrailleuse et s'efforçant de ne pas faire de bruit.

— Vous couvrirez Rider, murmura Mellas à l'intention de Mole. Voyez ça avec Conman.

Mole acquiesça et continua de ramper au ras du sol en avançant avec la grosse mitrailleuse dans les bras. Rider apparut à quatre pattes derrière Mole et Young, le visage luisant, les yeux légèrement fous. Terrorisés, les deux gamins de son équipe le suivaient. Mais personne ne remettait en cause les ordres donnés.

— Trois Viets, murmura Mellas. Il faut qu'on sache s'il y en a d'autres. Ça pourrait être un avant-poste. Faites savoir à Connolly que je vous ai dit d'emmener Gambaccini et son lance-grenades M79 avec vous.

Rider se lécha les lèvres et jeta un coup d'œil rapide à ses deux amis. L'un hocha la tête. L'autre fixait la jungle comme si l'intensité de son regard aller lui livrer son secret. Mais les broussailles ne laissaient rien paraître. Le mystère ne se dévoilerait qu'en rampant dans la jungle à sa rencontre.

Rider hocha la tête et montra le haut de la colline en regardant son équipe. Les trois soldats avancèrent à plat ventre vers la tête de la colonne et disparurent presque aussitôt. Mellas continua à redescendre la file et à envoyer des gamins vers l'avant pour constituer le périmètre.

Daniels s'approcha de lui, sa radio glissant maladroitement de gauche à droite sur son dos.

— L'angle est vraiment merdique pour Golf Battery, dit-il en chuchotant. La crête se trouve entre eux et les niacoués. Les cent cinq vont devoir tirer presque à la verticale pour que les projectiles leur tombent directement dessus en arc élevé, et ils peuvent pas lever leurs canons à ce point. S'ils tirent en trajectoire plate, ils percuteront l'avant de la crête ou survoleront carrément la cible. Je pense qu'il vaudrait mieux faire appel aux soixante de la compagnie. Les obus font un dixième du poids, mais ils frapperont leur cible. Je les ai au bout du fil.

Mellas bénit sa prévoyance et acquiesça d'un signe de tête.

— Bien, dit-il.

Daniels reprit son avancée en tournant le bouton de fréquence pour demander à sa batterie de se tenir en stand-by, car il comptait utiliser les mortiers ; puis il changea encore de fréquence pour parler à l'escouade de mortiers de la compagnie. Mellas et Daniels retrouvèrent Vancouver allongé devant eux, sa propre mitrailleuse posée délicatement sur une souche en décomposition. Skosh rampait vers Mellas en lui tendant le combiné. Mellas s'en empara et attendit que Daniels en ait fini avec les mortiers. Il remarqua que les tireurs de Rider étaient déjà partis, avec Gambaccini et son lance-grenades M79.

— C'est le chef, chuchota Skosh.

— Il va me falloir un *pos rep*, dit Fitch. À vous.

— On n'a pas avancé d'un pouce depuis la dernière fois, murmura Mellas. À vous.

— Bravo Un, je veux un *pos rep*. Reçu ?

— Une minute.

Les mains tremblantes, Mellas sortit sa carte. Dans la jungle, il était impossible de voir le moindre repère. Il essaya de se souvenir du terrain qu'ils avaient parcouru, d'estimer les distances. C'était comme de naviguer sous l'eau. Il frappa du doigt l'endroit le plus probable en ayant l'impression qu'il s'agissait du même que celui d'avant. Il regarda Daniels et haussa les sourcils. Daniels déplaça son doigt jusqu'à un point sur sa carte personnelle, celle-ci couverte de ses propres marques au crayon et points de repère : il ne se fiait qu'à lui-même. Il jeta un coup d'œil à l'emplacement que Mellas indiquait sur la sienne. Pouces en l'air. Mellas transmit les coordonnées. S'il s'était trompé, les obus pourraient frapper l'équipe de Rider, ou la leur, et non l'ennemi.

Fitch raccrocha et laissa le caporal Devon, le chef d'escouade des mortiers de 60, accéder à la radio.

Daniels commença à parler.

— Bravo Whisky, Bravo Un Un, mission de tirs. À vous.

Et Mellas n'eut plus rien à faire.

Il s'assit pendant que Daniels lançait la mission. Il remarqua que des fourmis grouillaient à l'endroit où ils s'étaient installés. Il parvenait à peine à distinguer le dos de certains des gamins allongés derrière le feuillage. Un oiseau gazouilla. Il se demanda si tout cela n'était pas qu'un exercice absurde.

Le *crac* des obus de mortier quittant leur tube le tira de sa torpeur. Après avoir marché si longtemps, il fut surpris de les entendre si proches de lui. Il y eut un jaillissement soudain, puis un grand fracas lorsque les obus tombèrent presque à la verticale. Étouffés, les bruits lui paraissaient lointains. Il se demanda s'ils s'étaient tant trompés que ça en lisant la carte.

— Cinquante à droite. Larguez à cent, murmura Daniels, qui rectifiait au son.

La deuxième salve tomba sur la crête juste au-dessus d'eux. La terre ne l'atténuant plus, le bruit s'en trouva décuplé. Daniels demanda quatre salves. Puis il ajusta vers la droite et en réclama quatre de plus. Mellas était abasourdi : tout cela était totalement mécanique, mais des hommes étaient probablement en train de se faire tuer.

Pat s'était couché sans bruit à côté d'Arran, assis contre une bûche. Le chien haletait et semblait presque sourire. Ses oreilles d'un rouge étrange étaient dressées.

La radio chuchota. Skosh tendit le combiné à Mellas.

— Il faut que je sache pour l'équipe de basket-ball, dit Fitch en se servant du code radio pour désigner des tireurs. Big John Six a besoin de l'info. Et Golf Six aimerait savoir pourquoi il est en stand-by et pourquoi on ne lui a pas confié la mission de tir. À vous.

— Dites-lui que l'indicatif Delta trouve que l'angle n'est pas optimal. On est masqués par une crête et les mortiers ont une meilleure chance de faire mouche. Et je peux pas me barrer pour aller demander à l'équipe de basket-ball où on en est côté score vu que je sais pas exactement où elle se trouve. Raison de plus pour ne pas vouloir d'artillerie tout de suite. À vous.

Fitch revint en ligne en riant.

— OK. Tenez-moi au courant dès que possible. Terminé.

Une fourmi piqua Mellas, qui étouffa un cri. Il nota que Pat appuyait les pattes au sol et gardait la tête en arrière, comme pour repousser les fourmis. Plusieurs gamins s'envoyaient des giclées d'insecticide sur la figure et sur les jambes. Mellas regarda sa montre. Seules cinq minutes s'étaient écoulées. D'autres obus de mortier éclatèrent dans la jungle ; les explosions faisaient vibrer le sol sous eux, mais leur paraissaient lointaines. Mellas essaya d'écraser une mouche et la manqua. Elle s'éloigna en décrivant des cercles et atterrit sur Skosh, qui eut le même réflexe que lui. Deux minutes de plus passèrent. Daniels demanda aux mortiers d'attendre un instant. Un des gamins remuait prudemment la jambe d'avant en arrière, s'efforçant certainement de refaire affluer le sang dans son pied engourdi. La mouche atterrit une nouvelle fois sur Mellas. Puis la jungle se déchira.

Ce fut comme si quelqu'un avait crevé un mur de bruit. Les M16 en tir automatique hurlèrent et firent tressaillir Mellas, qui ferma les yeux. Quelques mètres à peine devant lui retentit le martèlement plus lent et plus dense des AK-47 à plus gros calibre de l'APVN. Mellas, qui s'était enfoui le visage dans la terre, leva la tête et tenta de transpercer la jungle du regard pour découvrir la source du vacarme. Plus légers et plus rapides, les M16 de l'équipe de Rider envoyaient de courtes rafales ; les salves se relayaient tandis qu'un tireur couvrait un collègue enclenchant un nouveau chargeur. Les hurlements indistincts des M16 en mode automatique répondaient aux claquements plus lents et lourds des AK-47. Les balles des AK claquaient au-dessus de leurs têtes, sectionnant des branches en deux. Des feuilles, des écorces et des éclats de bois pleuvaient sur les casques et les dos. Il y eut une brève détonation, suivie presque aussitôt par le grondement sourd d'une nouvelle explosion, celle-là bien plus forte, lorsque Gambaccini lança une grenade. Plus haut sur la pente, quelqu'un criait. La jungle était pleine de fracas. La radio hurlait.

— Qu'est-ce qui se passe, bordel ? Vous êtes touchés ? À vous.

Mellas pouvait à peine articuler à cause du sang qui lui pulsait dans la gorge. L'air vibrait du bruit hystérique et assourdissant des armes automatiques.

— Négatif ! (Mellas criait sans s'en rendre compte.) C'est l'équipe de basket ! À vous.

— Où est-elle ? *Pos rep*, s'il vous plaît. À vous.

Fitch calma Mellas, qui dut se couvrir une oreille avec la main pour entendre ce qu'il lui disait.

— Environ vingt-cinq mètres azimut zéro-quatre-cinq. Peut-être moins. Je sais pas. J'y vois que dalle.

Les mots lui sortaient par souffles haletants.

— Lancez votre artillerie. Vous voulez qu'on lâche les soixante plus près ? À vous.

— Négatif, répondit Mellas en suffoquant. Je ne sais pas où est l'équipe. (Haletant.) L'indicatif Delta va se brancher sur le réseau de l'artillerie. À vous.

Il était désorienté par le caractère soudain de l'affaire. Tout avait été si méthodique, si facile, et voilà qu'il n'arrivait même plus à dire d'où venaient les tirs. Devait-il se lancer à la recherche de Rider ? L'attendre là où il était ? Les questions s'entrechoquaient dans sa tête, mais aucune réponse ne venait. Il décida de ne pas bouger.

Une balle d'AK-47 qui avait gardé juste assez d'élan pour poursuivre sa course après avoir traversé d'épaisses broussailles fila au-dessus de sa tête dans un gémissement aigu, puis se perdit dans la jungle touffue derrière lui.

Et ce fut le silence. On aurait dit que la dernière explosion avait anéanti tous les bruits. Tout le monde respirait vite. Mole enfonçait ses doigts de pied dans la terre derrière sa mitrailleuse et, la crosse serrée contre l'épaule, fixait le bout de son canon comme s'il tentait de traverser la jungle du regard.

Aucun bruit ne montait de la forêt.

Mellas rampa jusqu'à Connolly.

— Il faut contacter Rider, chuchota-t-il.

Connolly acquiesça et mit les mains en coupe.

— Rider ? lança-t-il en un murmure étranglé.

Sa voix transperça le silence comme un rayon de lumière dans une grotte sombre. Pas de réponse. Un insecte se remit à striduler.

— Rider, ramène tes fesses ici ! Dis mon nom en approchant, pour qu'on sache que c'est toi. (Il se tourna vers Mellas.) Ça m'étonnerait qu'il crie pour répondre, Sir.

La radio grésilla sous les parasites. Mellas savait ce qui allait suivre.

— Ici Bravo Six. Il nous faut un compte rendu de situation. Big John chie dans son froc. À vous.

— Six, ici Un Autorité. Aucun changement pour l'instant. À vous.

Il y eut une longue pause. Fitch savait aussi bien que tout le monde que, pour l'instant, se lancer à la recherche de Rider serait une folie. Il tirerait sur tout ce qui bouge. Et les Viets aussi. La radio grésilla de nouveau.

— Reçu. Mais il me faut un compte rendu dès que possible. À vous.

— Bien reçu. On fait de notre mieux. À vous.

— Compris. Bravo Six terminé.

Trois longues minutes s'écoulèrent. Puis ils entendirent quelque chose dans les buissons. Les fusils oscillèrent à l'unisson, braqués sur ce seul et unique bruit. Connolly avait levé la main pour retenir le tir. Un murmure traversa la jungle.

— Conman ?

Les fusils se baissèrent.

— Ici, chuchota Conman.

Un bref brouhaha s'ensuivit, puis Rider arriva précipitamment dans le périmètre, accroupi, suivi de ses deux équipiers et de Gambaccini, dont le M79 fumait encore. Tous se jetèrent à terre.

Rider rampa jusqu'à Mellas. Il respirait fort, le visage strié de terre et de sueur. Sa chemise empestait.

— Deux Viets, dit-il. Peut-être plus. On s'est vus au même moment. (Sa poitrine se soulevait, s'efforçant d'emmagasiner plus d'oxygène.) On a tous les deux ouvert le feu. On s'est aplatis par terre ensemble. On a tiré à tout-va. J'en ai peut-être eu un. Ils se sont barrés.

— De quel côté ?

Rider secoua la tête.

— J'en sais foutre rien. Vers le bas de la colline.

— Vers le sud, donc, dit Mellas en sortant sa carte.

Il ordonna un repli de l'escouade tandis que Daniels couvrait la zone au sud et à l'est avec l'artillerie et les mortiers, contrôlant les 105 mm avec sa radio et les 60 mm avec celle de Skosh. Au bout d'une quinzaine de minutes, l'escouade entra dans la zone bombardée, tout le monde en alerte maximum, Pat frétillant d'excitation mais parfaitement maîtrisé par Arran.

Le chien flaira une piste et se mit en route. L'escouade le suivit dans la vallée. Les hommes se frayèrent un chemin à travers des broussailles de plus en plus épaisses, apercevant de temps à autre un buisson éclaté, une branche d'arbre brisée ou de la terre fraîchement retournée par le feu d'artillerie. En dehors de ces petits signes et de l'odeur des explosifs, la demi-heure de tirs et d'affrontement n'avait en rien bouleversé la jungle. Les marines commençaient à fatiguer.

La radio crépita.

— Bravo Un, ici Bravo Six. Big John veut un compte rendu après action. Il ne peut plus attendre. Il doit mettre Bushwhacker Six au courant. J'ai aussi Golf Six sur le dos et il aimerait bien savoir comment son artillerie s'en est sortie. À vous.

— Attendez, dit Mellas.

Il soupira et garda le combiné devant la bouche pour réfléchir. Il voulait croire que quelque chose s'était passé, quelque chose de positif dont il pourrait rendre compte. On avait balancé des obus pendant un quart d'heure. Rider avait vérifié l'alerte avec brio. Personne n'avait été blessé. C'était du bon boulot. Mellas voulait croire qu'ils s'en étaient bien sortis. C'était ce qu'il voulait, ce fut ce qu'il raconta.

— Bravo Six, ici Bravo Un. Notre indicatif Romeo est certain d'en avoir touché un lorsqu'il a ouvert le feu. Il n'a vu que deux Viets, mais d'après ce qu'on a entendu, il devait y en avoir plus. On en a un probable, ça, c'est sûr.

Il y eut une pause.

— Et les dommages causés par l'artillerie ? À vous.

Mellas regarda Skosh. Toujours penché en avant, celui-ci hocha la tête et cracha.

— J'en sais rien. Je suis que le radio, moi, bordel !

— Donnez-leur un probable pour que l'artillerie foute la paix au chef, dit Conman. Sinon, ils nous lâcheront jamais la grappe, Sir.

— Je peux pas faire ça, protesta Mellas. J'ai aucune preuve !

— Ils ont pas besoin de ça. C'est une évaluation des dommages qu'ils veulent. Dites-leur qu'il y a plein de traces de sang par ici. Ça leur plaît toujours.

Mellas jeta un coup d'œil à Daniels. Ce dernier leva les deux mains en l'air, paumes ouvertes, et haussa les épaules. Il n'en avait rien à foutre.

Mellas appuya sur la touche de transmission.

— Bravo Six, ici Bravo Un Autorité. On a un probable. C'est tout. À vous.

Il n'allait pas mentir pour faire plaisir à un officier d'artillerie.

C'est ainsi que leur seul probable fut avéré. Fitch le communiqua au bataillon. Le commandant Blakely, l'officier des opérations du bataillon, déclara un confirmé pour le bataillon, Rider ayant dit qu'il avait vu s'effondrer le type sur lequel il avait tiré. Mais le commandant de la batterie d'artillerie le revendiqua pour son unité. Les comptes rendus devant donc indiquer deux morts du côté viet, ce fut le chiffre indiqué. Mais au régiment, cela parut étrange – deux tués et aucun probable ? On en rajouta un. L'estimation était prudente. Il coulait sous le sens que s'il y avait deux morts, vu la façon dont l'APVN récupérait les corps, il y avait forcément quelques probables en plus. Ce qui coulait aussi sous le sens pour le chef du bataillon d'artillerie : on passa donc à quatre confirmés et deux probables, résultat que rapporterait l'état-major au colonel Mulvaney, le commandant du 24e des marines, à la réunion du régiment. Le temps que le compte rendu atteigne Saigon, les deux probables étaient devenus des confirmés, sauf que cela n'avait aucun sens d'avoir six morts confirmés et pas un probable. On en rajouta quatre. Enfin, ç'avait l'air convenable. Dix morts du côté de l'APVN, aucun blessé du nôtre. Plutôt bonne, comme journée de travail.

CHAPITRE 4

Le colonel Mulvaney, le commandant du régiment, remonta d'un pas pesant l'unique passage entre les capitaines, commandants et lieutenants-colonels qui se tenaient au garde-à-vous en attendant qu'il accède à son siège vide, là, devant les rangées de chaises pliantes. L'air humide de la tente sentait la naphtaline. Dès qu'il eut atteint sa chaise, Mulvaney adressa un grognement au commandant Adams, qui demanda sèchement aux hommes de s'asseoir.

Mulvaney ramassa les fiches de briefing posées sur sa chaise et les feuilleta. Il pensait à la discussion qu'il venait d'avoir avec le chef d'état-major de la division au sujet de la prochaine opération combinée de ratissage et de recherche à Cam Lo. Elle devait « concerner des troupes de l'ARVN[1] et les milices locales ». Elle serait « hautement visible et hautement politique »... et, du point de vue de Mulvaney, hautement irréalisable. On lui avait demandé deux bataillons. Après son violent refus – il s'était livré à une analyse haute en couleur de l'efficacité de l'ARVN, l'armée de la République du Vietnam –, cette demande s'était transformée en ordre.

Le commandant Adams se racla la gorge. Mulvaney soupira, coula son large corps dans son siège et adressa un signe de la tête à Adams, qui se tourna aussitôt vers une grande carte pour y indiquer des emplacements avec une baguette.

— Le contact a été établi aujourd'hui à 11 h 47, aux coordonnées de quadrillage 689558, entre une unité de la taille d'une escouade appartenant à la compagnie Bravo Un Vingt-Quatre, en patrouille de sécurité de routine, et environ dix à quinze Vietnamiens. Deux morts confirmés, un probable. Aucun blessé dans la compagnie Bravo. Selon le compte rendu, le feu d'artillerie a causé deux morts confirmés et un

1. Armée de la République du Vietnam, c'est-à-dire du Sud-Vietnam.

probable. Les conditions météorologiques ont empêché toute frappe aérienne.

Le commandant se tourna vers Mulvaney.

Celui-ci savait qu'on attendait de lui qu'il pose une question. Cela l'agaçait qu'Adams ne cesse de dire « Un Vingt-Quatre », comme si, après vingt-six ans passés chez les marines, il ne savait pas que la compagnie Bravo de son propre régiment appartenait au 1er bataillon. Il garda néanmoins son calme et se rappela comment sa femme, Maizy, lui avait conseillé encore une fois et jusque dans l'aéroport de se contenir, non seulement pour les hommes qu'il commandait mais aussi pour sa propre carrière. Une opération combinée avec les Viets du Sud, putain ! Rester aux abords d'une saloperie de village pendant que leurs escouades de nervis y entraient pour tabasser les opposants civils. De nouveau, il se rappela qu'on attendait une question de sa part.

— On a récolté des renseignements ? demanda-t-il. Retrouvé des armes ?

Le commandant Adams n'avait pas abordé la question. Il jeta un bref regard vers la deuxième rangée, celle où le lieutenant-colonel Simpson et le commandant Blakely, le chef du 1er bataillon et l'officier des opérations, étaient penchés en avant sur leurs chaises derrière Mulvaney. Constatant aussitôt qu'Adams ne s'était pas préparé à la question, Blakely fit aussitôt non de la tête, les lèvres serrées.

— Négatif, Sir, répondit Adams sans presque marquer de pause. Juste après que le contact a été établi, l'unité alliée s'est repliée pour laisser passer le tir d'artillerie.

Mulvaney grogna de nouveau. Cela avait beau remonter à un quart de siècle, il lui semblait que le week-end dernier seulement il menait encore des hommes dans la jungle. S'il avait été à la tête de cette foutue patrouille et qu'il était tombé sur une unité de taille inconnue, il se serait bien vu en train de vider les lieux sans demander son reste.

Deux morts pour la compagnie Bravo, deux de plus pour Golf Battery… et zéro perte… cela suffisait pour une journée. L'idée lui traversa même l'esprit que quatre morts, c'était plus que suffisant, mais il décida de ne pas poser de questions qui pourraient mettre Simpson en difficulté – et lui avec, d'ailleurs, parce qu'elles donneraient l'impression qu'ils ne faisaient pas confiance à leurs officiers. Il regarda Simpson qui écrivait dans un carnet, le visage encore plus rouge que d'habitude, et se demanda s'il buvait encore. Après la Corée, à l'époque où il était dans la 1re division, à Camp Pendleton, Simpson avait pas mal bu, mais qui n'en avait pas fait autant après cette foutue guerre ? Ils étaient rentrés au pays comme s'ils revenaient d'un exercice. Quant à Blakely, il ne le connaissait pas. Une belle gueule. Du genre de celles qu'on croise dans les ambassades. Trop jeune pour avoir fait la Corée, donc aucune expérience du combat. Ce n'était pas sa faute. Mais il aurait quand même aimé qu'il en ait une. Cela dit, son dossier était bon. En forme, le mec. Il rongeait probablement son frein en attendant qu'on lui donne un bataillon. Le garder à l'œil. Il le vit chuchoter à l'oreille de Simpson, qui écrivit encore quelque chose dans son carnet.

Interminable, le briefing du Renseignement se poursuivit. Il y avait eu des relevés de capteurs aux coordonnées 723621. Un observateur aérien avait aperçu deux soldats de l'APVN en terrain découvert aux coordonnées 781632. Des éléments de la compagnie Hotel, Deux Vingt-Quatre, avaient trouvé deux caches de cinquante kilos de riz chacune aux coordonnées 973560. Les pensées de Mulvaney dérivèrent. Pourquoi donc parlait-on d'« éléments » et non d'hommes ? Qui devrait-il choisir pour l'opération combinée ? Prenant conscience d'un silence, il comprit qu'il était temps de poser une ou deux questions de plus.

Après les renseignements, le Trois[1] du régiment vint évoquer les opérations, puis ce fut le tour de l'officier médical, de l'approvisionnement, de l'adjudant-major, de l'artillerie, des opérations aériennes, de l'officier de liaison de la Croix-Rouge à Quang Tri ; après quoi il y eut encore les questions des représentants du Congrès et, enfin, les commandants de bataillon.

Mulvaney regarda attentivement Simpson gagner à grandes enjambées l'avant de la tente : petit, il portait un treillis de camouflage parfaitement amidonné et avait le visage et les mains si rouges qu'ils tranchaient étrangement sur le tissu vert. Mulvaney savait qu'il avait été jeune lieutenant en Corée en même temps que lui, même s'ils ne se connaissaient pas à l'époque. Apparemment, Simpson avait fait du bon travail – il avait gagné une Silver Star[2] et une Purple Heart[3] – et son dossier était excellent. Mais certains racontaient qu'il y avait eu un divorce douloureux, en plus de ses problèmes d'alcool. Enfin bon, les divorces et la picole n'étaient pas rares dans le corps des marines. Mulvaney le regarda ramasser la baguette d'Adam et se tourner vers lui, attendant un signe de sa part. Il remarqua aussi que, comme à son habitude, Simpson était

1. Officier responsable du personnel censé s'occuper de l'organisation des opérations. Ici, il s'agit du commandant Blakely.
2. Étoile d'argent pour récompenser un acte de bravoure face à l'ennemi.
3. Médaille décernée à un soldat blessé ou tué dans certaines conditions.

nerveux comme pas deux. On voyait tout de suite quand il ne savait pas de quoi il parlait.

Simpson se tourna vers la carte et prit la parole. Après avoir montré la disposition des compagnies, il marqua une pause théâtrale.

— Comme vous pouvez le voir, Sir, avec mes compagnies déployées en demi-cercle, ici, ici et ici (la baguette fouetta la carte avec chaque *ici*, chaque coup indiquant cent soixante quinze à deux cents marines) et avec la compagnie Bravo qui assure la sécurité de Golf Battery à Matterhorn... *tchac*... j'ai jugé opportun de déplacer mon QG à Matterhorn afin d'y diriger personnellement les opérations. Avec la compagnie Bravo qui établit le contact ici... *tchac*... et la compagnie Alpha ici... *tchac*... je suis certain qu'une unité APVN de taille considérable opère dans cette zone. La cache d'approvisionnement et de munitions découverte il y a trois jours par la compagnie Charlie ici... *tchac*... ainsi que le complexe de casemates découvert par Alpha la semaine dernière ici... *tchac*... indiquent que cette zone sera bientôt hautement productive. Et j'ai bien l'intention d'être là quand ça pétera. C'est pour ça que j'ai déjà ordonné à mon état-major de prévoir le déplacement de mon QG à Matterhorn.

Mulvaney fixa Simpson, ébahi. Alors même qu'il pensait l'intégrer à l'opération combinée dans les plaines, ce fils de pute avait décidé de virer *gunjy* et de gagner la brousse. Comme si ne pas voir ses hommes dans cette satanée jungle était mieux que ne pas les voir en restant à la BCV. Mais Mulvaney ne pouvait pas encore évoquer l'opération. Ses commandants auraient eu les nerfs à vif à force de se demander qui allait devoir plier bagage et partir pour les plaines pendant que les Viets du Sud déconnaient dans leurs villages de merde défoncés, et son vieil ami le général Neitzel, devenu commandant de la division, pourrait dire au trois-étoiles à la tête du I Corps, qui en rendrait compte à Abrams à Saigon, que les marines avaient « parfaitement coopéré » avec le gouvernement de la République du Vietnam.

Quelques hommes toussèrent. Simpson, qui n'avait pas l'air sûr de lui, jeta un regard à Blakely, en quête d'un signe. Ce dernier fronça les sourcils et hocha légèrement la tête, l'assurant ainsi qu'il pouvait se contenter d'attendre.

— C'est très bien Simpson, très bien, dit Mulvaney.

La compagnie Bravo. Il sonda ses souvenirs. La compagnie Bravo. Elle n'était pas sous les ordres d'un jeune lieutenant? Un certain Fitch? Celui qui avait trouvé un dépôt de munitions et toutes ces roquettes de 122 mm à la frontière laotienne vers Co Roc? Oui, maintenant il se souvenait. Il s'y était rendu en hélico avec Neitzel et quelques gros bonnets de l'armée pour prendre des photos, et Simpson était resté à la périphérie du groupe, ignoré de tous, pendant que les gradés n'avaient cessé de couvrir Fitch de louanges. Peut-être Simpson ne supportait-il tout simplement pas de ne pas être sous les projecteurs. Mulvaney pourrait facilement le renvoyer à sa position initiale si le besoin s'en faisait sentir. Ce jeune Fitch avait la chance de son côté. La chance était une qualité que Napoléon jugeait nécessaire pour un bon officier. Et Napoléon savait de quoi il causait. C'était la deuxième fois que la photographie de Fitch figurait dans la revue *Stars and Stripes*[1]. La première fois, il venait d'hériter de la compagnie de Black, qui avait perdu une jambe. Celui-ci avait tiré sa compagnie d'une énorme merde lorsqu'elle s'était trouvée en mauvaise posture à la zone démilitarisée. Putain, c'était vraiment pas de bol que Black ait perdu sa jambe ! Un bon officier régulier. Fitch, lui, était réserviste, si Mulvaney avait bonne mémoire. Bon Dieu, ils l'étaient presque tous maintenant ! Les réguliers se faisaient tous dévorer par cette… par ce truc ici. Il n'empêche, le gamin avait vraiment de la veine. Jusqu'à maintenant. Quant à la soudaine envie de Simpson de partir en brousse, ça ne pouvait pas faire de mal de récompenser les initiatives, même si celle-ci ne tombait pas vraiment à point. Et Simpson avait peut-être raison. Cet arc d'engagements récents avec l'ennemi… Peut-être pouvait-il accepter un compromis, ne retirer que deux des compagnies de Simpson. Comment savoir s'il s'y rendait pour mieux contrôler ses hommes, ou simplement pour être sous le feu des projecteurs ? Et au fond, qui s'en souciait ? En matière de guerre, ce sont les actions qui comptent, pas les intentions.

— Évitez seulement de vous faire flinguer les fesses par un mitrailleur viet en arrivant, Simpson.

***

Mellas trouva Hawke en train de faire un café dans sa tasse cabossée posée sur un réchaud fabriqué avec une grosse boîte de conserve. Il se servait d'une tablette allume-feu qui, même de loin, irritait les fosses nasales.

— J'aimerais demander une médaille pour Rider et son équipe, lança Mellas. Ils ont vraiment fait du bon boulot aujourd'hui.

Hawke ne répondit pas tout de suite. Il regardait les petites bulles se former sous la tasse, et essuyait les petites larmes provoquées par la tablette allume-feu.

1. Quotidien publié par les forces américaines à l'étranger.

— On n'est pas dans l'Air Force, Mellas.

— Sans blague ! On a vraiment fait du bon boulot, aujourd'hui. (Dès que ses paroles lui eurent échappé, il se rendit compte qu'il avait fait une bourde. Il sentit son visage s'empourprer.) Ce n'est pas ce que je voulais dire…

— Mon cul, oui, c'est exactement ce que vous vouliez dire !

Hawke leva rapidement les yeux vers lui, le regard traversé d'un éclair de colère. Puis il reporta son attention sur la boîte. Mellas savait qu'il faisait exprès de le mettre mal à l'aise.

— Écoutez, Mellas, dit alors Hawke sans le regarder, dans la marine ou l'aviation, on vous décerne une médaille pour ce que les marines considèrent simplement comme leur boulot. Chez nous, il faut avoir fait preuve d'un peu plus de courage que ça. (Alors seulement il le regarda.) On est dans la merde quand on reçoit une médaille parce que ça veut dire qu'on a manqué de bol et qu'on a dû arranger les choses, ou qu'on a foiré quelque part et qu'il a fallu remédier à la situation. Faites gaffe à ce que vous souhaitez.

— Je ne voulais pas vous vexer. Je disais simplement…

— La ferme, d'accord ? dit Hawke en se tournant vers Mellas.

Puis, d'un ton très calme, il ajouta :

— Mellas, j'en ai rien à foutre que vous me vexiez ou non. J'aimerais seulement savoir si vous allez faire tuer mes amis ou pas, et là, tout de suite, j'en suis pas bien sûr.

Le sifflement de la tablette dans le réchaud parut soudain très bruyant.

Mellas fut le premier à rompre le silence.

— C'est vrai, j'aurais aimé avoir une médaille ! Ça ne veut pas dire que Rider et Conman n'y ont pas droit.

Face à cet éclat de sincérité, Hawke se détendit un peu.

— Eh bien, vous ne manquez pas de persévérance. (Il soupira.) Écoutez. Tout le monde veut une médaille. C'est pas un péché. Quand je suis arrivé, j'en voulais une aussi. Mais dès qu'on reste ici assez longtemps pour en connaître le prix, elles perdent un peu de leur éclat.

Il leva brièvement les yeux pour voir si Mellas avait compris ce qu'il voulait dire. Puis il versa deux paquets de café soluble et deux sachets de sucre en poudre dans l'eau bouillante. Il remua avec un bâton.

— Désolé, dit Mellas.

Hawke se radoucit visiblement. Il tendit la tasse fumante et esquissa un sourire.

— Merde, Mellas, buvez-moi ça ! Ça guérit tous les maux, même l'orgueil et l'ambition. La seule chose qui blesse dans les reproches, c'est la vérité.

Mellas prit le café et sourit.

— Benjamin Franklin, dit-il.

— Putain, non ! Mon oncle Art, le poète de la famille.

— Benjamin Franklin. Art a dû lui piquer la formule.

— Ah ouais ? Ça m'étonne pas. On sait jamais vraiment avec l'oncle Arthur. On est même pas sûr que grand-mère l'ait eu avec grand-père.

Tous deux restèrent silencieux pendant que Mellas buvait une gorgée.

— On pourrait peut-être promouvoir Rider au grade de vice-caporal, dit Hawke, au mérite. Ça lui fera au moins un peu d'argent. Bien sûr, vous allez devoir écrire un petit texte comme quoi on se serait cru à Chapultepec[1] et au bois Belleau tout ensemble, et que Rider est un Chesty Puller[2] en puissance.

— Combien de lignes ?

— Mais merde quoi ! J'ai la gueule d'un prof d'anglais ?

— On ne peut pas vous poser une question sérieuse ?

— Mais pourquoi vous êtes toujours si sérieux, bordel ?

— Je ne le suis pas tout le temps.

— Moi non plus.

Tous deux restèrent plantés là, à s'observer, découvrant soudain l'homme derrière la relation formelle.

— Goodwin dit que tu es allé à Harvard, dit Hawke.

— Non, à Princeton.

— C'est tout pareil. C'est les mêmes mecs avec les mêmes petits glands sur leurs putains de mocassins, et les mêmes conneries de cours communistes.

Il repassa la tasse à Mellas.

Mellas en but deux gorgées en essayant de ne pas se brûler les lèvres sur le métal chaud. Il rendit la tasse à Hawke.

— Et toi, où t'es allé en fac ? demanda-t-il sans trop savoir comment poursuivre.

Hawke but prudemment et se lécha la lèvre supérieure.

— La C puissance 4.

1. Bataille de la guerre américano-mexicaine, à la fin du XIXe siècle.

2. Lieutenant-général ayant reçu le plus grand nombre de médailles dans toute l'histoire des marines.

— Hein ?

— CCCC, Cape Cod City College. J'ai fait mes deux dernières années à l'Université du Massachusetts.

Mellas hocha la tête, assis sur les talons, imitant sans s'en rendre compte les autres broussards qui adoptaient cette position pour éviter de se mouiller le fond du pantalon.

— Qu'est-ce que tu fous dans le Crotch, d'ailleurs ? demanda Hawke. Vous tous qui avez fréquenté les facs de l'Ivy League avez assez de fric pour pas y aller. Médecins, psychiatres, troisièmes cycles, tendances homosexuelles. Putain. (Il le regarda d'un air soupçonneux.) Goodwin et toi, vous m'auriez pas menti sur vos études ?

Mellas prit son temps pour répondre, pesant ses mots comme à son habitude.

— Je me suis engagé à dix-sept ans, avant de partir à la fac. J'ai grandi dans une petite ville de bûcherons de l'Oregon, et là-bas, si on est bon à quelque chose, on fait son service. C'est comme ça qu'on l'appelle là-bas : « le service ». Il n'y avait pas de guerre à l'époque, et j'ai pu aller à l'université grâce à une bourse et l'été, j'étais payé. Ils m'ont nommé vice-caporal réserviste et j'ai pas eu à faire la préparation militaire d'officier pour la Navy.

— Tu aurais quand même pu te barrer quand la guerre a commencé ! Vous autres, vous devez connaître du monde au conseil de révision ou au Congrès.

— Pas vraiment.

— Foutaises !

Mellas hésita. La plupart de ses amis de Princeton avaient effectivement le genre de relations dont parlait Hawke. Pas lui, ni ses amis du lycée de Neawanna. Il aurait voulu lui expliquer qu'entrer à Princeton, ce n'était pas la même chose qu'avoir un papa qui y avait été, mais il n'en fit rien.

— Je ne sais pas, dit-il. Les autres gars y allaient, c'est tout.

— Et le président ne ment jamais. Il sait forcément quelque chose qu'on ne sait pas.

— Voilà, acquiesça Mellas.

— T'aurais quand même pu opter pour la Navy. C'est là que tous tes bêcheurs de copains ont dû aller, non ? Du moins ceux qu'étaient pas trop occupés à se défoncer le cerveau et à fumer du shit dans les manifs pour la paix.

— Ouais. Pour la plupart. Enfin… ceux qui ont choisi cette voie. Quelques-uns ont intégré la CIA, ajouta-t-il, un peu sur la défensive quand il s'agissait de ses amis. (Hawke lui tendit la boîte de poires fumante. Mellas, amusé par ces taquineries, jongla avec la boîte, la faisant passer d'une main à l'autre.) C'était peut-être idiot de vouloir être différent. Il y en a tellement qui essaient d'intégrer l'Officer Candidate School de la Navy que bientôt les enseignes de vaisseau se retrouveront à devoir racler la peinture.

— Ouais. Et même avec plaisir.

Mellas rit, descendit une autre gorgée, et lui rendit la tasse.

Hawke but un peu de café et, perspicace, regarda Mellas par-dessus le rebord de la boîte métallique.

— Tu sais, je suis sûr que tu songes à te présenter au Congrès en tant qu'ex-marine.

***

À la réunion des officiers ce soir-là, Fitch informa l'assemblée du projet de déplacer le QG du bataillon vers Matterhorn le plus tôt possible. Le rôle de la compagnie Bravo serait de flinguer les mitrailleurs de l'APVN.

Pour la première fois, Goodwin prit volontairement la parole.

— Hé, Jack ! J'ai une intuition que j'aimerais vérifier demain.

— Allez-y, dit Fitch.

Il lui tendit sa carte.

— L'équipe de mitrailleurs viets, reprit Goodwin. Les deux fois ils ont tiré du côté est, c'est ça ? Et, quand Mellas leur est tombé dessus, ils se sont cassés vers le sud. Mais par là, ça descend en pente et il y a que du bambou et de l'herbe à éléphant. Au nord, c'est tout des falaises et autres conneries. Ce qui veut dire qu'ils ont dû contourner le côté sud de la colline et qu'ils sont par là. (Il pointa vers l'ouest.) Entre nous et le Laos, mais pas trop loin non plus, sinon ils perdraient trop d'altitude. Ils sont pas plus cons que nous, et moi, à leur place, j'aimerais pas trimballer une mitrailleuse en haut de cette saloperie de montagne tous les jours juste pour pouvoir essayer de me faire un hélico. Mais je grimperais pas non plus si haut que je devrais crapahuter chaque fois que je veux de l'eau.

Mellas lui envia sa logique.

— OK, Goodwin, dit Fitch, donnez-nous votre itinéraire et on vous le prépare avant votre départ.

— Pas de ça, Jack.

— Vous êtes sûr ?

— Je veux pas qu'on me tuyaute. J'irai directement où ils se trouvent, Jack. (Il tira un peu sur la carte de Fitch. En plissant les yeux, il indiqua de son gros doigt une petite ramification de la crête principale.) Juste là.

Tous regardèrent l'endroit désigné. Mellas jeta un regard interrogateur à Hawke. Ce dernier haussa les épaules.

***

Goodwin partit avant l'aube avec une de ses trois escouades, direction ouest, vers le Laos. Mellas prit vers le sud avec Jacobs et la 2e escouade de sa section, empruntant une longue bande de terre qui descendait vers le fond de la vallée en contrebas.

Ils avançaient lentement dans la jungle épaisse, le long de la crête, lorsqu'ils entendirent les premiers coups de feu. Ils avaient beau se trouver à deux bons kilomètres au sud de Goodwin, le bruit des M16 était si fort qu'ils se jetèrent tous à terre.

Mellas attrapa le combiné d'Hamilton et écouta.

— ... Bon Dieu, je sais pas combien ils sont, Jack ! Je suis occupé.

— Bravo Deux, Bravo Deux, ici Bravo Six. Big John veut connaître votre position. À vous.

Personne ne répondit. Soudain, ce fut le silence complet.

— Bravo Deux, revenez sur le réseau, bordel ! À vous.

Les tirs éclatèrent de nouveau, le grondement au-dessus de leurs têtes se mêlant désormais au bruit sourd des grenades à main.

Mellas sortit sa boussole et fit le point en se référant à ce qu'il entendait. Sans fin et assourdissantes, les explosions faisaient battre son cœur à tout rompre. Il appuya sur le bouton de transmission.

— Bravo Six, ici Un Aux. Je relève le bruit à trois quatre zéro. Ma position est de six sept un cinq un neuf. À vous.

Il savait aussi bien que Fitch qu'il venait de courir le risque d'exposer sa propre unité aux mortiers ou à l'artillerie de l'APVN en révélant sa position afin de transmettre les coordonnées permettant de déterminer l'emplacement de Goodwin.

La voix de Fitch revint.

— Bien reçu, trois quatre zéro. (Il y eut une courte pause.) Il est exactement là où il l'avait dit. Vous visualisez ? À vous.

— Je suis en route.

Soudain, Mellas se sentit utile, important, lancé à l'aide de son ami.

Mais le rush se mua vite en frustration lorsque les marines durent se tailler un chemin dans la jungle indifférente en jurant. Mellas les poussait vers l'avant, et mania lui aussi la machette lorsque vint son tour. Les tirs diminuèrent. Puis ils cessèrent tout à fait.

Les deux escouades se rejoignirent environ une heure plus tard. L'une et l'autre étaient épuisées, mais celle de Goodwin transportait un fusil SKS, un AK-47 et une mitrailleuse russe DShKM à canon long .51, ainsi que plusieurs boîtes en acier de cartouches liées et un lourd trépied en araignée. Elle ramenait aussi les boucles de ceinturon, pipes à eau, casques, écussons et boutons militaires habituels qui servaient au troc. Un des gamins avait été suffisamment touché pour devoir clopiner entre deux amis, mais il ne semblait pas courir de réel danger. Goodwin, lui, avait eu l'oreille droite écorchée par une balle. Celle-ci lui avait emporté un petit bout de chair et de cartilage et lui faisait couler un mince filet de sang le long du cou.

— Hé, Jack ! lança-t-il à Mellas en se tirant sur l'oreille. (Il parlait anormalement fort à cause de la perte temporaire d'audition et tirait sur le lobe ensanglanté de son oreille.) Regarde-moi ça. Et un Purple Heart, bordel ! (Il rit, gonflé de joie et d'adrénaline.) Deux de plus et je me barre de ce foutu trou !

Mellas se força à sourire. Il était de notoriété publique que le corps des marines considérait un soldat qui avait été blessé trois fois comme trop nerveux, trop malchanceux, ou trop bête pour rester efficace sur le terrain. Les gamins des deux escouades éclatèrent de rire. Ceux de la 2e section ne cessaient de raconter comment Goodwin avait pris la petite équipe de mitrailleurs par surprise en rampant jusqu'à leur position, puis en tirant et lançant des grenades par-dessus leur barrière en rondins rudimentaire. Ils en avaient tué trois. Les autres s'étaient enfuis.

Lorsqu'ils finirent par regagner le périmètre, tous les gamins appelaient Goodwin « Scar »[1].

Mellas se rendait compte à quel point il devait avoir l'air quelconque, voire hésitant, à côté de Goodwin. Il ne pouvait tout à fait employer le terme de trouillard, mais au plus profond de son être, sans qu'il puisse le formuler, il avait peur d'en être un.

***

Le jour suivant, l'état-major du bataillon atterrit à Matterhorn.

Le lieutenant Hawke se tenait devant la guitoune de Fitch, les mains enfoncées dans les poches de sa veste d'exercice. Il avait l'impression

1. « La balafre », en anglais.

de subir une invasion. Bravo avait marché jusqu'à Matterhorn à travers la forêt vierge, repoussant la jungle pour y dégager une couronne d'espace ouvert autour du sommet de la colline, tout cela sous le harcèlement constant des mitrailleurs. À présent, le PC du bataillon arrivait en hélico, déchargeait lourdement, sac après sac, le matériel, les denrées en conserve, les radios, l'alcool et les magazines. Hawke voulait croire que ce n'était que pure coïncidence s'ils étaient arrivés le lendemain même du jour où Goodwin avait fait taire les mitrailleuses viets.

***

Les simples soldats, essentiellement des opérateurs radio et des commis d'intendance, creusaient des trous pour de grosses casemates et remplissaient des sacs de sable. Hawke savait bien qu'ils ne faisaient qu'obéir aux ordres, mais il ne pouvait s'empêcher de leur en vouloir. Il détestait encore plus la façon dont Fitch s'était peigné et rasé une deuxième fois ce jour-là pour rencontrer le colonel et le Trois, Blakely.

— Merde ! dit-il à haute voix avant de se baisser pour entrer dans sa guitoune et prendre un cigare.

Relsnik et Pallack, qui étaient à l'intérieur, jouaient au gin-rami en gardant un œil sur les radios.

— Du neuf sur nos chiens rouges ? demanda Hawke en se reportant automatiquement à la carte dans son esprit qui lui permettait de connaître à tout instant les positions des patrouilles de sécurité de la compagnie.

— Nan, répondit Pallack. Sauf que ce crétin de lieutenant Kendall a communiqué un compte rendu de position qu'avait environ un *klick*[1] de différence avec celui que Daniels a donné juste après, alors j'ai gardé celui de Daniels.

Il revint à sa partie.

Ce n'était pas la première fois que Kendall se trompait en lisant une carte, et Hawke savait aussi bien que Pallack que Daniels avait certainement raison. Il savait aussi que ce dernier devait avoir donné la position pour mettre Kendall en défaut. Il décida de ne pas s'attarder sur ces écarts de coordonnées. Il en parlerait seul à seul avec Kendall et Daniels. Il se remit à quatre pattes pour ressortir dans la grisaille de l'après-midi, et alluma son avant-dernier cigare. Il en tira une longue

1. Argot militaire pour « kilomètre ».

et lente bouffée, en savourant chaque sensation, la chaleur sèche de la fumée en particulier.

— Merde, dit-il encore en pensant à la pluie incessante.

Puis il lui vint à l'esprit que, avec l'arrivée du bataillon, il y aurait forcément quelqu'un à qui il pourrait acheter des cigares. Il sourit et parcourut les lignes des yeux, embrassant le terrain du regard et réfléchissant aux positions des patrouilles.

***

Fitch, lui, pensait aux patrouilles précédentes, pas à celles du moment. En gravissant lentement la colline, il répétait ses arguments pour expliquer pourquoi ils avaient mis si longtemps pour liquider les mitrailleuses viets. Il souleva sa casquette de civil, s'aplatit les cheveux et la remit soigneusement en place. Puis il vit Simpson et Blakely qui s'entretenaient au-dessus d'une carte en jetant de temps en temps un coup d'œil vers la vallée en contrebas et poussa un bref soupir avant de traverser la ZA pour les rejoindre.

— Vous vouliez me voir, Sir ? lança-t-il en les saluant tous deux.

— Ne saluez pas, lieutenant, dit Simpson d'un ton enjoué. Vous ne voudriez pas que Blakely soit la cible d'une autre mitrailleuse jaune, si ? (Fitch baissa la main, et Blakely éclata de rire.) Ça fait du bien de se retrouver dans la brousse, dit-il d'un air presque absent.

Il porta les jumelles à ses yeux et scruta la vallée.

— Ça va, mon grand ? demanda Blakely.

— Oui, Sir, répondit Fitch.

Enfin les jumelles se baissèrent et Simpson se tourna vers lui.

— Vous savez ce qu'il faut faire quand on tue des bridés, lieutenant ?

— Sir ? dit Fitch, qui ne savait que répondre.

— Que faites-vous lorsque vous tuez des bridés, lieutenant ? répéta Simpson en articulant chaque syllabe comme s'il s'adressait à un enfant.

— Je, euh… Sir ?

— Vous ne savez pas, hein ?

— Euh… non, Sir. Je ne suis pas sûr de comprendre la question du colonel.

— Je vous parle du Renseignement, lieutenant. Du ren-sei-gne-ment, bordel. Vous savez ce que c'est ?

— Oui, Sir, je sais ce que c'est. Sir.

— Eh bien, on ne dirait pas.

Il se tourna vers Blakely comme pour partager un secret. Ce dernier lui adressa un signe de la tête, et Simpson poursuivit.

— Je vais vous aider un peu. Vous savez, on n'a pas toujours sous la main des photographes envoyés par le corps des marines qui vous accompagnent pour documenter vos comptes rendus après action à votre place. (Il sourit, mais apparemment pas par bonhomie. Blakely l'imita. Incertain, Fitch leur rendit leurs sourires.) Les renseignements, lieutenant, ça s'accumule grâce à la collecte fastidieuse des menus détails. Vous comprenez ça, n'est-ce pas ? Ce n'est pas le résultat de trouvailles spectaculaires. C'est le fruit d'un dur labeur, d'un soin constant du détail, de la minutie. De la mi-nu-tie.

— Oui, Sir.

— Quand on tue des bridés, on doit tout récupérer. Portefeuilles, écussons d'épaules, lettres, tout. On leur fait les poches. On rapporte leurs armes, leurs sacs à dos. On leur renifle l'haleine pour savoir ce qu'ils ont bouffé à midi. Vous me suivez, lieutenant ?

— Oui, Sir.

— Bien. Je ne veux plus voir ce genre de lacunes dans le Renseignement.

— Oui, Sir.

— Je suis heureux de constater que vous avez enfin eu ces putains de mitrailleurs viets. Combien de patrouilles envoyez-vous par jour ?

— Trois, Sir.

— C'était pas suffisant, c'est ça ? Deux semaines, bordel !

— Sir. On essayait d'implanter une base d'artillerie et d'établir les lignes en même temps.

— Tout le monde a des problèmes, lieutenant.

— Sir, on a fini par les avoir. Et sans pertes. On a aussi ramené un AK et un SKS.

— Et ils provenaient de quelle unité ?

Fitch s'humecta les lèvres.

— Je ne sais pas, Sir, finit-il par répondre.

Il savait que, comme le bataillon avait rapporté que le probable de Mellas était un confirmé, il aurait été absurde de déclarer à Simpson qu'il n'y avait pas eu de cadavre à fouiller. D'un autre côté, Goodwin en avait tué trois pour sûr, mais, s'il était revenu avec des armes et des objets de troc en chantant ses propres louanges et en se faisant appeler « Scar » par les gamins, il n'avait rapporté aucun renseignement. Fitch sourit presque à ce souvenir, même s'il passait un sale quart d'heure à cause de lui. *Mais merde*, se dit-il, *ils appartiennent bien tous à la 312ᵉ division d'acier et tout le monde le sait, vous le premier, Simpson.*

— Voyez-vous, lieutenant, non seulement vous ne vous êtes pas montré suffisamment agressif dans votre gestion des patrouilles, mais en plus, vous avez négligé vos défenses.

— Sir ?

— Vos lignes, lieutenant. Vos lignes ! Elles sont complètement exposées aux tirs d'artillerie.

— Sir, euh... À notre connaissance, l'artillerie viet la plus proche se trouve à Co Roc. Elle est encore plus éloignée que la nôtre, qui est à Eiger.

— C'est vous qui avez trouvé tous ces foutus 122 mm.

— Je sais, Sir. Mais c'est rare que les Viets les gaspillent pour attaquer des petites unités d'infanterie. Elles servent généralement à descendre des trucs plus importants.

— Ah, parce que comme ça vous lisez dans les pensées de Giap maintenant ?

— Non, Sir. Je ne voulais pas dire... Enfin, je sais que rien n'est certain, mais...

— Exactement. Avec vous, rien n'est jamais certain ! Il vous faut un temps fou pour trouver ces mitrailleurs, et moi, pendant ce temps-là, j'ai Bushwhacker Six sur le dos, je me ramène ici et c'est le foutoir dans vos putains de lignes, qui sont complètement exposées aux tirs ennemis.

— Sir, vous suggérez qu'on recouvre les trous de combat ?

— Eh bien, Blakely ! dit Simpson en se tournant avec un sourire vers son Trois. On dirait qu'à la Basic School on enseigne encore la stratégie de défense d'artillerie de base.

— En effet, Sir, dit Blakely.

Simpson se retourna vers Fitch.

— C'est ça, lieutenant Fitch ! Je veux que vos lignes soient prêtes pour une attaque d'artillerie. D'artillerie, lieutenant ! Et des roquettes, pas seulement des mortiers. Vous avez trois jours.

— Sir, les soldats sont vraiment à bout. On n'a pas de tronçonneuses, de grosses pelles ni de filets pare-éclats. Bon sang, on a même du mal à obtenir des sacs de sable ! Non parce que... comme vous vous en servez, vous et les gars de l'artillerie aussi...

— C'est ça. Préparez-vous à un assaut d'artillerie. (Simpson observa de nouveau la vallée à travers ses jumelles.) En Corée, les Jaunes envoyaient toujours l'artillerie avant d'attaquer. Vous inquiétez pas pour les sacs de sable, lieutenant. La commande est passée. Je suis sûr que vous trouverez le moyen de poser les toits.

Fitch savait qu'on le congédiait, mais il fit tout de même une dernière tentative.

— Sir, si je peux me permettre. Enfin… je sais que vous avez raison en ce qui concerne l'artillerie. On serait bien plus en sécurité avec des protections au-dessus de nos têtes, mais… Eh ben, Sir… les hommes de la compagnie ont la frousse lorsqu'ils peuvent ni voir ni entendre, et on a un peu l'impression enfin… même quand le capitaine Black dirigeait la compagnie avant moi, on choisissait toujours de favoriser l'ouïe et la vue, quitte à courir le léger risque d'une attaque d'artillerie. C'est plus ou moins les IPO, Sir.

— Les instructions permanentes d'opérations viennent juste de changer, lieutenant. Je refuse de laisser de bons marines se faire descendre par l'artillerie à cause de la paresse.

— Sir ?

— Quoi ?

— Sir, il s'agit pas de paresse. Ils sont fatigués, c'est tout.

— Je ne parlais pas des troufions, lieutenant.

— Oui, Sir.

— Bon, et maintenant, je veux voir ces foutus trous de combat recouverts. Trois jours, lieutenant.

— Oui, Sir.

***

Son avant-dernier cigare à moitié entamé, Hawke aperçut Fitch qui descendait la colline en glissant.

— Ça s'est passé comment ? demanda-t-il.

Fitch lui raconta.

— Tu t'es pas laissé faire ?

Fitch hésita, fixant le sol à ses pieds.

— Bien sûr que non.

— Ah, merde, Jim ! T'en as pas fait assez. Pourquoi on construirait pas cette saloperie de ligne Siegfried ? Non, tiens, la pyramide de Chéops ? On a tous les esclaves qu'il nous faut !

Laissant Fitch seul dans la bruine, Hawke partit, furieux, à la recherche de Cassidy.

La guitoune de ce dernier était propre et rangée. Son fusil et ses munitions étaient accrochés à des piquets soigneusement taillés et fichés dans les caisses de munitions en bois constituant un des murs. Cassidy était plongé dans la contemplation d'une photographie de sa femme et de son fils de trois ans lorsque Hawke passa la tête par l'ouverture. Il lui fit signe d'entrer, et Hawke le mit au courant du problème des casemates.

Cassidy ne répondit pas tout de suite. Il lui montra la photo.

— Tu crois qu'il deviendra un marine un jour ?

— Bien sûr, Gunny.

Hawke savait qu'il aurait dû en dire davantage, mais rien ne lui venait. Il y eut un silence gêné. Hawke fut le premier à le rompre.

— Alors voilà… je me demandais si tu n'aurais pas pu aller voir le sergent-major[1]. J'ai entendu dire qu'il avait déjà été au combat. Il pourrait peut-être en parler au colonel.

Cassidy grogna.

— J'ai pas envie de passer pour un pleurnichard, lieutenant, pas devant le sergent-major.

— Mais c'est à ça qu'il sert, non ? Il n'est pas censé représenter le point de vue des hommes de troupe ? Cassidy, ces gamins sont complètement rincés !

— Ouais, mais… (Cassidy se retourna sur sa poupée gonflable et fixa du regard le poncho qui s'agitait dans la brise humide.) Une fois qu'on a la réputation d'être un pleurnichard, on est fini, putain ! (Il regarda Hawke, presque en le suppliant.) Si j'atteins le grade d'E-7, on pourra avoir un autre gamin, peut-être même un piano.

Hawke se sentit déçu par Cassidy.

— OK, Gunny, je comprends. Je voulais juste te soumettre l'idée.

Il sortit de la guitoune à reculons.

Cassidy resta allongé un long moment à écouter le crépitement de la pluie sur le poncho. Il était Gunny suppléant dans une unité de combat, mais il n'était encore que sergent-chef. Une promotion au rang de sergent d'artillerie, E-7, ne serait pas négligeable. Sa femme serait fière de lui. Son fils aussi. Mais s'il se plaignait auprès du sergent-major… Un sergent-chef qui n'avait pas le sergent-major du bataillon à la bonne pouvait rester sergent-chef pendant très longtemps.

— Et merde ! finit-il par s'écrier avant de quitter sa guitoune en rampant.

***

1. Grade des marines correspondant à peu près à celui d'adjudant.

Cassidy trouva le sergent-major Knapp en train de superviser la construction de la casemate de commandement. L'uniforme de Knapp était propre, ses rangers noires et brillantes. On aurait dit un cadre d'entreprise qui effectue son service de réserviste du week-end. Mais Cassidy savait qu'adolescent encore, pendant la Seconde Guerre mondiale, le sergent-major avait combattu à Tarawa[1].

Après les banalités habituelles, Cassidy annonça qu'il avait un problème.

— C'est au sujet de l'ordre de recouvrir les trous de combat.

— Je n'en ai pas entendu parler.

— Le colonel a dit au chef qu'on avait trois jours pour y mettre des toits. Il veut qu'on les entoure de sacs de sable, avec des fentes pour laisser passer les fusils et les M60. Enfin vous voyez, quoi! *Les Canons de Navarone*. (Le sergent-major resta assis à le fixer des yeux. Cassidy gesticula.) Mais bon Dieu, sergent-major, cet ordre est complètement crétin! Il faut bien qu'on voie, qu'on entende, et on ne peut pas le faire si on est enfermés dans une grotte avec la pluie qui tambourine sur le toit! Les niacoués pourront nous contourner facilement en rampant et nous frapper en plein dans l'angle mort si on les entend pas. Nos hommes sont épuisés, bordel! On a patrouillé tout ce qu'il y avait à patrouiller, établi cette fichue ZA, posé cette saloperie de barbelé, dégagé les champs de tir, et tout ça avec nos putains de Ka-bar et nos pelles de tranchée. On a les mains pleines de pus, merde!

— C'est de votre commandant que vous parlez, sergent-chef Cassidy, lui fit remarquer Knapp calmement.

Cassidy avala sa salive.

— Oui, sergent-major. (Il commençait à avoir chaud au visage.) Si on se fait attaquer, ce sera par des *sappers*[2] qui nous prendront par surprise la nuit. Les Viets ne lanceront pas l'artillerie. Ils vont pas gaspiller des munitions qu'ils ont traînées sur six cents kilomètres et sous nos frappes aériennes pour les balancer sur une colline de merde comme celle-ci. (Le sergent-major écoutait, impassible. Prêter l'oreille aux jeunes sous-officiers faisait partie de son boulot. Cassidy monta la voix en constatant l'indifférence de ce dernier.) Ils vous prennent par surprise, bordel de merde! Il faut les écouter, ces petits connards! Putain, je vois pas pourquoi ces hommes devraient se construire leurs propres cercueils!

— Et alors, qu'est-ce que vous voulez que j'y fasse?

1. Première offensive américaine dans le Pacifique, en 1943.
2. Commandos du Vietcong.

— Je suis pas un pleurnichard, sergent-major, et on a une bonne compagnie de marines. On peut faire ce qu'on nous dit de faire, et sans rechigner, mais je crois que le colonel comprend pas la situation, c'est tout. On n'est pas en Corée, bordel ! Vous pourriez peut-être lui parler.

— Et pourquoi ce serait pas le lieutenant Fitch qui s'en chargerait ?

— Je crois qu'il a déjà essayé.

— Alors qu'est-ce que je peux faire de plus ?

Cassidy comprit que le sergent-major n'était pas prêt à mouiller sa chemise pour aider un jeune sergent-chef qui se sentait surmené et sous-payé.

Knapp lui tapota l'épaule.

— Que je vous dise, sergent-chef Cassidy… je vais voir si je ne peux pas vous céder quelques hommes pour vous aider une fois qu'on aura établi le PC. Je pourrais peut-être même vous prêter une ou deux tronçonneuses. Mon Dieu, on vous aidera tout ce qu'on pourra ! Y aura qu'à demander.

Cassidy redescendit la colline avec lassitude, conscient du fait qu'il venait non seulement d'abîmer sa réputation auprès du sergent-major, mais aussi d'avoir échoué auprès des gamins de la compagnie. Il maudit son fichu caractère.

***

Le lendemain matin, une tempête se rua furieusement sur la colline. La section se déplaça au ralenti toute la journée ; ils étaient tous bousculés par le vent, gênés par leurs mains glacées qui rendaient le maniement des pelles et des poignards encore plus difficile que d'habitude. Mellas trouvait cruel et superflu de leur faire reprendre le labeur éreintant consistant à creuser et à couper alors qu'ils auraient pu commencer à améliorer leurs bivouacs. Mais ils creusèrent et ils coupèrent, trouvant un sens à leurs actes dans les petites tâches prosaïques, chassant de leurs esprits les questions plus vastes qui ne les auraient menés qu'au désespoir.

Vancouver et Conman se relayaient pour remplir les sacs de sable, l'un tenant le sac ouvert pendant que l'autre y enfournait l'argile gluante. Pour Vancouver, chaque sac n'était rien d'autre qu'un sac – un sac rempli de sable, qui serait suivi de bien d'autres. Sa petite pelle de tranchée lui brûlait les ampoules et les plaies. Il regardait le sang et le pus de l'ulcère tropical suinter sur ses doigts et ses poignets et se mélanger à la boue et à l'eau de pluie. Il s'arrêtait de temps en temps pour s'essuyer les mains sur son pantalon, sans même penser au fait qu'il allait devoir dormir avec. Tout finissait par acquérir la même consistance graisseuse de toute façon, et se mêlait à la pisse qu'il ne réussissait pas tout à fait à retenir parce qu'il avait trop froid, au sperme de sa dernière éjaculation nocturne, au cacao qu'il avait renversé la veille, à la morve qu'il avait frottée, au pus de ses ulcères, au sang des sangsues éclatées et aux larmes qu'il essuyait pour que personne ne s'aperçoive qu'il avait le mal du pays. Mis à part sa stature et le rôle qu'il avait endossé, ou auquel il avait fini par s'habituer, Vancouver n'était guère différent des autres adolescents de la section. Il savait que son rôle donnait du courage aux autres, et devait avouer qu'il aimait le jouer car il en tirait profit, et ses amis aussi. Il aimait le respect qu'on lui témoignait – autant le dire, il était quasi une célébrité. Mais il n'en ignorait pas le coût. Être homme de pointe le terrifiait chaque fois qu'il se mettait en route et pourtant, quelque chose le poussait toujours à le faire.

***

Broyer calcula qu'il lui faudrait seize petits rondins de bois pour achever leur casemate. Il s'agenouilla devant le premier en plissant les yeux derrière ses lunettes et en renâclant à commencer. Sa main avait enflé. Il se l'était écorchée dans les herbes coupantes deux jours plus tôt et elle s'était infectée. Il avait vu l'encornet à ce sujet, mais Fredrickson n'avait rien pu faire d'autre que la badigeonner avec une merde rougeâtre et lui donner un peu de Darvon pour calmer la douleur. Lorsqu'il touchait la poignée de son Ka-bar, la souffrance était telle qu'il avait envie de retirer la main, de la blottir sous son aisselle et de la bercer dans la chaleur de son corps.

Il tailla le rondin avec son couteau. La douleur fut atroce. Le Ka-bar rebondit sur le bois dur et n'y laissa qu'une minuscule encoche. Il la regarda fixement. Il tenta de nouveau, avec la main gauche. Mais il n'était pas gaucher ; le Ka-bar se contenta de ricocher sur le bois au lieu de l'entamer.

— Il faut que tu te foutes en colère contre ce truc, lui lança Jancowitz, arrivé derrière lui sans crier gare. Comme ça.

Il lui prit le Ka-bar des mains et s'attaqua à la bûche en l'insultant. Il donna de grands coups de son large poignard sur le bois, encore et encore. Hurla des paroles ordurières. De petits copeaux commencèrent à se détacher. Soudain, Janc s'arrêta et sourit. Il planta le Ka-bar dans le bois, pointe en avant, et le laissa vibrer.

— Encore huit jours avant de revoir Susi à Bangkok, bordel ! dit-il.
Et il s'éloigna le long de la ligne.

***

Dès que la 2e escouade fut revenue de patrouille, Jacobs remarqua que la construction des casemates de son unité était en retard par rapport à celle des autres, alors que le lieutenant Mellas et le sergent Bass lui avaient promis que les escouades qui ne patrouillaient pas travailleraient dur pour l'ensemble de la section. On commençait bien à voir un début de mur autour de l'emplacement de mitrailleuse de Hippy, ainsi que quelques rondins de bois posés de travers que Jake devina être le rebut des autres escouades. Il s'assit lourdement dans la boue, les jambes pendant à l'intérieur du trou.

Hippy ôta ses lunettes cerclées de fer et les essuya sur sa chemise. Il les tendit sous la pluie pour regarder au travers. Puis il les remit et enleva lentement ses rangers en grimaçant. Il décolla soigneusement ses chaussettes mouillées de ses pieds décolorés et boursouflés.

— C'est pas bien beau tout ça, fit observer Jake.

Hippy poussa un grognement. Il commença à se masser les pieds.

— C'est comme ça.

Il frotta encore quelques minutes, puis il remit ses rangers en tressaillant de douleur et entreprit de démonter son fusil pour en ôter la terre et la végétation.

Jake aurait désespérément voulu que Fisher soit de retour, mais Fisher était parti. On l'avait enlevé, comme ça, et lui se retrouvait là, avec les pieds qui pendaient dans l'emplacement de tir de Hippy, avec tout le monde épuisé, avec cette fichue pluie qui martelait la terre, son escouade sans casemates et plus que deux jours pour les terminer.

— Personne n'a rien foutu pour nous aujourd'hui, fit-il remarquer.

Il donna un coup de pied dans le flanc de la fosse de Hippy, une petite boule de boue tombant dans l'eau dans un éclaboussement. Il vit le lieutenant Mellas quitter la section de Conman pour s'approcher.

Le lieutenant s'accroupit près du trou.

— J'ai eu envie de vous épargner la peine de gravir la pente pour me donner votre compte rendu après action.

Jake remarqua que lui aussi était sale et fatigué, et se sentit mieux de savoir qu'il avait également travaillé sur les lignes.

— Y a rien, Sir. Rien que la pluie et cette jungle de merde.

— Pas de traces de pas ? Rien du tout ?

— Vous êtes sorti vous aussi. Non, rien.

La pluie s'abattit soudain sur eux à grands seaux. L'eau dégoulina du casque de Jake et se mit à ruisseler sur son nez et son cou en petites cascades. Jake regarda les lignes.

— Je vois qu'ils ont bien avancé sur nos casemates aujourd'hui, Sir.

Mellas détourna brièvement le regard.

— Ils ont fait de leur mieux. Pour eux, vous vous en êtes tirés avec une petite promenade de santé.

Hippy remit brutalement en place la culasse de sa mitrailleuse, faisant tressaillir Jake et Mellas.

— Allez, dites-le-moi, Sir! lança-t-il. Dites-moi où il se trouve, cet or.

— L'or?

Mellas eut l'air perplexe, mais Jake savait que Hippy était aux prises avec un grave problème. Il le vit serrer fort les mâchoires pour essayer de maîtriser sa frustration et son épuisement.

— Oui, l'or, ce putain d'or, ou alors le pétrole, ou l'uranium. Quelque chose! Mais bon Dieu, il doit bien y avoir une raison pour qu'on soit là! N'importe quoi, histoire que je puisse comprendre. Un gisement d'or qui donnerait un sens à tout ce merdier.

Mellas ne répondit pas. Il scruta la jungle, longuement.

— Je n'en sais rien, finit-il par dire. Mais j'aimerais bien.

— C'est comme ça, dit Jake.

Il souleva la crosse de son fusil pour la poser par terre à côté de lui et se hissa sur ses pieds.

Mellas se redressa en même temps que lui.

— Écoutez, Jake, je sais que c'est dur, mais il nous reste encore un peu de lumière du jour. Allez vous chercher à manger et essayez de voir si vous ne pouvez pas remplir quelques sacs de sable pour établir les fondations de votre toit avant qu'il fasse noir.

Jake regarda Mellas d'un air morne, s'efforçant de tout saisir. Il se retourna sans mot dire pour faire passer l'ordre aux chefs des équipes de tireurs.

Le jour commençait à décliner et les lignes à sombrer dans le silence tandis que la compagnie passait à l'alerte du soir. Williams et Cortell, qui avaient travaillé à côté de Johnson sur leur propre casemate, nettoyaient leurs M16 dans le peu de lumière qui restait. Ces deux-là étaient ensemble depuis leur arrivée au Vietnam. Cortell, le chef de la 2e équipe de tireurs de Jancowitz, était petit et, mieux nourri, aurait pu être rondouillard. Sa légère calvitie naissante le faisait paraître plus âgé que ses dix-neuf ans. Williams, avec sa grande carrure longiligne et ses grandes mains de cow-boy, était quasi son opposé physique. Ce qu'ils avaient en commun, en dehors d'appartenir aux marines et de combattre depuis huit mois, c'était le travail agricole, même si pour le premier il s'agissait de coton dans le delta du Mississippi, et pour l'autre de foin et de vaches hereford.

Cortell aimait bien ce gamin venu de l'Idaho. Avant qu'il n'intègre les marines, il n'avait jamais adressé la parole à un Blanc sauf pour s'excuser ou pour parler affaires. Même au camp d'entraînement, Blancs et Noirs ne s'étaient pas vraiment mélangés lors des brefs instants où le corps des marines leur avait laissé du temps libre. Et maintenant, ils étaient là, ensemble. Il ne s'y faisait jamais vraiment, il s'attendait toujours à ce qu'un jour Williams refuse de s'asseoir près de lui, ou qu'il se mette à l'engueuler sans raison. Mais Williams ne le faisait jamais. Ce jour-là pourtant, Cortell sentait qu'il y avait quelque chose de différent chez lui, rien de dangereux ni de malintentionné, mais comme une gêne, une hésitation. Il se lança.

— Quelque chose te tracasse, Will ?

Williams leva le bloc de détente pour l'inspecter.

— Ouais, mais…

— Mais quoi ?

— Je sais pas.

Cortell attendit. Il savait que c'était souvent la meilleure chose à faire.

— Ce que je veux dire… je sais que Cassidy, Ridlow et Bass sont toujours sur votre dos avec ça. Mais… bon, je crois que c'est bien ça que vous faites. Vous réunir, je veux dire. Vous vous barrez toujours de votre côté à la BCV. Même là-bas, t'es toujours à traîner avec Jackson et les autres négros.

— On est plus des négros, dit Cortell sans méchanceté.

— Ouais bon, quoi que vous soyez. Je veux dire… ce genre de conneries, ça vous mènera nulle part.

Cortell remit prudemment en place le canon de son M16.

— J'parie que tu crois qu'on fait du vaudou ou un truc dans le genre là-bas. Qu'on monte des complots pouvoir noir.

— J'en sais rien, dit Williams. J'y suis pas.

— Eh bien, désolé de te décevoir, pauvre connard de cow-boy, mais on pense même pas aux Blancs quand on s'réunit. (Il y alla de son petit gloussement caractéristique.) T'as déjà entendu l'histoire du vilain petit canard ?

— Même dans l'Idaho, nos mamans nous racontent des contes de fées.

Il pointa le canon de son M16 vers la lumière déclinante et regarda par l'arrière, en quête de traces de terre. Satisfait, il commença à remonter son fusil.

— Bon. Tu connais Jésus, reprit Cortell. Il parlait par paraboles. Tu sais pourquoi ? Parce que quand on parle par paraboles, c'est celui qui écoute qui trouve la bonne réponse, pas celui qui parle et croit déjà la connaître. Tu suis ?

Williams acquiesça d'un signe de tête.

— Je suis sûr que tu penses que ça parle d'un gamin moche que personne n'aime parce qu'il est super-moche et qu'après il grandit et là, il est plus moche comme avant parce que c'est plus un canard. C'est un cygne. Ouh là. Et comme par hasard, les cygnes sont tous blancs et les canards tous foncés, mais j'vais pas me lancer dans ce sermon-là.

Williams sourit. Cortell se faisait toujours taquiner sur sa tendance à prêcher lorsqu'il s'enflammait. Il prêtait volontiers le flanc à ces moqueries, non sans une certaine fierté.

— Bon, je vais te dire de quoi ça parle à mon avis. Ça parle de ce petit canard qu'arrive pas à grandir. Il arrive pas à devenir un grand canard parce que c'est pas un canard. Mais il sait pas encore ce qu'il est censé devenir. (Cortell regarda attentivement Williams pour s'assurer qu'il ne l'avait pas perdu en route.) Non, parce que c'est dur de grandir quand on sait pas ce qu'on est censé devenir. (Il laissa passer un instant.) Alors nous, c'est pas qu'on s'réunit, c'est qu'on traîne avec les gars qui peuvent nous aider le mieux à le savoir. T'es toujours là ? On peut pas faire ça avec les Blancs parce qu'on est des Noirs et qu'essayer de comprendre ça avec vous autres *chucks*, ça nous servirait à rien. Quand je traîne avec vous autres, *chucks*, je suis noir avant tout, et qui j'suis vraiment, ça vient qu'après. Mais quand je traîne avec les *splibs*, c'est moi qui passe en premier et il est plus question d'homme noir. Ça a rien à voir avec les Blancs. C'est comme ça, c'est tout. Y a pas de complot vaudou là-dedans. On fait que traîner ensemble, et on avance comme on peut.

Williams, qui avait retenu son souffle, expira enfin.

— Ouais. C'est comme ça.

— C'est comme ça, répéta Cortell.

— Je crois que ça fait peur aux gens.

— Ça te fait peur, à toi ?

— Ouais. Naaan. (Il actionna la culasse de son fusil.) Je sais pas.

— Nous aussi on a peur, dit Cortell. (Il regarda la jungle, retournant en esprit à sa maison de Four Corners, Mississippi.) On dirait que chaque fois que je parle avec un homme blanc, j'ai toujours un peu peur. (Puis il revint à Matterhorn et jeta un coup d'œil à Williams.) C'est plus l'cas, mon frère.

Williams remit la culasse en place dans un claquement et se releva.

— Oooooh…

Il secoua la tête de gauche à droite. Puis il sourit, les yeux baissés sur la poitrine.

Cortell éclata de rire.

— Assieds-toi là, mon gars ! T'as pas encore eu droit à la deuxième partie de mon sermon.

Williams s'exécuta.

— Allez, parle, le révérend.

— On est plus des négros.

— Vous l'étiez quand j'allais au lycée et ça remonte à peine au printemps dernier.

— On est plus des négros. On est noirs.

Williams ne réprima qu'à moitié son sourire – il savait que Cortell remarquerait son amusement.

— Alors comme ça, si on était des Blancs l'année dernière, aujourd'hui on devrait se faire appeler blancos ou caucasios, ou autre ?

— Arrête.

— Non, vraiment ! Non, parce que… comment qu'on vous appelait avant ?

— Des nègres, dit Cortell en écarquillant les yeux.

— Pas ça. Va te faire foutre ! Je sais bien que c'est une insulte. Tu vois ce que je veux dire. Je voulais savoir comment vous autres vous appeliez entre vous.

— Et puis arrête de me dire « vous autres ». Tu t'adresses à un seul homme, là.

— Bon, OK. Comment est-ce que vous, les Noirs, vous appeliez entre vous ?

Cortell réfléchit un instant.

— Ben, souvent négro, en fin de compte. C'était comme ça que nous appelait le révérend King. Mais il est mort. Et aujourd'hui, ça sonne trop comme « nègre ». (Ses pensées filant vers une image de l'aristocratie sudiste, il passa en revue toutes les racines communes aux mots « *genteel* » et « *gentile* »[1] et les écarta rapidement. Son esprit lui faisait

1. Deux mots aux consonances similaires, l'un signifiant « poli, respectable », et l'autre faisant référence aux personnes qui ne sont pas d'origine juive.

toujours ce coup-là.) Avec le mot négro, on a pas ce, tu sais… ce truc de fierté. (Il leva la culasse de son M16 et tenta d'accrocher les derniers rayons du soleil pour s'assurer qu'il avait bien tout nettoyé.) Il nous arrivait même de nous traiter de « gens de couleur ».

— « Gens de couleur. » Jamais entendu ça.

— Ouais, mais toi, tu viens de « l'Aïdaho ».

Williams lui fit un doigt d'honneur et se remit à essuyer le canon de son propre M16 avec un nouveau chiffon imbibé d'huile.

— Bref, reprit Cortell, on est des Noirs maintenant. Tout le monde a une couleur. Même le blanc en est une. (Maintenant c'était au tour de Cortell de laisser voir à Williams qu'il réprimait un sourire.) Mais c'est quand même une couleur terne et insipide qui sert à foutre rien.

— Ouh là, Cortell ! In-si-pi-de, dis donc !

— Quoi, tu crois que je suis qu'un pauvre ramasseur de coton qu'a pas de vocabulaire, simplement parce que je parle comme au Mississippi ?

Williams lui sourit.

— Les gens de couleur, dit-il. GDC. Gédécé. (Il s'interrompit.) Gédec. (Il marqua une pause.) Gédec, gédec, gédec.

Ça sonnait comme une cafetière à vapeur où l'eau commence à bouillir.

Cortell secoua la tête en souriant de ses idioties.

Soudain, Williams se releva.

— Dec, dec, dec. (Il jeta la tête en arrière et maintenant on aurait dit une poule gloussant dans une basse-cour.) Dec, dec, dec, decdecdecdec. (Il avançait les genoux à moitié fléchis, le cou tendu vers l'avant, les mains calées sous les aisselles et les coudes qui battaient l'air.) Dec, dec, dec, dec.

Il poussait des cris de coq, se pavanait. Les têtes se tournèrent vers lui du haut en bas de la ligne, puis tout le monde revint à ses occupations.

Cortell baissa la tête, s'efforçant de ne pas rire.

— Fais ce genre de conneries avec d'autres frangins, et ils te tordront ton cou de poulet.

— Dec. (Williams s'assit.) Dec, dec.

— Je sais que t'es rien qu'un con d'blanco de l'Idaho, alors je vais pas te tuer, reprit Cortell, mais si tu te fous d'une affaire sérieuse et que tu fais tes conneries de dec dec devant les frangins qui rigolent pas, tu te retrouveras dans une sacrée merde.

— Une sacrée merde ? répéta Williams. Une sacrée merde ? (Il leva les bras et montra tout ce qui l'entourait.) Ça, c'est une sacrée merde. Tout le reste, c'est des couillonnades.

Ils recommencèrent à assembler leurs fusils. Il n'était encore jamais venu à l'esprit de Cortell que l'amitié, pas seulement le fait de bien s'entendre avec quelqu'un, était possible. Il ne s'était jamais dit non plus que l'amitié n'était pas possible. Ça n'avait tout simplement jamais existé en tant que pensée. Williams n'avait été qu'une donnée, comme la jungle ou la pluie. Il y songea quelques instants. Comment une idée pouvait-elle lui venir alors qu'elle n'avait jamais pénétré son esprit avant ? Elle avait bien dû s'y trouver avant – sinon elle n'aurait pas pu apparaître –, mais alors, dissimulée quelque part. Y avait-il un endroit de l'esprit où se cachaient tous ces trucs ? Était-ce à ça qu'on faisait allusion quand on évoquait « l'esprit de Dieu » ? Mais alors, cela voulait dire que l'esprit de Dieu devait déjà être quelque part en lui... et Cortell eut un peu peur de tous ces endroits où son esprit l'emmenait. Il allait devoir trouver un lieu calme, comme il le faisait chaque fois que ce genre de questions l'effrayait, pour en parler à Jésus. Peut-être pourrait-il en toucher deux mots à l'aumônier du bataillon un jour, une fois qu'ils auraient quitté la brousse. Il se demanda si le nouveau lieutenant connaissait la réponse. Quelqu'un avait dit qu'il était allé en fac et on devait bien y enseigner des trucs sur Dieu, non ? Il commença à se demander qui pouvait bien être ce « on ».

— Ou des conneries, répondit Cortell à Williams.

Comme d'habitude, le temps qui s'était écoulé entre les dernières paroles de son interlocuteur et sa propre réplique s'était empli de toutes ces pensées, mais elles arrivaient si vite que le type qu'il avait en face de lui ne s'en apercevait même pas. Cortell se dit que ce devait être comme ça pour tout le monde.

— Bon, enfin, par rapport au fait de grandir quelque part, finit par dire Williams au bout d'un moment. Ou de devenir quelqu'un. Je sais pas. Je veux dire, tu penses à quelqu'un en particulier ? À Martin Luther King, Cassius Clay ou un autre ?

Cortell leva les yeux vers les nuages menaçants.

— Nan. Jésus est avec moi. C'est lui, mon devenir.

— Ouais, mais Jésus, il est blanc.

— Nan. C'est un Juif à peau mate. Dieu a bien fait les choses.

***

En travaillant aux casemates, Mellas avait entraperçu Simpson et Blakely, mais comme aucun d'eux ne descendait jamais vers les lignes, il lui avait été impossible de les rencontrer sans que ce soit trop flagrant. Le lendemain, en milieu de journée, la tempête faiblit et redevint la bruine habituelle et, à la pause de midi, Mellas tenta une nouvelle approche.

Lorsqu'il atteignit le haut de la colline, quelques artilleurs étaient en train de pousser avec force grognements un des lourds obusiers de 105 vers le centre d'un nouveau trou à canon. Tous les arbres avaient disparu. Le sommet de la colline était couvert de canons, de caisses et de machines qui s'entassaient. Matterhorn ressemblait à un porte-avions perdu au milieu d'une mer végétale.

Mellas repéra le groupe d'antennes radio au-dessus de la nouvelle casemate d'opérations de combat du bataillon et se baissa pour franchir la petite entrée. Deux lanternes Coleman éclairaient le lugubre intérieur en sifflant ; dans l'air tiède planait l'odeur de leur pétrole. Un lieutenant déplaçait des jalons sur une carte. Il fronça les sourcils. Mellas se présenta rapidement en précisant qu'il était officier.

— Salut, dit-il. Lieutenant Mellas, Bravo Un.

Et il lui fit son plus beau sourire.

L'officier de garde se dérida.

— Bif Stevens, liaison d'artillerie, 22e des marines.

Il tendit la main et Mellas la lui serra, et constata qu'elle était douce et propre. Ils bavardèrent, Mellas posant des questions intelligentes et Stevens y répondant, apparemment heureux de voir qu'au moins un des *grunts* s'intéressait à ce qu'il faisait pour eux. Mellas pensa lui demander, ce qui n'aurait fait rire que lui, s'il avait de la bibine, histoire de faire croire que c'était surtout pour cela qu'il s'intéressait à lui, mais il décida de s'abstenir. Il aimait assez ce type.

— Il y en a beaucoup d'autres comme Fitch ? finit-il par demander. Je veux dire… des lieutenants qui dirigent des compagnies ?

— Pas beaucoup, répondit Stevens. Peut-être un par bataillon pour les compagnies d'infanterie. Quelques *mustangs*[1] au QG et dans les compagnies d'approvisionnement. Tout est une question de chance.

— Comment ça ?

— Vous savez bien ! Être au bon endroit au bon moment. Être l'officier adjoint de la compagnie lorsque le commandant se fait descendre ou transférer. Ce genre de trucs.

— Vous pensez que Hawke héritera de Bravo quand Fitch s'en ira ?

— Je viens de vous le dire, tout est question de timing… et de savoir s'il est assez fou pour vouloir rester dans la brousse. Il aurait déjà dû regagner l'arrière. La politique ici, c'est d'exposer le plus de lieutenants pos-

1. Soldat de troupe promu au rang d'officier.

sible au combat. Ils enverront Hawke ailleurs dès qu'il y aura un nouvel arrivage. Idem pour les capitaines. Bien sûr, on manque de capitaines.

— Ouais, ils se sont tous fait tuer lorsqu'ils étaient encore lieutenants, plaisanta Mellas.

Il enregistra dans la partie de son esprit centrée sur les questions de pouvoir les informations que venait de lui donner Stevens sur la politique de transfert et de commandement. Cela lui était aussi naturel que pour un fermier d'emmagasiner les prévisions météorologiques de la matinée et l'odeur de l'air pour décider de moissonner une semaine plus tôt que prévu afin d'éviter les pluies hors saison.

Deux hommes poussèrent la couverture qui masquait l'entrée, répandant lumière et air froid à l'intérieur. L'un avait l'air soigné et avenant, voire beau, et portait les feuilles dorées des commandants. Petit, flétri et robuste, l'autre avait le visage à la fois jeune et vieux, marqué par les rides et la fatigue d'un corps qui avait connu une usure extrême, et peut-être trop d'alcool. Des feuilles argentées brillaient sur son col fraîchement amidonné. Mellas ressentit une certaine excitation. C'était le lieutenant-colonel Simpson, Big John Six.

Simpson lui adressa un regard perdu. Le commandant Blakely lui rendit son sourire.

— Vous faites les présentations, Stevens ? demanda-t-il.

— Voici le lieutenant Mellas, de la compagnie Bravo, Sir, dit Stevens.

— Aaah. Un de nos petits nouveaux. Je suis le commandant Blakely, le Trois du bataillon. Je vous présente le lieutenant-colonel Simpson, commandant du régiment.

Blakely serra la main de Mellas. Ce dernier se sentit sale et négligé.

Simpson tendit une main minuscule. Sa poigne était étonnamment puissante. Il grogna.

— Bienvenue à bord, Mellas. Vous êtes zéro-trois ? demanda-t-il en faisant allusion à la spécialité militaire, ou QSM, pour l'infanterie.

— Oui, Sir, répondit Mellas en riant. On dirait que vous allez devoir me supporter beaucoup plus que quatre-vingt-dix jours.

— Bien, dit Simpson, satisfait. Vous êtes un régulier ?

— Non, Sir, pas encore. (Mellas marqua une pause et eut le regard du jeune homme à la croisée des chemins.) J'y pense, mais j'envisage aussi le barreau.

— Putains de scribouillards surpayés, déclara Simpson. Et des gonzesses, en plus.

Il s'avança vers la carte et se mit à questionner Stevens sur la disposition des compagnies Alpha et Charlie dans la vallée au nord.

— Le corps des marines a aussi besoin d'avocats, fit remarquer Blakely.

— Je sais, Sir. Mais pour moi, il n'y a qu'une raison valable de rester dans les marines : pour y mener des hommes. C'est pour ça que je suis zéro-trois. (Mellas remarqua que Blakely portait une bague de l'académie navale, et pas Simpson.) Bien sûr, la plupart de mes amis de Princeton vont faire du droit, ajouta-t-il en sachant que Blakely saisirait l'allusion.

— Putain, grommela Simpson, comment on a pu laisser un type avec une éducation de communiste entrer chez les marines ?

Blakely et Mellas éclatèrent du rire attendu, et Stevens les suivit.

— Eh bien, Sir, reprit Mellas, vous savez bien qu'on est de moins en moins exigeant depuis votre arrivée.

— Ça, je le sais que trop ! dit Simpson.

Mellas sut que le courant était passé. Il sentait aussi que cet instant était le meilleur pour prendre congé, mais il n'en avait pas fini. Il se tourna vers Blakely.

— Je ne vois pas comment l'école du barreau pourrait égaler le commandement d'une section. Être chef de section doit être la plus grande expérience de ma vie. Diriger une société, je ne vois que ça de mieux. (Blakely acquiesça de la tête. Mellas comprit qu'il voulait se retrouver seul avec le colonel.) J'ai vraiment eu de la chance qu'on me laisse l'ancienne section du lieutenant Hawke. C'est un des meilleurs. Il nous manquera vraiment lorsqu'il quittera la brousse.

Blakely haussa les sourcils.

— Il est censé partir bientôt ?

— Il devrait déjà l'être. Et il y est prêt, vraiment prêt. (Mellas éclata de rire.) Ça va faire presque dix mois qu'il est dans la brousse. Mais c'est dommage de gâcher toute cette expérience pour apprendre les ficelles du métier à des jeunes lieutenants comme moi. C'est dur pour les hommes. (Il marqua un temps d'arrêt avant de prendre un air réjoui.) Des gars comme Hawke, il faut pas les laisser filer !

Blakely eut un sourire suffisant.

— On se débrouille toujours pour garder les meilleurs.

Mellas et lui se tournaient autour, même si, pour eux, il ne s'agissait que de simples bavardages. Et comme pour tous ceux qui se dansent autour avec aisance, à les voir faire, cela paraissait facile.

***

Au terme des trois jours de délai accordé, les casemates n'étaient qu'à moitié construites. Comme la batterie représentait désormais une cible bien plus séduisante pour l'APVN, les patrouilles de sécurité devaient s'éloigner davantage de la colline, ce qui nécessitait bien plus de temps et d'effort. À leur retour, les marines, déjà épuisés, devaient faire exploser les arbres en rondins avec du C4 et tailler les bûches avec leurs Ka-bar. Ces efforts physiques ininterrompus ajoutés aux pluies de la mousson, à la boue et au martèlement incessant de la batterie d'artillerie, les laissaient dans un état de quasi-stupeur.

Mais ils continuaient, creusaient leurs trous de combat plus profondément dans l'argile, se rapprochant des racines. Les toits des casemates devaient être suffisamment élevés au-dessus des trous de combat pour qu'un homme puisse se tenir debout sur un rebord et tirer par-dessus le parapet. Il fallait qu'ils reposent sur des murs maîtres faits de sacs de sable remplis de boue. Ces murs, ainsi que les nouvelles entrées et sorties, finirent par s'élever de plusieurs mètres dans la descente, mais saillir à peine du sol dans la montée.

Les lignes défensives étaient maintenant plus facilement repérables. Il ne s'agissait plus de trous qui se confondaient avec la terre et la masse de broussailles et de branches arrachées. Les fosses étaient devenues des structures dépouillées et anguleuses qui se découpaient sur la colline dénudée et ressemblaient à de solides petites boîtes dépassant de la pente.

Mellas travaillait aussi dur que les autres et apprenait de Jancowitz les subtilités de la construction de casemates. Ne pas utiliser de pierres, car elles se brisent en fragments qui peuvent se révéler mortellement dangereux. Creuser des trous avec de petites corniches pour garder les pieds et les fesses à l'abri de l'eau stagnante. Entrelacer des matériaux durs avec du mou pour absorber les explosions. Bientôt, il ne se contenta plus d'aider à la coupe et au transport, mais il prit plaisir à l'organisation complexe de la défense totale. Il remontait lentement la colline, de la jungle jusqu'au sommet, attentif à la façon dont la configuration du sol orienterait les attaquants vers des voies d'approche naturelles. Puis il disposa les casemates pour que ces voies d'approche naturelle soient pleines de mitrailleuses. Des piquets furent consciencieusement fichés dans la terre pour limiter le balancement des canons et diriger le tir sur les voies d'accès, même dans le noir complet. Des hélicos apportant davantage de barbelés, on continua à s'épuiser et s'ensanglanter les mains pour les tendre au maximum sous les casemates.

Hawke et Fitch reconnurent en Mellas un officier du génie naturellement doué pour la défense, et ne tardèrent pas à lui demander de les accompagner chaque fois qu'ils partaient inspecter le périmètre. Résoudre les problèmes d'installation des casemates afin que chacune d'elles soit protégée par deux autres au moins était un exercice de géométrie itérative qui tenait de la deuxième nature chez Mellas. Qu'on déplace une casemate et c'étaient toutes celles qui se trouvaient autour qu'il fallait décaler. L'astuce consistait à déterminer la position idéale avant le début de la construction, car si une équipe de tireurs finissait sa casemate sans se préoccuper de celles qui l'entouraient le système d'emboîtage pouvait présenter de réelles failles. Grâce surtout à l'intuition de Hawke pour le schéma probable d'attaque et à la capacité de Mellas à trouver les bons agencements, seules trois casemates à moitié construites s'avérèrent mal placées, et il fallut les détruire pour les reconstruire à quelques mètres à peine de leurs positions initiales, à la grande exaspération de ceux qui les avaient érigées.

Ulcère tropical oblige, tous les soldats de la compagnie avaient les mains dégoulinantes de pus. Les bactéries envahissaient les coupures et les ampoules éclatées. Les vieux gants, même troués, se revendaient bien au-delà de leur valeur initiale. Mais au bout d'un certain temps, ces transactions finirent par décroître. Tous les gants, avec ou sans trous, furent désormais aussi précieux que le courrier, aucun prix n'étant assez élevé. La patrouille, auparavant une obligation redoutée, passait maintenant pour des vacances longuement attendues.

Il fallut six journées démoralisantes pour enfin achever la construction des casemates. Personne ne fêta l'événement. Au septième jour, les gamins se reposèrent en doublant les patrouilles. Ce soir-là, Fitch ouvrit la réunion des officiers par une annonce laconique.

— Nous descendrons dans la vallée à l'aube. La batterie et le PC du bataillon se mettront en marche simultanément. Ils vont nous larguer à l'endroit où se trouve la compagnie Charlie, qui prendra les mêmes hélicos pour revenir ici. Elle défendra l'état-major du bataillon et l'artillerie pendant le changement d'équipe. Ensuite, tout le monde se dirigera vers la plaine. Il va y avoir une grosse opération autour de Cam Lo.

— On vient à peine de terminer les casemates et ils nous font déjà repartir ? dit Mellas en saisissant une plante solitaire qui avait survécu et en la déracinant sauvagement avant de la jeter vers le bas de la colline. Putain ! marmonna-t-il entre les dents. Juste comme ça. On s'en va !

Il avait fini par être vraiment fier du travail qu'ils avaient fait... de lui-même, de sa section, de tout le monde... même si du coup ils étaient plus vulnérables la nuit. Avec suffisamment de munitions, il se disait qu'ils pouvaient tenir à distance tout un régiment.

— Delta et nous allons permuter avec Alpha et Charlie, poursuivit lentement Fitch. Relsnik a appris d'un opérateur radio du bataillon que le régiment comptait laisser une dernière chance à Big John Six de prouver qu'il y a un tas de Viets dans le coin. On devra aussi faire sauter la cache de munitions découverte par la compagnie Charlie. Ils n'avaient plus assez de C4.

— Vous voulez dire qu'on va descendre dans la jungle pour jeter un coup d'œil, et c'est tout? demanda Mellas. Toute une foutue compagnie?

— Deux foutues compagnies, le corrigea Hawke.

— Eh bien, ne comptez pas sur moi pour dire aux gars qu'il faut repartir... pas après tout ce qu'on leur a fait subir! Demandez au colonel ou à ce fichu Trois là-bas en bas de venir leur expliquer pourquoi on leur a botté le cul pour s'enterrer, et qu'ils repartent à la seconde même où on a fini de construire ce putain de rocher de Gibraltar au beau milieu de nulle part.

— Écoutez, Mellas, dit Fitch d'un ton crispé, vous allez vous calmer, bordel! On part à l'aube. Débrouillez-vous pour que votre section soit prête.

Les autres officiers gardaient le silence. Kendall tripotait son alliance et ses lunettes de soleil panoramiques jaunes. Goodwin, les traits tirés et l'air hagard, jouait avec un bâton, assis sur les talons. Ses pitreries continuelles avaient été une source de soulagement pendant la construction. Il n'avait rien dit de toute la réunion.

Une fois le briefing terminé, Mellas descendit lentement la colline en se demandant comment il allait annoncer qu'ils avaient construit ces casemates pour rien. Il était également surpris, après toutes ces journées passées à scruter la vallée, à se demander à quoi ça ressemblait en dessous, à trembler à l'idée d'y aller, d'apprendre que l'heure était enfin venue de partir, juste comme ça. Son univers tout entier s'était trouvé bouleversé par la parole d'un homme qu'il connaissait à peine. La section pouvait être prête à partir dans la demi-heure. Il suffisait de faire le plein de nourriture et de munitions. Mais il sentait qu'il aurait dû y avoir plus de temps, comme un rituel de préparation, avant de plonger dans cette vallée sombre.

Lorsqu'il arriva devant sa guitoune, tous ses hommes y étaient déjà. Il était clair qu'ils savaient, tous. Jackson, désormais chef de la 3e escouade, avait sorti son petit carnet et son stylo; il avait l'air très sérieux. Bass lui avait annoncé la décision : il serait chef d'escouade suppléant en l'absence de Janc et il n'y avait pas d'alternative; ce serait lui, fin de la discussion. C'était ce qu'ils avaient trouvé de mieux pour calmer les inquiétudes de Jackson devant la réaction de ses frères. Connolly, le chef de la 1re escouade, baissait les yeux sur la boîte de rations C de Mellas, jambes écartées et mains sur les hanches. Il crachait continuellement dedans, apparemment sans en avoir conscience. De temps à autre, il jetait un coup d'œil vers la vallée et poussait un juron ; son accent nasillard de Boston était juste assez prononcé pour être perceptible.

— Putain de merde, *man*, cette connerie de Crotch ! C'est comme ça.

Sur quoi, il crachait de nouveau dans la boîte de Mellas, qui avait chaque fois un mouvement de recul parce qu'il aurait certainement à ouvrir un de ces sachets couverts de mollards. Mais il garda le silence en se disant que ce n'était pas le moment. Jacobs, à qui on avait donné la 2e escouade de Fisher, avait lui aussi le regard perdu dans le brouillard en contrebas. Il se tourna pour regarder Mellas, ses yeux lançant des éclairs.

— P-putains de c-casemates. T-tout ça pour r-rien.

Puis il reporta de nouveau son attention sur le brouillard, sans rien dire de plus. Mellas connaissait aussi bien que les autres l'histoire de la compagnie. Elle n'était encore jamais partie en opération sans revenir avec au moins trois morts.

— C'est comme ça, bande de tristes connards, chantonna Jancowitz. Un centimètre de gode vert de plus. Moi, je vais à Bangkok et Susi va me baiser jusqu'à ce que j'en perde la boule. Hi, hi.

— C'est toi qui t'es fait baiser quand t'as rempilé, fit remarquer Connolly.

Mellas ouvrit rapidement son carnet.

— Ça suffit maintenant, Conman.

Il commença à transmettre les informations qu'on lui avait communiquées à la réunion.

— Qui va entrer le premier dans la zone ? demanda Bass.

Il était en train d'encocher une journée de plus sur son bâton de quillard.

— Scar, répondit Mellas, déçu que Fitch ait choisi Goodwin plutôt que lui pour la tâche importante qui consistait à sécuriser la zone d'atterrissage dans la vallée.

Il aurait aimé se porter volontaire, même s'il avait peur, et faire savoir à Fitch qu'il était un type bien.

— Tant mieux, grogna Bass. La dernière fois, c'était nous.

Mellas continua à donner les coordonnées, indicatifs d'appel, nouveaux codes de combat et tous les menus détails qui régissent le fonctionnement quotidien d'une unité d'infanterie.

Bass partit aussitôt organiser les équipes de travail dans le noir au sommet de la ZA, où s'était installée l'escouade de mortiers de 60 mm de la compagnie. Il distribua les obus, qui pesaient chacun un peu plus de un kilo. Les marines en attachaient deux à leurs sacs à dos. Même les opérateurs radio en accrochaient un sous leurs appareils. En tout, la compagnie transportait plus de quatre cents obus de mortier, ce qui en faisait une formidable petite force d'artillerie.

Mellas disposa deux obus de mortier – encore emballés dans leurs jolis tubes en carton – sous son sac et les y fixa avec du fil de fer. Lorsqu'il eut terminé d'enfourner autant de nourriture qu'il pouvait dans son sac, celui-ci pesait près de trente kilos. En plus, il avait ses grenades, deux cartouchières pleines de munitions et quatre gourdes d'eau. Il n'empêche, sa charge était plus légère que celle de la plupart des autres. Il n'avait pas à partager les munitions pour mitrailleuses, le C4 supplémentaire, les mines éclairantes, les Claymore et la corde. Les mitrailleurs et les opérateurs radio étaient très chargés, et l'escouade de mortiers encore plus, chaque homme traînant son propre fusil et son équipement personnel, sans oublier sept ou huit obus et une grande part des mortiers démontés, soit des bipieds de plus de sept kilos, des socles en acier de près de six et les longs tubes des canons.

Cette nuit-là, la faible lueur rouge des lampes torches brilla sous les doublures de poncho où l'on rédigeait les dernières lettres aux familles. Mellas écrivit lui aussi, s'efforçant de paraître joyeux. Mais l'idée de quitter Matterhorn l'emplissait d'un noir pressentiment.

CHAPITRE 5

Sur la zone d'atterrissage, au PC du bataillon, l'ambiance était toute différente. Le lieutenant-colonel Simpson avait ouvert une deuxième bouteille de Wild Turkey et remplissait généreusement les verres du groupe réduit d'état-major qui l'avait accompagné en haut de la colline.

— Je les sens, bon sang de merde ! s'écria-t-il en resservant Blakely et Stevens. Je les sens.

La lumière des lanternes Coleman qui sifflaient dansait sur les murs de la casemate et projetait les ombres des cinq officiers serrés autour des caisses de ration C faisant office de table à carte. Blakely buvait son bourbon sec, mais Stevens, qui n'aimait pas trop cet alcool, y ajouta suffisamment de 7-Up pour en tuer le goût. Quand le colonel commençait à boire, on ne savait jamais précisément quand il s'arrêterait. Les officiers subalternes n'arrêtaient pas en premier : c'était le protocole. Le capitaine Bainford, l'officier de liaison aérienne, et le capitaine Higgins, l'officier de renseignement, étaient assis par terre ; l'air fatigué, ils s'étaient adossés au mur de la casemate, pas vraiment inclus dans le groupe autour de la carte. Ils s'efforçaient de rester éveillés. Les opérateurs radio du bataillon eux aussi avaient eu droit à quelques verres de whisky – Simpson n'était assurément pas injuste envers les hommes de troupe –, mais ils gardaient leurs distances et restaient silencieux, à l'écoute des transmissions irrégulières de la nuit.

— Eh bien, Sir, dit Blakely en réfléchissant à voix haute, on a fini par trouver un compromis. On ne peut pas se plaindre.

— Sûr que non, bon Dieu ! lança Simpson. Deux compagnies dans la brousse, c'est toujours mieux qu'aucune. (Il marqua une pause, but une autre lampée, soupira et fit claquer sa langue.) Putain, ça, c'est du bon whisky !

— Oui, Sir, acquiesça Blakely en en prenant lui aussi une petite gorgée.

Il savait que s'ils trouvaient effectivement quelque chose dans la vallée dans les jours à venir, il y avait peu de chances pour que le général Neitzel résiste à la tentation de réagir à la présence de troupes ennemies juste au nord. Matterhorn était le point d'ancrage de l'extrémité ouest de Mutter's Ridge[1], une voie d'attaque qui s'enfonçait dans les plaines habitées. Quelle que soit l'intensité avec laquelle il ressentait la pression politique qui poussait le régiment presque tout entier vers l'opération Cam Lo, il se devrait de réagir. Les pensées de Blakely dérivèrent vers le quartier général de la division, où il s'imagina en chef d'état-major conseillant le général sur les difficultés politiques et leurs interactions avec les complications stratégiques. Cette rêverie le fit sourire. Simpson avait raison. Décidément, ce fichu Wild Turkey était de plus en plus moelleux.

Blakely se repassa le plan de relève dans la tête. Au début, tout était simple. On poursuivait la mission initiale, avec deux compagnies partant en reconnaissance *snoop and poop*[2] dans la vallée. Charlie permutait avec Bravo sur Matterhorn, et Alpha avec Delta sur Eiger. Et, tout d'un coup, on a l'idée de ce merdier à Cam Lo avec tout le monde qui doit se replier sur la BCV pour s'y préparer. Le plan avait donc dû être changé. Et après, c'est le compromis de Mulvaney avec Simpson. Du coup, Bravo et Delta doivent descendre dans la vallée au lieu de rejoindre la BCV. Et donc, c'est ce plan-là qu'il avait fallu changer. Une question lui traversa alors l'esprit. Quand aurait lieu le dernier ravitaillement en rations pour Delta sur Eiger ? Cette question n'avait pas d'importance avant, vu qu'au début Delta était censé rallier la BCV avec les autres unités. Il prit alors conscience que, comme c'était Charlie qui regagnait la BCV plutôt que Matterhorn, Golf Battery et le QG du bataillon allaient être à découvert, même si ce n'était que brièvement, le temps de la permutation. Cela chassa de son esprit le problème de l'approvisionnement de Delta.

— Sir, dit-il à Simpson, je pensais à la protection de la batterie. Sans Bravo, elle sera exposée pendant un certain temps, jusqu'à ce qu'on la renvoie à la BCV.

— On parle de quoi ? De deux ou trois heures ? Ce sont des marines, Blakely ! Si les bridés sont assez cons pour nous attaquer, la batterie saura bien les repousser, et puis, au lieu de larguer les mecs de Delta dans la vallée, on les lâchera ici et on flinguera du Jaune des deux côtés.

1. Chaîne de hautes collines d'importance stratégique située au nord de la province de Quang Tri et parallèle à la zone démilitarisée.

2. Soit : « On zyeute et on fait sa crotte. »

(Il lui passa un bras autour des épaules.) Vous êtes un sacré bon officier d'état-major, Blakely, mais vous êtes toujours à vous inquiéter comme un pou ! (Il lui prit son verre et le remplit de Wild Turkey.) Et maintenant, détendez-vous. C'est un ordre.

Il lui tendit un verre plein.

Blakely le prit en souriant.

— Un ordre est un ordre, Sir.

— Ça c'est certain, bordel !

Blakely but une lampée. Merde, ce Simpson savait vraiment choisir son whisky. La chaleur quitta son estomac pour irradier ses bras et ses jambes. Il se sentait bien. C'est vrai, la batterie ne serait vulnérable que l'espace de quelques heures, au cours desquelles elle devrait assurer sa propre protection. C'est vrai qu'il s'inquiétait toujours comme un pou ; Simpson avait raison. L'espace d'un bref instant, il se demanda qui ferait sauter les casemates abandonnées sur Matterhorn, mais juste à ce moment-là les autres officiers éclatèrent de rire. Simpson avait sorti une nouvelle bouteille de Wild Turkey d'on ne sait où et l'ouvrait avec un large sourire. Il doit être aussi fatigué que moi, pensa Blakely. Le colonel avait raison sur un autre point : il fallait qu'il se détende un peu. Sans compter que ça n'aiderait pas son dossier militaire s'il faisait figure de traîne-savates et prenait Simpson à rebrousse-poil. Personne n'aimait les traîne-savates. Et Simpson avait besoin de lui. Simpson avait du cran ; on ne remporte pas une Silver Star sans raison dans le corps des marines. Mais il avait du mal avec les détails. Bien sûr, c'était pour ça qu'il l'avait, lui. Blakely savoura une gorgée de plus. Il fallait bien le reconnaître, le vieux savait choisir son whisky. Ç'avait été un vrai cauchemar de tout remettre en ordre une fois que Simpson avait obtenu l'autorisation d'envoyer les deux compagnies dans la vallée au lieu d'emmener le bataillon tout entier en plaine. Un petit changement, un seul, et putain, toute la nourriture, toutes ces munitions, tout ce qui était censé partir dans un sens devait être renvoyé et réexpédié ailleurs. Le bon travail de logistique, ce n'était pas simple. Blakely pensa à autre chose ; il n'écoutait qu'à moitié les plaisanteries et les récits des autres officiers. Il aurait aimé être chez lui. Il aurait aimé être en train de dormir. Il descendit le reste de son whisky. Quel mal y avait-il à se détendre un peu quand il le pouvait ? Si tout le monde se saoulait avant le lancement de l'opération Cam Lo, pourquoi ne pas être de la partie ? Il fallait qu'on le voie en homme qui sait jouer en équipe.

***

Avant la première lueur de l'aube, la compagnie Bravo se regroupa sur la ZA par équipes d'hélico. Les gamins, surchargés, alourdis, encombrés, s'étaient accroupis en une seule ligne qui s'étirait sous le sommet de la colline, où ils attendaient que les hélicos arrivent avec la lumière du jour. Les artilleurs rassemblaient leur équipement, naviguant entre les soldats d'infanterie assis par terre, les enjambant parfois. Certains observaient ces derniers avec curiosité, mais la plupart s'efforçaient d'agir comme s'ils n'existaient pas, refusant d'être mêlés à leur sort.

Pourtant, lorsque Vancouver traversa la ZA de son pas nonchalant dans la demi-obscurité qui précède l'aurore, même l'indifférence étudiée des artilleurs fut rompue.

— D'où est-ce qu'il vient celui-là, putain ?

— On se croirait au cinoche ! Tu savais pas que le Crotch prévoyait de faire un film de cette opération ?

— Ils ont pas pu avoir John Wayne, alors ils l'ont pris, lui.

— Naan, putain ! Ils font des prises de vues pour *Huntley-Brinkley*[1].

— T'as vu ce qu'il porte, cet enfoiré ? Une M60 à canon scié, bordel. De merde.

— Il pourra jamais rien descendre avec ça. C'est de la connerie *gunjy*.

— Je sais pas, *man*.

— C'est de la connerie. Incontrôlable.

— On s'en fout de contrôler une M60, putain.

***

Mellas passait près de chaque équipe d'hélico pour vérifier que tout allait bien. Il s'approcha de la dernière, celle de Bass. Skosh était allongé par terre, les yeux mi-clos, une serviette verte enroulée autour du cou.

— Je crois qu'on est prêts, sergent Bass, dit Mellas.

Bass le regarda.

— Je crois que oui, lieutenant.

Gêné que son inquiétude soit si flagrante, Mellas s'avança vers Goodwin qui s'était couché sur le dos, les yeux fermés, la tête dans son casque.

— Hé, Scar ! chuchota-t-il pour ne pas être entendu des autres. (Goodwin poussa un grognement.) T'as pris des slips ?

— Nan, merde, Jack ! Ça te pourrit l'entre-deux.

1. Émission d'informations sur la chaîne américaine NBC.

— Ouais, murmura Mellas.

Il palpa le tee-shirt vert clair teint par sa mère.

— Pourquoi t'appelles tout le monde Jack ?

Goodwin ouvrit les yeux et l'observa.

— C'est plus facile pour se rappeler les prénoms.

— Ah. Bien sûr.

Goodwin referma les yeux.

Mellas se dirigea vers Jackson et son équipe. Ce dernier leva les yeux vers lui, le cou tendu au-dessus de son immense sac à dos. Il y avait attaché son tourne-disque avec des câbles électriques.

— Tout est prêt, Jackson ? demanda Mellas pour la troisième fois.

— Oui, Sir.

Jackson, avec son air de n'avoir rien à cacher, soutint son regard. Puis il détourna les yeux et reporta son attention sur la rangée de corps épuisés de son escouade. Mellas remarqua que tous avaient adopté l'air de s'ennuyer de ceux qui attendent le bus, masquant ainsi toute émotion.

— Impossible de partir sans votre musique, hein ? dit Mellas.

— Non, Sir. Pas moyen.

— Ça pèse combien ?

Cortell, le chef de la 2e équipe de tireurs, assis près de son ami Williams, eut un petit rire.

— *Man*, dit-il, il y a rien de plus léger que la musique !

Jackson lui fit un doigt d'honneur.

— Facile à dire, c'est pas toi qui le portes ! (Il se retourna vers Mellas.) Tout ce que je dois supporter pour que mes hommes puissent écouter de la musique ! Et Cortell qui le prend à la légère...

— Avec Jésus, nos fardeaux sont légers, dit Cortell.

— Ouais, sauf qu'il est pas là aujourd'hui, monsieur le pasteur !

— Que deux ou trois soient réunis en son nom, Jésus est là au milieu d'eux.

Cortell avait l'habitude qu'on le taquine sur ses convictions religieuses, et rendait toujours coup pour coup.

Mellas, qui avait saisi la plaisanterie de Jackson, avait plus confiance que jamais en son rôle de chef d'escouade.

— Pourquoi vous n'avez pas pris un petit magnétophone ? lui demanda-t-il.

Jackson prit le temps de réfléchir.

— Je crois que j'aime bien voir tourner le disque.

Mellas éclata de rire, mais il comprenait ce qu'il voulait dire. D'une certaine façon, les cassettes étaient des objets étrangers, japonais, futuristes. Avec un quarante-cinq tours, c'était presque comme si on emportait un peu de chez soi dans la jungle.

Le caporal Arran leur passa devant, suivi de Pat qui, un peu sur sa droite, manifestement pas au pied, reniflait tout ce qui pouvait attirer son attention, tournait la tête, haletait joyeusement en réponse aux divers saluts des marines. Le chien flaira la jambe de Mellas, puis trotta vers Williams qui s'était adossé à son sac, ses grandes mains de cow-boy derrière la tête. Williams se redressa et tendit le bras pour caresser les oreilles rougeâtres de l'animal en souriant, visiblement réjoui que Pat l'ait choisi.

— J'aime bien les chiens, confia-t-il à Mellas. On dirait qu'ils le savent. (Il se retourna vers Pat, lui agrippa la peau lâche du cou et lui fit doucement remuer la tête d'avant en arrière.) Salut, mon grand. Salut. Dis-moi, qu'est-ce que tu fous au Vietnam ? (Le chien lui lécha la main, puis la joue, et Williams gloussa.) Tu le sais pas plus que moi, hein, mon gros ?

Arran émit un sifflement bref et bas et Pat le rejoignit en trottinant. Mellas continua de remonter la colonne de marines pour s'arrêter près de Pollini, qui rattachait ses obus de mortier au sommet de son sac. Il lui rappela une souris s'efforçant de mettre de l'ordre dans son nid encombré.

Pollini leva les yeux vers lui.

— Bonjour, lieutenant Mellas, Sir.

Il souriait jusqu'aux oreilles. Son visage était maculé de crasse.

— Pollini, il ne vous arrive jamais de vous laver ? lui demanda doucement Mellas.

Le soldat porta une main sale à son visage, se la passa sur la joue et l'inspecta, sans constater bien sûr le moindre changement. Il avait les mains larges d'un vieux charpentier, les ongles longs et jaunes, et pourtant, sous sa masse de cheveux bruns et bouclés, son visage ressemblait à celui d'un enfant de chœur qui serait tombé dans la boue. Il leva les yeux vers Mellas et lui adressa un nouveau sourire.

— Je me suis lavé ce matin, Sir, et je me suis rasé aussi.

Jackson s'était approché d'eux, légèrement agacé de constater que Pollini n'était pas encore prêt.

— Non, Shortround, tu t'es pas rasé ce matin, dit-il. Tu te rases jamais, d'ailleurs.

— Mais si ! (Pollini se leva.) Demande à Cortell. (Il se tourna vers Mellas.) Je me suis rasé, c'est vrai !

Jackson s'agenouilla près du sac lacéré du jeune soldat pour en resserrer les câbles et ficeler le contenu en place.

— Mais bon sang, Shortround ! s'exclama-t-il en repoussant un câble. Lieutenant, je vous jure qu'il était prêt à partir il y a trois minutes à peine.

— J'ai dû chercher un… commença Pollini.

Jackson s'arrêta.

— T'as dû chercher un quoi ?

— Un truc, c'est tout.

— Shortround, t'aurais pas entamé tes provisions ?

Pollini sourit. C'était sa façon à lui de se défendre contre les plus grands, les plus compétents.

— Oh, juste une boîte de pêches. J'étais de poste d'écoute la nuit dernière et j'ai pas pu déjeuner.

— Pourquoi t'as pas déjeuné ? (Jackson se tourna vers Mellas.) Je lui ai laissé vingt minutes pendant qu'on ramassait nos mines éclairantes et nos Claymore, Sir.

— Ça va, Jackson. (Mellas s'adressa à Pollini.) Vous savez bien que vous allez avoir besoin de toutes les provisions que vous pouvez porter. Pourquoi vous ne vous êtes pas simplement servi dans une des boîtes qui traînaient ?

— Je sais pas, Sir.

— Tu sais pas parce que t'es un crétin, c'est tout, dit Jackson. Bon, maintenant remets ton barda en place. Où sont les pêches ?

Pollini fourra la main dans une grande poche. Son uniforme de petite taille lui allait comme un costume de clown. Il sortit la boîte et la tendit à Jackson, qui la fourra de nouveau dans son sac déjà plein à craquer et dont il tassa le contenu avec colère.

Soudain, Pollini parut sur le point d'éclater en sanglots.

— Je suis pas un crétin, dit-il.

— Si, t'es qu'un putain de crétin ! insista Jackson.

— Ça suffit comme ça, Jackson ! s'écria Mellas. (Il se tourna vers Pollini.) Shortround, il va simplement falloir que vous appreniez à réfléchir. Les hélicos arrivent dans cinq minutes, et vous êtes là à faire l'imbécile et à manger vos provisions.

— J'ai pas eu de petit déjeuner.

Se sentant acculé, il commençait à s'entêter.

Mellas, déjà sur les nerfs, sentit l'irritation le submerger en dépit de ses efforts.

— Assurez-vous qu'il est prêt à partir, Jackson ! lança-t-il en décidant qu'il valait mieux passer à autre chose.

Il s'éloigna et s'assit de nouveau par terre. Il ferma les yeux, dans l'espoir qu'on le croie endormi. Petit à petit, il prit conscience du bourdonnement d'un avion dans les airs, perdu là-bas, au-dessus des nuages. Il savait qu'il ne s'agissait pas d'un hélicoptère : le bruit était doux et régulier et l'on n'entendait pas le claquement sourd des pales dans l'air. Il leva les yeux, encore allongé, et ne voyant rien, scruta l'endroit d'où provenait le bruit, l'air de trouver le temps long et de chercher une distraction. L'espace d'un instant, il aperçut un grand avion, un bref éclat de plomb au milieu de la couverture de nuages. Puis l'appareil disparut de nouveau. Il semblait tournoyer plus bas. Lorsqu'il surgit enfin de la couche nuageuse, il était loin vers le nord-est, au-dessus de la vallée où l'hélico était censé les larguer. C'était un grand appareil à hélices.

— On dirait un avion de transport, dit Mellas à Hamilton. Qu'est-ce qu'il fait, à votre avis ?

— J'en sais foutre rien, Sir.

Hamilton ne se donna même pas la peine de regarder. Il était en train de mémoriser les codes et fréquences radio.

L'appareil décrivit un cercle paresseux et prit de l'altitude au-dessus de la ligne de crête qui s'étendait de Matterhorn à Helicopter Hill, vers l'est. Lorsqu'il tourna de nouveau, il était parfaitement aligné avec la crête et se dirigeait dans leur direction. Il avançait, avançait encore. De nombreux regards étaient désormais braqués sur lui. Il traînait derrière lui un fin panache de fumée, un nuage argenté plus sombre qu'on distinguait à peine de la toile de fond nuageuse. Le bourdonnement s'intensifia. L'avion poursuivait en ligne droite. D'autres marines se levèrent.

— Qu'est-ce que c'est que ce bordel ? s'écria Mellas.

Lui aussi se leva.

L'avion gronda au-dessus de leurs têtes, l'emblème de l'US Air Force clairement visible, le bruit de ses quatre turbopropulseurs assourdissant. En quelques secondes, une brume chimique les recouvrit. Les soldats toussaient, la respiration sifflante, et ils hurlaient des obscénités. Mellas aperçut Fitch qui, les joues ruisselantes de larmes, s'époumonait dans la radio de Relsnik, exigeant de savoir ce qui se passait et demandant que le bataillon y mette fin immédiatement. L'avion, désormais plus qu'une toute petite tache vers le sud-ouest, s'éleva au-dessus de la frontière laotienne et se perdit dans les nuages. La seule marque de son passage était que la colline tout entière empestait, comme enveloppée de produit anti-moustiques.

Hamilton leva un verre imaginaire.

— Aux connards de l'Air Force !

Mellas, encore larmoyant, se dirigea vers le PC de la compagnie. Fitch, combiné en main, attendait manifestement une réponse du bataillon.

— J'ai Bainford au bout du fil, le contrôleur aérien avancé du bataillon, annonça-t-il lorsque Mellas fut suffisamment près pour l'entendre.

Environ une minute plus tard, le combiné brailla et Mellas entendit une voix métallique.

— C'est un défoliant. On l'avait demandé pour demain, mais apparemment, y a un truc qu'a merdé. Désolé. Ça ne vous fera rien. C'est pour tuer les plantes, c'est tout. On appelle ça de l'agent orange. Ça empêche l'ennemi de s'abriter sous les arbres. L'Air Force s'en sert souvent, ça ne gênera pas les hommes.

— Moi, ça me gêne ! lui renvoya Mellas d'une voix forte.

Fitch ne lui prêta aucune attention.

— Bien reçu. Bravo Six terminé.

Il se tourna vers Mellas.

— Vous l'avez entendu… c'est pour tuer les plantes. Ces *zoomies*… qu'ils aillent se faire foutre !

Fitch marmonnait juron sur juron tout en s'essuyant les yeux.

Hawke s'approcha et tendit à Fitch sa boîte de poires remplie de café fumant.

***

Le bruit des oiseaux en provenance du sud finit par rompre leur léthargie nerveuse. Mellas se mit précipitamment en tenue, revérifia ses munitions et ses armes, puis se rappela que Goodwin partait en premier et se rassit.

Le premier oiseau arriva rapidement. Son vrombissement emplit l'air, ses pales fouettant les flaques d'eau dans l'argile boueuse. Goodwin et son équipe traversèrent la zone dégagée en courant. Le chef de section flanquait des claques dans le dos de ses hommes, les comptant en les poussant vers les mâchoires ouvertes à l'arrière de l'appareil. Le hayon se referma, et il disparut. Presque aussitôt, un deuxième oiseau atterrit, suivi d'un troisième. Mellas vit le sergent Ridlow, son gros .44 à la hanche, traverser la ZA au pas de course. Puis lui aussi se retrouva en train de traverser la ZA en courant, Hamilton à côté de lui, sa radio enfouie sous son équipement. Il compta les soldats de son équipe au fur et à mesure qu'ils entraient dans l'oiseau. Lorsqu'il leva le pouce pour signifier au chef d'équipage qu'ils étaient prêts, ils furent engloutis et dégringolèrent dans le vide, l'hélico se laissant tomber du sommet de la colline pour prendre de la vitesse. Mellas avait sorti sa boussole et vérifiait régulièrement leur orientation afin de pouvoir se diriger aussitôt qu'il toucherait terre.

Sur leur droite, sombre et menaçante, la ligne de crête qui les avait constamment accompagnés sur la colline et leur avait demandé toute une journée d'efforts pour y arriver glissa sous eux en quelques secondes. En dessous s'élevaient des pentes abruptes couvertes de jungle et sculptées par de larges cours d'eau. La jungle s'interrompait au fond de la vallée, là où l'herbe à éléphant prenait le relais. La carte n'était plus qu'une suite confuse de courbes de niveau. À plusieurs endroits, celles-ci ne se rejoignaient même pas… les cartographes avaient baissé les bras.

Le plancher s'inclina et le bruit des pales changea de tonalité. Le grondement du moteur s'intensifia. Mellas sentit sa gorge palpiter de nouveau. L'herbe se précipita vers eux, sa douceur illusoire faisant place à trois mètres de hauteur bien réels. L'hélico se posa avec fracas, projetant les hommes vers l'arrière. Les portes s'ouvrirent, ils se ruèrent à l'extérieur en écrasant à pleine vitesse l'herbe déjà tassée sous leurs rangers. Mellas se dirigea immédiatement vers la gauche et commença à disposer ses hommes aux places qu'on leur avait allouées dans la zone.

Il ne se passa rien. Des sourires finirent par apparaître au-dessus des canons de fusils braqués sur l'herbe. Au bout de quelques minutes, Mellas vit Fitch et Hawke traverser la ZA en courant, vers le PC de la compagnie Charlie. Il marcha dans leur direction. Il remarqua alors que les gamins de la compagnie Charlie étaient proches de l'épuisement et que leurs habits sombres et mouillés leur collaient à la peau. Leurs ulcères étaient encore pires que ce qu'il avait pu voir à Matterhorn.

Il aperçut un opérateur radio et s'approcha d'un homme qui, allongé par terre, ressemblait à un chef de section. Celui-ci leva les yeux, l'air las. Il avait le visage large, la moustache courte et épaisse. Il était impossible d'identifier son grade sauf en le devinant, mais il donnait l'impression d'être le responsable.

— Bonjour ! Je suis le lieutenant Mellas. 1re section, compagnie Bravo. Vous avez l'air à bout, les gars.

L'homme se gratta l'oreille et fit une grimace. Il lui tendit une main bien en chair.

— Jack Murphy. Charlie Un. Ça fait deux jours qu'on est morts et j'ai des hallucinations post mortem où je me vois assis sur la ZA en train d'attendre qu'on me tire de cet endroit de merde. Ça, c'est Somerville, dit-il en montrant l'opérateur radio. Lui non plus, il est pas vraiment là.

Puis le visage de Murphy se contracta et il eut un mouvement brusque de la tête. Il ne semblait pas en avoir conscience, et son opérateur radio non plus.

— Ils nous ont fait marcher à mort, dit Somerville.

— À quoi ressemble le terrain ?

— Affreux, répondit Murphy. (Une fois de plus, il fut pris d'une brusque secousse à la tête et d'une convulsion du visage.) Des putains de montagnes. De falaises. Couvertes de nuages à la con.

Mellas feignit de ne pas avoir remarqué son tic.

— Le ravitaillement a pas dû être facile.

— Non. Ç'a été très simple.

— Ah bon ?

— Y en a pas eu.

— Ah. (Mellas décida que Jack Murphy n'avait pas envie de discuter. Mais il avait quand même besoin de renseignements.) J'ai entendu dire que vous aviez été attaqués.

— Ouais.

— Qu'est-ce qui s'est passé ?

Murphy grogna et se redressa en position assise. Il entraîna son sac à dos avec lui, comme s'il faisait partie de son corps. Puis il se leva en vacillant. Il devait faire cinq centimètres de plus que Mellas. Il montra du doigt l'herbe à éléphant, désignant quelque chose d'invisible.

— Par là-bas, le pays devient vraiment raide, avec des tas de ruisseaux et de merdes. Vous avez des cordes ?

— Ouais. Une par escouade.

— Bon. Eh bien, à peu près à quatre jours de marche d'ici, peut-être moins si vous suivez le chemin qu'on a emprunté au risque de tomber dans une embuscade, il y a une colline très escarpée. Les Viets y ont creusé des marches, ce qui veut dire qu'ils ont dû avoir tout le temps nécessaire pour construire des casemates. L'homme de pointe et un autre gars ont ouvert le feu, et tout est parti en couille. Les Viets les ont eus tous les deux, et deux autres de plus.

— Vous en avez descendu quelques-uns ?

— Comme si on le savait, bordel !

Murphy lui raconta. Ils s'étaient déployés le long d'une rivière qui coulait juste au pied d'une colline. Même des chèvres auraient trouvé le terrain impraticable. Protégés par leurs lance-grenades M79, ils avaient récupéré leurs cadavres et n'avaient pas poussé plus loin. Ils avaient dû vite construire un terrain d'atterrissage pour évacuer les blessés. Comme ils étaient bloqués par la mousson et qu'il n'y avait de toute façon pas d'endroit praticable sur ce terrain impossible, ils s'étaient traînés en bas de la pente aussi vite qu'ils pouvaient pour sortir de la couverture nuageuse. Un autre type est mort en chemin.

Murphy se rassit brusquement, à bout de forces.

— Économisez votre bouffe.

Il eut deux mouvements convulsifs.

— Merci, dit Mellas.

Murphy répondit par un grognement.

Mellas poursuivit sa marche. Il rejoignit Fitch, Hawke et un homme qu'il devina être Charlie Six, le commandant de la compagnie. Celui-ci portait une paire de lunettes abîmées et rafistolées au ruban adhésif. Son uniforme était noir d'eau et d'herbe à éléphant moisie. Le tissu lui collait à la peau. Il ne cessait de jeter des regards angoissés vers le ciel.

— Mellas, lança Fitch en dépliant sa carte, exactement celui qu'on voulait voir.

— Pas franchement contagieux, votre enthousiasme, lui renvoya Mellas.

Fitch ne sourit pas.

Hawke intervint avec une de ses imitations de W.C. Fields.

— Petit, c'est vrai que t'apprends vite.

Fitch eut un rire nerveux.

Mellas était à bout depuis sa conversation avec Murphy, et l'imitation de Hawke, une forme d'humour qu'il avait toujours trouvée crasse, lui tapa franchement sur les nerfs.

— Suffit, Jayhawk, dit-il.

— Oui, Sir !

Mellas regretta aussitôt sa réaction.

Fitch, qui s'humectait nerveusement les lèvres, n'avait pas suivi leur échange. Il montra du doigt la carte qu'il avait étalée par terre, et tous s'agenouillèrent autour.

— L'emplacement de la cache de munitions doit se trouver par là, dit-il. Le capitaine Coates, ici présent, pense qu'il est environ à trois jours d'ici, si on suit leur piste et qu'on risque l'embuscade. Quatre ou cinq en prenant le chemin plus sûr où il faut grimper le long de la crête par ici. (Il se mordit la lèvre, soudain silencieux. Puis il leva les yeux vers Mellas.) Je veux que la 1re section passe devant. On va tracer notre propre chemin, alors il va me falloir quelqu'un qui s'y connaît en cartes. Dans l'immédiat, on va devoir quitter la ZA le plus vite possible. Les Viets sont certainement déjà en train d'installer leurs mortiers. Suivez la piste de la compagnie Charlie jusqu'à ce que je vous dise de faire autrement. (Il se lécha les lèvres.) Dites à votre homme de pointe qu'Alpha est en train de redescendre avec un cadavre… alors qu'il n'ait pas la détente trop facile.

Sa voix s'estompant, il fixa fébrilement l'herbe à éléphant humide et bruissante. Mellas sentait son anxiété. C'était sa première grande opération à la tête de la compagnie tout entière.

Le capitaine Coates dormait à poings fermés, affalé sur son sac près de son opérateur radio, qui dormait lui aussi.

Mellas eut une bouffée d'espoir. Il y avait là deux commandants de compagnie, l'un qui manquait de confiance en lui, l'autre qui lâchait sous l'épuisement, et pourtant, tous les deux s'étaient vu confier un commandement. Alors pourquoi pas lui ? Il s'imagina de retour chez lui, en train de raconter qu'il avait dirigé une compagnie au combat, deux cent douze hommes. Non, mieux encore, deux cent douze marines. Il jeta un coup d'œil à Hawke et ressentit sa présence comme un obstacle : il savait que la compagnie reviendrait à Hawke et non à lui, à moins qu'un capitaine n'intervienne à la fin du tour de service de Fitch – auquel cas il n'en hériterait pas non plus. Il lui fallait plus de temps, c'est tout.

Hawke, interprétant le regard de Mellas comme une question silencieuse, montra d'un signe de la tête le commandant endormi de la compagnie Charlie et commença à préciser les instructions de Fitch.

— Charlie Six n'a pu que décrire l'emplacement de la cache. Impossible de la localiser sur une carte, parce que la carte est erronée. Alors le lieu indiqué par le bataillon n'est pas forcément exact. Coates dit qu'à certains endroits, la carte est fausse de six cents mètres au moins. Cette nuit, on va tenter d'atteindre un vieux camp de base viet qu'ils ont trouvé par là. (Il esquissa un cercle avec son doigt pour désigner une zone large.) La jungle est si épaisse qu'il n'était pas certain de l'emplacement exact, mais il devrait s'agir d'une bonne position de défense. Votre premier signe, ce sera les broussailles cassées. Ou alors, vous tomberez sur la piste de Charlie en remontant la pente. Dès que vous trouvez des indices, arrêtez-vous et passez un coup de fil à Jim ; il viendra jeter un coup d'œil. Moi, je crapahuterai loin derrière, avec Samms.

Mellas savait que Samms, le sergent-chef de la 3e section, était considéré comme compétent. Mais il était à la merci du lieutenant Kendall et de son incapacité à lire une carte convenablement, jusqu'à ce que ce dernier ait terminé les quatre-vingt-dix jours qui lui étaient imposés dans la brousse et qu'il ait regagné son unité de transport motorisé.

— Et les Kit Carson ? demanda Mellas en faisant allusion aux éclaireurs affectés à la compagnie pour l'opération, d'anciens soldats de l'APVN qui avaient déserté, alléchés par le salaire offert par les Américains.

— Ils sont en grève, bordel ! répondit Hawke. Ils se contenteront d'avancer avec le PC.

— Vous voulez que je parte maintenant ? demanda Mellas.

Fitch revint au présent et lui ordonna d'avancer de deux cents mètres environ avec sa section sur le chemin de Charlie et Alpha, et d'y attendre que le reste de la compagnie ait évacué la zone d'atterrissage. Mellas fut surpris de l'entendre dire qu'il faudrait une demi-heure à la compagnie pour quitter la zone en file indienne.

— Tu marcheras en quelle position ? lui demanda Hawke.

— En cinquième.

L'homme de pointe mènerait, suivi du chien, Pat, et du caporal Arran ; un autre tireur et le chef d'escouade prendraient les positions trois et quatre ; ensuite viendraient Mellas, puis Hamilton avec la radio.

— Bien. Je ne veux pas que la compagnie parte à la chasse à l'ours simplement parce qu'un chef d'escouade n'est pas fichu de lire sa boussole. Tu as intérêt à savoir où vous êtes à chaque instant.

— Oui, Sir ! dit Mellas en souriant et en essayant de comprendre pourquoi Hawke était soudain devenu si irritable.

— Ne relâche pas ton attention, c'est tout. (Hawke ne souriait pas.) Et garde ta boussole cachée quand tu la regardes, bordel. Il y a rien qui trahisse plus un chef qu'un gars avec une boussole.

— Bien sûr, Hawke.

Mellas regagna sa section. Tous se levèrent, désireux de quitter la zone, se sentant exposés aux mortiers ennemis qu'attiraient les hélicoptères. Bass et les trois chefs de section firent remarquer avec une certaine passion que la 1re section était déjà partie en tête à la fin de la dernière opération. Mellas mit fin à la discussion en expliquant que Fitch en avait décrété ainsi car il fallait absolument trouver le chemin vers le camp de l'APVN. Comme ils savaient tous que, à l'exception peut-être de Daniels, Mellas était celui qui savait le mieux se servir d'une carte et d'une boussole, ils acceptèrent leur sort.

Parmi les escouades, personne ne discutait le fait que c'était au tour de celle de Conman de mener la section. Vancouver mangeait un paquet de poudre de Kool-Aid en attendant le feu vert. Tout le monde avait renoncé à le dissuader d'ouvrir la voie pour son escouade.

Mellas appela Fitch par radio.

— Bravo Six, ici Bravo Un. On est prêts à partir. Suivez la trace de mon Bugs Bunny Grape[1]. À vous.

— Un, Bravo, répondit Pallack. Le chef dit de mettre les voiles. À vous.

— Bien reçu. Terminé.

Mellas regarda Vancouver et montra l'herbe à éléphant. Vancouver, barbouillé de violet tout autour de la bouche, aspira une dernière fois dans le paquet déchiré et tendit ce qui restait à Mellas. Il arma sa mitrailleuse à canon scié et avança dans les herbes hautes, sur les pas de la compagnie Charlie. Mellas regarda le sachet, dont les rebords déchirés étaient tachés de poudre violette et mouillés par la salive de Vancouver. Il haussa les épaules, en avala une goulée et fit la grimace à Hamilton.

— Bon sang, comment vous faites pour bouffer cette merde ?

Il plissa les yeux tant le goût était acide, puis il sentit la salive lui jaillir dans la bouche. Il secoua la tête et avança, suivi d'Hamilton.

Presque instantanément, le tohu-bohu de la zone d'atterrissage s'évanouit et celle-ci disparut. Les herbes hautes murmurèrent autour d'eux. Bientôt, ils dépassèrent l'avant-poste de la compagnie Charlie constitué de deux hommes.

— J'espère qu'ils vont pas vous faire marcher jusqu'à en crever, comme nous, cria un gamin débraillé.

— Moi aussi, lui cria Mellas. Tiens, je déteste ce parfum.

Il lui jeta le sachet de poudre de jus de raisin Bugs Bunny et le gamin sourit en le levant en l'air. Puis il disparut.

Il n'y avait pas de soleil, rien qu'une bruine grise et l'herbe à éléphant mouillée qui soupirait au-dessus de leurs têtes, le bas des tiges pourrissant déjà et produisant encore plus d'humus d'où sortirait encore plus d'herbe à éléphant. Mellas suivait le sentier sinueux d'herbes écrasées en regardant sans arrêt sa boussole. Il la gardait près de la hanche.

Bass, avec l'escouade de derrière, indiqua par radio qu'il dépassait tout juste l'avant-poste de Charlie. Mellas fut à la fois surpris et déconcerté par la lenteur avec laquelle ils devaient avancer – la section faisait moins d'un tiers de la compagnie. Il poussa plus loin en essayant d'estimer quelle distance il lui faudrait parcourir pour laisser passer la compagnie tout entière. Il finit par demander à Connolly de s'arrêter. On passa le mot à Vancouver, qui ouvrait le chemin, et Mellas fit signe à tout le monde de se baisser en position de défense intérieur-extérieur pour surveiller les deux côtés du sentier. Il attendit que Fitch lui annonce que

1. Kool-Aid parfum raisin.

l'arrière de la compagnie avait quitté la zone et qu'il pouvait reprendre sa progression. Il se sentait isolé et, ne voyant qu'un seul homme sur le chemin devant lui et personne derrière à cause de l'herbe à éléphant, il était contraint de se fier à l'idée que la compagnie était toujours là. La pluie fine et les herbes mouillées imprégnaient ses vêtements.

La radio siffla faiblement.

— Avancez. À vous.

— Bien reçu. On avance, répondit Hamilton. Terminé.

Hamilton fit un geste à Connolly, et tous se relevèrent sans un mot de Mellas. Un radio et un chef d'escouade, s'ils sont bons, savent se passer des ordres du lieutenant, et Hamilton et Connolly travaillaient ensemble depuis des mois. Mellas était occupé par une sangsue qui se cramponnait à lui. Il se frappait continuellement la jambe gauche avec le pied droit dans l'espoir de la tuer ou de la faire tomber sans avoir à s'arrêter et la pulvériser d'insecticide.

La compagnie repartit dans un soubresaut, obéissant aux ordres de la radio qui lui disait alternativement de s'arrêter et d'avancer. Elle progressait comme une chenille, se contractant lentement vers le milieu avant de s'étirer doucement jusqu'à ce qu'un gamin en perde un autre de vue. On se passait alors le mot vers l'avant ou vers l'arrière, là où se trouvait la radio la plus proche.

— Rupture dans la colonne. (Le radio interpellait ensuite la section qui ouvrait la marche.) Attendez. On vous a perdus.

Tout le monde s'arrêtait. On fulminait.

Puis, tout l'arrière de la colonne venait s'entasser sur les gamins qui s'étaient arrêtés. On se passait le mot vers l'avant et vers l'arrière jusqu'à atteindre une radio.

— Le contact est rétabli.

La tête de la chenille reprenait alors son avancée à l'aveugle. Lentement, chaque partie se sentant tirée par celle de devant, tous les marines se remettaient en marche, leurs rangers décollant à peine de la boue, leurs pas courts et lents. Pendant ce temps, à l'arrière, on continuait de s'empiler les uns sur les autres et de s'arrêter. Lorsque la queue de la colonne se désempilait enfin et se remettait en marche, une nouvelle cassure se produisait à l'avant.

***

— Bravo Un, Bravo. (Le message brusque se termina dans une explosion de parasites lorsque Pallack relâcha le bouton de transmission.) Alpha pense qu'y sont à quatre ou cinq cents mètres d'la zone, alors vous devriez pas être bien loin. À vous.

— Bien reçu. Bravo Un terminé.

Hamilton regarda Mellas. Dans le silence de l'herbe à éléphant, ce dernier avait entendu toute la conversation, même si c'était Hamilton qui tenait le téléphone. Mellas hocha la tête et avança derrière Connolly, qui se trouvait en quatrième position.

— Alpha n'est pas loin, murmura-t-il.

Connolly fit passer l'information vers l'avant, au caporal Arran, qui marchait à côté de Pat avec son fusil .12 très convoité et prêt à tirer. Vancouver, qui avançait devant Pat et Arran, était complètement hors de vue, dans les limites étroites et sinueuses du chemin boueux.

Tous étaient de plus en plus crispés. Ils n'avaient qu'un fragment de seconde pour décider si le léger mouvement sur le sentier devant eux était amical ou pas. Une mauvaise décision pouvait entraîner la mort, ou celle d'un marine de l'unité à l'approche.

La compagnie continuait d'avancer dans le tunnel d'herbe, le ciel visible uniquement au-dessus de leurs têtes, la lumière faible. Vancouver osait à peine respirer. Pat, percevant la tension des marines, agita nerveusement ses oreilles marron rouge. Soudain, ses poils blanc argenté se dressèrent, sa queue se raidit, sa truffe se leva et ses oreilles rouges s'inclinèrent vers l'avant. Mellas fit signe de se baisser. En silence, la colonne s'enfonça dans les herbes. Vancouver s'allongea près du sentier, sa mitrailleuse braquée sur un virage dans le chemin. Tous attendirent de voir s'il s'agissait d'un marine ou d'un soldat de l'APVN. Bientôt, la 1re équipe de tireurs entendit quelqu'un glisser dans la boue. Puis, quelques pas de plus. Ensuite, il y eut un silence inquiétant. Plus un mouvement. Plus un bruit.

Connolly, les sourcils arqués, se tourna vers Mellas. Celui-ci hocha la tête en signe d'acquiescement.

— Hé, Alpha ! Ici Bravo, chuchota Connolly.

Un murmure répondit.

— Hé, *man* ! Content de t'entendre. (La voix s'éleva au-dessus du murmure.) On est là. Je viens d'entendre la compagnie Bravo.

L'homme de pointe d'Alpha émergea prudemment du virage, tapi près du sol, jetant des regards de tous côtés. Vancouver leva la main et le gamin se détendit. Il poussa le sélecteur de tir de son fusil pour désengager le mode automatique. Il avait les traits tirés, et l'ulcère tropical sur son visage n'était pas beau à voir. Sans un sourire, il passa devant les marines silencieux de la compagnie Bravo en traînant les pieds. Bientôt, un autre gamin apparut dans le virage, et un autre encore. Enfin arriva un opérateur radio. Il était accompagné d'un grand lieutenant ; maigre, l'air jeune, il avait le treillis qui lui collait à la peau. Il tremblait à cause d'un début d'hypothermie. Il s'arrêta devant Mellas et laissa sa section lui passer devant.

— Charlie est toujours dans la zone d'atterrissage ?

Il avait la voix rauque, lasse.

— Certains y étaient encore quand on est partis, répondit Mellas. Ils ont peut-être tous permuté vers la BCV maintenant. Je n'ai pas entendu d'autres oiseaux arriver.

— Ils ont dû oublier qu'on était toujours là. Merde. D'abord, ils nous disent que Charlie va à Matterhorn et que nous on se barre sur Eiger. Après, on entend dire qu'on doit tous retourner à la BCV. Y aurait un gros merdier autour de Cam Lo. Et maintenant, on nous raconte qu'on va encore à Eiger ! J'y comprends rien. Hé, tu connais ce con d'Irlandais, le Jack Murphy ?

— Je viens de le rencontrer.

— Il me doit cinquante dollars de bourbon. Il disait que c'était impossible qu'on se retrouve dans un plus gros merdier qu'à l'opération de la zone démilitarisée. T'aurais pas une clope ?

— Non, désolé.

Hamilton sortit nonchalamment son étui en plastique, l'ouvrit et offrit une cigarette au lieutenant et à son radio. Les mains tremblantes, ils les allumèrent avec gratitude. Mellas était consterné de voir qu'ils ne respectaient pas les mesures de sécurité. On pouvait sentir l'odeur de cigarette à des kilomètres à la ronde. Le grand lieutenant souffla un gros nuage de fumée et soupira. Il se tourna vers une des silhouettes épuisées qui lui passait devant.

— Qui c'est qu'a ce putain de macchabée ?

— Sais pas, Sir.

— Merde. (Il regarda Mellas. Manifestement au bord de l'effondrement, il tira une autre bouffée de sa cigarette.) Ça fait quatre jours qu'on a pas bouffé.

C'était une déclaration simple et sincère. À ce moment-là, dans le tournant, quatre marines apparurent. Ils portaient un lourd fardeau, suspendu entre eux dans un poncho accroché à deux perches. Un des gamins avait l'air en colère ; les trois autres étaient hébétés, le visage défait, mouillé, boueux. Un bras blanc et légèrement bouffi dépassait du poncho. Les porteurs lâchèrent leur charge, le souffle court. Maintenant que les perches reposaient par terre, le poncho était ouvert entre eux et montrait un cadavre nu. Le marine qui semblait être en colère cracha ses paroles entre deux respirations rauques.

— C'est encore loin, lieutenant ?

Il s'adressait au grand lieutenant, mais ce fut Mellas qui répondit.

— Environ six cents mètres.

— Six cents ! Bordel de chiasse. Pourquoi on le traîne pas carrément jusqu'à la BCV tant qu'on y est ? Putains d'enculés.

— Du calme, dit le grand lieutenant avec lassitude.

— Ils l'ont tué, lieutenant. Ils l'ont fait crapahuter jusqu'à ce qu'il crève et vous voudriez que je me calme ? Eh bien, allez vous faire foutre ! (Son cou présentait des rangées de tendons crispés. Le lieutenant lui tendit sa cigarette sans mot dire.) Merci.

Il s'assit et inspira une longue bouffée tandis que les autres membres de la compagnie l'enjambaient, lui et le cadavre ; puis il offrit la cigarette à un des hommes qui l'accompagnaient. Mellas avait le regard braqué sur le corps pâle et gonflé qui tranchait sur la boue sombre du sentier.

— Comment est-il mort ? demanda-t-il.

— Officiellement, d'une pneumonie, répondit le lieutenant. Impossible de le faire évacuer d'urgence. Pas d'oiseaux.

— Conneries ! dit le gamin d'une voix douce. Ils l'ont fait marcher jusqu'à ce qu'il crève.

— Une pneumonie. Bon Dieu. (Mellas poussa un sifflement étouffé.) Et vous n'avez pas pu l'évacuer ? Ça n'a pas de sens.

— Tu m'étonnes que ça n'a pas de sens. (Le lieutenant poussa doucement le corps avec son doigt de pied.) C'était un bon petit, en plus. L'encornet comprend pas. Tout ce qu'on sait, c'est qu'il a eu plus de quarante et un de fièvre et qu'il s'est mis à hurler. On lui a enlevé toutes ses fringues pour faire baisser la température. Ça n'a pas marché. On avait déjà demandé une évacuation d'urgence lorsqu'il avait atteint quarante. Le Doc croyait que c'était la grippe ou un truc dans le genre. Le bataillon a déclaré que c'était pas une urgence. (Il ricana, manquant perdre le contrôle de lui-même.) Apparemment, c'est nous qui avions raison.

Il se tourna vers le gamin en colère qui terminait la cigarette.

— Qui est censé vous remplacer ?

— L'équipe de Maki.

— OK. Laissez-le là. Je vais dire à Maki de passer le prendre.

Le gamin rassembla son équipe de tireurs, et ils repartirent sur le chemin d'un pas lourd. Les soldats d'une autre équipe arrivèrent, passèrent leurs fusils par-dessus leurs sacs à dos et s'emparèrent des deux perches. Ils avancèrent péniblement, le corps se balançant et leur faisant perdre l'équilibre.

— Merci pour la cigarette, dit le grand lieutenant à Hamilton.

— Pas de problème, Sir.

Il se tourna et poursuivit son chemin, suivi de son radio. Mellas jeta un coup d'œil à Hamilton, qui les regardait disparaître. Des gamins épuisés continuaient de défiler devant eux.

— Putain, dit Mellas.

— Ouais, c'est comme ça, Sir, répondit Hamilton.

Les entrailles de Mellas bourdonnaient. Un léger vent serpenta à travers les herbes, refroidissant ses vêtements mouillés.

CHAPITRE 6

— Vous avez jamais eu de razzia jusqu'à présent, n'est-ce pas ?

Fitch regarda Mellas par-dessus sa boîte de poires. Il était assis en tailleur sur une touffe de mousse humide. « Razzia » était le code radio pour une embuscade.

— Bien sûr que si ! rétorqua Mellas. Une nuit, on a tendu une embuscade à trois vaches en Virginie.

— Ah ouais. (Fitch éclata de rire et s'enfourna une autre cuillerée de poires dans la bouche.) J'en ai entendu parler. C'était juste avant qu'on termine la fac. (Il continua d'engloutir ses poires.) Big John Six pense qu'on pourrait surprendre quelques Viets qui regagnent leur campement ce soir sans savoir qu'on est là.

— J'en doute un peu, dit Mellas. (Ils étaient arrivés au campement nord-vietnamien à peine une heure plus tôt et tout le monde mangeait.) C'est à croire qu'il y a tout un troupeau de buffles d'eau qui danse la gigue par ici.

Fitch gloussa et jeta la boîte dans les buissons.

— Vous avez vu ces grosses empreintes de félin qu'on a trouvées en arrivant ? demanda-t-il.

— Il devait certainement renifler la merde que la compagnie Charlie a laissée traîner.

Fitch eut un rire.

— Vu leur tête, ça m'étonnerait qu'ils lui aient laissé grand-chose.

Mellas jeta un coup d'œil furtif vers la jungle. Il n'était pas d'humeur à discuter de la faune et de la flore. Les embuscades pouvaient mal tourner, et ils seraient loin des lignes, seuls dans le noir.

Fitch sortit sa carte pour lui montrer une marque de crayon indiquant l'emplacement où le bataillon comptait tendre l'embuscade.

— Vous n'êtes pas obligé de le faire vous-même. Bass ou Conman peuvent très bien s'en charger.

Il tira son Ka-bar de son étui et commença à se curer les
la lame. Mellas savait que cette proposition n'était qu'une
à l'épreuve.

— Non, j'irai. J'ai rien de mieux à faire.

Il commença à déplier sa propre carte en espérant que Fitch n
remarque pas que ses mains tremblaient.

Hawke s'approcha d'eux.

— J'ai dû gueuler sur Kendall parce que ses hommes n'ont pas dégagé les broussailles. (Il soupira et s'accroupit.) Y a du café, bordel ?

— Merde, c'est toi l'officier adjoint, Jayhawk. Le café c'est ton boulot ! lui renvoya Fitch. Qu'est-ce qu'il a dit, Kendall ?

— Qu'il était désolé et qu'il allait s'en occuper. Comment ça, c'est mon boulot ?

— T'as mieux à faire ? ajouta Mellas.

— Une chose est sûre, j'aurai toujours mieux à faire qu'écouter les conneries d'un petit lieutenant qui croit tout savoir.

Mellas rit, mais regretta sa plaisanterie stupide. En même temps, il tentait désespérément de se rappeler les rouages de cette embuscade avortée en Virginie.

Fitch continua de se curer les ongles, puis il prit la parole.

— Je vais envoyer une escouade de la 1re section en razzia.

— Pour quoi faire ? demanda Hawke.

— Le Trois m'a appelé pour me dire qu'il en voulait une.

— Pour quoi faire ? insista Hawke.

— Le Six et lui pensent tous les deux que ce serait une belle occasion de flinguer du Jaune.

— Tu veux dire une belle occasion d'impressionner le régiment en lui montrant qu'on est *gung-ho*[1] comme tout.

— Peut-être.

Fitch garda le silence car il savait qu'il n'y avait pas d'échappatoire, mais il fallait laisser à Hawke la possibilité d'exprimer son désaccord devant tout le monde. Il se tourna vers Mellas et soupira.

— C'est comme ça, dit-il. Je vais demander à Deux et à Trois d'avancer et de prendre certains de vos trous puisqu'une de vos escouades sera de sortie. Vous partez avec eux ?

On le mettait de nouveau à l'épreuve, avec cette fois la tentation très réelle de demander à Connolly ou à Bass de s'en occuper. Mais Mellas résista.

1. Expression des marines empruntée au chinois et signifiant « enthousiaste ».

— Ouais. Faut savoir profiter du jour présent.

— Hein ? T'es bouddhiste ou quoi ? demanda Hawke.

Mellas, stupéfait par ce commentaire, le mit de côté pour plus tard, révisant son jugement sur lui une fois de plus. Il éclata de rire.

— Nan. Luthérien. On a toute l'éternité, mais on peut pas s'empêcher de culpabiliser.

— De quoi vous parlez, bordel ? demanda Fitch, franchement perplexe. (Il jeta un coup d'œil à sa montre.) Vous feriez mieux de vous mettre en place avant qu'on n'y voie plus rien.

***

Malgré la peur, la simple idée de tendre une embuscade excitait Mellas. Au bataillon, on saurait tout de suite qui l'avait menée. Il remporterait peut-être même une médaille s'ils en tuaient assez. Et quitte à rester sous la pluie et dans le froid toute la nuit, autant avoir la satisfaction d'avoir tué quelqu'un. Mais dès que cette pensée lui traversa l'esprit, il se reprocha son manque d'humanité. Il savait aussi qu'il n'avait pas le courage de demander à quelqu'un d'autre de mener l'embuscade à sa place.

Il venait juste d'informer l'escouade de Jackson pour l'embuscade (c'était leur tour), quand Hamilton appela pour le prévenir d'une réunion d'officiers.

— Tout de suite ? Mais j'en reviens !

— Tout de suite, Sir.

Mellas retourna vers la guitoune de Fitch, furieux. Tous les autres étaient déjà présents, y compris les deux éclaireurs Kit Carson. Leur utilité était censée se résumer à leur connaissance intime de l'APVN. Malheureusement, personne dans la compagnie ne parlait vietnamien, eux ne parlaient pas anglais, et aucun marine n'aurait fait confiance à un déserteur de toute façon. Encore un exemple de brainstorming qui avait fait bon effet à Washington, à plus de quinze mille kilomètres de la réalité.

Les deux Kit Carson étaient accroupis et essayaient d'écouter de la musique vietnamienne sur leur transistor.

— Hé, Arran, grogna Cassidy à l'intention du maître-chien, dis à ces foutus niacoués d'arrêter leur bruit de merde.

Arran connaissait à peu près sept mots en vietnamien, ce qui était plus que les autres, et c'était toujours lui qui parlait aux éclaireurs Kit Carson. Il désigna la radio en gesticulant et fit des signes de la main pour leur signifier d'arrêter. Le plus costaud des deux petits hommes finit par comprendre le message et éteignit le poste. Son bras était marqué d'affreuses cicatrices. Les marines se disaient qu'il avait dû être blessé lorsqu'il était encore dans l'autre camp. Il souleva la radio et sourit.

— Num'lo un[1].

Arran lui jeta un regard noir.

— Radio numéro dix! Numéro dix. (Il indiqua le ciel.) Sombre, APVN. Numéro dix.

Le Kit Carson hocha la tête.

— Num'lo dix.

— Ouais, c'est ça, pauvre crétin, gronda Cassidy.

Personne ne désirait vraiment leur compagnie, mais comme ils avaient été affectés à la division S-2[2], Fitch les avait laissés marcher avec le groupe du quartier général, en milieu de colonne. Les deux Kit Carson se remirent à discuter en vietnamien de leurs voix basses et musicales. Fitch se leva, et tout le monde oublia leur présence.

— Comme vous le savez, Delta nous a suivis tout l'après-midi. (Il baissa les yeux et racla la terre avec les pieds.) Ça ne va pas vous plaire, mais j'ai eu Delta Six au bout du fil et, apparemment, le bataillon ne lui a dit qu'à la dernière minute que sa compagnie descendait avec nous dans la vallée. Ils manquaient déjà de nourriture, mais ils croyaient regagner la BCV. (Il mit les mains dans ses poches arrière et plongea le regard dans la jungle.) Bref, ils n'ont pas pu prendre de nouvelles rations. (Il reporta son attention sur le groupe.) Alors le bataillon leur a dit de nous rejoindre et de prendre la moitié des nôtres.

À sa propre surprise, Mellas explosa.

— Ça non, merde! Pas question qu'ils aient de la mienne!

— C'est pas leur faute, Mellas, protesta Hawke. Mais je comprends ce que tu ressens.

— Qu'est-ce qu'on est censés faire? Continuer avec des demi-rations parce que le bataillon est pas foutu de se sortir les doigts du cul?

Mellas savait qu'il avait tout du gamin querelleur, mais il s'en fichait. Il était fatigué, il avait une embuscade à mettre en place et il commençait à avoir un peu faim. Et il s'était efforcé de rationner sa nourriture pour qu'elle dure jusqu'à la fin de l'opération.

1. Argot militaire où numéro un désigne le meilleur, et numéro dix, le pire.

2. Division de Renseignement du bataillon.

— Vous allez tous prélever l'équivalent de deux journées de ration auprès de chaque soldat et laisser ça ici. (Fitch n'ayant de toute évidence aucune envie qu'on l'emmerde, personne ne protesta.) Et je veux que ce soit fait au hasard. Pas question qu'on se débarrasse de ses saloperies. À leur place, vous aimeriez avoir de la bonne bouffe.

— Merde alors, dit Mellas sur un ton ironique. Le principe de l'universalité.

Goodwin le regarda.

— De quoi tu parles, Jack ?

— De la philosophie morale comme règle d'or.

— Ouais, je vois, dit Goodwin. Fais-le à autrui avant qu'on te le fasse à toi… c'est ça, la règle d'or par ici, Jack.

Tout le monde éclata de rire.

Mellas regagna l'emplacement où il avait établi le poste de commandement de la section avec Bass. Si ces plaisanteries avaient apaisé sa colère pour un temps, celle-ci revenait déjà.

— Alors va falloir filer nos *long-rats* à Delta, lieutenant ? demanda Bass en le voyant approcher.

Cela faisait longtemps que Mellas avait abandonné l'idée de leur annoncer une quelconque nouvelle. Ils étaient tous encore en train de creuser des trous, sauf Doc Fredrickson, qui comptait ses cachets contre le paludisme, sa propre fosse étant déjà terminée. S'ils étaient attaqués, il ne s'en servirait pas beaucoup vu qu'il serait à s'occuper des blessés.

— Ouais. Merde. « S'organiser avec la compagnie Bravo pour le réapprovisionnement en nourriture. » (Son ton moqueur suscita quelques sourires.) Et Fitch veut pas qu'on se rafle le meilleur, en plus !

Hamilton contempla son sac avec regret.

— Je leur donne mes pêches ou mon quatre-quarts ?

— Et un splendide jour de plus chez les marines ! lança Bass. Chez les marines, où chaque jour est une fête, et chaque repas un banquet !

— Perpète ! lança Fredrickson.

— Fidèle, industrieux, épris de liberté, efficace, farouche, répliqua rapidement Bass.

— Connard paresseux et ignare qui attend la retraite, répondit Fredrickson.

Mellas éclata de rire.

— Pas de commentaires de la part des officiers subalternes, bordel ! s'écria Bass.

— Eh bien, ce subalterne-ci va lancer une razzia pour qu'un quasi-sergent-chef puisse prendre un repos bien mérité et suivre la compagnie demain. Alors si vous voulez bien souhaiter bonne nuit à la section pour moi, je vais prendre la radio et me mettre en route.

— À vos ordres, monsieur Mellas ! dit Bass en ramassant une des radios près des ponchos où il allait ériger son abri avec Skosh.

Il la tendit à Mellas et ajouta :

— Vous avez un nom de code ?

Mellas réfléchit un instant.

— Vagin.

— Impossible.

— Pourquoi ?

— On peut pas encombrer les ondes de saletés.

— Y a rien de sale dans les vagins que je connais. Pour les vôtres, je sais pas.

— Vous avez pas vu assez de pays pour savoir à quoi ça ressemble.

Mellas se passa la radio sur une épaule. Il ramassa son fusil.

— Pas besoin de voir du pays pour les reconnaître, dit-il, effronté. C'est eux qui viennent à moi.

— Oh là là !

Mellas rit, mais pour cacher le fait que les railleries de Bass l'avaient blessé. Il était encore vierge à vingt et un ans, et en éprouvait une profonde honte. Anne était la seule femme qu'il avait vraiment connue de façon intime, et elle n'avait jamais voulu avoir de relations sexuelles. Il n'avait pas insisté. Ils roulaient fougueusement sur le lit jusqu'à ce que Mellas éjacule et s'endorme. Lorsqu'il se réveillait, il s'en voulait parce qu'elle ne jouissait jamais comme lui. Une nuit, elle avait avoué se sentir coupable de ne pas accepter de coucher avec lui. Mais lui aussi se sentait coupable : il ne savait pas quoi faire et avait peur de demander.

***

Dans l'escouade de Jackson, l'humeur était sombre. Mallory faisait lentement coulisser d'avant en arrière le verrou de sa mitrailleuse M60 avec un doux cliquetis métallique. Il s'arrêtait périodiquement pour porter les mains à sa tête, comme s'il voulait l'empêcher d'éclater. Williams semblait nerveux. Il ne cessait de passer d'un pied sur l'autre, attachant et détachant de ses grandes mains un bouton, toujours le même, sur sa veste de treillis camouflage.

— Hé, Williams, le taquina gentiment Jackson, ça restera boutonné. T'en fais pas.

Williams sourit, gêné.

— Ouais, c'est vrai.

Il s'arrêta, mais se remit presque aussitôt à le tripoter. Broyer leva les deux pouces pour le rassurer, en se cachant pour que personne ne le voie, et remonta ses lunettes sur son nez. Williams hocha la tête. Un petit sourire glissa furtivement sur ses lèvres.

Parker et Cortell, eux, tourmentaient Pollini, qui s'efforçait maladroitement de réassembler son fusil après l'avoir nettoyé.

— Non, Shortround, faut le mettre de l'autre côté! lança Cortell, son visage rond et joyeux.

— Ouais, de l'autre côté! répéta Parker.

Pollini souriait en essayant de régler son arme, mais il ne cessait de lever les yeux vers les deux autres et ne se concentrait pas sur ce qu'il faisait.

— Ben merde, Shortround, s'écria Parker, tu foirerais même une éjaculation nocturne, tu crois pas!

— Non, pas du tout, lui renvoya Pollini en souriant.

— T'es tellement paumé qu'on devrait te déclarer catastrophe naturelle, sortir ta mère des rues et lui refiler des aides sociales, gloussa Parker.

— Moi, au moins, je me suis pas fait mettre la boule à zéro! rétorqua Pollini.

Parker cessa de sourire. L'expression sur le visage de Pollini trahissait le fait qu'il avait compris son erreur.

Parker avança lentement d'un pas.

— Qu'est-ce tu dis, Blanche-Neige? lança-t-il à voix basse.

Pollini regarda autour de lui, hésitant.

— J'ai dit que moi, au moins, j'ai assez de jugeote pour pas me faire raser le crâne.

Parker sortit son Ka-bar.

— Hé, *man*, dit Cortell, range-moi ce truc.

— Je laisse personne me parler comme à une merde, dit-il à Cortell, toujours concentré sur Pollini. Peut-être que toi et Jésus, oui.

Pollini commença à reculer, cherchant de l'aide. Il tomba à la renverse dans un trou de combat à moitié creusé. Parker fondit instantanément sur lui et lui bloqua la respiration avec les genoux. Pollini se mit à haleter par courtes inspirations inefficaces, le visage contorsionné.

— Qu'est-ce qui se passe, petit Blanc, on a pas assez de jugeote pour respirer?

Parker lui appuya la pointe de son Ka-bar sur la pomme d'Adam. Chaque fois que Pollini tentait de reprendre son souffle, la pointe du poignard s'enfonçait un peu plus.

On entendit chambrer une cartouche, puis la voix de cow-boy de Williams s'éleva calmement dans l'air.

— Parker, je te descends si tu le laisses pas tranquille.

— Ben voilà, rétorqua Parker, le couteau encore sur la gorge de Pollini. Tu protèges ta demi-portion de frangin. (Il regarda autour de lui, en colère.) Et mes frangins à moi, ils sont où, hein ?

Mallory posa sa M60 par terre et sortit son .45 de son étui. Il tira la glissière vers l'arrière et la laissa claquer en avant pour l'armer. Sa main tremblait, mais le pistolet resta braqué sur Williams.

— Ah, voilà ! dit Parker. Comme ça on est à égalité, pas vrai, Williams ?

À cet instant, Jackson intervint.

— OK, vous deux, posez-moi ces saloperies par terre, dit-il doucement. C'est entre Parker et Shortround, pas entre *chucks* et *splibs* que ça se passe.

— Peut-être, mais c'est pas sûr, dit Parker, son couteau toujours sur la pomme d'Adam de Pollini.

— Je retire ce que j'ai dit, lâcha Pollini en un chuchotement tendu et étranglé. Je te voulais pas de mal, Parker.

— Ah non ? Je devrais te couper les couilles pour ce que t'as sorti. Je vais te laisser partir parce que t'es qu'un crétin. Mais j'oublie jamais rien.

Il leva les yeux vers Williams, toujours en position avec son M16.

— Allez, vous deux, dit Jackson en ignorant Parker pour s'adresser à Mallory et Williams. Posez ces merdes. Ce soir, on a une embuscade à tendre.

Puis il avança dans la ligne de tir entre les deux hommes.

Williams décocha vite un regard à Jackson, puis il baissa son fusil et remit le cran de sûreté. Mallory relâcha le chien du .45 vers l'avant.

— Maintenant, c'est plus qu'entre toi et moi, Shortround, déclara Parker. Et je vais te laisser partir parce que t'es vraiment trop con.

Il recula, le sourire aux lèvres, et se leva. Puis il bondit et abattit brutalement sa ranger sur l'estomac de Pollini. Celui-ci cria de douleur, Williams se précipitant aussitôt vers Parker et lui assenant un violent coup de crosse sur le côté du crâne. Parker se retourna lentement en position accroupie et lui décocha un coup de couteau, qui le manqua de peu. Jackson saisit Williams à bras-le-corps pour l'éloigner du couteau de Parker en roulant par terre et projetant le fusil au loin. Puis, toujours au-dessus de Williams, qui se débattait pour se libérer, il tourna la tête vers Parker.

— T'approche pas, connard ! lança-t-il.

Ils entendirent qu'on arrivait en courant.

— Qu'est-ce qui se passe ici, bordel ? cria Bass, son lourd bâton de quillard en main.

Le lieutenant était juste derrière lui.

Parker remit son Ka-bar dans sa gaine.

— Qu'est-ce qui se passe, Jackson, bordel ? répéta Bass.

Pollini avait des haut-le-cœur au-dessus du trou partiellement creusé.

— Rien, sergent Bass, dit Jackson. Williams et moi, on s'est engueulés.

Mellas s'approcha de Pollini.

— Qui s'est engueulé avec Shortround ? demanda-t-il en lui posant une main sur l'épaule. Alors ? Qui ?

— Personne, Sir, répondit Pollini. (Il était plié en deux et des larmes coulaient dans le vomi qui lui dégoulinait du menton.) Je suis tombé dans ce trou, c'est tout. C'est vrai, Sir.

Bass se tourna vers Parker.

— Écoute bien, espèce de fumier...

— Ça ira comme ça, sergent Bass, dit rapidement Mellas.

— Sir, je connais ce pauvre type...

— Ça suffit, je vous dis, sergent Bass !

— Je pourrais le pendre par les couilles.

— On s'en occupera aux heures de bureau. (Mellas regarda autour de lui.) Tous ceux ici présents. Se battre pendant vos heures de service ! On s'en occupera au retour. Bon sang, je vous mettrai tous aux arrêts, tous !

Williams et Jackson se relevèrent. Williams chercha la terre sur son fusil, l'épousseta, actionna la culasse. Pollini se leva avec peine. Bass ramassa le fusil de Pollini maintenant couvert de boue et le lui tendit.

— T'as intérêt à le nettoyer, gronda-t-il.

Il regagna son trou, l'air furieux.

Mellas les regarda tous. Mallory faisait semblant d'inspecter son .45.

— Je me fiche de ce qui a pu se passer, dit-il. On s'en occupera plus tard. On a une embuscade à mettre en place dans une vingtaine de minutes.

Pollini étouffa un gémissement. Son fusil était en deux morceaux.

— Vous allez pouvoir partir en embuscade, Shortround ? demanda Mellas.

— Oui, Sir. (Soudain, il lui adressa un large sourire et leva les deux moitiés boueuses du fusil.) Je pensais le nettoyer bien comme il faut pour qu'il s'ouvre directo lorsqu'on tendrait l'embuscade, Sir.

— Bien vu, Pollini.

— Ouais, il est malin comme tout, le Shortround.

— Arrêtez un peu, Parker ! dit Mellas. Vous avez déjà assez d'ennuis comme ça. (Il se tourna vers Jackson.) Je veux que cette escouade soit prête à partir dans dix minutes. Enlevez-leur tout le brillant du visage.

***

Quand Mellas revint, Cortell était en train de frotter le visage de Pollini avec beaucoup plus de boue et de charbon que nécessaire. Il eut envie de dire quelque chose sur-le-champ, mais il ne tenait pas à faire de favoritisme.

Pollini s'efforçait d'être bonne pâte.

— Hé, lieutenant, s'écria-t-il, dites-lui d'arrêter !

Mellas ne put s'empêcher de rire. Pollini était simplement drôle à voir.

— Allez-y mollo, Cortell, finit-il par dire.

Cortell cessa de frotter aussi fort.

Jackson arriva.

— N'ayez pas l'air si inquiet, lui dit Mellas. Je le suis déjà, ça suffit bien.

Jackson sourit, mais son anxiété restait évidente pour Mellas, qui n'avait pas encore vraiment réfléchi à l'embuscade. Soudain, il se rendit compte qu'il ne savait toujours pas ce qu'il allait faire. Il commença à passer en revue tous les points utiles qu'on lui avait enseignés sur les embuscades : sécurité à l'avant et à l'arrière, points de rassemblement, signaux de lancement, câbles de transmission ou cordons sur lesquels tirer pour les signaux silencieux, zones de tir. Les mécanismes de la mort soudaine étaient aussi complexes que violents.

Les marines de la 3e escouade se rassemblèrent autour de lui et attendirent dans un silence nerveux. Mellas commença à esquisser un schéma.

— Il doit y avoir un tournant quelque part dans le sentier. On va mettre en place une embuscade en L. Mallory, vous serez sur le petit bout du L avec la M60 pointée droit sur le sentier, comme ça, si vous ratez le type de devant, vous descendrez celui juste derrière. Assurez-vous seulement que votre mitrailleuse est fixée au sol pour éviter de tirer hors du sentier dans le noir et de toucher l'un d'entre nous. (Mallory acquiesça d'un signe de tête.) Tilghman, vous serez à côté de moi, avec les fusils. Il va nous falloir deux hommes chacun pour assurer la sécurité à l'avant et à l'arrière. Vous avez une équipe pour ça, Jackson ?

Celui-ci réfléchit quelques instants.

— Ouais. Cortell, tu pourras bien t'allonger dans la cambrousse un petit moment.

Cortell grogna. Son ami Williams s'éclaircit la gorge et plongea le regard dans la jungle. Cortell prit la parole.

— Merde, Jackson, il suffit que t'aies un peu de pouvoir pour te retourner contre tes potes, *pouf*, comme ça ! (Il claqua des doigts. Jackson hocha la tête en guise d'acquiescement et lui sourit. Cortell regarda Mellas.) Qu'est-ce que je peux dire, Sir ?

— Rien. (Mellas attendit quelques secondes.) Qui voulez-vous devant, et qui derrière ?

C'était l'équipe de tireurs de Cortell, le choix lui revenait.

— Je vais prendre Williams à l'avant avec moi. Parker et Chadwick pourront être à l'arrière.

Mellas se sentit soulagé. L'espace d'un instant, il avait craint que Pollini ne soit dans l'équipe de Cortell avec Parker. C'est alors qu'il se souvint : Shortround était dans celle d'Amarillo, le gamin qui répétait obstinément à tout le monde que, si on tenait à lui donner le surnom de « Jaune » en espagnol, autant le prononcer correctement. Bien sûr, personne ne le faisait. C'était devenu une blague récurrente.

— Bon, d'accord. Personne ne bouge ou ne tire avant moi. Si l'unité est trop importante pour nous, je fais profil bas et je prie le ciel qu'elle nous passe devant sans rien faire. (Il se tourna vers Cortell.) L'avertissement, ce sera trois petits coups sur le câble. On en donnera trois de notre côté. Ensuite, vous tirerez sur le cordon une fois pour chaque homme qui passera. Pareil pour vous, Parker. Tout le monde a compris ? (Ils hochèrent tous la tête.) OK. Je vais désigner la zone de rassemblement, à environ vingt mètres du sentier. On se mettra en position à partir de là. Et on s'y rejoindra à la fin. Au cas où vous seriez séparés, on attendra dix minutes. Si vous n'êtes toujours pas là, on partira du principe que vous avez été touché. Ne bougez pas. On viendra vous chercher, quitte à mobiliser toute la compagnie.

— Le code pour ce soir est Singe-Chat, dit Jackson. Alors si l'un de vous autres se paume, gueulez « Singe » avant de commencer à revenir.

Il sourit. Williams et Amarillo laissèrent échapper de brefs éclats d'air, presque des rires. Avec la nuit qui gagnait du terrain, les voix tout autour du périmètre faiblissaient pour n'être plus que des chuchotements.

Mellas regarda le groupe autour de lui. Tous portaient des doublures de poncho, des munitions et des grenades. Ils avaient le visage noir et le couvre-casque chiffonné ou rabattu sur la figure. On ne mettait pas de casques pour les embuscades, car cela rendait les silhouettes trop reconnaissables.

Lorsque l'escouade défila devant les trous dans la pénombre, le reste de la compagnie creusait encore. Mellas sélectionna un site d'embuscade environ deux cents mètres plus loin sur le sentier avant de localiser la zone de rassemblement, tous se mettant en position en silence et déroulant le câble de main en main jusqu'aux équipes de sécurité. Mellas choisit une partie très touffue de la jungle, légèrement en pente, dans l'idée qu'un type qui monterait en portant quelque chose avancerait probablement la tête baissée et en respirant fort, ce qui le rendrait plus facile à voir et à entendre. Le sentier tournant brusquement, Mallory et Barber, son ravitailleur, positionnèrent la mitrailleuse dans le virage. Mellas se plaça au milieu du côté le plus long du L, à côté de Jackson, qui avait pris la radio. Tous s'installèrent pour attendre.

Il commençait à faire nuit : obscurité noire, aveugle. Mellas n'arrivait plus à distinguer le sentier en face. Les ténèbres semblaient descendre des nuages et peser sur lui. Il entendait respirer Jackson. Sa montre faisait un bruit de réveille-matin. Il essaya de la fourrer sous son ventre, mais ce geste étant bruyant lui aussi, il s'interrompit.

Et se dit que si les soldats de l'APVN entendaient sa montre, ils méritaient de vivre. Mais méritaient-ils de mourir pour autant s'ils ne l'entendaient pas ? C'était un jeu à somme nulle. Un camp gagnait uniquement si l'autre perdait. Mellas commençait à s'endormir.

Luttant pour rester alerte, il tira une fois sur le câble. Tout le monde est réveillé ? Un petit coup lui fut renvoyé de part et d'autre. Tout le monde était réveillé. Il frissonna. Foutu froid, foutue obscurité. Ténèbres impénétrables. Il n'y voyait rien. Il sentit le brouillard se poser près du sol de la jungle épaisse en murmurant autour d'eux. La radio, réglée sur la fréquence de la compagnie au volume le plus bas, émit un sifflement discret.

— Si vous êtes tous à l'abri, appuyez deux fois sur le bouton du combiné.

C'était Bass à la radio, là-bas, à l'intérieur de la position de la compagnie. Mellas appuya deux fois après avoir pris le combiné de Jackson, qui s'était allongé suffisamment près pour pouvoir le lui faire passer. Il faisait si sombre que Mellas avait l'impression de suffoquer. Il ne voyait pas Jackson alors même qu'il pouvait le toucher. Il appuya la tête sur le dessus froid et mouillé de rosée de son fusil, en sentit l'acier frais et apaisant contre son front. Le reste de son corps lui faisait mal à cause du froid et de l'humidité. Plus que six heures avant l'aube. Il aurait aimé être de retour sur la colline, ou chez lui, dans son lit, avec les arbres qui bruissaient devant sa fenêtre. Le bus de ramassage scolaire va bientôt arriver. Maman a déjà préparé le petit déjeuner.

Un hurlement angoissé tira Mellas de sa torpeur, et fut immédiatement étouffé. Il provenait du poste de sécurité avancé.

— C'est quoi ce bordel ? chuchota Mellas.

L'escouade tout entière s'était tendue. Il sentait la présence des autres, mais personne ne voyait quoi que ce soit. Ils entendirent comme un grognement, une toux bourrue qui glaça Mellas de part en part, puis des craquements de broussailles. Et puis rien. Soudain, le câble sur le poignet de Mellas s'agita furieusement ; il n'y avait aucun ordre, juste quelqu'un qui tirait comme un fou. Puis ils entendirent la voix de Cortell. Il était proche de l'hystérie, mais avait tout de même la prudence de chuchoter.

— J'arrive. J'arrive. Oh, mon Dieu. Oh, Seigneur Jésus. (Ils l'entendirent avancer en rampant et se heurtant aux broussailles dans le noir. Il s'efforçait de suivre le sentier.) Oh, Seigneur Jésus-Christ. Lieutenant ? Jackson ? Vous êtes où ?

— Par ici, Cortell, dit Mellas à voix haute en s'efforçant de maîtriser sa peur.

Le réseau radio prit brusquement vie. Toute la compagnie avait entendu le hurlement, et Fitch essayait de comprendre ce qui se passait.

— C'était nous, répondit Mellas. Je ne sais pas encore ce qui est arrivé. On abandonne la razzia. À vous.

— Bien reçu.

Quelqu'un tendit le bras et attrapa Cortell. Il respirait par petits halètements. Jackson et Mellas rampèrent en direction du bruit, Mellas gardant le combiné à la main et Jackson ouvrant la voie, la radio sur le dos. Tous deux avaient encore leurs doublures de poncho enroulées autour d'eux.

— Hé, *man*, dit Jackson, qu'est-ce qu'il y a ?

— Oh, mon Dieu, Jackson, c'est Williams, hoqueta Cortell. Il s'est fait choper par un tigre.

— Il s'en est sorti ?

— Il l'a bouffé, *man*. Il a bondi et l'a tiré pour le bouffer. Seigneur Dieu, on était allongés par terre et, tout à coup, Williams se met à gueuler et j'entends ce tigre le cogner sur le cou ou je sais pas quoi, et après, il lui croque carrément la tête. (Mellas ne pouvait pas voir Cortell pendant qu'il parlait, mais sa voix communiquait toute son horreur.) Oh, Seigneur Dieu, doux Jésus.

Jackson avança, agrippa Cortell et lui parla à voix basse.

— Allez, *man*, ça va aller. Tu peux rien y faire. Hé, *man*, calme-toi, hein ? Reste cool.

Mellas pressa un bouton sur le combiné.

— Bravo, ici Bravo Un Autorité. Notre homme de sécurité a été attaqué par un tigre. On pense qu'il est mort. On n'y voit que dalle. À vous.

— Nom de Dieu ! répondit la voix de Fitch. Essayez de le retrouver. Il s'est peut-être seulement fait lacérer. À vous.

— Je vous dis qu'on n'y voit que dalle par ici. Je vois même pas ma propre radio, et je suis en train de m'en servir, bordel. À vous.

— Bien reçu. Un instant.

Mellas attendit, sans rien voir.

— Jackson, dis à tout le monde de ne pas bouger et de tendre l'oreille. Fais revenir Parker et Broyer.

— D'accord, Sir.

Jackson se débarrassa de la radio et s'éloigna en rampant, se fiant au câble pour se guider.

— Ça va, Cortell ? demanda Mellas dans le noir.

— Oui, Sir, fit la voix de Cortell. Maintenant, ça va. Mon Dieu, Sir, j'espère qu'il est pas mort, mais j'ai entendu sa tête qui lâchait. Je crois qu'elle a éclaté, Sir.

La radio cracha un bouquet de parasites. La voix de Fitch s'éleva du combiné.

— On peut vous lancer quelques obus éclairants. Peut-être que ça fera peur au gros chat et que vous pourrez retrouver votre homme. À vous.

— Ça me paraît bien. Allez-y. À vous.

— Bien reçu. À vous.

Mellas trouvait déplacées les procédures de routine comme les communications radio. Mais jamais elles ne changeaient, même si un tigre attaquait. Il n'aurait pas été certain de la présence de personnes autour de lui sans les bruits de respirations.

— Eh bien, chuchota-t-il dans le néant, on a rien d'autre à faire qu'attendre. Ça sert à rien de se disperser.

Ils patientèrent cinq minutes. Puis Fitch dit « Tir » dans la radio.

— Tir. À vous, répéta Mellas.

Bientôt, ils entendirent le sifflement bizarre de l'obus éclairant. Haut dans les airs, vers le sud, le petit parachute se déploya dans un claquement sec. Ils perçurent alors le sifflement du phosphore qui brûlait. Le sentier et la jungle prirent un relief étrange et tremblotant. Les visages de Jackson et de Cortell brillèrent à travers la boue et le charbon qui les recouvraient. Jackson enfila de nouveau les sangles de la radio et Mellas se leva.

— On y va. Cortell, pars devant.

Cortell ouvrit la marche, prêt à tirer, Mellas juste derrière lui, suivi de Jackson et des autres.

Ils arrivèrent à l'endroit où Cortell et Williams s'étaient allongés. Le sol était légèrement aplati, et il restait leurs deux doublures de poncho, ainsi que le fusil de Williams. Il y avait une tache sombre de sang sur l'herbe.

Ils entendirent partir un autre obus éclairant, qui siffla, invisible, avec le bruit d'un petit feu d'artifice du quatre juillet. Tout fut de nouveau plus clair. Tandis que l'obus retombait, des ombres vagues et diffuses changèrent de position.

Ils trouvèrent presque immédiatement le couvre-casque de Williams. Il était mouillé et taché de sang. Et déchiré de part en part. Mellas se demanda si les tigres défendaient leur nourriture, et jusqu'où ils la traînaient pour la manger. Ils continuèrent de chercher, apercevant de temps à autre un peu de sang. Ils tirèrent quelques coups de feu pour effrayer le tigre. Ils avaient parcouru une centaine de mètres lorsqu'ils trouvèrent le corps de Williams. Ses jambes et son dos avaient été déchirés et partiellement dévorés. Apparemment, il avait été tué d'un unique coup au crâne qui lui avait rompu la nuque. Des entailles de longues dents acérées s'enfonçaient profondément dans son visage et ses tempes.

Ils enroulèrent le fouillis humain dans la doublure de poncho de Williams et remontèrent le sentier vers la compagnie en suant et trébuchant dans la lumière sinistre.

CHAPITRE 7

Jusqu'à l'aube, Fitch supplia qu'on lui envoie un hélicoptère. Mais aucun ne circulait. La pluie et le brouillard avaient interrompu les opérations de toute la partie du I Corps établie au nord. Rechercher la compagnie Bravo dans les montagnes aurait été suicidaire. L'ordre de faire sauter la cache de munitions tenait toujours.

L'escouade tira à la courte-paille pour se partager la nourriture et les munitions de Williams. Pollini remporta sa doublure de poncho.

Fredrickson et Bass sanglèrent le corps de Williams à l'aide de câbles de transmission pour en maintenir les lambeaux déchiquetés ensemble. On aurait dit du bœuf dans une chambre froide, le sang durci mêlé à la peau pâle et à la viande exposée. Ils lui lièrent étroitement les chevilles, les genoux, les coudes et les poignets, et lui enveloppèrent le torse dans un poncho en laissant dépasser les bras et les jambes. Ces derniers furent ficelés autour d'une longue perche afin de pouvoir transporter le corps qui tanguait en dessous. Fredrickson attacha la tête de Williams avec du câble métallique – elle pendouillait à l'intérieur du poncho et risquait de faire perdre l'équilibre aux porteurs.

Tandis que la section attendait, assise, que l'unité de Kendall quitte le périmètre en file indienne et ouvre la marche, suivie des hommes de Goodwin, Hawke s'assit en silence à côté de Bass et de Mellas. L'officier adjoint suivait toujours la dernière section de la colonne, en position du mitrailleur de queue, afin de réduire les risques d'être tué en même temps que le chef. Tous sentaient la présence du corps de Williams dans son cocon vert olive.

— Pourquoi c'est pas tombé sur un de ces connards de bons à rien ? demanda Bass.

Sa mâchoire se mit à trembler. Il se leva rapidement et cria à Skosh de se bouger le cul.

Mellas regarda Hawke.

— Parce que le monde n'est pas juste, répondit-il calmement.

— C'est comme ça, ajouta Hawke.

Les soldats de tête de la 1re section finirent par se mettre en marche, en rang derrière la dernière équipe de tireurs de Goodwin. Mellas prit la route, hébété, remerciant le ciel de ne pas être en charge de l'itinéraire.

Il passa la pile de réserves de nourriture laissées pour Delta. Puis, brutalement, il fut au cœur de la jungle. Toute l'histoire de leur séjour – les trous qu'ils avaient creusés si laborieusement, les bivouacs qu'ils avaient installés, l'endroit où il s'était fait chauffer une tasse de chocolat en discutant avec Hawke et Hamilton, celui où il avait pissé –, tout était soudain englouti si complètement que ses souvenirs semblaient n'être que des rêves, et non la réalité. La compagnie n'avait pas laissé plus d'empreinte sur la jungle que le sillage d'un navire sur la mer.

***

Dès le deuxième jour, le corps ne fut guère plus qu'une gêne. Le ventre avait gonflé, des gaz s'échappaient occasionnellement d'un trou ou de l'autre. La rigidité cadavérique s'était installée. Les gamins qui le portaient le maudissaient à voix basse lorsqu'ils trébuchaient ou glissaient.

— Tu fais chier, Williams, espèce de gros *poag*, de même pas *grunt*. T'as toujours trop bouffé.

Chaque fois que la compagnie débouchait dans un espace suffisamment ouvert, Fitch réclamait qu'un hélico fasse descendre un crochet et les débarrasse du corps. Mais on lui donnait toujours la même réponse : non, quoique toujours pour une raison différente. Il y avait d'autres priorités. De mauvaises conditions météorologiques. Une fois, on leur envoya un Huey, mais avec les nuages bas et la pluie qui fouettait les arbres, le petit hélicoptère ne put les localiser, et encore moins s'approcher suffisamment du sol pour dérouler une corde.

Alors les porteurs ramassaient Williams en jurant, et celui-ci reprenait le chemin avec eux en se balançant comme un cerf mort, les mains décolorées, gonflées et boursouflées de part et d'autre du câble. La peau avait commencé à se détacher de ses muscles et à glisser le long des doigts et des bras pour s'accumuler aux jointures et aux coudes, translucides et plissés comme des gants chirurgicaux abandonnés.

Dans l'obscurité, sous la pluie, ils le déposaient à la lisière du périmètre, derrière le secteur de la 3e escouade. Lorsqu'il était de garde,

Cortell parlait doucement au cadavre, en se rappelant ce que Mama Louisa lui avait dit, là-bas, à Four Corners – que l'âme attend parfois trois ou quatre jours avant de s'en aller, le temps de se faire à l'idée qu'elle est morte.

***

La troisième nuit, Cortell rampa vers le corps et posa les mains sur la bosse qui était sa tête.

— Williams, je suis désolé, dit-il. J'aurais pu faire autre chose que courir. Je savais pas. J'avais si peur ! Tu sais comme on peut avoir peur des fois. Toi et moi, ça nous est déjà arrivé. Tu sais. Je suis désolé, Williams. Putain, ce que je suis désolé !

Et il se mit à sangloter.

Jackson, dans la fosse d'à côté, rampa sur le sol, l'éloigna doucement du cadavre et le poussa silencieusement vers son trou de combat en lui demandant d'arrêter. Les sanglots, trop distincts, donnaient une idée précise de la position du périmètre.

Et c'est vrai, au quatrième jour, ce qui était suspendu à la perche n'avait plus d'âme. Et puait.

***

Plus tard dans l'après-midi, la compagnie fut arrêtée net. Tous s'assirent en position de défense intérieur-extérieur et s'adossèrent avec lassitude à leur sac à dos. Ils burent à la gourde une eau au goût de plastique, ou entreprirent de s'enlever les sangsues. Quelques-uns s'assoupirent. Il apparut bientôt, d'après ce qu'on entendait de la conversation radio, que le lieutenant Kendall s'était encore perdu.

Mellas sortit sa carte. Il n'y avait nulle part où se repérer. Les nuages dissimulaient tout ce que la jungle ne cachait pas. Il reconstitua soigneusement leur parcours pour estimer approximativement leur position. Enfin, quand il en eut assez, il s'extirpa de son sac et redescendit la rangée de marines fatigués, jusqu'à Hawke et Bass.

Hamilton ne se leva pas pour l'accompagner. Il ferma les yeux et s'endormit.

Mellas trouva Bass et Hawke déjà occupés à se faire chauffer du café dans la vieille boîte de poires que Hawke transportait toujours attachée à son sac pour l'avoir à portée de main. Accroupi à la vietnamienne sur le sentier, près du C4 qui brûlait, il leva les yeux.

— Merde, tu me fais marcher ou quoi, Mellas ! (Il se tourna vers Bass.) J'arrive pas à croire qu'il ait senti l'odeur du café depuis l'avant de la colonne !

— C'est marrant, tiens, répliqua Bass. Je l'ai jamais vu se faire sa propre tasse de café, mais il sait toujours quand quelqu'un d'autre est en train d'en préparer.

Mellas éclata de rire et s'assit dans la boue avec eux. Il commença à déplier sa carte. À cet instant, une voix brouillée de parasites s'éleva de la radio accrochée à la sangle du sac de Skosh. C'était Kendall.

— Autant que je sache, Bravo Six, on est à… (Il y eut une pause.) … Depuis Chevrolet, un virgule deux vers le haut et trois virgule quatre à droite. À vous.

La voix tendue de Fitch revint.

— Reçu.

Fitch avait déjà accumulé une journée complète de retard avant le prochain point de contrôle qui leur avait été imposé par le lieutenant-colonel Simpson.

Mellas tira la carte pour que Bass et Hawke puissent la consulter. Le code radio de la journée puisait dans les noms de voitures pour les comptes rendus de position. Il trouva les coordonnées de Chevrolet fixées à l'avance, et retraça la position donnée par Kendall.

— Il est fou ! Il faudrait qu'on ait déjà traversé cette ligne de crête ! On est près de ce lit de rivière, même si on ne l'a jamais vue. Ça se sent à l'inclinaison du sol.

Hawke étudia la carte, grogna en guise d'acquiescement, et apporta la dernière touche à son café.

La radio reprit vie lorsque quelqu'un pressa un bouton sur le combiné. Dans le silence de la jungle, ils entendirent tous distinctement la personne respirer.

— Je ne pense pas, Bravo Trois. (C'était Fitch.) Je nous vois à un *klick* à peine vers le sud, près de la ligne bleue. À vous.

Il y eut un long silence. Une seule erreur, et ils risquaient de tomber sous l'attaque de leur propre artillerie. Pis, ils auraient peut-être à marcher plusieurs heures de plus.

— Quelle buse ! lança Mellas.

Hawke but une gorgée de café et tendit la tasse à Bass, qui en prit une grande lampée et passa à Mellas, qui fit de même avant de donner le breuvage à Skosh. Mellas sentit le liquide le brûler délicieusement jusqu'à l'estomac, où il irradia tout son corps de chaleur. Partager cette tasse faisait du bien. C'était un peu comme faire tourner un joint.

Hawke but une nouvelle gorgée, posa la boîte fumante sur la boue et s'empara du combiné.

— Bravo Six, ici Bravo Cinq. À vous.

— Ouais, Cinq, répliqua Fitch.

— Bravo Un Autorité et moi, on est avec Bravo Un Aux, et selon nous, vous avez merdé tous les deux. On se trouve à zéro virgule trois vers le bas, et quatre virgule cinq à droite. À vous.

La voix de Daniels crépita dans le combiné.

— Affirmatif, chef.

Il y eut un bref silence, puis Fitch revint à l'appareil.

— OK, je veux bien. C'est reçu, Bravo Trois ? À vous.

— Reçu cinq sur cinq, dit Kendall. Si c'est bien notre position, il va falloir qu'on rebrousse chemin et qu'on sorte de ce petit défilé parce qu'on est partis dans la mauvaise direction. À vous.

— Putain de merde, marmonna Bass.

— Bravo Deux, ici Bravo Six. Vous avez reçu notre position ? À vous.

— Putain, ouais, Jack. À vous.

— Écoute, Scar, je sais que vous n'êtes pas censés prendre la tête avant demain, mais tu crois que vous pourriez ouvrir la voie cet après-midi, histoire que Trois intègre la queue de la colonne lorsqu'on passera ? À vous.

Il y eut une courte pause pendant que Goodwin mettait en balance la requête et le danger supplémentaire.

— OK, Jack. Bravo Deux terminé.

Mellas quitta Hawke et Bass pour se frayer un chemin vers Hamilton, qui lui tendit le combiné.

— Le chef veut vous parler, dit-il.

Au ton de sa voix, Mellas sentit que quelque chose n'allait pas.

— Bravo Six, ici Bravo Un Autorité. À vous.

— Bravo Un, vous étiez où, bordel ? Vous n'allez nulle part sans votre radio. C'est clair ? Bien reçu ? À vous.

Mellas rougit et jeta un regard furieux vers Hamilton, qui avait détourné les yeux et ajustait la lourde radio sur son dos.

— Reçu cinq sur cinq.

Mellas savait que tous ceux qui étaient sur le réseau étaient désormais au courant de son erreur. Il rendit le combiné à Hamilton sans un mot.

— J'aurais dû venir avec vous, marmonna Hamilton. Désolé, Sir. Je ne vous laisserai plus tomber.

— Désolé ne suffit pas, aboya Mellas. (Il tendit la main pour attraper son sac, le hissa péniblement sur son dos, rajusta ses cartouchières et avala une grande gorgée d'une eau saumâtre traitée à l'Halazone.) Et puis, merde! J'aurais dû le savoir, ajouta-t-il.

Et il tendit sa gourde ouverte à Hamilton.

Goodwin en tête, la compagnie Bravo reprit son avancée titubante. Bientôt, elle dépassa les marines de la section de Kendall, qui, l'air écœuré et prêts à faire feu, se vautraient dans les basses broussailles en regardant le reste de la compagnie défiler devant eux. Maintenant que la section de Goodwin était devant, ils avançaient plus vite, mais ce n'était toujours pas suffisant pour le colonel Simpson ni pour le major Blakely, qui se mit à réclamer de Fitch un compte rendu de position presque toutes les heures.

***

À la tombée de la nuit, la compagnie était encore à quatre kilomètres du site de munitions. Le colonel fit savoir par radio qu'il fallait les avoir détruites avant midi le lendemain, faute de quoi il démettrait Fitch de ses fonctions. Ce dernier se retrouvait donc face à l'option qu'il redoutait : faire descendre la compagnie dans la vallée et suivre le sentier où Alpha s'était fait prendre en embuscade.

En contrôlant les trous ce soir-là, Mellas sentit un changement subtil dans l'atmosphère. Une poche d'air chaud, isolée dans la mousson, se dirigeait lentement vers la mer de Chine. Lorsqu'ils repartirent le lendemain matin le long de la haute ligne de crête qui offrait un peu de vent et la fraîcheur de l'altitude, l'air leur fit l'effet d'une couverture de laine qu'on leur aurait tirée sur la tête.

Ils durent sortir les cordes pour descendre vers le sentier. Les mains pleines de cloques et rougies par les brûlures, ils se balancèrent le long de falaises escarpées avec de lourds chargements sur le dos. La transpiration leur piquait les yeux. Les esprits s'échauffaient. Mellas avait l'impression de faire une crise d'asthme dans une voiture mal ventilée.

Au bout de deux heures, ils atteignirent le sentier qui traversait le fond de la vallée. Celui-ci formait un étroit tunnel boueux au milieu de l'épaisse verdure. La lumière pénétrait à peine le plafond de végétation qui les dominait. Goodwin fit signe aux deux Kit Carson de devant, et la compagnie s'ébranla. Leur vitesse de progression fut vite près du double de ce qu'elle avait été hors sentier… mais le danger aussi.

Ils n'avaient plus à se frayer de chemin dans les broussailles et les bambous à coups de machettes, mais la peur d'une embuscade les incitait encore à avancer avec une lenteur atroce. Mellas se demandait, rageur, en quoi faire sauter le dépôt à midi était préférable à le faire le soir. Il aurait aimé être là-haut, sur la ligne de crête, où il y avait plus de fraîcheur et de sécurité, et où l'avancée n'aurait guère été plus lente.

Deux heures plus tard, la section de Goodwin quitta le sentier pour permettre à celle de Mellas de passer devant. Lorsqu'il croisa Goodwin, Mellas était trop accablé par la fatigue et la chaleur pour faire autre chose que lever les yeux au ciel, la langue pendante.

— Bordel, t'as pas tort, Jack, dit Goodwin à un volume presque normal.

On aurait dit qu'il avait parlé très fort. Ceux qui l'entendirent sourirent.

Une heure plus tard, toute la colonne s'était arrêtée. Les gamins se tenaient en silence dans la chaleur, en sueur, puants, ne voulant plus avancer mais souhaitant malgré tout en finir avec cette journée. Puis quelques-uns s'assirent. Bientôt, la colonne tout entière se retrouva à faire une pause sans que personne n'en ait donné l'ordre.

Fitch s'avança.

— Qu'est-ce qui se passe, bordel ? demanda-t-il.

Mellas n'en avait aucune idée. Il se rendait compte qu'il aurait dû savoir. Il avança en rampant, déterminé à revenir dans les bonnes grâces de Fitch. Il arriva à la hauteur de Jackson. Jackson ne savait pas non plus. Mellas continua, Hamilton à quatre pattes derrière lui. Une petite clairière s'ouvrit devant eux. Les deux Kit Carson se faisaient à manger en écoutant leur transistor.

Mellas était furieux. Le marine de tête avait dû les voir s'arrêter, mais ce n'était pas lui qui avait reçu l'ordre d'ouvrir la marche. Cette malchance était tombée sur les Kit Carson. Il n'avait pas tenu à se porter volontaire pour leur passer devant et risquer de se faire tuer, surtout que cela aurait signifié traverser une clairière ouverte. Si les Kit Carson n'étaient pas censés se faire à manger, alors un officier finirait bien par se demander pourquoi toute la colonne s'était arrêtée et viendrait enquêter… et c'est ce qui arriva.

Mellas quitta à grandes enjambées le couvert de la jungle et entra dans le petit carré de lumière.

— Allez vous faire foutre, connards de Jaunes ! (Il donna un coup de pied dans la casserole d'eau, répandant le C4 en combustion.) Je veux plus vous voir, bordel ! (L'un d'eux tendit la main vers la casserole, l'autre vers son fusil. Mellas était trop en colère pour se sentir menacé.) Sortez d'ici, putain ! hurla-t-il en les poussant vers l'arrière. Retourne au PC, espèce de crétin. À l'arrière. Moi pas vouloir toi. Toi num'lo dix.

Il informa Fitch par radio qu'il renvoyait les Kit Carson à l'arrière et qu'il ne voulait plus les voir en tête.

— Je veux plus que des saloperies de déserteurs viennent foutre le bordel chez mes hommes ! hurla-t-il dans le combiné.

Fitch soupira.

— Faites-nous avancer, c'est tout. OK ? Terminé.

Le mépris de Mellas envers tout ce qui était vietnamien grandit encore.

Fitch envoya Arran et Pat vers l'avant, dans l'espoir que le flair du chien aide à accélérer les choses. Ce ne fut pas le cas.

***

Une heure plus tard, Mellas vit Mallory assis au bord du sentier ; sa mitrailleuse sur les genoux, il se tenait la tête et gémissait de douleur.

— Allez, Mallory, dit-il. On n'a plus que quelques heures à tenir, après on fait sauter cette saloperie et on se tire de là.

La colonne défila devant eux avec lassitude.

— J'ai mal à la tête, lieutenant, répondit Mallory en hurlant presque.

— Je sais. On va essayer de te trouver un psy. Il pourra peut-être t'aider.

Une plainte sonore s'échappa de Mallory avant qu'il ait pu l'étouffer.

— Un psy ? Putain, *man* ! Je vous dis que j'ai mal. Je suis pas dingue.

Mellas lui tendit la main. Mallory se releva péniblement, puis il remonta dans le sentier et s'efforça de reprendre sa position dans la colonne.

Quelques minutes plus tard, ils furent de nouveau arrêtés net. Personne ne savait pourquoi. Mellas avait envie de s'asseoir pour boire de l'eau. Une sangsue avançait vers lui à tâtons, une extrémité ancrée au sol, l'autre arquée vers le haut, humant aveuglément l'air. Mellas se mit à la torturer avec son flacon d'insecticide. Écœuré de lui-même, il la tua avec sa ranger.

Hamilton s'approcha et lui tendit le combiné.

— C'est le chef, dit-il.

Fitch parlait d'un ton irrité.

— Qu'est-ce qui nous retient encore ? À vous.

— J'essaie de le savoir, répondit Mellas en mentant.

— Ouais, grouillez-vous.

Mellas se releva tant bien que mal en grognant. Hamilton le suivit. Ils retrouvèrent Jacobs, dont l'escouade était désormais en tête.

— C'en est où ? murmura Mellas.

— P-Pat a donné l'alerte.

— Ça vous arrive jamais de faire passer le mot ?

— D-désolé, Sir.

Il échangea un bref regard entendu avec Hamilton. Mellas les prit en flagrant délit. Encore un lieutenant grincheux.

Il se calma et avança, Hamilton se traînant derrière lui en transpirant sous le poids de la radio. Ils rejoignirent le chien et Arran. Ce dernier s'accroupit près de Pat, dont il tenait le cou épais, prêt à tirer. Le chien tirait la langue. Ses poumons travaillaient rapidement, s'efforçant d'évacuer la chaleur. Une de ses oreilles rouges était pliée en deux, comme flétrie.

— Petite alerte, Sir, chuchota Arran. Robertson et Jermain sont en train d'y jeter un coup d'œil. (Il y eut une pause incertaine.) Euh, Sir… Pat est à bout. Ça va faire deux heures qu'on ouvre la marche.

Mellas se contenta de hocher la tête et continua d'avancer, se sentant plus exposé à chaque pas. Il retrouva Jermain, le tireur de M79 qui, face contre terre sur le sentier, s'efforçait de voir au travers du bambou épais qui les entourait. Mellas et Hamilton rampèrent jusqu'à lui.

— Où est Robertson ? chuchota Mellas.

Robertson était le chef de la 1re équipe de tireurs de Jacobs.

Jermain, rouge de chaleur et d'excitation, tourna la tête vers lui et mima un grand arc avec ses mains. Robertson avait choisi de se déplacer pour prendre l'ennemi potentiel par-derrière.

— Il est parti seul ? murmura Mellas.

Jermain acquiesça d'un signe de la tête et haussa les épaules, le regard encore braqué devant lui. Mellas fut frappé par le courage de Robertson.

La radio siffla. Hamilton se dépêcha d'assourdir le combiné dans sa chemise, mais il écouta. Il tapota la ranger de Mellas.

— C'est le chef. Il veut savoir ce qui nous retient.

Mellas s'empara du combiné.

— Bravo Six, on est en train de vérifier, bordel. À vous.

Il avait à peine maîtrisé le volume de sa voix.

— Reçu, Bravo Un. Big John me tanne pour qu'on fasse sauter les munitions. Je vous laisse cinq minutes de plus. À vous.

— Bien reçu. Terminé. (Mellas rendit le combiné à Hamilton.) Le colonel est pressé, l'informa-t-il d'un ton amer. On se remet en marche, Jermain.

Le soldat se retourna vers lui pour le regarder, surpris.

— On doit couvrir Robertson, dit-il, exaspéré. Il faut bien que quelqu'un s'en préoccupe.

Mellas commença à ramper pour dépasser Jermain, qui respira un grand coup et le doubla en rampant, son honneur mis au défi.

— Jermain ? lança une voix dans la jungle devant eux.

— Ouais. Je suis là, répondit Jermain à voix basse.

Il y eut un bruissement dans les broussailles et le visage couvert de sueur de Robertson apparut. Il avançait accroupi, comme un canard.

— Ah, salut, lieutenant, dit-il en souriant.

Il resta là, baissé, son petit corps replié, l'air parfaitement à l'aise.

Mellas se tourna vers Hamilton.

— « Salut, lieutenant », qu'il me dit ! (Il hocha la tête et regarda Robertson.) T'as vu quelque chose ?

Robertson fit non de la tête, manifestement indifférent au ton sarcastique de Mellas.

— Mais j'ai comme l'impression qu'ils sont juste devant nous et qu'ils nous ont à l'œil.

Mellas redevint sérieux.

— Pourquoi tu dis ça ?

— Je sais pas. C'est des petits trucs. Je le sens, c'est tout.

Mellas attrapa le combiné de la radio.

— Bravo Six, ici Bravo Un Autorité. Résultats négatifs ici. Je permute les escouades et on va repartir. J'envoie Arran à l'arrière. Pat n'en peut plus, et le grand Victor (il parlait de Vancouver) va ouvrir la marche de toute façon. À vous. (Fitch accusa réception, et Mellas se redressa sur le sentier.) Faites passer le mot vers l'arrière pour que l'escouade de Conman vienne vers l'avant. Toi, prends la queue avec tes gars, dit-il à Jake. Dis à Arran d'attendre l'arrivée du groupe du PC.

Peu après, on vit le grand corps de Vancouver avancer dans le sentier, sa M60 modifiée autour du cou. Connolly se trouvait juste deux hommes derrière lui. Mellas expliqua la situation et l'impératif de rapidité à l'équipe de tireurs de tête et à Connolly.

— Mais ne va pas plus vite que tu le sens, Vancouver, précisa-t-il. Je me fous de savoir à quel point le colonel a hâte de déplacer ses petites punaises sur la carte.

— Compris, Sir.

***

Vancouver examina le sentier, le scrutant constamment, ses yeux se crispant sous la tension. Emprunter un sentier pour gagner du temps, il le savait, c'était une invitation à l'embuscade. Et Robertson avait flairé quelque chose. C'était un bon chef d'équipe et il tournait dans le coin depuis un bout de temps. S'il se montrait prudent, c'est qu'il y avait une bonne raison. Mais lorsqu'on est en tête de colonne, on a toujours de bonnes raisons de l'être, même s'il n'y a pas besoin de se dépêcher. L'homme de pointe est tout seul. Peu importe qu'il y ait une équipe de tireurs ou tout un bataillon derrière lui. Il ne voit personne, rien que des ombres. Derrière chaque tournant se cache la menace d'une embuscade éventuelle, et ce sera lui le premier à partir. Ou, si les auteurs de l'embuscade sont particulièrement doués, ils le laisseront passer et l'isoleront des autres en ouvrant le feu sur le lieutenant et l'opérateur radio. C'est comme de faire une trentaine de mètres sur une étroite planche en bois qui ploie sous son poids, avec le vent qui souffle en rafales sporadiques de différentes directions. Aucune aide. Pas de corde. Pas d'ami sur lequel compter. Et l'homme de pointe a les yeux bandés par la jungle. Tout est brouillé par de minuscules bruits derrière lui, tout lui masque le seul qui pourrait le sauver. Il a envie de hurler à tout l'univers de se la fermer. Il transpire des mains, et s'inquiète de ne pas pouvoir appuyer sur la détente. Il a envie de pisser, même s'il vient de le faire il y a cinq minutes. Le cœur lui martèle la gorge et la poitrine. Il doit attendre une éternité avant que le chef d'escouade ne décrète qu'il est temps de permuter et d'être de nouveau en sécurité.

Vancouver cessa de réfléchir. La peur et le fait d'être à découvert chassaient toute pensée de son esprit. Il ne restait plus que la survie.

***

Un fragment de bambou bizarrement courbé, une dizaine de mètres plus loin sur le sentier, provoqua la bouffée d'angoisse qui le sauva. Vancouver tomba à genoux et ouvrit le feu. Le grondement de la mitrailleuse et les douilles brûlantes qui giclaient mirent le monde silencieux de la jungle sens dessus dessous. Tout ne fut plus que mouvements : les marines quittèrent le sentier en roulant pour chercher refuge dans le feuillage, se précipitant, priant, rampant pour sauver leurs peaux. Vancouver ne voyait que des ombres, mais celles-ci lui hurlaient dessus avec des fusils automatiques AK-47. Des balles lui passaient devant en tournoyant sur le sentier, faisant voler la boue et labourant l'endroit où se tenaient les marines un fragment de seconde plus tôt. Connolly roula dans les broussailles et atterrit sur le dos, son M16 serré contre la poitrine. Il retenait ses tirs, comme ils en avaient discuté tant de fois.

La M60 à canon scié cessa de tirer. La bande était vide. Vancouver plongea sur le côté du sentier, Connolly y roulant sur l'estomac. Celui-ci déchaîna son automatique à l'instant même où un Viet émergeait du mur de jungle pour exécuter Vancouver. Ses balles l'atteignirent en pleine poitrine et au visage. L'arrière de son crâne explosa. Connolly roula de nouveau sur lui-même et tâtonna frénétiquement pour attraper un autre chargeur. Un M16 ouvrit le feu sur la droite de Vancouver, quasi au-dessus de lui, les balles filant en hurlant près de son oreille droite. Puis un autre M16 suivit presque aussitôt sur sa gauche. Vancouver, accompagné de Connolly, recula en rampant aussi vite qu'il le pouvait.

— La mitrailleuse! La mitrailleuse! Mole! Putain de merde! cria Connolly en introduisant un autre chargeur dans son arme.

Vancouver sortit une autre bande de munitions de la boîte métallique sur sa poitrine et l'inséra sèchement dans le boîtier de culasse de sa mitrailleuse. Il entendit Connolly appeler Gambaccini, le tireur de M79, et Rider, le chef de sa 1re équipe de tireurs. Il vit le lieutenant, qui s'était avancé et criait quelque chose à Hamilton tout en engageant lui aussi un nouveau chargeur. Puis Gambaccini surgit et lança une grenade au-dessus de la tête de Vancouver. Il entendit un fracas dans les broussailles à sa gauche. Il faillit tirer, mais c'était Rider qui faisait avancer son équipe; tous les quatre étaient côte à côte, à gauche du sentier de la jungle. Ils se mirent à imposer un tir discipliné, faisant pleuvoir les balles sur l'ennemi invisible.

***

Pour Mellas, tout se passa tellement vite qu'il ne se souvint même pas d'avoir réfléchi. Lorsque Vancouver lâcha sa première rafale de mitrailleuse, il plongea au sol et commença aussitôt à ramper en avant pour savoir ce qui se passait. Machinalement, il se mit à crier à Mole d'emmener la mitrailleuse devant et entendit qu'on relayait l'ordre vers l'arrière de la colonne. Tout excité, Fitch hurlait à la radio. Mellas cria à Hamilton : « Dis-lui que je sais pas. Je sais pas », avant de ramper furieusement en avant.

Il venait de passer un coude dans le sentier lorsque, la mitrailleuse de Vancouver s'arrêtant, il vit Connolly s'éloigner en roulant et en tirant devant lui, tandis que Vancouver se précipitait vers l'arrière. Mellas se colla le visage dans la terre, juste derrière le genou droit de Vancouver, posa son fusil à l'aveuglette dans le sentier et ouvrit le feu au-dessus de la tête du mitrailleur. Presque simultanément, lui sembla-t-il, le tireur de lance-grenades M79 lâcha un coup sourd et solide qui envoya une salve de fléchettes au bout du sentier. Ensuite, toute une équipe de tireurs traversa la jungle à grand fracas sur sa gauche et ouvrit le feu en mode automatique. Pendant tout ce temps, Connolly criait aussi à Mole de venir avec sa mitrailleuse tout en reculant sur le ventre.

Mole arriva à toute vitesse sur le sentier, son arme serrée dans les bras, avançant en crabe, maladroitement, mais très vite. Son ravitailleur, Young, le seul gamin blanc des équipes de mitrailleurs à l'exception de Hippy, le suivait en rampant, traînant les lourdes boîtes d'acier remplies de bandes de munitions. Mole posa brutalement sa mitrailleuse sur son bipied près du sentier et commença aussitôt à tirer des salves disciplinées le long du couloir vert foncé. Des balles traçantes filèrent dans le tunnel de jungle comme les feux arrière de voitures qui s'éloignent. Young s'approcha en rampant du canon, une nouvelle bande en main, les yeux écarquillés de peur, prêt à recharger.

Mellas roula vers l'arrière et attrapa en haletant le combiné que lui tendait Hamilton.

— Embuscade ! J'en étais sûr, avec ce sentier. C'est un vrai piège à rats. Vancouver les a repérés. Avant qu'on entre en terrain dangereux. Je crois qu'ils ont décampé. À vous.

— Des pertes ? À vous.

— Négatif. À vous.

— Dieu soit loué ! répondit Fitch en oubliant la procédure radio.

Mellas frémissait d'excitation et d'une étrange jubilation, comme si son équipe venait de remporter un championnat de football. Aucune perte. Il avait bien géré. Mais tout s'était terminé trop vite. D'une manière ou d'une autre, il fallait que ça se prolonge. Il avait envie de tout raconter à Fitch et à Hawke. Il voulait descendre en courant la longue file de marines et raconter, raconter encore l'histoire de cet engagement. Ils avaient contrecarré une embuscade. Sa section, à lui. Ils en avaient tué deux, peut-être trois dans le camp ennemi, et ce sans une seule égratignure. Un boulot parfaitement exécuté.

— Bravo Six, ici Bravo Un. À vous.

— Bravo Six, répondit Fitch.

— Il nous faut de l'artillerie, supplia Mellas, surexcité. Les Viets sont en train de décamper de la zone, bordel. Ils sont où, ces fichus mortiers ? Balancez-les !

— Bien reçu, Bravo Un. L'indicatif Delta est en train de mettre en place une mission d'artillerie à l'instant même. Mais c'est un peu difficile pour l'escouade de mortiers de tirer des obus dans les branches des arbres au-dessus de leurs têtes. Bien reçu ? À vous.

Mellas était trop excité pour détecter le sarcasme de Fitch.

Il rampa vers Connolly qui, allongé près de Mole, scrutait le sentier obscur. Connolly lui aussi tremblait et respirait bruyamment. Vancouver était à sa gauche, et l'équipe de tireurs de Rider à gauche de Vancouver, à présent retirée en escalier, pour constituer le côté gauche d'un angle. Le reste de l'escouade, sans qu'on lui ait dit quoi que ce soit, avait formé le côté droit, à l'avant de la colonne, afin de tirer le plus possible en direction de l'embuscade, tout en pouvant ouvrir aussi le feu sur les côtés pour protéger les flancs.

— Je crois qu'ils ont emporté le corps, Sir, dit Connolly. Pendant qu'on reculait, j'ai cru apercevoir un mouvement. Vous les avez vus ?

— Ouais, dit Mellas en mentant sans le vouloir. T'as raison. (Dans son esprit échauffé par l'excitation, cette idée d'un soldat de l'APVN tirant un corps à l'abri de la jungle suffisait à le convaincre qu'il l'avait vraiment vu faire.) Pourquoi le chef n'envoie pas une section pour encercler la zone ? demanda-t-il, les yeux braqués sur le sentier.

Connolly lui jeta un coup d'œil.

— Dans ce merdier ?

Mellas cessa de regarder devant lui et tourna son attention vers Connolly. Pour une raison ou une autre, ce commentaire le fit redescendre sur terre. Une fois de plus, il vit l'enchevêtrement de la jungle de part et d'autre d'un sentier étroit et boueux.

— Ouais, ça prendrait un temps infini. On pourrait les tirer comme des lapins. On les entendrait des kilomètres à la ronde.

— C'est comme ça, Sir.

— On peut peut-être y aller avec l'artillerie. (Mellas avait encore envie de parler de l'incident.) T'es sûr de ce Viet que t'as descendu d'une balle dans la tête ?

— J'ai vu son visage disparaître, bordel ! répondit Connolly, l'air sombre.

— On dira que c'est un confirmé, même si on n'a pas le corps. Non parce que… c'est impossible qu'il soit encore en vie ! Vancouver a dû en dégommer au moins un ou deux de plus. (Il se tourna vers l'intéressé.) Hé, Vancouver, tu penses en avoir eu combien ?

Le soldat baissa les yeux sur son arme encore fumante.

— Bah, Sir, tout ce que j'ai vu, c'est ces conneries de buissons et toute cette saloperie qui volait vers moi. Mais j'en ai peut-être touché deux ou trois.

— On cherchera des traces de sang dès que la mission d'artillerie sera terminée. Mais on doit avoir au moins un confirmé et deux probables.

Mellas se tourna vers Hamilton qui était allongé, écrasé sous le poids de sa radio qui l'enfonçait dans la terre, sa petite antenne courbée s'agitant dans l'air immobile. Il rapporta fièrement le score.

— Bravo, ici Un. On a un confirmé et deux probables. À vous.

— Reçu, un confirmé et deux probables, répondit la voix de Pallack. Baissez la tête. Je viens d'entendre l'indicatif Delta dire « tiré ». Il va jouer serré. À vous.

— Ça arrive, lança Mellas d'une voix forte. Les tirs d'appui arrivent !

Il regarda autour de lui pour s'assurer que ses hommes étaient relativement à l'abri. Puis il lui vint à l'esprit que les autres avaient déjà tous la tête baissée, et depuis les trois dernières minutes. Il enfouit son propre visage dans la terre tandis que le premier hurlement angoissant des 105 traversait le ciel en provenance d'Eiger.

***

C'était encore au tour de la 3e escouade de prendre la tête. Les soldats passèrent le corps de Williams à la 2e escouade et avancèrent en silence. Cortell ne cessait d'enlever son casque et de le remettre en frottant son front haut et brillant. Tout le monde se dépêcha de traverser la zone de danger potentiel, remerciant le coup d'œil et les réflexes de Vancouver.

Jackson trouva deux galettes de riz accrochées à une ceinture de toile ensanglantée qu'un homme avait ôtée et jetée sur le côté du sentier. Il les glissa gaiement dans les larges poches de son pantalon, car son escouade n'avait plus rien à manger. Il découpa rapidement la boucle de ceinture en laiton avec son étoile rouge, sachant qu'elle lui rapporterait une belle somme d'argent auprès des collectionneurs de souvenirs à Da Nang, et la fit passer derrière lui, à Vancouver. Un peu plus loin sur le sentier, ils trouvèrent une casquette pleine de sang. Celle-ci fut également transmise à Vancouver, qui la donna silencieusement à Connolly. Qui la fourra dans sa poche.

Le corps tout entier de Mellas vibrait d'énergie. Ses mains tremblaient. Il sursautait à chaque bruit ou presque et parlait trop, et trop vite, à la radio. Il ne cessait de se repasser la scène dans son esprit, en se demandant comment il aurait pu réagir plus vite et en tuer davantage, et si Connolly se rendait compte que, pendant qu'il changeait de chargeurs, Mellas l'avait sauvé en ouvrant le feu. Il se demandait si, à l'extérieur de la compagnie, on entendrait parler de son action et du fait que sa section avait réussi là où la compagnie Alpha avait perdu tant de soldats dans une embuscade similaire. Il resta survolté jusqu'à ce qu'ils atteignent le dépôt de munitions dans l'après-midi, alors que la lumière commençait à s'estomper dans le gris du ciel.

***

Au dépôt, Mellas fut cruellement déçu.

Il n'arrivait pas à croire que tous les comptes rendus qu'il avait lus sur la destruction de casemates par l'Air Force et la Navy faisaient allusion à ce qu'il y avait en face de lui : trois grands trous creusés dans le sol froid et humide et recouverts de rondins et de terre.

À l'intérieur des trois casemates se trouvaient dix roquettes de 120 mm, plusieurs centaines d'obus de mortier de 82 mm, quatre-vingts petits obus de mortier de 61 mm, assez de munitions d'AK-47 pour ravitailler une section le temps d'un affrontement, et quelques fournitures médicales données par la Croix-Rouge anglaise.

Hawke semblait étrangement joyeux. Il se lança dans sa danse du faucon, puis il grimpa au sommet d'une des casemates et cria à pleins poumons en jetant des rouleaux de pansements en l'air comme s'il s'agissait de serpentins.

— Ces enfoirés d'Anglais ! Je savais que ces enfoirés d'Anglais étaient derrière cette guerre !

Il lança en riant une autre bandelette qui alla s'enrouler dans les arbres. Sa blancheur parut déplacée sur la sombre canopée.

La plupart des soldats de la compagnie se contentèrent de hausser les épaules devant ces bêtises. Cassidy rassembla une équipe de travail, et bientôt les munitions furent traînées dans une fosse où il travailla joyeusement à les faire sauter avec Samms, Bass et Ridlow.

Tout le monde s'enfouit la tête dans la terre, et on alluma la charge. Il y eut une immense explosion, mais moins d'un quart des munitions sauta. Le reste tourbillonna vers le ciel, retomba et s'éparpilla aux alentours. Les gamins huèrent. Cassidy éclata de rire et les mit aussitôt au travail pour tout ramasser. Les marines affectés à la tâche ronchonnèrent.

— On doit avoir les seuls perpètes du Crotch à pas être fichus de faire sauter un dépôt de munitions !

Ils attendirent une heure pour s'assurer que les cartouches dans la fosse n'allaient pas exploser sous la chaleur, et allumèrent de nouveau les charges explosives. Cette fois-ci, ils recouvrirent les munitions de pierres et de terre pour contenir l'explosion.

Jusqu'aux adjoints aux chefs de section qui riaient du caractère incongru de la situation. On aurait cru qu'il serait impossible de craquer une allumette près d'un dépôt de munitions sans le faire sauter. En gros, tout le monde était content. Ils dégageraient probablement une ZA le lendemain matin et seraient évacués dans l'après-midi, leur mission accomplie, et sans aucune perte en dehors de celle de Williams.

Pourtant, Mellas éprouvait un curieux malaise, une anxiété et comme un creux qui allait au-delà de la faim – cela faisait cinq jours qu'il se contentait de demi-rations et il n'avait rien mangé de la journée. Quatre pensées l'assaillaient sans trêve. D'abord, comment est-ce que les Anglais, apparemment le peuple le plus civilisé qui soit et aux côtés duquel ils avaient combattu les nazis, pouvaient-ils aider leurs ennemis, l'armée nord-vietnamienne ? Chaque sou qu'économisaient les Nord-Vietnamiens en recevant des dons pouvait être dépensé pour acheter des munitions susceptibles de le tuer, lui. Chaque Viet sauvé était aussi un Viet susceptible de le tuer. Mellas se sentait trahi. Deuxièmement, il essayait encore de concilier ces minuscules fosses couvertes de rondins qu'on appelait des casemates avec les images de bombes pulvérisant le béton et l'acier, la ligne Siegfried – *Les Canons de Navarone*. Troisièmement, pourquoi diable avoir marché si loin, sacrifié Williams et quasi massacré toute la 1re escouade s'il n'y avait pas eu la rare vigilance de Vancouver, tout cela pour trouver quelques munitions que deux ou trois camions auraient suffi à transporter ?

Ces pensées le tenaillaient tandis qu'il s'efforçait de creuser son trou pour la nuit. Lorsqu'il eut terminé, il s'assit pour affronter la quatrième question. Devait-il préparer sa dernière tasse de café tout de suite ou le lendemain matin ? La section était sur le point de manquer de nourriture. Il décida d'attendre. Il partit chercher Hawke et Fitch afin de discuter de médailles pour cet engagement ; il espérait à moitié en décrocher une lui-même, mais se rendait compte que sa participation s'était résumée à être présent aux festivités. Il espérait aussi que les deux hommes seraient en train de préparer du café.

Fitch était au bout du fil avec le Trois, qui avait ses propres questions… auxquelles Fitch proposait de mauvaises réponses.

— On m'a fait savoir qu'il y avait trois casemates de munitions dans ce complexe. Les chiffres que vous nous communiquez ne concordent pas. À vous.

Fitch respira un grand coup et regarda Hawke avant de répondre. Pallack leva les yeux au ciel.

— Affirmatif. Trois casemates. On les a toutes eues. Ces chiffres comprennent tout ce qu'elles contenaient. Ce sont de petites casemates. À vous.

— Reçu. (Il y eut une explosion de parasites quand Blakely relâcha le bouton d'émission. Fitch attendit nerveusement. Nouvelle explosion de parasites.) Attendez les ordres de conduite, Bravo Six. À vous.

— Reçu cinq sur cinq. Bravo Six terminé.

— Un ordre de conduite qui vient remplacer le premier ? demanda Mellas, inquiet face à tout changement. Ça veut dire qu'on ne sera pas évacués demain ?

Fitch haussa les épaules.

— C'est peut-être en rapport avec la compagnie Delta de l'autre côté de la crête. Mais merde, de toute façon, on ne pourra pas aller bien loin si personne n'a plus rien à bouffer.

— Presque personne, le corrigea Hawke en furetant dans la poche de côté de son pantalon d'uniforme. (Il en sortit une unique boîte d'abricots. Tous la contemplèrent avec envie.) Et je compte pas l'ouvrir ! (Il la fourra de nouveau dans sa poche.) J'ai un mauvais pressentiment concernant cet ordre de conduite.

***

Au briefing du régiment cet après-midi-là, le commandant Adams se montra particulièrement sec. *Tchac.*

— Et aux coordonnées 768671, les éléments de Bravo Un Vingt-Quatre ont détruit le dépôt de munitions découvert par la compagnie Alpha que l'on pense être une des sources d'approvisionnement des éléments de la 312e division d'acier que nous savons désormais opérer dans notre ZTRO[1]. Ont été détruites environ cinq tonnes de munitions, à savoir des roquettes de 125 mm, des munitions pour armes légères et automatiques, des obus de mortiers, et près de cinq cents kilos de fournitures médicales.

— Mieux vaut éviter de citer les fournitures médicales dans le rapport, fit remarquer Mulvaney. Inutile de mettre quelqu'un en boule pour en avoir détruit.

Étrangement, la population acceptait bien qu'on tue des hommes avec des balles à trajectoire instable[2] et du plastic enflammé, mais les tuer en leur refusant des fournitures médicales semblait aller à l'encontre d'une certaine convenance sociale.

— Oui, Sir, répondit Adams.

Mulvaney se retourna avec raideur pour regarder le colonel Simpson et le commandant Blakely assis derrière lui.

— Il y a peut-être effectivement quelques bridés là-bas, Simpson, affirma-t-il.

Blakely sourit et leva les yeux vers Adams, dont le visage révélait une pointe de jalousie. Mulvaney se retourna pour faire face à l'officier chargé du briefing. Il essayait de calculer combien d'hommes et de temps seraient nécessaires pour traîner cinq tonnes vers un lieu aussi isolé. Sur ce genre de terrain, c'était un bel exploit. Il ne put s'empêcher d'admirer l'armée nord-vietnamienne. Mais pourquoi entasser des munitions à cet endroit ? S'agissait-il d'un relais pour les emporter plus au sud ensuite ? Ils pouvaient encore frapper Hue. Ça, ce serait une belle catastrophe au niveau propagande, bordel. Qu'on laisse les politiques ronger un peu cet os. Mais ils préparaient peut-être aussi une avancée en force directement à travers Mutter's Ridge, d'où ils contrôleraient la Route 9 avant de couper les vivres à la BCV. Maintenant que les marines avaient abandonné Matterhorn dans le but de rassembler les troupes suffisantes pour lancer cette connerie d'opération politique à Cam Lo, c'est ce qu'il ferait s'il était Viet. Il ressentit soudain, là, au milieu du dos, le malaise qui l'avait si souvent sauvé en Corée et dans le Pacifique. Il remarqua alors que le commandant Adams attendait

1. Zone tactique de responsabilité opérationnelle, ou TAOR, en anglais *(Tactical Area of Operational Responsibility).*

2. *Tumbling bullets*, en anglais, à savoir des balles qui, sous l'effet d'un défaut de fabrication des M16, tournoyaient sur elles-mêmes et provoquaient des blessures dévastatrices.

anxieusement de pouvoir continuer, soupira et hocha sa grosse tête. Il ne pouvait pas être partout.

Tchac. La baguette se déplaça vers la gauche, d'au moins deux centimètres, soit la distance que la compagnie Bravo avait parcourue en une demi-journée.

— Comme le sait déjà le colonel, Bravo est entré en contact direct avec une unité de l'infanterie nord-vietnamienne de taille indéterminée aux coordonnées de quadrillage 735649 plus tôt dans la journée. Deux morts confirmés et trois probables, sans pertes chez la compagnie Bravo. On a fouillé les corps, rien n'a été trouvé.

Mulvaney se tourna pour regarder Blakely et Simpson.

— Y a quelqu'un qu'a dû vraiment marcher sur des œufs là-bas, fit-il remarquer. C'était un contact direct ou une embuscade ?

En réalité, Mulvaney savait déjà que c'était le grand Canadien blond avec sa M60 à canon scié qui avait découvert l'embuscade. Son chauffeur de Jeep tenait l'histoire d'un des opérateurs radio du 1er bataillon. Le chef de Bravo avait dû se sentir foutrement pressé pour débouler comme ça dans un sentier où une autre compagnie s'était déjà fait tirer dessus. Ce jeune lieutenant avait effectivement eu de la chance. Il n'avait pas dû apprendre quand attaquer ou pas. Il essaierait de lui en toucher deux mots s'il en avait l'occasion.

Simpson s'éclaircit la gorge, le rouge lui montant au visage.

— Pour répondre à votre question, Sir, l'homme de pointe de Bravo aurait tiré en premier, et l'escouade de tête se serait retirée pour se mettre en position. On a dit qu'il s'agissait d'un contact direct parce que c'est ce qui nous a semblé le plus minimal.

Mulvaney grogna et se retourna pour supporter le reste du briefing. Que Simpson se préoccupe de casser une embuscade le dépassait.

Après avoir été contraint d'écouter le médecin de la Navy raconter combien de marines étaient passés par son infirmerie, l'officier chargé des enquêtes du Congrès dire combien de lettres il avait dû traiter en provenance de députés contrariés d'avoir dû répondre aux courriers de mères et d'épouses bouleversées, et l'agent de liaison de la Croix-Rouge évoquer les personnes à charge qui ne percevaient pas leur délégation de solde, Mulvaney put enfin se lever pour s'adresser à ses officiers.

— Comme vous le savez déjà, messieurs, la 5e division des marines continue d'être impliquée dans une opération combinée de ratissage et de recherche avec la 1re division de l'ARVN. Notre premier objectif, comme vous le savez également, reste Cam Lo.

Il se tourna vers la grande carte et se mit à exposer les grandes lignes de l'opération qu'ils mettraient en place le lendemain, tout en ayant l'impression d'avoir Dieu sait comment laissé tomber le régiment. Collaborer avec ces foutus Jaunes n'était pas là l'idée qu'il se faisait de la façon de mener une guerre, surtout quand il était probable que tout se termine par quelques règlements de comptes politiques à Cam Lo. Cela faisait maintenant plusieurs années que des équipes du SEAL[1] opéraient dans les villages et y assassinaient des « chefs vietcongs connus » sauf que... d'où sortaient-ils ces informations, bordel ? Prétendument de la CIA, mais aucune de leurs barbouzes ne traînait dans les villages. Bon Dieu, c'étaient tous des Blancs d'un mètre quatre-vingt-quinze tout droit sortis de Yale ! Alors d'où est-ce qu'ils tenaient leurs renseignements ? Probablement d'une de ces fichues sociétés secrètes qui avaient balancé le chef d'une autre société secrète pour prendre le contrôle d'un marché de la drogue en faisant faire le sale boulot à la United States Navy. Toute autorité vietcong, si les Vietcongs possédaient encore une quelconque force armée après que leurs potes du Nord les avaient piégés pour permettre à la puissance de feu américaine de les anéantir pendant le Têt, n'existerait plus depuis longtemps lorsque toutes les infos sur l'ARVN finiraient par filtrer. Ça, songea Mulvaney, dans les sociétés secrètes le pouvoir changerait certainement de main après Cam Lo, et les barbouzes passeraient pour des poires, ses marines en payant le prix. Il avait envie de botter le cul de la CIA et de tordre leur maigre cou à ces foutus soldats de l'ARVN.

— Simpson, dit-il, va falloir que je vous déçoive. On va devoir abandonner le secteur de Matterhorn pour de bon. Je ne peux pas me permettre de céder quoi que ce soit de Mutter's Ridge. Lookout et Sherpa m'assurent la couverture de la région Khe Sanh. La division veut ouvrir une nouvelle base d'appui-feu sur la côte 1609, juste en dessous de la Dent du Tigre. Il va falloir faire revenir les deux compagnies du secteur de Matterhorn, et envoyer l'une d'elles assez près pour aménager la 1609.

— Mais, Sir ! s'écria Simpson en se levant, tout excité, déjà convaincu que les chiffres qu'il avait « estimés » pour son rapport étaient bien réels. On commence tout juste à savoir ce qu'il y a vraiment là-bas.

Il se tourna vers Blakely, en quête d'un soutien.

Celui-ci comprit le signal.

1. Acronyme de *Sea, Air and Land* : Mer, air et terre. Forces maritimes, aériennes et terrestres de la Navy américaine.

— Je suis certain, commença-t-il, que le commandant du régiment se rend compte qu'avec les dernières découvertes de la compagnie Bravo, ainsi que les estimations du service de Renseignement de la division, il y a de fortes chances pour que l'APVN soit de plus en plus active vers l'extrême nord-ouest. Il serait vraiment dommage qu'après avoir remis ces rapports à la division, on n'y donne aucune suite.

Mulvaney manqua exploser. S'il y avait quelque chose dont il se foutait royalement, c'était bien de donner suite à une connerie de rapport qu'il avait transmis à la division. Puis il pensa à sa femme. Et compta jusqu'à cinq. Et jusqu'à cinq, encore.

Ses pensées se tournèrent vers la soirée passée à Camp Lejeune... ce devait être en 1954 ou 1955 ; en tout cas, il était encore capitaine ; il avait la charge de la compagnie Alpha, 2e division des marines. Maizy était revenue d'une partie de bridge avec la femme de Neitzel, Dorothy, et quelques-unes de ses copines. Neitzel était déjà commandant, en route pour l'École de Guerre amphibie et un poste important à l'état-major. Mulvaney était en train de peindre le salon, le petit James enveloppé dans une serviette de plage suspendue au cou de son père.

— Mon Dieu, Mike ! avait lancé Maizy. Tu es en train de le couvrir de peinture... et ces vapeurs ! La chambre des filles doit en être remplie.

Elle souriait et secouait la tête en enlevant ses gants blancs impeccables pour les placer à l'endroit où ils résidaient toujours, dans la coupe en cristal de sa grand-mère, le seul objet dont elle avait jamais hérité. Elle avait attrapé le tablier qui était toujours suspendu au crochet de la porte de la cuisine et l'avait jeté sur son épaule pour protéger son unique tailleur. Et lui avait pris le bébé.

— Il ne voulait toujours pas dormir ?

— Nan.

— Les filles se sont couchées à l'heure ?

— Ouaip.

— Tu pourrais poser ce rouleau ?

— Ouh là. Ça va ragoter sérieux.

Il avait posé le rouleau sur le plateau et l'avait vue regarder le petit James pour ne pas avoir à le regarder, lui, dans les yeux. Il savait qu'elle ne voulait jamais lui faire de peine, mais il savait aussi qu'elle n'évitait pas pour autant d'annoncer les mauvaises nouvelles si cela pouvait signifier une vie meilleure pour ses enfants. C'est ce qui l'avait poussée à mémoriser les règles des enchères, lui se chargeant de la tester avec un livre tandis qu'elle repassait, le but étant qu'elle « ne passe pas pour une pauvre idiote devant les autres épouses ». C'est aussi ce qui l'avait amenée à s'angoisser avec sa sœur, la question étant de savoir quel tailleur acheter à Noël, la première fois où elle avait été invitée à une partie de bridge, comme si sa sœur en savait plus qu'elle sur les tailleurs parce qu'elle travaillait dans un vrai bureau.

— Dorothy Neitzel l'a fait pour rendre service, alors je ne veux pas que tu le prennes mal. Elle essaie vraiment de nous aider.

Il l'avait vue lever les yeux sur lui, puis les baisser de nouveau rapidement sur James.

— Aider comment ?

Autant en finir.

— Tu sais… comment vous appelez ça, vous autres… les voies officieuses…

— Les cancans.

Elle avait ri.

— Non, c'est comme ça qu'on les appelle, nous. (Elle l'avait regardé sérieusement.) Oh, Mikey, avait-elle dit, le regard suppliant. Dorothy dit que tu as défendu cet horrible alcoolique, l'adjudant-chef Hanford, qui s'est fait prendre en train d'essayer de détourner de l'eau de la base vers une sorte de… une sorte de trou où nager, enfin… quelque chose dans le genre qu'il avait creusé avec un bulldozer qu'il avait, comment dites-vous ?… réquisitionné au bataillon du génie sans demander. Nous, on appelle ça du vol.

— Il fait drôlement chaud dans ces quartiers de marines, et les gamins ont adoré. J'ai dit au colonel que tout ce dont Hanford avait besoin, c'était d'une bonne engueulade officieuse. Au lieu de quoi, ils l'ont mis aux arrêts. Il a quatre gosses. Il essayait simplement de prendre soin de ses troupes. Tu sais bien ce que je t'ai dit le jour où tu es venue me chercher à l'hôpital.

— Oui, je sais. Que tu serais toujours du côté des broussards. (Elle avait soupiré.) Mikey, bien sûr que tu as raison, mais le même jour, dans la Chevy 1939 de mon père… c'est moi qui conduisais parce que tu ne pouvais toujours pas te servir de ta jambe depuis Okinawa… je t'ai dit que tu pourrais peut-être te montrer plus prudent parfois. Tu pourrais en faire beaucoup plus pour tes broussards si t'étais colonel et pas capitaine.

Il avait jeté un rapide coup d'œil genre « mon-Dieu-au-secours ! » au plafond.

— Hanford a fait ce qu'il fallait, mais pas comme il fallait. Je ne vois pas où est le mal.

— Le mal, Michael, c'était de dire au colonel que s'il sortait son gros cul de son bureau climatisé, il comprendrait peut-être ce que Hanford essayait de faire.

Il avait serré les lèvres et croisé les bras sur la poitrine.

— Ne fais pas ton entêté avec moi, Michael Mulvaney, avait-elle repris. Tu as eu tort de faire ça. Tu ne pourrais pas penser à ta famille à toi, à tes gamins à toi, pour une fois ?

— Ce n'était pas juste.

Elle avait soufflé et s'était radoucie.

— Oui, c'est vrai, avait-elle dit en tendant la main pour lui toucher le bras. Mais Mikey, je t'en supplie, il faut que tu gardes ton calme.

Son mauvais caractère posait problème depuis qu'il était revenu du Pacifique.

— Tu veux savoir ce que Dorothy m'a dit d'autre ? lui avait-elle demandé en reposant la main sur le bébé.

— J'en meurs d'envie.

— Elle nous rend service, Mikey, pour l'amour de Dieu !

Il s'était assis sur le divan recouvert d'une bâche et l'avait regardée.

— Vas-y. Je suis dans la ligne de tir.

Elle avait pris place à côté de lui, les jambes repliées, sa jupe serrée remontant jusqu'à révéler la bordure de ses bas, ce qui avait toujours le don de le troubler. Elle avait tiré, sans succès, sur sa jupe avec la main droite, tout en s'efforçant de maintenir James sur son épaule avec la main gauche et de conserver l'attention de son mari. Elle avait résolu les deux problèmes en posant le bébé et le tablier sur ses genoux. Puis elle avait pointé un doigt vers lui, les yeux rieurs.

— Tu es toujours excité.

— Et alors ? Je suis dans la ligne de tir quand même. Feu !

— Plus tard.

Elle avait souri au bébé et chantonné d'une voix douce :

— Papa veut te donner une petite sœur. (Puis elle avait levé la tête vers lui, ses grands yeux verts devenant brusquement sérieux.) Dorothy dit qu'ils pensent tous que tu es…

Elle avait hésité.

— Continue.

— Que tu es une espèce de vieux dinosaure de la Seconde Guerre mondiale. On raconte que Mulvaney ne quitte jamais la jungle, mais qu'il est bon au combat.

— Et c'est mal ?

— Oh, Mikey, ne fais pas exprès d'être bouché. Tu sais aussi bien que moi que ce sont les planificateurs qui prennent de l'avancement, pas les combattants.

— Et les politiciens.

— Oui !

Elle avait frappé le sol avec sa chaussure noire et s'était relevée. Puis elle avait reposé le bébé sur son épaule et gagné vivement leur chambre, où le berceau était placé près du lit, ses talons de cinq centimètres ponctuant chacun de ses pas.

Il avait regardé la façon dont sa jupe en laine serrée lui moulait magnifiquement le derrière.

La salle de réunion flotta de nouveau dans sa conscience, un cran audessus du souvenir de sa maison et de sa femme. Dieu, comme elle lui manquait maintenant. Il se rendit compte que tout le monde attendait qu'il dise quelque chose.

Il savait que Blakely avait raison. Avec ces rapports prometteurs qui émanaient de la compagnie Bravo, il aurait semblé idiot de ne pas y donner suite.

— Mais où est-ce que je suis censé trouver les hommes pour exploiter vos comptes rendus, bordel ? demanda-t-il.

Il était désagréablement conscient du fait que sa colère étouffée envers Blakely et les soldats de l'ARVN lui donnait un ton de voix faible et geignard.

Blakely réfléchit vite.

— Pourquoi ne pas laisser la compagnie Bravo balayer le secteur et gagner la 1609 à pied, Sir ?

Mulvaney regarda la carte. À vue d'oiseau, on aurait dit qu'il y avait un peu plus de vingt kilomètres, mais les petits carreaux étaient presque complètement brunis par l'épaisse masse des vingt mètres d'équidistance des courbes de niveau. C'est à peine s'ils tenaient les uns à côté des autres tout en restant perceptibles. Il se rappela des coins de la Corée qui y ressemblaient, et frissonna – là-bas, il n'y avait pas la jungle.

— Ils sont dans quel état ? demanda-t-il à Simpson. Ça fait longtemps qu'ils sont dans la brousse, si je me souviens bien.

— Le meilleur qui soit, Sir. Ils pourraient y être dans quatre jours.

Si Simpson disait quatre jours, il en faudrait probablement huit.

— Ils ont à manger ? Des sources d'alimentation pour les radios ? Des munitions ? Avec cette opération à Cam Lo, vous savez que je manque d'oiseaux pour le ravitaillement.

— Pas de problème, Sir, répondit Simpson, ravi de cette chance de montrer aux autres chefs de bataillon à quel point son unité était prête.

Blakely pâlit et avala sa salive. Il n'avait pas pris la peine de dire à Simpson que Bravo avait donné la moitié de sa nourriture à Delta près d'une semaine plus tôt pour rattraper l'erreur d'avoir envoyé cette dernière avec trop peu de provisions.

— Qu'en pensez-vous, commandant Blakely ? demanda Mulvaney.

Blakely n'hésita pas.

— Le Un Vingt-Quatre peut faire le boulot, Sir. Vous savez ce qu'on dit sur l'impossible.

— Oui, répondit doucement Mulvaney en se tournant pour regarder la carte. Ça prend un peu plus de temps.

Des marines malades et gelés se tassèrent dans sa mémoire, gravissant avec peine des collines glacées, le dos voûté sous les mortiers et les munitions, les blessés sanglés à des civières attachées aux ailes et à l'arrière de Jeep et de petits camions, serrant les dents à chaque secousse douloureuse. Puis son esprit fit contraster cette image avec celle de corps maigres, couverts de plaies et ayant à peine l'énergie nécessaire pour affronter la jungle, et en en ayant encore moins pour affronter les Japonais. Il se força à revenir à la salle de réunion fortement éclairée et à la carte devant lui. Il se dit qu'il s'agirait aussi d'une sacrée marche. Malgré tout, il pourrait vivre avec. Ils avaient dix jours pour prendre le contrôle de la côte 1609. Cela laisserait à Bravo deux vraies journées de marge de manœuvre. Pourtant, quelque chose le gênait. C'était comme une bosse sous un sac de couchage qu'il n'arrivait pas à aplatir complètement. Mais avec toutes ces munitions dans ce dépôt, s'il ne donnait pas suite, comme Blakely le suggérait… Il savait qu'il avait la réputation d'être trop impétueux. Dans ce nouveau corps de marines où il fallait soigner l'administratif et se protéger le cul avec de la paperasserie, ce n'était tout simplement plus pareil. Son vieil ami Neitzel n'avait pas eu de problème pour se fondre dans ce nouveau corps ; c'était pour ça qu'il avait une division, et pas Mulvaney. S'ils décrochaient la timbale, cela augmenterait peut-être ses chances de devenir général. Il sourit en imaginant sa femme lui épinglant ses étoiles.

— Et merde ! gronda-t-il dans sa barbe.

— Sir ? demanda le commandant Adams.

— Rien, Adams. OK, Simpson, ça marche pour vous. Ne me décevez pas.

***

L'ordre de conduite qui venait s'ajouter à l'ordre initial de détruire le dépôt de ravitaillement atteignit la compagnie Bravo une heure après la fin du briefing du régiment. Il consistait en une série de postes de contrôle et d'heures d'arrivée, rien de plus, certains dans des défilés profonds, d'autres en hauteur sur des corniches. L'itinéraire ne tenait aucun compte du caractère sauvage du terrain.

Hawke ouvrit la réunion des officiers.

— Messieurs, dit-il, j'aimerais vous présenter à notre nouveau chef, le capitaine Meriwether Lewis. Moi, c'est Clark[1], mais vous pouvez m'appeler Wim pour aller plus vite. On ne va pas être évacués avant un bon bout de temps.

Fitch expliqua l'ordre de conduite.

— Il nous reste environ trois heures avant qu'il fasse nuit, alors autant marcher deux ou trois heures. Sinon on n'aura aucune chance d'atteindre Checkpoint Alpha.

— Merde, dit Mellas. On vient juste de s'installer. Ce cadavre pue et ma section n'a plus rien à bouffer.

— T'es pas le *Lone Ranger*[2], Mellas, déclara Hawke, mais tu serais peut-être bien Sacajawea[3]. C'est encore toi qui ouvres la marche.

Mellas serra les dents et sortit sa carte de sa poche sans pouvoir s'empêcher de sourire à la plaisanterie de Hawke.

— Je vois pas pourquoi ça marcherait, c'est tout, dit-il. (Il y eut des grognements, et Mellas se sentit mieux.) Pourquoi on ne prendrait pas cette drôle de colline en tricorne comme position ce soir ? proposa-t-il. On pourrait peut-être y être avant qu'il fasse nuit. Sauf que… bon Dieu, on dirait que cette rivière file dans un vrai canyon !

Ils en discutèrent brièvement et Fitch donna le feu vert. Il lança l'ordre de redistribuer la nourriture tout en permettant à chacun de garder une ration C s'il lui en restait une, afin d'atténuer tout ressentiment de la part de ceux qui en avaient mis de côté. La plupart des gamins, comme Mellas, avaient déjà mangé tout ce qu'ils avaient. Les adjoints aux chefs de section ramassèrent ce qui restait. La nourriture redistribuée, désormais mise en commun, équivalait à peu près aux trois quarts d'une boîte par personne. Vingt minutes après la redistribution, la compagnie

1. Meriwether Lewis et William Clark menèrent la première expédition américaine jusqu'à la côte pacifique au début du XIXe siècle.

2. Texas Ranger solitaire et masqué, héros de séries télévisées et de films populaires aux États-Unis.

3. Guide et interprète indienne de Lewis et Clark.

quitta le dépôt de munitions en un long serpent, l'escouade de Jacobs en tête, celle de Jackson suivant tant bien que mal avec le cadavre de Williams.

Ils avancèrent lentement vers le nord-est, le long d'un ruisseau tumultueux, plus haut dans les montagnes, plus près de la zone démilitarisée. Le paysage commençait à dégager une beauté sauvage, faite de pics abrupts couverts de jungle et de véritables torrents suite aux pluies de la mousson. De temps à autre, quelqu'un glissait sur un rocher lisse et poli par le courant, et son corps tout entier basculait dans une eau rapide et blanche qui imbibait immédiatement son sac et mouillait sa doublure de poncho. Incapable de reprendre pied contre la force du courant tant il était chargé, il finissait par être relevé par des compagnons secoués de rire. Mais ceux qui se trouvaient ainsi trempés savaient qu'ils auraient à lutter contre le froid toute la nuit et devraient essayer de sécher leurs vêtements et leurs doublures de poncho avec la chaleur de leur corps.

Les arbres se firent plus gros, la forêt plus sombre, tandis qu'ils prenaient de l'altitude. À un moment donné, un grand affleurement rocheux plat ouvrit suffisamment la jungle pour leur permettre d'avoir un aperçu de l'itinéraire qui les attendait. Juste devant eux s'étendait une vallée sombre et encaissée pleine de nuages qui flottaient près des pics noirs d'une roche dénudée. Ces derniers gardaient une rivière étroite et sinueuse. Chaque marine qui passait devant ce point de vue ouvert avait un geste nerveux : il ajustait son équipement, s'arrêtait pour pulvériser de l'insecticide sur une sangsue, sifflait tout haut. La pluie, qui jusqu'à présent tombait en une bruine brumeuse de nuages haut dans le ciel, s'intensifia brusquement. Elle martela la terre, apportant l'air froid avec elle.

***

Lorsqu'ils atteignirent la colline en tricorne, Mellas fut pris d'un intense mal de crâne dû au faible taux de sucre dans son sang. Son corps était épuisé par les montées d'adrénaline, la faim et le froid constant de ses vêtements mouillés. Avec l'impression d'être un animal malade, il se traînait en avant par la seule force de la volonté.

La colline se dressait de toute sa hauteur impossible dans les ténèbres.

Jacobs leva les yeux.

— Qui a ch-ch-choisi cet endroit de m-merde ?

L'eau du ruisseau qui coulait au pied de la colline dégoulinait de son pantalon.

Mellas ferma les yeux.

— C'est moi, connard.

L'homme de pointe soupira, puis commença à gravir la pente à quatre pattes en poussant son fusil devant lui et en agrippant les racines et les pierres.

À mi-chemin du sommet, Mellas entendit de l'agitation derrière lui. Il se tourna et aperçut Hippy qui, jetant un regard désespéré vers le haut de la colline, partait en glissade vers l'arrière, sa lourde mitrailleuse devant le visage. Il bouscula ceux qui se trouvaient derrière lui, ceux-ci commençant à glisser et heurter les autres à leur tour. Cette scène au ralenti prit fin contre un arbre, tout le monde se démêlant de tout le monde en maudissant Hippy. Puis les hommes reprirent leur montée.

Il fallut une heure à la section de Mellas pour atteindre le sommet, le reste de la compagnie patientant dans la rivière tumultueuse, gelé, exposé au risque d'une attaque, tandis que la lumière disparaissait complètement. Mellas, en tant que premier officier sur la colline, avait la charge d'établir la défense pour la compagnie et de mener les marines vers leurs positions à mesure qu'ils arrivaient. Il se tailla un chemin à travers la jungle enténébrée avec une machette afin de tracer le périmètre. Il lui fallut faire un effort surhumain pour ne pas s'effondrer sur le sol de la forêt et cesser de bouger à tout jamais. De la végétation emmêlée lui giflait le visage, déchirait sa peau dénudée, l'empêchait de voir le terrain. Il essayait de se rappeler toutes les règles pour disposer ses mitrailleuses. Lorsque sa petite pelle de tranchée pliante attachée à son sac s'accrocha à une branche, le brusque déséquilibre créé par l'énorme poids de son sac faillit le faire partir en arrière. Il se débattit contre la branche, la brisa et se fit mal à la main en arrachant la croûte qui recouvrait une plaie d'ulcère tropical sur son bras. Pris de frénésie, il sortit son Ka-bar et tailla le buisson en pièces. Et se retrouva avec le visage brûlant et enflammé, et le dos froid et humide. Il avait les mains gonflées et ses doigts refusaient de remuer. Il baissa son pantalon et chia des fèces liquides qui giclèrent sur ses jambes nues et sur ses rangers. L'odeur lui donna un haut-le-cœur, mais il fut incapable de vomir car son estomac était vide.

Il redescendit la colline pour mener sa section épuisée. Il fallut une heure au reste de la compagnie pour atteindre le sommet, car le sentier de la 1re section s'était transformé en coulée de boue. Quand

Mellas put enfin regagner sa propre position, il trouva Hamilton penché au-dessus d'un trou peu profond; pris de spasmes dus à l'épuisement et au manque de nourriture, il était secoué de haut-le-cœur douloureux.

En le regardant, Mellas comprit qu'il allait devoir creuser le trou lui-même.

— Tiens, donne-moi ça, dit-il avec amertume, et il lui prit sa petite pelle de tranchée. Et si tu allais essayer de monter nos ponchos pour fabriquer une sorte de guitoune? demanda-t-il avec plus de douceur.

Hamilton essaya de sourire, mais fut de nouveau pris de haut-le-cœur.

— Ça ira mieux dans un moment, Sir, dit-il en haletant. Vous en faites pas, je vais vous aider avec le trou.

— Laisse tomber, lui renvoya Mellas.

Il se mit à creuser. Dès que Hamilton s'éloigna, Mellas commença à pleurer en silence et à frapper la terre humide dans une rage impuissante.

***

Fitch avait dit que ce serait pleine lune cette nuit-là, et effectivement, les nuages de la mousson s'étaient éclaircis juste assez pour laisser filtrer une étrange lueur au-dessus des arbres quand Mellas fit sa première vérification des trous. Il trouva Hippy assis en silence au rebord du sien. Ses pieds nus pendaient dans l'obscurité, ses rangers déchiquetées et blanchies posées à côté du trou.

— Tu ferais mieux de couvrir tes rangers, Hippy, murmura Mellas. Je les ai repérées aussi facilement qu'une balise d'aéroport.

— Merci, Sir, répondit Hippy en s'en emparant pour les déposer dans le trou. J'essayais seulement de les aérer un peu. Je me disais qu'elles empêcheraient les Viets d'approcher si elles étaient dans la direction du vent.

Mellas s'assit à côté de lui en riant.

— Il se passe quelque chose? chuchota-t-il.

— Ici? Vous vous foutez de moi, lieutenant?

Mellas sourit. Il donna un coup de ranger pour ajuster sa posture et heurta le pied de Hippy. Celui-ci grimaça de douleur.

— Ouh là. Tu as des problèmes de pieds, Hippy?

— Non. Rien de sérieux, Sir.

— Fais-moi voir.

— C'est rien, Sir. Quelques ampoules, c'est tout.
— Hum-hum, répliqua Mellas. Montre-m'en un, Hippy.
Le soldat leva le pied gauche vers le rebord du trou. Même dans cette lumière fantomatique, Mellas put voir qu'il était monstrueusement enflé et décoloré. Il eut un mouvement de recul et respira fort. L'autre pied n'était guère différent.
— L'encornet les a vus ?
— Non, Sir.
Mellas explosa.
— Et pourquoi ça, bordel ?
Hippy baissa la tête.
— Hippy, t'es carrément estropié. Merde !
— Je peux y arriver, lieutenant.
— Merde. (Mellas se leva.) Oui, c'est sûr, avec six mois de plus de service. (Il respira un grand coup et s'efforça de se calmer. Où allait-il trouver un autre chef d'équipe de mitrailleurs aussi bon que lui ?) On devrait pouvoir faire venir un oiseau pour te tirer tes fesses d'ici.
— Désolé, Sir.
— Ça sert à rien d'être désolé, aboya Mellas, qui s'en voulut aussitôt. Tu choisis qui pour te remplacer à la tête de l'équipe de mitrailleurs ?
Hippy toucha la plaque de couche de la mitrailleuse.
— J'ai trimballé cette saloperie un bout de temps, Sir. Je veux continuer. Elle a un bon karma.
— Hippy, ils vont finir par devoir t'amputer, bordel ! T'as jamais entendu parler de la gangrène ?
Hippy baissa les yeux sur ses pieds, puis s'esclaffa.
— C'est vraiment moche à voir, hein, lieutenant ?
— Ouais. Vraiment moche, putain. (Il attendit un instant.) Qui, Hippy ?
— Mole. Et laissez Young trimballer ma mitrailleuse. (Il baissa le bras pour tripoter le médaillon de paix argenté qui pendait à son cou.) C'est ma dernière opération, Sir. Dans neuf jours, j'ai mon douze et vingt[1], et je quitte la brousse. Dix jours après, je prends l'avion pour rentrer. Je suis si court[2] que c'est pas moi qui parle, c'est un enregistrement.

1. Les douze mois et vingt jours que durait un tour de service des marines en opération.
2. Terme employé par les marines pour signifier que leur tour de service était bientôt terminé.

— On va te sortir de là. Il va bien falloir qu'ils nous apportent de la bouffe à un moment ou à un autre et viennent chercher Williams.

***

Dans l'obscurité, devant la guitoune de Fitch, la conversation portait aussi sur les hélicoptères et la nourriture. Fitch était au bout du fil avec l'officier de garde du bataillon.

— Où en est le ravitaillement ? demanda-t-il d'une voix tendue. On a déjà entamé nos réserves et on a faim, merde ! À vous.

— On fait ce qu'on peut, mais le Whisky Oscar à MAG-39 dit que tous leurs oiseaux sont pris dans une grosse affaire dans les plaines et tous les gradés sont au pieu, alors on peut pas changer les priorités. Vous pouvez attendre quelques jours ? À vous.

Hawke, assis en face de Fitch, tressaillit en entendant cette infraction à la sécurité concernant leur future opération.

— « Attendre quelques jours » ? Bordel de merde, mais ça fait déjà plus de deux jours qu'on n'a pas bouffé, et on s'en est tenus à des demi-rations tout le temps qu'on a été ici parce qu'un crétin de fils de pute assis sur son gros cul à Victor Charlie Bravo a oublié de laisser à Delta le temps de s'organiser ! Alors je veux un putain d'hélico, moi, avec de la bouffe, ou nom de Dieu ça va chier quand je rentrerai ! Je déconne pas, Stevens.

— Ne prononcez pas mon nom sur le réseau, Bravo Six, lui renvoya Stevens. Vous savez que les Viets surveillent nos réseaux. Je ne veux pas qu'ils s'en servent pour envoyer des trucs bizarres à ma femme. À vous.

— Désolé, indicatif Sierra, répondit Fitch en se rendant compte que s'ils se disputaient, ils auraient encore moins de chances d'être ravitaillés. Écoutez, donnez-nous juste un coup de pouce. On crève de faim. Dites-nous au moins ce qu'on est censés faire par ici. À vous.

— Je ne sais pas quoi faire pour les oiseaux, Bravo Six. Vraiment. Et rapport à ce que vous faites dans la brousse, je pensais que c'était évident. Si vous avez trouvé tant de munitions que ça, il devrait y en avoir encore plus dans le coin. Merde, les relations publiques de la division ont diffusé un communiqué de presse sur le combat qu'a mené Alpha pour les récupérer et tout ! À vous.

— Leur « combat » ? Ils sont tombés dans une embuscade, bordel ! (Fitch lâcha le bouton de transmission et regarda Hawke et Cassidy.) Un communiqué de presse ?

Il ressentit une faiblesse dans l'estomac.

— Eh bien, c'est pas ce que j'ai entendu.

Stevens commença à dire quelque chose, mais il n'eut pas le temps de poursuivre.

— Tu vas te la fermer et me laisser réfléchir, bordel de merde ! cria Fitch dans le combiné en coupant la transmission de Stevens, qui ne perçut probablement pas tout.

Mais il dut en entendre suffisamment pour comprendre le message.

— Il nous faut de la bouffe, Jim, dit Hawke en dessinant un pentacle dans la boue. Même Lewis et Clark pouvaient chasser le bison en chemin.

— Oui, Sir, ajouta Cassidy, et j'ai vu des gamins qui boitaient. Je pense qu'on a quelques cas de pied de tranchée à évacuer d'urgence. Sinon on va estropier de bons marines.

— OK, dit Fitch en portant de nouveau le combiné à son oreille et appuyant sur le bouton. Big John, ici Bravo Six. Faites de cette demande d'oiseau une priorité, et si on ne l'a pas demain, alors dites-leur que ce sera une urgence le lendemain. J'ai quelques cas virulents de pied de tranchée dont il faut s'occuper le plus vite possible. À vous.

— Ah. Ça ne va pas plaire au Six. Vous savez ce qu'il pense du pied de tranchée. À vous.

— Laissez-moi me soucier de Big John Six. Vous, occupez-vous de nous envoyer un oiseau. Pri-o-ri-té, énonça-t-il. On aura dégagé une zone pour midi. À vous.

— Midi ? Comment vous allez faire pour atteindre Checkpoint Alpha demain ?

— Envoyez un ordre de conduite pour ce putain d'oiseau, dit Fitch, les dents serrées. Bravo Six terminé.

Il y eut une pause, puis la radio siffla de nouveau.

— Vous vexez pas, Bravo Six. J'essayais seulement de vous dire ce qu'il en est, c'est tout. À vous.

Fitch fixa l'obscurité en maintenant le combiné éloigné de sa bouche. Après une longue attente, la radio siffla encore.

— OK, Bravo Six. Je vais voir ce que je peux faire. Pas de quoi s'énerver. Big John terminé.

***

Le lendemain matin, ils tirèrent à la courte paille afin de déterminer qui dégagerait suffisamment de jungle pour faire une zone d'atterrissage. Mellas perdit. Frissonnant encore de froid et d'humidité, il revint d'un air abattu vers les soldats de sa section pour leur apprendre la nouvelle. Kendall et Goodwin repartirent afin de préparer les patrouilles de sécurité.

Le seul endroit possible pour une ZA était un petit coin plat, juste sous le sommet de la colline. Mais il était recouvert d'une formidable masse de bambous emmêlés et d'herbe à éléphant. Mellas eut envie de vomir. Son petit Ka-bar et sa pelle de tranchée émoussée ne semblaient d'aucune aide face à une flore aussi dense. Il regarda ses mains, palpa ses plaies d'ulcère tropical. Il regarda Jackson, sachant qu'il aurait pu lui dire de commencer à déblayer pendant que lui retournait s'asseoir avec Bass pour contrôler l'unique radio qu'ils partageaient désormais. Il avait donné l'ordre d'éteindre l'autre pour économiser du courant. Mais il savait qu'il ne pouvait pas laisser ces gamins s'il voulait gagner leur respect. Il n'empêche, il ne savait pas quoi faire devant cet immense mur vert. Il sentit qu'à côté de lui Jackson commençait à se mettre en colère. Il continua de fixer la tâche impossible. Son esprit refusait de se concentrer. Déblayer la jungle... sans outils ni nourriture. Il ferma les yeux.

Puis il entendit Jackson hurler :

— Putain de saloperie de merde !

Et Jackson passa devant lui en rugissant. Mellas le regarda avec stupeur, persuadé qu'il avait craqué. Jackson se jeta presque à l'horizontale, comme pour un plaquage au football, dans le mur d'herbe et de bambous. La masse céda légèrement. Le marine revint en courant vers le groupe, poussa un cri, et se jeta de nouveau sur la masse emmêlée. Celle-ci ploya. Il recula et bondit dessus, les pieds en avant, en l'insultant. Puis il se mit à sauter dessus en poussant un chant de jubilation. Les bambous se brisèrent. L'herbe s'affaissa et tomba. Broyer protégea ses lunettes avec les bras, poussa un cri et fondit, tête baissée, dans l'entaille de Jackson.

Il ne fallut guère plus d'une seconde à Mellas pour comprendre qu'il venait d'avoir sa première leçon de ce que c'était vraiment que d'être un chef. Il fonça en avant, la tête la première, comme s'il partait faire un tacle. La masse végétale laissa passer sa tête mais pas ses épaules. Il fut suivi de Tilghman, le tireur de M79, puis de Parker et de Cortell. Mellas regagna sa position en courant, tourna, gronda, et revint à la charge. Les escouades de Jacobs et de Connolly, prises par l'excitation du jeu, allèrent elles aussi s'écraser dans l'herbe. Vancouver attrapa même Connolly pour le lancer comme une bûche dans le fouillis. Les uniformes se noircirent au contact de toute cette pourriture humide.

Les mains et les bras ruisselèrent vite de sang au contact de l'herbe tranchante comme un rasoir. Mais la zone d'atterrissage s'élargit.

À 11 heures, elle était dégagée. Épuisés, les gamins s'étaient allongés sur le dos, les yeux fixés sur les volutes de nuages gris. Une heure plus tard, les nuages touchèrent la terre. La zone d'atterrissage et les marines qui attendaient prirent un air fantomatique, irréel. À la fin de l'après-midi, frissonnant tous de froid, découragés et silencieux, ils attendaient toujours l'oiseau. Il n'y avait plus du tout de nourriture. Beaucoup d'entre eux n'avaient mangé que les trois quarts d'une boîte au cours des dernières quarante-huit heures. Le brouillard les encerclait. Même Jackson ne pouvait rien y faire.

***

Fitch envoya Kendall et Goodwin en patrouilles de la taille d'escouades pour assurer la sécurité de la zone d'atterrissage, au cas où. Kendall se perdit et dut tirer une fusée éclairante pour que Daniels et Fitch localisent sa position. Tout le monde maugréa qu'elle allait révéler leur position à l'APVN, les gamins commençant alors à traiter Kendall d'« Éclairante ». L'adjoint de Kendall, Samms, s'assit avec Bass pour pester contre Kendall et la politique qui consistait à donner de l'expérience à chaque officier en le plaçant à la tête d'une section de fusiliers. Goodwin appela par radio pour les informer qu'il avait trouvé quelque chose, mais qu'il s'agissait d'une surprise. Fitch proposa vingt dollars à Hawke pour sa boîte d'abricots. Hawke refusa.

En milieu d'après-midi, Cortell et Jackson allèrent voir Hawke pour lui parler des prochains quotas de R & R. En arrivant au centre du périmètre, ils trouvèrent le lieutenant Goodwin – toujours chargé de grenades à main et de munitions – en train de caresser deux bébés tigres. L'encornet et Relsnik regardèrent le sergent Cassidy pousser gentiment du doigt les gros chatons aveugles, le sourire aux lèvres.

Cortell, qui avait partagé un trou de combat avec Williams depuis leur arrivée dans la brousse huit mois plus tôt, voyait les deux tigres d'un autre œil. Il s'écarta de Jackson et s'approcha du groupe.

— Je ne pense pas que leur place soit ici, dit-il.

Son cœur commençait à battre fort, mais il s'était juré de faire quelque chose pour Williams – n'importe quoi, du moment que cela apaise la culpabilité qu'il éprouvait de l'avoir abandonné.

— Ben merde alors, lança Cassidy en se relevant. Tu ne penses pas qu'ils devraient être ici, hein ? Je me souviens pas de t'avoir demandé ton opinion là-dessus, si ?

Cortell ne répondit pas en espérant que Jackson intervienne.

— Alors comme ça, tu viens voir tes supérieurs pour leur dire ce que tu penses ? demanda Cassidy.

— Non, Sir, dit Cortell.

La vieille peur du Sud profond lui revenant, il sentit ses genoux se dérober sous lui.

— Alors je te suggère de t'occuper de tes affaires. J'aurais cru que toi, les animaux de la jungle, t'adorerais ça.

Les narines de Cortell se dilatèrent et il pâlit. Ses mains et ses jambes étaient brûlantes. Il sentit la main de Jackson sur son coude. Jackson le tirait doucement en arrière, loin de Cassidy, loin d'un précipice intérieur. Cortell respirait bruyamment, les yeux rivés sur Cassidy, qui le fixait lui aussi.

— Je vais les tuer, ces enculés, dit Cortell.

— Faudra me passer sur le corps, lui renvoya Cassidy.

— C'est ça que tu veux ?

— C'est une menace de mort, Cortell ?

— Allez quoi, Cortell, dit Jackson.

Cortell l'entendit comme à l'autre bout d'un long tunnel.

— Il menace pas de vous tuer, Gunny, ajouta doucement Jackson en se tournant vers Cassidy. C'est pour Williams, son pote, bordel.

Cortell gifla furieusement la main de Jackson et se dégagea de son emprise.

— Allez quoi, Cortell, répéta Jackson. Tu vas finir sous les verrous.

Il le fit se retourner, Cortell tirant vers l'arrière et lui vers l'avant. On ne sait trop comment, Cortell réussit à se libérer de sa rage en sortant de lui-même. Il prit conscience de sa propre colère. Puis il se rendit compte que lui et Jackson étaient en train de tirer dans des directions opposées. Dans un tourbillon, il vit Jésus-Christ et les marchands du Temple, Pierre qui coupait l'oreille du serviteur, Jésus sur la croix, puis Dieu qui pleurait son enfant perdu. Il se rappela qui il était et où il se trouvait et laissa Jackson lui prendre le coude pour l'emmener en bas de la pente, abandonnant Cassidy debout face au groupe silencieux.

Puis il se rappela Four Corners, le Mississippi et Gilead, à plus de six kilomètres sur la route de terre, là où vivaient les Blancs. Il se rappela avoir conduit le long des rues bordées d'arbres, s'efforçant de passer inaperçu dans la vieille Ford 1947 de son grand-père soigneusement dépoussiérée. Il se rappela sa grand-mère s'assurant que sa chemise était blanche et repassée. Et il pensa à sa cousine plus âgée, Luella – Luella qui rentrait à la maison en empruntant la route poussiéreuse de Gilead, épuisée et en nage dans sa tenue de bonne, pour allaiter son bébé qu'elle avait laissé à sa mère pendant les quatorze heures où elle avait dû s'absenter, Luella qui brûlait de se soulager les seins et le cœur. Puis il se rappela les heures et les heures passées à retenir son urine, et les collégiens blancs qui le fixaient de leurs yeux durs lorsqu'il venait dans la remise d'entreposage du coton sans avoir rien à y faire de « sérieux » parce qu'il voulait simplement faire passer un message à son oncle qui travaillait dans le champ de derrière. Dans son souvenir désormais, tous ressemblaient à Cassidy.

Cortell commença à courir vers les lignes.

— Cortell, espèce d'abruti, cria Jackson en le regardant partir.

Arrivé à son trou de combat, Cortell attrapa son M16 et ramena la culasse en arrière pour chambrer une cartouche. Il se retourna, les yeux hagards, et se mit à courir vers le sommet de la colline. Jackson lui sauta dessus et le plaqua au sol, faisant voler son M16.

— Je vais les tuer, ces enculés ! hurla Cortell. Je vais les tuer, ces enculés !

Il donna des coups de pied et se contorsionna sous Jackson, lui griffant les yeux, labourant la terre avec ses ongles pour atteindre son arme. Jackson tint bon.

***

Mellas regardait Bass préparer une tasse de café avec la dernière enveloppe de café soluble de la section lorsque les cris de Cortell leur parvinrent. Ils se mirent immédiatement à courir. Mellas bondit sur Jackson et Cortell, arracha Jackson à son adversaire. Cortell commença à se relever tant bien que mal, mais Bass lui tomba dessus et le cloua au sol. Le large visage de Cortell, habituellement aimable, était contorsionné de rage et de douleur.

Jackson, qui se dominait beaucoup mieux, ne lutta pas avec Mellas.

— Je vais bien, dit-il. C'est Cortell.

Mellas le regarda dans les yeux et roula par terre. Jackson se leva et commença à s'épousseter, le regard baissé sur Cortell, encore immobilisé sous le corps massif de Bass.

— Qu'est-ce que t'as, bordel ? demanda Mellas à Cortell.

— C'est le Gunny. Je vais le buter.

Mais déjà il se maîtrisait, et, de toute évidence, il ne pensait plus ce qu'il disait

Bass, voyant que Cortell avait repris le contrôle de lui-même, se leva, lui tendit la main et l'aida à se redresser.

— Qu'est-ce qu'il a fait, Cassidy ? demanda-t-il.

— Scar a ramené deux bébés tigres et le Gunny s'est mis à s'amuser avec, expliqua Jackson.

— Et alors… ?

— Et alors, je lui ai dit de s'en débarrasser, répondit Cortell. Un tigre a tué Williams, vous aussi vous avez déjà oublié ?

Le visage de Bass refléta la souffrance provoquée par cette affirmation, mais il ne dit rien.

Mellas intervint.

— Tu ne peux pas dire au Gunny de faire ce que tu veux comme ça. Je sais ce que tu ressens. Mais tu devais bien savoir qu'il réagirait. Il ne comprend probablement pas à quel point ça te touche.

— Il a dit à Cortell qu'il devait aimer les animaux de la jungle, dit Jackson doucement.

Mellas baissa la tête et se détourna un instant. Bass marmonna dans sa barbe, puis se tourna pour prendre la direction du PC.

Mellas l'arrêta.

— C'est mon problème, dit-il. On n'a qu'à accorder nos violons, et puis j'irai discuter avec Scar. Ce sera plus facile que de parler directement à Cassidy.

Jackson et Cortell lui racontèrent leur version de l'histoire. Lorsqu'ils eurent fini, Mellas regarda Cortell.

— T'as toujours envie de tuer le vieux Cassidy ? demanda-t-il avec un sourire.

Cortell lui rendit son sourire, il avait le nez qui coulait un peu.

— Non, je pense que je vais le laisser rentrer chez lui. Doit y avoir un connard quelconque qui l'y attend.

Il eut un rire mal assuré, et Mellas se joignit à lui.

***

Mellas trouva Goodwin près de la zone de sa section.

— C'est rien que deux petits bébés tigres. Hé, regarde-les. (Il s'agenouilla pour en laisser un lui lécher le doigt.) Ils feraient pas de mal à une mouche. Merde, Jack, je peux pas les tuer.

Mellas regarda les deux tout petits chatons.

— Bon Dieu, non, ne les tue pas, dit-il solennellement. On aurait la maman qui débarquerait vers les lignes la seconde d'après. Il faut que tu les ramènes là où tu les as trouvés.

— Tu parles, Jack. C'est à deux *klicks* d'ici, bordel !

— Je vais le faire, alors.
— Ça me va, Jack. Mais tu sais pas où c'est, hein ?
Goodwin sourit, amusé de voir Mellas un moment décontenancé.
— Non. Je ne sais pas.
— Bon, ben merde. (Goodwin ramassa un des chatons.) Je vais les ramener. (Il marqua une pause pour réfléchir.) Les Viets seront pas assez crétins pour aller là-bas de toute façon.
— Merci, Scar, dit Mellas, vraiment reconnaissant. Je te revaudrai ça.
— Nan. J'ai rien de mieux à foutre. J'aurais même pas dû les amener ici. Je pensais pas à votre type qui s'est fait bouffer.
Vancouver se portant volontaire pour l'accompagner, ainsi que plusieurs hommes de Goodwin, ils laissèrent les chatons juste à l'entrée de la grotte où ils les avaient trouvés. Le groupe revint bien après minuit, ralenti par l'obscurité, silencieux et courbé par l'épuisement.

***

Pendant que Goodwin était parti, Mellas, plein d'une colère bien-pensante, affronta Cassidy à la réunion des officiers. Ce dernier, contraint une fois de plus d'endosser le rôle du méchant, répondit à l'attaque de Mellas avec sa propre colère.
— J'ai simplement dit à ce demeuré qu'il devait aimer ces bestioles parce qu'ils viennent tous les deux de la jungle. C'est le cas, non ? Ils fanfaronnent tout le temps avec leur connerie de pouvoir noir, et s'ils sont censés être de grands méchants guerriers africains, alors ils devraient être fiers de leurs origines !
Mellas garda le silence.
— Ce corps de marines part en couille depuis cette putain de guerre, continua Cassidy. Je me suis peut-être un peu lâché. Mais bordel, un première classe a pas le droit de foncer comme ça sur un officier et un sergent-chef pour leur donner son opinion à la con. Aucune discipline, bordel ! Aucune fierté. Et ils continuent de nous enculer, nous les professionnels, en nous envoyant dans la brousse pour la énième fois alors que les gros lards et les tire-au-flanc peuvent refuser d'y aller autant qu'ils veulent. Ben moi, je me casse, putain !
Il y eut un silence gêné. Soudain, Mellas eut de la peine pour cet homme qui voyait le monde changer trop vite autour de lui.
— Moi aussi, j'ai dû aller un peu vite en besogne, sergent Cassidy, dit-il. Peut-être que si vous disiez simplement à Cortell que vous êtes désolé…

— Je suis pas désolé, lieutenant !

— Cassidy, la situation pourrait sérieusement dégénérer. Ils sont déjà énervés à cause de la coupe de cheveux de Parker. Alors, avec ça en plus, ça risque de pas bien passer.

— S'ils veulent essayer leur connerie de pouvoir noir avec moi, lieutenant, je vais leur balancer mon pouvoir noir dans l'cul jusqu'en enfer. Ils me font pas peur. J'ai déjà eu affaire à des petites frappes avant.

Mellas laissa tomber et jeta un regard à Fitch pour le lui faire comprendre. Celui-ci passa rapidement à la réunion des officiers. Les seules nouvelles qu'il avait étaient que les piles étaient si faibles que, en plus d'éteindre toutes les radios secondaires, il ne faudrait allumer celles des officiers que la nuit ou lorsque la compagnie avançait. Le dernier ordre du bataillon était de rattraper le temps perdu ; d'atteindre le poste de contrôle du jour, Alpha, avant la fin de la matinée du lendemain ; de rallier Checkpoint Bravo avant le milieu de l'après-midi ; et d'arriver dans les temps à Checkpoint Charlie le lendemain soir. Il n'y aurait aucun ravitaillement. La ZA avait été établie pour rien.

CHAPITRE 8

Le lendemain matin, lorsqu'ils s'enfoncèrent dans le noir, la section de Goodwin avançait en tête. Celle de Mellas se trouvait en milieu de colonne, en relative sécurité. Résignés à marcher plutôt qu'à voler, les gamins mettaient un pied devant l'autre dans la danse sans fin qui est celle de l'infanterie. Pour ceux qui n'ouvraient pas la marche, les pensées dérivaient vers des souvenirs de temps meilleurs, de repas pris, de filles qu'ils avaient connues ou auraient aimé mieux connaître. Pour ceux qui étaient en tête, le passé n'existait pas ; il n'y avait que la terreur du présent.

La faim dominait les esprits, tenaillant les hommes de pointe et Goodwin, qui s'efforçait d'ignorer sa violente migraine pour se concentrer sur la tâche à accomplir. Tous marchaient avec un sentiment permanent d'irritation et de frustration. Une pièce d'équipement qui se prenait dans une branche devenait une injustice monstrueuse. Bousculer quelqu'un parce qu'on avait les sens atrophiés par l'épuisement déclenchait une colère excessive au lieu de susciter la remarque sarcastique habituelle.

Ils atteignirent Checkpoint Alpha une heure après le crépuscule, avec maintenant une journée entière de retard sur le programme. En fin de compte, Checkpoint Alpha se résumait au sommet d'une colline recouverte de jungle, et rien d'autre. Ils n'avaient rien mangé de la journée – leurs derniers trois quarts de boîte avaient été consommés la veille. Cela faisait trois jours que personne n'avait mangé ne serait-ce qu'une moitié de ration.

***

Pendant tout le dîner, le lieutenant-colonel Simpson eut l'air distrait. Le commandant Blakely supposa qu'il se demandait comment expliquer le retard de la compagnie au colonel Mulvaney lors du briefing du lendemain. Il sembla à peine remarquer que le serveur, un engagé, lui enlevait son assiette et lui remplissait de nouveau sa tasse de café. Il ne se joignit qu'à contrecœur au commandant Blakely et au capitaine Bainford, l'officier du contrôle aérien avancé, pour raconter des histoires et rire en fumant des cigares. Il saisit la bouteille de Mateus qu'ils avaient presque vidée pendant le repas et s'en resservit un verre, sans même toucher à son café. Il le but rapidement. Puis il plongea la main dans sa poche pour prendre un autre cigare, mais la fine boîte en carton était vide.

— Un cigare, colonel ? lui proposa Blakely en cherchant l'un des siens.

Simpson l'alluma à la flamme d'une bougie posée sur la table et le travailla en quelques inspirations rapides avant de commencer à se détendre. Blakely s'en alluma un lui aussi, se pencha en arrière et, par le grillage qui protégeait l'intérieur de la petite tente du mess réservée aux officiers et aux sous-officiers d'état-major, regarda des insectes qui voltigeaient juste à l'extérieur. Au coucher du soleil, la BCV n'était pas un bel endroit où manger. Des engagés s'y pressaient en groupes dépenaillés, faisaient la queue pour le rata devant la tente du mess. Le sol était boueux. L'air du soir empestait le kérosène et l'odeur de la merde ramassée dans les latrines et brûlant dans des barils. Un unique Huey qui rentrait sur Quang Tri s'éleva au-dessus de la piste rudimentaire et se perdit un instant dans le gris-vert des collines avant de se découper sur la lumière mourante.

— On a rien à foutre ici, Blakely, grogna Simpson.

Il tira ce qui sembla être une bouffée furieuse de son cigare.

— Sir ?

— On devrait être dans la brousse. On a trois compagnies qui sont là à rien branler dans les plaines, et une qui fout le camp dans les montagnes. On peut pas les contrôler. On peut pas botter des culs quand il faudrait.

— Je suis d'accord, Sir, mais avec le bataillon divisé comme ça et les compagnies éparpillées partout sur la carte même quand on a une opération en cours, comment voulez-vous les contrôler ?

— Matterhorn. Je veux être de retour à Matterhorn. On bloquerait tout le coin nord-ouest du pays. Ça pousserait les compagnies présentes dans la jungle à gêner les bridés, à frapper leurs lignes de ravitaillement et à détruire leurs caches. (Il cracha un morceau de tabac par terre.) Qui sait, peut-être même quelques raids au Laos.

Ces conneries de bombardements, c'est de la merde. On lâche une bombe et un *grunt* n'a qu'à se lever pour traverser le trou, et l'APVN, c'est tous des *grunts*, parmi les meilleurs. C'est pour ça qu'on doit leur envoyer les nôtres aux fesses.

— Je suis de votre avis, dit prudemment Blakely en jetant un coup d'œil en coin au contrôleur aérien avancé, mais avec ces fichues restrictions politiques, qu'est-ce qu'on peut faire ? Mais oui alors, je suis d'accord, merde ! Il faut aller là où il y a de l'action.

Il ne demanda pas au colonel quelle différence il y avait entre diriger quatre compagnies par radio depuis Matterhorn, et le faire depuis la BCV. Il savait que la vraie différence était psychologique, du moins pour ceux de la division. Si le poste de commandement du Un Vingt-Quatre était à Matterhorn sur la carte – et donc isolé, dans la position la plus exposée –, la division serait constamment rappelée au fait que les officiers à la tête du Un Vingt-Quatre étaient des broussards, et non du personnel d'état-major terré dans des casemates aux murs épais. Blakely connaissait l'importance de l'image. Ça ne leur ferait pas de mal de se faire bombarder de temps à autre. Il fallait qu'il y ait de vrais combats dans son dossier – avec des Purple Hearts et des médailles à la clé. C'était la meilleure voie, peut-être même la seule, vers le sommet.

— Il faut qu'on ait un meilleur contrôle, poursuivit Simpson en s'adressant presque à lui-même. Ce crétin de Fitch est en retard d'une journée entière sur le programme. Il est resté assis à rien foutre toute la journée d'hier. Toute une journée de merde passée à évacuer des cas de pied de tranchée qui ne sont que le résultat d'un commandement inepte. Eh bien, je l'ai pas laissé faire ! Ça lui apprendra.

Simpson se servit un autre verre de vin et le but d'un trait en se levant de sa chaise. Puis il posa brutalement son verre sur la table et ajouta :

— C'est bon ça ! Portugais, non ? On devrait en commander une autre caisse.

Et il quitta la salle, les autres se levant tandis qu'il sortait.

***

Simpson continua à boire. Après deux heures passées à feuilleter nerveusement la pile de documents qui s'entassaient sur son bureau de fortune en contreplaqué, il avait descendu près de la moitié d'une bouteille de Jack Daniel's Black. Il s'était levé de sa chaise six ou sept fois pour regarder la carte punaisée à un autre morceau de contreplaqué appuyé à la toile humide de la tente. Il touchait les coordonnées de la côte 1609, la dernière position signalée par Bravo, et essayait de se convaincre que la compagnie allait s'en sortir. Puis, échouant à trouver un quelconque réconfort et conscient d'être en charge de nombreuses vies, il retournait à contrecœur à sa paperasserie et remplissait de nouveau son verre.

Il savait qu'il ne devait pas boire autant, surtout quand il était seul. Mais il l'était souvent. Après tout, c'était lui le commandant du bataillon. Et on est censé être seul au sommet. Qu'espérait-il ? La camaraderie décontractée du quartier des officiers ? Une autre voix le réprimanda. Il aurait dû être en meilleurs termes avec les autres commandants de bataillon du régiment, ou avec quelques membres de l'état-major du régiment de même âge ou de même rang que lui. Il avait essayé. Il avait invité le lieutenant-colonel Lowe, à qui on avait confié le Deux Vingt-Quatre, à venir dîner avec lui l'autre soir. Il avait sorti de nouveaux cigares et du très bon vin. Mais il s'était senti mal à l'aise. Lowe jouait encore au football pour Annapolis lorsque Simpson se gelait le cul en Corée, et le voilà, là, avec trois ans de moins que Simpson, et dans la même position que lui. C'était justement ça, le problème : Annapolis. Simpson avait travaillé pour financer ses études à la Georgia State University, et n'avait jamais eu le temps d'apprendre à avoir une vie sociale. Il n'était donc pas expert en relations publiques, comme pouvaient l'être Lowe et Blakely. Il ne l'avait jamais été. Et ne le serait jamais. Et alors ? Il était seul. Et alors ? Il n'était pas là pour s'amuser. Il était là pour buter du Jaune.

Il repoussa lentement le tas de paperasse sur le bureau. Dans l'espace ainsi dégagé, il posa son verre de whisky et la bouteille à moitié pleine. Le liquide ambré se réfléchit chaleureusement sur lui. Chaude lumière. Chaude et profonde.

Il ne cessait de se repasser les commentaires et les questions de Mulvaney pendant le briefing. Pourquoi devait-il se farcir un tel crétin, un tel personnage de dessin animé ? Il n'arrivait jamais à savoir ce que pensait le colonel, ni l'opinion qu'il avait de lui. Il était certain qu'un vieux *grunt* comme Mulvaney serait ravi qu'on déplace son QG à Matterhorn. Le colonel avait même dit qu'il y avait l'air d'y avoir des Viets. Mais maintenant, il avait l'impression d'avoir fait quelque chose de mal en allant là-bas et en devant se dépêcher de rentrer pour l'opération Cam Lo. Pourtant, Mulvaney avait bien donné le feu vert. Simpson but quelques gorgées de plus. Quatre jours pour préparer la côte 1609. Était-ce imprudent de leur part ? Dieu sait si on avait laissé les hommes là-bas livrés à une bande de lieutenants de réserve inexpérimentés. Et laxistes avec les troupes. Et qui avançaient trop lentement. Il n'y avait simplement pas assez de capitaines ordinaires. Toute cette saloperie puait. Les marines étaient des troupes de choc. « Des ouvre-boîtes », comme Liddell Hart[1] les avait appelés un jour. Ou était-ce des « ouvre-serrures » ? Il ne se souvenait jamais de ce genre de détails, c'est pour cela qu'il n'arrivait pas à insérer des citations savoureuses dans ses rapports comme il savait qu'il aurait dû le faire. Mais la tactique, ça, il connaissait à fond, bordel. Pourquoi aurait-il fallu se souvenir de citations à la con ? Les seules boîtes qu'ils ouvraient dans le coin ne contenaient que des guêpiers. Le paludisme. L'ulcère tropical. Les politiciens. Les nègres qui s'insurgeaient avec leur connerie de Black Power. Lentement et soigneusement, il rallongea un tout petit peu la dose de whisky dans son verre. Plus que quelques mois à tenir le coup. Un bataillon au combat. Merde, il avait déjà trente-neuf ans. C'était une bénédiction, un sursis avant la quille qui viendrait clôturer vingt ans de service. À présent, il avait une chance de devenir un vrai colonel, d'avoir un régiment à lui. Il sourit et regarda son verre aux reflets chauds. Non, pas une division. On ne doit pas trop en demander aux dieux, sinon ils vous remettent à votre place. Mais un régiment c'était possible, s'il ne foirait pas ce coup-là.

Il eut un haut-le-cœur et réagit en descendant le reste de son whisky. Il remplit de nouveau son verre.

Trente-neuf ans. C'était sa dernière chance. Il savait qu'il n'était pas aussi intelligent que Blakely, ni haut en couleur comme Mulvaney. Mais il se sentait concerné. Il se sentait concerné par le pied de tranchée. Par la sécurité, par la réduction de son taux de pertes. Mais comment se faire remarquer par le commandant en chef avec ce genre de choses ? Ça puait. Tout ça, ça puait. Cette foutue compagnie Bravo isolée là-bas ? Il n'aurait jamais dû laisser Blakely les baratiner, lui et Mulvaney. Et puis toute cette pagaille avec les rations. Il n'avait pas rattrapé le coup. Il aurait dû. Superviser, superviser, superviser. C'était le dernier « S » de BAMCIS[2] : commencer à planifier, organiser la reconnaissance… ou était-ce organiser les appuis ? Effectuer une reconnaissance. Non, une planification. Merde. La mémoire n'a jamais été très bonne.

1. Historien militaire britannique.

2. BAMCIS : *Begin planning, Arrange for reconnaissance, Make reconnaissance, Complete the planning, Issue the order, Supervise* (commencer à planifier, organiser la reconnaissance, effectuer la reconnaissance, finir de planifier, lancer l'ordre, superviser).

Putain. C'est pourtant simple. On y va et on flingue l'ennemi. Si jamais quelqu'un a vent de cette histoire de rations, ça se paiera cher.

Blakely transférait de nouveau vers Da Nang l'officier d'intendance qui avait foiré. Non que ça dérange le S-4[1]. Ça non, merde ! Des clubs d'officiers. De l'alcool. Des femmes. Des femmes aux yeux ronds ! Il y avait une blonde qui vendait des voitures aux troupes. Des voitures ? Des Mercedes-Benz, oui ! Toute une année de salaire pour un de ces petits bijoux. Bien sûr, cela ne figurerait pas dans le dossier de l'officier d'intendance. À quoi bon lui mener la vie dure ? Blakely passait par les voies officieuses pour faire savoir qu'on laisserait l'officier s'en tirer à bon compte et qu'on ne mettrait rien dans son dossier. Mais si jamais ça se savait, eh bien mais... il pourrait montrer qu'il avait pris des mesures immédiates pour se débarrasser de lui. La situation n'était pas si mauvaise que ça. Personne ne s'était fait tuer ni rien. Et puis, ils sortiraient la compagnie Bravo de la brousse, pour se faire pardonner. Il y aurait des steaks pour tout le monde lorsqu'ils reviendraient. D'ailleurs, avec Bravo à la BCV, le bataillon tout entier serait là en même temps. Il y aurait du steak pour tout le bataillon et une soirée officielle au mess pour les officiers. Ce genre de tradition remontait aux Royal Marines, bon sang ! Comme dans le temps. Ça, ça regonfle le moral. Une soirée au mess pour les officiers et des steaks pour la troupe. De bons putains de marines, ces gosses. C'était pas leur faute. Ils finiraient par l'aimer. Ils comprendraient. Il leur manquait un vrai chef. Ça non plus, c'était la faute à personne. On se retrouvait avec ces gamins sortis de la fac, des bleus-bites sans expérience. Un jour ils se tapent des filles qui bossent dans les bureaux du gouvernement à Washington, et la semaine suivante on les lâche dans la brousse. À quoi s'attendre, hein ? À de la merde. Ils avaient seulement besoin de s'endurcir un peu, c'est tout. De la maturité. C'est pour ça qu'il devait regagner la brousse. C'était comme ces casemates à Matterhorn. Les soldats se seraient fait massacrer dans un raid aérien ou un gros bombardement. On n'est jamais trop prudent. Bien sûr, c'était dur pour eux... bon sang, bien sûr que c'était dur ! Mais il était là pour ça : pour sauver des vies. Nom de Dieu, tout ce qui leur fallait, c'était un bon vieux remontage de bretelles à l'ancienne. Qu'on leur montre qui était le chef.

Il finit son whisky, attrapa sa casquette et traversa les rideaux de camouflage pour sortir dans la nuit. Guidé par les pierres blanchies à la chaux qui longeaient le chemin, il marcha jusqu'au COC, le centre des opérations de combat. Il en poussa la lourde porte, surprenant l'officier de

1. Officier en charge du bataillon d'approvisionnement.

garde qui lisait un *Playboy*, ainsi que les trois opérateurs radio, dont deux jouaient aux échecs. Le troisième écoutait le top quarante de l'AFVN, la station radio de l'armée à Quang Tri. Tous se levèrent précipitamment.

— Appelez-moi Bravo Six ! aboya-t-il.

Un des opérateurs radio commença à établir la communication. Peu après, la voix de Pallack répondit, puis on entendit celle de Fitch. Elle était aussi faible que celle d'un spectre.

— Ici Big John Six. J'aimerais savoir pourquoi vous avez délibérément désobéi aux ordres et pourquoi vous êtes assis à rien foutre à Checkpoint Alpha avec une journée entière de retard. Je veux une bonne explication, bordel, ou c'est à Okinawa que vous vous expliquerez, parce que, nom de Dieu, j'aurai la peau de tout commandant qui fait pas le boulot comme il faut ! À vous.

Les opérateurs radio se jetèrent un coup d'œil en biais. L'officier de garde commença à passer en revue les messages radio arrivés de la division.

La pause fut longue.

— Bien reçu, Bravo Six ? insista Simpson. À vous.

— Compris, Sir. Reçu. (La transmission fut interrompue.) On a eu du brouillard toute la journée. J'ai passé mon temps à attendre l'oiseau que j'avais demandé. J'ai quelques soldats très atteints du pied de tranchée, un cadavre, et on n'a plus de nourriture. C'était moi qui pensais qu'on pourrait avancer plus vite si ces problèmes étaient résolus. Je prends l'entière responsabilité de ce retard. À vous.

— Il y a intérêt, bordel de merde ! Mais ça m'aidera pas à expliquer ça à Bushwhacker Six. À vous.

— Je comprends, Sir. Peut-être que si on savait en quoi consistait notre mission, nos hommes avanceraient plus vite. À vous.

Avec la distance et les piles faibles, la voix de Fitch tremblotait et se brisait.

— Votre mission est de trouver l'ennemi, de l'engager et de le détruire. C'est la mission de tous les marines, putain ! (Inconsciemment, Simpson tira les épaules en arrière. Il sentait le regard des soldats peser sur lui.) Et maintenant, bordel de merde, vous vous mettez à trouver et à détruire ou je vous relève de vos fonctions pour incompétence. Bien reçu, Bravo Six ?

— Compris. Bien reçu.

— Il est impératif, im-pé-ra-tif que vous ayez atteint Checkpoint Echo jeudi avant midi. Vous y attendrez les ordres. Impératif. C'est compris ? À vous.

La radio resta muette. Checkpoint Echo se trouvait à la confluence de deux rivières, l'une provenant des montagnes qu'ils s'efforçaient de traverser, l'autre dévalant d'une autre chaîne de montagnes à l'est. Fitch revint sur le réseau.

— Sir, je suis en train de regarder ma carte, et Checkpoint Echo est de l'autre côté d'une zone très abrupte. Écoutez, avec ce genre de terrain, je doute qu'on puisse arriver aussi vite. À vous.

— Attendez.

Simpson s'élança vers la carte et mit un doigt sur la position de Bravo, soigneusement indiquée par une punaise recouverte d'une grande lettre B. Il en posa ensuite un autre sur les coordonnées de Checkpoint Echo. Ses deux doigts étaient écartés d'une vingtaine de centimètres. De toute évidence, Fitch tirait au flanc.

Simpson reprit le combiné.

— Vous essayez de m'avoir ou quoi, Bravo Six ? Débrouillez-vous pour être à Echo avant midi, ou vous passerez votre premier mois à Okinawa à vous faire enlever mon pied du cul. C'est reçu ?

— Reçu.

— Big John Six terminé.

***

Dans le froid et l'humidité, à trente kilomètres de la BCV, Fitch jeta doucement le combiné par terre et scruta l'obscurité. Relsnik tâtonna pour le trouver et le ramassa.

Hawke siffla.

— Peut-être qu'une fois dessoûlé, il aura oublié ce qu'il a dit.

Fitch grogna.

— Allez, oublie ça, poursuivit Hawke. Qu'est-ce qu'il va te faire, Jim ? Te faire couper les cheveux et t'envoyer au Vietnam ?

Fitch sourit, heureux de ce soutien, et se demanda en quoi, après tout, ce serait si terrible qu'il soit démis de ses fonctions. Juste histoire de sortir de tout ça. Pourtant, il se sentait affreusement mal. Ce rapport lui serait fatal. Tout espoir de décrocher une mission digne de ce nom après avoir quitté le Vietnam serait réduit à néant. Avoir si bien commencé à la tête d'une compagnie pour se faire renvoyer comme un malpropre à l'arrière, il ne pouvait pas le supporter. Fitch connaissait suffisamment le corps des marines pour être conscient du fait que ce genre d'affaire finissait par se savoir. Et dans une structure aussi réduite que celle des marines, il ne parviendrait jamais à passer à autre chose. Aucune explication n'y ferait quoi que ce soit. Il donnerait seulement l'impression de se chercher des excuses. La vraie histoire, celle que connaissaient Hawke et les chefs de section, resterait verrouillée dans la jungle jusqu'à ce qu'ils en reviennent. Mais même là, ça n'aurait plus d'importance. Fitch ne serait plus qu'une farce.

***

En bas, dans les lignes, Mellas et Hamilton étaient assis sur le bord arrière de leur trou de combat. Hamilton avait emprunté la lampe torche à verre rouge de Mellas pour noircir un carreau de plus sur son tableau de quillard. C'était le dessin d'une Vietnamienne délicate qui, la jambe droite levée au-dessus de la tête, exposait son vagin. Deux cents petits segments numérotés serpentaient autour d'elle en spirale, avant de s'achever avec le jour zéro, situé sur le point sensible.

— Vous savez, lieutenant, dit Hamilton, je trouve que cette fille est vraiment belle. Je veux dire, vraiment. Elle ressemble à une fille que je connaissais par chez nous.

— Arrête un peu, Hamilton! Elles se ressemblent toutes vues sous cet angle, dit Mellas en se rappelant une blague qu'il avait entendue.

Mais il eut l'impression d'avoir un peu profané la belle fille du tableau d'Hamilton.

Celui-ci se pencha en arrière sur les coudes.

— Je voulais l'épouser depuis la quatrième.

— Pourquoi tu l'as pas fait?

— Elle s'est mariée avec un type qui est ingénieur à l'usine. Il avait un boulot qui l'exemptait de faire son service. (Hamilton s'évada quelque temps dans son monde, puis il revint.) J'étais avec un pote à moi, Sonny Martinez. On était descendus de Camp Lejeune pour leur mariage. Sonny parle plutôt bien anglais, mais il le salope encore un peu. Enfin bref, il attire l'attention du mari de Margaret à la réception et il lui demande : « Hé, toi déjà fait l'armée? » « Non », répond le type. « Pourquoi toi pas fait l'armée? » (La voix d'Hamilton se fit lente et pompeuse.) « Eh bien, tu vois, j'ai un boulot très important et, eh bien... il est trop important pour que j'aille à l'armée. » Alors Sonny il se l'est fermée tout le reste de la journée, et moi, j'avais envie de sauter par-dessus la table et de lui arracher les yeux, à ce connard.

Mellas éclata de rire.

Hamilton leva son verre invisible pour porter un toast.

— À Margaret et à son connard de mari. (Il se tut un instant.) Pourquoi est-ce que les trous du cul dans son genre finissent toujours par épouser les nanas les plus exceptionnelles ?

— Elles cherchent la sécurité, j'imagine. Les gars comme toi et moi, on est trop risqués.

— Mais je peux pas m'empêcher de penser qu'on est meilleurs qu'eux.

— Malheureusement, c'est pas ce que pensent les femmes, dit Mellas.

Il se rappela la nuit où Anne lui avait expliqué qu'elle ne pouvait pas accepter l'étrange conception morale qu'il s'était forgée de tenir sa promesse envers le président. Tout avait commencé avec un merveilleux repas dans l'appartement new-yorkais qu'elle partageait avec deux de ses amies de Bryn Mawr – qui s'étaient toutes deux discrètement absentées. Anne avait sorti le grand jeu, avec non seulement les foies de poulet enveloppés dans du lard et les châtaignes d'eau, mais aussi avec du vrai café passé dans une vraie cafetière à piston française rapportée de son été à Paris en troisième année de fac. Mellas n'en avait jamais vu avant. Il avait jugé que le meilleur moment pour lui dire qu'il avait envoyé sa lettre au corps des marines serait au café.

Il n'y avait pas eu de meilleur moment. Il s'était retrouvé debout, une cafetière vide dans une main et deux tasses vides dans l'autre, à contempler son magnifique postérieur. Elle portait la minijupe couleur saumon qui soulignait sa taille fine et lui moulait les fesses – celle qui le rendait fou, et elle le savait.

— Tu ne l'aimes même pas, le président, avait-elle dit. (Exaspérée, elle s'était retournée vers l'évier rempli de vaisselle sale.) Tu m'as dit toi-même qu'il n'est rien de plus qu'une image fabriquée. Ce n'est pas comme si tu avais fait une promesse à une vraie personne.

— Ouais, mais c'est quand même le président. Et les présidents américains ne mentent pas aux Américains. (Il se sentait bête de s'adresser à son dos.) C'est comme l'incarnation de… je ne sais pas, moi, de la Constitution, bon sang ! J'ai juré de faire respecter la Constitution des États-Unis. J'ai levé la main et j'ai juré devant Dieu.

Elle avait pivoté vers lui, les mains encore sur le rebord de l'évier.

— T'étais un gamin au lycée. T'avais dix-sept ans.

— N'empêche que c'était moi.

— Mon Dieu ! avait-elle lancé au mur en se détournant.

Il avait regardé avec stupeur la cafetière et les tasses dans sa main. Pourquoi était-elle en colère contre lui ? C'était un serment sacré…

et deux des types avec lesquels il avait suivi la formation à Quantico étaient déjà morts.

— Waino, avait-elle repris en fixant toujours le mur, Johnny Hartman a réussi à avoir un mot de son médecin comme quoi il s'est blessé le genou au football et qu'il ne s'en remettrait jamais. Celui du frère de Jane a déclaré qu'il était homo.

Il avait gardé le silence.

Elle avait laissé échapper un long soupir. Ses épaules étaient redescendues juste un tout petit peu pour retrouver leur position habituelle. Il s'était alors rendu compte qu'elle avait retenu son souffle. Elle avait pris sa voix la plus calme, celle contre laquelle il savait qu'on ne pouvait rien dire, et lui avait lancé :

— Tu as été pris à la fac de droit à Yale. Tu as un sursis ! Dans trois ans, la guerre sera peut-être finie, et si ce n'est pas le cas, tu feras ton service comme avocat. Il y en a qui tueraient pour être où tu en es.

— Il y en a qui se font tuer en ce moment. Des gens qui valent mieux que Johnny Hartman ou le frère de Jane.

Elle s'était retournée, lentement cette fois. Elle tremblait. Voir ses yeux verts baignés de larmes l'avait frappé de mutisme et plongé dans la culpabilité.

— Oui ! s'était-elle écriée. Oui, oui, oui, oui ! Et tu as envoyé cette lettre sans même m'en parler. Tu n'as même pas eu l'idée de m'en parler !

Un mois plus tard, il était à la Basic School de Quantico, en Virginie. Il avait du mal à lui écrire, sachant que l'entraînement des marines lui était complètement étranger. Elle répondait peu souvent, prétextant que sa nouvelle carrière lui prenait beaucoup de temps. Une fois, alors qu'il était à Quantico depuis près de trois mois, il lui avait téléphoné pour lui annoncer qu'il pourrait monter à New York avec une permission de trois jours. Elle lui avait répondu qu'elle avait déjà prévu quelque chose dans le Vermont. Deux mois plus tard, il recevait son affectation au Vietnam. Il l'avait appelée pour lui dire qu'il fallait qu'il la voie avant son départ. Elle avait accepté, mais l'avait averti de ne pas s'attendre à passer la nuit avec elle.

Endurci par l'entraînement, la boule à zéro et vêtu de l'uniforme de sous-lieutenant des marines, il avait fait le long trajet de la Virginie à New York en train. Lorsqu'il était arrivé chez elle, ses colocataires lui avaient appris qu'elle était partie à un rendez-vous galant. Il avait attendu, gêné, conscient du fait qu'elles s'efforçaient de le divertir. Elles avaient fini par aller se coucher. Puis Anne était rentrée et lui avait fait du thé. Et au bout d'une demi-heure de gêne, elle l'avait informé qu'il pouvait dormir sur le canapé et elle était allée se coucher.

Il avait tellement peur, et souffrait d'un tel besoin de réconfort, qu'il s'était tout de même glissé au lit avec elle. Au bout de deux heures inconfortables durant lesquelles elle lui tournait le dos, il avait enfin renoncé à dormir. Il s'était levé dans le noir et avait enfilé avec peine son uniforme dans l'appartement surchauffé, la laine collant à la sueur sur sa peau. Elle l'avait regardé faire en silence. Il avait appelé un taxi et fait son Val-Pak. Pendant qu'il pliait tout son attirail par terre, il avait levé les yeux et l'avait vue assise au bord du lit. Elle portait une longue chemise d'homme. Qui ne dissimulait pas sa culotte. Apparemment, elle s'en fichait.

— À quelle heure est ton avion ?

— 5 h 30.

Il aurait aimé ne pas avoir adopté le parler militaire.

— Tu as faim ?

Il s'était relevé, avait tiré sur le Val-Pak pour le redresser et l'avait soulevé.

— Non.

— Bon…

— Ouais. (Il ne parvenait pas à la quitter des yeux. Il n'y arrivait jamais.) Salut.

— Salut.

Il avait refermé la porte derrière lui pour ne pas déranger les colocataires et descendu l'escalier.

Le taxi était en train de se garer quand il l'avait entendue dévaler les marches pieds nus, encore dans sa longue chemise. Il était resté là, comme paralysé. Arrivée près de lui, les yeux baignés de larmes, elle l'avait pris dans ses bras, lui avait donné un rapide baiser, puis avait reculé.

Le chauffeur de taxi avait ramassé son Val-Pak et repris place derrière le volant pour leur laisser un peu de temps.

Anne s'était assise au bord du trottoir.

— Va-t'en, avait-elle dit doucement en regardant de l'autre côté de la rue déserte. Va-t'en.

Il l'avait vue pour la dernière fois à travers la vitre arrière du taxi. Elle était assise sur le trottoir sale, pliée en deux, les mains coincées entre le visage et les genoux, secouée de sanglots.

— En route pour le Vietnam ? lui avait demandé le chauffeur non sans gentillesse lorsqu'ils avaient été assez loin pour qu'elle ne les voie plus.

— Ouais.
— Les adieux sont difficiles.

***

Hamilton était en train de dire quelque chose qui le ramena au présent.

— Il doit bien y avoir des femmes, quelque part, qui trouvent que c'est pas si mal qu'on soit ici.

— Tu en connais, toi ?

Il avait conscience, assez désagréablement, de devenir amer. C'était parfois comme si, en lui, une autre personne se servait de ses cordes vocales. En un sens, il détestait vraiment les femmes, peut-être parce qu'elles restaient chez elles et ne pouvaient pas être appelées sous les drapeaux. Ou alors, c'était le pouvoir qu'elles avaient sur lui parce qu'il désirait toujours être avec l'une d'elles, et parler avec elle, simplement.

— Non, répondit Hamilton.

— Et voilà, dit-il d'une voix douce en s'adressant au mur sombre de la jungle. (Puis il se tourna vers Hamilton.) Et merde, tiens. Je vais vérifier les lignes.

Et il partit. Et Hamilton se remit à fixer son tableau de quillard.

***

Vers 3 h 30, Fitch informa les officiers de la tâche qui les attendait, de la menace du colonel de le relever de ses fonctions, et de celle, sous-jacente, d'une cour martiale. Mellas, furieux, proposa de donner sa démission et de passer en jugement avec lui.

— Si tu rends ce truc public, les marines ne pourront jamais tolérer une publicité aussi mauvaise. Ils reviendront sur leur position.

— Mellas, dit Hawke, on n'est pas dans une suite à *Ouragan sur le Caine*, bordel ! (Kendall et Goodwin éclatèrent de rire, et Mellas fut forcé de sourire malgré sa colère.) Il faut qu'on soit à Checkpoint Echo avant demain midi. Ce qui nous laisse environ huit heures maximum pour atteindre Bravo, Charlie et Delta. (Il se tourna vers Fitch.) Il y a pas moyen, Jim ! À ta place, je couperais la communication. Dis-leur que c'est à cause des piles. Saute quelques points de contrôle. On aura du bol si on y arrive avant demain soir en avançant en ligne droite.

Fitch recommença à se mordiller la lèvre inférieure.
— Tu ne penses pas qu'on puisse tous les faire, hein ? demanda-t-il.
— Jim, t'as vu les pieds de Hippy ?
Fitch suça l'intérieur de ses joues et ne dit rien.
— On devrait peut-être préparer notre itinéraire avec les soixante, proposa Kendall, et réduire le nombre d'obus de mortier.
— La dernière chose à balancer, c'est les munitions, putain ! dit Hawke.
Kendall rougit.
— C'est tout ce qui nous reste, fit remarquer Mellas.
— C'est vrai. Ça, et la vie. (Hawke inspira profondément.) J'aimerais vous faire comprendre, à vous autres enfoirés de bleus-bites, à quel point on est dans la merde. Tous les *grunts* vont à Cam Lo. Et où va l'artillerie, surtout sans les *grunts* pour assurer la sécurité ? Non seulement ils les ont retirés de Matterhorn, mais en plus hier on a abandonné Eiger. Ce qui veut dire que tout ce qu'on a, c'est les obusiers à Sherpa. Et ils sont à portée maximale. Et c'est toujours un peu léger quand on est à portée maximale. (Il agita la main pour souligner ses dires.) On connaît tous les chances d'avoir un appui aérien pendant la mousson : que dalle virgule nada. Alors gardez vos munitions, bordel !
Pour la première fois, Mellas comprit que Hawke avait peur. Il fut parcouru par un frisson d'angoisse. Il imagina la compagnie complètement étirée dans une des gorges rocheuses et se faisant déchiqueter par des mortiers, ou gravissant péniblement un flanc de colline abrupt et se faisant arroser depuis l'autre côté de la vallée par une mitrailleuse .51 alors que tous se ruent vers un abri inexistant. Il explosa.
— Big John Six et son foutu Checkpoint Echo, cet enculé de fils de pute ! Il est prêt à tuer plusieurs de nos hommes juste pour atteindre son point de contrôle de merde.
— C'est comme ça, Jack, dit Goodwin. Pas de points de contrôle, pas de promotion au grade de général.

***

Tout le reste de la journée, Mellas pesta contre le colonel. Cela lui donna assez d'énergie pour continuer de marcher, de passer la section en revue, de pousser les gamins en avant. Mais là, sous le masque de calme sévère qu'il avait appris à montrer, il maudissait avec une intensité bouillonnante les ambitieux qui se servaient de lui et de ses troupes pour faire avancer leurs carrières. Il maudit l'escadre aérienne qui n'avait pas essayé de faire passer des hélicos à travers les nuages. Il maudit les diplomates qui opposaient tables rondes et tables carrées. Il maudit les Sud-Vietnamiens qui se faisaient de l'argent au marché noir. Il maudit ses compatriotes qui s'empiffraient devant leurs postes de télévision. Puis il maudit Dieu. Et comme il n'y avait personne d'autre sur qui rejeter la faute, il se maudit lui-même d'avoir pu croire que Dieu en aurait eu quelque chose à foutre.

La journée se termina dans le désespoir. Le paysage était devenu une suite de falaises de calcaire déchiquetées qui ne figuraient pas sur la carte. Il était impossible de trouver le moindre repère dans la forêt sombre. Ils n'arrivaient même pas à trouver le soleil à travers les nuages. La faim leur donnait mal au ventre et vidait leurs membres de toute force, mais ils savaient que le seul moyen d'avoir de la nourriture et d'être en sécurité était de continuer d'avancer.

Le lendemain, ce fut la même chose. À mesure que leur résistance s'amenuisait, l'ulcère tropical s'intensifiait. Le pus éclatait sous la peau. La mycose se propageait plus rapidement, et plusieurs jeunes commencèrent à marcher sans pantalon pour éviter l'irritation et les frottements douloureux. D'où davantage de coupures dues aux buissons et une plus grande exposition aux sangsues.

Pat s'effondra, les pattes tremblant d'épuisement. Arran le porta sur sa nuque en lui maintenant les pattes sur ses épaules et commença à réclamer une évacuation d'urgence toutes les une ou deux heures.

— Vous ne comprenez pas. Les chiens ne sont pas aussi résistants que les hommes, c'est tout.

C'était leur troisième journée sans nourriture.

Pallack se demanda si les chiens étaient plus intelligents que les hommes.

Le jour suivant, certains gamins commencèrent à manger l'intérieur charnu de diverses plantes, pas vraiment sûrs de ce qu'ils consommaient. D'autres arrachèrent l'écorce des arbres et en mâchèrent la face interne. Au début de l'après-midi, nombre d'entre eux se mirent à vomir en marchant, souillant leurs habits ou laissant des flaques de bile à l'odeur aigre que ceux qui les suivaient ne pouvaient éviter. Il n'y avait rien à y faire.

Hippy ne cessait de penser à la fille qui lui avait parlé pour la première fois de la méditation un soir où il avait eu quartier libre à Camp Pendleton. Il essaya de se concentrer sur la souffrance présente. La fille lui avait dit que s'il n'était pas à l'aise à genoux pendant qu'il méditait, c'était seulement parce qu'il pensait au temps qui s'étirait devant lui.

— Tu supportes maintenant ? lui avait-elle demandé.
— Oui, avait-il répondu.
— Et maintenant ?
— Oui, avait-il de nouveau répondu.
Et maintenant, la douleur de poser le pied par terre l'assaillit, mais il pouvait supporter. *Et maintenant*, l'autre pied... il arrivait encore à survivre. *Et maintenant. Et maintenant.* La faim n'était rien.

***

Mallory lâcha brusquement sa lourde mitrailleuse M60 dans les broussailles et se jeta par terre en se tenant les tempes. Il hurla qu'on vienne l'aider.
— Putain, j'ai mal à la tête, sanglota-t-il. Nom de Dieu, ma tête. Pourquoi personne veut me croire ?
Mellas le trouva par terre, tordu de douleur.
— Putain, ça me fait mal, lieutenant, dit Mallory en sanglotant.
Le cri « Infirmier demandé ! » traversa la colonne. Doc Fredrickson arriva en courant, le souffle court à cause de l'effort. De la vapeur se dégageait de ses habits trempés.
— Oh, c'est Mallory, dit-il en dissimulant à peine son dégoût.
— Alors ? demanda Mellas.
— Je ne sais pas, lieutenant. Vous avez lu le même message que moi. C'est dans sa tête. Sur le plan physique, il n'y a rien qui cloche chez lui.
— Vous ne pouvez pas l'aider ?
— Je ressemble à Sigmund Freud, bordel ?
Mellas prit le combiné accroché au gilet pare-éclats d'Hamilton et demanda la venue de Sheller, l'encornet.
— C'est pour mon indicatif Mike avec ses migraines, précisa-t-il.
La colonne continuait d'avancer. Les soldats enjambèrent Mallory en le regardant d'un air hébété. Les deux marines qui transportaient le corps de Williams s'arrêtèrent en le voyant, leur charge tanguant légèrement entre eux. L'un d'eux cracha, et ils reprirent péniblement leur route.
La radio siffla et Fitch se fit entendre.
— Écoutez, Bravo Un, je ne peux absolument pas arrêter cette colonne aujourd'hui. Je vais vous envoyer l'encornet, mais soyez prêt à assurer la sécurité. Vous allez devoir nous rattraper le plus vite possible, quitte à traîner ce fils de pute.

Bass arriva avant Sheller. Il toucha Mallory de l'orteil. Mallory gémit.

Mellas s'accroupit à côté de lui.

— Mallory, dit-il, il faut que tu comprennes. Nous devons continuer d'avancer. Sinon, c'est toute la compagnie qui est en danger. Je sais que ça te fait mal, mais essaie de bouger. Il faut que tu essaies.

— Vous comprenez pas, j'ai mal, putain!

Mallory avait la voix d'un gamin de deux ans complètement désorienté.

Bass jeta son fusil par terre et l'agrippa par le pan de sa chemise pour le hisser à la hauteur de ses yeux. Le corps désarticulé de Mallory pendait entre ses mains.

— Bordel, Mallory, espèce de pleurnicheur! lui hurla-t-il. On doit se taper des merdes comme toi alors que des types comme Williams meurent. T'es qu'un lâche. Marche!

— Je peux pas, gémit Mallory.

Bass, le visage convulsé, lui expédia son poing dans la figure. Mallory gémit et s'effondra par terre.

— Ça suffit, bordel! s'écria Mellas, furieux. Mais merde, Bass!

— Il va très bien. C'est une poule mouillée, c'est tout.

— C'est à moi d'en décider.

Les deux hommes se dévisagèrent. Bass tendit le bras pour ramasser son fusil et repartit sur le sentier. Skosh regarda Mallory, perplexe, puis détala derrière Bass.

— Je vais parler à Bass, lieutenant, proposa Fredrickson.

— Je ne peux pas vraiment lui en vouloir, dit Mellas. Écoutez, dites-lui de prendre la section. Je vais rester en arrière avec la dernière équipe de tireurs en attendant que l'encornet l'examine.

Fredrickson se dépêcha de rejoindre Skosh et Bass à l'instant même où Sheller arrivait avec Cassidy. Mellas mit ce dernier au courant tandis que Sheller se penchait sur Mallory pour lui parler. La colonne disparut devant, laissant le petit groupe seul. Les marines choisis pour assurer la sécurité parcouraient nerveusement le sentier autour d'eux. Sheller se redressa et haussa les épaules.

— Je peux lui redonner du Darvon, mais il avale cette saloperie comme du pop-corn.

— Alors, qu'est-ce qu'on va faire de ce mec? demanda Mellas. On n'est pas en état de le porter.

— On l'abandonne, répondit Cassidy en posant la main sur l'épaule de Mellas.

Sheller le regarda avec surprise.

— Je ne peux pas le laisser là, protesta Mellas.

Cassidy lui lança un clin d'œil et lui serra l'épaule.

— Obligé, lieutenant. C'est toute une compagnie qui est mise en péril à cause de cet individu. Je refuse de voir de bons marines mourir sous prétexte qu'une poule mouillée à la con refuse d'avancer.

— Eh bien… dit Mellas lentement.

— Prends-lui sa mitrailleuse, ordonna Cassidy à un des marines qui montaient la garde. Et ses munitions aussi.

Ils dépouillèrent Mallory de sa mitrailleuse, ne lui laissant que son pistolet .45 et son sac à dos.

— Vous pouvez pas me laisser comme ça ! gémit Mallory.

— Tu paries ? lui renvoya Cassidy. Une merde comme toi, je l'abandonne sans problème. (Il montra le bout du sentier d'un signe de la tête.) Allez, on y va avant d'avoir des ennuis.

Le petit groupe se mit en route, quelques marines regardant nerveusement en arrière. Cassidy avançait avec détermination. Une cinquantaine de mètres plus loin, il s'arrêta et leur fit signe de la tête de se cacher dans les broussailles. Tous se couchèrent. Ils attendirent environ cinq minutes. Mallory arriva dans le tournant du sentier en courant frénétiquement. Cassidy fit dépasser la mitrailleuse, et Mallory tomba en avant en poussant un cri apeuré.

Cassidy se posta au-dessus de lui, et lorsque Mallory regarda en l'air, il se prit la lourde mitrailleuse en plein dans le visage. Elle lui ébrécha une dent. Mellas grimaça.

— Lève-toi, espèce de lâche, dit Cassidy posément.

Mallory, qui saignait des lèvres et des gencives, poussait des cris plaintifs de chien. Il ramassa sa mitrailleuse et, dans une espèce d'étrange demi-trot, il avança sur le sentier pour rejoindre le reste de la compagnie.

— Qu'est-ce que vous attendez, bordel ! gronda Cassidy à l'adresse des autres marines. Un putain de pousse-pousse ?

Tout le monde se dépêcha de rattraper la compagnie en craignant d'en être séparé.

***

La nuit les surprit alors qu'ils se trouvaient à mi-pente d'une vallée encaissée où il n'y avait pas la place de constituer un périmètre. Ils bivouaquèrent en formant un ovale avec la compagnie au-dessus d'un passage qui débordait. Si l'ennemi les surprenait dans cette position, ils seraient probablement débordés.

Ils creusèrent des trous tout juste suffisants pour s'y allonger à l'horizontale. Les champs de tir n'étaient dégagés que jusqu'à quelques mètres de leurs trous. Mellas se traîna de l'un à l'autre pour réconforter les soldats, plaisanter avec eux, leur indiquer où se situait le danger et essayer d'encourager chacun à tailler un tout petit peu plus de broussaille, à creuser un tout petit peu plus profond.

Lorsqu'il revint plus tard pour vérifier l'avancée des travaux, il trouva la plupart des frères rassemblés autour du tourne-disque de Jackson. Mole était là, lui aussi, ainsi que Broyer et Cortell. La mitrailleuse de Mallory avait été disposée pour couvrir une voie d'approche montant d'une petite ravine, mais Mallory avait disparu. Et Parker aussi.

— Hé, lieutenant, venez dîner avec nous ! lança Cortell. On sert un peu de ragoût *soul* de Memphis.

Mellas éclata de rire et s'approcha du groupe, heureux d'avoir été convié à écouter. Il sentit son cœur se gonfler de fierté en constatant leur bonne humeur face à toute cette misère. Ils écoutaient King Curtis jouer *Memphis Soul Stew* sur un disque qui tournait par à-coups, le bras de lecture montant et descendant par saccades en en suivant les déformations.

Mellas était trop fatigué pour pousser la section à creuser davantage. Il se joignit à eux et à la musique.

— *Man*, je ferai plus jamais la fine gueule devant une boîte de jambon aux haricots, déclara Mole en se balançant légèrement avec la musique.

Mellas, mal à l'aise, ne sut que dire.

— Ouais, ajouta Cortell doucement, saupoudrée d'une pincée de... (Il marqua une pause théâtrale et haussa les épaules) ... d'œufs et de jambon en boîte. Hmmm, *man* !

Mellas éclata de rire.

— Et d'une assiette entière de sauce Tabasco pour masquer le goût, ajouta-t-il.

On murmura des « Ouaiiiis, lieutenant » et « Ça, c'est vrai », voix douces d'hommes qui surmontaient la misère.

— Je sais bien que Jésus a dit que l'homme ne vivra pas seulement de pain, lieutenant, poursuivit Cortell, mais j'aurais jamais pensé devoir le prouver, putain.

— Hé, t'as combien de disques, Jackson ? demanda Mellas.

— Tout dépend de l'organigramme, Sir, répondit Jackson. C'est la 2e équipe de tireurs avec Cortell qui a le vrai de vrai, un peu d'Otis, quelques James Brown.

Il s'interrompit pour lui faire une belle imitation de James Brown avec des « eehhh » à la fin de chaque parole.

— Ouh là, frangin !

Mole rit et toucha le poing de Jackson avec le sien.

— Et il a aussi du Wilson Pickett, poursuivit Jackson, et votre serviteur qui se trimballe le Marvin Gaye. Alors Parker et Broyer, eux, ils ont le reste du Motown. Et Mallory, lui, il porte, euh... (Jackson remarqua que Mellas jetait un coup d'œil à la mitrailleuse de Mallory laissée sans surveillance.) Euh, lui il a les instrumentaux, comme King Curtis et Junior Walker.

Memphis Soul Stew s'éteignit, l'aiguille se mettant à frotter d'avant en arrière sur l'étiquette en papier du disque avec un bruit de grattement. Broyer souleva vite le bras et arrêta le tourne-disque.

— Comment va Mallory ? demanda Mellas.

— À votre avis, lieutenant ? répondit Jackson. Il s'est fait défoncer la gueule avec une mitrailleuse et il a mal au crâne.

— Et il a rien bouffé de la semaine, ajouta Mole.

— Je ne pense pas que Cassidy l'ait frappé au visage exprès, fit remarquer Mellas.

— Ben me-eerde, cracha Mole.

— Non, je ne pense pas qu'il l'ait fait exprès.

— Le truc, lieutenant, c'est que c'est arrivé, dit Jackson.

— Tu crois que ça va faire des ennuis ?

— Des ennuis ? (Jackson regarda autour de lui et montra les alentours en ouvrant les mains vers la jungle et les nuages.) C'est quoi, les ennuis ? Rien qu'une autre forme de merde, lieutenant.

Des visages qui avaient été gais quelques instants plus tôt devinrent maussades. Mellas comprit que sa présence était devenue gênante.

***

— Moi, je dis : on le bute, cet enculé ! lança Parker.

Il faisait presque noir et il était adossé à la paroi d'un trou peu profond. Assis à sa gauche, China regardait la forêt en mâchonnant un bâton pour essayer de soulager son corps en manque de glucides. Une bruine légère s'accumulait sur son poncho et en tombait en ruissellements minuscules. Mallory, à droite de Parker, les coudes posés sur les genoux, se tenait la tête et fixait le sol d'un regard vide.

— Parker, on bute personne, dit China.

— Comment tu peux laisser vivre un porc pareil, hein ?

— Je le laisse pas vivre. J'en ai rien à foutre de savoir qu'il vit. Ou qu'il meurt, d'ailleurs, ajouta-t-il sur un ton lourd de sous-entendus.

— Henry l'aurait tué, cet enculé !

China releva la menace, mais ne dit rien. Henry aurait peut-être tué Cassidy, mais c'était en cela qu'il était stupide. Cela dit, c'était aussi l'idée qu'il puisse tuer quelqu'un en cas de contrariété qui lui permettait de garder le commandement. China savait que s'il avait la réputation d'être trop gentil il ne prendrait jamais le relais quand Henry aurait terminé son tour de service. Il n'empêche, il ne pouvait pas tuer n'importe qui. Et puis, il aurait été trop facile de retrouver qui avait les motivations pour ce crime dans la compagnie. Il fallait que ce soit fait de manière significative. Ou alors, de façon à ressembler à un accident. Mais au bout du compte, il ne tenait pas à risquer son opération de trafic d'armes.

— Comment tu vas, frangin ? demanda-t-il à Mallory pour changer de sujet.

Il se pencha pour regarder de l'autre côté de la poitrine de Parker.

— Putain, j'ai mal, China. Il faut que tu m'aides à quitter la brousse.

— Il faut qu'on aide tous les frères à quitter la brousse, dit China en élevant la voix.

Il détestait Mallory, il avait envie de le tirer par le col et de lui dire de se comporter en homme, mais il savait aussi reconnaître une bonne cause quand il en voyait une. *Continue de gémir comme ça, Mallory, mon pote*, pensa-t-il.

— Tu vas rien faire pour Cassidy qu'a tabassé Mallory ? demanda Parker en regardant un moustique lui sucer le sang du bras.

— Bien sûr que si. Mais quand ce sera le bon moment.

China se gifla le visage pour écraser un moustique.

Parker posa le pouce sur celui qui s'était gonflé sur son bras et le fit éclater, répandant le sang sur sa peau.

— Faut que ça saigne, China.

— Quand ce sera le bon moment.

— Ce soir.

— Non.

— Allez quoi, *man*, lança Parker d'un ton furieux à Mallory. (Il se leva et gifla d'autres moustiques qui lui voltigeaient autour du visage.) On a intérêt à y retourner avant que Bass ou le savant se rende compte qu'on est partis.

Dans le silence, China entendit le tourne-disque de Jackson. Jackson. S'il pouvait faire équipe avec lui, le laisser coordonner les frères dans la brousse, alors il pourrait regagner l'arrière et se mettre à chercher d'autres gars comme Jackson pour les autres compagnies. *Man*, avec une organisation comme ça, ils pourraient carrément envoyer des chars d'assaut aux frères, là-bas au pays.

***

Lorsque le noir complet mit fin à l'alerte totale, Jackson était occupé à organiser son sac. Il regarda China s'avancer vers Parker et Broyer et échanger avec eux la poignée de main rituelle. Puis il le vit s'approcher.

China s'accroupit à côté de lui. Jackson tira sur une sangle pour la mettre en place.

— Putain, on passe notre temps à faire et défaire notre sac, dit China. Si j'en faisais autant chez moi, je serais un vrai baroudeur.

Jackson sourit, mais ne dit rien.

— C'est où chez toi, *man* ?

— Cleveland.

— Dans l'O-haï-o.

— Ouaip. L'O-haï-o.

— Tu t'es déjà défoncé ?

— Une fois. À San Diego. Une sœur qu'avait de la marijuana.

— Cette merde, c'est pas bon pour l'homme noir.

— On m'a dit que c'était bon pour personne.

Jackson soupira, revint six mois en arrière et n'y vit que le petit appartement sombre, la lampe funky à bulles d'huile rouge, la lumière noire qui projetait l'image brouillée d'une fille en sari chartreux à motifs cachemire… et Kyella. Mon Dieu ! La bonne herbe de Kyella. Il revint à la guerre.

— Mais c'était plutôt marrant, en même temps.

— Ouais. C'est ça le problème. Ces putains d'Anglais ont réduit des millions d'hommes jaunes en esclavage avec l'opium.

— C'est pas un British qui m'en a refilé. C'est un frère.

— Ouais, ouais. Mais ce frère, il nous fait pas du bien, *man*. Pas du tout. Les musulmans, ils aiment pas la drogue. Et ils ont raison. La drogue, ça asservit des millions d'hommes jaunes et l'homme rouge, aussi.

— China, j'ai pas envie de parler politique. Je suis crevé, je dois faire la guerre et j'ai le ventre vide.

— C'est ça. Une guerre contre des hommes bruns. James Rado dit que la conscription, c'est des Blancs qui envoient des Noirs se battre contre des Jaunes pour protéger le pays qu'ils ont volé aux Rouges. Aucun homme noir devrait être forcé de se battre pour défendre un gouvernement raciste. C'est le sixième article du programme en dix points des Black Panthers.

— À quoi ils servent tes potes terroristes à Oakland, à part à se faire du fric en écrivant des bouquins ? *Soul on Ice*[1]. Me-eerde. Et ici, ils sont où, tes durs de Panthers ?

— Justement. Ils sont pas ici à mener la guerre de l'homme blanc.

À force de se retrouver mis dans des postures qui ne lui plaisaient pas et dont il ne pouvait s'échapper, Jackson laissa exploser sa colère.

— Ils sont pas en train de mener la guerre de l'homme noir non plus. Ça, ils se battent pas pour ! Ils sont juste bons à foutre le bordel. Comme toi. J'ai pas besoin de tes conneries, China. J'en ai pas besoin. (Il marqua une pause.) Tu sais qui la mène vraiment, la guerre des Noirs ? Je vais te le dire. C'est la petite fille qui va à l'école de Little Rock, qui porte une jolie robe et qu'est morte de trouille. Elle, elle a pas foutu le bordel, mais cette photo d'elle en train d'aller à l'école encadrée par des policiers fédéraux, ça a touché les cœurs. C'est ces étudiants qui se sont fait assassiner pour avoir inscrit des électeurs. Ouais, des étudiants blancs. Des gens comme Mose Wright. (Il s'arrêta.) Je suis sûr que t'as aucune idée de qui c'est, ce Mose Wright, hein, toi, le pro de l'histoire noire ?

China jeta ses mains en l'air, écœuré.

— OK. Fais ton numéro de pasteur. Explique-moi. C'est qui, Mose Wright ?

— T'as déjà entendu parler d'Emmett Till ?

— Tu me prends pour qui ?

— Ouais. Quand j'avais sept ans, j'ai vu son visage gonflé avec son œil qui pendait, en couverture du magazine *Ebony*, et j'ai jamais, jamais oublié ce visage. Mais moi, je vis pas dans le Mississippi. Toi non plus. Mose Wright, c'est l'oncle d'Emmett Till, et lui il vit dans le Mississippi, là où ils te pendent à un arbre après t'avoir coupé les couilles et où ils te jettent dans le fleuve avec des pales de ventilateur en fer enroulées autour de ton cou de Noir crevé. Si tu bronches contre ces conneries dans le Mississippi, c'est comme si t'étais déjà

1. *Un Noir à l'ombre*, d'Eldridge Cleaver.

mort. Mais Mose Wright, qu'a pas d'éducation, pas de fric, rien que du courage, il va au procès où il y a ces enculés qu'ont tué Emmett Till, truqué à mort, et il dit « Là ! ». Et il montre les tueurs du doigt. Juste là, dans ce tribunal où il y a que des Blancs. « Là ! » Comme ça, ouais, et il sait qu'ils vont le traquer et qu'il sera tout seul, sans la loi pour le protéger.

— Ouais, merde, *man*. (China fut momentanément interrompu. Puis il se relança.) Sauf que ces deux *chucks*, ils s'en sont tirés. Aujourd'hui, ils se baladent en liberté. Ils se font même du fric juste à en parler. Ils racontent à des magazines de Blancs que c'est eux qu'ont tué et c'est publié partout dans le pays et ils s'en tirent quand même.

— Bien sûr. Mais cette fois, tout le monde est au courant et voit clair dans leur jeu. Cette fois, la lumière a été faite sur ce foutu tribunal de comté. Sur le pays tout entier. Et pourquoi ? Pourquoi cette fois-ci ? À cause de ce petit homme noir qu'a tout montré avec son doigt.

— Et toi alors, tu fais quoi, *black boy* ? Ils s'en tirent. Et tu vas laisser passer ce genre de merdes ? Sans rien faire ?

— Qu'est-ce que tu veux que je fasse ?

— Tu pourrais commencer par protester contre la façon dont on gère ce putain de corps de marines raciste par ici. Y a des frères qu'ont pas de R & R. Y a des racistes blancs du Sud fanas de country qui castrent notre frère Parker devant tout le monde, et ce même sale Blanc qu'amoche la bouche d'un de nos frères avec une mitrailleuse, et toi, tu montes dans la hiérarchie. Tu fais partie du problème, *man* !

— Moi, j'ai l'impression que les *chucks* marchent et se font tuer autant que les *splibs*, lui renvoya Jackson en s'efforçant de rester calme. Les *chucks* ont pas à bouffer, pareil que les frères. On est à peu près un sur douze, comme chez nous.

— Combien y a d'officiers frères dans ce régiment ?

— Un.

— Et tu trouves pas ça raciste ?

— Comment tu veux que les frères deviennent officiers s'ils sont pas chefs d'escouade ?

— Comment tu veux que les frères y soient libres s'y se serrent pas les coudes ?

Jackson accrocha le regard de China, qui soutint le sien.

***

Trop fatigués pour monter une guitoune, Mellas et Hamilton passèrent la nuit allongés côte à côte dans un trou peu profond. Il plut. Ils s'en fichaient. Peu à peu, la pluie commença à remplir la fosse d'eau. Mellas rêva qu'il était dans une baignoire et que l'eau chaude avait débordé. Il n'avait pas envie d'en sortir, car il faisait encore plus froid à l'extérieur. Au loin, il entendit la voix effrayée d'Hamilton.

— Putain, lieutenant, faut vous lever et bouger. S'il vous plaît, Sir, levez-vous !

Hamilton l'aida à se relever. Mellas, en état de stupeur à cause de l'hypothermie, se mit lentement à remuer. Le monde autour de lui – la forêt sombre, son fusil, la pluie, Hamilton – semblait incohérent, tourbillonnant. Hamilton sautilla avec lui, l'attrapa, le fit tourner, exécutant avec lui une danse macabre.

Le corps de Mellas réagit. Il commença à dégager de la chaleur. Son esprit s'éclaircit. Il partit en trébuchant vérifier les lignes, conscient du fait que Hamilton venait probablement de lui sauver la vie.

***

Cassidy était allongé dans le noir et écoutait la respiration profonde et régulière du lieutenant Hawke. Il pensait au fait que l'avertissement du lieutenant Mellas avait certainement sauvé plusieurs gamins de l'hypothermie. Il sourit. Il aurait pu entrer dans l'histoire des marines comme le seul Gunny d'une compagnie à avoir perdu des hommes gelés à mort en pleine jungle.

Il regarda sa montre. 4 h 38. Chez lui, il aurait déjà été en train de préparer son petit déjeuner sans faire de bruit pour ne pas déranger Martha et le bébé avant de filer par la porte. Il aurait lancé le moteur et attendu quelques instants qu'il chauffe, en observant la maison assombrie. Peut-être aurait-il jeté un coup d'œil à son uniforme parfaitement amidonné, aux rangers ou aux chaussures qu'il avait cirées la veille, puis il aurait lancé un dernier regard à la maison avant d'enclencher la marche arrière. Les rares sentiments qu'il s'autorisait étaient ceux qu'il pouvait exprimer librement pour le corps des marines, ou ceux qui étaient intimes, comme les émotions qu'il ressentait pour sa famille et qui ne lui venaient que pendant les instants de calme où il était seul, à attendre que la voiture chauffe ou lorsqu'il se réveillait dans le noir, allongé, immobile. Il savait qu'il avait de la chance d'être marié à Martha : elle ne lui demanderait jamais de choisir entre la famille et les marines. S'il y était forcé, il opterait pour la famille. Mais il hésiterait.

Ce fut à cause de ce sentiment qu'il éprouvait pour le corps des marines qu'il fut si profondément blessé en découvrant qu'on avait déplié la goupille d'une de ses grenades. La pesanteur aurait fini par séparer la grenade de la goupille, et elle aurait explosé. Ce matin-là, il partit avec la compagnie comme si de rien n'était, mais il se sentait seul et inquiet.

CHAPITRE 9

C'était le cinquième jour sans nourriture, et la compagnie, en état de stupeur, quittait les montagnes pour redescendre dans une vallée. L'air pesait sur les soldats comme une serviette trempée dans une étuve. Ils avaient les mains qui brûlaient à force de descendre les falaises à la corde. La putréfaction du corps de Williams s'accélérait à mesure qu'ils descendaient vers un air plus chaud, du liquide dégoulinant déjà de son poncho. La peau de ses mains avait commencé à tomber. Ses pieds avaient gonflé dans ses rangers. Il puait. Les gamins qui le transportaient étaient harcelés par les mouches.

L'état des pieds de Hippy se dégradait. Il avait enlevé les lacets de ses rangers pour rendre le gonflement supportable. On aurait dit un somnambule. Il se murmurait à lui-même : « Tu peux faire ce pas maintenant ? » avant d'avancer. Heure après heure, il répétait ce processus, tel un esprit porté par des pieds mutilés.

Mellas avait l'impression de suffoquer. Il avait la nausée, mais rien à vomir. Ses vêtements lui collaient à la peau comme du film alimentaire. Maintenant que l'équilibre électrolytique des soldats était fichu, il craignait les coups de chaleur.

Ils atteignirent la vallée, où un torrent d'eau vive traversait le sol de la jungle jusqu'à une roche de fond dénudée. Mellas décida d'avancer dans l'eau. Désormais, tout était une question de rapidité. Au cours des deux derniers jours, le colonel Simpson avait appelé Fitch toutes les demi-heures pour lui répéter qu'il était « impératif » que la compagnie atteigne Checkpoint Echo avant 12 heures. Ces paroles passaient et repassaient sans cesse dans l'esprit de Mellas, comme une rengaine entêtante. *Il est impératif que vous ayez atteint Checkpoint Echo avant 12 heures.* On avait réduit les mesures de sécurité. Des marines avaient peut-être des ennuis, mais ils ne pouvaient le faire savoir par radio. Ils prirent vers l'est, parfois immergés dans l'eau tumultueuse jusqu'à la poitrine. Leurs pénis se contractèrent jusqu'à n'être plus que petits renflements, leurs scrotums leur rétractant profondément les testicules. Leurs bras fatiguaient à force de devoir maintenir leurs armes au-dessus de l'eau.

Fitch demanda à Relsnik de cesser de répondre aux messages radio. Il fallait beaucoup plus de jus pour émettre que pour capter. À vrai dire, dans toute la compagnie, seules deux ou trois batteries avaient une chance d'atteindre une autre unité en cas de problème.

Mellas laissa tomber les mesures de sécurité. Il rapatria les flancs-gardes qui avançaient dans la jungle de part et d'autre de la rivière et dirigea la compagnie dans le sens du courant, Vancouver en tête et lui derrière.

De temps en temps, un soldat tombait. Le courant l'aspirait alors sous l'eau et le poids de son sac et de ses armes l'entraînait vers le fond jusqu'à ce que quelqu'un réussisse à l'atteindre et l'aide à reprendre pied. Une fois, ce fut Pollini. Mellas était justement en train de jeter un coup d'œil à la colonne derrière lui quand il le vit manquer la main tendue de Cortell et tomber à la renverse dans la rivière. Il se contenta de regarder, hébété, comme tout le monde. Puis il jeta son sac sur la berge et se mit à avancer dans l'eau jusqu'au milieu de la rivière, où il attrapa la main d'Hamilton et cria de faire la chaîne. Mais les soldats ne se déplaçaient pas assez vite. Pollini, lancé comme un train express sur la voie intérieure, leur passa devant. Mellas le vit remonter à la surface, en plein milieu, là où l'eau était rapide et profonde, et rebondir avec le courant. Son casque se brisa contre les rochers, évitant certainement à son crâne de se fracasser. Il le regarda couler pour ce qu'il pensa être la dernière fois, mais Pollini percuta un gros rocher qui l'envoya tournoyer vers des eaux peu profondes.

Où il resta immobile. Il était trop loin pour que Mellas sache s'il respirait ou pas. Les gamins qui avaient essayé de l'atteindre en faisant la chaîne firent demi-tour, épuisés. Personne n'était prêt à aller aussi loin pour le chercher. Mellas envisagea vaguement de lui tirer dessus pour s'assurer qu'il était mort. Puis Pollini remua. Il se mit à quatre pattes et resta dans cette position un long moment – visiblement il respirait –, l'eau lui coulant sous la poitrine. Il se releva ensuite avec difficulté, sourit, et fit un signe de la main.

— Santé, Shortround! lança Hamilton en levant un verre imaginaire.

Pollini remit son sac sur son dos et revint vers la colonne en pataugeant, le sourire aux lèvres.

— Putain, Shortround! T'es vraiment un sacré type, murmura Mellas.

***

La rivière obliquait dans la mauvaise direction. Mellas et Vancouver grimpèrent péniblement sur la rive sud abrupte et se retrouvèrent face à un mur compact de bambou et d'herbe à éléphant. Mellas envisagea sérieusement de se contenter de suivre la rivière, où qu'elle aille. Cela aurait été tellement plus simple! Mais il se fraya un chemin avec Vancouver dans l'enchevêtrement de tiges qu'ils tranchèrent tous les deux à coups de machettes. La section se hissa avec lassitude hors de l'eau et les suivit dans la fournaise humide. La serviette fumante de l'air les étouffa dans ses plis.

En fin d'après-midi, la lumière du jour déclina sous des nuages qui s'amoncelaient rapidement. Mellas, pris d'une violente migraine, se pencha en arrière sur son sac, s'efforça de chasser de son esprit les ordres de conduite et regarda les immenses nuages assombrir la cime des arbres au-dessus de lui. S'il pleuvait, ils seraient encore plus ralentis. S'il pleuvait, le bruit les couvrirait et ils seraient au frais. Mais s'ils se faisaient attaquer par l'ennemi dans cet état, ils ne s'en sortiraient jamais vivants. *Il est impératif que vous ayez atteint Checkpoint Echo avant 12 heures.* Une rafale de vent froid balaya soudain l'air étouffant de la jungle. Et les premières gouttes de pluie tombèrent. Avant de s'abattre dans un grondement régulier et continu.

La pluie continua dans la nuit. Ils avançaient en trébuchant dans le noir, se fiant à la boussole que Mellas tenait dans sa main, la pointe verte et brillante de l'aiguille oscillant devant lui. Puis Vancouver tomba sur un sentier qui partait vers le sud. Vers Checkpoint Echo.

— Prends-le, dit Mellas. Rien à foutre des embuscades.

Il se dit que s'il mourait, cette décision à la con ne serait de toute façon plus un problème.

La nouvelle que Hippy avait cessé d'avancer remonta la colonne. Quand Mellas arriva à son niveau, Hippy ne pouvait plus parler. Il se tenait droit, tanguant entre deux amis, sa mitrailleuse encore posée sur son épaule. Son regard était vide, braqué devant lui. Le lieutenant finit par élever la voix.

— Tu peux continuer, Hippy? Rien que quelques heures de plus.

Hippy le regarda de loin, de très loin. Puis il hocha la tête. Mellas lui renvoya son hochement de tête, les yeux rivés sur son visage. Ce n'était que le visage d'un gamin de dix-huit ans avec un médaillon de pacifiste autour du cou. Il portait une paire de lunettes cerclées de métal et avait les cheveux hirsutes et un début de barbe. Un visage humain ordinaire. Mellas n'en avait jamais vraiment regardé un auparavant.

***

Ils arrivèrent à Checkpoint Echo environ une heure avant l'aube, formèrent un cercle, et s'effondrèrent par terre.

***

Le lieutenant Stevens, l'officier de liaison de l'artillerie, était le moins gradé, donc encore de la première garde du matin lorsque Fitch communiqua par radio que la compagnie Bravo se trouvait à Checkpoint Echo, qu'elle était de nouveau joignable mais avec des sources d'alimentation réduites, et qu'elle attendait de nouveaux ordres. Il demanda aussi de la nourriture et une évacuation sanitaire d'urgence pour une dizaine de marines, un cadavre et un berger allemand.

Vingt minutes plus tard, Stevens présenta son rapport au lieutenant-colonel Simpson lors de sa visite habituelle d'avant le petit déjeuner. Simpson voulut savoir quand les hommes étaient arrivés. Stevens, sachant que Fitch avait déjà des ennuis pour avoir été trop lent, essaya de l'aider en affirmant qu'ils avaient atteint Echo aux alentours de 22 heures la veille au soir.

— Bien. Ils auront eu une bonne nuit de sommeil. Dites au lieutenant Fitch d'établir une zone, et qu'on lui enverra de nouvelles sources d'alimentation. Et transmettez-lui aussi ce message. (Il s'interrompit, le temps que Stevens sorte un petit carnet vert.) Une fois réapprovisionnés, poursuivez immédiatement jusqu'à la côte 1609. Préparez la ZA pour utilisation future comme base d'appui-feu Sky Cap. Il est impératif que vous y soyez à 12 heures demain. Codez-moi ça, continua-t-il, et je veux que ces sources d'alimentation soient remises dès que possible. Ça fait suffisamment de temps que cette équipe fait la couille molle là-bas. Je ne veux plus de prétextes pour qu'elle reste posée sur son cul à ne rien foutre.

Il commença à s'éloigner dans l'obscurité.

— Euh, Sir… à propos des évacuations d'urgence et des rations ? demanda Stevens.

Simpson s'arrêta.

— Lieutenant, que feriez-vous si vous étiez au commandement ? Vous avez une compagnie dans la brousse, dirigée par des officiers complètement inexpérimentés. Ils mangent leurs rations trop vite et après, ils n'ont plus rien parce qu'ils ont été ralentis par des cas de pied de tranchée causés par leur propre négligence. Du coup, ils sont très en retard sur la mise en place d'une base d'appui-feu très importante. Ils ont aussi, j'imagine, un peu faim et mal aux pieds. (Il sourit à sa propre plaisanterie.) S'ils réussissent à installer la ZA à temps sur la côte 1609, ils auront tous les hélicoptères qu'ils voudront dès demain midi. La première chose que doit apprendre un jeune officier, c'est assumer la responsabilité de ses actions et faire preuve d'une certaine fierté. La fierté, lieutenant Stevens ! Tout le corps des marines repose là-dessus.

À cause de l'opération Cam Lo, aucun hélico marine ne pouvait être dérouté pour apporter des piles à une compagnie perdue dans la brousse. Stevens contacta toutes les équipes auxquelles il pouvait penser. Il finit par trouver un Huey de l'armée disponible pour la matinée – il avait emmené un général de Da Nang à Dong Ha. Il persuada le pilote d'accepter une course rapide.

***

À Checkpoint Echo, grâce aux Ka-bar, aux machettes et à la méthode de Jackson consistant à se jeter à corps perdu contre les broussailles, ils parvinrent à dégager lentement une petite parcelle de végétation emmêlée dans le vaste fond de la vallée. Au-dessus d'eux, de toutes parts, se dressaient des montagnes sombres et vertes aux sommets dissimulés par les nuages.

Le message de Stevens annonçant l'arrivée d'un Huey était arrivé en clair. L'ordre de créer la base d'appui-feu Sky Cap était arrivé codé. Tous les officiers s'étaient groupés autour de Relsnik pendant qu'il décryptait le message. Un silence stupéfait s'abattit lorsqu'il lut l'ordre. Mellas sortit sa carte de sa poche latérale et localisa la côte 1609. Elle se trouvait à la source de la rivière qui coulait des montagnes vers l'est jusqu'à Checkpoint Echo, où elle se jetait dans le cours d'eau qu'ils avaient suivi la veille. Il regarda les pics. Leurs cimes étaient masquées par les nuages. Goodwin vint le voir.

— C'est où, Jack, bordel ? demanda-t-il. (Mellas lui montra l'endroit du doigt.) Merde, Jack !

L'un après l'autre, tous les officiers regardèrent l'emplacement que Mellas désignait du doigt. Après avoir pris connaissance de la position, Hawke se lança dans sa danse du faucon en poussant des cris stridents.

— Sky Cap ! Sky Cap ! *Snark ! Snark !* Sky Cap ! (Il mit ses mains en porte-voix et hurla :) Sky Cap ! *Kahoo ! Kahoo !*

Le cri revint en écho. Goodwin s'arrêta, leva les deux mains vers les montagnes en esquissant le signe du faucon, et cria encore par deux fois « Snark! Snark! ». Puis il posa les deux mains sur le sommet de son crâne et se tint là, sans bouger, le dos au groupe, à regarder les montagnes vers l'est.

Fitch prit les rênes.

— Préparez vos évacuations d'urgence, ordonna-t-il. On démarrera dès qu'on sera réapprovisionné. On n'aura que vingt minutes pour bouffer. Ne les laissez pas s'empiffrer comme des porcs, sinon ils tomberont malades. Une ration C chacun, pigé ? Une seule. (Il se retourna pour jeter un coup d'œil au mur de vert qui se dressait à l'est.) Kendall, c'est à toi de prendre la tête. Impossible de se perdre en remontant une rivière.

Kendall rougit, mais se dérida quand Fitch et les autres lui adressèrent un sourire bon enfant.

***

Jackson annonça à Mellas qu'il ne voulait plus être chef d'escouade.

— J'aime pas dire tout le temps quoi faire à mes amis.

— C'est surtout que tu ne supportes pas la pression. Qu'est-ce que tu veux que je fasse ? Que je confie le poste à Cortell ? Ou tu préférerais peut-être que ce soit Parker qui prenne les décisions ?

Jackson regarda par terre, peu désireux de croiser le regard du lieutenant.

— Tu crois que j'en ai quelque chose à foutre de ce que tu ressens là tout de suite ? poursuivit Mellas. Il me faut un bon chef d'escouade. Il m'en faut un, c'est tout.

Jackson tripota une grenade qui pendait de ses bretelles.

— Ça doit faire plus d'une semaine que Janc est revenu de son R & R, répondit-il. Il fout rien à la BCV. Ce poste était censé être temporaire.

La voix de Mellas changea.

— Putain, Jackson, on a besoin de toi.

Jackson leva les yeux vers lui. L'idée le figea. De toute sa vie, personne n'avait jamais eu besoin de lui comme ça. Il essaya d'adopter le point de vue du lieutenant. Cortell devait être le seul autre type capable de mener l'escouade. Il était intelligent à un point qui le rendait effrayant, mais d'une intelligence qui fonctionnait surtout en profondeur. Là, ce qui comptait, c'était réfléchir vite : son type d'intelligence, à lui. Ça ne l'avait pas dérangé d'être chef de l'équipe de tireurs, mais c'était encore Janc qui portait le vrai fardeau et qui endossait les conséquences si ça foirait. Et c'était justement ça. Janc ne foirait jamais. Mais peut-être que Jackson, lui, déconnerait, et alors il n'y aurait plus jamais d'autre chance de commander. Mais s'il ne menait pas maintenant, il n'aurait pas d'autre chance non plus. Il avait écrit chez lui pour raconter qu'il était chef d'escouade. Imagine un peu ! Lui à la tête de douze hommes ! Son vieux n'avait jamais été à la tête de qui que ce soit. Jackson regarda le jeune visage du lieutenant. Que China aille se faire foutre.

— Je peux supporter la pression, lieutenant, murmura-t-il presque.

Les deux hommes restèrent plantés là, à se regarder, muets pendant près de trois secondes. Puis Mellas prit la parole.

— Tu es le chef d'escouade et moi, le chef de section. Qu'on le veuille ou non, c'est comme ça.

— Ouais, c'est comme ça, répéta Jackson. (Il commença à se diriger vers le secteur de son escouade, puis il se retourna vers Mellas.) Mais dès que Janc revient, je démissionne.

— OK, Jackson. Ça marche.

***

Une demi-heure plus tard, ils entendirent le bruit d'un hélicoptère. Ils durent plisser les yeux pour l'apercevoir. Quelqu'un cria et montra du doigt. Le bruit se transforma en vrombissement et une ampoule de lumière noire voltigea brièvement à travers les nuages avant de se perdre. Le vrombissement revint. Fitch lança une grenade fumigène, et une épaisse fumée rouge se mit à monter en spires du feuillage. Un hélico Huey de l'armée surgit au-dessus de leurs têtes avant d'entamer un gracieux virage ascendant sur la gauche.

— Big John Bravo, ici Bitterroot Sept. Je vois de la fumée rouge à côté d'une ligne bleue. À vous.

À la radio, on entendit la voix du CAA assurer le pilote qu'ils se trouvaient près d'une rivière et que ce n'était pas un piège.

— Il n'y a presque pas de vent ici. Votre meilleure approche est par le sud. La zone est sûre. À vous.

L'hélicoptère avec ses chiffres étincelants tourna vers le sud, tourna encore, et entama son approche. Il atterrit doucement, faisant vibrer l'air de ses pales. La plainte de ses turbines se tut et les pales s'immobilisèrent en sifflant. Le pilote, vêtu d'un uniforme impeccable, descendit de l'oiseau. Cassidy avait envoyé une équipe de travail pour réceptionner les approvisionnements. Fitch et Hawke rejoignirent le pilote à l'extrémité des pales de rotor. Mellas ne put s'empêcher d'avancer pour voir la scène de plus près.

Un des membres de l'équipage distribua deux boîtes de piles à deux équipes de travail. Un troisième marine s'avança, attendant son chargement de rations C. Mellas vit le membre d'équipage hausser les épaules. Le marine se tourna vers Cassidy, stupéfait. Mellas se précipita vers le petit groupe qui était juste en train de serrer la main au pilote.

— Hé, vous avez de la nourriture ? lança-t-il.

Le pilote, un sous-officier qui devait avoir son âge, le regarda.

— Non, dit-il, perplexe. Pourquoi ? Vous n'en avez plus ?

— Euh... si, répondit Mellas en mentant. Je me demandais juste s'ils en avaient peut-être ajouté.

Le pilote regarda autour de lui. Il paraissait tout excité à l'idée de se trouver si loin dans la brousse et de pouvoir rendre un service de plus.

— Putain les gars, vous puez ! fit-il remarquer en souriant. Ça fait longtemps que vous êtes là ?

— Non, répondit Fitch. On est arrivés ce matin.

Il jeta un coup d'œil à Mellas et à Hawke, en se demandant manifestement ce qui était allé de travers pour le ravitaillement.

— Ce matin ? (Le pilote regarda Mellas.) Qu'est-ce qui vous a pris de marcher jusqu'ici de nuit ?

Le menton de Mellas tremblait.

— On a voulu éviter la chaleur, réussit-il à lâcher d'une voix étouffée.

Il se tourna et s'éloigna.

— Qu'est-ce qu'il a ? demanda le pilote à Fitch et Hawke.

— Il est un peu fatigué, répondit Hawke. Il a ouvert la marche toute la nuit. Ne le prends pas mal.

— Bien sûr. Je peux comprendre.

— Dis voir, ajouta Hawke, si tu pouvais nous faire une faveur de plus, on apprécierait vraiment.

— Ce que vous voulez. Je dois attendre que les généraux parlent à vos gars à Dong Ha. Je serais heureux de faire quelque chose.

— Eh bien, on a quelques gars qui doivent partir en R & R, des trucs dans le genre. Et puis, y en a un qu'aurait déjà dû rentrer chez lui. La compagnie ne devrait pas le transporter. Ça améliorerait vraiment le moral des troupes si on pouvait les évacuer.

— Bien sûr. Vous en avez combien ?

— Combien tu peux en prendre ? demanda Hawke d'un ton égal. Ils sont tous plutôt légers.

***

Ceux qui étaient atteints des pires cas de pied de tranchée montèrent en clopinant jusqu'au bord de la zone d'atterrissage. Ils troquèrent leurs vêtements les moins usés contre ceux des soldats qui restaient. Lorsque le chef d'équipage les aida à monter à bord, ils avaient effectivement l'air en piteux état. Cortell et Jackson atteignirent péniblement le flanc de l'appareil avec Williams. Ils lancèrent un regard interrogateur au chef d'équipage et au pilote paralysés à la vue des mains gonflées et décolorées qui serraient la perche. Le chef d'équipage perdit le contrôle et manqua vomir, mais parvint à se retenir.

— S'il n'y a pas la place, proposa Cortell, on peut l'attacher aux patins.

— Non, c'est pas ça, réussit à dire le pilote, qui essayait encore de retenir son souffle.

Il agita la main vers la porte de l'hélico. Les marines déjà à bord tirèrent le corps à l'intérieur.

Le caporal-chef Arran prit Pat dans l'hélico avec lui. Le chien ne bougeait pas ; les yeux étaient vides et fixes, il attendait que son maître mette un terme à la faim et la maladie. Il essaya de lécher la main d'Arran.

Les deux Kit Carson vietnamiens marchèrent nerveusement jusqu'à la petite zone. Tous les observèrent en silence. La plupart avaient oublié jusqu'à leur existence. Les Kit Carson rampèrent dans le fuselage de l'hélico. Les marines présents à bord feignirent de ne pas les voir.

Hippy patientait dans les hautes herbes au bord de la zone avec l'équipe de mitrailleurs. Quand il vit le pilote remonter dans l'hélico, il fut sûr de rentrer chez lui. Il se tourna et tendit sa mitrailleuse à Young, comme pour lui passer le flambeau. Puis il sourit afin de rompre la solennité de l'instant.

— N'oublie pas que t'es le dernier *chuck* qui reste chez les mitrailleurs, déclara-t-il. Comme tu peux pas porter de nœud coulant, ça, ça t'aidera peut-être.

Il ôta son médaillon de pacifiste de son cou et le donna à Young.

Puis il serra lentement la main de Mole.

— Ils sont tout à toi, Mole. Promets-moi de pas faire de conneries à la Pancho Villa. Démerde-toi pour qu'ils gardent leurs munitions dans leurs boîtes et pas sur la poitrine, pour qu'ils puissent s'en servir quand c'est nécessaire. (Mole hocha la tête.) Tiens bon, Mallory, ajouta Hippy en lui serrant aussi la main.

Mallory acquiesça rapidement de la tête.

Jacobs échangea une poignée de main avec Hippy et lui proposa de l'aider à rejoindre l'hélico. Hippy refusa et quitta la guerre en mettant un pied devant l'autre.

***

Vingt minutes après le départ de l'hélico, la compagnie s'avança dans la rivière à la suite de Kendall. Les nuages étaient descendus et une pluie régulière crépitait sur l'eau. Au bout d'une heure, ils évoluèrent entre des collines abruptes dont les sommets apparaissaient et disparaissaient à travers les nuages. Une heure plus tard encore, ils progressaient entre des falaises basses qui s'élevaient à mesure qu'ils avançaient vers l'est, vers Sky Cap.

Tard dans l'après-midi, enfoncé jusqu'aux genoux dans l'eau tumultueuse, Parker s'effondra, la mâchoire crispée, les dents serrées. L'écho de son hurlement remonta en aval et en amont de la rivière en rebondissant entre les falaises rocheuses.

Mellas le rejoignit avant Fredrickson. Cortell lui tenait délicatement la tête hors de l'eau. Parker roulait des yeux blancs, du sang gouttait de sa langue lacérée sur son menton. Mellas arracha une branche et la lui fourra dans la bouche. Lorsque le Doc Fredrickson arriva, la crise semblait être passée. Parker suait abondamment, même avec l'eau qui coulait sur son corps.

— Pourquoi t'as jamais dit à personne que t'étais épileptique ? lui demanda Fredrickson d'une voix douce.

Parker se contenta de le dévisager.

— C'est quoi « épileptique » ?

Fredrickson se tourna pour regarder Mellas, le visage empreint de surprise. Il secoua son thermomètre pour faire redescendre le mercure, le front plissé par l'inquiétude.

— J'ai jamais vu ce genre de truc à Field Med, dit-il.

Fitch demandait à la radio la cause du ralentissement. Il donna l'ordre à Kendall de filer, et la colonne commença à les dépasser. Parker essaya de se relever, mais Fredrickson le repoussa par terre. Il avait plus de 40 de fièvre.

Sheller, l'encornet, arriva. Il discuta à voix basse avec Fredrickson et Mellas, assez loin pour que Parker ne puisse pas les entendre. La pluie tombait sans interruption, silencieuse dans le grondement de la rivière. Les nuages étaient au sommet des falaises. Si toute la compagnie regagnait la ZA de Checkpoint Echo, cela retarderait l'installation de Sky Cap d'une journée entière. Si Fitch renvoyait Parker avec une seule section, celle-ci serait peut-être surprise par l'ennemi dans une gorge en rentrant, et la compagnie ainsi réduite pourrait se faire attaquer dans une gorge en avançant. Comme ils ne pouvaient pas ramener Parker à Echo avant qu'il fasse nuit de toute façon, une évacuation là-bas poserait problème jusqu'au matin. Marcher dans le noir augmentait aussi le risque de blessures. Mellas suggéra de demander qu'un oiseau remonte la rivière. Mais les parois de la gorge gênant les émissions à portée optique des PRC-25, Relsnik ne put joindre le bataillon. Daniels parvint à contacter un observateur aérien avancé qui effectuait des contrôles météorologiques au-dessus des nuages et qui relaya les informations. On leur répondit. Voler dans une gorge avec ses vents changeants était risqué ; une pale risquerait de heurter une falaise. À moins d'une urgence évidente, ils ne pouvaient se permettre d'envoyer un hélico avec son équipage. Avec le paludisme, la dysenterie et les nombreuses autres maladies tropicales, avoir 40 de fièvre était habituel et n'était pas considéré comme dangereux dans l'immédiat. Ils évacueraient Parker une fois la ZA installée sur la côte 1609.

— Tu penses pouvoir marcher, Parker ? demanda Sheller.

— À votre avis, bordel ? J'aurais le choix ?

Il se leva en chancelant. Son visage était trempé de sueur et de pluie mêlées. Il ramassa son sac, tortilla les épaules pour le mettre sur son dos et descendit dans la rivière.

— Vous croyez qu'il fait semblant ? demanda Mellas à Sheller.

— On ne simule pas une fièvre pareille et une langue qui saigne, Sir. Je pense qu'il est vraiment malade. Moi, je ferais faire demi-tour à la compagnie et je l'évacuerais d'Echo.

— *Ça ng'alivela jamais*, dit Fredrickson.

— C'est comme ça, ajouta Mellas.

***

Au crépuscule, Fitch donna l'ordre à Kendall de quitter la gorge et de trouver une position sûre pour la nuit. Difficile et dangereuse, l'ascension prit deux heures. Un des hommes de Goodwin tomba en arrière et se fit très mal à un genou lorsque la racine à laquelle il se tenait se détacha. Tous soupirèrent de soulagement en apprenant qu'il ne s'était pas abîmé le dos : il pouvait continuer à porter son barda.

Au sommet, Mellas retrouva Kendall dans l'obscurité. Il guidait les soldats vers leur position.

— T'as fait du bon boulot aujourd'hui, Kendall, dit-il.

Kendall hocha la tête.

— Difficile de se paumer dans une gorge, répondit-il, même pour moi.

Mellas éclata de rire. Il se demanda pourquoi il avait été si dur envers lui. Kendall n'avait pas choisi d'être là. Était-ce un si gros défaut de ne pas être taillé pour être officier des marines dans l'infanterie ? À la guerre, peut-être que oui.

Le brouillard s'installa. Ils entendaient le grondement constant de la rivière tout en bas, bruit inquiétant et effrayant car il pouvait masquer celui d'individus essayant de les prendre à revers par surprise. C'était leur sixième journée d'affilée sans nourriture.

***

Deux heures avant minuit, quelqu'un dans la section de Kendall cria qu'on envoie un infirmier. Un gamin venait de faire une crise d'épilepsie, et sa fièvre était montée dangereusement en flèche. À 2 heures, Parker fut de nouveau pris de convulsions. Ses hurlements étouffés étaient ceux d'un homme qui ne contrôle plus son esprit. Lorsque Fredrickson essaya de prendre sa température, Parker secoua violemment la tête en répétant « non » à quelqu'un qui n'était pas là, puis il recracha le thermomètre. Fredrickson le lui cala sous l'aisselle.

— Quarante et un, lieutenant, annonça-t-il. Et ça, c'est à l'extérieur de son corps. Son cerveau est en train de bouillir.

Parker se mit à pleurer.

— Je veux pas mourir. Pas ici. Je veux pas mourir.

Cortell joignit les mains et pria.

— Tu crois en Jésus, Parker, je le sais, dit-il.

Il versa de l'eau sur le pansement trempé que Fredrickson avait posé sur le front du soldat.

Sheller arriva et examina les yeux de Parker avec une lampe électrique.

— Challand, dans la 3e section, il a exactement la même chose, déclara-t-il. J'ai jamais vu un truc pareil. Mais si on ne fait pas baisser leur température, ils pourraient y rester. (Il leva les yeux vers Mellas.) Ce coup-ci, on va avoir une évacuation d'urgence, ça, c'est sûr. La question est de savoir où.

Mellas réfléchit le plus vite qu'il pouvait. Là, au-dessus de la gorge, ils étaient dans la jungle, avec des arbres qui faisaient plus de soixante mètres de haut et un brouillard qui descendait jusque par terre. La gorge s'était considérablement rétrécie depuis la première crise de Parker, mais, à ce moment-là, il n'y avait pas de brouillard. Cela semblait la seule option possible. Il se rappela un passage plus large, juste avant que Kendall ne les ait fait quitter la rivière. Il appela Fitch par radio.

Dix minutes plus tard, Vancouver ouvrait la voie pour redescendre vers la rivière. Parker et Challand, le gamin de la section de Kendall, étaient tous les deux suspendus dans des ponchos. Comme Parker ne cessait de gémir, on lui enfonça un pan de sa chemise dans la bouche.

Mellas et Vancouver émergèrent de la jungle pour atteindre le bord de la gorge, un peu en avance sur les autres. Ils se trouvaient à une bonne douzaine de mètres au-dessus de la rivière. Mellas sentit son cœur se serrer. Le passage plat était-il en amont ou en aval ? Il regarda sa montre. Il ferait jour dans une heure. Il leur avait fallu deux heures pour rallier la rivière. Il savait que ce n'était pas loin, mais s'il se trompait ? Ils se retrouveraient pris au piège dans la rivière et l'obscurité et s'enfonceraient dans la mauvaise direction. Ils perdraient à la fois Parker et Challand. C'était à lui de décider.

Il se recroquevilla sur sa carte en cachant la faible lueur rouge de sa lampe électrique. La brise lui gelait le dos. Il plissa les yeux dans l'obscurité, s'efforçant d'identifier toute particularité du terrain susceptible de l'aider à faire le bon choix.

Il y eut un gémissement sonore et un bruit de chute de pierres lorsque les porteurs de civière sortirent de la jungle. Jackson s'approcha de lui.

— Le Doc dit qu'il faut qu'on refroidisse vite Parker, Sir. Ses propos sont même plus cohérents.

— Va chercher la corde, ordonna Mellas. On va le faire descendre par-dessus le bord, ici. On ne doit pas être très loin.

— Ici ?

— Ici, bordel ! Fais venir des gars pour assurer la sécurité derrière nous.

Jackson posta Tilghman, Amarillo, Broyer et Pollini en arc derrière eux pour servir de fil de détente humain contre tout soldat de l'APVN qui les aurait repérés au bruit. Il passa la corde autour d'un arbre et Mellas l'aida à balancer les deux extrémités dans l'obscurité de la gorge.

Lorsqu'il les fit remonter, Mellas constata avec soulagement qu'elles étaient mouillées. Ce qui signifiait que le premier à descendre en rappel toucherait le fond sain et sauf. Mais aussi que la rivière coulait juste à côté de la falaise, et donc que ce n'était pas là que se trouvait le passage plus large.

Sans qu'on ne lui ait rien dit, Vancouver s'enroula la corde autour de la taille, recula dans le vide, et disparut. Mellas rampa sur le ventre pour essayer de suivre sa descente dans le noir. La corde se détendit. La voix de Vancouver flotta vers le haut.

— C'est pas trop mal, lieutenant. Il y a même des rochers qui sortent de l'eau.

Trois autres passèrent par-dessus le bord pour établir la sécurité, deux en amont et un en aval. Ensuite, ils firent descendre Parker et Challand dans l'eau. Bientôt, il ne resta plus que Tilghman et un Broyer terrorisé pour assurer la sécurité là où la corde était attachée.

Fredrickson et Cortell déshabillèrent complètement Parker à l'exception de ses rangers et ne lui laissèrent que la tête hors de l'eau. Challand, dont la fièvre avait brusquement baissé, était assis sur la rive et frissonnait de façon incontrôlée. Un de ses camarades d'escouade enleva son gilet pare-éclats et le serra dans ses bras pour essayer de le réchauffer.

Mellas envoya Vancouver et un autre gamin en amont, Jackson et un autre en aval. Jackson fut le premier à revenir. Il avait trouvé le passage élargi.

Ils soulevèrent Parker sur sa civière, l'emmenèrent dans le sens du courant et sifflèrent pour que Broyer et Tilghman descendent avec la corde. Mellas leur ordonna de la faire tomber par terre et d'attendre le retour de Vancouver.

Mellas glissa et s'affala dans l'eau trois fois avant d'atteindre enfin l'élargissement. Ils allongèrent Parker sur le dos, à même les rochers. Il était pleinement conscient, la rivière coulait tout autour de lui et lui refroidissait le corps. Cortell s'agenouilla à côté de lui.

— J'ai déjà eu peur, dit Parker, mais je pensais pas que ce serait jamais à ce point.

— Ça va aller. On a demandé qu'un oiseau vienne te chercher. Jésus est avec toi, mon frère.

Parker scruta les ténèbres au-dessus de lui. Ses yeux se fermèrent. Puis il tendit le bras pour attraper quelque chose, peu importait quoi. Cortell lui prit la main et la serra, fort.

— Je veux pas mourir ici, Cortell. Je veux pas mourir ici.

Il se mit à gémir doucement.

Mellas et Fredrickson les observaient tandis que l'eau coulait sur le bout de leurs rangers. Mellas avait la gorge serrée. Il plissa les yeux pour refouler ses larmes. Il n'avait jamais vu mourir personne.

— Ça va aller, Parker, reprit Cortell. Mon frère, on va te baptiser sur place. Jésus lavera tous tes péchés.

— J'allais tuer le Gunny.

— C'est pas grave, Parker, moi aussi. Et tu l'as pas fait.

— J'ai piégé sa grenade, mais il a dû s'en rendre compte. C'est un coup de bol si je l'ai pas tué.

— C'est pas grave. (Cortell lui versait lentement de l'eau sur le front avec les mains.) On appelle ça la grâce.

— Je sais que j'aurais jamais dû faire ça. C'est pour ça que j'ai cette fièvre.

Parker roula sur le flanc et son coude glissa sur une pierre branlante sous l'eau. Il plongea vers Cortell, qui l'aida à se retourner sur le dos en lui tenant délicatement la tête dans le courant. Il resta sans bouger et se mit à sangloter.

— Comment je peux aller en enfer, Cortell ? Pour toujours. Comment c'est possible ? Comment ça peut être si affreux ? Pas comme ça. Comment je peux aller en enfer ?

— T'iras pas en enfer. T'y as déjà été. Demande simplement à Jésus de te pardonner.

Cortell lui versa doucement un peu d'eau sur la tête.

— Je peux pas.

— Alors je vais le faire à ta place.

Il laissa s'écouler encore un peu d'eau sur sa tête et lui posa son casque sur le ventre. Puis il se pencha au-dessus, les mains jointes, et ferma les yeux.

— Seigneur Jésus. Doux Seigneur Jésus. Tu connais cet homme, Duane Parker, qui est sur le point de te rejoindre. Il a été bon. Il a traversé des temps difficiles. Aujourd'hui, il te demande de tout son cœur de le pardonner afin qu'il puisse venir à toi, dans ta gloire. Seigneur Jésus, je sais que tu m'entends, même ici, dans cette rivière. Amen.

Cortell reprit son casque et le remit sur sa tête. Il posa une main sur la poitrine de Parker et l'y déplaça en un rythme lent.

— Tu connais ma sœur, dit Parker, elle est pom-pom girl… dans son lycée. Elle vit chez notre grand-tante maintenant. (Il respirait rapidement.) Dis-lui… dis-lui que je lui ai jamais dit grand-chose de gentil… mais que je l'aime, hein ? Dis-lui, Cortell.

— Bien sûr. T'en fais pas. Elle le sait.

Cortell entonna un cantique.

Ni Fredrickson ni Mellas ne le connaissaient : « La rivière est profonde, Seigneur… Je veux la traverser jusqu'au campement… où tout est paix. »

Mellas remplit d'eau la paume de sa main pour boire. Mais il ne fit que regarder le liquide s'écouler entre ses doigts. Puis il se cacha les yeux, les doigts mouillés sur son front, pour dissimuler ses larmes.

Ils attendirent, cherchant vers l'est la première lueur du jour, guettant le bruit d'un hélico. Juste avant l'aube, Parker fut pris de convulsions et mourut tandis que les trois autres tentaient de l'empêcher de se noyer. Challand était encore en vie quand l'oiseau arriva dans l'étroit défilé, luttant contre les courants changeants du vent, le sillage du rotor pulvérisant de l'eau derrière lui comme un hydravion. Il emporta deux corps qui n'étaient pas encore sur terre vingt ans plus tôt, l'un vivant et l'autre mort.

***

Par radio, ils apprirent plus tard dans l'après-midi que la maladie s'appelait paludisme cérébral. Elle était transmise par une espèce isolée de moustique que l'on ne trouvait qu'en montagne, et les comprimés habituels ne pouvaient rien y faire. Il y avait de fortes chances pour que d'autres soldats de la compagnie aient eux aussi été piqués. Mellas eut l'impression d'évoluer à l'ombre de la maladie et de la folie.

La compagnie n'avança que de trois kilomètres et demi ce jour-là. Sur le terrain, la douce ligne bleue dessinée sur la carte était un véritable torrent qui coulait entre des falaises escarpées et à travers des gorges étroites, et présentait de brusques cascades nécessitant l'usage de cordes. C'était le seul chemin vers les montagnes en fer à cheval qui enserraient sa source et dont l'une avait été baptisée Sky Cap par un général ou un officier d'état-major.

Fitch pensait qu'il valait mieux quitter la gorge afin de s'installer pour la nuit. Blakely et Simpson n'étaient pas de cet avis. Ils venaient d'assister à leur cinquième réunion du régiment de suite, réunion pendant laquelle ils avaient dû expliquer pourquoi la compagnie Bravo ne se trouvait pas là où on avait annoncé à Mulvaney qu'elle serait. L'ordre fut relayé par un observateur aérien : « Il n'y aura pas de déviation de l'itinéraire pour quelque raison que ce soit. »

Quitter la gorge et mentir sur leur position serait du suicide. L'artillerie pourrait penser que la compagnie se trouvait ailleurs et la bombarder.

Comme celle-ci était alignée dans la gorge, dans l'impossibilité d'adopter une position de défense en cercle ou de bivouaquer sur les rochers, Fitch se dit qu'il n'avait pas d'autre choix que d'avancer. À 1 heure, un gamin de la section de Kendall glissa sur une plaque mouillée à l'inclinaison abrupte. Il y eut un bruit sourd, un *plouf*, et une plainte étouffée. Il s'était fracturé le tibia gauche, et l'os brisé lui sortait de la peau. Fitch ordonna à Relsnik de couper les communications, même si le bataillon envoyait un observateur aérien comme relais. Ils attendraient le matin.

***

La position de la compagnie était si précaire que ni Hawke ni Mellas ne parvinrent à dormir. Toute la nuit, ils restèrent assis, blottis sur un rocher, frissonnant dans leurs vêtements humides. Hamilton, lui, dormait, allongé sur les pierres en dessous, les rangers dans l'eau.

— Imagine un peu, dit Hawke. C'est la première fois qu'on se sert d'une colonne en position défensive. On décrochera tous les boulots qu'on veut à l'école navale. On restera dans les annales militaires.

— C'est bien ça qui me fait peur, dit Mellas. D'y rester.

La falaise se dressait derrière eux. La lune transperçait de temps en temps la couche nuageuse et un vent froid leur soufflait dans le dos. La conversation allait et venait. Ils parlaient des filles qu'ils connaissaient. De ce qu'ils feraient une fois rentrés. Du fait d'avoir établi une forteresse sur Matterhorn et de l'avoir abandonnée. On se demandait si les Rolling Stones étaient meilleurs que les Beatles. On parlait de tout sauf du paludisme cérébral.

— T'as entendu que Parker avait essayé de tuer Cassidy ? demanda Mellas.

— Ouais. Conman me l'a dit. Toute la compagnie est au courant. Cassidy nie en bloc. Il dit que c'est leur connerie de pouvoir noir, que Parker voulait seulement frimer.

— Tu crois Cassidy ?

— Je crois Parker.

— Il va y avoir des ennuis ?

— Je sais pas. Ça dépend s'il a agi seul ou pas.

— Tu penses à China ?

— Oui, China, à condition que Parker n'ait pas agi seul. Mais j'en sais rien.

Ils écoutèrent l'eau qui se ruait devant eux. Hawke, la mine triste, traçait sans relâche un petit pentagramme sur la pierre à côté de lui.

— Tu le prends mal de pas avoir eu la compagnie ? lui demanda Mellas.

— Je sais pas. Bien sûr. Bien sûr que je la voulais. Mais maintenant, tout ce que je veux, c'est quitter cette brousse de merde.

— T'as essayé ? Disons… de décrocher un job à la base d'opérations, comme Stevens ?

— J'ai l'air d'un Dictaphone, bordel ? Qu'est-ce que t'essaies de faire, Mellas ? T'essaies de te débarrasser de moi ?

Mellas se sentit rougir un peu. Il ne répondit rien.

— T'en fais pas, Mellas, reprit Hawke, t'es tellement bleu-bite que tu seras encore là quand je me descendrai des fraîches au O'Day's Bar. T'auras tout le temps qu'il faut pour l'avoir, ta compagnie à la con. D'abord, tu seras probablement Bravo Cinq si jamais je réussis à tirer mon cul plein de taches de rousseur hors d'ici. Kendall se barre dans quelques semaines. Et Goodwin. (Il eut un petit rire.) Merde, Jack, dit-il en l'imitant. Scar ! Ses lignes sont un beau bordel, sa paperasse est dans un état pas possible, sa procédure radio un vrai désastre, mais les troupes le suivraient n'importe où. N'importe où. (Hawke expulsa de l'air entre ses lèvres.) C'est ça, le problème avec lui. C'est un combattant.

— C'est un problème ?

Mellas éprouva de nouveau de la jalousie envers Goodwin, mais celle-ci se heurta à l'affection qu'il éprouvait à l'imaginer en train de se tirer le lobe de l'oreille en jacassant sur un troisième Purple Heart.

— Dans cette guerre-ci, oui, expliqua Hawke. C'est probablement pour ça qu'on est dans la merde. Ce qu'il faut à la guerre, c'est des guerriers, des guerriers qui se battent, pas des petits garçons déguisés en soldats qui font de l'administratif.

— Alors pourquoi tu donnes pas le poste de Cinq à Scar, putain ? demanda Mellas avec un peu plus de virulence qu'il ne l'aurait voulu.

— Parce que Goodwin se ferait bouffer tout cru en moins de trois minutes. Et pas par l'APVN. Toi non, et tu le sais. D'ailleurs, je pense que cette connerie de politique te réussirait bien.

Ils se turent.

— Au fait… tu sais vraiment pourquoi on est dans cette gorge de la mort ? demanda Hawke au bout d'un moment.

Mellas, qui n'en avait aucune idée, se contenta de grogner.

— Parce que Fitch ne sait pas jouer le jeu. C'est ça, la raison. C'est un bon chef au combat. Franchement, je le suivrais littéralement jusqu'en enfer. Mais c'est pas un bon commandant de compagnie dans ce type de guerre. Il a pris Simpson à rebrousse-poil parce que sa photo est apparue un peu trop souvent dans le journal et qu'il l'a jamais cité, ce que Simpson ne méritait pas d'ailleurs, mais c'est ça, le problème. Le mec intelligent attribue toujours le mérite à celui qui a le pouvoir, qu'il le mérite ou pas. Comme ça, il lui fait miroiter un truc qu'il désire. Du coup, c'est lui qui a du pouvoir sur le chef.

Mellas n'ouvrit pas la bouche.

— Avant, si on s'était trouvés dans la brousse à opérer de façon indépendante, comme nous, personne n'aurait essayé d'anticiper ce que le chef allait faire. À l'époque, les radios n'étaient pas aussi puissantes. Mais maintenant elles le sont, et ces putains de gradés croient que c'est eux qui patrouillent. Ce qui fait que maintenant, les plus petites unités sont dirigées par des colonels et des généraux, merde, jusqu'au président ! Avant, quand on était colonel ou plus, on s'occupait des conneries politiques genre les voyages des députés aux frais de la princesse, la télé, les journalistes, tout ce que tu veux. Aujourd'hui, c'est eux qui tirent les ficelles, même dans cette vallée de merde, et nous aussi, on se retrouve à faire de la politique. Et plus les radios seront performantes, plus ça s'aggravera. La politique finira par descendre au niveau de la compagnie, on supprimera des types comme Fitch et Scar et ce seront des gars comme toi qui prendront la relève.

— Comment ça, « comme moi » ? demanda Mellas calmement.

Hawke soupira.

— Merde, Mellas. Je veux dire un politicien, quoi !

Mellas se raidit.

— C'est comme ça que tu me vois ?

— Ouais. C'est comme ça que je te vois.

Mellas garda le silence.

— Merde, Mellas, te vexe pas. J'ai pas dit que je t'aimais pas, bon sang ! Ni que t'étais un mauvais gars. Même si je t'accorde que la compagnie qui sera sous tes ordres sera plus glauque que la moyenne. Accepte simplement que t'es un politicien, bordel. Comme Abraham Lincoln et Winston Churchill. Et Dwight Eisenhower. (Il marqua une pause.) C'est pas des mauvais gars. Et ils ont tous mené une bonne guerre.

Mellas sourit d'un air contrit.

— Tu crois vraiment que tout est une affaire de politique ?

Hawke souffla vers le haut. Mellas aperçut la buée.

— Non, répondit-il. T'as intérêt à croire que tout n'est pas qu'une affaire de politique. (Il lança un caillou dans le courant, puis il regarda Mellas droit dans les yeux.) Simpson a raison. Toutes ces caches de munitions qu'on a découvertes sont forcément qu'un petit pourcentage de la totalité. Ce qui veut dire que c'est bourré de Viets dans le coin. Bourré à craquer. À ton avis, comment crois-tu qu'ils ont pu transporter toute cette saloperie sans camions, si ce n'est sur le dos, bordel ! Sur plein de dos ? (Il s'assura qu'il avait toujours l'attention de Mellas.) Les caches qu'on a trouvées sont planquées selon une ligne qui pointe en direction de l'est, du Laos vers les plaines. Pour réussir cette opération politique à Cam Lo, on a dû se retirer du Laos et de la zone démilitarisée. Matterhorn contrôle l'extrémité ouest de Mutter's Ridge. Si on contrôle Mutter's Ridge, on contrôle la Route 9. Si l'APVN contrôle la Route 9, elle peut isoler Khe Sanh et la BCV de la côte. Et en isolant Khe San de la BCV, elle peut prendre Camp Carroll. Alors les Viets descendront la Route 9 avec des chars et tu pourras dire adieu à Quang Tri, Dong Ha et Hue. Et ça, c'est pas de la politique.

***

La compagnie se remit en route à l'aube. Ce serait le huitième jour sans nourriture. Les amis du gamin qui s'était cassé la jambe le transportaient comme l'auraient fait des pompiers : en se relayant. L'encornet lui donnait tous les comprimés que, selon lui, son organisme pouvait supporter afin de l'empêcher de hurler. Tandis que la compagnie avançait, tous se passèrent le message gravé dans les rochers : D'ABORD ILS L'ONT RASÉ. APRÈS ILS L'ONT FAIT MARCHER JUSQU'À CE QU'IL CRÈVE.

CHAPITRE 10

Le canyon prit fin. La compagnie leva les yeux vers un mur de falaises couvertes de végétation et de terrasses qui s'élevaient à perte de vue dans le brouillard. Tout en haut se trouvait la côte 1609. Leur tâche était d'en faire la base d'appui-feu Sky Cap.

Le casque de Mellas glissa de son crâne lorsqu'il se pencha en arrière pour tenter de voir le sommet. Il le laissa derrière lui et, stupéfait, regarda fixement devant lui, sans la moindre idée de la façon dont ils allaient s'y prendre pour escalader ce mur avant la tombée de la nuit. La voix de Fitch monta de la radio.

— Allez, Bravo Un, dit-il impatiemment. On y va.

Mellas agita la main vers Jackson, indiqua fermement le haut avec son index, et remit son casque. Jackson, au pied de la falaise, adressa un signe de la tête à Cortell et à Broyer. Cortell lui fit un doigt d'honneur. Broyer repoussa ses lunettes noires en plastique sur son nez, prit une profonde inspiration et regarda longuement le haut de la falaise avant d'expirer. Jackson sortit de son sac le rouleau de corde en Nylon Goldline de l'escouade et le leur passa. Les deux hommes s'encordèrent et Broyer commença à avancer, le visage contre la paroi, tirant la corde après lui tandis que Cortell la laissait filer. Il semblait n'y avoir nulle part où aller. Puis Broyer trouva une racine et tira dessus. Elle ne céda pas... mais les prises végétales étaient dangereuses, et il le savait. Il se hissa en tremblant jusqu'à une étroite saillie inclinée, où il essaya de se stabiliser en calant ses fesses contre la paroi et ses rangers sur un bout de roche. Il se passa la corde autour de sa taille en un assurage précipité.

— OK, je suis prêt, chuchota-t-il aussi fort qu'il l'osait.

Cortell suivit, tiré par Broyer. Serrés ensemble sur la saillie, adossés à la falaise, ils se raccordèrent à des racines exposées et firent un nœud autobloquant autour d'une bosse rocheuse à peine adéquate. Ils relâchèrent ensuite la corde vers le bas et assurèrent Jackson, qui fut suivi de

Mellas, puis d'Hamilton, de la mitrailleuse de Mallory, de Mallory lui-même, des boîtes de munitions que Mallory et Barber, son ravitailleur, avaient transportées, et ainsi de suite jusqu'à ce que l'escouade suivante arrive avec sa propre corde. Alors, celle de Jackson monta encore plus haut et répéta le même processus, mais avec d'autres soldats en tête. Bientôt, la section se retrouva alignée à plusieurs niveaux de la paroi. Fitch garda le reste de la compagnie cachée dans la jungle au cas où des soldats de l'APVN se seraient trouvés en haut. Mellas savait que c'était la chose à faire, mais il regrettait que ses compétences cartographiques aient eu pour conséquence de mettre la 1re section si souvent en tête. Le visage et le nez pressés contre la paroi mouillée, il inhala les relents de mousse et de terre. Une escouade de l'APVN postée en haut aurait suffi à tuer la moitié de la section avant que les gamins puissent se ruer en bas pour se mettre à l'abri. Une seule mitrailleuse APVN de l'autre côté de la gorge aurait certainement pu tous les descendre. Ils étaient foutus.

***

Cinq heures plus tard, ils grimpaient encore au milieu du brouillard. Robertson et Jermain de la 2e escouade étaient désormais en tête, avec Jacobs juste derrière, à leur bégayer des encouragements. Jermain avait chargé de fléchettes le M79 afin de pouvoir au moins arroser quiconque baisserait le regard sur eux, et tirer d'une seule main sans avoir à viser. Robertson qui, en tant que chef d'équipe de tireurs, aurait pu ordonner à un autre soldat de prendre la tête, n'avait pas eu le cœur de confier cette tâche à quelqu'un d'autre que lui-même. Il était maintenant séparé de son équipe par Jacobs, qui s'était lui-même rapproché de la tête de la colonne en abandonnant sa position habituelle, plus sûre, derrière la 1re équipe de tireurs. Robertson se demandait s'il valait mieux mettre le levier de sûreté de son M16 en position ON ou OFF. Qu'il soit sur ON et qu'il merde et il aurait de fortes chances de tuer Jermain, qui tomberait certainement de la falaise et, encordé à Robertson, entraînerait celui-ci avec lui. D'un autre côté, si l'ennemi regardait par-dessus le bord et que lui, Robertson, ne tirait pas immédiatement en automatique – encore une fois, il n'aurait qu'une seule main de libre –, autant ne pas transporter cette arme à la con. Il résolut ce dilemme en passant de ON à OFF toutes les une ou deux minutes.

La progression sur la paroi abrupte de la falaise rendait tout silence impossible. Si l'APVN les attendait, pensa Robertson, il faudrait faire une croix sur eux deux, c'était sûr – et probablement sur toute l'escouade, y compris le lieutenant et Hamilton – afin de tirer la compagnie d'affaire. Cela dit, comparée à la lutte épuisante qu'ils menaient constamment contre la gravité et la faim, et la paroi rocheuse que la jungle leur présentait maintenant avec obstination, la mort ne semblait pas si terrible.

Il vit que le lieutenant Mellas avait atteint un endroit plat en contrebas et qu'il regardait en l'air. Il se hissa avec son sac qui pesait lourd au-dessus d'une grande formation rocheuse. Il s'arrêta, haletant, en équilibre précaire à côté de Jermain, qui s'était assis dos contre la falaise et levait les yeux en tenant son M79 au-dessus de la tête. De toute évidence, ce petit espace n'était sûr que pour une personne. Il semblait n'y avoir nulle part où bouger. Il avait les joues rouges et l'impression d'avoir le visage chaud et gonflé. Il savait qu'il était en train de pleurer car il devait essuyer constamment des larmes pour trouver la prise suivante.

Le lieutenant leva le pouce vers le haut et hocha la tête d'un air encourageant. *Dieu sait comment s'en sortent les types de derrière avec les mitrailleuses et les mortiers*, pensa Robertson. *Ou ce pauvre bougre avec sa jambe cassée et ceux qui le transportent.* Il se tourna pour lever les yeux vers le brouillard. La falaise se dressait au-dessus de lui, immuable, d'un à-pic impossible, son sommet invisible apparemment hors de portée. Lentement, avec chaque respiration, sa colère montait : contre la falaise, la connerie, la faim, la guerre, tout. Il se lança dans une activité frénétique. Il battit follement des jambes contre la paroi rocheuse en s'en remettant comme un perdu à la seule friction et en gémissant et en réprimant à moitié un hurlement de colère. Il faillit pousser Jermain de la falaise lorsqu'il décolla, celui-ci levant même son M79 pour le matraquer, avant de se rappeler qu'il l'assurait et de s'arrêter. Jermain laissa filer de la corde afin que Robertson ne tombe pas brutalement parce qu'il n'y en avait plus. Une fois en sécurité, juste quelques mètres au-dessus de Jermain, Robertson s'excusa. Tous deux pleuraient ouvertement, comme des petits enfants qui ont besoin d'être nourris et mis au lit.

***

Ils atteignirent le sommet juste avant la nuit. C'était une corniche de calcaire solide, étroite comme une lame de rasoir, tout juste assez large pour qu'une seule personne la longe prudemment, en équilibre entre deux à-pics. Manifestement, personne n'avait pris la peine d'y envoyer des équipes de reconnaissance. Il n'y avait aucun endroit possible pour y poser un hélicoptère, et encore moins une batterie d'artillerie.

Mellas pleurait lui aussi d'épuisement et de frustration lorsqu'il appela Fitch pour lui faire savoir qu'il n'y avait pas de place en haut pour le reste de la compagnie. Fitch regroupa ses hommes sur un petit col juste en dessous de la dernière falaise et les entassa dans un espace qui aurait dû ne contenir qu'une section. La compagnie s'installa pour y passer la nuit. Le lendemain matin, les soldats gravirent le chemin frayé par la 1re section en se servant des cordes qui y avaient été nouées – tout aussi fatigués, mais plus confiants car sachant que la 1re section tenait le sommet.

Il fallut toute la journée, en se servant de chaque morceau d'explosif qui restait à la compagnie, pour dégager une petite niche en guise de ZA dans l'arête solide de l'immense et majestueuse falaise qui plongeait à plus de six cents mètres dans une gorge avec une rivière au fond, sur le versant nord de la montagne. Ils firent sauter leurs dernières charges de C4 alors même que l'obscurité mettait fin à toute possibilité de réapprovisionnement.

Le lendemain matin, ils tailladèrent la roche avec leurs pelles-pioches. Aux alentours de midi, le brouillard s'éclaircit un moment et Fitch appela la BCV. Trente minutes plus tard, ils regardèrent en silence un CH-46 remonter en grondant la longue vallée qui leur avait demandé plusieurs jours de marche. Le juchoir qu'ils avaient explosé et raclé dans le calcaire était juste assez large pour permettre à l'hélico d'y poser les roues arrière. Les deux tiers avant de l'appareil restèrent dangereusement en suspension tandis que le pilote s'efforçait de stabiliser l'engin assez longtemps pour le délester de son chargement. Cette manœuvre suscita des murmures de respect devant pareille habileté. Le hayon s'abaissa, et un groupe de marines se précipita à l'extérieur en se tenant le casque dans le souffle d'air. Ils n'apportaient aucune provision.

Les marines de la 3e section aidèrent le jeune à la jambe cassée à monter à bord. Le hayon se referma et l'hélicoptère chuta simplement de la falaise avant de prendre assez de vitesse pour voler. Il s'éloigna dans un virage et disparut dans la brume.

Les marines du nouveau groupe avaient l'air bien nourris et semblaient excités. Leurs couvre-casques camouflés n'étaient visiblement pas déchirés, le vert et brun de leurs treillis étaient encore vifs. Hawke et Fitch s'approchèrent d'eux. Ils aperçurent des pioches, des scies électriques, de grandes pelles neuves, des paquets de C4, et même un théodolite. Un lieutenant trapu dont les galons argentés brillaient au col vint leur serrer la main.

— Salut ! lança-t-il joyeusement. Nous sommes les pionniers[1] de Golf Battery.

Hawke et Fitch le dévisagèrent. Enfin, Hawke prit la parole.

— Eh bien, si c'est vous les pionniers, alors nous on est les aborigènes, bordel !

***

Une heure plus tard, le même hélicoptère revint avec un chargement externe de rations C, de munitions et d'explosifs qui tanguait sous l'appareil dans un filet attaché à un câble flottant à l'arrière. L'hélico lâcha le filet sur la minuscule ZA, puis, comme avant, fit le tour pour rester en suspension, son arrière touchant presque la ZA et le reste flottant dans l'espace au-dessus de l'extrémité de la falaise. Le hayon s'abaissant par terre, un autre groupe de soldats de relève en déboula, ne sachant où courir. Ils étaient suivis de Jancowitz, qui arborait un nouveau treillis impeccable et un foulard de soie rouge qui sentait le parfum. Il portait une caisse de steaks en boîte.

— J'ai cru comprendre que vous risquiez d'avoir faim, les gars, dit-il.

Mellas l'aurait bien embrassé, mais il se contenta de poignarder une des boîtes avec son Ka-bar.

***

Le lendemain, les hélicos livrèrent des centaines de kilos d'explosifs, un minuscule bulldozer, et trois marines du génie. Il fallut à ces derniers plusieurs jours pour corriger ce que les soldats de la compagnie Bravo avaient cru être une erreur, à savoir choisir Sky Cap pour établir une base d'artillerie. Ce qu'ils ne savaient pas, c'était que le général Neitzel avait prévu depuis longtemps qu'il aurait la force nécessaire pour aplanir les irrégularités et mettre les marines où il avait envie qu'ils soient, pas seulement là où la nature le permettait. Les soldats du génie firent tout simplement sauter le sommet de la montagne avec du plastic et de la dynamite jusqu'à ce qu'il soit assez large pour leurs besoins.

Tous reprirent la routine éreintante qui consiste à assurer la sécurité d'une base d'appui-feu. Leur longue marche d'affamés, maintenant

1. Soldat de l'infanterie ayant pour tâche d'accomplir des constructions militaires.

baptisée Opération « Piste des larmes[1] », s'estompa dans le passé. Leurs journées ne furent plus que corvées de patrouilles angoissantes et postes d'écoute nocturnes, se réduisirent au travail abrutissant de la pose des barbelés, au dégagement grossier des champs de tir à l'aide de Ka-bar, et toujours et encore creuser des trous, improviser des positions, manger, chier, boire, pisser, s'assoupir et s'efforcer de garder les yeux ouverts. Mais c'était toujours mieux que de crapahuter.

Parfois, Mellas trouvait le temps de s'asseoir seul au bord de la falaise. Les jours où le pic sortait des nuages, il pouvait voir le Nord-Vietnam. Des nuages noirs apparaissaient lentement devant lui, à hauteur d'yeux. Tout en bas, il distinguait la trace d'une petite rivière couverte de jungle qui rejoignait sûrement le fleuve Ben Hai au nord. En chemin, elle se gonflait des pluies de Sky Cap et de la Dent du Tigre, l'immense montagne qui les dominait au sud-est.

Comme il fallait longtemps aux patrouilles de sécurité pour descendre de Sky Cap et y remonter, il n'y avait pas le temps de parcourir la distance nécessaire pour atteindre la rivière, mais les possibilités qu'elle offrait l'excitaient. Ce chemin sinueux le fascinait comme un serpent mortel. Les jours passaient, et Mellas continuait de revenir au bord de la falaise pour contempler la vallée en rêvassant de gloire et de reconnaissance. Puis, un soir, il sut ce qu'il voulait faire.

Fitch échangeait des plaisanteries avec Pallack et Relsnik en chuchotant doucement quand il passa la tête à l'intérieur des ponchos trempés. Il faisait trop sombre pour distinguer qui que ce soit.

— Jim, lança-t-il, j'ai une idée !

La voix de Fitch monta de l'obscurité.

— OK. C'est quoi ?

— Tu vois la ligne bleue juste au nord, celle qui touche le Ben Hai ?

— Ouais, répondit Fitch en hésitant.

— Nagoolian doit avoir toutes sortes de pistes par là-bas. C'est obligé, ils ont dû approvisionner l'attaque sur Con Thien l'année dernière. S'ils veulent frapper Quang Tri, plutôt que de traverser carrément la ZA avec des chars où ils se feront intercepter par l'escadre de la Navy et les tanks et l'artillerie de l'armée, ils n'ont que deux possibilités : tenir Mutter's Ridge, donc se réapprovisionner via les sentiers qui longent

1. En référence à la *Trail of tears*, à savoir la déportation des indiens Cherokee vers l'ouest du Mississippi, pendant laquelle nombre d'entre eux moururent de faim ou d'épuisement.

le Ben Hai, ou nous virer de Vandy et de Rock Pile, débouler sur la Route 9, frapper Cam Lo et prendre Quang Tri par l'ouest.

— Mellas, lui demanda Fitch patiemment, où veux-tu en venir ?

— Je pense qu'on devrait envoyer une patrouille de reconnaissance dans la vallée. C'est comme un entrepôt à côté d'une autoroute.

— Le Ben Hai n'a rien d'une autoroute, Sir, lui fit remarquer Relsnik calmement.

— Mais il y a des postes de péage viets tous les *klicks*, bordel ! dit Pallack. Et c'est pas de la petite monnaie qu'ils veulent.

— Je n'ai pas l'intention de descendre le Ben Hai, reprit Mellas. (Il se tourna vers la voix de Fitch.) Ce serait une bonne opération de barrage au cas où quelqu'un remonterait de la vallée pour nous attaquer.

— Ouais, sauf que c'est vous qui vous feriez barrer la gueule, fit remarquer Pallack.

Fitch garda le silence.

— Ça ne ferait pas de mal de montrer au bataillon qu'on prend des initiatives, ajouta Mellas.

Après un long silence de plus, Fitch reprit la parole.

— OK. Si tu trouves des gars assez cinglés pour te suivre, vas-y. Prends Daniels avec toi s'il est d'accord. Tu comptes partir combien de temps ?

— Je pensais à trois jours.

Mellas sortit sa carte et Fitch alluma sa lampe électrique. Une faible lumière rouge éclaira l'intérieur de la guitoune. Mellas distingua Pallack et Relsnik, blottis contre leurs radios dans leurs doublures de poncho.

***

Le lendemain matin, la 1re section était de garde au palais pendant que des escouades des 2e et 3e sections partaient en patrouilles de sécurité. Les avant-postes qui assuraient la sécurité disparurent dans la jungle sur le flanc sud de la montagne, ou s'installèrent avec des jumelles sur les parois de la falaise. On forma des équipes de travail pour poser davantage de barbelé, brûler les ordures et creuser des latrines plus importantes. Mellas demanda des volontaires. Comme il l'avait prévu, presque tous préféraient rester à travailler. Comme prévu également, Vancouver fut le premier à accepter de partir. Il persuada Daniels de venir aussi. Mellas dut refaire une demande pour un tireur de M79. Gambaccini finit par se proposer, en précisant qu'il venait uniquement parce que Bass lui avait signalé que son tour était venu de se porter volontaire.

Fredrickson se sentait tenu par l'honneur de les accompagner, puisqu'il était toujours le seul infirmier de section.

Ils prirent tous quatre heures de sommeil dans l'après-midi. Ensuite, ils se noircirent les mains et le visage et sanglèrent leur équipement.

Dans l'obscurité, il leur fallut plus de trois heures pour atteindre le sol de la jungle, la plupart du temps à l'aide de cordes. Vancouver ouvrit la marche avec un M16 plutôt que sa M60, afin que les munitions de tous soient compatibles. Il était suivi de Mellas. Ensuite venaient Daniels avec la radio et Gambaccini avec le lance-grenades. Fredrickson fermait la marche en avançant presque à reculons, son M16 pointé vers les ténèbres derrière eux.

Ils marchaient en silence sous des arbres imposants qui bruissaient dans le noir au-dessus de leurs têtes. Ils finirent par atteindre le ruisseau et le longèrent en direction du nord. Le bruit de l'eau leur permettait de se guider et masquait leurs mouvements.

Mellas avait les sens à vif. Un frisson lui parcourut l'échine. Il se sentait merveilleusement puissant et dangereux. Vancouver en homme de pointe. Quatre marines éprouvés au combat. Daniels soutenu par une batterie d'obusiers. Si les nuages éclataient, des avions à réaction de Da Nang ou éventuellement des porte-avions basés en mer de Chine pourraient leur venir en aide. Ils pourraient même appeler *Puff the Magic Dragon*[1] de l'Air Force, qui pourrait larguer de ses hauteurs les jets enflammés de ses obus de 40 mm. Il imagina sa petite équipe en train de traquer l'ennemi en silence. Une chanson de ses jours de fac surgit dans sa mémoire, *Ian and Sylvia* – avec les guitares qui poussent le rythme et leurs harmoniques qui chassent la nature, tout cela disant les hors-la-loi : *Ils étaient armés. Tous étaient armés. Trois Mac Lean et ce sauvage d'Alex Hare*[2].

Dans le noir, Mellas sentit que le ruisseau ralentissait, indiquant que la terre avait commencé à s'élargir tandis qu'ils quittaient les hautes cimes situées derrière eux. Les broussailles s'épaississaient aussi, réduisant encore leur avancée déjà lente. Au-dessus d'eux, c'est à peine s'il distinguait les sombres silhouettes des arbres immenses qui se décou-

1. Ou « Puff, le dragon magique », surnom donné à l'avion de combat Douglas AC47 en référence à la chanson du même nom de Peter, Paul and Mary.

2. *They were armed. All were armed. Three MacLean boys and that wild Alex Hare.*

paient sur la couleur plus claire, à peine perceptible, d'un ciel nocturne plein de nuages.

Soudain, Vancouver mit un genou à terre. Tous s'accroupirent en hâte, le fusil pointé vers l'extérieur selon des secteurs attribués à l'avance.

— Un sentier, chuchota Vancouver.

Mellas avança, accroupi près du sol. De la main, il sentit de la boue tassée.

— On le prend, murmura-t-il.

Le chemin se dirigeait vers l'est et descendait toujours plus bas; déjà ils s'éloignaient plus rapidement de Sky Cap. Ce sentier était ce que cherchait Mellas. Il avait donc eu raison. Mais il lui vint à l'esprit qu'ils ne seraient peut-être pas les seuls à sortir cette nuit-là. Il s'efforça de repousser cette peur insistante et de se concentrer sur leur avancée silencieuse. Ne pas laisser l'eau clapoter dans les gourdes. Vérifier le métal collé aux courroies. Le talon au sol, palper tout ce qui pourrait faire du bruit. S'efforcer de maintenir une respiration régulière. Que se passerait-il, se demanda-t-il, s'ils tombaient sur une grande unité? Bêtement, il s'était dit que seules les petites arpenteraient ces sentiers de nuit. Mais Vancouver verrait l'ennemi en premier. Ils auraient le temps de se retirer. Cela dit, il serait facile de les encercler tous les cinq. Et si l'un d'eux était blessé?

Il se força à penser de manière plus positive. Ils trouveraient l'emplacement parfait pour une embuscade. Les Viets descendraient le sentier en discutant, inconscients du danger. Daniels ferait passer le mot et l'artillerie interviendrait. Ils découvriraient des renseignements qui altéreraient la stratégie de toute la division ou déjoueraient une attaque sur Quang Tri. Médaille. Article dans un journal au pays. Mais s'ils n'arrivaient pas à s'installer à temps et se heurtaient aux Viets de front? Et si certains d'entre eux étaient blessés et que les autres ne pouvaient pas courir?

Quelque chose craquant devant eux, les battements de cœur de Mellas s'accélérèrent tandis que l'ombre de Vancouver s'affaissait rapidement dans la boue. Mellas se mit sur un genou, les yeux écarquillés. Le vent traversa doucement la jungle, apportant un relent de pourriture humide. Il fit aussi bruire les arbres et emplit l'air d'un sifflement régulier. On devenait fou à essayer d'entendre quelque chose. Mais ne pas entendre pouvait entraîner la mort. La peur faisait battre le cœur et accélérer le souffle qui se faisait plus court, rendant à son tour l'écoute plus difficile. Personne ne bougeait. Tous attendaient un ordre de Mellas.

Mellas, lui, avait envie de regarder sa carte. S'il pouvait voir les courbes de niveau de la côte 1609 sur la carte, ça l'aiderait à sentir que la colline et la compagnie étaient encore vraiment là. Dans cette obscurité, tout n'était qu'un rêve. Il n'y avait que cette terre, que cette odeur, que ce petit groupe d'êtres humains. Lentement, il tendit le bras pour l'attraper. Alors seulement il se rendit compte qu'il lui faudrait allumer sa lampe électrique pour la regarder. Pour se donner l'air de faire quelque chose, il mit sa boussole sous son nez et ouvrit l'étui. La pâle lueur verte de l'extrémité de l'aiguille tituba comme si elle était saoule, puis se stabilisa en un doux balancement. Il fut assailli par une anxiété coupable. Et si le craquement indiquait la présence d'un groupe semblable au leur, un groupe qui attendait d'ouvrir le feu dès qu'il y aurait plus de bruit ? Il referma l'étui de la boussole en silence. À quoi pouvait servir une fichue boussole si on ne pouvait pas voir où on était ? Il sentit une main lui tapoter le pied.

— Je crois que c'était rien, lieutenant, chuchota Vancouver.

Mellas savait qu'il lui fallait avancer, ou décider clairement qu'il s'agissait d'une unité ennemie et se retirer précipitamment en cercle défensif. Il savait aussi qu'il ne pourrait pas le faire sans avoir l'air idiot. Une autre partie de lui-même finit par prendre les commandes.

— Allons-y, murmura-t-il.

Ils se relevèrent. Prudemment, ils firent un pas en avant. Talon au sol. Chercher un emplacement ferme. Poser l'orteil. Lever le talon. L'autre pied. Baisser le talon. Chercher des brindilles tombées. Poser l'orteil. Lever le talon. Ils avançaient tous de la même façon. Silencieusement. Lentement. La marche de l'équipe de reconnaissance.

Mais il ne s'agissait pas d'une marche à quatre temps. Le temps n'existait pas. Il n'y avait que l'éternité. Les arbres craquaient, invisibles, au-dessus d'eux. L'orientation perdait tout sens. L'aiguille de la boussole n'indiquait que l'obscurité.

Les éclairs qui jaillirent de la gueule du M16 de Vancouver leur brûlèrent les yeux. Des arbres fantomatiques se profilèrent, exposés comme par des ampoules de flash. Des ombres monstrueuses prirent brusquement vie et moururent lorsque tout redevint noir. Des taches vertes hantèrent leur vision nocturne, les explosions résonnant dans leurs oreilles.

Mellas avait aperçu une grimace de souffrance et de peur sur le visage d'un soldat de l'APVN.

Ils reculèrent en rampant, le cœur battant, haletant sous l'adrénaline. Mellas heurta Daniels, qui se frayait un chemin vers le secteur qu'on lui avait attribué. Il sentit d'autres rangers lui frôler les jambes tandis que Fredrickson et Gambaccini atteignaient le cercle. Mellas chuchota rapidement les noms de chacun. Tous répondirent présent.

Le radio envoyait frénétiquement le code de reconnaissance. Daniels renvoya le code pour dire que tout allait bien. Le radio s'interrompit.

— J'en ai vu un seul, Vancouver, murmura Mellas.

— C'est tout ce que j'ai vu, moi aussi.

— Barrons-nous d'ici, chuchota Gambaccini.

— Faut qu'on aille fouiller le corps au cas où il y aurait des documents, lui renvoya Mellas, l'air sombre.

— Putain, merde !

Ils entendirent un gémissement.

— Oh merde, il est vivant, marmonna Fredrickson.

— Qu'est-ce qu'on fait ? demanda Gambaccini.

— On lui tire encore dessus, dit Daniels.

— Ça révélera notre position, chuchota rapidement Mellas. Lance plutôt une Mike-26.

— Cet enfoiré peut pas être seul, fit remarquer Vancouver. Il doit bien avoir des potes derrière lui.

— Je veux ces foutus documents. On en a besoin pour le service de renseignements.

— Mais, merde, lieutenant, on en a rien à foutre de ces documents !

— La ferme, Gambaccini.

Mellas réfléchissait furieusement.

— Vancouver, passe devant et balance-lui une grenade. (Comme ça, l'ennemi ne serait pas capable de les localiser.) Quand je vous le dirai, on avance tous vers la ligne bleue. (Il attendit un instant.) Prêts ?

— Ouais.

— Go !

Vancouver se dressa sur un genou et lança la grenade. Un arc de feu éclatant s'embrasa plus loin sur le sentier tandis qu'ils se précipitaient vers la rivière.

Ils attendirent encore.

— Tu l'as eu ? demanda Mellas.

— Je sais pas.

Ils attendirent.

Fitch les contacta pour leur demander de rompre le silence radio. Mellas lui expliqua la situation par chuchotements laconiques et à peine audibles. Ils continuèrent d'attendre.

— Il doit y en avoir d'autres, de ces enculés. Barrons-nous d'ici, lieutenant.

— Putain, Gambaccini, je veux ces documents !

Mellas avait lui aussi envie de s'enfuir, mais il savait que ramener des informations concrètes ferait bonne impression.

— Je ne pense pas qu'il y en ait d'autres, murmura-t-il.

Personne ne répondit, puisqu'il n'avait demandé l'avis de personne. De toute évidence, c'était son problème, à lui. Les autres feraient ce qu'on leur dirait de faire.

— Allez, on va jeter un coup d'œil, finit-il par dire.

Ils avancèrent en rampant sur les brindilles en décomposition et la terre moisie de la jungle. Lorsqu'ils atteignirent le corps, Vancouver tira vivement sur le AK-47 qui y était retenu à l'épaule par une bretelle. L'homme poussa un gémissement.

— Merde, murmura Daniels. Il est encore en vie.

Mellas envoya Vancouver et Gambaccini surveiller les voies d'approche des deux côtés du sentier et fouilla les poches du soldat blessé. Il parcourut le contenu des portefeuilles du type avec sa lampe rouge en s'efforçant de ne pas croiser son regard, ses yeux qui roulaient de peur, ses yeux d'un brun rosâtre dans la lumière rouge. Il n'était guère plus âgé que Daniels ou Gambaccini.

Fredrickson fendit l'uniforme du gamin et découvrit trois trous de balles dans son abdomen. Au bas de son dos, là où les balles étaient sorties, les plaies étaient béantes. Des éclats de grenade lui avaient pulvérisé la jambe gauche et brisé le tibia. Fredrickson leva les yeux vers Mellas.

— Il ne tiendra pas plus d'une heure ou deux. Moins si on essaie de le transporter. Ce sont ses intestins qui sortent des plaies, et ça, je crois que ça fait partie de son pancréas. Les schémas ne ressemblent jamais vraiment à la réalité, alors c'est difficile à dire.

Mellas s'humecta nerveusement les lèvres. Si seulement il pouvait localiser l'unité du soldat. Ils pourraient déchaîner le ciel sur eux.

— On va se retirer et attendre qu'il s'en aille.

— Quoi ?

— On va faire semblant de partir. Je veux voir dans quelle direction il va ramper pour chercher de l'aide.

Mellas fourra le portefeuille du Viet dans sa poche et lui trancha les épaulettes avec son Ka-bar, le gamin lançant des regards affolés de gauche et de droite tandis que Mellas s'affairait avec son grand poignard. Il songea à lui couper la boucle du ceinturon, mais il hésita : il voulait paraître plus professionnel.

— OK. On y va, chuchota-t-il.

Il éteignit la lampe rouge. Ce fut comme si on avait enlevé une source de chaleur.

— Vous avez oublié sa boucle de ceinturon, lui lança Daniels. Dix caisses de Coca à Da Nang, au moins.

Il chercha la boucle à tâtons dans le noir et la découpa rapidement.

Ils s'éloignèrent d'une cinquantaine de mètres et Mellas disposa les autres en un cercle étroit. Au bout de dix minutes de silence, ils entendirent un gémissement, puis un bruit très ordinaire.

— Merde, chuchota Vancouver, presque incrédule. Il pleure. Putain !

Mellas ferma les yeux.

Les sanglots ne s'arrêtaient pas et se mêlèrent bientôt à des suppliques dans une langue étrangère. Mellas en fut transpercé comme par une flèche d'acier. Les pleurs montaient et retombaient en intensité. Les supplications se poursuivaient, celles de l'enfant qui crie à l'aide, qui a peur de mourir.

— La ferme, nom de Dieu ! chuchota fort Mellas.

Les autres restaient silencieux, attendant ses instructions.

— Merde, finit-il par dire. On va le chercher.

Le jeune avait réussi à s'éloigner d'une trentaine de mètres en rampant. Mellas alluma sa lampe électrique et en masqua l'éclat de la main. Le soldat avait de la terre dans la bouche, terre qui s'était mélangée avec de la salive mouchetée de sang sur ses dents. Il regarda les marines, les yeux écarquillés, ses lèvres suppliant en silence.

— Eh bien, Sir, on dirait que ses amis se trouvent vers l'est, déclara Fredrickson.

— Ouais, murmura Mellas.

Il y eut un silence pesant.

— Tu crois qu'il va s'en sortir ? demanda Mellas.

— Ça ne changera rien de toute façon.

— Comment ça ?

— Les tigres. Ça va leur faire un beau morceau de viande.

— Mais il sera mort avant, non ?

— J'en sais foutre rien. Je suis juste un HM-3[1].

Soudain, le gamin fondit en larmes et un cri d'angoisse lui échappa des lèvres, suivi d'autres sanglots de terreur.

Fredrickson ôta le cran de sûreté de son M16.

1. Infirmier de troisième classe.

— Ce ne sera pas la première fois, Sir, dit-il.
— Non, ne fais pas ça.
Mellas ôta sa propre sûreté et pointa le canon de son arme directement sur la tête du gamin. Celui-ci leva les yeux vers lui en pleurant bruyamment, du mucus lui coulant du nez. Mellas actionna de nouveau la sûreté.
— On ne peut pas, murmura-t-il.
— Lieutenant, rendez-lui service. Il va mourir.
— On n'en sait rien.
— Moi, je le sais, putain !
— On pourrait peut-être le ramener.
Fredrickson soupira.
— On traînerait ses boyaux partout. Même s'il survivait, on n'aurait pas d'autre choix que le rendre à l'APVN, qui le tuerait plus lentement que les tigres.
— On ne peut pas en être sûr.
Mellas poussa doucement le gamin du bout de l'orteil.
Fredrickson colla le canon de son arme sur la tête du gamin.
— Ne le tue pas, dit Mellas froidement. C'est un ordre, Fredrickson. (Il s'écarta du garçon.) Il est possible qu'il s'en sorte. Ses potes sont peut-être tout près.
— Si c'est le cas, dit Gambaccini, barrons-nous d'ici.
— Vous allez le laisser, lieutenant ? demanda Fredrickson.
— Il s'en tirera peut-être, dit Mellas. Il y a des chances pour qu'un de ses gars passe le chercher. Ils ont dû entendre les coups de feu. (Il cherchait d'autres raisons.) Ce serait un meurtre.
Personne ne dit rien. La jungle était devenue silencieuse. Mellas ne se faisait plus d'illusions sur leur vulnérabilité. Ils étaient seuls comme cet inconnu qui pleurait à leurs pieds, les raisons de leur présence à cet endroit ne devant pas être bien différentes des siennes.
— Vers l'est, Sir ? demanda Vancouver. C'est là qu'il allait ?
Mellas ne dit rien. Les autres remuèrent nerveusement.
— Barrons-nous d'ici, finit par répéter Gambaccini. J'ai froid.
Il y eut un silence tendu. Mellas les entendait tous respirer, sentait la sueur monter de leurs corps dans le noir. Il sentait la présence de Daniels à côté de lui avec le grand PRC-25 sur le dos, les murmures éraillés de l'appareil sortant du combiné. Il se frotta le visage et sentit le léger duvet de sa barbe de cinq jours.
Il savait qu'il ne servait plus à rien de faire semblant. Il avait simplement trop peur pour pousser plus avant dans le noir.

— Daniels, dis à Bravo qu'on arrive.
— À la bonne heure ! chuchota Gambaccini.
— Je m'en plains pas, murmura Daniels, mais pourquoi ?
Il y eut de nouveau un silence tandis que Mellas s'efforçait de trouver une réponse.
— Parce que je n'ai plus envie d'être ici, dit-il enfin.

***

Toute la nuit, Mellas ne prononça pas une parole, sauf pour confirmer les lectures de carte de Daniels. Quand vint le matin, il s'attendait à ce que les autres évitent de croiser son regard. Mais, chose étonnante, tous ne cessèrent d'avancer des raisons à donner à Fitch pour être revenus plus tôt. Il pourrait dire qu'un homme était tombé malade, ou qu'il s'était foulé une cheville. À mesure qu'ils se sentaient de nouveau en sécurité en reprenant l'ascension de Sky Cap, ils trouvèrent des prétextes de plus en plus fous et effrontément drôles, les avantages imaginaires à tirer du AK-47 et la boucle de ceinturon grandissant démesurément.

Mellas ne parvenait pas à prendre part à l'insouciance générale. Il ne pouvait pas regarder Fredrickson. Il savait que l'infirmier pensait qu'il aurait dû tuer le garçon blessé, mais qu'il n'en avait pas eu le cran. Il se demandait si Fredrickson avait raison, tout comme il ne cessait de se demander s'il allait mentir à Fitch.

***

En arrivant au PC, il trouva Fitch et Hawke assis en tailleur, en train de manger des rations C. Il sortit le portefeuille du jeune Vietnamien de sa poche et le soupesa dans sa main.
— Désolé d'avoir fait avorter la mission, Jim, dit-il. Je n'arrive pas à me trouver d'excuse.
— Dis que t'as eu peur, lui renvoya Fitch. Merde, ça fait du bien à l'âme de se confesser ! J'ai fait savoir au bataillon que t'étais parti en équipe d'interception, que vous avez descendu un Viet, et que personne n'est revenu blessé. Une vraie réussite.
— Génial.
Mellas ne cessait de regarder le portefeuille dans sa main.
— Et puis, c'est une bonne chose que vous soyez revenus plus tôt, reprit Fitch. On rentre à la BCV demain. La nouvelle vient de tomber.

Mellas continuait de regarder le portefeuille sans rien dire. Hawke l'observait à travers la buée s'élevant de sa boîte de poires transformée en tasse de café et la lui tendit. Mellas eut un bref sourire et en but une gorgée. Sa main tremblait.

— Il s'est passé quelque chose. Tu veux en parler ? demanda Hawke d'une voix calme.

Mellas ne répondit pas tout de suite.

— Je crois savoir où se trouvent les Viets, finit-il par dire.

Il sortit sa carte et indiqua l'emplacement d'une main encore tremblante.

— Comment tu le sais, Mel ?

— C'est dans cette direction qu'il a rampé après qu'on lui a tiré dessus.

Mellas jeta le portefeuille vers Fitch. Puis il chercha dans sa poche et en sortit les badges indiquant l'unité et le rang du soldat. Il les regarda, puis il porta son regard sur Fitch et Hawke, qui avaient cessé de manger.

— Je l'ai laissé repartir vers chez lui en rampant… avec les entrailles à l'air. (Il se mit à sangloter.) Je l'ai laissé. (De la morve lui coulait du nez.) Je suis désolé. Je suis vraiment désolé, merde.

Son corps tout entier se mit à trembler avec ses mains tandis qu'il portait les deux morceaux de tissu à ses yeux.

CHAPITRE 11

Le plancher de l'hélico vibrait sous eux tandis qu'ils se tenaient adossés à la fine couche de métal qui les séparait de plusieurs centaines de mètres de vide. Le trajet de Sky Cap à la base de combat Vandegrift se déroula comme par magie. Des montagnes couvertes de jungle qu'il aurait fallu des semaines pour traverser filèrent sous eux en quelques minutes.

Vancouver se demandait si son sabre viet ou si sa couverture de secours étaient arrivés. Skosh rêvait de son R & R à Sydney et se demandait ce que ça faisait vraiment de coucher avec une fille. Hawke, lui, se demandait si c'était sa dernière sortie dans la brousse et s'il pourrait se débrouiller pour trouver un boulot à l'arrière. Fitch se repassait en boucle les événements de la longue marche et préparait ses arguments, malade d'inquiétude à l'idée de devoir subir le déshonneur d'être relevé de ses fonctions. Il avait aussi envie de quitter ses habits crasseux et de prendre une douche. China comptait le nombre de soldats qui seraient de corvée au mess avant lui et réfléchissait à ce qu'il pourrait faire pour passer en tête de file avant que la compagnie ne reparte en opération. Il lui fallait un peu de temps à l'arrière pour organiser certaines choses. Pollini était agenouillé devant un hublot explosé et regardait le paysage glisser sous lui. Il se demandait si ses frères et ses sœurs pensaient à lui. Cassidy avait envie de dormir, de dormir encore et encore, et d'oublier la honte de savoir qu'un de ses propres hommes avait cherché à le tuer. Goodwin voulait se saouler. Comme Ridlow, Bass, Sheller, Rider, Tilghman, Pallack, Gambaccini, Jermain et beaucoup d'autres. Jackson, lui, avait envie de se défoncer, tout comme Mole, Cortell, Broyer, Mallory, Jacobs, Fredrickson, Robertson et Relsnik. Jancowitz palpa le foulard rouge maintenant crasseux qu'il avait fourré dans sa poche, ne souhaitant pas le regarder mais ne voulant pas le jeter pour autant. Il sentait encore vaguement le parfum de Susi. Peu importait le moyen, il désirait simplement oublier où il se trouvait.

Mellas, qu'on avait laissé en arrière avec une escouade pour guider la compagnie Kilo vers les lignes, ne cessait de voir le visage crispé et couvert de morve du jeune soldat vietnamien. Il se demandait pourquoi ce gamin s'était retrouvé là, tout seul, et s'il y avait une chance qu'il ait survécu.

Tandis que les hélicoptères allaient et venaient entre la BCV et Sky Cap tels des chevaux de trait vrombissants pour expédier les troupes fraîchement équipées de la compagnie Kilo et récupérer les troupes déguenillées de la compagnie Bravo, le colonel Mulvaney revenait d'un briefing à Dong Ha.

***

Cette absurde opération de ratissage était terminée et il avait hâte de se mettre à ce qu'il appelait le *snoop and poop* : interdire la circulation des provisions de l'APVN dans la vallée d'Au Shau et vers Da Nang, contrôler l'APVN en provenance des plaines fertiles de l'est et maintenir ouverte la Route 9, la seule voie qui partait de la côte pour traverser les montagnes vers Khe Sanh et le Laos. Si l'APVN lançait ses blindés sur cette route par temps couvert, ce serait une belle pagaille.

— C'est Bravo qui arrive de Sky Cap, caporal Odegaard ? demanda-t-il à son chauffeur.

Odegaard ralentit la Jeep en doublant des groupes de deux ou trois hommes qui se traînaient péniblement le long de la route boueuse. Ils dépassèrent un marine qui portait un chapeau de brousse de type australien au bord relevé sur le côté droit et une mitrailleuse à canon scié.

— C'est eux, Sir, déclara Odegaard. Lui, c'est Vancouver, le type qui a fait foirer l'embuscade.

— Rangez-vous sur le côté dès qu'on aura dépassé ces caisses là-bas.

— Bien, Sir.

Odegaard fit virer la Jeep pour quitter la route et s'arrêta. Mulvaney regarda deux gamins sans pantalon leur passer devant en se dandinant pour éviter d'irriter la mycose qui les recouvrait de la taille aux chevilles. Son regard expérimenté enregistra la pourriture sur les mains et les visages, le délabrement des mortiers et la façon dont les uniformes en décomposition pendaient sur les corps maigres.

— Vous voulez que je coupe le moteur, Sir ?

— Non. Allons-y.

***

Avant de tomber sur la compagnie Bravo, Mulvaney lui racontait une de ses meilleures histoires de marin. Il ne la termina pas et garda le silence tout le long du trajet jusqu'au QG du régiment. Pendant le briefing, il parla peu. Vers la fin, la question de savoir qui désignerait la compagnie pour les tâches de la Bald Eagle–Sparrow Hawk fut abordée. Compagnie maintenue en alerte constante et équipée pour le combat, la Bald Eagle était postée à l'extrémité de la piste d'atterrissage de la BCV. Elle devait être capable de renforcer à tout moment une unité en difficulté ou d'exploiter des avantages tactiques. La section Sparrow Hawk faisait partie de cette compagnie et s'occupait de tâches plus retreintes, comme de tirer d'affaire des équipes de reconnaissance. Personne n'aimait cette corvée. Les marines passaient leurs journées à effectuer des tâches inutiles pour occuper leurs esprits toujours tourmentés par l'anxiété – tous sachant que la compagnie pouvait partir au combat à tout instant.

— C'est nous qui l'avons eue en dernier, Sir, fit remarquer le commandant du 3e bataillon.

— Ce qui veut dire que c'est votre tour, Simpson, lui renvoya Mulvaney.

— Bien, Sir, répondit Simpson en le consignant dans son petit carnet, manifestement mécontent car il ne lui resterait plus que trois compagnies.

Après le briefing, Mulvaney se dirigea vers la porte dès qu'il vit Simpson et Blakely s'apprêter à partir.

— Et si vous passiez boire un verre, Simpson ? proposa-t-il.

Blakely, manifestement pas invité, écrasa nerveusement sa cigarette.

— Avec grand plaisir, Sir, répondit Simpson. Quelle heure vous conviendrait ?

— Tout de suite.

Mulvaney s'éloigna.

***

Mulvaney était en train de remplir deux petits verres à liqueur d'Old Forester quand Simpson franchit la porte de sa tente.

— Vous prenez de l'eau avec ? demanda-t-il en plongeant le bras dans son petit réfrigérateur.

Simpson répondit qu'il le prendrait sec.

Mulvaney se versa un peu d'eau et vida la dose de bourbon dedans. Il leva son verre.

— Au corps des marines, dit-il.

— Au corps des marines, répéta Simpson.

Il vida son verre d'un trait et, semblant prendre conscience de ce qu'il venait de faire, s'essuya nerveusement la bouche avec la main.

— Asseyez-vous, asseyez-vous, dit Mulvaney en montrant une chaise.

Simpson s'assit. Mulvaney prit appui sur le rebord de son bureau. Il but lentement une autre gorgée, puis il regarda Simpson.

— Nous sommes engagés dans une guerre merdique, dit-il posément. Une petite guerre bien merdique qui est en train de foutre en l'air la chose que j'aime. Vous aimez le corps des marines, Simpson ?

— Oui, Sir, bien sûr.

— Non, je veux dire… vous l'aimez vraiment ? Vous vous couchez avec la nuit, vous vous levez le matin à ses côtés, vous êtes capable de le voir sous son mauvais jour, lorsqu'il a une sale gueule, quand il est fatigué, et pas simplement dans toute sa splendeur ? Vous y pensez tout le temps ? Ou vous pensez surtout à ce qu'il vous apportera ?

— Eh bien, Sir, je…

— Mouais. Moi, je vais vous le dire, Simpson. Vous pensez surtout à ce qu'il vous apportera. Vous vous en servez. Ou alors vous laissez d'autres personnes se servir de vous dans leur propre intérêt. Je ne sais pas ce qui est le pire.

— Je, euh…

— La ferme.

— Oui, Sir.

— Et ne vous en faites pas. C'est moi qui régale. Rien de tout ça n'ira dans votre putain de petit dossier.

Mulvaney s'approcha du mur pour y contempler une photographie encadrée. On y voyait les soldats d'une section de marines en tenue d'été, un jour froid et pluvieux. Elle portait l'inscription *Nouvelle-Zélande, juillet 1942*. Mulvaney la lui montra d'un hochement de tête.

— La moitié de ces types sont morts, reprit-il d'une voix douce sans regarder Simpson. (Il marqua une pause) Beaucoup par ma faute. (Il se tourna vers son interlocuteur). L'Amérique se sert de nous comme de putes, Simpson. Lorsqu'elle veut une bonne baise, elle ouvre les vannes à fric et on lui donne un instant de gloire. Une fois que tout est fini, elle file par la porte de service et fait mine de ne pas nous connaître. (Il remua les glaçons et les regarda fondre.) Ouais, on est des putes, poursuivit-il en s'adressant presque à lui-même. Je l'admets. Mais on fait ça bien. On baise comme il faut. On aime notre boulot. Le client a honte après coup, et alors ? L'hypocrisie a toujours fait partie de la profession, et alors ? On le sait. (Il plissa les yeux et regarda Simpson.) Mais cette fois-ci, le client n'a pas envie de baiser. Il veut jouer au dada en entrant par la porte de service. Et il nous chevauche dans la chambre avec bride, fouet et éperons. (Il hocha la tête.) Ça, on sait pas faire. Ça nous retourne l'estomac. Et c'est en train de nous détruire.

Mulvaney se tut. Simpson contempla la bouteille sur le bureau, puis il fit vite glisser son regard vers son verre vide.

— Vous avez vu la compagnie Bravo lorsqu'elle est arrivée aujourd'hui ? demanda Mulvaney.

— J'ai parlé à leur chef, le lieutenant Fitch, Sir.

— Mais est-ce que vous les avez vus, Simpson ?

La voix de Mulvaney commença à monter.

— Non, Sir.

— Ils étaient dans un sale état.

— Oui, Sir. Je m'en occupe tout de suite, Sir. Je vais en parler au lieutenant Fitch. Je pense à le relever de ses fonctions depuis qu'il est à Matterhorn.

— Ce n'est pas Fitch, Simpson. (Mulvaney respira un grand coup et avala une nouvelle gorgée.) On s'est servi d'eux. Affreusement. Ça fait combien de temps qu'ils sont dans la brousse ?

— Par « brousse », vous voulez dire dans une base d'appui-feu à faire des patrouilles de routine, ou vraiment en opération dans la jungle ?

— Je veux dire combien de temps sans nourriture régulière, sans sommeil régulier, sans sécurité, sans douches, sans vitamines... (Le dernier mot était à la fois une question et une accusation.) Je me fous de savoir comment vous les obtenez, mais demain soir, j'inspecte les poubelles de la compagnie Bravo et elles ont intérêt à regorger de pelures d'oranges et de trognons de pommes.

Simpson sortit son petit carnet vert et écrivit quelque chose.

— Bon sang, Simpson, rangez-moi ça ! Si vous n'êtes pas capable de vous en souvenir...

— Oui, Sir.

Simpson remit le carnet dans sa poche.

Mulvaney se détourna. Il recommença à parler en s'adressant de nouveau à la photographie.

— Simpson, je suis fatigué. Fatigué qu'on se soit servi de moi. Tuer pour le salaire et la politique, c'était déjà de la prostitution, mais le faire de cette manière, ça me dégoûte. Ça me pourrit l'âme, ou du moins ce qui en reste. (Il se tourna lentement et pointa un index épais vers Simpson.) Mais vous, vous et votre putain de Trois, c'est vous les clients, cette fois. Alors laissez-moi vous dire un truc. Plutôt crever que de laisser mes troupes jouer le jeu du client, même si les gradés, eux, acceptent de le faire.

Mulvaney respirait bruyamment ; il avait chaud au visage. Il se pencha sur son bureau.

— La prochaine fois que vous me dites qu'une de vos compagnies est en bonne santé avant que je l'envoie en opération, nom de Dieu, vous avez pas intérêt à me mentir. Maintenant, foutez le camp. Rompez.

Simpson mit sa casquette et partit en tremblant.

Mulvaney balaya les verres vides sur son bureau avec un cri de frustration. Il s'assit et regarda les glaçons former des flaques par terre. Puis il s'approcha de la photo accrochée au mur et resta un long moment à la contempler.

***

Mellas arriva à bord du dernier hélico. Avec le reste de son équipe, il avança silencieusement, d'un pas traînant, dans un brouillard d'épuisement. Du pus suintait d'un bout de sa peau particulièrement atteint d'ulcère tropical. Il l'essuya sur les côtés de son pantalon, où il alla se mêler à plusieurs semaines d'accumulations. Le pantalon lui pendait lâchement à la taille. Il avait perdu plus de onze kilos. C'était un broussard. Avec son équipe, ils marchaient comme si la ZA leur appartenait, mais ils n'en avaient pas conscience. Mellas avait l'impression de tomber malade.

Ils arrivèrent à la tente d'approvisionnement. Devant, des petits groupes de gamins des autres sections étaient allongés dans l'argile humide et buvaient de la bière. Mellas repoussa le lourd rabat en toile et entra. Fitch, Hawke, Cassidy et Kendall étaient là, ainsi qu'un nouveau sous-lieutenant. Ce dernier leva les yeux vers lui et sourit, impatient de plaire. Mellas, fatigué, déguenillé, les cheveux jusqu'au col, ne lui rendit pas son sourire.

— Lieutenant, lança Cassidy, on dirait que vous avez bien besoin d'une bière. (Il tendit la main sous la table et en sortit une cannette rouillée de Black Label.) Désolé de ne rien avoir d'autre, mais toute la bonne marchandise est cueillie à Da Nang.

Il perça deux trous triangulaires dans le couvercle et tendit la bière à Mellas. Celui-ci en but une grande rasade. La bière était tiède, mais elle avait le goût des bons souvenirs. Il sentit le picotement des bulles lui couler dans la gorge. Il vida la cannette et soupira.

— Merci, Gunny.

Cassidy était déjà en train de lui en ouvrir une autre.

Fitch avait de nouveau l'air plutôt fringant. Cheveux coupés, raie soigneusement tirée sur le côté, et il portait un treillis propre. Hawke avait l'air propre lui aussi, mais il n'était pas du genre à avoir l'air fringant. Mellas remarqua qu'il arborait des barrettes de lieutenant.

— J'aimerais te présenter Paul Fracasso, dit Fitch rapidement.

Mellas hocha la tête en direction du nouveau lieutenant qui, tout juste sorti de la Basic School, portait les lunettes réglementaires chez les marines. Mellas vit Fitch lancer un regard à Hawke. Brusquement, il comprit. Ils allaient donner sa section à ce type. Hawke allait se faire transférer. Il resta silencieux. C'était ce qu'il voulait. Il en avait même lancé l'idée avec Blakely, ce jour-là, à Matterhorn. Maintenant qu'elle avait poussé et qu'elle portait ses fruits, il avait la mort dans l'âme. Il ne s'attendait pas du tout à ressentir ça.

— Où est Scar ? demanda-t-il en lâchant son sac par terre.

— De retour à Quang Tri, pour récupérer la paie de la compagnie, répondit Hawke.

— Ah, ouais. J'avais presque oublié qu'on était payés pour ce qu'on fait. (Il but une autre lampée de sa bière et l'acheva.) Bon, allez, qu'on en finisse.

Il savait que c'était injuste de sa part, mais il en voulait terriblement au nouveau venu.

— Bon, dit Fitch, les lèvres serrées. Euh… Fracasso va prendre ta section. Maintenant, tu es l'officier adjoint de la compagnie, Bravo Cinq. Je me suis dit que tu t'en sortirais mieux que Goodwin.

— Super. Merci.

Il s'assit sur une caisse de munitions et accepta une nouvelle cannette de bière de la part de Cassidy.

— Tu vas où, Hawke ? demanda-t-il.

— Trois Zoulou.

— Génial.

Il but une autre lampée. Cela signifiait que Hawke travaillerait pour Blakely en qualité d'officier d'état-major dans les opérations du bataillon. Blakely était loin d'être un idiot, ça ne faisait pas de doute.

— Et je te félicite pour cette promotion.

— J'ai fait mon temps dans la brousse, bordel !

Hawke avait l'air un peu irrité.

— J'ai jamais dit le contraire, Ted. (Mellas vida la bière. Cassidy lui en tendit une autre, un léger pétillement au fond des yeux.) Merci, Gunny.

— Allez, dit Hawke à Fitch. Dépêche-toi de lui dire tout le reste avant qu'il devienne incohérent.

— Le reste ?

— On nous a affectés à Bald Eagle–Sparrow Hawk, expliqua Fitch.

— C'est quoi, cette connerie ? Un truc à la Batman et Robin ?

Fitch sourit en le regardant descendre une autre lampée de bière.

— C'est le nom de code d'une compagnie de marines qui reste en état d'alerte près de la piste d'atterrissage. Si quelqu'un se trouve dans la merde, ils nous y larguent pour « exploiter » la situation.

— T'es pas sérieux, dit Mellas très doucement.

Mais l'expression qu'il lisait sur le visage de Fitch était on ne peut plus sérieuse.

Mellas serra les dents si fort qu'il se demanda si elles allaient se briser.

— Mes hommes peuvent plus marcher, putain ! s'écria-t-il. Et moi non plus !

Il se leva et, frustré, donna un coup de pied dans son sac. Le sol tangua sous lui.

Le bruit d'une autre cannette qu'on ouvrait se fit entendre et Cassidy la fit glisser sur la table, en direction de Mellas.

— Prenez-en une autre, lieutenant, dit-il. Ça vous permettra d'accuser le coup.

Mellas regarda la bière et la mousse qui débordait lentement sur la table. Ce qu'il se sentait fatigué.

— Les hommes ont ce qu'il faut comme bière ? demanda-t-il.

— Bien sûr, répondit Hawke. Tu peux remercier Gunny Cassidy. Il en a acheté plusieurs caisses pour chaque escouade avec son argent.

Mellas fut touché par le geste.

— Merci, Gunny, dit-il.

Cassidy grogna.

— On peut pas laisser les gosses sans bière. Si t'es en âge de tuer un homme, t'es en âge de boire.

Mellas descendit sa cannette.

— Combien de temps avant qu'on parte avec ce fichu Bald Eagle ?

Fitch haussa les épaules.

— Impossible à dire. Jusqu'à ce que le régiment ait besoin de nous ailleurs ou qu'il nous largue dans la merde. Le colonel s'est dit que ça nous permettrait de nous reposer un peu.

Mellas voulait demander à Fitch comment on pouvait croire qu'il serait reposant de rester assis au bord d'une ZA à attendre qu'un gros lard appuie sur un bouton magique et largue la compagnie en pleine merde. Mais il décida de ne pas s'en donner la peine. Ce qu'il voulait, plus que tout au monde, c'était prendre une douche.

— Il y a des fringues propres par ici ? demanda-t-il.

Cassidy lui montra un certain nombre de boîtes ouvertes empilées contre les murs de la tente. Celle-ci vacilla de manière hésitante autour de Mellas lorsqu'il se dirigea vers les vêtements.

— Le sol est un peu glissant, lieutenant ? demanda Cassidy d'un air narquois.

— Tu m'as saoulé, putain ! répondit Mellas. (Il lui fallut un moment pour localiser Cassidy.) C'est pas possible, bordel.

Il enleva ses vieux habits sans prendre la peine d'ôter ses rangers. Il regarda un instant son slip vert et le jeta dans la poubelle avec les cannettes de bière. L'espace d'un instant, il se tint nu devant tout le monde, avec rien d'autre que ses plaques d'identification qui pendaient sur sa peau cireuse. Il fut frappé par la fragilité de son corps.

Cassidy lui lança un treillis neuf. Il semblait raide, lourd, et le motif camouflage paraissait étrangement vif comparé à celui qui se trouvait par terre, à ses pieds. Il enfila le pantalon sans se donner la peine de mettre un slip. Il s'étonna de la maigreur de sa taille, et de ses côtes si apparentes.

— Ah, au fait, Mellas, ajouta Fitch, il nous faut un homme de la 1re section pour la corvée au mess ces deux prochaines semaines.

— Merci, mon Dieu, répondit Mellas. Prenez Shortround avant qu'il fasse tuer quelqu'un. (Il se tourna vers Fracasso.) Allez viens, Fricassi, ou autre, c'est quoi, ton nom de rital, je vais te présenter à ta section.

***

Les mains de Simpson tremblaient encore lorsqu'il se versa un autre verre de bourbon en racontant à Blakely ce qui s'était passé. Ce dernier eut un rire de dérision.

— Bien sûr qu'il vous a dit que c'était confidentiel. Il n'allait pas courir ce risque-là. Pas maintenant. Lui et sa fichue section perdue de la Seconde Guerre mondiale. Mais regardez les chiffres, colonel ! Dans toute la division, c'est nous qui comptons le plus grand nombre de soldats sur le terrain et le moins d'hommes à l'arrière. Nous sommes parmi les meilleurs du bataillon pour le nombre de jours passés en opérations de combat, ceci par homme-mois. Notre taux de questions au Congrès avoisine le zéro. Notre proportion d'ennemis tués ne cesse de grimper depuis mon arrivée. Et ne pensez pas que ceux qui comptent à la division et à la 3e force amphibie ne sont pas au courant. (Blakely rit de nouveau.) S'il écrivait un mauvais rapport sur vous, on n'aurait qu'à avancer les statistiques pour l'envoyer directement en retraite.

Simpson eut un sourire crispé.

— Je ne devrais sans doute pas me faire autant de mauvais sang.

— Occupez-vous des chiffres. C'est de ça dont se préoccupent les gens qui importent. Mulvaney n'est rien qu'un anachronisme. Des trognons de pommes et des pelures d'oranges, merde !

Ils se mirent tous les deux à rire.

***

Mellas, vêtu de son nouveau treillis aux plis encore visibles, mena Fracasso jusqu'à une étendue plate et boueuse qui entourait une tente conçue pour dix personnes. Il y avait deux autres tentes de mêmes dimensions, chacune occupée par les deux autres sections. Ce qui laissait plus de cent malheureux, moins élevés en rang et en ancienneté, sous la pluie. Certains avaient monté des guitounes avec les moyens du bord, comme s'ils étaient encore dans la brousse. D'autres s'étaient contentés de jeter leurs sacs, leurs gilets pare-éclats et leurs armes par terre, de s'approprier un petit carré d'argile humide et de boire. Mellas savait que la plupart d'entre eux seraient trop saouls ou trop défoncés pour monter des guitounes et qu'ils dormiraient sous la pluie. Saouls ou défoncés, au moins auraient-ils une bonne nuit de sommeil.

Mellas s'approcha d'Hamilton, Skosh, Fredrickson et Bass. Il leur présenta Fracasso et leur apprit que, pour sa part, il montait dans la hiérarchie – au poste d'officier adjoint –, pour remplacer Hawke. Bass encaissa la nouvelle avec l'aplomb du professionnel : encore un nouveau lieutenant inexpérimenté à former. Mellas savait que les chefs de section ne le prendraient pas aussi bien. Ils ne comprenaient pas que le corps des marines doive s'assurer que les grades les plus élevés soient occupés par des officiers rompus au combat. Une fois qu'ils en avaient rodé un, ils préféraient se le garder.

— Les chefs d'escouade, au rapport ! cria Mellas, et les gamins, dont certains étaient allongés sur le dos et déjà en train de planer, relayèrent joyeusement l'appel vers le ciel gris.

Jancowitz fut le premier à arriver.

— J'ai entendu dire que vous alliez nous quitter, lieutenant, dit-il.
— Ouais.
— Bon. (Jancowitz hésita.) Félicitations pour votre promotion.
— C'est pas une promotion, Janc. J'ai toujours le même salaire. J'imagine que j'aurai quelques pauses café en plus quand on sera de patrouille, mais je continuerai à crapahuter avec vous, les gars.
— Ce serait génial, Sir !
Mellas avait l'impression d'être une merde. Mais c'était sa chance de progresser dans la hiérarchie. Être officier adjoint si tôt dans son tour de Vietnam lui laisserait largement le temps d'obtenir une compagnie.
Connolly s'approcha, les yeux légèrement voilés, une cannette de bière à la main.
— Il est comment, le nouveau lieutenant ? demanda-t-il presque sur le ton de la revendication.
Mellas réfléchit un instant. Il pouvait descendre ce type en flèche en se contentant de dire ce qu'il ne fallait pas. Il avait remarqué la bague de l'école navale au doigt de Fracasso... c'était un perpète ou il ne s'y connaissait pas. Jacobs arriva juste derrière Connolly, un sourire idiot sur les lèvres. Mellas espéra seulement qu'il ait eu assez de jugeote pour ne pas fumer là où il pouvait se faire prendre. Ça lui vaudrait une visite au trou et une exclusion automatique pour cause d'indignité.
— On se sent plutôt bien, Jake ? demanda Mellas en réprimant le petit sourire qui se dessinait sur ses lèvres.
Jacobs redescendit immédiatement un peu sur terre.
— P-plutôt bien, Sir.
Mellas sourit en voyant son air sérieux.
— Maintenant que j'en ai le pouvoir, si un de vous autres rigolos se retrouve au trou pour s'être fait choper en train de fumer de la dope, je bousille votre quota de R & R et je vous envoie à Okinawa avec tous les perpètes.
Le groupe éclata de rire.
— Comment il est, le nouveau lieutenant ? demanda de nouveau Connolly.
Mellas traîna sa ranger dans la boue.
— Je crois que vous avez écopé d'un perpète. Mais je pense qu'il sera bon.
— Un putain de perpète, hein ? dit Connolly.
Ils se tournèrent tous pour regarder le nouveau lieutenant, en grande discussion enthousiaste avec Bass. Les deux hommes les aperçurent et s'approchèrent. Mellas savait que les cinq secondes suivantes compte-

raient parmi les plus importantes de la vie de Fracasso. Elles détermineraient certainement sa carrière, peut-être même sa survie. C'est au cours de ces cinq secondes que ces trois adolescents décideraient s'ils coopéreraient avec lui ou pas.

De toute évidence, Fracasso était nerveux. Les trois chefs d'escouade le dévisagèrent sans un signe de bienvenue.

Mellas s'éclaircit la gorge.

— Bon, j'imagine que je devrais faire un discours d'adieu fleuri, mais je vais me retrouver à crapahuter avec Bass à l'arrière de ce pauvre groupe de trous du cul tous les trois jours, alors je vais peut-être m'abstenir. (Il fut surpris de constater qu'il avait du mal à articuler.) Je euh... vous allez me manquer, les gars. (Il ne parvenait pas à les regarder.) Je vous présente le lieutenant Fracasso. C'est lui qui prend la relève.

Il présenta chacun des chefs d'escouades en les désignant successivement du doigt.

— Désolé de vous voir ici, Sir, dit Connolly. J'ai déjà dépassé les dix mois avant de me barrer. Je suis si court qu'il faut que je grimpe sur un casque pour pisser.

Fracasso parut momentanément décontenancé, mais il tendit la main pour serrer celle de Connolly.

— C'est vous qui êtes désolé ? Putain. Moi, il me reste un an.

Connolly, suivi de Jancowitz et de Jacobs, lui serra la main. Fracasso avait passé l'épreuve. Mellas était content. Il s'était attendu à éprouver de la jalousie. La section s'en sortirait. Il ne s'était pas rendu compte à quel point il avait appris à les aimer, ces gars.

— Une dernière chose avant que je m'en aille et que Fracasso se retrouve coincé avec vous pour de bon. Tout le monde prend une douche, putain ! Il y a un point d'eau près de la rivière. Les chefs d'escouade, vous vous assurez que tout le monde y va avant que vous soyez pétés au point de vous noyer.

***

Deux heures plus tard, Mellas était assis dans la boue, une autre bière tiède dans la main. Son corps lui semblait étrangement léger depuis qu'il s'était lavé. C'était sa première douche depuis son arrivée au Vietnam. La petite bruine qui tombait sur son visage était fraîche et vivifiante. Il avait l'impression d'y sentir chaque goutte d'eau une à une.

Il faisait sombre, mais tout autour de lui, il voyait des ombres vagues se lever et quitter de petits cercles d'amis pour aller pisser. Puis une silhouette revenait, traversait un cercle ou l'autre en titubant avant de trouver le sien, et s'affaissait de nouveau dans la petite masse d'ombres. Il se dit que rien n'avait dû beaucoup changer depuis Gengis Khan ou Alexandre.

Il aurait pu rejoindre les autres officiers et membres d'état-major dans la tente d'approvisionnement, mais il avait envie de rester encore un peu avec la section. Il éprouvait un nouveau sentiment de camaraderie pour ces gamins. Il savait que c'était pur sentimentalisme, voire de la mièvrerie, et s'efforçait de ne pas succomber à l'impression de perdre quelque chose à l'idée de monter d'un cran dans la hiérarchie.

Sa tête lui faisait atrocement mal, et il devait constamment s'éloigner dans les broussailles pour aller chier. Il n'empêche, il était excessivement heureux. Ici, on était en sécurité. Il espérait ne pas avoir attrapé la dysenterie. Son nouveau treillis était déjà humide et boueux dans le fond de pantalon et aux genoux, et aussi légèrement souillé suite à l'une de ses excursions dans les broussailles. Il s'en foutait. S'ils partaient avec Bald Eagle le lendemain, peut-être qu'il mourrait. Il continua de descendre de la bière.

***

Avec tout le monde occupé à se péter la tête, China se dit que c'était le bon moment pour livrer la marchandise à Henry pour expédition à Oakland ou à Los Angeles. Le lourd sac de marin qu'il portait à l'épaule était encombrant, et son contenu lui rentrait dans le dos et le flanc. Deux minutes après avoir quitté le petit terrain d'aviation où bivouaquait la compagnie Bravo, il suait déjà à grosses gouttes. En poussant les lourds rabats de toile qui servaient de porte à la tente de quatre places d'Henry, il sentit l'odeur tenace des boules de naphtaline qui émanait du tissu. Il lâcha son sac de marin un peu plus vivement qu'il ne l'aurait voulu et celui-ci heurta le plancher en contreplaqué avec un bruit sourd et métallique. Henry, allongé sur son sommier, feuilletait un livre de cul. Il aperçut China, eut une légère hésitation et lui décocha un sourire avant de se lever pour se lancer dans le rituel de la poignée de main. Deux des amis d'Henry, également présents, firent de même. C'était bon de se retrouver entre frères.

Henry trouva une bière tiède et la perfora de deux trous avec un ouvre-boîtes. Il la leva comme pour un toast, la porta à ses lèvres en renversant la tête en arrière et la vida en cinq secondes environ. Ensuite, il s'assit sur son sommier, passa le bras sous sa poupée gonflable et en sortit un petit sac de marijuana avec quelques cigarettes déjà roulées à l'intérieur. Il en alluma une et la tendit à China.

— Je touche pas à cette merde, lança ce dernier.

Il n'était pas bien sûr qu'il s'agissait là d'un geste amical. Il avait déjà parlé avec lui du fait que les Noirs s'asservissaient eux-mêmes avec la drogue. Henry savait pertinemment qu'il n'y touchait pas.

— Putain, *man*. Quand est-ce que tu finiras par piger, hein ? Cette merde, c'est pour se marrer, c'est tout. Ça fait de mal à personne.

— Ouais, OK. Vas-y alors.

Henry fit passer le joint à un de ses compagnons de guitoune avant de sortir une autre cannette de bière, de l'ouvrir et de la tendre à China. Celui-ci mit les mains sur ses hanches, le regard braqué par terre. Puis il leva les yeux vers Henry.

— Tu sais que je touche pas à cette merde non plus.

Henry haussa les sourcils et jeta un coup d'œil aux autres. Il tint la cannette à distance, recula la tête, et fit mine de l'étudier avec soin.

— Qu'est-ce qu'on a là, China ? Le diable caché dans une cannette ?

China hésita un instant. Il avait vraiment envie de cette bière, mais il savait que les frères musulmans ne buvaient pas. Cela dit, c'étaient pas eux qui se faisaient tirer dessus dans cette foutue jungle et dans cette chaleur à crever. Mais il savait aussi qu'il devait défendre les idéaux qu'il proclamait.

— Hé, Henry, t'aurais pas un soda ou autre chose ? demanda-t-il en s'efforçant de prendre l'air décontracté.

Henry vida la deuxième cannette de bière, puis s'approcha du bout de sa couchette et sortit une caisse entière de Coca-Cola. Il ouvrit une cannette en faisant levier et la tendit à China avec un sourire.

— J'ai absolument de tout, frangin.

China s'en empara et s'assit sur la couche en face d'Henry, son lourd sac de marin posé par terre entre ses pieds. Il but le Coca tiède. Il avait le goût de l'été chez lui. Le joint fut fumé jusqu'à ce qu'il soit trop chaud pour être manipulé. Un des amis d'Henry l'inséra dans une pince à joint argentée. Henry tira la dernière bouffée possible avant qu'il ne reste plus rien.

On papota, on se remit au courant, on parla de tel frère qui avait réussi à rentrer, de tel autre qui n'avait pas pu. Puis Henry se focalisa sur les yeux de China, ce qui était un signal.

— Parker a vraiment tenté de grenader[1] cet enculé de raciste ?

1. Pratique consistant à lancer une grenade à fragmentation dans les quartiers d'un officier peu populaire (*fragging*, en anglais).

China hésita.

— Je crois que oui.

Henry grogna.

— Dommage qu'il ait raté son coup.

On hocha la tête dans un murmure d'approbation.

China ne voyait pas ce qui se passait dans la tente; il voyait Parker en train de se faire transporter hors du périmètre dans le noir, le visage baigné de sueur, la peur au fond des yeux. Il l'avait salué phalanges contre phalanges et lui avait donné une poignée de main rassurante. Il ne l'avait plus jamais revu après. Il revint au présent.

— Je crois que le Gunny a dû s'apercevoir de quelque chose. Il dit que tout ça, c'est de la connerie.

— C'est lui, la connerie.

— Ouais. (China ne savait pas quoi faire de sa cannette vide.) Ouais, c'est lui, la connerie. (Il tendit le bras vers son sac de marin et défit la lanière d'épaule qui en bloquait aussi l'ouverture.) Mais j'ai quelque chose ici qu'est pas de la connerie.

Il en sortit le canon d'une mitrailleuse M60 et la partie arrière, assembla le tout rapidement et le tendit au frère assis à côté de lui. Il en sortit un AK-47 et répéta le processus. Puis ce fut un pistolet .45 qu'il tendit à Henry. Et un deuxième AK. Il sourit.

— C'est pour les frères restés chez nous.

Henry tira en arrière sur le boîtier de culasse du .45 et scruta l'intérieur du canon. Ses deux amis manipulaient eux aussi les AK-47, des armes rares à l'arrière.

Henry sourit, presque tristement.

— Tu l'as trouvée où, cette saloperie, China? demanda-t-il.

— On est tombés sur un gros dépôt de munitions. Depuis, avec d'autres frères, on les trimballe en pièces détachées. J'ai pu avoir les morceaux de M60 en faisant croire que les miens s'étaient usés, petit bout par petit bout, tu vois... et pour le .45, j'ai dit que je l'avais perdu au combat. C'était le mien. Maintenant j'en ai un neuf.

Henry y alla d'un petit bruit, une sorte de *hummmff.*

China le regarda.

— Comment ça, « hummmff »?

Henry jeta le .45 au bout de sa couchette.

— Tu crois que les frères restés chez nous, ils peuvent pas se trouver des flingues? Putain, *man*! Ce qui leur faut, c'est du fric, alors ils auront toute la puissance de feu qu'ils veulent, bordel! Tu te souviens pas que tu vivais en A-mé-riqu', China? On a plus de flingues en A-mé-riqu' que ta mère a de mecs qu'elle en connaît pas le nom.

China lutta pour maîtriser sa colère. Cette référence à la mère était une insulte typique du *dozens*[1]. Il n'allait pas laisser Henry savoir à quel point il était près de la vérité.

— C'est toujours ça de pris, Henry.

— Et me-erde!

Henry se leva et s'approcha d'une commode makassar en ébène sculptée achetée lors d'une virée illicite à Cam Lo et assortie à une malle ornée et tout aussi lourde, avec laquelle il avait remplacé sa cantine réglementaire.

— Et puis, si on rentre pas au vrai monde bientôt, les frères restés là-bas auront aucune idée de quoi faire avec tous ces flingues. Me-erde, China. Ils vont s'entre-tuer pour savoir qui a le droit d'être prof d'études afro-américaines à *You Si El Ey*[2]. Me-erde! S'entre-tuer pour savoir qui aura le droit d'enseigner à des petites Blanches friquées et à des petits Chinois!

Il fit tourner un cadenas à combinaison qui fixait un magnifique fermoir argenté à l'un des tiroirs.

— Ce sera plutôt des agents du FBI en civil qui se chargeront de les tuer, le corrigea China.

— Mais putain, China! Arrête tes conneries, tu veux? Ce sera les Slausens qui tireront sur les Avenues[3], rien de plus.

Henry ouvrit complètement le tiroir, le posa sur le fragment de piste métallique qui tenait lieu de plancher à la tente et commença à en sortir des habits et d'autres trucs. Puis il retira soigneusement un double fond et d'un geste, il invita China à venir voir. Il y avait des dizaines de petits paquets en plastique, certains remplis de marijuana, d'autres de blocs de hasch, plusieurs d'une poudre presque blanche et légèrement différente, que China pensa être de l'héroïne. Après quoi, Henry remit prudemment en place le double fond.

— C'est quoi ça, à ton avis, China?

China ne répondit pas.

Henry montra le double fond avec son doigt long et gracieux.

— Ça, c'est le pouvoir vert! Et je peux le transformer en assez d'artillerie pour lancer notre putain de guerre à nous. (Il commença à

1. Compétition orale afro-américaine où deux concurrents s'affrontent en s'adressant des propos orduriers.

2. UCLA, *University of California*, Los Angeles.

3. Gangs œuvrant à Los Angeles dans les années 60.

remettre les vêtements et les autres objets dans le tiroir.) Alors, va troquer tes AK avec un péquenaud de Blanc posté à l'arrière à Da Nang contre un peu de ce Coca que t'aimes tant ! Non vraiment, China !

Les amis d'Henry gloussèrent, l'un d'eux glissant la main dans une poche de son pantalon pour en extraire une liasse de monnaie militaire qu'il agita très légèrement en souriant à China, avant de la remettre dans sa poche.

China se sentait trahi, et idiot. Il voyait l'air amusé dans les yeux des amis d'Henry. Celui-ci, la tête légèrement inclinée de côté, le dévisageait. China soutint son regard.

— Cette merde, c'est mauvais pour les frères, Henry. Malcolm X, il dit d'arrêter ça. Et les Panthers pareil.

— Qui t'a dit que j'allais la vendre aux frères ?

— Me dis pas que tu comptes la vendre seulement aux *chucks*.

— Nan. Peut-être pas. Et alors ?

— C'est pas bon, cette merde.

— On fout en l'air quelques Blancs avec, et alors ? Ceux qui l'achètent sont que des crétins d'animaux de toute façon.

— C'est ce que dit la Mafia qui la vend aux Noirs.

— Alors on est quittes.

China serra les lèvres.

— Tu donnes tout le fric aux frères du pays ?

— À ton avis ?

L'agacement commençait à poindre dans la voix d'Henry.

China ne répondit pas. Si Henry le faisait, il dirait oui, et s'il ne le faisait pas, il dirait oui quand même. China savait quand il fallait accepter de lâcher prise.

Il baissa les yeux sur les armes en se demandant ce qu'il allait en faire. Henry intervint pour le sauver.

— Hé, *man*, dit-il. C'est cool. Tout est cool. Tu nous laisses ces saloperies et la prochaine fois qu'un des frères rentre sur Da Nang, on les échange contre de la bonne marchandise avec les gars de la Navy et de l'Air Force, et on la garde pour ta prochaine sortie de brousse. T'as bien fait, mon frère. T'as essayé.

Le ton condescendant d'Henry ne fit qu'ajouter à l'humiliation. China tenta de paraître décontracté.

— Ouais. OK. Bon, faut que j'y retourne avant que je manque trop aux gars. (Il se tourna vers les amis d'Henry et refit le rituel de la poignée.) Restez cool les frères, OK ?

— Ouais. On est cool. Toi aussi, *man*.

China se glissa hors de la tente, dans l'obscurité tiède. Il savait que, de plus d'une façon, il venait d'essuyer une sérieuse défaite, et qu'il ne s'agissait pas que de la sienne.

***

— Vous êtes un perpète, lieutenant Fracasso ? demanda Jancowitz, le regard trouble.

Il était minuit bien passé, et cela faisait des heures qu'ils buvaient.

Fracasso semblait mal à l'aise. Se saouler avec les hommes dès le premier soir, ce n'était pas ainsi qu'il avait espéré prendre le commandement en tant que nouveau lieutenant.

— À votre avis, caporal Jancowitz ? répondit-il.

— Merde, lieutenant. Je sais pas. Appelez-moi Janc.

Il marqua une petite pause, et Mellas vit presque ses pensées s'agiter confusément dans sa tête comme la bière qu'il agitait dans sa cannette.

— J'aime vraiment le corps des marines, répondit Fracasso prudemment. Pour l'instant, je pense y rester un peu.

— Putain, Sir, mugit Bass. Il était temps qu'on se trouve un lieutenant avec un peu de jugeote, bordel.

Il hoqueta pile au bon moment pour les faire tous rire.

— Il y a des perpètes qui sont pas trop mal, lança Jancowitz d'un ton sans réplique, et d'autres non.

— C'est comme ça, dit Fredrickson. Buvons à ça.

— Tu m'étonnes que tu vas boire, espèce de connard d'encornet ! lui renvoya Jancowitz.

— J'ai dit que je le ferai et c'est ce que je vais faire, espèce de connard de *jarhead*[1].

— Et moi je dis, tu m'étonnes que oui, bordel ! Allez quoi, t'es vraiment un bon encornet.

Jancowitz se tourna, sourit à tout le monde, et tomba à la renverse, ivre mort.

— Vous voyez, Sir ? dit Bass. Personne d'autre tient aussi bien que nous autres, perpètes, bordel.

— Apparemment pas, sergent Bass, répondit Fracasso.

Il eut un sourire gêné.

Ils restèrent assis un moment dans un silence embrumé de bière. Puis le calme fut rompu par un cri qui ressemblait à celui d'un animal.

1. Littéralement « tête de bocal », nom argotique donné aux US marines.

— Putain d'enculé de Blanc des stups. Je vais le tuer. Je vais le tuer !

Un des groupes présents devant la grande tente fut pris d'un mouvement violent. Fracasso courut aussitôt vers la bagarre. Mellas était tellement malade et épuisé qu'il parvint à peine à se lever, mais il suivit Fracasso en titubant.

Lorsqu'il arriva, un nouveau était allongé sur le dos et saignait abondamment au visage. Mellas aperçut les morceaux brisés de ses deux dents de devant. Debout devant lui, le souffle court, se tenait China. Il avait une pelle de tranchée à la main.

— T'en as pas marre de te battre, bordel, China ? hurla Jacobs.

Il traversa le cercle à toute vitesse pour lui fondre dessus, et les deux hommes se jetèrent par terre.

— Il a un couteau, mon frère. Il a un putain de couteau !

Mellas se fraya un passage à travers la foule et bondit sur Jacobs aussi violemment qu'il put. Il vit Cortell, le front haut luisant, s'attaquer à China et le saisir à bras-le-corps. Sans un mot, les deux marines cessèrent de se débattre.

— Y a quelqu'un qui saigne ?

Mellas respirait bruyamment.

— Ah, merde, Sir, dit Jacobs. J'ai pas de couteau, bordel.

Il ouvrit la main que Mellas lui avait clouée sur le côté. Il y tenait un harmonica maculé de boue. Quelques hommes éclatèrent de rire.

— C'est la première fois que j'entends parler d'une agression mortelle à l'harmonica, dit Mellas. Ça va maintenant, les gars ?

— Ouais, marmonna China.

— Il avait pas à le frapper avec sa pelle de tranchée, putain ! fit remarquer Jacobs.

— Putain de CID[1] ! s'exclama China. Cet enfoiré de merde mérite pas d'être en vie.

Mellas se leva et aida Jacobs à se redresser.

— Comment tu sais qu'il est du CID ? demanda Mellas à China, sans tenir compte des gémissements de l'homme à terre.

Cortell n'avait pas décollé les mains du bras de China.

— C'est un mec des stups. On les sent, ces enculés.

— Il t'a demandé de la dope ou un truc dans le genre ? demanda Mellas.

— Ouais. Il m'a demandé de la dope.

— Il en voulait peut-être seulement pour lui. Tu y as pensé, à ça ?

1. *Criminal Investigation Division*, ou division d'investigation criminelle.

— Et pourquoi il m'en a demandé à moi, hein ? Pourquoi moi ? Un putain de *chuck* qui demande de la dope à un *splib* ! Merde, *man.* J'y touche même pas à cette saloperie.

Mellas regarda la silhouette étendue par terre et se pencha vers elle. Fredrickson se frayait déjà un passage avec son matériel pour remettre le type d'aplomb. S'il se rendait au poste de secours du bataillon, ça barderait sec et la compagnie perdrait et China et Jacobs. Et ils étaient tous les deux bien trop précieux pour qu'on s'en défasse.

— Hé, dit Fredrickson à l'homme à terre. Comment tu t'appelles, hein ? Tu m'entends ?

L'homme gémit un nom.

— T'es dans la compagnie Bravo ? demanda Mellas.

L'homme fit oui de la tête.

— T'as demandé à avoir de la dope ?

L'homme fit non de la tête.

— Putain, il ment, lieutenant ! s'écria China.

L'homme eut un hurlement rauque et se jeta sur China, mais Fredrickson et Mellas le retinrent. China avait positionné sa pelle de tranchée pour le parfait coup de crosse, le tranchant dirigé vers l'homme. Il l'aurait probablement tué.

— T'es qu'un crétin ! dit calmement Mellas à l'homme par terre.

Il entendit Bass évacuer les marines pour les éloigner de la bagarre. Il se tourna vers Jacobs et China.

— Je veux vous voir demain pour cette histoire. Et maintenant, allez cuver !

Fracasso se tenait là, debout, la bouche grande ouverte.

— Hé, Fracasso, t'en fais pas, dit Mellas. Ils relâchent la pression, c'est tout.

Il regarda l'homme à terre. Il n'avait aucune idée s'il était du CID ou pas, mais une chose était sûre : il ne pouvait pas rester dans la compagnie.

— Écoute, je ne sais pas comment tu t'appelles, mais je vais te transférer hors de la compagnie. C'est possible, te fais pas de bile. Contente-toi de garder le silence et cette bagarre ne figurera jamais dans ton dossier, d'accord ?

— Je passe pas de deals, moi ! lâcha l'homme en crachant du sang.

— Quoi ? cria Bass. (Il lui sauta dessus.) On sort pas ce genre de conneries à un lieutenant, pigé ? (Il se mit à frapper la tête du soldat par terre en lui secouant le corps de ses avant-bras trapus et solides.) Compris, bordel ?

Incapable de répondre, l'homme se faisait taper la tête par terre.

Enfin Bass s'arrêta et se mit à parler très doucement et très rapidement, à califourchon sur sa poitrine.

— Le lieutenant vient de te proposer deux choses. Une promotion, si t'en veux une, et ta putain de vie, parce que tu peux me croire, espèce de connard de faux cul du CID : tu tiendras pas plus d'une heure en opération si tu « passes pas ce deal ».

— OK, dit l'homme d'une voix rauque.

Ils l'emmenèrent dans la tente d'approvisionnement, où Fitch était en train de remettre laborieusement à jour la paperasse à la lumière d'une simple bougie. Le lendemain matin, Fitch le renvoya à l'arrière avec une lettre adressée à Top Seavers, et on n'entendit plus jamais parler de lui. Bass punit Jacobs et China en les sortant de leur place à la queue pour être de corvée au mess.

***

Le lendemain, la compagnie se dirigea vers un petit groupe de tentes affaissées au bord d'une piste d'atterrissage secondaire. De l'autre côté de la piste, un ruisseau serpentait dans une grande vallée. La base de combat Vandegrift se trouvait en son centre, entre des crêtes couvertes de végétation à l'est comme à l'ouest. De l'autre côté du ruisseau, sur une petite colline, se dressaient les casemates et les antennes radio de Task Force Oscar. Personne dans la compagnie ne savait à quoi servait cette dernière. Les marines entendaient le bruit du générateur qui faisait fonctionner l'air conditionné et les lumières électriques. De temps à autre, un hélicoptère de l'armée arrivait et un officier haut placé était accueilli par un homme en Jeep qui l'emmenait deux cents mètres plus loin, dans la casemate climatisée ou au petit cercle des officiers situé à côté. Ils étaient accompagnés de civils qui semblaient peser quelques kilos de trop et ne paraissaient pas à leur place en treillis de l'armée sans insigne ; ils travaillaient probablement pour l'AID[1] et la CIA, ou alors c'étaient des journalistes qui avaient peur d'aller dans la brousse.

En amont de Task Force Oscar se trouvait un contingent de troupes sud-vietnamiennes qui, apparemment, ne faisaient rien non plus. Les marines les observaient avec une hostilité non dissimulée. Ils les haïssaient de rester assis à ne rien faire, laissant à d'autres le soin de mener leurs batailles et de mourir à leur place, mais aussi parce leur existence

1. Ou USAID, *United States Agency for International Development.*

même faisait partie du mensonge qui avait amené les troupes américaines au Vietnam. Il était plus facile de détester une partie visible du mensonge que les menteurs eux-mêmes, qui, après tout, étaient leurs propres compatriotes : les gros civils américains et les *rangers* de l'arrière qui allaient et venaient avec des porte-documents, le visage en sueur et le pistolet brillant qui ne servait jamais. Mais eux aussi, les marines les haïssaient. Certains détestaient l'armée nord-vietnamienne et d'autres non, mais l'APVN, au moins, inspirait le respect.

***

Occupés à monter les tentes et à nettoyer les tranchées, les marines de la compagnie pouvaient oublier momentanément qu'ils étaient en attente d'être largués en plein combat. Mais dès qu'une Jeep déboulait un peu plus vite que d'habitude dans le virage ou qu'un hélicoptère passait en filant au-dessus de leurs têtes, la peur et l'appréhension resurgissaient.

Mellas profita de l'occasion fournie par son nouveau poste pour demander s'il pouvait accompagner Fitch au prochain briefing du bataillon. Fitch accepta. Le lendemain matin, les deux hommes entrèrent dans la grande tente qui servait aussi de chapelle et s'assirent sur des chaises pliantes. Hawke se joignit à eux. Il s'était rasé la moustache – en le voyant, Mellas grimaça presque. Il y voyait le signe évident qu'il était en train de céder aux conneries des dégonflés de l'arrière. Il portait aussi des rangers neuves et bien brillantes. Mellas siffla en les montrant du doigt. Hawke lui fit un doigt d'honneur.

Le commandant Blakely entra dans la tente et mit tout le monde au garde-à-vous. Le colonel le suivit à grandes enjambées et adressa un signe de tête à Blakely pour que celui-ci commence la réunion. Tout le monde s'assit. Mellas jeta un regard de biais à Hawke pour lui faire sentir le dégoût qu'il éprouvait devant ces protocoles du rang et du privilège. Hawke choisit de ne pas relever.

Blakely se tint dos à l'autel en bois rugueux et présenta la disposition des compagnies. Ensuite, les sous-officiers d'état-major commencèrent à lire leurs rapports. Certains d'entre eux semblaient presque illettrés, mais d'autres, efficaces et professionnels au plus haut point, formulaient des suggestions que Mellas trouvait essentielles au fonctionnement de l'arrière du bataillon. Le père Riordan, aumônier de la Navy, se leva et annonça les services à venir pour les divers cultes en se donnant l'air de faire partie de la bande.

À l'heure convenue, le sergent-major Knapp se leva, son corps légèrement rond enchâssé dans un treillis amidonné, et entama sa partie du briefing.

— Messieurs et sous-officiers d'état-major, dit-il. Maintenant que le bataillon tout entier est en train d'arriver, le commandant pense, et moi aussi, que nous devons nous pencher tout particulièrement sur la qualité de notre apparence. J'attends des sous-officiers d'état-major qu'ils se débrouillent pour que tous les soldats ressemblent à A. J. Squaredaway[1]. Nous avons notamment remarqué la prolifération des perles, des emblèmes, des nœuds de pendu et des moustaches. (Knapp regarda directement Fitch et Mellas.) La moustache est un privilège réservé aux E-5 ou plus haut. Elle doit être taillée de près et ne pas dépasser l'extrémité de la lèvre supérieure. Bon, je sais que nous n'avons pas autant d'E-5 que nous avons de moustaches (il gloussa avec bonhomie), alors mettons de l'ordre dans ce genre de conneries. J'en parlerai directement aux sous-officiers d'état-major au fur et à mesure que les compagnies arriveront. (Il sourit, se tourna vers Blakely, et sourit de nouveau.) C'est tout ce que j'ai à dire pour aujourd'hui, Sir.

— Merci, sergent-major, dit Blakely. (Il se tourna vers Simpson.) C'est à vous, Sir.

Simpson hocha la tête et s'approcha de la chaire pour s'adresser à ses officiers. Ses manches étaient soigneusement retroussées, ses feuilles d'argent brillaient sur son col près de la peau rouge et fripée de son cou. En le voyant, Mellas pensa à un gnome irritable. Un gnome à cou rouge avec un accent *redneck* de Géorgie qui essayait de se faire passer pour un aristocrate.

— Messieurs et sous-officiers d'état-major, commença-t-il. Le 1er bataillon va enfin pouvoir respirer un coup. Après, on lancera l'opération suivante. Je ne peux pas vous dire ce qu'elle sera, mais soyez sûrs qu'on ira dans la brousse, soit par compagnies individuelles pour accomplir notre mission sans fin, celle qui consiste à frapper l'ennemi, à interdire ses voies d'approvisionnement, à déceler ses hôpitaux et ses caches de munitions, soit (il marqua une pause lourde de sens) nous travaillerons comme nous le devrions, c'est-à-dire dans un bataillon entier regroupé, à botter le cul de l'ennemi en lançant une frappe importante sur ses lignes d'approvisionnement nord-sud.

Il s'interrompit pour regarder ses hommes. Mellas, affalé sur sa chaise, grattait l'ulcère tropical sur sa main. Fitch écrivait quelque chose dans son carnet. Hawke avait le regard perdu dans le vague.

1. Terme d'argot militaire désignant un marine très propre sur lui.

— Messieurs, poursuivit Simpson, j'ai le plaisir de vous annoncer qu'avant demain soir, le bataillon entier, à l'exception d'une section qui garde le pont de Khe Gia, sera ici, à la base de combat Vandegrift. J'ai décidé que ce serait là une splendide occasion de donner une réception officielle au mess, de rassembler des officiers du bataillon dans une soirée d'union et de camaraderie. Cette soirée débutera à 18 heures, avec cocktails dans mes quartiers, et la séance sera levée à 19 heures pour un repas préparé par l'adjudant Hansen, repas qui, j'en suis sûr, sera digne d'un roi. Je compte sur vous tous pour être sur votre trente et un.

Ce fut le silence dans la tente. Il y eut des sourires nerveux. Les sergents-chefs, qui n'étaient pas invités, avaient l'air particulièrement gênés. Mellas se tourna vers Hawke et ouvrit la bouche avec ostentation, affectant une surprise consternée. Hawke fit mine de ne pas le voir.

Le commandant Blakely se leva.

— Je suis sûr que les officiers qui reviendront de la brousse et, bien sûr, nous tous ici attendrons jeudi soir avec impatience. Je ne sais pas si les officiers les plus jeunes en sont conscients ou pas, mais la tradition de la soirée au mess remonte à nos prédécesseurs, les Royal Marines. Avoir la chance d'en profiter tout en connaissant l'expérience de l'intensité du combat est quelque chose qu'aucun de nous n'oubliera jamais.

— Ça, il peut le dire, murmura Mellas en regardant droit devant lui.

Il attendit une réaction de Hawke, mais aucune ne vint. Hawke avait sorti son carnet et était en train d'écrire dedans, une expression attentive sur le visage.

Après la réunion, Mellas arrêta Hawke juste devant la tente.

— Qu'est-ce qui est arrivé à ta moustache, bordel ? demanda-t-il.

— Elle est tombée toute seule. À ton avis, non mais bordel ?

— T'étais pas obligé de raser ton sens de l'humour avec.

— Écoute, Mellas, ce putain de Trois et le colonel en ont après les perles, les moustaches, les coiffures de hippy et les nœuds coulants, bon sang ! Bref, dans le bataillon on doit tous se raser. Et moi, je fais partie du bataillon. Tu te souviens ?

La colère qu'éprouvait Mellas envers le colonel remonta à la surface comme un éclair.

— Et alors, bordel ? C'est rien qu'un petit truc que font les gars pour se donner un peu de fierté, et ces connards de dégonflés de l'arrière le leur enlèvent.

— Écoute, petit malin, si tu pousses le bouchon un peu trop loin avec le colonel et le Trois, tu finiras par t'attirer des ennuis. Ils sont déjà assez remontés comme ça.

— Remontés pourquoi ?

— Simpson a dû se justifier, et à plusieurs reprises, sur les objectifs de la compagnie Bravo. Il a dû manger son chapeau à chaque fois, et devant la moitié des officiers du régiment, oui, à cause de la compagnie Bravo.

— C'est lui qui a imposé ces exigences à la con.

— Ça n'a rien à voir, et tu es assez malin pour le savoir. Le truc, c'est que le colonel s'est déjà fait passer sous le nez sa promotion de colonel une fois. Ce bataillon, c'est sa dernière chance. S'il n'y arrive pas, ce sera la faute à la compagnie Bravo. Le Trois est simplement une version plus jeune et plus futée de Simpson, et il a pas peur de faire quelques sacrifices pour sa carrière. Et je te parle pas de sacrifices personnels.

— Bon, ils font tous de la politique. C'est pas nouveau pour moi.

— Non, bon Dieu, je suis sûr que non.

Les deux hommes s'affrontaient, face à face.

— Je vais te dire, fais pas le con avec ce type ! lança Hawke. Le 1er bataillon fait pas vraiment partie des priorités de Mulvaney en ce moment, et Simpson pense que c'est à cause de la compagnie Bravo. En ce qui le concerne, vous autres, vous allez soit lui assurer sa carrière, soit l'achever.

— Qu'il aille se faire foutre ! Je ferai tout ce qui est en mon pouvoir pour empêcher ce suceur de bites d'avoir une promotion.

Mellas commença à s'éloigner.

Hawke l'attrapa par l'épaule et le retourna.

— Maintenant tu vas m'écouter, espèce de saloperie de frimeur de grande école. J'en ai rien à foutre de ce que tu t'infliges à toi-même, mais t'as pas intérêt à foutre les gamins de cette compagnie dans la merde. C'est mes gars, bordel, et je préfère crever plutôt que de te laisser, toi ou quelqu'un d'autre, les foutre en l'air à cause d'une vendetta personnelle. J'en ai rien à foutre de savoir que tu trouves ça justifié ou pas. J'ai mené plus d'opérations merdiques sous les ordres de ce type que toi. (Hawke respirait fort.) Mais fourre-toi ça dans le crâne, monsieur le politicard : c'est le colonel qui contrôle les hélicoptères.

Il lui lâcha la chemise. Ses mains tremblaient. Mellas recula, effrayé. Ils restèrent à se regarder, le souffle court. Mellas se rendit compte à quel point ils étaient passés près de la vraie bagarre, et combien son tempérament était devenu explosif. Il voyait bien que Hawke se sentait mal lui aussi. Il eut envie de tendre la main pour le toucher, de lui dire qu'il s'était conduit comme un idiot. Il ne supportait pas l'idée que Hawke ne soit plus son ami. L'allusion à ses études et à ses ambitions avait été particulièrement blessante.

— Je vais en parler à Jim, dit-il. Je vais arranger le coup. Je voulais pas faire mon connard.

Hawke avait le regard braqué sur les collines, pas sur Mellas. Il chercha dans la poche de sa chemise.

— Je trouve pas de cigares, dit-il.

— Tant mieux, répliqua Mellas. T'as envie de te barrer d'ici pour crever d'un cancer dans quelques années ?

— T'y crois, toi, à ces conneries ?

— Hum-hum.

Ils s'observèrent, l'un et l'autre conscients d'évoquer la mort. Puis Hawke prit la parole, doucement.

— Moi aussi, il m'arrive d'être un connard. Le colonel n'est pas le seul à avoir des ambitions. Bien sûr, je voulais la compagnie Bravo quand Jim l'a eue. J'avais passé plus de temps dans la brousse que lui, et Jim a commis des bourdes que j'avais déjà faites, pour lesquelles j'avais payé, et j'ai dû les voir se reproduire une fois de plus. (Ses yeux se vidèrent. Mellas sentit qu'il revivait une scène affreuse. Hawke revint au présent.) Je ne veux plus que ça arrive. Tu sais ce que ça veut dire ? Ce que je dois faire pour jouer le jeu ?

Mellas acquiesça d'un signe de tête.

— Ted, je ne veux pas de la compagnie. Je cherche seulement à quitter la brousse.

— Au moins, pas de mensonges entre nous.

— OK, dit Mellas doucement, moi aussi, je la veux. Mais je crapahuterais volontiers sous tes ordres, Hawke, ajouta-t-il rapidement. Vraiment. Je la veux pas à ce point.

— Moi non plus, je pensais pas la vouloir tant que ça.

Il y eut un silence gêné.

— Faut que j'y retourne, finit par dire Mellas.

— Bien sûr.

Mellas s'éloigna, abattu. Il désirait l'amitié de Hawke plus que tout au monde.

— Hé, Mel ! cria Hawke. (Mellas, les mains dans les poches de derrière, se retourna pour lui faire face.) McCarthy et Murphy rentrent tous les deux de la brousse. Tu te rappelles le chef de section qu'avait le gars mort quand on a permuté avec Alpha et Charlie ?

— Ouais ?

— Ben, c'est lui, McCarthy. Murphy, c'est le grand type qui était sur la ZA.

Mellas avait l'air un peu perplexe.

— Celui avec le tic.

Mellas hocha la tête.

— Ça, c'est l'équipe du *Mystery Tour*. Tu veux venir ? Je te parraine.

— D'accord, répondit Mellas. Mais c'est quoi, un *Mystery Tour* ?

— C'est une saoulerie, bordel, Mellas !

Mellas eut un sourire penaud.

— Quelle heure ?

***

Arrivé à la compagnie, Mellas y fut accueilli par plus d'une moquerie.

— Lieutenant, vous allez demander à votre mère de vous envoyer votre tenue de sortie pour demain soir ?

— Avec les officiers, vous allez vous polir les ongles pour pas saloper l'argenterie ?

— Ils donneront des nappes pour poser les rations C dessus, lieutenant ?

Mellas n'avait d'autre choix que de se laisser taquiner, et il le savait. La soirée au mess était une idée à la con. Il se dirigea vers sa poupée gonflable et s'allongea avec un exemplaire écorné de *La Source*, le roman de James Michener qu'il avait échangé contre deux romans de bouseux de Louis L'Amour. Il essaya de se perdre dans l'Israël antique.

Il fut interrompu par China.

— Hé, Sir, on peut vous parler ?

Un grand marine noir se tenait derrière China à l'entrée de la tente.

Mellas leur fit signe d'entrer.

— Qu'est-ce qui vous préoccupe ? demanda-t-il.

— Euh… Sir, dit China en montrant son ami du doigt, voici le vice-caporal Walker. On l'appelle Henry. Il fait partie de la compagnie H & S.

— Salut, Walker.

Mellas tendit le bras et ils se serrèrent la main.

— On a une sorte de petit club, poursuivit China. On se rassemble de temps à autre. On écoute quelques morceaux. Enfin vous voyez, quoi.

— Ça a l'air sympa, dit Mellas en essayant de prendre l'air décontracté.

Il commençait à se sentir mal à l'aise, particulièrement avec Walker, qui l'inquiétait. Il décida d'être direct.

— Cassidy m'a dit que vous étiez impliqués dans une sorte de groupe à la Black Power. C'est de ça dont il parle ?

Ils éclatèrent de rire tous les deux.

— Cassidy. (China cracha son nom.) Ce putain de *redneck* bouseux y connaît que dalle. Le Black Power. Me-erde. C'est le nom d'un mouvement politique et c'est tout ce que ça veut dire. Cassidy, c'est rien qu'un putain de raciste.

Il y eut un silence. Mellas se demanda s'il devait leur révéler qu'il avait été membre du SNCC, le *Student Non-Violent Coordinating Committee* qui avait envoyé des étudiants dans le Sud pour la campagne d'inscription des électeurs noirs lorsqu'il était en première année à Princeton. C'était avant que Stokely Carmichael[1] foute les Blancs dehors et que Mellas se trouve d'autres moyens de passer le temps, en allant à Bryn Mawr[2] en voiture par exemple.

China rompit le silence.

— On a un club, c'est tout. C'est pas un putain de bazar de Black Power. On a déjà assez de violence dans le coin. Et puis, le but du Black Power, c'est pas la violence. C'est de donner le pouvoir politique et économique au peuple noir. C'est une question d'image de soi et de leadership, et de faire en sorte que la loi nous traite pareil que les Blancs. Ça vous fait peur ça, Sir ?

— Non, je trouve ça plutôt bien, répondit Mellas.

Il aurait aimé que China en vienne au fait, mais il n'osait pas le forcer.

— Ouais, Sir. C'est bien. Vous voyez, Henry et moi, on s'occupe des réunions et des décisions, vous comprenez ?

La voix rauque de China semblait dissimuler son indifférence intérieure. Mellas décela une pointe d'hilarité dans ses yeux, comme s'il y avait un autre China qui écoutait la conversation à l'écart et qui observait les trois hommes en se tordant de rire.

— Eh bien, Sir, ajouta China, on voudrait tenter d'aplanir certaines des différences entre Noirs et Blancs ici, dans notre propre secteur. Vous voyez, Sir, on reçoit pas mal de trucs à lire de la part des frères restés

1. Un des leaders du SNCC et du parti des Black Panthers.
2. Faculté de lettres réservée aux filles.

chez nous, et il y en a beaucoup qui sont durs, putain ! Sacrément durs. Je veux dire… ils préconisent la violence.

— Je sais, dit Mellas. J'en ai vu quelques-uns.

— Eh bien, Sir, lança Henry, y a des frères qu'en sont arrivés à un point où y peuvent plus rien encaisser. Vous voyez ce que je veux dire ? Ils en ont jusque-là, bordel !

Sa colère commençait à poindre légèrement.

— Alors Walker et moi, reprit China, on se disait hier soir que peut-être qu'on devrait y faire quelque chose, histoire d'empêcher certains frères… (Il s'interrompit.) Eh ben, histoire de pouvoir empêcher des trucs comme de grenader des officiers.

Les yeux de Mellas passèrent d'un visage à l'autre, en quête d'un indice susceptible de l'aider. Cela ne lui était encore jamais arrivé, mais il savait reconnaître un chantage quand on essayait de le lui imposer. Il décida de jouer l'innocent.

— Vous croyez que quelqu'un va se faire grenader ?

— Qui, nous ? répondit Henry. Non. Pas nous. Mais cela dit, ça peut toujours arriver. Regardez un type comme Parker, vous savez… celui qu'ils ont fait crapahuter jusqu'à ce qu'il crève et qu'ils ont pas voulu évacuer d'urgence. Vous vous souvenez de lui, hein, lieutenant ?

Mellas déglutit, priant pour que quelqu'un revienne du rata et mette fin à la situation.

— La mort de Parker était un accident. Personne ne savait ce qu'il avait. On a essayé de l'évacuer le plus vite qu'on a pu.

— Oui, dès qu'un petit Blanc est tombé malade, fit remarquer China. Et lui, il a été évacué.

— Je ne veux plus en entendre parler, China, dit Mellas. Challand s'en est tiré de justesse, et ça n'avait rien à voir avec la couleur de sa peau. Je ne veux plus en entendre parler. J'ai dû regarder Parker mourir.

— Ce que China veut dire, Sir, reprit Walker, c'est qu'on est à deux doigts de craquer ici. Et beaucoup de ces types sont peut-être pas aussi futés que nous. Et si on les emmerde un peu trop, ils risquent de faire quelque chose qui les foutra vraiment dans la merde.

— Non parce que, ajouta China, si on a le droit de buter un Viet qui nous a rien fait du tout, alors pourquoi on ne descendrait pas un putain de raciste qui nous fait chier tous les jours de notre vie ? C'est rien que du bon sens, bordel !

— Non, c'est un meurtre, le corrigea Mellas.

— Un meurtre ! répéta China. Me-erde, tiens. On est tous des meurtriers. C'est quoi la différence entre tuer un Jaune ou un raciste blanc ? Expliquez-la-moi, lieutenant. Vous qui avez été à la fac.

— Je ne vois pas ce que tout ça a à voir avec moi.

— On aimerait arranger les choses avant que tout parte en couille, affirma Henry avec un sourire décontracté. On peut peut-être empêcher quelque chose d'arriver.

— Continuez, dit Mellas.

— China me racontait que quelques-uns des frères, ils en avaient après Cassidy. Peut-être qu'y en a qui finiront par péter les plombs et par faire des trucs qui leur attireront des ennuis. Nous on veut juste éviter les ennuis, c'est tout.

Mellas jeta un rapide coup d'œil vers l'ouverture de la tente et attendit qu'Henry poursuive. Mais ni Henry ni China ne continuèrent.

— Eh bien, ça fait partie de mon boulot, finit-il par dire. Éviter les ennuis. Qu'est-ce que je peux faire pour vous aider ?

— Rien de spécial, répondit China. Peut-être simplement parler à Cassidy et lui dire d'arrêter un peu de harceler les frères. Et vous pourriez peut-être aussi lui demander de s'excuser.

— S'excuser ? (Mellas eut un grognement de dégoût.) Quelle chance vous croyez que j'aie d'obtenir des excuses de la part de Cassidy ? Et pour quelle raison ?

— Pour avoir pété les dents d'un homme avec le canon d'une mitrailleuse, par exemple, dit China.

— Et vous pourriez peut-être aussi faire passer le mot qu'aucun des frères ait à vous servir le dîner comme des putains d'esclaves demain soir, ajouta Henry.

— Écoutez, Walter, j'ai rien à voir avec ça. Je suis pas d'accord avec ce truc, et j'ai pas l'intention d'y aller.

— C'est vous qui vouliez savoir comment nous aider. Pour éviter les ennuis. Me-erde.

— Walker, j'ai pas à supporter ce genre de merdes de votre part, bordel.

— C'est ça. Vous êtes l'officier, et moi juste un putain de troufion nègre.

— C'est pas ce que je voulais dire.

— Me-erde, dit Henry en se tournant vers China. Qu'est-ce que tu m'as raconté comme conneries ? Il est pas différent des autres.

Mellas sentit ses oreilles le brûler. Il regarda China.

— La raison pour laquelle on est venus vous voir, lieutenant Mellas, lança China, c'est parce qu'on se disait que vous seriez le seul à qui on pourrait parler.

— Je comprends bien, China, répondit Mellas. Je vais essayer d'aider. Mais ne me forcez pas la main.

— On force la main à personne, déclara China. On essaie seulement d'expliquer la situation, c'est tout. (Il regarda Henry, puis de nouveau Mellas.) On est à bout, Sir, ajouta-t-il.

— Je vais voir ce que je peux faire, dit Mellas.

Les deux hommes partirent. Mellas ramassa son livre, mais eut du mal à lire. Il regarda fixement la couverture, son corps vibrant de l'électricité de la rencontre et de l'évocation de troubles à venir. En même temps, il était assez content. C'est lui que les frères étaient venus voir.

***

Après le rata, Mellas alla faire un tour du côté de la tente affaissée derrière le centre d'opérations de combat. Il faisait déjà noir et une douce bruine tombait. Il se sentait étrangement satisfait. C'était peut-être le hachis Parmentier qu'il avait mangé et le café fumant avec lequel il l'avait fait descendre. Il trébucha sur plusieurs souches explosées et deux ou trois cordes avant d'entrer maladroitement dans la tente. Hawke était seul, assis sur un lit de camp, et cirait ses nouvelles rangers à la lumière d'une bougie. Seuls trois des six lits de camp possédaient des matelas. Les vieilles rangers délavées de Hawke étaient soigneusement disposées sous son lit.

— Pourquoi tu cires tes rangers ? lui demanda Mellas. Tu viens juste de les avoir.

— On va me décerner une médaille, répondit Hawke sans lever les yeux.

— Putain, sans déconner. Putainement fantastique ! Qu'est-ce que tu vas avoir ?

— Une Bronze Star.

— Bordel de putainement génial, Jayhawk !

Mellas lui adressa le signe du faucon et un large sourire. L'idée que Hawke reçoive une médaille l'emplissait de fierté.

— Ouais, répondit Hawke en essayant de réprimer un sourire, j'en suis plutôt fier.

— Qu'est-ce que t'as fait ? demanda Mellas.

— Oh, c'est pour le truc où j'ai couru à découvert et j'ai lancé l'artillerie sur celle des Viets de Co Roc qui était en train de nous foutre la branlée à Lang Vei.

— En fait, j'en avais entendu parler.

— Vraiment ?

— Le premier jour où j'ai été affecté à la compagnie Bravo, à Quang Tri. Les employés de bureau étaient en train d'en discuter.

— Sans déconner. (Hawke se permit un sourire.) Tu sais, Mel, avant je pensais qu'une médaille, c'était un tas de conneries et que j'en aurais jamais rien à foutre. J'avais tort. Tu finis par te laisser happer par les petites valeurs à la con de ton milieu, j'imagine. Alors j'en suis fier. Et j'en ai un peu honte, aussi. Je connais pas mal de mecs qu'ont fait pareil que moi et qu'ont rien eu. Souvent des troufions de base. Et puis il y a l'officier supérieur qu'a rien fait d'autre que gérer un pauvre dépôt de ravitaillement à Da Nang et qui obtient la même chose.

Il se mit à frotter furieusement une ranger.

Une fois qu'il l'eut cirée, il la posa par terre et tendit la main sous son lit pour attraper ses vieux godillots de combat. Il les enfila avec un sourire amer, posa les mains sur ses genoux et regarda Mellas.

— J'en ai marre d'attendre ces deux trous du cul d'Irlandais. J'ai six packs de six et une bouteille de Jack Black. Allez, on se prend une cuite.

— Moi ça me va, dit Mellas.

— *Mystery Tour!* cria Hawke à pleins poumons avant de se lancer dans sa danse du faucon. *Mystery Tour!*

Il sortit la bouteille de bourbon de son sac et en versa de grandes rasades, pour lui et pour Mellas, dans deux lourdes tasses de café blanches. Au moment même où il portait un toast silencieux à Mellas, le rabat de la tente s'écarta et l'immense carrure de Jack Murphy occupa toute l'entrée. La dernière fois que Mellas l'avait vu, celui-ci était plongé dans un sommeil épuisé, là, sur la ZA où Bravo venait d'atterrir par hélico en provenance de Matterhorn. Derrière lui se trouvait McCarthy. Mellas s'efforça de chasser l'image de McCarthy qui demandait une cigarette en tremblant, tandis que ses hommes le rejoignaient en trébuchant avec le corps qui tanguait entre eux. Ensuite il vit Williams. Puis Parker.

— Hé, hé, hé! lança McCarthy en passant devant Murphy pour se lancer dans une gigue bruyante avec Hawke.

— Vous connaissez tous les deux Mellas, dit Hawke en s'interrompant pour verser du whisky dans deux autres tasses.

McCarthy sortit un petit litre de vodka. Murphy avait un quart de litre de scotch, plusieurs petites boîtes de sardines à l'huile d'olive et une boîte de crackers Ritz.

Une heure plus tard, ils gloussaient sans retenue tandis que Mellas plantait le Ka-bar de Hawke dans une des boîtes de sardines. Pour finir, pris de rage, il se mit à la poignarder au hasard, s'aspergeant le visage et le front d'huile d'olive.

— Putain, Mellas, laisse tomber ! s'écria McCarthy en riant.

Après quelques nouveaux coups de poignard furibonds, Mellas s'empara de la boîte huileuse et se l'écrasa sur le front.

— Aaaah..., dit-il en soupirant tandis que l'huile dégoulinait de son menton.

Il s'assit sur le plancher de la tente, le dos contre le sommier de Hawke, et ferma les yeux.

— Bon sang, Mellas, lui lança Hawke, tu vas pas pioncer maintenant, on commence à peine, bordel !

Il commença à lui gifler légèrement la joue. Mellas ouvrit les yeux et sourit lentement. Hawke lui versa de la bière sur la tête.

— Il nous reste encore trente-six bières à descendre.

— Va te faire foutre, Hawke. Je me reposais juste les yeux.

Il leva le regard vers les trois amis. Il savait qu'on l'avait admis dans le groupe.

***

Deux heures plus tard, merveilleusement, absurdement saouls, les quatre lieutenants se faufilaient, par petits bonds, vers le parc de matériel du régiment en étouffant leurs rires. Hawke les menait avec des signes de la main appris à la Basic School et faisait tout dans les règles. Leur objectif ? Un camion d'une demi-tonne.

— Lève pas le cul comme ça, Murphy, bordel ! chuchota Hawke.

Murphy gloussait comme un gamin.

— Équipe de tireurs à l'assaut. Prêts ? (Hawke leva le bras.) Go !

Il pointa le doigt vers le camion et les quatre hommes se précipitèrent. Mellas et Murphy s'entassèrent à l'arrière tandis que Hawke et McCarthy grimpaient dans la cabine et mettaient les gaz. Ils démarrèrent en trombe et descendirent la route qui conduisait au cercle d'officiers du régiment.

Une demi-heure plus tard, le film qu'on y projetait fut interrompu par une silhouette qui gesticulait frénétiquement en essayant d'embrasser la femme sur l'écran. Qui tomba avec fracas. En tentant de prendre la fuite dans le noir, Murphy trébucha sur un câble électrique et entraîna dans sa chute le projecteur qui dégringola de la table. Hawke cria : « Repli! Repli! On quitte le navire! » Le *Mystery Tour* fila vers la porte qu'il avait franchie en chancelant vingt minutes plus tôt. Murphy, encore emmêlé dans le câble électrique, fut pris de panique. Dans l'obscurité et la confusion, il manqua la porte d'un demi-mètre et emporta environ quatre mètres carrés de fine moustiquaire métallique.

Les quatre lieutenants s'entassèrent dans le camion, plusieurs officiers, tout aussi saouls, leur criant après. L'un d'eux sortit un pistolet et tira en l'air. Avec deux autres silhouettes sombres, il sauta dans une Jeep et se lança à leur poursuite.

L'homme au pistolet agitait son arme au-dessus de sa tête en riant et en criant : « Saboteurs! Saboteurs! Viol et pillage au village! » Il s'apprêtait à tirer deux coups de plus en l'air lorsque, la Jeep rebondissant dans une ornière, le conducteur fit une violente embardée. La force du virage et de la gravité entraîna le lourd .45 vers le bas au moment même où le coup partait.

McCarthy, sur le plateau du camion avec Mellas, gémit et s'effondra sur le plancher.

Mellas dessoûla immédiatement... et eut très peur. Il savait qu'ils risquaient de gros ennuis. Il enfonça la lunette arrière de la cabine d'un coup de pied.

— McCarthy est touché, bordel! hurla-t-il à Hawke, qui conduisait. Il faut qu'on le sorte de là.

Hawke se tourna pour le regarder. Le blanc de ses yeux ressortait. Puis il fixa de nouveau la route.

— McCarthy a été touché, je te dis, putain!

Hawke vira pour quitter la route et monta une colline en rebondissant au milieu de petits buissons. Le camion s'écrasa contre une souche explosée, expédiant Murphy sur le pare-brise et projetant brutalement Mellas contre l'arrière de la cabine. McCarthy glissa vers l'avant et vint se tasser contre lui.

Ils se précipitèrent dehors et traînèrent McCarthy dans les buissons en gravissant péniblement la pente. La Jeep les dépassa sur la route en vrombissant.

— Pourquoi vous me portez, les gars? demanda soudain McCarthy.

— Tu t'es pas fait tirer dessus? s'étonna Hawke.

— Cet enfoiré a tiré sur la demi-pinte que je gardais pour le retour. J'ai du verre plein le cul, bordel.

Ils le jetèrent par terre, écœurés. McCarthy gloussa avant de pousser sur les bras et les jambes pour se redresser en vacillant. Les quatre hommes traversèrent les buissons et finirent par atteindre un coin de terre dégagé. Une voix effrayée lança un avertissement.

Ils plongèrent aussitôt à terre.

— Tire pas ! cria Hawke. Tu rendrais un sacré mauvais service à notre pays et au corps des marines.

— Peut-être bien que oui, enfoiré, rétorqua la voix. Mais je vais rien rendre du tout au corps des marines, putain. Ici, c'est l'armée. Si vous approchez, je vous bute.

— On est où, bordel ? beugla Mellas.

— Tu crois que je vais te le dire, Viet de mes deux ?

— Moi, Viet de mes deux ? répéta Mellas aux autres à voix basse.

Ils gloussaient tous.

— Hé, toldat mélicain, cria Hawke, moi être UCRA éduqué. Toi pas tiler sul compatliote ami. Ça num'lo dix. Toi num'lo un.

— Vous êtes vraiment américains ?

— Qu'est-ce que tu crois, trouduc ? cria vivement Hawke. Et le pape, il est catholique ? Et les chiens, ils se lèchent les couilles ?

Une fusée éclairante jaillit, projetant de sinistres ombres vertes et tremblotantes sur le paysage. Les quatre lieutenants étreignirent la terre. Mellas eut un aperçu des longs canons d'une batterie de 175 de l'armée, qui assurait manifestement sa propre sécurité à l'intérieur des lignes défensives de la BCV.

— Prouvez-moi que vous êtes américains, cria la voix.

— Comment on fait ça, bordel ? demanda Hawke.

— Répondez à mes questions.

— OK, mais me demande rien sur le base-ball. Je déteste ça.

— Bon, d'où est-ce que vous venez ?

McCarthy gloussa.

— Laissez-moi faire, chuchota-t-il. D'East Padua, cria-t-il. Tu sais où c'est ?

— East Padua ? Non.

— Hé, connard, c'est toi qui es censé poser les questions ! dit Hawke.

Il y eut un silence.

— D'accord, qui est le secrétaire à l'armée ?

— Je sais pas, répondit McCarthy.

— Bon, alors qui est le secrétaire à la Défense ?

— On s'en branle, rétorqua Murphy.

— Pas moi, répondit la voix.
— Je sais pas, lança McCarthy.
— Qui est le président, alors ?
— Tu m'as eu, répondit McCarthy. Je suis un Viet.
— Vous devez être des marines. Il y a personne pour être aussi con. Ramenez-vous ici.

***

Une heure plus tard, le *Mystery Tour* était au repos. McCarthy et Murphy avaient perdu connaissance sur les ressorts dénudés de deux lits de camp vides. McCarthy était nu de la taille aux pieds, la fesse et la cuisse droites rouges de Mercurochrome. La balle lui avait emporté un petit bout de la fesse droite. Des débris de verre jonchaient le sol. Murphy avait opéré en versant de la vodka sur l'arrière-train de McCarthy avant d'enlever les morceaux de verre à l'aide de son Ka-bar. Mellas réchauffait du café sur un morceau de C4 ; il avait vomi, et son teint restait blafard. Le café était pour Hawke, qui avait besoin d'être suffisamment dégrisé pour pouvoir monter la garde dans une heure. Le premier *Mystery Tour* de Mellas était terminé. Ça faisait un bien fou d'être accepté.

CHAPITRE 12

C'est par la toux sèche d'un moteur et dans le bruit métallique des chenilles que commença la matinée, alors qu'un char d'assaut se dirigeait vers l'entrée nord de la BCV pour escorter les camions de ravitaillement vides qui rentraient sur Quang Tri. Bientôt, le grondement des moteurs fit trembler le sol jusqu'à la plateforme en bois de la tente et vibrer le crâne déjà très douloureux de Mellas. Pallack, qui avait été le dernier de veille radio, alluma une boule de C4 pour se préparer un café. Une lumière éblouissante chauffée à blanc emplit la tente.

Mellas le maudit et rabattit sa doublure de poncho sur sa tête. Fitch roula sur le dos et resta allongé, à regarder fixement le toit de la tente. Les autres, tous entièrement habillés et encore en rangers, étirèrent leurs membres raides avant de rouler de leurs matelas pneumatiques sur le plancher en bois sale.

— Du nouveau sur le réseau ? demanda Fitch.

— Non, répondit Pallack. Toujours les mêmes trucs. Quelques *super-grunts*[1] se sont foutus dans la merde au nord de Sky Cap.

Fitch jeta un bref regard à Daniels, qui sortit sa carte. Venir en aide aux équipes de reconnaissance était l'une des principales missions d'une compagnie Bald Eagle–Sparrow Hawk.

— C'est tout ce que tu sais sur eux ? demanda-t-il.

Mellas resta allongé, les écoutant sous sa doublure de poncho.

— Merde, chef! Ils me disent pas tout ce qui se passe dans le I Corps ! L'indicatif d'appel, c'est Peachstate. Il y a des tas d'Viets autour et ils peuvent rien faire sans leur révéler leur position. Voici les coordonnées.

Fitch et Daniels les vérifièrent sur la carte.

1. Marines expérimentés sélectionnés pour des missions de reconnaissance.

— Pile là où Mellas avait deviné qu'ils seraient, dit Fitch.

— Ils vont peut-être se servir de l'artillerie pour les sortir de là, chef, fit remarquer Daniels.

— Putain ! s'exclama Pallack. Me dites pas qu'ils attendent qu'on les tire de c'merdier !

— À ton avis, qu'est-ce qu'on fout là à attendre ? demanda Fitch. L'artillerie s'est déjà retirée pour l'opération Cam Lo. S'ils ont des ennuis, on y va.

— Merde. J'aurais su, j'aurais eu la trouille hier soir.

Mellas gémit, rejeta sa doublure de poncho et disparut dehors.

— Qu'est-ce qu'il a ? demanda Fitch.

— Il a chopé le même problème que Mallory, répondit Pallack.

— Hein ?

— Mal de tronche.

Fitch se rendit au COC pour garder un œil sur Peachstate. Vers le milieu de la matinée, ils reçurent l'ordre de mettre la compagnie en état d'alerte. Le mal de crâne de Mellas empira. Tout le monde restait assis. À attendre. À observer le ciel. À guetter le bruit des hélicos. Toutes les radios disponibles étaient réglées sur la fréquence du bataillon de reconnaissance afin que la compagnie puisse suivre l'évolution de l'équipe. Cassidy distribua les tondeuses à cheveux manuelles aux chefs d'escouade.

***

À 13 heures, Peachstate prit la fuite. À 14 h 15, un Huey passa prendre les soldats, qui réussirent à s'en sortir avec un seul blessé. À 15 heures, les marines de la compagnie Bravo se retrouvèrent à remplir des sacs de sable à Task Force Oscar, chevaliers à la rescousse un instant, serfs le suivant.

Mellas alla trouver le sergent-major Knapp dans la tente qui tenait lieu de bureau du bataillon. Il frappa vivement sur l'embrasure en bois et l'entendit crier « Entrez ! ». Il s'agissait plus d'un ordre que d'une invitation.

Mellas entra en enlevant sa casquette. Knapp décolla les yeux d'un rapport qu'il était en train de lire et se leva prestement. Mellas se sentit gêné. Le sergent-major avait l'âge d'être son père.

— Oui, Sir. Je peux vous aider, Sir ? demanda Knapp.

— J'espère, sergent-major. Je peux m'asseoir ?

— Bien sûr.

Ils s'installèrent et Mellas malaxa brièvement sa casquette en se répétant le discours qu'il avait mis au point. Il attendit que Knapp parle en premier pour rompre le silence et s'assurer un léger ascendant en lui imposant l'obligation inconsciente de rendre la situation agréable. Il comprenait parfaitement qu'un sous-lieutenant avait théoriquement un rang supérieur à celui d'un sergent-major, mais il savait aussi que, dans les faits, il n'avait jamais plus de pouvoir que lui. Un sergent-major du corps des US marines ne se laisse emmerder par personne. Ça n'allait pas être simple.

Mellas voyait bien que Knapp faisait de son mieux pour se souvenir à quelle compagnie il appartenait.

— Je croyais que vous alliez devoir tirer d'affaire l'équipe de reconnaissance, finit-il par dire. Il s'en est fallu de peu.

— De trop peu. Je préférerais presque qu'on nous y envoie sur-le-champ plutôt que de nous laisser en état d'alerte sur la piste d'atterrissage.

Mellas eut un rire désinvolte. Il aurait aimé rester sur cette piste pour toujours, il le savait.

— Je vois ce que vous voulez dire, Sir.

Une fois de plus, Mellas attendit.

— Alors, comment puis-je vous aider, Sir ?

— Sergent-major, c'est au sujet du sergent-chef Cassidy, le Gunny de notre compagnie.

— Je ne vois pas en quoi il vous poserait problème.

— Eh bien, je ne sais pas vraiment comment le dire, mais je crains pour sa vie.

— Comment ça ?

Le sergent-major s'adossa à sa chaise pour le regarder les yeux plissés, n'aimant manifestement pas le tour que prenait la conversation.

— Tout ce que je vais vous dire peut-il rester confidentiel ?

Le sergent-major Knapp eut une hésitation.

— Du moment qu'il ne s'agit pas d'une violation du code normalisé de la justice militaire, avança-t-il prudemment.

— OK. (Mellas marqua une pause théâtrale.) Lors de notre dernière opération, on a attenté à la vie du sergent-chef Cassidy. La personne impliquée, le première classe Parker, a lâché l'info le matin où il est mort d'un paludisme cérébral. Cassidy n'en a jamais rien dit. Je ne lui ai jamais posé la question. Il n'y a donc aucune accusation. Comme l'individu concerné est mort, je ne vois pas de raison de mener une enquête. Et vous ?

Le sergent-major hésita.

— Ça pourrait être une violation du code.

— Il n'y aurait aucun témoin. Aucune accusation officielle. Cela ne ferait qu'attirer l'attention sur les problèmes raciaux entre un de vos sergents-chefs et un première classe noir mort parce qu'un oiseau d'évacuation lui a été refusé la veille, sur ordre du bataillon.

Le sergent-major inclina la tête en arrière, presque imperceptiblement.

— Oui. Je vois ce que vous voulez dire.

Mellas poursuivit.

— Je tiens de certaines sources proches des éléments radicaux noirs que le sergent-chef Cassidy est encore en danger.

Knapp inspira profondément par le nez, les lèvres fortement comprimées. Il expira.

— Je peux vous demander pourquoi, Sir ?

— Le sergent-chef Cassidy ne fait pas preuve d'un grand tact lorsqu'il accomplit son travail. (Mellas sourit.) Notamment avec les Noirs.

Knapp lui rendit son sourire.

— Je vois ce que vous voulez dire.

— Je pense que le mieux serait de le transférer hors de la compagnie. Les frères réclament un certain nombre de changements et des excuses de sa part. Je ne pense pas avoir besoin de vous dire à quel point ce serait improbable.

— Il le ferait si on lui en donnait l'ordre.

— Oui. Et qu'est-ce que ça dirait sur l'autorité des autres sous-officiers d'état-major ?

— Je vois.

Mellas laissa la remarque faire son chemin avant de reprendre.

— Cassidy n'a pas besoin d'être au courant de ce transfert. Ça désamorcera la situation. Si on enquêtait, qui sait où ça pourrait nous mener ?

— Et le lieutenant Fitch ? Qu'est-ce qu'il en pense ?

— Vous et moi sommes les seuls au courant. Vous imaginez le pétrin dans lequel se retrouverait Fitch, et le colonel aussi, d'ailleurs ? Il serait contraint de lancer une enquête officielle.

— Oui. Je vois, Sir. (Knapp tambourina de ses ongles soigneusement coupés sur la table en contreplaqué. Il se frotta la nuque.) J'aurais bien besoin de quelqu'un qui s'occupe des équipes de travail ici à l'arrière. Il va probablement falloir élargir les lignes, construire des casemates. Il y a beaucoup à faire pour gérer un endroit comme celui-ci, vous savez.

— Je m'en rends bien compte, sergent-major. C'est incroyable tout ce qu'il y a à faire et qui n'est jamais reconnu. (Mellas eut un léger rire.) Quand j'étais bloqueur dans mon équipe de foot américain, je me rappelle avoir lu dans les journaux que c'étaient les coureurs *halfbacks* qui marquaient tous les points, pas l'équipe.

La remarque sembla faire plaisir à Knapp.

— Oui, Sir. C'est guère différent par ici.

— Non, en effet, ça ne l'est pas, renchérit Mellas en souriant. Peu importe où on va, on est toujours au lycée.

Le sergent-major éclata de rire. Mellas réprima un sourire, trouvant ironique que Knapp rie d'une remarque qui, en réalité, le visait.

— OK. Je vais voir ce que je peux faire, Sir, dit Knapp. Je vous promets rien. Mais ce serait vraiment moche d'avoir la mort d'un bon marine sur les bras.

— C'est ce que je pense aussi, sergent-major. Je savais que vous comprendriez.

— Je vous remercie d'être passé, lieutenant.

Il se leva en même temps que lui et lui serra la main. Il le raccompagna ensuite jusqu'à l'entrée de la tente.

— Une dernière chose, sergent-major, dit Mellas.

— Oui, Sir ?

— Ce serait un peu gênant que des Noirs aient à assurer le service à la soirée au mess.

Le sourire du sergent-major disparut.

— S'ils ont été tirés au sort pour être de corvée au mess, ils doivent faire ce qu'on leur dit. Il n'y a pas de favoritisme ici.

— Bien sûr que non, dit Mellas. Et j'admire le fait que vous seriez prêt à endosser la responsabilité d'un grenadage d'officier plutôt que de bafouer vos principes. N'importe quelle commission d'enquête approuverait.

La respiration du sergent-major s'accéléra. Il déglutit de façon visible.

— Je ne voulais pas dire par là que je tenais à risquer qu'un officier se fasse grenader.

— Bien sûr que non ! Je le sais bien, sergent-major. Je sais que vous n'aimez pas vous retrouver dans ce genre de pétrin… pas plus que moi. C'est pas facile comme situation. J'apprécie vraiment votre aide. Je vous remercie, sergent-major.

Mellas se retourna et quitta la tente. Il ajusta soigneusement sa casquette de treillis avant de reprendre le chemin de la piste d'atterrissage. Il ne doutait pas une seconde de ce qu'allait faire le sergent-major.

***

Plusieurs heures plus tard, Mellas et les autres officiers couraient sous la pluie pour se réfugier dans la grande tente qui faisait office de chapelle. Hawke et McCarthy, qui n'avait pas l'air de souffrir des bouts de verre dans son arrière-train, étaient debout sous la bruine. Hawke secoua la tête en silence. Un soldat de la section de McCarthy, compagnie Alpha, vêtu d'un manteau blanc déniché à Da Nang, leur passa devant en transportant péniblement une grosse marmite de soupe. Il réussit à se libérer la main droite, juste assez pour montrer le majeur à McCarthy.

— Va chier, Wick, lui souffla McCarthy en guise de riposte.

Le gamin disparut dans la tente.

Des bougies éclairaient l'intérieur, projetant sur tout une lueur jaune et tremblotante. Les tables, disposées en fer à cheval, étaient recouvertes de nappes blanches. L'officier des communications du bataillon passa la tête à la porte.

— Vous feriez mieux d'entrer et de chercher vos cartons de table. On est tous censés se tenir au garde-à-vous à l'arrivée du colonel. Ordres de Blakely.

Il fila de nouveau à l'intérieur.

Hawke soupira et entra. Les autres suivirent.

On avait fermé les aérations de la tente à cause de la pluie, et il faisait une chaleur désagréable à l'intérieur. Plusieurs hommes de troupe attendaient à l'arrière, debout près de leurs marmites de nourriture, en nage sous leurs tenues blanches amidonnées. Mellas remarqua qu'il n'y avait aucun Noir parmi eux.

Au bout de la queue, près d'une grande marmite de haricots verts, Shortround eut un large sourire en voyant les lieutenants de la compagnie Bravo pénétrer dans la tente. Mellas, s'il fut content de le voir, garda son sérieux et se contenta d'un hochement rapide de la tête. Hawke fit le signe du faucon et Shortround le lui rendit en agitant les doigts près de la hanche et en souriant fièrement à l'idée de faire partie du cercle d'initiés qui comprenaient la blague de Hawke.

Mellas trouva son carton de table en face de Hawke, entre le capitaine Coates, le chef de la compagnie Charlie qu'il avait trouvé évanoui sur la ZA mouillée la dernière fois qu'il l'avait vu, et un nouveau lieutenant de la compagnie Alpha. Coates et ce dernier échangèrent des civilités avec Mellas, qui leur répondit à peine. Sa façon à lui de montrer qu'il était là contre son gré et qu'il ne s'amusait pas. La conversation traîna, et un silence gêné s'ensuivit.

La tension se relâcha lorsque le Trois entra dans la tente et mit tout le monde au garde-à-vous. Le treillis de Blakely était raide d'amidon, ses feuilles de commandant brillaient à la lueur des bougies. Raide comme un piquet, il donnait à voir une silhouette impressionnante. Il n'y avait aucun doute dans l'esprit de Mellas que ce prétentieux de merde deviendrait général un jour.

Simpson entra à grands pas, rouge d'excitation et de fierté.

— Messieurs, veuillez vous asseoir, dit-il sèchement.

Les bancs grondèrent sur le parquet en contreplaqué lorsqu'une trentaine d'officiers s'assirent. Blakely fit un bref discours sur la tradition de la soirée au mess avant de lever son verre pour porter un toast, et la beuverie officielle commença.

Au dessert, la plupart d'entre eux avaient vidé au moins une bouteille de vin chacun. Les conversations, entrecoupées d'éclats de rires, avaient enflé jusqu'à la clameur. Personne ne remarqua que le colonel se levait de son siège pour porter un toast, excepté le commandant Blakely, qui fit tinter son verre pour ramener le silence dans la tente.

Exactement comme à ce putain de Rotary Club, pensa Mellas, sombre.

Toutes les voix s'estompèrent sauf celle de McCarthy. Il avait bien entamé sa deuxième bouteille de vin et racontait à un nouveau sous-lieutenant son histoire préférée sur le Trois.

— « Mais on est par ici, bordel », qu'il dit le chef. « J'en ai rien à foutre de votre carte à la con, nous on est par ici et vous par là-bas, derrière, et je vous dis qu'on voit des putains de lumières sur la côte 967. » Mais d'après ce trou du cul, c'est pas possible et bordel, il nous certifie à la radio qu'on voit pas ce qu'on a carrément sous le nez...

Le nouveau lieutenant était en train de lui tirer sur la manche et de désigner avec insistance la table principale. McCarthy se retourna d'un air sombre et se pencha en arrière, les bras croisés. Le Trois annonça que le colonel avait quelque chose à dire. Il ne quitta jamais McCarthy des yeux.

Simpson, légèrement et joyeusement saoul, esquissa un rapide sourire officiel. Il renversa un peu de son vin lorsqu'il se pencha en avant, les mains de part et d'autre de son assiette. Puis il se tint droit, entraînant son verre avec lui.

— Messieurs. Le 1er bataillon du 24e des marines s'est forgé une belle réputation ici, au Vietnam. Je me sens à la fois humble et fier de m'adresser à vous, aux officiers qui ont tant contribué à établir ces résultats. (Il prit un ton grave et baissa les yeux sur son assiette à dessert, où la crème glacée apportée de Quang Tri dans l'après-midi par voie aérienne était en train de fondre.) Et de me rappeler tous ces officiers qui ont offert ce qu'ils avaient de plus précieux, sacrifié tout ce qu'ils avaient, afin que ces résultats restent nobles et fiers.

— Il parle de ceux qui se sont fait buter, chuchota Mellas au nouveau lieutenant sans tourner la tête.

Le capitaine Coates toucha la ranger de Mellas avec la sienne.

— Nous avons pris le commandement de ce bataillon au début de l'opération Cathedral Forest, poursuivit le colonel, et fait une poussée au plus profond de la zone démilitarisée qui a conduit à des trouvailles significatives de matériel, à des contacts importants et à un nombre non négligeable de morts. De Cathedral Forest à Wind River, aux portes du Laos. Je suis sûr que nombre d'entre vous ont des souvenirs affectueux de nos amis de Co Roc.

Environ la moitié des officiers éclatèrent de rire. Hawke n'en fit pas partie.

— Eh bien, nous avons notre propre artillerie. Les bases d'appui-feu Lookout, Puller, Sherpa, Margo, Sierra, Sky Cap. (Le colonel marqua une pause.) Et Matterhorn. (Il regarda ses officiers silencieux.) Nous mettons en place tout un arsenal d'acier directement dans le jardin des Viets. Nous les privons de l'utilisation de leur propre réseau de transport, nous les forçons à pousser de plus en plus loin vers l'ouest, nous rendons le ravitaillement de plus en plus difficile pour leurs opérations dans les provinces peuplées du sud. (Simpson s'interrompit et changea de ton.) On attend à rien foutre autour de Cam Lo et, en ce qui me concerne, on a abandonné notre mission. (Il se pencha sur la table.) Eh bien, messieurs, fini les conneries du politique ! À partir de maintenant, on va reprendre notre vrai boulot, qui est de trouver et de détruire l'ennemi. Où qu'il puisse être. Et messieurs, je sais où il se trouve. Je le sais.

Il prenait appui sur ses bras et les fixait intensément, son regard partant tantôt à droite tantôt à gauche. Enfin, il se redressa de façon théâtrale, la tête haute, les épaules en arrière.

Mellas haussa les sourcils et jeta un coup d'œil à Hawke en face de lui.

— Il est près de Matterhorn, poursuivit le colonel. (Ses yeux brillaient. Il se pencha de nouveau en avant, ses petites mains rouges serrées en poings sur la table.) Oui, bordel, Matterhorn ! C'est là que sont les bridés. Cachés. Et nom de Dieu, on va y retourner un jour et buter tous ces fils de putes jusqu'au dernier. On nous a donné l'ordre de quitter Matterhorn contre ma volonté, contre mon avis et celui de mon officier des opérations, pour accomplir les désirs de quelques politiciens gras du cul terrés à Washington. Mais tous les signes, enchaîna-t-il en soulignant ses propos avec les poings, tous les bouts de renseignements, tous les contacts (il recula en poussant avec les bras et sourit) et mon nez, bordel (il le toucha), tout me dit que l'APVN est par là, et en force. Et cette zone nous appartient, messieurs. On a payé pour l'avoir. De notre sang. Et on aura notre dû.

— C'est des conneries, chuchota Mellas au nouveau lieutenant. Il n'y a que des sangsues et le palu là-haut.

Coates lui flanqua un coup de coude dans les côtes et lui jeta un regard furieux. Hawke fixait froidement sa fourchette.

— On a dû quitter Matterhorn avant d'y avoir fini le boulot, poursuivit Simpson, et les marines finissent toujours ce qu'ils ont commencé. Je vous promets ceci, messieurs : je vais tout faire pour amener ce bataillon-là où il est censé se trouver. C'est là que nous allons nous battre. C'est là que je veux être. C'est là que veut être le commandant Blakely et je sais que c'est là que veulent être tous les marines de ce bataillon.

À ce moment-là, McCarthy rota discrètement, hors de portée de la table principale.

— Alors, messieurs, continua le colonel, j'aimerais proposer un toast au meilleur bataillon de combat au Vietnam aujourd'hui. Aux *Tigers* de Tarawa, aux *Frozen Chosen* du Réservoir de Chosin. Au 1er bataillon du 24e des marines.

Les officiers se levèrent et firent écho au toast. Ils s'assirent ensuite en même temps que le colonel, que Blakely félicita pour son beau discours.

Coates se tourna vers Mellas, les yeux pétillant d'un humour profond.

— On se calme, lieutenant Mellas. Le colonel Mulvaney ne le laissera jamais s'en approcher. On n'envoie pas un bataillon entier dans une zone couverte par l'artillerie ennemie et en sachant qu'on ne peut pas l'attaquer pour des raisons politiques. Ajoutez-y un soutien aérien incertain à cause du temps. C'est pour ça que Mulvaney nous a retirés en premier lieu. Retourner à Matterhorn ? *Ng'alivela jamais.*

Mellas fut surpris.

— Et moi qui te prenais pour un perpète, dit-il avec un sourire.

— J'en suis un, lieutenant Mellas. Mais je suis pas con. Et moi, je sais aussi me la fermer, contrairement à certains.

***

Lorsque Mellas se réveilla le lendemain matin, une pluie drue cinglait la tente. Relsnik, de veille radio, était voûté dans sa doublure de poncho, le regard perdu dans l'obscurité. La première pensée de Mellas fut pleine d'espoir. Avec une pluie pareille, aucun hélico ne pourrait voler. Si certains se retrouvaient dans la merde, ils devraient compter sur autre chose que sur Bald Eagle pour être secourus. Il enroula le *snoopy*[1] autour de ses épaules et souhaita ne plus jamais devoir en quitter la sécurité. Il avait beau rester enroulé en une boule douillette, il perdait petit à petit le combat contre sa vessie. Il finit par céder et il courut pisser sous la pluie.

Lorsqu'il réintégra la tente, Fitch s'était levé et mettait le café en route.

— Pas moyen qu'on parte aujourd'hui, déclara Mellas.

Fitch plissa les yeux dans l'obscurité. Il se tourna vers son opérateur radio.

— Hé, Snik, essaie de voir si tu peux avoir un bulletin météo auprès du bataillon.

Le bulletin n'était pas bon. La pluie était censée s'arrêter vers le milieu de la matinée. Ce qui signifiait que les hélicos pourraient partir.

***

Une heure plus tard, Mellas se trouvait dans la tente d'approvisionnement pour s'occuper de la paperasse, du genre rédiger des communiqués de presse pour des journaux locaux sur les activités des gars du coin, répondre à des recherches de paternité de la part de travailleurs de la Croix-Rouge, ou mettre de l'ordre dans les allocations pour des épouses divorcées ou pas, et des femmes déclarant illégalement être des épouses, des mères et des belles-mères. Il eut l'impression que la moitié des hommes de la compagnie sortaient de foyers brisés et avaient pour épouses ou parents des ivrognes, des toxicos, des fugueuses, des prostituées ou des tortionnaires d'enfants. Deux choses

1. « Doublure de poncho » en argot, par référence au fait qu'on pouvait se cacher dessous lors d'un *snoop and poop* dans la jungle.

le surprenaient. Un, le fait lui-même et deux, que tous semblent si bien s'en accommoder.

Un coursier déposa une petite pile de documents et de messages radio du bataillon. Parmi ceux-ci se trouvaient des ordres pour transférer le sergent-chef Cassidy à la compagnie H & S. Mellas s'émerveilla de l'efficacité du sergent-major Knapp. Il jeta un regard derrière lui, dans l'obscurité de la tente, où Cassidy et deux aides s'efforçaient de mettre de l'ordre dans de l'équipement en fouillis, et s'arma de courage pour la suite.

— Hé, Gunny, lança-t-il en feignant l'excitation et se levant de la table, vous avez des ordres pour quitter la brousse. Regardez ça !

Il s'approcha de lui avec l'ordre en trois exemplaires.

Cassidy regarda Mellas, surpris.

— Quoi ?! Faites voir !

Il plissa le front en lisant l'ordre lentement. C'était un document de routine qui transférait un grand nombre de personnes. Son nom avait été mis en valeur avec une flèche tamponnée nettement. Les mots DOCUMENT ORIGINAL avaient été apposés en majuscules et en gras en travers du polycopié.

— Eh ben merde alors, dit-il.

— Vous allez où, Gunny ? demanda un des marines.

Les deux hommes avaient le sourire jusqu'aux oreilles, heureux de savoir que quelqu'un quittait la brousse sain et sauf.

— Eh ben merde alors ! répéta Cassidy en s'asseyant. La compagnie H & S. J'en savais rien. (Il leva les yeux vers Mellas.) Ça parle pas de mon remplaçant.

— Ce sera certainement un gars de la division ou un truc dans le genre.

— Eh bien, Sir, déclara Cassidy, j'aimerais aller voir ce que je vais faire. Personne m'a rien dit. Je vous jure.

— Bien sûr, Gunny, allez-y. Je prends les rênes.

Cassidy envoya les deux marines au rata, avec ordre de faire venir deux remplaçants à leur place. Puis il partit voir son nouveau commandant de compagnie.

***

Vancouver faisait partie des deux marines qui s'étaient débrouillés pour travailler dans la tente d'approvisionnement plutôt que de remplir des sacs de sable sous la pluie. Avec l'autre gamin, ils se retrouvèrent rapidement à farfouiller dans les sacs humides et souvent moisis de matériel personnel laissés par des marines morts ou rentrés chez eux.

— Hé, Vancouver ! dit l'autre gamin. Y a un truc à toi.

En apercevant la longue boîte rectangulaire, Vancouver eut un pressentiment. C'était son sabre. Cela avait été toute une affaire lorsqu'il l'avait commandé. Il pensait qu'il était perdu à tout jamais. Il dit alors, mais d'une voix qui lui semblait appartenir à quelqu'un d'autre :

— Nom de Dieu ! Hé, mais c'est mon putain de sabre viet ! Il était là depuis le début.

Il déchira le papier et sortit le long manche et le fourreau de la boîte étroite. Il attrapa la poignée et, dans un tintement, sortit le sabre de son fourreau.

Mellas s'était retourné en entendant l'exclamation de Vancouver.

— Regardez-moi ce fils de pute, lieutenant ! gazouilla Vancouver.

Il était debout sur deux sacs de marin, les pieds écartés, le sabre devant lui. Il cingla rapidement l'air.

— Maintenant je vais pouvoir m'en faire quelques-uns, dit-il, les dents serrées.

***

En fin d'après-midi, l'histoire du sabre de Vancouver avait fait le tour du bataillon. Un ami de Jancowitz, de la compagnie H & S, s'arrêta au détachement des sacs de sable pour lui en parler. Jancowitz fut envahi par un sentiment de désespoir qu'il ne parvint pas à définir et refoula rapidement vers le réservoir des autres émotions qu'il avait réprimées au cours de la dernière année et demie.

— Cette espèce de taré, dit-il en souriant. Il va s'en faire quelques-uns, ça, c'est sûr ! Tu verras.

— Ouais, c'est possible, répondit son ami, mais ça m'étonnerait que les Viets se servent de sabres. C'est pas des sauvages, bordel !

— Ouais, mais Vancouver, si, lui renvoya Jancowitz.

Quelques soldats éclatèrent de rire. Son ami sourit et reprit la route. Jancowitz retourna tristement à son tas de terre.

***

Toute la journée durant, la compagnie Bravo creusa dans la boue afin de remplir les sacs en plastique vert en essayant d'oublier que, à tout instant, un officier assis dans une casemate climatisée à Dong Ha ou Da Nang pouvait faire appel aux hélicos qui les emmèneraient dans un endroit inconnu de la jungle, où ils mourraient. Avec chaque pelletée, ils faisaient tout pour ne plus se dire que, d'une seconde à l'autre, la Jeep de la compagnie pouvait traverser l'étroite piste d'atterrissage à toute allure, avec un Pallack qui leur crierait qu'il y avait des mecs dans la merde et que la compagnie Bravo allait devoir les tirer d'affaire.

Jancowitz était aussi angoissé que les autres. Il essayait de penser à Susi, mais avait du mal à se remémorer son visage. Comme il avait honte de sortir son portefeuille devant tout le monde pour regarder sa photo, il était déchiré entre l'envie de le faire et celle de ne pas avoir l'air idiot. Les gars se moqueraient de lui et diraient que c'était rien qu'une fille de bar à la con. Il ne le supporterait pas. Il s'était engagé pour six mois supplémentaires de peur et de crasse juste pour pouvoir passer trente jours avec elle. Il se jeta à corps perdu dans le remplissage du sac de sable suivant.

À 17 heures, ils plièrent leurs pelles de tranchée et regagnèrent leurs tentes par groupes de deux et trois. Broyer avait rejoint Jancowitz, ses lunettes légèrement embuées à cause de la transpiration qui perlait à son front.

— Hé, Janc, lança-t-il en les essuyant avec un pan de sa chemise. Au fait, pourquoi on a un général adjoint ?

Il faisait allusion au général une étoile qui résidait au Task Force Hotel et dont ils avaient scruté toute la journée le drapeau rouge avec son unique étoile dorée tout en remplissant des sacs de sable pour sa casemate. Il remit ses lunettes. Aussi sec, elles glissèrent en avant sur son nez. Agacé, il les remonta, mais les verres se couvrirent de nouveau de buée.

Jancowitz ne répondit pas. Il pensait à Susi en essayant d'oublier l'odeur du pétrole qu'on avait aspergé sur la route et celle de la fumée provenant des efforts d'un unique marine faisant brûler de la merde au kérosène dans trois tonneaux en acier. Au bout d'un moment, la question de Broyer finit quand même par atteindre sa conscience. Il le regarda. Quand celui-ci était arrivé à Matterhorn, Jancowitz s'était inquiété de sa maigre carrure et de son élocution hésitante. Maintenant, il ne se tracassait plus pour lui ; c'était un sacré bon marine.

— J'en sais foutre rien, Broyer. Le général Neitzel doit certainement avoir besoin de quelqu'un pour s'occuper de la paperasse.

— D'après ce que j'ai entendu dire, il a surtout besoin de quelqu'un pour s'occuper de ses batailles. Le premier ordre qu'il a donné, c'était que tout le monde boutonne sa chemise d'uniforme. Me-erde.

Jancowitz sourit en écoutant Broyer, qui s'efforçait de prononcer « merde » de façon branchée. Jancowitz était déjà dans le pays quand le général précédent était arrivé, et il avait entendu le même genre de médisances. Il avait ses propres critères pour déterminer si un général, ou tout autre officier d'ailleurs, était bon ou pas, et c'était le nombre de fois qu'il le voyait dans la brousse avec les troufions. C'était pour cette raison qu'il aimait bien le colonel Mulvaney. Une nuit à la BCV, alors qu'il tombait une pluie d'enfer et qu'il faisait noir comme dans un trou du cul, il se trouvait dans les lignes et avait entendu une Jeep s'approcher. Il avait cru qu'il s'agissait de Hawke. Alors il avait crié : « Qu'est-ce que tu fous là, bordel ? » Et avait manqué se chier dessus en se rendant compte qu'il s'agissait de Mulvaney, le commandant de tout ce fichu 24e régiment des marines. Le vieux connard s'était mis à lui demander s'il avait tué des rats, à inspecter son fusil et à lui dire qu'il faisait du bon boulot.

— Le lieutenant Mellas, lui, il en a rien à foutre qu'on boutonne pas nos chemises d'uniforme, poursuivit Broyer.

— Ouais. Sauf qu'il va pas rester.

— Et toi, tu vas rester ? demanda Broyer au bout d'un moment.

— Je sais pas. J'ai une nana à Bangkok. (Jancowitz sourit.) Et toi ?

— Moi, je veux aller à l'université du Maryland avec le *GI Bill*[1] et travailler pour le gouvernement. (Broyer hésita.) Peut-être au Département d'État.

Il jeta un bref coup d'œil à Jancowitz pour voir s'il réagissait. Puis il eut un sourire contrit et ajouta :

— Je pensais qu'entrer dans les marines serait un plus sur mon CV.

— C'est quoi un CV ? demanda Jancowitz.

Il vit que Broyer était surpris face à son ignorance, mais qu'il faisait de son mieux pour le masquer.

— C'est pour se trouver un boulot. C'est une ou deux pages qui racontent ce que t'as comme expérience, où t'es allé à l'école. Ce genre de trucs.

Jancowitz éclata de rire. Il n'arrivait pas à imaginer pour quelle raison il en aurait besoin pour décrocher un boulot.

Ils marchèrent côte à côte en silence pendant un moment.

— J'ai entendu dire qu'il y aurait un film ce soir, reprit Broyer. Et peut-être même une fille de la Croix-Rouge.

1. Loi américaine adoptée en 1944 permettant aux GI démobilisés de financer leurs études.

— Ça, c'est une vieille rumeur. Ils font pas sortir les filles de la Croix-Rouge de Da Nang. Ils disent que c'est trop dangereux. Quelle connerie ! Ils font pas sortir les Budweiser et les matelas gonflables de Da Nang non plus, bordel.

— Mais le film, c'est pas une rumeur, insista Broyer.

— Je te parie que c'est une saloperie de western.

Broyer rit discrètement, et ils marchèrent de nouveau en silence. Au-dessus, ils entendirent le cacardement étouffé de quelques oies et levèrent les yeux vers une volée de six de ces oiseaux qui se dirigeaient vers le nord. Ils restèrent à les regarder jusqu'à ce qu'ils se perdent dans les nuages qui cachaient Mutter's Ridge.

— Ça me file le mal du pays, dit Jancowitz d'une voix douce.

— Moi aussi, répondit Broyer.

Ils prirent le dernier virage avant leurs tentes, près du terrain d'aviation.

— Merde alors, lâcha Jancowitz.

Arran s'était assis par terre, adossé à son sac. Pat était couché à côté de lui. Sa gueule et ses oreilles rouges en alerte, il haletait en silence en regardant les deux hommes approcher.

— OK, dit Arran lorsque Pat lui lança un regard interrogateur.

Le chien se leva et trottina vers Jancowitz et Broyer pour les saluer.

Il fourra le museau dans l'entrejambe de Broyer, qui gloussa et se mit à lui ébouriffer le poil. Puis Pat s'éloigna en gambadant et contourna Jancowitz pour se mettre derrière lui et lui coller sa truffe à l'arrière des genoux, ce qui fit encore plus rire Jancowitz.

— On dirait qu'il vous a repérés, les gars, dit Arran.

— Ouais, vieux dégonflé, répondit affectueusement Jancowitz en caressant la tête de Pat. Combien de temps il lui a fallu pour se remettre ?

— Oh, environ une semaine. On est passés à l'arrière à la section éclaireurs, où on a pris du gras et du bon temps. (Il sourit et se leva en claquant discrètement des doigts.) On est un peu plus abrutis aussi, mais ça, c'est pas nouveau.

Pat se mit rapidement au pied. Arran se tourna vers Broyer en montrant Jancowitz de la tête.

— Ce taré de fils de pute t'a montré les ficelles ?

— Ouais, répondit Broyer avec un large sourire.

— Fais gaffe à lui, Broyer. Janc est le seul autre taré de fils de pute que je connaisse, à part moi, qu'ait réclamé à rempiler ici. Bien sûr, il l'a fait pour une nana de Bangkok, c'est pas vraiment quelqu'un de fiable. (Il s'accroupit pour agripper Pat des deux côtés de la mâchoire et colla son visage sur la truffe du chien qu'il agita d'avant en arrière.) Hein, mon grand ? Hein, espèce d'abruti de chien de berger ?

Il se releva. Tout le monde savait qu'Arran avait prolongé par deux fois son tour de service parce que les chiens d'éclaireurs ne pouvaient pas être transférés à d'autres maîtres-chiens, et que quand leur service était fini, on les abattait. Quelqu'un là-bas dans le vrai monde avait déclaré qu'il était trop dangereux de les ramener.

— T'es de retour avec nous un petit moment ? demanda Jancowitz.

— Pas tant que vous ferez partie de Bald Eagle. Y a pas besoin d'un radar à quatre pattes quand on vous largue en plein dans la merde. (Il se tourna vers Pat.) Nous, on est des spécialistes, hein, Pat ?

Le chien remua la queue.

— Qu'est-ce que vous foutez ici, alors ? demanda Jancowitz.

— On part demain avec Alpha Un Quinze. Ils se font larguer à l'extrémité est de la vallée de Da Krong. Plein de travail de détection. (Il s'interrompit et sourit.) Vous avez rien entendu, sinon je vais devoir vous tuer.

— Ces putains de Viets sont déjà au courant de toute façon, lui renvoya Jancowitz, qui ne plaisantait pas vraiment.

Il y eut un silence gêné. Janc comprit qu'Arran était passé les voir parce qu'il repartait dans la jungle et qu'il voulait leur dire au revoir.

— Tu t'en sortiras, finit-il par lancer. Merde, c'est toi qui as Pat !

Arran sourit, regarda le chien allongé par terre, puis, gêné, les nuages dans le ciel.

— J'espère que vous allez pas devoir partir en intervention, bande d'enfoirés, dit-il. On se verra pour votre prochaine opération.

Ils regardèrent Arran et Pat s'éloigner. Ils savaient tous que c'était peut-être la dernière fois qu'ils se voyaient.

***

Au dîner ce soir-là, Blakely et Simpson avancèrent vers l'avant de la queue pour le rata, où les marines de corvée de mess vidaient de grandes cuillerées de nourriture dans des plateaux-repas. L'un d'eux éclaboussa la manche de Blakely avec une tache de jus de viande. Blakely lui jeta un regard noir, dans l'impossibilité de l'éponger car il portait son plateau à deux mains.

— Désolé, Sir, balbutia le jeune marine.

Blakely sourit.

— C'est pas grave, mon grand. Ne soyez donc pas si empressé.

Blakely suivit Simpson jusqu'au mess des officiers et des sous-officiers. Quelqu'un cria : « Garde à vous », et tous se levèrent. Simpson grogna : « Repos » et tout le monde reprit son repas, les conversations temporairement assourdies le temps que Simpson et Blakely s'installent. Peu après s'être assis, Blakely se releva pour remplir deux tasses de café.

— J'ai entendu dire qu'un autre officier s'était fait grenader hier soir, dans le sud, dit-il à Simpson après avoir regagné son siège. Vous en avez entendu parler, Sir ?

Simpson leva les yeux en faisant descendre une bouchée de nouilles avec du café.

— Merde, non. Qui ça ?

— Un lieutenant *mustang* du Trois Onze. Trois ou quatre de ces enfoirés ont fait rouler des grenades sous son sommier pendant qu'il dormait. Quelqu'un les a vus s'enfuir. Des extrémistes noirs. Il reste rien comme preuve à part du steak haché.

— Fichus *poags* de l'arrière, dit Simpson. Si jamais ce genre de saloperie arrive par ici, je suspends chacun de ces fils de putes du Black Power par les couilles. (Il vida le reste de son café d'un trait.) On devrait tous les envoyer dans la brousse. Ça mettrait fin à ces conneries. (Il regarda sa tasse vide.) Et si on se servait un peu de ce truc portugais tout rose ?

Blakely se dirigea vers le meuble où le colonel gardait sa caisse de Mateus. Il regarda à travers la moustiquaire, là où mangeaient les hommes de troupe. Il remarqua que la plupart des Noirs se tenaient ensemble dans un coin. De fines rides plissèrent son front. Il brisa le sceau de la bouteille de vin, tira sur le bouchon et remplit deux verres.

— Que vous connaissiez au moins dix minutes de paradis avant que le diable ne se rende compte que vous n'êtes plus là ! lança Simpson en levant son verre avant d'avaler une grande rasade.

Blakely savait que Simpson s'enorgueillissait de connaître de nombreux toasts dans diverses langues. Il sourit comme il fallait et but une gorgée. Simpson descendit une lampée de plus.

— C'est bon ça, bordel, dit-il.

Blakely choisit de ne pas manifester son accord plutôt que d'exprimer son désaccord.

— Sir, est-ce que vous avez déjà pensé à demander à quelqu'un de surveiller vos quartiers la nuit ? demanda-t-il au bout d'un moment.

— Vous me prenez pour une poule mouillée ?

— Non, Sir. Mais c'est la troisième fois qu'un officier se fait grenader en deux mois, dit Blakely en baissant la voix et en se penchant par-dessus la table. On m'a laissé entendre, mais c'est juste des ragots, que quelqu'un a essayé de tuer Cassidy, le nouveau sous-officier responsable du secteur qu'on a hérité de la compagnie Bravo. C'est pour ça que le sergent-major m'a dit qu'il avait eu l'idée de le transférer.

— Pourquoi on n'enquête pas sur cet incident, bordel ?

— Apparemment, le Noir qui l'a fait, c'est le même qui a eu le paludisme cérébral de Bravo. Je suis pas trop sûr que ce soit une bonne idée de remuer ça.

Simpson fit nerveusement tournoyer le vin rose dans son verre.

— Je suis ravi de constater qu'il y a au moins un peu de justice dans ce monde, putain ! Malin, le Knapp. (Il reposa son vin.) Bon, je vais voir où on en est au COC.

Il se leva, et tout le monde en fit autant. Il signifia à tous de s'asseoir.

— Repos, messieurs.

***

Assis seul dans la tente qu'il partageait avec son escouade, Jancowitz n'avait pas besoin de passer par le COC pour savoir ce qui se tramait dans la zone d'opération du régiment. Déjà il voyait les unités poser des mines éclairantes dans la brousse et mettre en place les postes d'écoute. Déjà il voyait des silhouettes se glisser furtivement, deux par deux, au-delà des lignes, en emportant leurs doublures de poncho et leurs radios. Il savait qu'il pouvait se détendre pour l'instant. Il n'y aurait aucune « exploitation » de l'unité Bald Eagle jusqu'à ce qu'il fasse jour. Un héliportage de nuit nécessitait bien trop d'organisation. Les unités en danger n'auraient qu'à se débrouiller.

Il sortit son tableau de quillard et y noircit avec application une journée de plus. Vingt-deux mois qu'il était au Vietnam. Enfin... seulement dix-neuf trois quarts en réalité, si on enlevait la première semaine de R & R à Bangkok, celle où il avait rencontré Susi, et ses deux permissions de trente jours. Il sortit son portefeuille pour contempler la photo qu'il avait prise d'elle pendant qu'elle dormait sur son lit à l'hôtel. Il essaya de retrouver le parfum de ses cheveux, mais c'était encore plus difficile que de se rappeler son visage. La seule odeur qu'il sentait était celle de la naphtaline et du pétrole dans la tente affaissée.

Il descendit vers la fosse ouverte convertie en petit cinéma de plein air. Une centaine de personnes s'y étaient assises sur de vieux cageots et de vieilles caisses. Une bruine légère commençait à tomber, mais il faisait bon ; rien à voir avec celle qui tombait dans les montagnes, et

Jancowitz s'en aperçut à peine. Il glissa les mains dans ses poches et attendit le début du film.

Rien ne se passait. Le projecteur était muet et les marines attendaient que quelqu'un arrive avec le film.

Un quart d'heure plus tard, la foule commença à s'agiter. Des voix enflèrent. Quelqu'un lança une cannette de bière, un marine se levant aussitôt d'un bond pour relever le défi, mais ses amis le ramenèrent sur son siège. On ouvrit d'autres cannettes de bière. Un groupe de Noirs s'était rassemblé sur la gauche. Un marine blanc se leva pour pisser et se retrouva à devoir traverser le groupe ou à le contourner. Il demanda à quelqu'un de se pousser. Il était tombé sur Henry.

— Hé, connard, je me pousse pour personne sauf si je veux ! lâcha celui-ci.

La foule se tut.

Henry colla son visage à quelques centimètres de celui du Blanc. Qui recula d'un pas, mais pas plus, à cause des chaises qui se trouvaient derrière lui. Plusieurs Blancs se levèrent pour se rapprocher de lui et lui apporter leur soutien silencieux. Certains Noirs se reformèrent en demi-cercle à côté des deux hommes qui se dévisageaient. Jancowitz remarqua que Broyer et Jackson faisaient partie du groupe, tout comme China.

Mole se leva de l'autre côté de l'espace ouvert où il avait été en pleine discussion avec Vancouver. Les deux hommes échangèrent un rapide coup d'œil, puis détournèrent le regard. Mole commença à contourner tout doucement l'extérieur du cercle, en se tenant près du mur d'argile de la fosse.

Jancowitz avait déjà vu commencer ce genre d'incident. Tout le monde avait peur de ne pas être avec ceux de sa race. Une fois la bagarre déclenchée, chacun choisirait son camp, et tout le temps passé ensemble dans la brousse ne pourrait briser cette barrière. Jancowitz n'avait aucune idée de ce qu'il allait faire, mais il se retrouva à marcher d'un pas vif vers Mole qui contournait l'extérieur du cercle afin de se mettre en position. Les Blancs, qui ressentaient la même pression que Mole, commençaient à rejoindre les autres Blancs, personne n'ayant envie de se retrouver isolé lorsque ça éclaterait.

— Casse-toi d'ici, Mole ! lança Jancowitz. Toi aussi, Vancouver. Barrez-vous, vite.

Mole jeta un coup d'œil au groupe de frères qui se formait sur le côté de la zone, puis à Janc. Il hocha la tête, tristement, et poursuivit son chemin vers les camps qui se constituaient.

Jancowitz se tourna pour voir ce que faisait Vancouver. Comme Mole, celui-ci savait qu'il faisait partie des meilleurs combattants et qu'il devrait soutenir ceux de sa couleur lorsque le merdier exploserait. Il avançait vers le groupe qui se formait autour du marine blanc. Jancowitz comprit que, s'ils étaient tous amis dans la brousse, ici, dans le monde civilisé, pareille amitié était impossible.

Jancowitz courut vers le projecteur et tira sur le câble du petit générateur à essence. La toux du moteur brisa le silence. Des marines des deux couleurs cherchèrent des yeux ce qui en était la cause – on voulait voir si un officier était arrivé et s'il y avait une issue possible à la violence imminente. Jancowitz alluma la caméra, un carré d'un blanc éclatant apparaissant sur l'écran en toile. Il s'avança calmement devant le jet de lumière blanche et fit un oiseau en ombre chinoise. Deux ou trois soldats rirent nerveusement.

— Bien joué, Janc! cria un homme.

— C'est tout ce que tu sais faire? Des oiseaux?

— Putain, non! répondit-il et il se mit aussitôt à parler. J'ai une nana à Bangclap[1]. Putain, vous en avez jamais vu une comme ça. (Soudain, l'ombre chinoise se mua en deux jambes très écartées.) Maintenant, ça fait dix-huit mois et vingt-sept jours que je suis au Nam. (Un pénis en érection palpitant remplaça les jambes.) Bien sûr, je reviens tout juste de trente jours passés à Bangclap, bande de pauvres connards. (Le pénis se ramollit, et il y eut des rires.) Mais putain, cette fille! (Les jambes réapparurent et le pénis commença à se redresser lentement, à se ramollir et à se relever de nouveau, encouragé par les cris des marines.) Je poserais bien soixante kilomètres de fil barbelé à travers la vallée d'Au Shau juste pour l'entendre pisser au téléphone.

Le pénis se mit en érection et des hourras traversèrent le groupe.

Le gamin blanc qui avait voulu pisser poursuivit son chemin, et n'eut droit qu'à un regard noir d'Henry. Bientôt, d'autres gamins plongèrent la main dans le flot de lumière pour créer leurs propres silhouettes, suscitant des commentaires tapageurs et sarcastiques, accompagnés du bruit de cannettes qui s'ouvraient. Les voix montèrent et ce fut le murmure des conversations.

Jancowitz s'assit, encore sous l'effet de l'adrénaline, empli d'un immense désir pour Susi, pour sa peau brune immaculée et ses longs cheveux noirs. Vancouver s'approcha de lui et lui tendit une bière.

1. Jeu de mot sur Bang-cock, soit Boum-chaudepisse au lieu de Boum-bite.

— C'était moins une, Janc. On aurait été dans une belle merde, hein ?

Jacobs lui aussi s'approcha et posa une main sur l'épaule de Jancowitz.

Puis l'écran devint noir.

Une plainte s'éleva de la foule et les hommes se retournèrent pour scruter l'obscurité derrière eux. Un sergent d'artillerie issu des services de la base se tenait debout, à côté du projecteur, deux grandes boîtes de film sous les bras.

— Bon, qui a allumé ce putain de générateur ?

Les gamins qui s'étaient amusés à faire des ombres chinoises se coulèrent discrètement dans la foule.

Ce fut le silence.

L'homme prit de nouveau la parole, sa voix laissant deviner de longues années d'autorité.

— Si je ne trouve pas le petit malin qui a mis ce putain de générateur en marche, il n'y aura pas de film ce soir.

Un murmure de mécontentement s'éleva. Le sergent d'artillerie regarda dans tous les sens, surpris de l'esprit de rébellion qui planait dans l'air, mais plus déterminé que jamais à accomplir son travail.

— Les filles, je me fous de savoir combien de temps ça va prendre pour que l'un d'entre vous vienne me dire qu'il a allumé ce générateur, parce que moi, je l'ai déjà vu, ce film. Je vous donne une minute de plus et je m'en vais.

— Et merde, dit Jancowitz d'une voix douce. (Il se leva, fatigué, et fit face au bonhomme.) C'est moi qui ai allumé ce putain de générateur, Gunny. Le film était censé commencer à 19 h 30, alors je me suis dit que je le ferais débuter à l'heure.

— Venez ici, marine.

Jancowitz s'approcha lentement de lui. Il sentit son haleine chargée d'alcool. Le sergent sortit un carnet et un stylo.

— Donnez-moi votre nom, votre rang et votre unité, marine. Après, je veux vous voir déguerpir. C'est clair ?

Jancowitz lui donna les renseignements qu'il voulait et s'éloigna. Vancouver commença à le suivre, mais Janc lui dit de s'en aller et de regarder le film. Il avait envie d'être seul.

En empruntant la route sombre qui menait vers les tentes, Jancowitz pensa à Susi, qu'il avait l'impression d'avoir sacrifiée d'une certaine façon, elle ou une partie d'elle en lui. Derrière lui, il entendit le film commencer. Il se retourna et vit à l'écran un homme mal rasé enroulé dans un poncho mexicain, les bras sur les côtés, une paire de six-coups à la ceinture, un fin cigarillo serré fermement dans la bouche. La musique se fit plus aiguë tandis qu'il se dirigeait vers la clôture du corral, où d'autres types étaient assis, prêts à tirer. La violence éclata à l'écran lorsqu'il sortit ses pistolets et tira sur tous ceux qui se trouvaient sur la clôture. Un hourra moqueur s'éleva des marines. Jancowitz se retourna, écœuré, et poursuivit sa marche. Il avait eu raison : c'était encore un putain de western.

***

China, la bouche entrouverte par la réflexion et l'émerveillement, regarda Jancowitz disparaître dans l'obscurité. Il se rendait compte qu'il venait d'assister à quelque chose d'aussi sage que courageux.

Enfoiré de Janc, man, ne cessait-il de penser. *Enfoiré de Janc.*

Il se dit qu'il était dans la brousse avec lui depuis son arrivée, mais qu'il ne lui avait jamais vraiment parlé. Soudain, il aurait aimé être son ami, mais il savait que c'était impossible. Il jeta un coup d'œil à Henry qui, assis avec un groupe de Noirs, savourait leur admiration. Henry semblait gagner en envergure tandis que China, lui, n'arrivait nulle part. Il eut chaud au visage en se rappelant le mépris d'Henry pour les armes et le ricanement de ses amis. Il savait que, pour l'instant, c'était Henry qui menait la danse, et que lui était forcé de jouer le jeu. Il avait perdu bien trop de terrain, et ne savait trop comment le rattraper.

***

Tandis que Jancowitz s'éloignait de l'écran, Pollini se tenait debout sur un cageot et nettoyait une immense marmite d'aluminium avec de l'eau fumante. Wick, le marine issu de la section de McCarthy, travaillait à côté de lui. Leurs têtes étaient au même niveau, mais les pieds de Wick touchaient par terre.

— J'aurais jamais cru aimer récurer les marmites, déclara Wick.

— Moi non plus, dit Pollini. Le lieutenant m'a dit que j'étais de corvée de mess seulement un mois.

— Seulement ? lui renvoya Wick. T'as un mois tout entier, putain ? McCarthy m'a donné rien qu'une semaine ! Il me reste plus que deux jours, et si les gars d'Alpha sont pas dans la cambrousse après-demain, faut que j'aille avec eux. Pourquoi toi, t'as droit à un mois tout entier ?

Pollini haussa les épaules et sourit – sa réponse à toute situation qu'il ne se sentait pas capable de gérer.

— Moi, je vais te dire pourquoi t'as droit à un mois, reprit Wick, manifestement en colère face à cette injustice. C'est qu'ils veulent pas que tu leur traînes dans les pattes, c'est tout.

— C'était mon tour, répliqua vivement Pollini.

— Putain. Ton tour. Personne est de corvée au mess pendant un mois entier, bordel ! Personne peut lécher assez de culs pour y arriver. (Wick se remit à nettoyer la grosse marmite.) Shortround, t'as un bol pas possible. Tous les autres supplient pour aller à l'arrière, et toi, on fait carrément tout ce qu'on peut pour t'y envoyer. T'as du bol, *man*.

Pollini ne cessait de sourire.

— Ouais. On dirait, dit-il.

— Au fait, pourquoi tu t'es engagé dans les marines ?

— Mon père en était un, répondit fièrement Pollini. Il s'est battu en Corée.

— Ceci explique cela.

— Ça explique quoi ?

— Pourquoi on a perdu c'te foutue guerre de Corée. Je parie que t'es le fils de ton père, hein ?

Wick éclata de rire de nouveau – manifestement, il s'amusait.

Pollini ne réagit pas. Si Wick avait tourné les yeux, il aurait vu qu'il serrait les dents de douleur et luttait pour retenir ses larmes. Il tenait une grande louche de service en acier. Il la fit tourner en l'air avec les deux mains et frappa Wick à la joue gauche, juste au-dessus de l'œil. Celui-ci hurla de douleur en portant les mains à son visage, et Pollini ramassa la marmite pleine d'eau chaude pour la lui jeter dessus. Ensuite, il se précipita hors de la tente, dans le noir, et jeta la louche en l'air, sur un autre marine qui arrivait en courant.

Wick était debout, le visage ruisselant de sang et d'eau savonneuse.

— Bon sang ! s'écria le marine. Qu'est-ce qui t'est arrivé ?

— Shortround m'a cogné avec une louche, putain !

— Nom de Dieu ! lâcha le marine, stupéfait. Je vais chercher l'encornet.

— Je veux pas de pansement à la con dessus. Je vais demander à mon encornet à moi d'y jeter un œil.

— Si tu le dis. Mais qu'est-ce qui s'est passé ?

D'autres marines de corvée de mess s'étaient attroupés dans la tente où on nettoyait les marmites.

— Rien, répondit Wick avec colère. Barrez-vous d'ici et laissez-moi terminer ces foutues marmites !

— Pas de problème.

Les autres le laissèrent seul, à fixer la marmite retournée qui gisait sur le sol boueux. Il tendit le bras pour la ramasser.

— Je te demande pardon, Shortround, dit-il doucement.

***

Mellas et Goodwin décidèrent de se rendre au nouveau cercle des officiers, à Task Force Oscar. Ils passèrent chercher Hawke, mais celui-ci venait d'acheter une caisse de bières. Ils résolurent de boire un verre ensemble devant sa tente pour se mettre dans l'ambiance, et éviter de croiser quelques officiers nouvellement arrivés de Quang Tri.

Une heure plus tard, les trois hommes n'avaient toujours pas bougé. La caisse était désormais vide aux trois quarts.

— Ça, c'est un peu fort, lança Hawke en contemplant sa bière.

— Qu'est-ce qui est un peu fort? demanda Mellas.

Sa langue commençait à se mettre en travers de ses mots.

— Ce que je veux dire, c'est que… c'est un peu fort que ce putain de Trois décroche une médaille pour s'être trimballé dans un Huey la fois où on s'est retrouvés coincés dans le merdier près de Co Roc.

— C'est de la folie, ouais! dit Mellas en crachant et faisant atterrir son mollard dans la caisse à moitié vide et pas à côté de lui, là où il avait visé. J'ai toujours pas eu de retour sur les médailles de Vancouver et Conman.

— C'est des troufions. Ça prend plus de temps.

— C'est comme ça, Jack, dit Goodwin.

Hawke ouvrit une autre cannette de bière et Mellas regarda la mousse déborder agréablement sur les côtés et se répandre sur ses mains.

— Cette médaille, il l'a eue parce qu'il a rassemblé une compagnie démotivée et risqué sa vie pour coordonner son retrait sous le feu de l'ennemi. Le capitaine Black a eu que dalle pour y être allé et avoir tiré Friedlander de la merde.

— De la merde, c'est bien dit, ça, Jack, dit Goodwin.

— Cette guerre est menée par une bande de connards, affirma Mellas.

— Comment tu le sais? demanda Hawke.

— On se fait tuer, putain, et eux, ils restent assis à Paris à s'engueuler pour des histoires de tables carrées et de tables rondes.

— Ça c'est des diplomates, pas des connards, rectifia Hawke.

Goodwin ouvrit une nouvelle cannette de bière avec un petit bruit sec et s'allongea par terre. Une légère brume lui tombait sur le visage.

— C'est eux qui dirigent cette fichue guerre, non? demanda Mellas.

— Si, si, répondit Hawke en hochant la tête.

— Et elle est tellement merdique qu'elle peut être menée que par une bande de connards. C'est ça?

— C'est ça, Jack, dit Goodwin.

Hawke en convint.

— Alors..., dit Mellas.

— Alors quoi? demanda Hawke.

— Alors... (Mellas termina sa cannette de bière.) Je sais plus ce que je voulais prouver bordel, mais les types qui gèrent cette guerre sont une bande de connards.

— Je bois à ça. T'as bien raison, putain.

Hawke se pencha en arrière et vida ce qui restait de sa bière.

— Moi, je veux bien boire à n'importe quoi, lança Goodwin d'une voix pâteuse.

Un silence s'ensuivit. Le vent humide passa doucement entre les parois sombres et ondulantes de la tente, entraînant la brève palpitation d'une fuite de lumière occasionnelle.

Mellas, pris d'un joyeux tournis, lâcha un long rot satisfait, pas vraiment conscient de ce qu'il y avait alentour, mais sachant qu'il était couché sur de l'herbe mouillée sous une bruine légère.

Le lourd claquement continu d'un AK-47 en automatique les expédia tous les trois à plat ventre par terre, leurs cannettes de bière jetées sur le côté. Des hommes quittèrent en se bousculant les tentes autour d'eux pour se précipiter vers les casemates, certains en sautillant pour enfiler tant bien que mal leur pantalon. Le AK ouvrit de nouveau le feu, une balle tournoyant en ricochet au-dessus de la tête des trois lieutenants avec un bourdonnement presque paresseux. Hawke agrippa la caisse de bières pour la protéger des éventuels dégâts des projectiles.

Des cris s'élevèrent de la zone du bataillon.

— Qu'est-ce que vous en pensez? demanda Mellas, qui avait la tête qui tournait.

Hawke haussa les épaules et ouvrit trois nouvelles cannettes de bière.

— Si c'est des putains de *sappers*[1], c'est après les hélicoptères qu'ils en ont. Et moi, j'ai rien d'un hélicoptère, bordel! Mais je me rappelle pas avoir vu des *sappers* faire des attaques à un seul homme.

1. Commandos de l'APVN armés d'explosifs.

Ils se redressèrent tous les trois et regardèrent la cohue. Blakely piquait un sprint vers la casemate du COC, la tête penchée près du sol, hurlant des instructions. Il disparut à l'intérieur de la casemate.

— Hé, Jayhawk, dit Goodwin.

— Ouais ?

— À ton avis, quel genre de médaille est-ce que le Six et le Trois vont décrocher ce coup-ci ?

— Une Navy Cross[1], répondit Hawke. Peut-être même plus.

Il porta la main à ses lèvres et, moqueur, imita une sonnerie de clairon avec les lèvres.

Une petite silhouette avançait à pas de loup vers l'arrière de la tente des BOQ[2]. Ils se figèrent en se rendant compte qu'ils n'avaient pas de fusils ; la bravade de la bière s'était évanouie. L'homme, qui leur tournait le dos, était en train de s'approcher furtivement de la tente.

Goodwin avança très lentement en faisant des gestes à Hawke et à Mellas pour leur indiquer de rouler dans sa direction. Il montra du doigt des herbes hautes derrière lui.

La silhouette continuait de longer l'arrière de la tente.

— Hé, lieutenant Hawke ! chuchota-t-elle dans la direction de la tente. Hé, lieutenant Jayhawk, c'est Pollini, Sir.

— Merde, Jack ! gémit Goodwin.

— Shortround, espèce de débile ! s'écria Hawke. Ramène-toi.

Pollini se retourna.

— Les gars, mais… qu'est-ce que vous foutez dans les buissons ? demanda-t-il d'une voix forte.

Il avança vers eux à tâtons. Il tenait l'AK-47 que Vancouver avait rapporté de la patrouille de reconnaissance avortée de Mellas.

— Par ici, Pollini ! chuchota Mellas d'un ton féroce. Où est-ce que tu te crois, bordel ? À Central Park ? Ramène tes fesses ici avant que quelqu'un te voie !

— Oh, lieutenant Mellas, Sir, dit-il à voix haute.

Il vint vers eux et s'assit. Hawke prit l'AK-47 des mains de Pollini, qui sentait comme une usine à raisins en grève pendant la canicule. Il avait le regard sombre, et un peu de bave se formait au coin de sa bouche.

Mellas était furieux contre lui.

1. Deuxième plus haute médaille décernée par la Navy américaine.

2. *Bachelor Officer Quarters* en anglais, soit un logement pour officiers célibataires.

— Ce petit exploit aurait pu t'envoyer au trou pendant des mois ! Mais qu'est-ce que tu fabriques ?

Pollini se gratta la tête.

— Je flingue tout, répondit-il d'un ton jovial.

— Pourquoi, Pollini ?

— C'est pas ça ? C'est pas ça que fait un étron ? (Il se leva en titubant affreusement.) Oh, voilà, Sirs. (Il fouilla dans ses poches. Et en sortit un chargeur plein.) C'est avec ça que la pétoire fait boum.

Il se mit à rire.

Goodwin l'attira par terre.

Soudain Pollini éclata en sanglots, dans un début de crise de larmes. Il se roula en boule et sanglota.

— Je veux pas être un étron ! Moi, je voulais être un bon marine. Que mon père soit fier de moi.

— Qui a dit que tu étais un étron ? demanda Mellas, soudain gêné en repensant à toutes les fois où il s'était moqué de lui. Allez, faut pas pleurer comme ça, dit-il doucement. Allez, quoi, Pollini, pleure pas.

À travers les sanglots, il raconta l'histoire.

Mellas avait posé une main sur son dos. Il ne savait pas quoi faire. Il se tourna vers Hawke.

— Mais pourquoi est-ce que ça l'a tellement contrarié ? Au point de se jeter sur un type avec une louche ?

— Son père s'est fait tuer en Corée.

Mellas gémit.

— Cette saloperie de guerre ne suffit pas ? Il faut encore qu'on gère les conneries de la Corée ?

Il hocha lentement la tête. Ça n'en finirait donc jamais ?

Pollini finit par sombrer dans un sommeil d'abruti. Les trois lieutenants terminèrent la caisse de bières en regardant la zone du bataillon revenir à la normale. Longtemps après que le calme fut revenu, Goodwin hissa Pollini sur son épaule, Mellas prit le fusil, et ensemble ils gagnèrent la ZA, où ils mirent Pollini au lit.

Le lendemain, Mellas le retira de corvée au mess.

Le même jour, Bald Eagle partit au combat. Mais non sans complications.

***

Le chirurgien du bataillon, le lieutenant Maurice Witherspoon Selby, de l'US Navy, en avait plus qu'assez de la boue, du manque de glace, des conditions insalubres et du train-train monotone des cas de paludisme, de dysenterie, de teigne, de morsures de sangsues infectées, d'ulcère tropical, de mycose à l'aine, de mal au dos, aux jambes, à la tête. Il en avait surtout jusque-là des migraines du première classe Mallory. Celui-ci revenait tout juste d'une consultation avec l'unique psychiatre du Fifth Med de Quang Tri, qui lui avait donné un mot où il décrivait sa personnalité comme passive-agressive, et où il précisait qu'il devrait apprendre à supporter ses maux de crâne. Il avait aussi une lettre du dentiste de cette même Fifth Med, qui lui avait mis des couronnes temporaires en indiquant que Mallory était apte au service, mais qu'il devrait se faire poser un bridge une fois de retour aux États-Unis.

— Écoutez, je suis occupé, dit Selby à l'infirmier de première classe Foster. Donnez-lui juste un peu plus de Darvon et faites-le sortir de l'infirmerie.

— Il a l'air plutôt énervé, Sir.

— Bon sang, je me tue à lui examiner son sale crâne ! J'ai une formation de chirurgien, moi, pas de psychiatre. (Il tendit le bras vers un flacon d'aspirine et en avala quatre, sans prendre la peine de boire de l'eau.) Alors maintenant, vous allez lui dire que l'infirmerie ouvre à 9 heures pile, et vous allez me laisser bosser un peu. Compris, Foster ?

— Oui, Sir. (Foster hésita lorsque Selby s'assit derrière son bureau rudimentaire, les mains sur le visage.) Sir ?

— Quoi, Foster ?

— Vous voudrez bien le voir à 9 heures pile ? Ça m'étonnerait qu'il supporte qu'un des toubibs lui donne encore du Darvon. Il bouffe ça comme des bonbons.

— Qu'est-ce que vous voulez que je fasse ? Que je lui tienne la main, bordel ? Il y a tout un tas de gars que je peux guérir, et j'en ai assez de l'examiner. Non. Je ne le verrai pas.

— Bien, Sir.

Foster se dirigea vers l'entrée de la tente. Mallory était assis sur un banc, le front dans les mains, son équipement éparpillé à ses pieds. Son gilet pare-éclats et son .45 reposaient sur son sac.

— Première classe Mallory, lança Foster.

— Ouais.

— Je viens de parler au lieutenant Selby, et il a dit qu'il ne pouvait plus rien faire pour vous.

— C'est ce qu'ils disent tous. Qu'est-ce qui se passe par ici, hein ?

Foster soupira.

— Mallory, je ne sais pas quoi vous dire d'autre. S'ils ne peuvent rien faire à Quang Tri, c'est sûr qu'on ne peut rien faire ici.

— J'ai mal au crâne, putain.

— Je sais, Mallory. Tout ce que je peux faire pour vous, c'est vous donner…

— Ces fichus comprimés. (Mallory se leva en hurlant.) J'ai pas besoin de ces comprimés de merde ! J'ai besoin d'aide. Ce putain de docteur est en train de me baiser et je suis fatigué. Fa-ti-gué, vous comprenez ? (Il se mit à pleurnicher.) Putain de merde, ce que je suis fatigué !

Selby franchit la porte.

— Vous allez quitter cette infirmerie sur-le-champ, marine ! dit-il. Et si vous n'avez pas foutu le camp dans cinq secondes, je ferai savoir que vous avez désobéi à un ordre direct.

Mallory, qui souffrait manifestement, prit le .45 à ses pieds en hurlant. Et l'arma.

— J'ai mal au crâne, putain, et je veux qu'on me guérisse.

Il pointait le pistolet sur le ventre de Selby.

Le chirurgien recula lentement.

— Vous allez vous attirer pas mal d'ennuis pour ça, marine, dit-il nerveusement.

— J'ai mal au crâne.

Foster commença à se glisser vers la porte. Mallory braqua le pistolet sur lui.

— Vous allez où ?

— Laissez-moi chercher le colonel ou quelqu'un d'autre. Ils pourront peut-être faire quelque chose. Qu'est-ce que vous en pensez, lieutenant Selby ?

— Oh oui, répondit Selby. On pourrait peut-être vous envoyer à Da Nang. Ou au Japon. Je n'avais aucune idée que vous…

— La ferme ! lui lança Mallory. Non, vous n'en aviez aucune idée. C'est vrai. Vous n'en aviez aucune idée jusqu'à ce que je me lève et que je braque un flingue sur votre grosse gueule. Ça, c'est sûr, que vous en avez aucune idée, bordel !

— Écoutez, je vais rédiger un ordre tout de suite pour vous envoyer à Da Nang.

— Vous pouvez ?

— Bien sûr. Foster va nous taper tout ça, n'est-ce pas, Foster ?

— Oui, Sir. Tout à fait.

— Bon. Commencez à taper, lui ordonna Selby.

De toute évidence, la colère de Mallory commençait à s'apaiser. Selby voyait aussi qu'il ne savait plus trop quoi faire du pistolet, ni comment s'extirper de cette situation.

Foster glissa trois formulaires avec du papier carbone dans une machine à écrire qui se trouvait entre eux et se mit à taper à toute allure. Selby se tenait tout raide à côté de la table de Foster, s'efforçant de rassembler assez de courage pour jeter un regard furieux à Mallory. Il finit par faire semblant de lire ce qu'écrivait Foster.

***

L'infirmier de troisième classe Milbank arriva de son petit déjeuner en sifflotant sur le petit sentier qui menait au poste de secours. Il s'arrêta net lorsqu'il entendit Foster crier.

— Les visites ne commencent pas avant 9 heures pile, marine !

— Quoi ? demanda Milbank.

Il aperçut Foster dans l'embrasure de la porte, Selby debout et très nerveux à côté de lui.

— Vous connaissez le règlement, marine. 9 heures pile. On a une grosse pression ici. Maintenant, circulez.

— Bien sûr.

Milbank quitta le sentier, perplexe. Il se dirigea discrètement vers le côté de la tente. L'intérieur était absolument silencieux. Puis il entendit une voix hostile.

— Où vous allez comme ça ?

— Il faut que je trouve le bon encodage pour l'ordre.

— C'est dans ce livre, par là, répondit la voix de Foster, un peu trop lentement et distinctement.

Milbank jeta prudemment un coup d'œil furtif sous la paroi de la tente. Celle-ci se terminait à environ un centimètre du sol. Il distingua les rangers délavées d'un broussard et un casque au milieu de tout un attirail marqué du numéro d'évacuation M-0941. Le numéro d'évacuation comprenait la première lettre du nom de famille et les quatre derniers chiffres du matricule. C'est alors qu'il aperçut le .45 dans une main noire. M : Mallory. C'était le mitrailleur morose de la compagnie Bravo avec ses migraines.

Milbank courut jusqu'à la tente du mess et trouva le sergent-chef Cassidy qui raclait les restes de son petit déjeuner pour les jeter dans une poubelle.

— Mallory est en train de braquer un .45 sur Doc Selby et Foster ! lança-t-il. Au poste de secours du bataillon.

— Allez chercher le lieutenant Fitch immédiatement, lui ordonna Cassidy.

Il courut vers le poste de secours.
Milbank ne savait pas où aller. Il repéra Connolly.
— Mallory a braqué un flingue sur Doc Selby ! lui cria-t-il. Ramène ton chef tout de suite.
Tous ceux qui se trouvaient là cessèrent de manger. Connolly regarda sa tasse de café et ferma les yeux avant de courir vers la piste d'atterrissage.

***

Cassidy atteignit le poste de secours du bataillon, serré de près par Milbank.
— On l'aperçoit par la fente sous la tente, murmura ce dernier.
Cassidy se contenta de grogner. Il s'allongea par terre et jeta un coup d'œil à travers l'étroite ouverture entre la paroi de la tente et le sol. Il aperçut le pantalon de treillis camouflé de Mallory, puis le dessous du .45.
Il contourna tranquillement la tente et passa par la porte. Mallory, surpris, recula d'un pas.
— Donne-moi ça, Mallory, dit Cassidy.
— Je vous dis que j'ai mal à la tête. Je me casse d'ici.
— File-moi ce flingue ou je jure que je te l'enfonce dans ta gorge de maigrichon, bordel !
Mallory hocha la tête, puis sembla s'effondrer comme un gamin pleurnicheur.
— J'ai mal.
Cassidy s'approcha de lui, lui prit le .45 et le lança à Selby, qui leva les mains devant son visage plutôt que de l'attraper. L'arme tomba bruyamment par terre.
— Ça marche pas sans chargeur, lieutenant Selby, Sir ! décréta Cassidy.
Il regarda Mallory, les mains sur les hanches.
— Et toi, espèce d'avorton, je devrais carrément t'arracher la tête.
Brusquement, il lui décocha un coup de poing dans le ventre. Mallory se plia en deux. Cassidy, calmé, ramassa le .45, se dirigea vers le sac de Mallory et trouva un chargeur, qu'il inséra dans la poignée. Et pointa l'arme sur Mallory.
— Celui-ci est chargé, tête de nœud. Maintenant, lève-toi.
— J'ai mes droits, marmonna Mallory.
— C'est tout ce qui te sauve, espèce de merde. Allez, bouge.

Il le poussa devant une foule de marines jusqu'à un conteneur en acier vide, dans lequel il le fit brutalement entrer à coups de pied dans le derrière. Il venait juste d'enfoncer la cheville d'acier dans le moraillon de la lourde porte quand Fitch et Pallack arrivèrent en Jeep dans un vrombissement. Le commandant Blakely déboula en courant du COC.

— Qu'est-ce qui s'est passé, bordel ? demanda Fitch.

— C'est cette merde de Mallory.

— Qu'est-ce qui se passe ici, sergent Cassidy ? demanda Blakely, hors d'haleine après sa course.

— Comme j'étais en train de l'expliquer au chef, Sir, c'est le première classe Mallory. Il a menacé le lieutenant Selby avec son .45 à l'infirmerie. Je l'ai enfermé dans ce conteneur.

— Ça m'étonnerait qu'il cause beaucoup d'ennuis là-dedans, fit remarquer Blakely avec un sourire.

Fitch sourit de manière hésitante, enleva sa casquette et se passa la main dans les cheveux.

— Des blessés ? demanda-t-il.

— Non, Sir, répondit Cassidy.

— Bon, eh bien, on ne peut pas l'abandonner dans ce conteneur, dit Fitch, presque sur le ton de l'interrogation.

— Laissons-le là pour l'instant, répliqua rapidement Blakely. Ça ne fera pas de mal de voir quelqu'un enfermé pour un crime par ici. Et puis… Il y a d'autres développements dont j'aimerais vous parler.

Fitch remit soigneusement sa casquette.

— On en reparlera plus tard, sergent Cassidy, dit-il.

Il s'éloigna avec Blakely.

Cassidy lança le .45 à un marine de H & S qui se trouvait dans la foule.

— Schaffran, tire sur quiconque essaiera de faire sortir cette tête de nœud. Assure-toi seulement qu'il ne crève pas là-dedans. Il sort pas avant que je l'aie dit.

Cassidy commença à s'éloigner.

— Même pas pour pisser, sergent Cassidy ? cria Schaffran après lui.

— Pas avant que je l'aie dit, crétin !

Schaffran regarda le pistolet, soupira, et s'assit devant le conteneur.

***

Vingt minutes plus tard, Mellas reçut l'ordre de placer Bald Eagle en état d'alerte. Il s'agissait d'une autre équipe de reconnaissance, indicatif d'appel Sweet Alice. Celle-ci menait un combat de harcèlement avec une unité de la taille d'une compagnie juste au sud de Matterhorn. Sweet Alice comportait six marines.

Mellas transmit la nouvelle par radio à l'équipe de travail qui se trouvait à Task Force Oscar. Quelque chose s'émut au plus profond de lui-même lorsqu'il vit les marines descendre en courant la colline, abandonnant les sacs qu'ils avaient remplis de sable. Pelles de tranchée et chemises en main, ils se déversaient à travers la piste d'atterrissage humide, courant pour prendre leur équipement, courant peut-être à leur mort.

— *Semper Fi*[1], mes frères, se murmura Mellas à lui-même, comprenant pour la première fois ce qu'impliquait le mot « toujours » lorsqu'on pensait vraiment ce qu'on disait.

Il se remémora une discussion au restaurant de l'université avec ses amis et leurs petites copines un soir après un bal. Ils parlaient de la bêtise des guerriers et de leurs codes d'honneur idiots. Il s'était joint à eux, avait ri avec les autres, taisant le fait qu'il avait intégré les marines quelques années plus tôt, ne souhaitant pas qu'on pense autant de mal de lui que des autres guerriers. Protégés par leur classe et leur sexe, ils n'auraient jamais à le savoir. Alors qu'il regardait les marines traverser la zone d'atterrissage en courant, il sut qu'il ne se joindrait jamais plus à ces rires cyniques. Quelque chose avait changé. Des gens qu'il aimait allaient mourir pour donner vie et signification à ce qu'il avait toujours cru être des mots dénués de sens dans une langue morte.

Mellas avait les genoux qui frissonnaient. Les mains tremblantes, il attacha les sangles de son sac et vérifia les ressorts dans ses chargeurs de munitions.

— Assurez-vous que chacun a ses gourdes remplies, dit-il à chaque chef de section. On ne sait jamais quand on aura de l'eau la prochaine fois.

Fracasso faisait les cent pas comme un animal en cage. Il tenait plusieurs fiches plastifiées, sur lesquelles il avait écrit les ordres pour lancer le feu d'artillerie et les frappes aériennes.

— T'en fais pas, Fracasso, dit-il. Quand tu auras besoin de l'artillerie, on t'appellera. Rappelle-toi simplement qu'ils ont besoin de savoir trois choses : où tu es, où sont les Viets, et puis simplement s'ils sont près ou loin.

1. Version abrégée de la formule latine *Semper Fidelis*, « toujours fidèle », devise du corps des marines sous-entendant la fidélité à leur pays, mais aussi celle des marines entre eux.

Fracasso éclata de rire, les yeux braqués sur ses fiches soigneusement préparées.

— Mets-les dans ta poche si ça te réconforte, reprit Mellas, qui ne se sentait pas aussi rompu au combat qu'il s'en donnait l'air.

Fracasso et lui se tournèrent en entendant quelqu'un courir vers eux. C'était China.

— Ils ont enfermé Mallory dans une putain de cage comme un animal, hurla-t-il à Mellas. On peut pas laisser passer ce genre de conneries.

Mellas leva les bras, les paumes tournées vers China. Ce geste calma un peu le soldat.

— Il a braqué un pistolet sur un médecin de la Navy, bordel ! dit-il d'une voix égale. Qu'est-ce que tu veux que j'y fasse ? Que je change le règlement pour te faire plaisir ?

— Ils ont pas à le mettre en cage comme un putain d'animal ! C'est ça, le règlement, merde !

— China, on n'a pas le temps pour ces foutaises. Il y a des types dans la brousse qui sont dans la merde. Mallory peut attendre.

— Mais il n'y avait pas de chargeur dans le pistolet.

Mellas n'était pas au courant.

— Quoi ? T'en es sûr ?

— Oui, Sir. C'est un des encornets qui me l'a dit, et ça me paraît logique. Je connais Mallory. Il tirerait sur personne.

Mellas ne savait pas s'il devait le croire ou non. Et même s'il se fiait à lui, que pouvait-il y faire ?

— Si vous me croyez pas, appelez les enfoirés qui ont aidé Cassidy à le foutre en cage, insista China.

Les pensées se bousculèrent dans la tête de Mellas. Peut-être que l'alerte ne se concrétiserait pas. Ils avaient déjà dû essuyer ce genre de situation. Il regarda autour de lui. La compagnie s'était constituée en équipes d'hélico. Goodwin marchait lentement le long de sa section, échangeant plaisanteries et boutades. Kendall était assis, tendu, à côté de Genoa, son opérateur radio, et scrutait les collines de l'autre côté de la piste d'atterrissage. Il vit Bass vérifier son équipement, signe certain que celui des autres était prêt.

— OK, China, dit Mellas. Je vais voir si je peux mettre le Jayhawk sur le coup. Mais tu as intérêt à ne pas t'être planté. (Il prit le combiné de la radio.) Je voudrais parler à l'indicatif Hotel, le Trois Zoulou. Ici Bravo Cinq. À vous.

Il y eut une longue attente. L'opérateur du bataillon revint en ligne.

— Le Trois dit que l'indicatif Hotel est occupé. À vous.
— Vous avez demandé à Hotel s'il l'était ? À vous.
— Attendez.
Il y eut une nouvelle pause, plus brève que la première.
Puis il entendit la voix du commandant Blakely.
— Bravo Cinq, ici Big John Trois. On a une alerte Bald Eagle et vous avez intérêt à ce que toute la clique soit prête à partir. À vous.
— Bien reçu. Bravo Cinq terminé.
Mellas regarda China.
— Je suis coincé, dit-il.
— Merde ! répliqua China.
Il se détourna, écœuré.
— Écoute, China. Admettons qu'on réussisse à convaincre le lieutenant Hawke de faire sortir Mallory du conteneur, tu sais qu'il est dans une sacrée merde, même si ce flingue n'était pas chargé.
Mellas savait que, s'il envoyait quelqu'un chercher Hawke, il fallait que ce soit un type sur qui il pourrait compter pour qu'il soit de retour avant le départ. En même temps, il fallait aussi que ce soit quelqu'un en qui China ait confiance.
— China, reprit-il, je te jure que si tu n'es pas revenu à temps pour le départ, je te ferai tellement chier que t'auras jamais vu une chierie pareille ! Maintenant, grouille-toi.
China partit à toute allure sur la route. Goodwin et Ridlow arrivèrent vers Mellas en courant.
— Qu'est-ce qui se passe, bordel ? gronda Ridlow en regardant China disparaître.
— Mallory a menacé le chirurgien du bataillon avec un quarante-cinq.
— Je sais. Relsnik nous a dit.
— Le pistolet n'était pas chargé. J'ai envoyé China demander à Hawke d'essayer de le faire sortir du conteneur.
— Un conteneur ? Putain, dit Ridlow lentement. Ce fichu nègre pourrait même pas s'échapper d'un sac en Cellophane.
— Qui veut l'aider à se faire la belle ? demanda Goodwin.
— Devine, Scar.
— Ah, merde ! dit Goodwin. China est un de mes meilleurs mitrailleurs.
— Il va revenir.
— Tu veux perdre un peu de fric en pariant là-dessus ? demanda Ridlow.

— Il va revenir, répéta Mellas.

Il regarda au bout de la route, espérant avoir raison. Il vit Fitch et Pallack arriver en Jeep. Le véhicule s'immobilisa en dérapant et ils bondirent de la voiture.

— Je viens de voir China foutre le camp sur la route, déclara Fitch. Qu'est-ce qui se passe, bordel ? La compagnie est prête à partir ?

Mellas lui expliqua la situation et ce que China était en train de faire.

— Je crois ce qu'il me dit, ajouta-t-il.

Il vit les regards ironiques qu'on arborait autour de lui.

Fitch hésita un instant. Il se tourna vers Pallack.

— Passe prendre China et emmène-le où il veut. Après, ramène-le ici. On a besoin de mitrailleurs, bordel !

Pallack sauta dans la Jeep et fila sur la route en faisant gicler l'eau et la boue derrière lui.

Fracasso, Goodwin et Kendall se dirigeaient déjà vers Mellas et Fitch, leurs carnets sortis. Mellas prit le sien. Il transpirait des mains. *Mon Dieu, faites qu'il ne s'agisse encore que d'une fausse alerte*. Il avait l'impression de se trouver sur un tapis roulant qui l'entraînait lentement vers le bord d'une falaise.

Fitch étala sa carte par terre.

— Ici, dit-il en montrant du doigt un point entouré de rouge. Une équipe de reconnaissance, indicatif d'appel Sweet Alice, est en contact avec une unité de l'APVN de la taille d'une compagnie. Scar, tu as patrouillé dans cette vallée. Toi aussi, Mellas. À quoi ça ressemble ?

— C'est touffu comme pas deux, Jack.

Mellas acquiesça d'un signe de tête.

— De l'herbe à éléphant et du bambou, ajouta-t-il.

Fitch se lécha les lèvres.

— Si on nous donne l'ordre de partir, ça chauffera à l'arrivée, on les prendra par le flanc ouest. Juste là. (Son doigt était presque posé sur la ligne rouge du cercle.) On aura des hélicoptères de combat, mais pour l'artillerie, c'est probablement hors de question. Portée maximale.

— C'est nous qui sommes entrés en premier la dernière fois, dit Ridlow.

Fitch l'ignora.

— Qu'est-ce que tu en penses, Scar ? On peut faire passer un hélico ?

— Ouais.

— C'est nous qui sommes entrés en premier la dernière fois, insista Ridlow.

— Merde, Ridlow, je sais ! Je sais aussi pourquoi les adjoints aux chefs de section n'assistent généralement pas aux réunions des officiers, bordel !

Ridlow sourit.

— Je veille sur les intérêts de mes hommes, c'est tout.

Les autres éclatèrent de rire, et Fitch sourit.

Mellas contempla le tableau que constituaient ses amis autour de lui. Certains d'entre eux seraient certainement morts dans l'heure qui suivrait. Fracasso, à peine en âge de boire, affichait sa peur. Il écrivait tout ce qu'il pouvait dans son carnet, bondissait en position accroupie, grimaçait un sourire tendu. Goodwin, le chasseur, nerveux comme un athlète avant une course, possédait une certaine capacité primitive à mener des hommes dans des situations où la mort était l'issue présumée. Kendall, malade d'inquiétude, le visage pâle, le casque déjà sur la tête, dirigeait une section qui ne lui faisait pas confiance. Fitch, à vingt-trois ans, avait déjà endossé des responsabilités que la plupart des hommes ne faisaient qu'évoquer. Il menait à présent cent quatre-vingt-dix gamins à la bataille, et ses décisions détermineraient combien d'entre eux en reviendraient. Les gamins : eux rêvaient de R & R, ou se souvenaient de celui dont ils revenaient tout juste, certains savourant le souvenir d'une peau lisse et brune pressée contre la leur, quelques-uns se rappelant les épouses laissées dans des aéroports aseptisés. Et Mellas : dans moins d'une heure, il n'y aurait plus de Mellas.

La radio s'anima avec un grésillement.

— On y va, Sir, annonça Relsnik d'une voix grave.

Tous se regardèrent.

CHAPITRE 13

Les gamins avancèrent silencieusement en file indienne jusqu'au bord de la piste pour attendre les hélicoptères. D'autres marines s'arrêtèrent pour les regarder, souhaitant prononcer des paroles d'encouragement, mais n'osant faire irruption dans leur monde personnel, un monde qu'ils ne partageaient plus avec les personnes ordinaires. Certains d'entre eux vivaient la dernière heure de ce bref mystère qu'on appelle la vie.

Pallack fit déraper la Jeep de la compagnie avant de l'immobiliser, et courut avec China chercher son sac et ses armes. Ils trottèrent d'un pas lourd vers la compagnie qui attendait.

China s'approcha de Mellas, mitrailleuse sur l'épaule.

— Jayhawk a dit qu'il ferait de son mieux. Si le pistolet n'était pas chargé, il le fera sortir.

En vérité, Mellas s'en fichait.

— Bien, dit-il.

Il essayait de déterminer de quel côté ils devraient avancer sur la compagnie viet et s'ils auraient le choix ou pas – il ne connaissait pas l'état des vents.

— Sir ! lança China. Le lieutenant Hawke m'a aussi demandé de vous dire autre chose.

Il s'interrompit.

— Alors, qu'est-ce qu'il a dit, bordel ?

— Il a dit, Sir, de vous faire savoir deux choses. Une, que vous devriez résoudre vos fichus problèmes vous-même et pas les décharger sur quelqu'un d'autre. (Il marqua une pause. Mellas garda les lèvres serrées.) Et deux, que vous avez intérêt à ramener votre cul ici une fois tout ce merdier fini pour qu'il puisse vous le botter.

Mellas éclata de rire, soulagé.

China grogna. Mellas remarqua qu'il ne portait pas le pistolet que gardaient tous les mitrailleurs en guise de protection.

— China, où est ton quarante-cinq, bordel ?
— Il a été arraché, Sir.
Les deux hommes se regardèrent un instant.
— Merde, China, pourquoi mentir maintenant? lui demanda Mellas tristement.
Il avait entendu des rumeurs sur les Noirs qui envoyaient des armes aux États-Unis. Il détacha de sa ceinture son propre pistolet et son étui et les jeta à China. Celui-ci les regarda et commença à les attacher. Il se détourna sans mot dire.
Le sergent Ridlow, qui venait juste de passer une dernière fois sa section en revue – pour resserrer les sangles défaites, prononcer quelques paroles bourrues d'encouragement –, avait assisté à la fin de leur échange.
— Ça, c'est pas une poule mouillée, dit Mellas en regardant China jeter un œil à sa mitrailleuse.
— Aucun d'eux ne l'est, lieutenant, lui renvoya Ridlow.
Mellas baissa les yeux sur les rangées d'équipes d'hélico, se sentant isolé de son ancienne section en regardant Bass et Fracasso s'assurer que tous étaient prêts. Rien que quelques jours plus tôt, il était leur chef de section et s'envolait de Sky Cap. La guerre tournait en dérision son ancienne conception du temps. Il scruta le ciel de plomb, guettant l'arrivée des hélicoptères. Le visage d'Anne flotta dans sa mémoire. Il savait qu'elle ne voulait plus jamais le revoir, mais elle était là malgré tout, peut-être la dernière idée positive dans son esprit.
— Les voilà ! cria quelqu'un.
Suspendus dans le ciel, de minuscules points noirs. À leur vue, un sentiment d'effroi tremblant et malsain s'empara des tripes de Mellas. Ses genoux voulaient défaillir, son corps désirait s'enfuir. Les points noirs se détachèrent à l'approche pour se transformer en CH-46 birotors et avancer en une seule file afin d'atterrir du sud. Mellas avait envie qu'ils s'écrasent, qu'ils tombent du ciel. Ils venaient pour le tuer. Sans raison. Et lui allait monter à bord. Une fois de plus, il sentit le tapis roulant l'emporter vers la falaise.
Le premier hélico se posa sur les roues arrière. Kendall et la 1re équipe d'hélico traversèrent l'étendue boueuse au petit trot avant de disparaître dans le hayon. Un deuxième hélico baissa sa passerelle, et une autre équipe de la section de Kendall courut à bord. Ensuite un troisième s'arrêta, puis un quatrième, et les appareils ne cessèrent de venir et les gamins de disparaître. Il ne resta alors plus d'équipes d'hélico à part celle de Mellas et une autre, et Mellas se retrouva à courir, le poids de

son sac cognant sur son dos. Il baissa la tête sous les pales du rotor, passa à pas lourds devant le chef d'équipage et s'installa sur le plancher métallique. Celui-ci était encore froid de l'altitude.

L'hélico frémit avec une intensité croissante et prit maladroitement son envol. Cet instant de fausse sécurité, là, à attendre sur la piste, était fini à tout jamais.

Ils étaient à environ trente-cinq kilomètres au nord-est du cercle rouge sur la carte de Fitch. Mellas regarda Rock Pile et Razorback – deux formations rocheuses imposantes qui dominaient le paysage autour de la BCV – leur glisser dessous. Il ne cessait d'effectuer des relèvements à la boussole, s'efforçant de se repérer. Il se posa la question de savoir ce qui se passerait s'il refusait simplement de quitter l'hélicoptère. On serait contraint de le renvoyer à Quang Tri. Il serait jugé et condamné. Mais il serait en vie. Il se demanda, inquiet et angoissé, s'il ferait chaud sur la ZA.

L'hélico fit une embardée. Mellas se hissa sur les genoux, luttant contre l'accélération du virage et l'inclinaison du plancher. Il tituba vers un des hublots défoncés et y passa la tête en plissant les yeux pour se protéger du souffle de l'air, s'efforçant de voir pour quelle raison le pilote effectuait des virages aussi rapides. Le mitrailleur à tribord se penchait au-dehors dans le vide, son gros .50 pointé vers le bas. Le chef d'équipage était à bâbord avec une deuxième mitrailleuse et tendait le cou pour voir, mais il était trop incliné au-dessus de l'horizon pour que sa manœuvre soit efficace. L'oiseau se redressa brusquement avant d'amorcer une descente d'une rapidité vertigineuse. Le vrombissement augmenta. Puis Mellas entendit le bruit de fouet des balles qui claquaient dans l'air. À tribord, le .50 ouvrit le feu. Le mitrailleur recula en tournoyant, le plastique de son casque défoncé, le visage en compote. Il s'écroula par terre, le cou entortillé dans son câble d'intercom.

Tous voulurent quitter l'hélico, y compris Mellas.

L'oiseau percuta le sol et la passerelle s'abaissa. Les marines commencèrent à en sortir en trombe. Le pilote, pris de panique, décolla avant que tous ne soient à terre. Lorsque Mellas atteignit la sortie, l'oiseau était déjà à près de deux mètres du sol et accélérait.

— Garde cette saloperie au sol, putain ! Garde ce putain d'oiseau au sol ! cria-t-il au chef d'équipage.

Il bondit dans le vide et atterrit lourdement. Derrière lui, l'oiseau continuait de vrombir pour prendre de l'altitude. Le dernier gamin dans l'hélico regarda anxieusement derrière lui, déglutit et se précipita dans le vide pour rejoindre ses amis. Lui et son sac, qui pesait près de quarante-cinq kilos, atterrirent avec un horrible bruit sourd. Mellas vit l'os de la jambe céder et ressortir sous le pantalon. On entendit le hurlement du gamin par-dessus le grondement des tirs de fusil et de mitrailleuse.

— Espèce de connard ! Espèce de putain de connard ! hurla Mellas.

Il leva son fusil pour tirer une rafale sur l'hélicoptère qui disparaissait, mais une force intérieure figea son doigt avant qu'il n'appuie sur la détente. Au lieu de ça, il courut vers le gamin blessé en criant qu'on lui envoie un infirmier, et commença à l'éloigner de la piste d'atterrissage en le traînant avec son équipement. Un autre marine s'approcha, et ensemble ils tirèrent le gamin qui se tordait de douleur à l'abri relatif de l'herbe à éléphant. Ils l'y laissèrent et coururent en avant pour rattraper la section en marche que Goodwin avait éparpillée en ligne. Il faisait avancer les escouades par petits bonds rapides vers l'ennemi.

Les tirs cessèrent. Deux hélicoptères de combat Huey qui avaient imposé des tirs de mitrailleuse juste au nord firent une boucle vers le haut et vrombirent au-dessus de leurs têtes. Il y eut quelques tirs irréguliers de M16. Un lance-grenades M79 fit feu. Puis il y eut une nouvelle rafale de balles – à l'aveuglette. Ensuite ce fut le silence, à part quelques cris occasionnels. Mellas arriva en courant derrière la section de Goodwin, en avançant près du sol et se frayant un chemin à travers l'épaisse herbe à éléphant. Tout le monde s'était arrêté et attendait, en sueur, le souffle court. Mellas croisa Goodwin qui arrivait dans la direction opposée. Il y eut une salve de M16, mais personne n'y répondit.

— Tout est OK derrière, Scar, dit Mellas. Un Oley[1] avec une jambe cassée.

Machinalement, il avait adopté le code radio.

— Fitch nous a arrêtés, déclara Goodwin. Je pense que ces petits enfoirés se sont *calapatés*.

C'était fini.

Mellas continua de trotter parallèlement à la ligne de la compagnie. Tous étaient allongés, crispés, par terre, M16 et mitrailleuses braqués vers l'avant. Lorsqu'il atteignit l'extrémité gauche de la file, il passa devant son ancienne section. Les soldats lui sourirent. Il les dépassa en courant. Chadwick était sur le dos, la poitrine couverte de sang. Il leva les pouces en signe de victoire et sourit, sachant qu'il allait rentrer chez lui. Mellas lui passa devant. Il tomba sur Doc Fredrickson, qui s'affairait sur un nouveau gamin que Mellas n'avait jamais rencontré. Il continua de courir. Il arriva à la hauteur de Fitch, qui était à la radio.

1. Code radio désignant un blessé au combat.

— Ils se sont repliés. À vous. Non, je peux pas te dire dans quelle direction, Stevens, bordel! On y voit que dalle dans ce truc. À vous... Au nord... Je comprends bien. Ce serait du suicide de leur courir après dans cette merde. À vous... Ils sont pas en train de courir, putain, ils battent en retraite! Ils seraient allongés par terre, et nous, debout. Ils nous boufferaient tout crus.

Il y eut une pause. Mellas entendit une autre voix parler à la radio, mais il n'arrivait pas à distinguer ce qu'elle disait. Puis Fitch reprit la parole.

— La priorité de ma mission est de mettre cette équipe en sûreté et d'évacuer nos blessés. Sir, on ne peut pas les poursuivre si on doit porter des corps en même temps. À vous... Oui, Sir. Bravo Six terminé. (Il se tourna vers Daniels.) Tu l'as lancée, cette fichue mission de tirs?

Daniels, qui parlait dans le combiné, se contenta d'un hochement de tête.

— Il faut qu'on les encercle, Mellas! dit Fitch. L'équipe de reconnaissance a cinq Oleys. Cinq sur six soldats, et le sixième est Coors. J'envoie Scar les chercher. On va les évacuer de la zone. Big John Six est en train de péter les plombs. On en est où par ici?

— Ça va. Je ne vois pas de Coors. Quelques Oleys en mauvais état.

Fitch grogna, soulagé.

Mellas installa la compagnie autour de la ZA, et bientôt tous creusaient des trous. Goodwin emmena deux escouades avec lui et rejoignit l'équipe de reconnaissance en dix minutes. Il leur en fallut vingt pour regagner la zone en se démenant sous le poids du corps et de celui d'un gamin dont les deux genoux avaient été traversés de balles. Les autres soldats de l'équipe réussirent à avancer par eux-mêmes. Le chef, un grand lieutenant, avait des fragments de grenade dans la jambe gauche. Il s'approcha de Fitch et de Mellas.

— Merci, dit-il. Je pensais que c'était fini pour ma gueule.

— De rien, répondit Fitch. Qu'est-ce qui s'est passé, putain?

— C'est ma faute.

Le grand homme lâcha un long soupir tremblotant. Maintenant que la pression était retombée, il commençait à trembler.

— Tu veux une clope?

Le lieutenant fit non de la tête.

— Là-haut. (Il indiqua Matterhorn, dont le bas se dressait au-dessus de la vallée, le sommet dissimulé par des nuages.) J'ai repéré du mouvement il y a deux nuits de ça. Je me suis dit que je pourrais avancer un peu plus près pour voir ce que c'était.

— Alerte ! Alerte ! Obus !

Le cri résonna à travers le cercle. On se précipita pour se mettre à l'abri.

— Et merde ! dit Fitch.

Les trois hommes se jetèrent à plat ventre – aucun d'eux n'avait eu le temps de se creuser un trou.

Six explosions, presque simultanées, ébranlèrent la zone juste à l'extérieur du périmètre.

— Ils sont là-haut, c'est sûr, reprit le lieutenant. J'ai vu deux mitrailleuses. Ils se sont retranchés sur cette colline-là, à droite. Il y a un hélicoptère cramé par là-bas. Avec toutes ces mitrailleuses lourdes, à mon avis, il doit y avoir une compagnie là-haut. J'ai voulu jeter un œil à l'autre colline, mais...

— Obus ! cria quelqu'un.

Mellas creusait furieusement. Six explosions de plus traversèrent l'intérieur du périmètre de la compagnie. Les mortiers de l'APVN avaient la portée de tir nécessaire. Il n'y avait aucun doute dans son esprit : il s'agissait d'une compagnie. Une unité plus petite n'aurait jamais pu transporter des munitions pour mortiers.

— Lance cette fichue mission de tir, Daniels ! cria Fitch. Ils nous ont repérés, putain !

Il embraya aussitôt sur les deux hélicoptères de combat qui tournaient en rond et leur demanda de trouver les mortiers s'ils le pouvaient.

— On peut pas lancer une mission si les hélicos sont dans la trajectoire ! cria Daniels, frustré. Et la cadence de tir sera lente à cause de la distance. Ils vont cramer leurs canons s'ils tirent trop vite à charge maximale.

— J'en ai rien à foutre de leurs canons ! Lance cette putain de mission.

Tout le monde projetait de la poussière, poussait des jurons en grattant la terre. Il y eut six nouvelles explosions. Quelqu'un hurla.

Mellas creusait. En même temps, il chronométrait les attaques. Il se dit qu'au moins deux mortiers tiraient trois salves, ou peut-être même que trois en tiraient deux. Ayant creusé à peine ce qu'il fallait pour y faire entrer son corps en longueur, il enfonça le visage dans la terre, se sentant nu et exposé.

— Voilà les oiseaux !

Deux Huey d'évacuation passèrent en trombe au-dessus de leurs têtes en provenance du sud. Le CAA lança une grenade fumigène verte, sa radio sur le dos, et avança en parlant à l'oiseau de tête tandis que celui-ci pivotait vers le haut pour s'éloigner du sol et effectuer une boucle afin de regagner la zone. Vers le nord, étouffé par la distance, ils entendirent le grondement de gorge sourd des tirs de mitrailleuses d'un des deux hélicoptères de combat que Fitch avait envoyés vers Matterhorn.

Le grand lieutenant traversa la zone d'atterrissage en boitant. L'hélico de tête percuta lourdement le sol. Des marines chargèrent les blessés. Le lieutenant attendit le deuxième hélico, aida à monter d'autres blessés à bord, y jeta le cadavre, puis grimpa sur les patins. L'hélico était juste en train de décoller, le nez penché vers l'avant en prenant de la vitesse, lorsque six nouvelles salves de mortier retentirent. Les explosions le masquèrent. Puis l'appareil émergea de la fumée à l'autre bout de la zone et s'éleva dans les airs.

— Cassons-nous d'ici, dit Fitch. Putain, Daniels, donne-nous de la fumée, bordel !

Daniels savait déjà qu'il ne pouvait contrer efficacement les mortiers. Son seul espoir était d'élever un écran de fumée entre la compagnie et la ligne de crête au nord. Mais les obus ne frappaient pas où il l'avait demandé. Maintenant qu'Eiger était abandonnée, il était contraint d'utiliser les obusiers de 8 pouces de Sherpa, mais les marines se trouvaient à l'extrémité de leur portée. À cette distance, les projectiles seraient déviés par des écarts de vents et de températures qu'il ne pouvait que deviner. Il espéra que l'endroit où ils atterriraient suffirait. Il scruta avec inquiétude les nuages qui cachaient les sommets des crêtes.

La compagnie Bravo se divisa en trois colonnes et avança dans la protection de la jungle. Un dernier obus de mortier de l'APVN frappa la queue de la section de Kendall avant qu'elle n'ait pu se mettre à l'abri des arbres, et deux autres marines furent blessés, mais sans nécessiter une évacuation d'urgence – ils étaient transportables. La compagnie avait évacué six gamins, dont aucun n'était mort, et sauvé Sweet Alice, l'équipe de reconnaissance. Si elle réussissait à faire partir deux autres blessés avant le matin, elle reviendrait sans aucune perte. Tous étaient fiers. Vidés, mais étrangement satisfaits, ils installèrent leur bivouac, se sentant protégés par la végétation épaisse. Quand viendrait le matin, ils repartiraient avec les hélicos, leur mission accomplie.

***

Le colonel Simpson lui aussi se sentait fier et grisé par le succès.

— Je savais bien que ces petits connards étaient dans le coin ! ne cessait-il de se vanter.

Il venait juste de regagner le centre des opérations de combat avec Blakely après avoir quitté les briefings du régiment, où les félicitations avaient été nombreuses et enthousiastes. Il prit le combiné pour appeler la compagnie Bravo encore une fois.

Hawke entendit la voix de Relsnik dans le haut-parleur qui permettait à tout le COC d'entendre la conversation. Il s'imagina Fitch en train de lever les yeux au ciel. C'était au moins la cinquième fois depuis l'engagement que le colonel voulait lui parler.

Hawke continua de relever toutes les fois où des observateurs aériens et des capteurs avaient intercepté des informations. Tout cela ne lui disait rien qui vaille. Il y avait trop d'activité, précisément à l'endroit où le colonel le voulait, précisément là où se trouvait la compagnie Bravo.

— Vous dites que vous les voyez ? demanda Simpson. À vous.

— On a envoyé notre Foxtrot Oscar[1] dans un arbre pour orienter les tirs et selon lui, ils seraient en train de s'enterrer sur Helicopter Hill. Matterhorn est dans les nuages. On ne voit rien de ce qui s'y passe. (Il y eut une brève interruption sur fond de parasites.) Les gars de Sweet Alice m'ont dit qu'ils doivent être retranchés comme il faut sur Matterhorn, dans nos anciennes casemates. À vous.

Hawke jeta un coup d'œil pour voir si Blakely et Simpson réagissaient à l'affirmation de Fitch. Ils n'en montrèrent rien.

— Ils ont divisé leurs forces. (Simpson se tourna, tout excité, vers Blakely.) Je pense qu'on devrait exploiter la situation.

Blakely prit le combiné.

— Bravo Six, ici Big John Trois. À combien estimez-vous les effectifs de l'ennemi ? À vous.

— Comme je l'ai dit, selon l'indicatif Oscar de Sweet Alice, il pourrait s'agir d'une compagnie. On n'en voit qu'une cinquantaine sur Helicopter Hill, mais il doit y en avoir au moins le double sur Matterhorn, ne serait-ce que pour couvrir le périmètre. En plus, les salves de mortiers arrivent par six. À vous.

— Combien en voyez-vous vraiment, Bravo Six ? insista Blakely. Je ne vous demande pas de deviner. À vous.

— Cinquante, répondit Fitch d'un ton laconique. (Le bouton de transmission fut relâché, puis enfoncé de nouveau. La voix de Fitch était maîtrisée, sans intonation.) Sir, un de mes indicatifs O a beaucoup patrouillé par ici, et il dit qu'on a une bonne Lima Zoulou à... en partant de Comiskey Park... deux virgule deux vers le haut, un

1. *Forward Observer*, soit l'observateur avancé, selon l'alphabet militaire.

virgule sept à gauche. (Fitch leur donnait l'emplacement d'une ZA en se servant du code de combat de la journée.) On peut y aller à pied, c'est en dessous de la couche nuageuse, et sortir sans exposer les avions de combat à trop de tirs de mortiers de Matterhorn ou d'Helicopter Hill. À vous.

— Attendez, Bravo Six. (Blakely se tourna vers Simpson.) Vous voulez dire quelque chose sur leur évacuation, Sir ?

— Non, bordel ! Pas maintenant que les Viets ont la queue entre les jambes et que j'ai trois compagnies prêtes à leur foutre la branlée.

Hawke cessa de faire des marques sur la carte.

— Bravo Six, ici Big John Trois. Patientez un peu. Je veux que vous attendiez dans votre position actuelle jusqu'à ce que vous ayez reçu un ordre de conduite de notre part. Reçu ? À vous.

— Reçu cinq sur cinq, Big John Trois. Bravo Six terminé.

Blakely gagna vivement la carte. Simpson le suivit. Ils restèrent debout à la regarder, conscients du fait que les yeux de tous étaient braqués sur eux.

— Il s'agit d'une unité connue de la taille d'une section, peut-être plus, déclara Blakely. Une compagnie fraîche et dispose de marines qui connaît le territoire ennemi comme sa poche. Et foutrement près d'un bataillon de réserve.

— Je savais que ces connards étaient dans le coin, répéta Simpson. Personne ne voulait m'écouter. Je donne l'ordre à la compagnie Bravo de lancer l'attaque. Je vais confirmer ça auprès de Mulvaney tout de suite. Je suis sûr qu'il est en train de manger son chapeau.

Il éclata de rire, enivré par l'excitation et le succès.

***

Blakely voyait bien que c'était une chance à saisir. Il savait qu'ils n'avaient que peu de temps avant que l'ennemi ne se renforce sur les deux collines, mais aussi que Fitch n'abandonnerait pas ses blessés sans protection, et que cela affaiblirait sa force d'attaque. S'il y avait une compagnie là-haut, comme le soupçonnait Fitch, l'attaquer serait une idiotie. Ils ne bénéficiaient ni d'un effet de surprise, ni d'un avantage numérique, et n'avaient pas de vraie puissance de feu, la batterie d'artillerie s'étant retirée à cause de l'opération Cam Lo. Il faudrait du temps pour déplacer de nouveau deux ou trois batteries par là-bas, mais évidemment, les autres bataillons disposeraient de moins d'appui et on ne pouvait le faire sans l'accord de Mulvaney.

D'un autre côté, c'était la première fois en quelques mois qu'ils connaissaient réellement l'emplacement d'une unité de taille vraiment importante. S'il réussissait à garder le contrôle de Simpson, ils seraient peut-être à même de faire de vrais dégâts. Entre-temps, il s'agirait de maintenir Nagoolian en place. Et il leur faudrait mobiliser tout le bataillon, ce pour quoi ils auraient besoin de l'accord de Mulvaney. Ce ne serait pas facile. Par le passé, on avait critiqué le colonel pour son excès d'agressivité, et ses médisances sur l'opération Cam Lo ne lui avaient pas fait marquer beaucoup de points auprès des gradés.

Mais on en critiquait aussi d'autres pour leur manque d'agressivité, ce qui était bien pire. Le journal de bord indiquerait une unité de cinquante sur Helicopter Hill. Blakely avait appris que les officiers plus jeunes avaient tendance à surestimer les effectifs des troupes ennemies qu'ils affrontaient ; il n'y aurait donc peut-être qu'une trentaine de Viets là-haut. Mais l'ennemi était en train de se retrancher, probablement avec des mitrailleuses, et il devait y avoir des mortiers. Trente sur Helicopter Hill, donc au moins soixante-dix ou quatre-vingts sur Matterhorn. Cela dit, avec un appui aérien, une compagnie de marines frais pourrait facilement l'emporter. L'idée confuse de la difficulté d'un appui aérien à voilure fixe, compte tenu des nuages de la mousson, fit surface dans son esprit, mais elle fut rapidement refoulée par la pensée que des hélicoptères de combat pourraient y descendre. Après tout, ils l'avaient bien fait plus tôt dans la journée.

De toute évidence, ils n'avaient pas besoin de cette fichue colline. Eux-mêmes l'avaient abandonnée. Mais Blakely savait que le but du combat n'était plus de contrôler le terrain ; c'était d'une guerre d'usure qu'il était question. Du nombre de morts. C'était ça, le boulot, et il était prêt à le faire. S'il y avait une compagnie là-haut, un bataillon ne pouvait pas être bien loin. Et s'il réussissait à maintenir ce bataillon en place en ayant recours aux trois compagnies de fusiliers qui restaient dans le bataillon et à toute autre que Mulvaney pouvait mettre à disposition, ils s'en donneraient à cœur joie. Ils pourraient faire intervenir les B-52 de Guam, qui voleraient bien au-dessus des nuages de mousson et bousilleraient ces petits connards, visibilité nulle ou pas. Il y aurait enfin quelque chose de concret dont rendre compte, plutôt que ces chiffres exaspérants de pertes et de blessés qu'ils donnaient au compte-gouttes depuis des semaines.

Blakely se mit à calculer les capacités de chargement et les positions d'artillerie. Ils étaient bien trop à l'intérieur des terres pour faire appel à un appui naval, même du cuirassé *New Jersey* et de ses gros canons de seize pouces. Il faudrait du temps pour avancer l'artillerie et compenser l'appui aérien inégal, mais ils pouvaient le faire. Ce qui voulait dire qu'il leur faudrait immobiliser Nagoolian le temps de déplacer l'artillerie… s'il réussissait à convaincre Mulvaney de le faire.

Il revint au présent et au COC, conscient du fait que Simpson était prêt à agir, mais que c'était à peu près tout.

— Sir, avant d'aller voir Mulvaney, on ferait peut-être mieux de mettre au point une ébauche de plan, suggéra-t-il. Cette opération pourrait mobiliser beaucoup plus que le bataillon, vous savez. Si vos intuitions sur les Viets se vérifient…

— Oui, nom de Dieu, vous avez raison !

***

Les deux hommes quittèrent le COC pour gagner la tente de Simpson. Ce dernier s'empara de la bouteille de Wild Turkey et s'en versa un petit verre.

— Ça pourrait devenir quelque chose d'énorme, dit-il en souriant et s'efforçant de dissimuler sa nervosité.

Il sortit un verre pour Blakely, qui refusa. Soudain, il se sentit gêné. Il n'avait pas vraiment pensé à la picole ; ça lui était simplement tout naturel de proposer un verre à quelqu'un. À présent, il ne savait plus s'il devait boire ou pas le verre qu'il s'était servi. Mon Dieu, il ne pouvait pas se mettre à boire, pas maintenant qu'une compagnie venait d'entrer en contact avec l'ennemi et qu'elle allait peut-être donner l'assaut. Il rangea la bouteille, regarda le verre à liqueur posé sur la table et, n'en tenant aucun compte, se dirigea vers la carte.

— Il va falloir déplacer quelques batteries d'artillerie s'il y a une force armée assez importante là-bas, dit-il en essayant de reprendre le contrôle de la situation.

Il se sentait bête.

— Sir, dit Blakely, à votre avis… quelles sont les chances que Mulvaney vous laisse mobiliser tout le bataillon pour reprendre Matterhorn ?

— Que voulez-vous dire ? Qu'il pourrait refuser ?

— Pas si on s'y prend comme il faut. (Blakely s'approcha de la carte de Simpson.) Regardez, Sir… Matterhorn se trouve aux limites les plus éloignées de notre protection d'artillerie, comme vous venez de le faire remarquer, mais elle est largement à portée de tir des Viets qui quittent Co Roc, ou de n'importe quel endroit au Laos. Cela dit, on ne peut pas attaquer leur artillerie sans un accord politique.

— Ce n'est pas un problème, répondit Simpson. On l'aura. Ça nous permettra de supprimer quelques tirs et d'aider une de nos unités de ce côté-ci de la frontière.

— Le problème, ce n'est pas d'en obtenir l'autorisation, Sir, dit Blakely. C'est tout le processus. Pour avoir l'autorisation, on va devoir donner toutes les raisons pour lesquelles on la veut, mais avant d'en avoir besoin. (Il marqua une pause.) Ou alors, il nous faudrait une bonne raison d'en avoir besoin le moment venu.

Simpson prit son verre et descendit le whisky. *Toutes ces conneries politiques !* pensa-t-il. *Bordel, ça a vraiment le don de tout foutre en l'air !* Il n'était pas tout à fait sûr de ce que Blakely venait de dire, mais il était certain de ne pas vouloir soumettre à la division un plan qui implique de déplacer des batteries d'artillerie pour tirer sur le Laos. L'équipe de reconnaissance était déjà saine et sauve, et son chef avait simplement l'impression qu'il y avait une compagnie dans les parages. Ce n'était pas suffisant. Ils passeraient pour des abrutis et ça n'irait pas. Qu'ils aillent se faire foutre, ces politicards ! Il savait que les Viets étaient exactement là où il l'avait toujours cru. Sauf que maintenant, il ne pouvait rien y faire. Il posa brutalement son verre vide sur le contreplaqué.

— Putain ! s'écria-t-il. On va devoir les ramener en hélico, c'est ça ? (Il regarda Blakely, mais ne vit ni consternation ni colère sur son visage.) Vous ne croyez pas ? demanda-t-il en regardant son officier chargé des opérations, les yeux plissés.

— Comme je l'ai dit, Sir, il nous faut une bonne raison pour en avoir besoin le moment venu.

— Continuez.

— Mulvaney est un vieux *grunt*. Rien qu'un chef de section avec des kilos en trop et des oiseaux sur les épaules[1]. Il sauterait sur l'occasion d'y aller et de défourailler s'il avait un quelconque prétexte. Mais il n'est pas prêt à présenter un plan d'importance majeure à la division. Vous connaissez les ragots aussi bien que moi. Il n'est pas très populaire par là-bas. D'un autre côté, notre boulot, c'est de tuer des Viets. Si on laisse une chance comme celle-ci nous échapper, on passera pour des trouillards. Vous avez le contrôle tactique total. Vous n'avez pas besoin de vous en référer à qui que ce soit pour lancer une opération qui n'engage aucune force que vous ne contrôlez pas et qui ne flingue pas votre mission en cours. Votre journal de bord indique cinquante Viets. Vous avez une compagnie bien reposée, et vous savez que Fitch surestime certainement

1. Le grade de colonel est désigné par un aigle argenté.

leurs effectifs de toute façon. Il doit plutôt s'agir de vingt-cinq ou trente. Officiellement, vous avez un avantage de trois à un, et probablement de cinq à un. On a tout ce qu'il faut pour les battre. Et si jamais on apprend qu'ils sont plus nombreux et qu'on a déjà une compagnie au combat?… Là, vous aurez quelque chose à raconter à Mulvaney!

Simpson faisait les cent pas et hochait nerveusement la tête en écoutant Blakely.

— Oui, bon sang, je vois, ne cessait-il de répéter.

— Moi, je dis : on lance Bravo tout de suite, ce sera une exploitation parfaite de votre réussite de cet après-midi. S'il y a des Viets là-haut, comme vous l'avez dit à tout le monde, on en aura la certitude quand Bravo frappera Helicopter Hill. Si ça devient trop serré, on se contentera de les renvoyer à la ZA dont Fitch nous a parlé, et on les tirera de là.

Simpson cessa d'arpenter la pièce et regarda la carte.

— Si on attend trop, reprit Blakely, on finira par voir Nagoolian disparaître de l'autre côté de la frontière. Vous n'arriverez jamais à convaincre. Mais engagez Bravo, et vous convaincrez. Mulvaney n'aura pas d'autre choix que de vous laisser mobiliser le reste du bataillon pour les soutenir. Une fois que Bravo aura engagé le combat, ce sera exactement ce qu'il faut à Mulvaney pour se bouger le cul : une bande de *grunts* qui se battent comme des tarés et une autre qui attend d'entrer dans la partie pour les aider. Sinon, il serait susceptible de laisser tomber et de s'inquiéter de patrouiller ses fichues bases d'artillerie. Lui, il est encore en Corée, à prendre des collines d'assaut. C'est l'usure qui compte dans cette guerre. Le territoire, on s'en fout.

Simpson eut le frisson nerveux que ressentent les hommes face à des décisions dont ils savent qu'elles peuvent les mener à l'accomplissement, ou à la perte, de leurs rêves et de leurs ambitions. Il se remit à faire les cent pas. Il ne cessait de jeter des coups d'œil à la carte. Il avait envie d'un verre, mais il savait qu'il ne pouvait en boire un devant Blakely.

— Sir, les relevés de capteurs confirment aussi ce que vous soupçonnez depuis le début. Vous avez des arguments en béton.

— Bon sang, Blakely, laissez-moi réfléchir!

Blakely garda le silence.

Au bout de trois minutes environ, Simpson se pencha en avant et, les articulations sur la table en contreplaqué, leva les yeux vers lui.

— D'accord, nom de Dieu, on y va!

Ses yeux brillaient d'excitation. Il saisit le verre.

***

Après avoir pris la décision d'attaquer, Blakely et Simpson commencèrent à s'inquiéter du fait qu'il serait peut-être un peu précipité d'envoyer Bravo tout de suite. Il faudrait qu'une section puisse emmener les blessés vers une ZA sûre. Ils se retrouveraient peut-être alors à lancer l'assaut avec deux sections seulement, ce qui ferait mauvais effet en cas d'échec. Ils pouvaient, bien sûr, courir le risque de faire garder les blessés par une seule escouade, mais si celle-ci ne s'en sortait pas et si Sweet Alice pouvait prouver qu'une compagnie se trouvait dans la zone, l'explication serait plus ardue. S'ils essayaient d'évacuer les blessés, ils risquaient de perdre un hélico, et cela ne ferait pas bon effet non plus. Ils savaient que Stonewall Jackson[1] ou George Patton avaient pu se permettre des actions audacieuses à leur époque, mais que cette guerre-ci était toute différente. Ils jouèrent la sécurité.

Le premier ordre de conduite obligea Fitch à expédier une section à la ZA avec les blessés. Fitch y envoya Mellas avec Fracasso, qui était nerveux après être passé en terrain dangereux dès son premier jour de commandement. Mellas avançait à l'arrière à côté de Bass et taillait le bout de gras, heureux de retrouver son ancienne section. Il regarda avec satisfaction Fracasso mener ses hommes jusqu'à la ZA, s'occuper des évacuations et guider la section qui rentrait en empruntant un chemin différent pour rejoindre le reste de la compagnie, désormais plus proche de la crête. Fitch y avait installé les marines sur un petit monticule de terre, cinquante mètres à l'intérieur de la couverture protectrice de la jungle. Celle-ci se trouvait en bordure d'un large carré d'herbe à éléphant au fond de la vallée, juste en dessous des voies d'approche menant à Matterhorn.

Tout cela prit jusqu'à la tombée de la nuit, laissant largement le temps à l'APVN de se retrancher sur Helicopter Hill.

Le deuxième ordre de conduite arriva au crépuscule. Bien avant que Relsnik ait fini de le décoder, il était devenu clair qu'on leur ordonnait de lancer l'assaut.

Goodwin s'avança vers le PC d'un pas nonchalant. Il mangeait des spaghettis en boîte avec des boulettes de viande, le tout mélangé à un sachet de limonade en poudre Wyler's.

— Qu'est-ce qu'il y a, Jack? demanda-t-il à Fitch.

— On attaque la colline à l'aube.

— Matterhorn?

— Non. Helicopter Hill.

1. Général confédéré pendant la guerre de Sécession américaine.

Goodwin siffla.

— Comme au cinéma ! commenta-t-il.

— Espérons-le, lui renvoya Fitch en étalant sa carte.

Maintenant qu'il considérait Matterhorn et Helicopter Hill du point de vue de l'assaillant, Mellas se demandait comment il avait pu avoir si peur lorsqu'il les défendait. Des passages abrupts menaient vers le sommet, divisés par de profondes ravines pleines d'une végétation dense. Pour rester en contact pendant leur avance, ils allaient devoir marcher en file indienne. Mais faire avancer ainsi une compagnie entière nécessiterait plusieurs heures et exposerait les hommes aux tirs des mortiers et à des offensives sur les flancs. Un assaut lancé de l'ouest, du nord ou du sud, les soumettrait aux tirs d'armes automatiques en provenance des casemates installées sur Matterhorn. Charger depuis l'est impliquerait de concentrer l'assaut en un front étroit, ce qui serait parfait pour les tirs défensifs de mitrailleuses et de mortiers. Et puis, il y avait le problème des appuis. Il leur faudrait compter sur un soutien aérien.

Un plan fut abandonné. On en proposa un deuxième, puis un troisième. Il commençait à faire sombre. Ils se serrèrent au-dessus de la carte avec leurs lampes à verre rouge. Chaque stratégie avait son défaut. Au bout de trois heures de débat, ils finirent par comprendre que le plan parfait n'existait pas. Il y aurait forcément des morts.

Mellas s'assit, la tête entre les mains, et se frotta les yeux en souhaitant ardemment que Hawke soit encore avec eux. Il regrettait d'avoir dit à Blakely que Hawke désirait quitter la brousse et que le bataillon risquait de le perdre s'il n'agissait pas rapidement ; c'était en grande partie pour cette raison qu'il n'était pas avec eux. Tout cela était absurde, sans raison ni signification. Des personnes qui ne se connaissaient même pas allaient s'entre-tuer pour une colline dont tout le monde se foutait. Le vent se leva légèrement, apportant avec lui l'odeur de la jungle. Mellas frissonna. Il n'arrivait pas à comprendre pourquoi ils ne renonçaient pas, tout simplement. Et pourtant, ils ne le feraient pas.

Ils finirent par décider de faire avancer la 1re section de Fracasso et la 3e section de Kendall dans un long passage orienté vers le sud et qui s'éloignait de la ligne de crête principale en partant juste à l'est d'Helicopter Hill. Lorsqu'ils atteindraient la ligne de crête est-ouest principale, les hommes de la 1re section attaqueraient vers l'ouest et frapperaient Helicopter Hill de l'est. Ils auraient le soutien de la section de Kendall, qui tiendrait aussi lieu de réserve. Kendall s'installerait sur une petite bosse juste derrière la ligne de départ de la 1re section, ses hommes tirant au-dessus de la 1re section. La 2e section de Goodwin avancerait simultanément le long d'une bande de terre plus étroite, parallèle à celle qu'emprunterait le gros des troupes, juste à l'ouest. Mais au lieu de rejoindre la ligne de crête principale, le passage plus étroit menait directement au flanc sud d'Helicopter Hill. La défoliation de l'Air Force n'ayant pas bien réussi à cet endroit, ils seraient à couvert presque jusqu'en haut. Goodwin devrait se mettre en ligne et disposer sa section au sommet du passage et sur les deux pentes descendantes, si possible sans se faire détecter, afin d'attaquer par le sud lorsque Fitch jugerait que l'ennemi était complètement aux prises avec la 1re section sur le flanc est. Ainsi la 2e section resterait cachée plus longtemps et, une fois lâchée, serait exposée le moins de temps possible aux tirs de Matterhorn, qui se situait directement à l'ouest du passage. S'approcher dans l'obscurité permettrait à la section de Goodwin d'éviter les tirs en provenance de Matterhorn avant l'assaut, mais seulement si elle n'était pas détectée. En fait, une bonne partie du plan reposait sur la capacité de Goodwin à se mettre en position sans se faire repérer. Une fois le jour levé et l'assaut lancé, sa section se mêlerait rapidement aux troupes de l'APVN sur Helicopter Hill, et les soldats ennemis sur Matterhorn n'auraient certainement pas d'autre choix que de cesser de tirer.

Bien sûr, le problème principal demeurait les défenseurs d'Helicopter Hill. Malgré tout, Fitch tablait sur le fait que les branches mortes de la jungle défoliée juste sous la colline permettraient aux soldats de se dissimuler et d'être à couvert s'ils parvenaient à lancer l'assaut dans la faible lueur du petit matin. Cela signifiait que tout devrait se passer à l'aube et, il l'espérait, avec des nuages proches du sol. Dans ce cas-là néanmoins, on ne pourrait espérer aucun appui aérien.

— Génial, bordel ! déclara Mellas. Il nous a fallu trois heures pour conclure qu'on va simplement charger ces enculés.

Ce fut presque avec soulagement qu'il se lança dans la planification des lignes de départ, du minutage, de la coordination aérienne et des signaux fumigènes et manuels.

Ils partirent en file indienne dans l'obscurité de la jungle à 1 heure et passèrent une heure plus tard dans les hautes herbes du fond de la vallée. Les nuages bas, la bruine et l'obscurité dissimulaient complètement Matterhorn et la ligne de crête. Mellas avait l'impression que sa carte et le faible point rouge de sa torche électrique étaient l'unique réalité dans une obscurité qui oppressait non seulement la vue, mais aussi l'esprit.

Ils atteignirent l'endroit où la section de Goodwin était censée virer vers l'ouest pour commencer à gravir le passage qui lui avait été assigné. Tous lâchèrent leurs sacs en silence. Le but était d'économiser de l'énergie lors de l'ascension, de se libérer pour se mouvoir rapidement dès que le combat débuterait, et d'éviter les bruits inutiles. Ils n'emportèrent que de l'eau – des gourdes remplies à ras bord pour éviter les clapotis – ainsi que deux boîtes de nourriture chacun, emballées avec soin dans des chaussettes pour empêcher qu'elles ne tintent en s'entrechoquant. Les munitions furent soigneusement placées dans des poches en tissu. On se frotta le visage avec de la boue et de la terre.

Même libérés de leurs sacs, ils avançaient très lentement. Les bruits les plus infimes résonnaient comme des cloches. Des branches invisibles leur giflaient les yeux. Un brouillard glacé les enveloppait. Les gamins juraient tout bas en agrippant la terre devant eux. Ils écartaient en silence les branches de leurs visages, ravalant le désir de décharger leur colère contre pareille souffrance. Ils rampaient sur des arbres tombés, se faufilaient à travers des ronces épaisses. Pour se déplacer silencieusement dans l'obscurité, il faut beaucoup de temps. Beaucoup trop de temps. Déjà le jour se levait.

Une explosion devant le gros des troupes précipita tout le monde à plat ventre. Un long hurlement plaintif resta suspendu dans l'air. Samms, qui se trouvait juste derrière Mellas, se redressa.

— Que quelqu'un fasse taire ce connard ! chuchota-t-il. Faites-moi taire ce fils de pute !

Les 1re et 3e sections avaient perdu l'avantage de la surprise.

Le hurlement cessa abruptement.

Le silence de la jungle suite à ce cri de souffrance fut comme du coton imbibé d'éther, engourdissant, oppressant, dangereux. Tout le monde se demandait ce qui avait pu arriver pour provoquer une telle douleur, et ce qui l'avait interrompu.

Il avait pris fin quand Jancowitz avait fermé les yeux et enfoncé le poing dans le trou laissé par la mâchoire inférieure explosée du gamin qui ouvrait la marche. Les éclats de la mine directionnelle DH-10 lui avaient emporté les yeux et la mâchoire inférieure, laissant intactes ses cordes vocales. Un pied lui avait aussi été arraché.

Jancowitz sortit sa main sanglante du carnage autour de la gorge du gamin. Un morceau d'os maxillaire auquel il restait deux dents accrocha la bague d'opale que Susi lui avait achetée. Fredrickson se précipita sur lui et bloqua d'une main la carotide qui giclait, tout en tâtonnant pour mettre une compresse épaisse sur le moignon de la partie inférieure de la jambe.

Jancowitz toucha Fredrickson à l'épaule et la secoua doucement.

— Laissez-le mourir, Doc, dit-il.

Fredrickson hésita, puis lâcha l'artère. Le sang suinta rapidement, tout jaillissement enfin terminé.

— C'était qui ? demanda Fredrickson d'une voix douce, le visage barbouillé de sang.

Le visage qu'il avait devant lui était méconnaissable.

— Broyer.

Fracasso, qui avait observé les efforts de Fredrickson avec anxiété, eut un mouvement de recul involontaire et heurta Hamilton.

— Désolé, marmonna-t-il.

Ils enveloppèrent le corps de Broyer dans son poncho et glissèrent ses lunettes en plastique noires dans la poche de sa veste de treillis. Ensuite, ils enroulèrent les rebords du poncho pour pouvoir les agripper. Fredrickson nota le numéro d'évacuation dans son carnet, ainsi que la cause de la mort.

Fracasso plaça l'escouade de Jacobs en tête. Ils continuèrent d'avancer tant bien que mal afin de se positionner pour l'assaut, tout en sachant qu'ils ne pourraient plus compter sur l'effet de surprise. Leur espoir principal reposait désormais sur Goodwin – au cas où il parviendrait à grimper sans se faire repérer.

Le brouillard tourbillonnait autour d'eux. La peur des mines hantait chacun de leurs pas. Le corps de Broyer les ralentit considérablement.

***

Big John Six était affolé.

— Il est presque 8 h 30, bon sang ! Ils auraient dû atteindre leur LFD il y a trois heures de ça. Je savais que j'aurais dû virer ce foutu Fitch !

Hawke écoutait, tout en sachant que Fitch aurait eu beaucoup de chance d'atteindre la LFD – la ligne finale de départ – à temps. Il s'inquiétait davantage des conditions météorologiques que de son échec à partir à l'heure. L'appui aérien, qui décrivait des cercles serrés à portée de tir de la cible, avait besoin d'un temps clair et devait frapper avant d'être à court de carburant.

Le capitaine Bainford jeta son crayon à travers la casemate et s'adossa à sa chaise pour regarder Simpson et Blakely. Il avait envoyé quatre Phantom F4 qui, après avoir attendu au-dessus des nuages, s'étaient retrouvés à court de carburant et avaient dû regagner la base. Il maudit l'incapacité de Fitch à se tenir à un horaire. Un des opérateurs radio ramassa son crayon.

— Et la Navy ? demanda Simpson.

Bainford soupira.

— Je vais essayer, Sir. Mais il faut qu'ils puissent voir ce qu'ils bombardent, comme les autres.

Bainford se retourna vers la radio et s'efforça de rassembler une nouvelle escadrille susceptible d'attendre au-dessus des nuages imposants qui masquaient les montagnes à l'ouest.

***

À cet instant, Goodwin était en train d'étirer discrètement sa section en une longue ligne frontale et s'apprêtait à quitter l'abri des arbres pour gravir les pentes défoliées d'Helicopter Hill. Il appuya sur le bouton de transmission du combiné pour signaler son arrivée. Fitch jeta un coup d'œil à sa montre. Cela faisait près de huit heures que la compagnie avançait sans repos ni nourriture. Il ne pouvait que supposer à quelle distance il se trouvait de sa propre ligne finale de départ.

***

Robertson émergea de derrière une épaisse couverture de broussailles et surprit du coin de l'œil un mouvement dans un arbre. Un soldat de l'APVN était en train de pisser et, en se tenant à une branche, traçait des motifs dans la terre avec son urine.

— Oh merde ! lâcha Robertson avant de tomber en arrière en ouvrant le feu avec son M16.

Au même moment, un deuxième soldat de l'APVN perché dans l'arbre lâcha une longue salve de son AK-47. Celui qui pissait sauta à terre et courut de toutes ses forces. Son ami tomba à la renverse, le corps encore traversé par les balles de Robertson.

Les radios s'animèrent avec un grésillement.

— On est engagés, dit Fitch. Fin du silence radio. Terminé.

La compagnie s'élança, toujours en file indienne, derrière Fracasso, qui quitta le couvert de la jungle pour gagner le sommet défolié de la ligne de crête principale et la traverser à la course en descendant le côté nord et déployant la section en file indienne derrière lui au fil de son avancée. Il s'arrêta pour mettre ses hommes en place, avant de retourner au centre et d'avancer à quatre pattes derrière eux tandis qu'ils restaient allongés, fixant intensément leur objectif.

La silhouette chauve d'Helicopter Hill vacillait dans le brouillard gris. La colline avait considérablement changé depuis que la batterie d'artillerie en avait fait une ZA auxiliaire, dont elle avait dégagé les arbres en les faisant sauter jusqu'à quarante, cinquante mètres de la crête et bousillé tous ceux qui restaient, ainsi que les broussailles, avec des produits défoliants. L'APVN avait aussi construit des casemates clairement visibles près du sommet de la colline, qui dépassait d'une centaine de mètres la corniche où Fracasso était accroupi. Celle-ci s'élevait progressivement, en s'éloignant de lui, vers l'ouest. À environ trois cents mètres de l'endroit où il se trouvait, elle se confondait avec Helicopter Hill, qui se dressait abruptement, en pente raide, comme la grosse jointure d'un doigt. D'après la carte, et après avoir interrogé tous ceux qu'il avait pu, Fracasso savait que la masse bien plus imposante de Matterhorn se tenait derrière Helicopter Hill, à environ six cents mètres vers l'ouest, cachée à son regard. Le sommet de Matterhorn, avec sa ZA aplatie et ses positions d'artillerie abandonnées, dépassait Helicopter Hill d'environ deux cents mètres. Elle était donc à portée de fusil, et cela ne lui plaisait pas. Mais pour l'instant, il avait d'autres inquiétudes.

Kendall et Samms mirent la 3e section en position, entassant tout le monde par étages sur la petite bosse derrière la 1re section, heureux d'avoir pénétré le terrain dangereux en premier la veille, mais se sentant coupables et anxieux pour les marines de la 1re section silencieusement allongés par terre devant eux. Mellas rejoignit Fitch et le groupe du poste de commandement, ainsi que l'escouade de mortiers, au sommet de la petite bosse.

Bass et Fracasso passaient de gamin en gamin pour administrer de petites claques sur des fesses ou des jambes, vérifier l'équipement, passer en revue les signaux fumigènes et manuels pour la vingtième fois, réconforter en évoquant les avions qui se tenaient prêts, même si tout le monde savait que les nuages les empêcheraient d'approcher. *Peut-être que le chef ne nous enverra pas au casse-pipe sans appui aérien*, se disaient-ils. Cet espoir s'évanouit quand Fitch prit le combiné.

— OK, Bravo Un. Lancez de la fumée quand vous voulez des tirs. Bonne chance. À vous.

— Oui, chef, répondit Fracasso.

Tous étaient allongés, fixant devant eux les arbustes morts et les arbres défoliés sur la colline. Fracasso baissa les yeux sur la ligne où Bass était accroupi avec Skosh. Bass le regardait, guettant le signal du départ. Fracasso se signa. Puis il se leva et agita le bras vers l'avant, en direction de la colline. Bass imita son signal pour ceux qui ne pouvaient pas le voir. Tous les marines se mirent debout, ôtèrent la sûreté de leurs armes et commencèrent à avancer. On ne courrait pas. Atteindre le sommet de la colline épuisé signifierait une mort presque certaine. Ils marchèrent, attendant que l'ennemi ouvre le feu.

***

Mellas avait les yeux braqués sur les dos des soldats de la 1re section.

— Pourquoi ? Pourquoi ? Pourquoi ? ne cessait-il de chuchoter.

En même temps, une immense exaltation s'emparait de lui. Il se tourna vers Fitch.

— Tu n'as pas besoin de moi ici. Je vais rejoindre la 1re section.

Et sans trop savoir pourquoi, il courut la rattraper dans sa lente avancée.

Et là, en courant pour la rejoindre, il se sentit submergé de joie. C'était comme s'il rentrait chez lui après une cinglante tempête hivernale et retrouvait la chaleur de son salon. Le ciel paraissait bleu et clair, même s'il savait qu'il était couvert. Si ses jambes n'accéléraient pas, son cœur finirait par aller plus vite que ses pieds et par éclater. Son cœur, son corps tout entier débordait d'une émotion qu'il ne pouvait décrire que comme de l'amour.

Il arriva à la hauteur de Bass en haletant et s'installa sur la pente sud qui descendait de la corniche, quelques mètres à droite de Bass. Celui-ci s'était placé entre l'escouade de Jacobs sur sa gauche et celle de Jancowitz, qui tenait le centre de la ligne sur les deux versants de la corniche. Fracasso avait donné cette position à Jancowitz parce qu'il allait falloir des compétences et de l'expérience pour empêcher l'escouade de se scinder en deux si jamais la force gravitationnelle et la peur attiraient les soldats vers le milieu de la pente, en contrebas de la ligne de crête. Fracasso s'était placé tout près du sommet, sur le côté nord. De là, il voyait l'endroit où le flanc droit de Jancowitz touchait l'escouade de Connolly qui tenait l'extrémité droite de la ligne ; ainsi pouvait-il tenter d'empêcher les deux escouades de s'écarter l'une de l'autre. En même temps, il aurait la possibilité de passer la tête au-dessus de la corniche pour voir où en était l'escouade de Jacobs, même s'il comptait surtout sur Bass pour les maintenir groupés avec le reste de la file.

Ils se trouvaient à une centaine de mètres du pied de la colline quand une mitrailleuse ouvrit le feu du bas de la pente, arrosant directement l'arête de la corniche d'une longue ligne de balles qui oscillait légèrement de part et d'autre. La file de marines n'hésita qu'un instant et se baissa, surtout d'instinct. Les trois chefs d'escouade, ainsi que Bass et Fracasso, poussèrent aussitôt en avant pour maintenir le rythme de leur marche. La ligne tout entière continua d'avancer, sans que personne ne se trouve sur la crête de la corniche, où les balles de mitrailleuse faisaient gicler la boue. La mitrailleuse était bien placée. Elle interdisait l'accès à la voie d'approche la plus directe de la colline, forçant les attaquants à emprunter une pente plus abrupte sur les côtés de la corniche, élargissant ainsi la distance qui les séparait.

Fracasso fonça devant la ligne, près du flanc nord de la corniche, où les balles de mitrailleuse lui volèrent au-dessus de la tête. Hamilton courut à côté de lui avec la radio. Ensuite, Fracasso lança une grenade fumigène rouge, et Hamilton contacta la 3e section par radio pour qu'elle ouvre le feu derrière eux.

L'air du matin fut brisé par le tir de quarante fusils, de trois mitrailleuses et des mortiers de 60 mm. La 1re section bondit en avant, courant désormais par brefs éclairs de vitesse, les gamins se jetant à terre pour tirer en l'air avant de reprendre leur avancée, toujours plus haut. La terre sur le flanc de la colline bouillonnait sous les balles qu'y déversait la 3e section. Les marines de la 1re section heurtèrent le talus abrupt, la première ligne se déployant en croissant, puis gravirent la pente par petits bonds disciplinés – une manœuvre que les marines avaient apprise en exercice dès leur premier jour au camp d'entraînement. Certains d'entre eux criaient pour garder leur entrain ; d'autres criaient simplement d'excitation. Quelques-uns firent feu avec leurs fusils vers le haut de la côte, mais la plupart s'abstinrent de tirer, conscients que l'angle était mauvais.

Environ vingt-cinq mètres plus haut sur la pente, Fracasso lança une grenade fumigène verte pour indiquer à la 3e section et aux mortiers de cesser le feu. Fitch avait annulé les tirs pour leur éviter de toucher leurs propres hommes.

Il y eut une ou deux secondes de silence.

Puis Helicopter Hill explosa sous le tir régulier et assourdissant des mitrailleuses lourdes et le morne fracas des AK-47 automatiques et des fusils SKS semi-automatiques de l'armée nord-vietnamienne. À présent, le sol sous les pieds de la 1re section crachait de la poussière et de la boue, parfois teintées de rouge sombre.

***

Mellas courait en avant, se jetait derrière des rochers, traversait à pleine vitesse les endroits exposés avant de plonger de nouveau derrière tout ce qui pouvait le protéger des tirs qui s'abattaient sur eux. Son être tout entier s'était condensé dans son cœur qui battait fort, et dans la chaleur rapidement croissante du sang qui lui irriguait le cerveau et les jambes. Les gamins couraient et se baissaient par groupes de deux ou trois. Fracasso essayait tant bien que mal de maintenir la section unie. L'escouade de Connolly, sur le flanc nord de la corniche, restait regroupée, laissant un grand espace vide entre elle et Jancowitz, dont l'escouade s'était répartie de part et d'autre de la corniche. Jacobs, sur le côté sud, faisait avancer son escouade par bonds, deux équipes de tir faisant feu tandis que la troisième se ruait en avant.

L'APVN, désormais plus immobilisée par les tirs de la 3e section, maintenait l'agressivité de ses propres tirs. Le monde semblait chavirer tandis que Mellas observait la chair molle affronter le métal chaud. Ce qui, quelques instants plus tôt, avait été un mouvement organisé, se désagrégeait en confusion, bruit et sang. À regarder, on aurait pu croire que l'assaut était encore mené par les chefs, mais ce n'était pas le cas. Il se poursuivait parce que chaque marine savait ce qu'il avait à faire.

Mellas fut transporté hors de son corps, au-delà de lui-même. C'était comme si son esprit observait froidement alors que son corps courait frénétiquement, avec peur et passion. La frayeur qu'il éprouvait allait au-delà de toutes celles qu'il avait jamais connues. Mais cette peur brillante et intense, ce terrible ici et maintenant, mêlé à la signification essentielle que prenait chaque mouvement de son corps, le poussait à franchir des barrières dont il n'avait même pas soupçonné l'existence jusque-là. Il s'abandonna complètement au dieu de la guerre qui était en lui.

Une salve de balles de mitrailleuses claqua au-dessus de sa tête tandis qu'il suivait en courant le contour de la colline pour tenter d'aider les escouades à se rapprocher de nouveau les unes des autres. Il entendit les hurlements de quelqu'un appelant un infirmier à l'aide. Il courut en direction du bruit et trouva Doc Fredrickson. Deux gamins étaient à terre, l'un qui respirait de façon inégale, l'autre touché dans les dents du dessus, un trou béant à l'arrière du crâne, là où la balle était sortie. Les deux autres membres de l'équipe de tireurs continuaient de grimper, face aux tirs. Mellas courut derrière eux. Il vit Jacobs s'accroupir derrière un petit affleurement en avançant vers un emplacement de mitrailleuse.

Young se précipita à côté de Jacobs, installa sur une petite bosse le bipied au bout du canon de sa mitrailleuse et lança un tir de riposte régulier contre la mitrailleuse de l'APVN. Cela permit aux deux gamins qu'il restait de l'équipe de tireurs de continuer à gravir la colline à quatre pattes, grenades à la main.

— Où est Jermain ? cria Mellas à Jacobs. Il nous faut un M79, bordel !

Jacobs, juste au-dessus, se tourna pour baisser les yeux sur lui. Il montra du doigt. Mellas partit à la course en se servant de la pente raide de la colline comme couverture. Des balles filèrent au-dessus de sa tête. Il trouva Jermain en train de ramper précautionneusement vers le sommet à travers les buissons épais en poussant son lance-grenades M79 à canon court devant lui.

— Il nous faut des grenades ! cria Mellas. La casemate à la mitrailleuse. Jacobs est parti à l'attaque.

Puis il fit demi-tour, sans même s'assurer qu'il le suivait et sans penser un seul instant qu'il ne le ferait pas. Jermain lui courut après.

La terre giclait à l'avant de la petite bosse, de part et d'autre de Young. Il montrait les dents et, le visage tordu de peur, était aux prises avec le mitrailleur de l'APVN, les balles volant entre eux. Il continuait de tirer par salves brèves et régulières afin de ne pas surchauffer son canon et de permettre aux autres d'avancer. Jermain cria de descendre à Robertson et aux deux nouveaux gamins de son équipe de tireurs au-dessus de lui. Puis il se leva en s'exposant aux rafales et se mit à tirer des grenades dans l'ouverture de la casemate. La mitrailleuse de l'APVN s'arrêta.

Robertson et les deux autres gamins se mirent alors à genoux et se ruèrent sur le côté de la casemate pour l'achever. Mellas était déjà en train de s'enfuir à la course, car il avait fait tout ce qu'il pouvait. Il ne vit pas l'un des gamins s'effondrer par terre, touché dans le dos par une balle tirée par un trou dissimulé à droite de la casemate. Robertson roula en avant pour se mettre à l'abri des buissons et lança ses deux grenades dans le trou ouvert, tuant les deux Nord-Vietnamiens qui tiraient. Mais maintenant sans grenades, il ne pouvait plus rien faire contre la casemate à la mitrailleuse. Il s'allongea sur le dos et tint son fusil contre sa poitrine. La mitrailleuse rouvrit le feu. Young riposta. Maintenant, c'était à Jacobs de savoir quoi faire.

Mellas courut derrière l'escouade de Jancowitz. Les hommes étaient en train de se regrouper, facilitant la tâche aux mitrailleurs de l'APVN ; ils se voyaient contraints par le terrain à emprunter contre leur gré la voie d'approche plus directe mais bien plus meurtrière du haut de la ligne de crête.

— Vire-moi ces connards de la corniche ! hurla Mellas en apercevant Bass.

Ce dernier acquiesça d'un signe de tête et, le souffle court, partit en avant, talonné par Skosh avec la radio.

Mellas fonça directement en haut de la pente. Pollini s'y trouvait et tentait frénétiquement de débloquer son fusil. Il regardait constamment au-dessus de lui et ne cessait d'enrayer son arme.

Il ne fallut qu'un instant à Mellas pour comprendre le piège. Les buissons juste en face de Pollini avaient été élagués jusqu'à près de un mètre du sol, les branches étant laissées dans leur état normal. D'où un champ de tir dégagé pour une mitrailleuse qui pouvait briser les jambes de tout homme en marche et le pousser à foncer la tête la première dans les balles.

— Shortround, donne-moi ce fusil de merde ! hurla Mellas.

Sa voix était à peine audible au-dessus du bruit. Pollini lui tendit son arme comme si elle allait exploser d'une seconde à l'autre. Il lui lança un regard perdu et baissa les yeux sur le bas de la pente, là où, semblait-il, on était en sécurité. Puis il adressa un sourire à Mellas.

— Il est enrayé, Sir.

Mellas vit rapidement que Pollini n'avait pas engagé son chargeur complètement et que le rebord supérieur bloquait le passage du verrou. Il secoua la tête et enclencha le chargeur avec un bruit sec. Il tira une petite salve. Les douilles chaudes giclèrent, frappant Pollini sur le côté du visage. Celui-ci revint brusquement à la situation présente. Il sourit, tendit le bras pour reprendre son fusil et porta de nouveau le regard en haut de la pente, à travers le tunnel de broussailles dégagées.

— Ça ira ? lui demanda Mellas.

Pollini sourit, déglutit et acquiesça.

— Ouais. C'était enrayé, hein, Sir ?

— Ouais, eh bien, il ne l'est plus maintenant. Fais gaffe. Il y a une mitrailleuse juste au-dessus de toi.

Mellas s'éloigna, en quête de Jancowitz.

Pollini se releva précipitamment et fila vers le sommet de la colline. Il courut tout droit en haut du sentier soigneusement dégagé et disparut avant que Mellas ait pu le plaquer au sol.

La mitrailleuse ouvrit de nouveau le feu, et Mellas plongea derrière une petite saillie tandis que les balles lacéraient la boue et les branches. La mitrailleuse s'arrêta. Pendant le bref silence qui s'ensuivit, il entendit Pollini crier :

— Je suis touché ! Je suis touché !

Mellas se colla à la terre lorsque la mitrailleuse reprit, en espérant que Pollini reviendrait en rampant. Ce ne fut pas le cas.

Bass arriva sur le côté de la colline.

— Qui est touché ? demanda-t-il.

— Shortround, répondit Mellas en reculant à quatre pattes vers Bass, qui s'était penché sur le flanc contre la pente abrupte.

À ses pieds, Skosh se tenait accroupi et s'efforçait d'écouter la radio, une main sur son oreille exposée.

Bass regarda vers le sommet de la colline.

— Il y a une saloperie de mitrailleuse en haut, Sir.

— Je sais. Shortround est vivant. Je l'ai entendu crier.

— Moi aussi, dit Bass. Mais ce serait du suicide d'aller le chercher. On va essayer de contourner la mitrailleuse. Elle est retranchée, mais pas dans une casemate, comme l'autre. Peut-être une Mike-26.

Doc Fredrickson arriva précipitamment pour se mettre en sécurité relative sous le sommet de la colline, où les trois hommes étaient accroupis. Il s'adossa à la pente et, la poitrine se soulevant, regarda la longue ligne de crête où plusieurs corps étaient à découvert. Il n'écoutait pas la conversation.

Mellas se tourna vers Bass et sourit.

— Qu'est-ce que vous en dites, sergent Bass ? Ça mériterait au moins une Navy Commendation si j'allais le chercher ?

Il avait eu l'intention de plaisanter, mais se rendit compte qu'il était en partie sérieux.

Bass le regarda. Lui n'était pas d'humeur à plaisanter.

— Vous allez vous faire tuer là-haut, lieutenant. Faites pas ça.

Soudain, Mellas fut résolu à décrocher une médaille ; en plus, c'était sa faute si Pollini n'était plus de corvée au mess à la BCV. Il se tourna vers Fredrickson.

— Attendez ici que je le ramène.

Fredrickson, qui reprenait encore son souffle, ne réagit pas.

— OK, Sir, dit Bass, je vais essayer de vous couvrir un peu. Si vous vous faites tuer, je proposerai votre nom pour une Bronze Star posthume.

— Ça marche.

Jusqu'à cet instant, Mellas avait eu l'impression d'évoluer dans un film. À présent, mis devant les conséquences de sa décision, il sentait que ce film était sur le point de se scinder en deux : d'abord une lumière aveuglante, puis plus rien.

Il regarda Skosh et Bass prendre place sur sa gauche en rampant lentement. Il leur adressa un signe de la tête, ils levèrent leurs fusils au-dessus du rebord de la colline et ouvrirent le feu. Mellas se leva à toute vitesse pour s'élancer au-dessus de la petite crête et projeter son corps par terre en tirant à l'aveuglette vers le haut de la pente, dans l'espoir de contraindre le mitrailleur à baisser la tête tandis qu'il rampait en avant.

Pollini était étendu sur le dos, les pieds vers le haut de la colline et la mitrailleuse. Mellas percuta le sol juste sous sa tête. Il tendit le bras et essaya de l'entraîner vers le bas de la pente en tirant sur sa chemise, aux épaules. La mitrailleuse reprit dès que Mellas cessa ses coups de feu. Malgré ses efforts, il n'arrivait pas à exercer une force suffisante pour faire bouger Pollini. Il jura. Tira encore. Pas moyen de le dégager. Les balles claquaient à côté de ses oreilles. Il lâcha une dernière salve désespérée avec son M16 juste au-dessus du corps de Pollini et se précipita à côté de lui. Il se retourna, se jeta sur lui et l'étreignit en face à face. Puis il le serra dans ses bras, souleva leurs deux corps de biais sur la pente abrupte et se mit à rouler rapidement vers le bas en entraînant Pollini avec lui. Il sentait les balles frapper le sol tout autour de lui. À chaque roulement, il espérait que ce serait Pollini et non lui qui serait touché.

Soudain, le sol se déroba et il tomba sur le talus. Fredrickson l'y attendait et dégagea Pollini. Celui-ci avait cessé de respirer. Du sang lui sortait de la bouche. Bass et Skosh arrivèrent en courant au coin du talus, et les trois hommes observèrent la scène en silence. Prendre la colline, avec le bruit épouvantable et la confusion qui faisait rage autour d'eux, tout fut oublié tandis qu'ils regardaient Fredrickson faire tout ce qu'il pouvait pour sauver la vie de Pollini.

Fredrickson soufflait de l'air dans la bouche du soldat et recrachait du sang et du vomi à chaque respiration. Il continua ainsi pendant au moins une minute, puis il leva les yeux vers les trois autres, la défaite visible sur son visage. Il écarta quelques cheveux emmêlés et ensanglantés au sommet du crâne de Pollini et découvrit un petit trou rond. Mellas se souvint que, en haut de la colline, le casque de Pollini était derrière lui, par terre.

— Je ne peux rien faire pour lui, Sir, déclara Fredrickson, la douleur et l'impuissance marquant son visage. Il a une balle quelque part à l'intérieur du crâne. Je ne vois pas de trou de sortie.

Mellas hocha la tête et regarda Bass et Skosh.

— Putain de Shortround, dit Skosh d'une voix douce avant de se détourner, la mâchoire serrée, pour regarder vers le haut de la pente.

La mitrailleuse ouvrit le feu, ses lourdes salves claquant dans l'air. Ils entendirent claquer des grenades. Puis le silence se fit. Et la mitrailleuse repartit de plus belle.

Oubliant Pollini, Mellas courut en direction des bruits. Il tomba sur Amarillo, qui rampait vers l'avant, et se joignit à lui.

De la sueur perlait sur le visage d'Amarillo.

— Janc, Sir, dit-il. Il est parti attaquer le mitrailleur. Il a l'équipe de Jackson avec lui.

Mellas ne voyait ni Jackson ni Jancowitz. Il regarda derrière lui. Un nouveau gamin était recroquevillé, l'épaule et le cou traversés par une balle. Mellas ne savait même pas comment il s'appelait.

Amarillo vit Mellas regarder le marine mort.

— Un bleu-bite, tout juste sorti de l'ITR[1]. Il s'est mis à courir vers la mitrailleuse.

Mellas ne répondit pas. Surmontant leur désir de rester collés à la terre, tous deux se précipitèrent en avant.

Jackson faisait avancer son équipe par petits bonds et se rapprochait de la mitrailleuse. Aucun marine ne tirait.

— Où est Janc ? cria Mellas.

Jackson lui montra du doigt vers l'avant.

— Il s'est barré sur le côté, Sir. On sait pas où il est.

Mellas comprenait à présent pourquoi personne ne tirait.

Ils entendirent des coups de feu assourdissants et des cris sur leur gauche, mais Mellas s'en rendit à peine compte. C'était la section de Goodwin, que Fitch venait de lâcher.

Au milieu de la clameur, ils entraperçurent la tête de Jancowitz au-dessus des buissons. Il longeait la colline afin de prendre la mitrailleuse de l'APVN par le flanc. Il tira une salve de son M16. Un homme qui se trouvait près du mitrailleur tourna son AK-47 sur lui, mais il continua de courir en avant.

Jackson vit le mitrailleur braquer son arme sur Jancowitz. Il se leva à toute vitesse et chargea vers le haut de la pente en hurlant.

— Janc, espèce de pauvre crétin ! Espèce de pauvre taré de crétin !

Jancowitz retira la goupille de sa grenade alors même que le mitrailleur finissait de tourner son AK et ouvrait le feu sur lui. Janc donna l'impression de jeter sa grenade et de s'affaisser simultanément, les balles perforant l'arrière de son gilet pare-éclats. Ensuite, sa grenade explosa – comme un brusque applaudissement dans une salle vide.

Cortell se dirigea vers lui en courant et en tirant de brèves salves vers le trou à canon. Puis, comme secoué par une main invisible, son cou claqua en arrière et son casque partit en vrille derrière lui. Il tomba à genoux en regardant d'un air hébété son fusil, qu'il tenait à l'horizontale devant lui. Puis il s'effondra, sa tête nue par terre comme celle d'un musulman en prière.

Jackson continua de courir pour atteindre Jancowitz. Mellas arriva à la hauteur de Cortell et le fit rouler sur le côté. Il avait les genoux encore

1. *Infantry Training Regiment.*

repliés sur le ventre en position fœtale. Du sang coulait de son front sur ses cheveux emmêlés. Il serrait les dents de douleur.

— Janc l'a eu, Sir, dit-il d'une voix rauque. Janc l'a eu. Oh, Janc. Oh, mon Dieu !

Mellas attrapa le paquet de pansements accroché au ceinturon de Cortell, déchira le papier d'emballage et colla une compresse sur ce qui ressemblait à une ride qui partait de son front et descendait au-dessus de son oreille. Puis il posa la main de Cortell sur le pansement et appuya fort.

— T'as pas intérêt à bouger, dit-il.

Il repartit vers le haut de la colline. Il passa devant le corps de Jancowitz. Du sang suintait encore dans son dos, sous son gilet pare-éclats. Une tache noire s'élargissait lentement sur les deux jambes de son pantalon. Trois faits s'imposèrent à lui en même temps : la mitrailleuse s'était tue, Jancowitz était mort, et il fallait tirer parti de cette ouverture. Il se tourna à gauche et aperçut Goodwin qui avançait déjà dans sa direction, accompagné de toute une escouade. Avec ses instincts naturels de guerrier plus rapides que les pensées de Mellas, Goodwin se précipitait déjà dans le fossé de la mitrailleuse. En quelques secondes, il se retrouva avec cinq autres marines derrière la ligne de trous de combat et de casemates. China gravit précipitamment la pente abrupte, sa lourde mitrailleuse contre la poitrine, et se jeta à terre, au bord de la position de l'ancien mitrailleur de l'APVN. Il se mit à tirer sur les trous de combat ennemis, à droite de Goodwin. Mellas comprit tout de suite ce qu'il était en train de faire. Il continua de courir. Il cria vers Goodwin, qui ne semblait pas l'entendre. Il courut. Il adressa des signes de la main aux marines derrière lui afin de les rediriger derrière China et de tirer parti du fait que l'ennemi ne pouvait plus se lever assez longtemps pour viser et tirer à cause du flot de balles imposé par China. Il accrocha le regard de Goodwin, le montra du doigt et indiqua la gauche. Puis il montra sa propre poitrine et indiqua la droite. Le chaos repassa aussitôt vers l'ordre.

À présent que les soldats de la 2e section se déversaient dans le trou et chargeaient l'APVN par-derrière, on aurait dit qu'ils s'étaient déchargés d'un lourd fardeau.

— Ils sont en haut ! J'aperçois Scar !

Le cri traversa tout le flanc de la colline. Fracasso et les hommes de la 1re section se ruèrent en avant. Mellas était euphorique. Toute peur l'avait quitté. Il courut tout droit vers le sommet de la colline, des marines apparaissant le long de la ligne par petits groupes et déferlant à travers la rangée de trous. Les soldats de l'APVN qui ne s'étaient pas retrouvés piégés dans leur position filaient en une fuite rapide mais disciplinée le long d'un passage qui descendait vers le nord-ouest. Ce qui, quelques secondes plus tôt, n'était qu'une précipitation frénétique, était devenu une destruction prudente et méthodique. On faisait rouler des grenades dans les trous, on les jetait dans les ouvertures des casemates rudimentaires en bois. Chaque fois qu'une position de l'APVN tombait, celle d'à côté devenait vulnérable. Tout soldat ennemi qui essayait de s'enfuir vers la jungle était aussitôt tué par des tirs provenant de diverses directions.

Mellas retrouva Goodwin près d'une petite tranchée qui menait vers l'entrée d'une casemate. Tous deux avaient sorti leurs grenades. Ils échangèrent un bref coup d'œil, puis, sur un hochement de tête de Goodwin, ils pivotèrent face à l'entrée, jetèrent leurs grenades et plongèrent sur le côté tandis que l'explosion jaillissait de l'ouverture. Ils entrèrent ensemble dans la casemate à quatre pattes en tirant de courtes salves en automatique. Mellas était à plat ventre sur la plateforme et Goodwin se tenait accroupi derrière lui afin de pouvoir tirer en même temps.

Il n'y avait personne à l'intérieur.

Mellas éclata de rire et roula sur le dos, les yeux levés vers le toit de la casemate.

— Vous vous amusez bien, les gars ?

Vancouver les regardait par l'entrée en souriant. Il avait le visage strié de sueur ; sa mitrailleuse fumait. Et son sabre était dans son fourreau.

— Nagoolian s'est barré par là, dit-il en montrant le sommet de Matterhorn.

Mellas sortit en rampant et s'assit sur le toit de la casemate – ses jambes tremblaient tellement qu'il n'arrivait pas à se mettre debout. La bataille était finie. Le nombre ridiculement faible d'ennemis morts en attestait.

Goodwin partit mettre sa section en position. Ridlow, blessé à la jambe, était couché sur le flanc de la colline et, pâle de saisissement, attendait qu'on l'aide à monter jusqu'à la ZA. Mellas, encore tremblant, descendit la colline au trot pour guider les marines de la 3e section, qui se précipitaient en avant dans l'éventualité d'une contre-attaque.

Il passa devant Pollini. Ses yeux étaient ouverts et figés. Il se rappela le son de sa voix lorsqu'il s'était écrié : « Je suis touché ! » Comment avait-il pu crier s'il avait pris une balle dans la tête ? Une horrible pensée lui tordit l'estomac. À ce moment-là, Pollini avait la tête tournée vers le bas de la colline. Aurait-il pu l'avoir touché lorsqu'il tirait frénétiquement vers le haut afin de forcer les mitrailleurs à baisser la tête ?

Mellas plongea le regard dans les yeux vides de Pollini. Puis il s'assit à côté de lui – il aurait aimé lui poser la question, lui expliquer ce qu'il avait fait, lui dire qu'en réalité il voulait le sauver et pas seulement ajouter une médaille à toutes ses réussites. Il l'avait retiré de la corvée au mess en croyant bien faire. Il n'avait jamais voulu qu'il meure. Mais il ne pouvait rien lui dire de tout cela. Pollini était mort.

Il essaya de réprimer l'idée que c'était peut-être lui qui l'avait tué. Ce devait être la mitrailleuse viet. Il voulait laisser ce doute derrière lui, là, enfoui avec la balle dans le cerveau de Pollini, mais il savait qu'il ne le pourrait jamais. S'il s'en sortait vivant, il l'emporterait avec lui à tout jamais.

CHAPITRE 14

Gagner une bataille, c'est comme coucher avec une prostituée. L'espace d'un instant, le rush physique fait tout oublier, mais après, il faut filer son fric à la femme qui vous fout à la porte. On voit la crasse sur les murs, son triste reflet dans le miroir.

Un brouillard épais plongea le milieu de la matinée dans le crépuscule. Il cacha les marines d'Helicopter Hill aux tirs des snipers maintenant postés dans les casemates que la compagnie Bravo avait construites sur Matterhorn. Mais le brouillard empêchait aussi les hélicoptères d'évacuer les blessés. Les marines traînèrent leurs amis morts vers une fosse peu profonde, près du sommet de la colline. Mellas et Fitch étaient assis dans l'intérieur sombre de la casemate que Goodwin et Mellas avaient prise d'assaut. Le brouillard flottait, gris argenté, dans l'ouverture de l'entrée.

Fitch se mit à pleurer à petits sanglots silencieux, ses larmes coulant sur ses joues sales et dégoulinant sur la carte posée entre lui et Mellas. Relsnik transmettait des numéros d'évacuation pour identifier les morts et les blessés.

— Zoulou Cinq Neuf Neuf Un. À vous.

Une voix ennuyée lui répondit.

— Bien reçu, Zoulou Cinq Neuf Neuf Un. À vous.

— Affirmatif. Bravo Neuf Un Quatre Neuf. À vous.

— Hé, c'est aussi un Coors ? À vous.

— Affirmatif. Ce sont tous des Coors. Vous avez bien reçu le dernier ? À vous.

— Reçu cinq sur cinq, Bravo Neuf Un Quatre Neuf. Donnez-moi le suivant. À vous.

Et Relsnik s'exécuta, les lisant d'un trait, l'un après l'autre. Ces chiffres mèneraient éventuellement un homme sombre et écœuré par sa tâche à frapper à la porte d'une femme pour lui apprendre que son mari ou son fils rentrerait chez lui enveloppé de caoutchouc. Le corps arriverait au petit matin, pour ne pas déranger les gens à l'aéroport.

Tout en écoutant la voix de Relsnik – Pollini, Papa Sept Un Quatre Huit ; Jancowitz, Juliet Six Quatre Six Neuf – Mellas se retira à l'intérieur de lui-même. Comment était-ce possible ? Il analysa tous ses actes depuis l'instant où il s'était mis à aider Pollini avec son M16. Il l'avait averti. Mais Pollini était monté quand même. Il l'avait entendu crier : « Je suis touché ! » Un homme blessé à la tête aurait-il pu crier ainsi ? Mais où avait-il été touché encore ? Qu'est-ce que ça changeait ? Pourtant, Pollini était allongé, la tête vers le bas de la pente. Comment s'était-il retrouvé comme ça ? Un M16 lui aurait certainement fait exploser le crâne, non ? Et une balle de 7,62 mm de l'APVN ?

Mellas garda une partie de son esprit focalisée sur le côté physique de l'affaire. S'agissait-il de sa balle ou pas ? À cette question, on ne pouvait répondre que par oui ou par non, et il lui fallait décider de la réponse. La question à laquelle il ne pouvait pas répondre par oui ou par non ? Pourquoi il s'était trouvé là avec Pollini. Il aurait pu rester avec le groupe du PC. Mais il avait voulu lui venir en aide. Il avait aussi eu envie de connaître ce genre d'expérience. Cela lui avait paru incroyablement excitant. Il avait voulu la gloire. Il aurait pu abandonner Pollini. Peut-être serait-il encore en vie s'il l'avait fait. Mais il avait voulu l'aider. Il voulait une médaille. C'était lui qui avait été trop laxiste en lui permettant de se retirer de corvée de mess. S'il s'était montré intraitable, Pollini serait encore en vie à la BCV. Mais Pollini avait voulu suivre la compagnie et faire sa part du boulot. Mellas aurait pu laisser Fredrickson, ou quelqu'un d'autre, ramper après Pollini, ou attendre la fin de la bataille. Mais lui aussi avait voulu faire sa part du boulot. Et lui aussi voulait une médaille.

Il essaya d'imaginer Goodwin dans la même situation. Il n'y aurait pas eu de conflit. Scar aurait voulu apporter son aide, et avoir lui aussi une médaille. Aider et décrocher une médaille étaient deux bonnes choses. La mort de Pollini ne rendait pas mauvais ce désir de médaille, n'est-ce pas ? Quel mal y avait-il à en vouloir une, bordel ? Pourquoi Mellas pensait-il que c'était mal ? Pourquoi était-il si perdu ? Comment était-il devenu ainsi ? D'où sortait-il tous ces doutes ? Pourquoi ?

Il soupira. Il n'était pas Goodwin, tout simplement. Il était Mellas, personne d'autre, et il était rongé par le doute.

Sa rêverie fut interrompue par le faible bruit de voix qui criaient : « Alerte ! » Il échangea un regard avec Fitch, et les deux hommes attendirent les explosions en silence.

— Attendez, on a un obus sur position, dit Relsnik à l'opérateur radio du bataillon.

Il posa le combiné à côté de lui. Pallack se recroquevilla légèrement. Il n'y avait pas de bruit. Puis ils sentirent les vibrations dans la terre. Et de nouveau, pas de bruit.

— On dirait qu'ils ont frappé sur le côté sud, déclara Mellas, qui voulait rompre le silence.

— Les Viets peuvent pas ajuster de tir dans le brouillard, fit remarquer Fitch. C'est juste histoire de nous forcer à être aux aguets, j'imagine.

Ils attendirent encore une minute. Silence. Brouillard. Relsnik reprit le combiné et continua de lire la liste des numéros d'évacuation. Les 1re et 2e sections avaient chacune perdu six gamins. Cinq avaient sérieusement besoin d'être évacués et douze autres, bien qu'ils ne soient pas en danger de mort, étaient relativement hors d'usage. Quatorze d'entre eux avaient aussi subi des blessures superficielles ou des petites coupures de shrapnel. Mellas en faisait partie, ayant reçu dans la main droite quelques éclats de la grenade de Jancowitz. On aurait dit qu'il était tombé sur du gravier.

D'habitude, on ne signalait pas les petites blessures, mais Fitch en avait assez des habitudes. Il ordonna à l'encornet, Sheller, d'indiquer jusqu'à la moindre éraflure récoltée sur la colline afin que la bureaucratie médicale puisse décerner des Purple Hearts à autant de marines que possible.

— Deux Hearts et ils quittent la brousse. Trois et ils partent à Okinawa trier les chaussettes. Pas question que je leur mette des bâtons dans les roues en chicanant sur la gravité des blessures à prendre en compte. Chaque putain d'égratignure, compris ?

Sheller accomplit sa tâche avec un malin plaisir.

— Attendez, dit Relsnik. (Il se tourna vers Fitch.) Le bataillon veut une confirmation du nombre de morts.

Fitch soupira.

— On n'en a pas tué plus. Dites-leur qu'on s'en tient à dix confirmés et six probables.

— Compris. (Relsnik pressa un bouton sur le combiné.) Big John, ici Big John Bravo. Affirmatif. Dix confirmés et six probables. À vous.

Il y eut une pause, suivie d'une nouvelle voix.

— Attendez. Je vous le passe. (Relsnik soupira et tendit le combiné à Fitch.) C'est le Trois.

— Ici Bravo Six. À vous, dit Fitch.

Il tenait le combiné près de son oreille, ce qui empêchait les autres d'entendre, mais ses réponses indiquaient que, apparemment, le nombre de morts était trop bas.

— Affirmatif. Oui, on a envoyé des hommes au-delà des trous pour faire le compte. Sir, ce sont des casemates fortifiées qu'on a attaquées ! À vous.

Le combiné cracha des parasites, puis la voix du Trois revint en ligne.

— Écoutez, Bravo Six, ils ont dû être foutrement mal en point pour abandonner ces deux sept soixante-deux à culasse ouverte. (Relsnik avait communiqué par radio l'existence des deux mitrailleuses capturées. L'une d'elles avait été prise par Vancouver. Jancowitz avait payé de sa vie pour prendre l'autre.) Je pense que vous avez facilement le double des probables que vous annoncez. À vous.

— Dites-lui que vous avez descendu toute cette fichue Trois cent douzième division d'acier, chef ! suggéra Pallack.

Fitch leva une main, agacé, s'efforçant d'entendre le Trois.

— Oui, Big John Trois, vous avez raison sur ce point. À vous.

— OK, Bravo Six. On va voir ce qu'on peut faire ici. Comment ça va là-haut ? À vous.

— On a juste assez de munitions pour une grosse contre-attaque et il nous faut de l'eau. Où en sont les oiseaux d'évacuation ? À vous.

— Ils sont en attente, Bravo Six. À vous.

— J'ai cinq évacuations d'urgence ici. Si on ne les emmène pas avant la nuit, ils seront morts. Dites-le aux *zoomies*, bordel ! À vous.

Voix de Blakely sèche, maîtrisée.

— Bravo Six, je vous suggère de laisser les évacuations aériennes au contrôleur aérien avancé. Je comprends que vous avez eu une dure journée, mais vous savez aussi bien que moi que voler par ce temps serait une idiotie. À vous.

Mellas explosa.

— Et envoyer une compagnie de marines par ce temps, bordel ?

Fitch attendit que Mellas ait terminé avant de presser le bouton de son combiné.

— Je comprends. Autre chose ? À vous.

— On vous prépare un ordre de conduite le plus vite possible. Big John Trois terminé.

***

Au sommet de la colline, des silhouettes spectrales se déplaçaient lentement vers la tranchée où les morts étaient allongés en rangs, leurs rangers décolorées par le soleil et les intempéries dépassant des ponchos sombres que le brouillard avait rendus lisses. Cortell les y attendait. Il avait la tête enveloppée de pansements. Lorsqu'il jugea que tous ceux qui comptaient venir s'étaient attroupés, il sortit une petite Bible de poche et en lut quelques versets à voix haute. Jackson articulait en silence : « Janc, pourquoi t'as fait ça ? » Fracasso se tenait nerveusement derrière Cortell. À la Naval Academy, personne n'avait jamais évoqué ce qu'il fallait faire après.

Il avait demandé à Jackson de prendre l'escouade. Celui-ci avait refusé. Perplexe, Fracasso en avait discuté avec Bass, qui lui en avait expliqué la cause possible. Alors il avait fait permuter Jackson et Hamilton, à qui il avait donné l'escouade. Jackson hissa la radio par-dessus son gilet pare-éclats. Il avait passé cet accord ; il s'y tiendrait.

Le crépuscule qu'avait été toute cette journée s'estompait. Les oiseaux d'évacuation ne viendraient pas. Des gamins qui avaient bu leur eau en prévision d'un ravitaillement s'en voulurent de ne pas avoir été plus économes. En bas, dans la casemate où ils avaient traîné les cas les plus sérieux, Sheller regardait, impuissant, le niveau des solutions intraveineuses diminuer en se vidant dans les blessés. Lorsque les autres infirmiers quittèrent la casemate afin de s'installer pour la nuit, il retira discrètement les perfusions à deux gamins inconscients et versa le liquide dans les flacons qui pendaient au-dessus des autres.

Merritt, un tireur de la section de Goodwin, le regarda faire. Il faisait partie des trois blessés encore conscients.

— Qu'est-ce que vous faites, Doc ? murmura-t-il.

Déchirés et couverts de sang en train de sécher, ses habits lui collaient au corps. La terre était partout, il n'y avait aucun moyen de s'en débarrasser. Les toubibs se contentaient de verser de l'antiseptique avec. Perturbée par l'air moite, la flamme d'une bougie vacilla lorsque Sheller s'assit.

— Je vous change votre mélange d'huile et d'eau, c'est tout, dit-il avec un sourire.

— Vous l'avez pris à Meaker.

Sheller hocha la tête.

Merritt leva les yeux vers les rondins en légère décomposition qui constituaient le toit de la casemate, guère plus de un mètre au-dessus de sa tête. Il sentait l'odeur du sang, du riz et la sauce de poisson fermentée qu'on avait oubliée.

— C'est mal de vouloir rentrer chez soi à ce point ? demanda-t-il.

Sheller fit non de la tête, un doux sourire sur les lèvres. Merritt inspira péniblement. La douleur dans ses intestins, où il avait reçu deux balles, dont une qui lui avait brisé le bassin, manqua l'envoyer dans un évanouissement béat. Mais il lutta pour ne pas entrer dans ce sombre royaume tant il avait peur de ne plus jamais vouloir en revenir.

— Ça veut dire que Meaker va mourir ?

Sheller jeta un coup d'œil aux deux gamins qu'il avait voués à la mort. Il n'avait pas envie de répondre à la question. Il avait envie de mentir, et même, de se mentir à lui-même.

— Je crois que vous allez tous vous en sortir, dit-il.

— Me mentez pas, Doc, putain ! J'ai pas le temps pour ça. (De nouveau, Merritt prit une inspiration tremblante et ravala le hurlement qui voulait sortir chaque fois qu'il emplissait ses poumons.) Si je vais vivre grâce à Meaker, je tiens à le savoir. Et je veux vivre.

Sheller posa une main sur le treillis de Merritt.

— En fait, on est peut-être en train de gaspiller du plasma avec Meaker. Il a des saignements internes continus, et je n'arrive pas à les arrêter. Tu ne saignes pas aussi vite que lui.

Merritt le regarda.

— Je ne l'oublierai jamais, Doc. Je vous le promets, bordel ! (Puis il tourna la tête vers le corps inconscient de Meaker.) Meaker, espèce d'abruti de fils de pute, murmura-t-il. J'oublierai jamais ça.

Meaker mourut trois heures plus tard. Sheller et Fredrickson le traînèrent hors de la casemate et l'entassèrent avec les autres corps sur la zone d'atterrissage couverte de brume.

***

Au centre d'opérations du bataillon, Simpson et Blakely étaient en train de débattre pour savoir s'il fallait ou non lancer l'assaut sur Matterhorn le lendemain. Le ratio de morts n'était guère favorable : treize marines KIA, contre seulement dix corps confirmés du côté de l'APVN. S'ils pouvaient poursuivre le combat, il y avait des chances pour qu'ils augmentent ce ratio de manière à pouvoir en rendre compte. Mais combien y avait-il d'ennemis sur Matterhorn ? S'agissait-il d'une force entière, ou seulement d'une arrière ou d'une avant-garde ? Fitch pouvait seulement signaler qu'il voyait du mouvement dans les casemates, mais il était impossible de savoir combien de soldats de l'APVN s'y trouvaient. Et maintenant, il faisait noir comme dans un four là-haut. À cet instant même, l'APVN pouvait être en train de se renforcer comme de se retirer.

— Il n'y a qu'une seule façon de le savoir, déclara Simpson d'un air sombre. Il va falloir attaquer. Dès l'aube.

Blakely savait que Simpson avait raison. Si l'APVN se renforçait pendant la nuit, un assaut mené par la compagnie Bravo ne pourrait que mal tourner, mais c'était là qu'il fallait saisir sa chance. Ils étaient là pour tuer du Jaune. S'ils tombaient sur une scie circulaire, Mulvaney mobiliserait tout ce putain de régiment et pourrait enfin botter des culs là-haut. Si les Viets avaient filé vers la frontière et qu'il ne s'agissait que d'une arrière-garde, alors Bravo pourrait s'en occuper et Simpson aurait l'air idiot de ne pas avoir lancé l'assaut, ne serait-ce que pour glaner davantage de renseignements. C'était la bonne décision. Personne ne pourrait anticiper sur ce qu'ils allaient faire. S'ils gardaient Bravo à ne rien faire sur la colline, à la division, on risquerait d'y voir un manque d'initiative.

Il y avait le problème de l'artillerie et de ces fichues casemates qu'ils avaient abandonnées. Les batteries de 105 avaient toutes été retirées pour soutenir l'opération Cam Lo. Sur Sherpa, les obusiers de 8 pouces avaient à peine été capables d'atteindre la vallée au sud de Matterhorn. De plus, même si on avait pu les rapprocher un peu, une frappe directe ne suffirait certainement pas à démolir une de ces casemates. Blakely avait vu la compagnie Bravo les construire. Après tout, il avait peut-être été un peu précipité de quitter l'endroit aussi vite. C'était là qu'il fallait saisir sa chance. Dans tous les cas, cela ne ressemblerait pas à une attaque sans soutien, surtout dans la mesure où Bravo avait fait foirer l'appui aérien lors du premier assaut et que personne ne s'était plaint. Et si Bainford pouvait maintenir en position des voilures fixes et qu'enfin les nuages s'ouvraient un peu, ils pourraient larguer quelques *snake and nape*[1] et voir grimper ces ratios de morts.

***

À 23 h 35, Fitch reçut l'ordre d'attaquer Matterhorn.

Les lieutenants gagnèrent la casemate de Fitch en trébuchant et rampant dans l'obscurité brumeuse. Leurs visages apparurent dans le trou d'accès éclairé par la lampe à verre rouge de Fitch. Goodwin entra le

1. Soit certaines bombes Mk81 *Snakeye* (« Œil de serpent ») d'une centaine de kilos et des M47 au napalm de plus de deux cents kilos.

premier, la mine défaite mais encore railleuse. Puis ce fut Fracasso qui, l'air secoué, arborait ses lunettes partiellement brisées. Enfin il y eut Kendall – inquiet car il savait que c'était son tour de tâche dangereuse.

Une fois de plus, ils discutèrent et débattirent pour savoir comment prendre la colline. Ils interrogèrent tous les gamins susceptibles de se rappeler quoi que ce soit sur les casemates qu'ils avaient construites, sur la disposition et les portes cachées dans le fil barbelé qu'ils avaient posé. Cette fois encore, ils étaient gênés par le terrain et les conditions météorologiques. Mais maintenant, ils se trouvaient aussi handicapés par leurs blessés et leurs morts.

— On ne peut pas emmener les blessés avec nous dans l'assaut, déclara Fitch. Il faut qu'on protège cette colline.

— Et diviser nos forces, exactement comme l'ont fait les Viets? argumenta Mellas. C'est la seule raison qui nous a permis d'y monter en premier lieu. Il faut qu'on emmène nos blessés avec nous.

— On pourrait peut-être laisser une escouade? proposa Goodwin.

— Une escouade ne pourrait pas défendre toute cette fichue colline, répliqua Fitch. Et de toute manière, en cas d'ennuis, il faudrait renvoyer une section de Matterhorn pour l'aider, enfin… s'il nous en reste. Après, on se retrouverait divisés en trois, une partie sur chaque colline et une sur le col du milieu. Et toutes se prendraient la raclée du diable.

— C'est comme ça, dit Fracasso en prenant soudain conscience du sens de cette phrase.

Ils finirent par tomber d'accord avec Fitch. Une section tout entière ainsi que le poste de commandement resteraient avec les blessés sur Helicopter Hill. Deux sections lanceraient l'attaque sur Matterhorn. Si jamais les deux sections d'assaut se retrouvaient dans le pétrin, Fitch enverrait deux escouades de la section chargée de veiller sur les blessés. Cela ne laisserait plus qu'une seule escouade pour les garder. Mais si les deux sections d'assaut avaient des ennuis, ce serait un risque à courir.

— Pourquoi ne pas attendre simplement qu'on ait assez de bras pour faire le boulot? demanda Mellas.

— Le Six pense qu'on perdrait l'initiative.

— Tu veux dire qu'il a peur que les Viets filent dee-dee et qu'on se retrouve avec treize morts et quarante blessés, une pauvre colline qui sert à rien et dix confirmés comme seules preuves! rétorqua Mellas.

— C'est comme ça, dit Fitch.

***

Ils s'entendirent sur un plan qui leur permettrait de tourner à leur avantage le brouillard et leur connaissance du terrain. Deux sections ouvriraient une route à travers le barbelé dans le noir et attaqueraient juste avant l'aube. C'était au tour de Kendall d'accomplir les tâches difficiles. Goodwin et Fracasso demandèrent à Fitch de tirer à pile ou face pour savoir qui se joindrait à lui. Fracasso perdit.

— Tu as mis qui à la place de Janc ? lui demanda Mellas.

— Hamilton. Jackson n'a pas voulu. Alors j'en ai fait mon radio.

— Ils sont bons tous les deux.

Tout le monde était silencieux, les yeux fixés sur la carte dans le rond de faible lumière rouge.

— Peut-être que tous les Viets sont partis dee-dee de l'autre côté de la frontière, dit Fitch.

— Ouais, répondit Kendall.

***

Vancouver fut le premier à arriver au barbelé. Il le poussa doucement vers le haut, le testa, et chercha la porte qu'il savait être à proximité. Le barbelé résistait. Il revint en arrière. Il rampa légèrement sur la gauche et refit une tentative. Connolly, Jacobs et Hamilton faisaient de même.

Le reste de la 1re section attendait, la tête dans la terre humide, presque effrayé à l'idée de respirer. Fracasso écoutait nerveusement la radio, dans l'attente des parasites qui lui signaleraient que Kendall et la 3e section étaient passés de l'autre côté du barbelé et se trouvaient en position.

***

Kendall avait mené sa section en silence à travers la jungle, vers l'ouest et le flanc sud de Matterhorn. Il s'arrêta pour regarder sa boussole. L'aiguille luminescente oscilla, puis se stabilisa. Elle pointait toujours vers le nord. Toujours. Mais à quoi bon, puisqu'il ne savait pas si la colline se trouvait devant lui ou sur sa droite ? Il déglutit et fourra de nouveau sa boussole dans la poche accrochée à son ceinturon. Une panique froide montait dans son estomac. S'ils allaient vers le sud… Non, ils se dirigeaient vers l'ouest, vers le Laos. Mais si elle partait vers le nord, la crête pouvait amener sa section trop tôt sur la pente de Matterhorn et ils n'auraient pas le temps de se mettre en position sur le flanc sud. Il tapota l'épaule du gamin devant lui.

— Déportez-vous un peu sur la gauche, chuchota-t-il.
La section de Kendall commença à s'éloigner de Matterhorn.

***

Hamilton sentit soudain le barbelé céder facilement. Il tâtonna un peu plus loin et localisa un des piquets autour desquels le fil barbelé n'était pas solidement attaché. Il recula à plat ventre en déposant de minuscules fragments d'une boîte de rations C dans son sillage. Le blanc terne du carton serait visible à près d'un demi-mètre.

On se passa le mot vers l'arrière, jusqu'à Fracasso. Ensuite, comme convenu, Connolly commença à franchir la porte à quatre pattes, en se rappelant chaque tournant au fur et à mesure qu'il avançait en laissant derrière lui une traînée de carton. Vancouver le suivait en poussant sa mitrailleuse devant lui, son sabre fermement attaché à sa jambe pour ne pas faire de bruit. Les autres suivirent en priant le ciel que le brouillard qu'ils avaient tant maudit par le passé les sauve, en priant le ciel que, envers et contre tout, personne ne les attende de l'autre côté du barbelé, en priant le ciel que l'APVN se soit retirée pendant la nuit.

***

Samms, à l'arrière de la colonne de Kendall, s'était rendu compte que son chef de section s'éloignait de Matterhorn. Furieux, il se mit à pousser le bouton de son combiné pour attirer son attention. Par erreur, Fracasso prit ce signal comme une indication que Kendall était en position. Il tapota la personne devant lui. Trois fois. Le 3e troupeau est en position. Les tapotements remontèrent la ligne.

Connolly sortit de l'autre côté de la porte et entreprit de se traîner vers la droite. L'obscurité, avancer sur le ventre, la peur… ça n'en finirait donc jamais. En même temps, il n'avait pas envie que ça se termine. Ce qui allait venir serait bien pire.

Kendall entendit la radio émettre furieusement et comprit qu'il s'était fait prendre en train de commettre une terrible erreur. Il s'arrêta aussitôt. On se passa le mot en murmurant tout bas.

— On s'est gouré de direction.

Kendall, écrasé par l'échec, recula à tâtons le long de la colonne. Son opérateur radio le suivait. Ils tombèrent sur Samms et il y eut un intense flot de paroles à peine audibles.

— Qu'est-ce que tu fous, bordel ? Je devrais t'abattre sur-le-champ ! Maintenant, bon sang, tu vas me suivre jusqu'à ce qu'on atteigne ce fichu barbelé, et si j'entends un seul bruit, bordel, je te plombe.

Kendall se laissa distancer et resta en milieu de colonne. Samms ouvrit le chemin en revenant sur leurs pas.

Le jour allait se lever dans quelques minutes. Les marines de la 1re section étaient allongés dans la boue, coincés entre le barbelé et les casemates ennemies, à attendre. Fracasso était dans tous ses états. Kendall était censé lancer l'attaque. Qu'est-ce qu'il foutait, bordel ? Il regarda sa montre en la portant si près de ses yeux que le cadran en devint flou. Dans quelques minutes, le jour commencerait à poindre.

Toute la ligne était plongée dans l'angoisse et la perplexité. Qu'était-il arrivé au 3e troupeau ? Pourquoi attendaient-ils dans ce fichu piège à rat ?

Fracasso avait envie de pleurer. Il voulait faire demi-tour et ramper de nouveau à travers le barbelé, mais il savait que la section n'arriverait jamais à en sortir avant l'aube. À moitié dedans, à moitié dehors, il perdrait la plupart de ses hommes.

Il remarqua alors que le blanc pâle du cadran de sa montre se confondait avec la lueur des aiguilles phosphorescentes. Le jour n'avait pas attendu.

— Sainte Marie mère de Dieu, priez pour nous, maintenant, murmura-t-il.

Et à l'heure de notre mort. Il bondit sur ses pieds et, dans un rugissement, il jeta la grenade qu'il tenait dans la main droite. Tout le long de la ligne, les soldats de la section lancèrent leurs grenades aussi fort qu'ils le purent en visant leurs anciennes casemates. Des explosions déchirèrent la colline, illuminant des visages féroces et effrayés. Fracasso ouvrit le feu avec son M16 en automatique, courut vers le haut de la colline en hurlant et couvrit la courte distance qui les séparait des casemates en cinq secondes environ.

— Elles sont vides, putain ! s'exclama-t-il en approchant de la première. Putain, elles sont vides !

La section tout entière se pressa à côté de lui, chacun sentant un poids immense quitter ses épaules.

C'est alors que, depuis les nouveaux trous creusés juste au-dessus des anciennes casemates où la petite unité de l'APVN s'était déplacée pendant la nuit, un feu vif transperça l'obscurité. Fracasso, qu'au moins cinq tireurs avaient identifié comme le chef, fut abattu sur-le-champ.

***

Quand les coups de feu éclatèrent au-dessus des casemates vides, tous voulurent ramper sous terre. De fait, quelques gamins se mirent à genoux. Si les autres en avaient fait autant, l'assaut se serait arrêté là et l'issue aurait été un désastre. Mais l'attaque se poursuivit – non suite à une décision délibérée, mais à cause de l'amitié.

Jackson se précipita en avant, plus pour voir si Fracasso était en vie que pour des raisons d'ordre tactique. Vancouver le vit se diriger vers le lieutenant et décida que, même si la section se retrouvait dans une merde inextricable, il n'était pas question de laisser Jackson courir tout seul. Il continua donc d'avancer. Connolly, voyant Vancouver charger l'ennemi, suivit son exemple, bien que son esprit lui criât de se fondre dans la terre à ses pieds. Pas question de laisser un ami y aller tout seul. Ni pour lui ni pour les autres.

Jackson, éraflé au bras suite aux tirs concentrés sur Fracasso, vit Vancouver se ruer en avant et les douilles gicler de sa mitrailleuse. Il ne pouvait pas le laisser partir tout seul, et ne voyait de toute façon aucun intérêt à essayer de ramper de nouveau à travers le barbelé. Il continua d'avancer en courant, mais en oubliant de tirer avec son arme.

Un homme en bonne forme physique peut parcourir cent mètres en douze secondes environ. En montée, avec des fusils et des munitions, un gilet pare-éclats, un casque, de l'eau, des grenades, de lourdes rangers et peut-être une dernière boîte de nougat aux pécans, cela prend bien plus longtemps. Il y avait approximativement vingt-cinq mètres entre les anciennes casemates et les nouveaux trous de combat d'où tiraient les soldats de l'APVN. Il leur fallut à peu près cinq secondes pour traverser ce terrain mortel. Dans ce laps de temps, un tiers des trente-quatre hommes qui constituaient le reste de la section s'effondra.

Puis assaillants et défenseurs se rejoignirent, et des gamins rugissants, terrorisés, devenus fous, tirant et frappant à coups de crosse et de pied, essayèrent de mettre fin à cette folie par plus de folie encore.

Vancouver sauta dans un trou où se trouvaient deux petits soldats de l'APVN et ouvrit le feu, le canon de sa mitrailleuse collée à leurs poitrines, les flammes de bouche les illuminant tous les trois comme avec des stroboscopes. L'un d'eux, avant de mourir, lui expédia une balle dans le bras gauche et lui brisa l'os au-dessus du coude. Le marine se hissa hors du trou avec les ongles et, fou de douleur, essaya quand même d'atteindre le haut de la colline. En en franchissant le sommet aplati, il vit le commandant de l'unité de l'APVN crier à ses hommes de traverser la ZA pour venir en aide à ceux qui défendaient la voie est.

Vancouver vit l'officier le regarder, surpris. Même dans l'obscurité qui précédait l'aurore, il constata qu'il n'était guère plus âgé que Mellas ou Fracasso. Le jeune homme commença à attraper son pistolet accroché à son cou par un cordon et toujours dans son holster d'épaule. En apercevant le grand marine au bras ruisselant de sang, plusieurs autres pointèrent leurs AK-47 sur lui.

Vancouver, incapable de lever le canon de sa mitrailleuse à cause de son bras invalide, se jeta à terre sous le bord de la ZA. Il roula sur la gauche afin de dégager sa bande de munitions et de l'engager dans le boîtier de culasse. Puis il posa le canon de son arme sur le rebord de la ZA et pressa la détente. L'officier s'effondra, blessé, et le genou d'un des soldats qui tiraient sur Vancouver fut brisé. Le marine se mit à envoyer de brèves salves régulières à travers la ZA, forçant les renforts de l'APVN à emprunter le chemin le plus long pour contourner la colline.

L'officier de l'APVN rampa vers un ancien trou d'artillerie en criant. Peu après, il fut rejoint par deux soldats portant une mitrailleuse à chargeur tambour. L'officier dirigea le tir sur Vancouver. Une salve de balles déchira la terre devant les yeux de Vancouver, le forçant à baisser la tête tandis que les balles filaient à travers le plateau qui les séparait. Pendant que Vancouver penchait la tête, l'officier cria quelque chose et un groupe de ses hommes traversa la ZA en courant.

Il comprit brusquement ce qu'il fallait faire.

Tant qu'il pouvait continuer de tirer, les renforts seraient ralentis, laissant le temps à la section d'effectuer une percée à travers la rangée de trous. Il regarda derrière lui et vit Connolly courir vers un trou de combat avec une grenade, et deux autres marines à genoux tirer vers ce même trou pour contraindre ses occupants à baisser la tête. Une minute, c'est tout ce qu'il fallait. Les défenses seraient percées. Si la 3e section arrivait à temps, ils se rendraient maîtres des lignes ennemies.

Les cinq soldats de l'APVN avaient traversé la moitié de la ZA.

Vancouver sortit la tête au-dessus de la bordure de terre et vida sa bande de munitions sur eux. Deux tombèrent, blessés. Deux autres se jetèrent volontairement à terre et rampèrent vers un autre trou d'artillerie vide. L'un d'eux retourna sur ses pas pour rejoindre l'officier et l'équipe de mitrailleurs, qui continuait de tirer sur Vancouver.

L'épaule gauche de Vancouver fut déchiquetée par une des balles de la mitrailleuse. Son bras, déjà blessé, se mua en un appendice sanglant qui flottait, incontrôlable.

D'une main, il tâtonna maladroitement pour recharger sa mitrailleuse. De grosses taches gris-noir cachaient le plateau d'alimentation et son couvercle. Il secoua la tête pour essayer d'y voir plus clair. Son unique main ne fonctionnait pas comme il fallait. Elle semblait lente et maladroite. Il entendit Bass lui crier quelque chose, mais ne comprit pas ses paroles. Il entendit exploser la grenade de Connolly et vit celui-ci se lever à côté du trou pour lâcher une salve à l'intérieur. Des flammes de bouche clignotèrent dans l'obscurité le long des lignes de trous.

L'officier de l'APVN cria de nouveau. Les deux soldats dans l'autre trou à canon se levèrent une fois de plus pour se diriger vers Vancouver. Un autre groupe émergea du même trou que l'officier.

Rien que quelques secondes, c'est tout ce qui fallait à Bass et à Connolly.

Vancouver tira son sabre. Il n'avait jamais vraiment pensé se servir de ce fichu truc un jour. Il s'était amusé à en plaisanter avec le nouveau lieutenant bleu-bite, Bass et le Gunny. Il enleva son brêlage et surgit au bout du rebord de la ZA en montrant les dents, le visage noir, sans casque et ses cheveux blonds collés par le sang. Son bras gauche pendait, impuissant, mais avec la main droite, il tenait son sabre au-dessus de sa tête. Il courrait en hurlant pendant une trentaine de secondes et tout serait terminé, d'une façon ou d'une autre.

Les soldats de l'APVN ne pouvaient pas tourner leur mitrailleuse sur lui car il se trouvait déjà entre leurs deux camarades, qui avaient commencé à traverser la ZA en se précipitant sur lui. Tous deux tombèrent sous ses coups de sabre.

Un sergent trapu du 2e groupe de soldats de l'APVN courut droit vers l'endroit où Vancouver se battait avec les deux autres et s'arrêta net. Le marine acheva le deuxième soldat et se tourna pour attaquer le sergent. Celui-ci braqua son fusil sur lui et tira trois coups rapides. Deux partirent dans l'estomac de Vancouver. Il s'affaissa par terre. Le sergent tira encore. Vancouver frémit et s'effondra. Tout en courant vers l'extrémité de la ZA, l'homme fit signe à son escouade d'avancer. Un des deux soldats de l'APVN attaqués par le marine cria à l'aide d'une voix faible. Vancouver, le visage dans la boue, l'entendit et sut qu'ils allaient mourir ensemble. D'une certaine façon, cela semblait juste.

***

Le petit groupe de soldats de l'APVN atteignit l'extrémité de la ZA à l'instant même où Samms se frayait péniblement un chemin à travers le barbelé sur la pente sud. Fou de désespoir et de honte à l'idée d'avoir laissé la 1re section charger seule, il se lança contre le barbelé sans prendre la peine d'en trouver la porte. Les balles retournaient la terre autour de lui ; la faible lumière empêchait l'APVN de bien viser. Samms arracha les piquets, tira sur le barbelé et appela ses hommes en criant dans le brouillard lugubre. Enfin, il réussit à se dégager. Les bras et les jambes en sang, il dépassa les casemates vides en courant pour se diriger vers la ligne de nouveaux trous au-dessus de lui. Par miracle, les balles claquèrent autour de lui sans le toucher.

Il vit les silhouettes des renforts de l'APVN se découper dans la lumière grise de l'aube. Il plongea à terre, tira deux courtes rafales et observa la course des balles traçantes qu'il avait chargées toutes les cinq cartouches. Il ajusta rapidement son tir pour faire feu sur le petit groupe de renforts. Heureusement pour la compagnie Bravo, pensa-t-il, l'APVN est arrivée trente secondes trop tard.

Le reste de la 3e section passa en masse derrière lui tandis qu'il vidait son chargeur. Son radio, qui saignait lui aussi après que le fil barbelé l'avait accroché, s'affala à côté de lui. Sans se soucier de lui, Samms courut vers l'avant, en direction des tirs qui provenaient de la 1re section.

Quelques soldats de l'APVN faisaient marche arrière sur la colline tout en continuant de tirer. D'autres restaient dans leurs trous pour se battre jusqu'à la fin.

Samms gravit tant bien que mal le sommet d'une petite montée qui dépassait du flanc de la colline et surgit devant la 1re section. Un des nouveaux gamins tourna brusquement son fusil sur lui et tira une courte salve.

Cortell bondit sur le petit nouveau.

— Amis ! Amis sur la gauche ! cria-t-il.

Samms les regarda fixement tous les deux. Deux balles s'étaient logées dans sa poitrine, l'une lui arrêtant le cœur.

— Espèce de pauvre crétin de merde, lâcha-t-il calmement tandis qu'une obscurité malsaine entrait en tourbillonnant dans son cerveau et que ses bras et ses avant-bras se mettaient à vibrer.

Il tomba à genoux et se recroquevilla comme un enfant qui s'endort.

Le reste de la section de Samms arriva à toute vitesse sur l'épaulement de la colline. Quelques-uns s'arrêtèrent en le voyant allongé par terre. Bass leur cria des ordres en montrant la brèche dans les lignes de l'APVN avec son bâton de quillard. Les gamins de la 3e section, honteux d'avoir fait faux bond à la 1re, se précipitèrent dans la trouée en tirant. Ils traversèrent en courant la ZA maintenant déserte et tombèrent sur les trous de l'APVN, par le dessus et à revers. Des coups de sifflets retentirent. Quelques secondes plus tard, les soldats de l'APVN battaient en retraite de façon disciplinée et descendaient la pente ouest de Matterhorn vers le Laos.

Bass courut après la 3e section, sachant qu'il devrait les empêcher de poursuivre l'ennemi jusqu'en bas de la colline et ainsi s'exposer à une contre-attaque. Skosh, une côte brisée par une balle presque en bout de course, lui emboîtait le pas tant bien que mal. Kendall, ne sachant que faire, suivait sa section.

— Prépare-les à une contre-attaque ! lui hurla Bass.

Kendall hocha la tête et se mit à crier à ses soldats de s'arrêter et de se mettre en position. Bass regagna la 1re section au pas de course pour tenter d'établir une défense en dirigeant ses hommes avec son bâton. Il l'agitait en l'air et leur indiquait leurs points faibles. Il vit le corps de Vancouver et son sabre ensanglanté. Il le retourna vivement, découvrit le visage familier de la mort et reprit sa course en criant à Hamilton et à Connolly de rejoindre la section de Kendall à ses deux extrémités.

Skosh, encore à bout de souffle, s'arrêta pour prendre le sabre de la main de Vancouver. Celui-ci ressemblait à un chien écrasé.

— Espèce de grand abruti de Canadien *gunjy* ! dit Skosh. (Il appuya sur le bouton de transmission de son combiné.) Bravo, ici Bravo Un Aux.

Pallack répondit aussitôt.

— Oui, Un Aux.

Skosh pressa le bouton.

— Le grand Victor est mort. À vous.

Il relâcha le bouton.

Pallack retransmit calmement le message à Fitch et à Mellas. C'était comme si on avait enlevé son âme à la compagnie.

Une minute plus tard, ils entendirent le bruit menaçant d'obus qui quittaient leurs tubes de mortiers. Puis les projectiles de l'APVN tombèrent en sifflant du ciel lumineux et gris.

***

Les blessés étaient allongés à découvert sur le flanc est de Matterhorn. Les obus de mortier marchaient au milieu d'eux avec leurs pieds de feu, trébuchant parfois sur l'un d'eux, laissant une empreinte rouge viande. Certains blessés tentaient de ramper vers un abri. D'autres, incapables de bouger, observaient le ciel figés de terreur ou fermaient simplement les yeux en priant le ciel qu'un ami vienne les traîner en lieu sûr. Et leurs amis vinrent.

***

Avec un personnel insuffisant pour couvrir le périmètre d'origine de la compagnie, Bass fit descendre ses hommes dans les trous de l'APVN. Là, les gamins se blottirent contre la terre pour attendre la fin du bombardement et, peut-être, le début de la contre-attaque.

Mais Bass avait un autre souci que celui de la contre-attaque et de l'évacuation de ses blessés. S'ils se faisaient attaquer, ils devraient tirer sur leurs propres morts dispersés à flanc de la colline. Même morts, c'étaient des marines. Il se rappela Jancowitz donnant sa vie pour briser le cercle de tirs croisés qui avait freiné le premier assaut sur Helicopter Hill. Il savait ce que Vancouver avait fait pour eux. Pour Bass, les morts n'étaient pas morts.

— Merde, putain ! lança-t-il à Skosh. S'ils attaquent maintenant, on les combattra là, en bas.

Il sortit de son trou à l'instant où trois obus de l'APVN éclataient rapidement l'un après l'autre. Terre et éclats d'obus déchirèrent le brouillard.

— Tout le monde debout ! Tout le monde debout ! On n'a pas encore fini. On a du pain sur la planche, les marines. Debout !

Des gamins effrayés le regardèrent de leurs trous. Il agitait son bâton de quillard.

— Debout ! On va chercher les corps. Debout !

Il courut en bas de la colline. Tous sortirent de leurs trous, même Skosh avec sa côte brisée.

On aurait dit un assaut en marche arrière. Au milieu des obus qui éclataient, ils se hélaient, certains avec des cris de guerre, d'autres en hurlant : « Chier ! Fait chier ! » Ils couraient chercher leurs morts. Quelques-uns tombèrent sous les éclats d'obus qui volaient. Ils furent ramassés alors qu'ils avaient à peine touché terre, et remontés en haut de la colline avec les cadavres. En une minute, les pentes furent dégagées.

***

Et puis, comme si Dieu avait ouvert un rideau, le brouillard se dissipa complètement. Les marines restés sur Helicopter Hill virent Matterhorn se dresser, nue, devant eux. De petites silhouettes vêtues de vert camouflage détalaient ici et là, entraînant d'autres petites silhouettes en vert camouflage derrière elles ou marchant avec d'autres accrochées à leurs épaules.

— Va me chercher ces fichus oiseaux, Snik! cria Fitch en jubilant.

Mellas voyait clairement Bass qui, au sommet de Matterhorn, indiquait quelque chose avec son bâton de quillard et criait des ordres.

Mais maintenant que le brouillard s'était dissipé, l'APVN sur la crête nord de Matterhorn commença à tirer à l'arme automatique en plus des explosions de mortier. Tout mouvement sur la ZA fut interrompu.

Fitch et Mellas se regardèrent, désespérés. Les oiseaux ne pouvaient venir que si le temps était dégagé. Mais dans ce cas, l'APVN immobilisait les marines avec ses tirs d'armes automatiques.

Puis un cri monta des soldats d'Helicopter Hill.

— Obus! Obus!

Les marines étaient en train de creuser un deuxième périmètre à l'intérieur du premier – ils n'avaient maintenant plus assez d'hommes pour défendre le périmètre extérieur –, mais ils s'interrompirent et commencèrent à s'enterrer. Ils attendirent le temps que le bruit des projectiles quittant leurs tubes file en ligne droite vers leurs oreilles, et celui nécessaire aux obus pour décrire leurs arcs. Les obus de mortier s'écrasèrent sans causer de dommages, loin en bas de la colline. Alors les marines se relevèrent et se remirent à creuser frénétiquement afin d'achever le nouveau périmètre.

Mellas fut pris d'un affreux sentiment de désarroi. Le bruit sec des obus sortant de leurs tubes ne venait pas de la même direction que celui des premiers.

Il courut vers les lignes et plongea dans le trou de Goodwin, en espérant y entendre la deuxième série de tirs de mortiers et aider Daniels à effectuer un relèvement croisé.

— Il faut bien le leur reconnaître à ces petits salopards, dit Goodwin à Mellas en attendant le tir de mortiers suivant. C'est des putains de pros. Dommage qu'ils soient pas de notre côté.

— Attends un peu, répondit Mellas. Ils l'étaient il y a vingt-cinq ans.

— Tu déconnes! Qui c'est qui a changé de camp, eux ou nous?

— Je crois que c'est nous. Avant, on était contre le colonialisme. Maintenant, on est contre le communisme.

— Merde alors! dit Goodwin d'un ton neutre. Quoi qu'ils soient, Jack, c'est des putains de pros.

Mellas leva une main en l'air et attendit les bruits d'obus placés dans les mortiers. Dès qu'ils les entendit, il nota un relèvement et le transmit à Daniels avec la radio de Goodwin. Ensuite, il attendit que les obus achèvent leur longue trajectoire en hauteur. Il regarda le haut du banc de nuages qui tourbillonnait sous les deux sommets des collines et obscurcissait les vallées en contrebas. Matterhorn semblait détachée de la terre, affreux bulbe se dressant dans l'étendue gris argent. Puis les obus éclatèrent – un peu partout et à l'intérieur du périmètre. Les marines se recroquevillèrent et, les mains sur les oreilles, essayèrent de se serrer à l'intérieur de leurs casques.

Le bombardement dura encore quinze minutes. Exactement quinze minutes. Puis il cessa.

Mellas attendit deux minutes. Il regarda par-dessus le bord du cratère et se leva pour constater les dégâts. Il trouva l'encornet déjà occupé à rafistoler quelqu'un. Goodwin signala deux morts supplémentaires : ils s'étaient trouvés dans le même trou. À part ça, il n'y avait que des blessures superficielles par éclats d'obus.

Mellas se dirigea vers le trou de Fitch. Relsnik leva les yeux, le visage crispé. Pallack regardait ailleurs.

— Qu'est-ce qu'il y a ?

Fitch rompit le silence.

— Bass est mort, dit-il rapidement. On n'a pas assez d'effectifs pour défendre les deux collines, ajouta-t-il, comme pour racheter la brusquerie de son annonce. Dès qu'on aura enlevé les blessés de Matterhorn, je ramène Un et Trois ici.

Il fallut un moment à Mellas pour enregistrer les deux informations. Même alors, sa question suivante fut machinale. Il n'avait trouvé rien d'autre à dire pour combler le vide.

— Comment ? demanda-t-il, hébété.

— Des éclats d'obus. Il est mort d'une hémorragie.

Mellas se détourna et marcha de nouveau vers l'extrémité des lignes, face à Matterhorn. Tout était calme. Matterhorn flottait sereinement au-dessus du brouillard. Il y revit Bass à peine quelques semaines plus tôt, en train de lui apprendre des trucs, de plaisanter avec lui, de râler. Bass qui, un jour, l'avait enveloppé dans une couverture après une patrouille, lorsqu'il avait si froid qu'il n'arrivait plus à cesser de frissonner. En train de se faire une tasse de café. De parler du pays. Du corps des marines. Bass. Mort. Sur ce bout de terre ravagé.

Goodwin s'approcha par-derrière, posa une main sur le casque de Mellas et le berça d'avant en arrière. Sans rien dire.

— Merci, Scar, finit par dire Mellas.

Sa gorge lui faisait mal. Des larmes se pressaient derrière ses paupières. Mais le mal ne se libéra jamais et les larmes ne jaillirent pas. Le vide emplit son âme.

— Hé! cria quelqu'un sur le côté sud du périmètre. Les oiseaux arrivent!

Surgissant du brouillard au sud, un unique CH-46 montait vers la zone de Matterhorn. Quelqu'un y lança une grenade fumigène rouge. La fumée se répandit lentement dans les airs, comme du sang dans l'eau.

De petits nuages paresseux de fumée plus sombre s'enroulèrent autour de l'hélico qui arrivait : encore des obus de mortiers.

Abandonnant les radios, Mellas ramassa les jumelles de Fitch et se percha sur un petit monticule. Il vit Jackson seul au milieu de la zone, en train de diriger l'hélico avec des gestes de la main, la radio sur le dos, tandis que des obus de mortiers éclataient autour de lui. Maintenant que Fracasso et Bass n'étaient plus là, c'était lui qui prenait les choses en main. Il n'y avait eu ni ordres, ni questions.

Mellas regarda l'hélico atterrir. Des hommes d'équipage en sortirent en désordre tandis que des marines de la compagnie Bravo se précipitaient vers eux en portant les blessés comme ils le pouvaient avant de les jeter à l'arrière de l'appareil. D'autres membres de l'équipage tirant les corps vers l'avant, les marines continuaient d'entrer dans l'oiseau et d'en sortir en courant avec encore plus de morts et de blessés. Puis l'hélico s'éleva en fouettant l'air, tandis que les marines s'en écartaient en courant et se dispersaient pour aller se mettre à l'abri. Une silhouette apparut dans la porte arrière qui se refermait, hésita un instant, puis sauta dans le vide et dégringola par terre. On aurait dit Jacobs. L'idée un rien ironique qu'il avait dû trop bégayer pour obtenir du pilote qu'il reste au sol traversa l'esprit de Mellas, qui s'en voulut de l'avoir pensé. Il regarda Jacobs qui resta allongé par terre une seconde; puis quelqu'un s'élança sous les obus de mortiers qui explosaient et lui donna une petite secousse. Alors tous deux se levèrent et coururent se mettre à l'abri.

— Putain de Jake, bon sang! marmonna Mellas tout haut. Il a carrément sauté pour retrouver cette merde!

Il regarda Jackson orienter calmement un nouvel hélico qui arrivait. Puis les nuages bouchèrent la zone, et il ne vit plus rien.

***

Un troisième hélico arriva péniblement sur le côté sud d'Helicopter Hill. Tous écoutaient sa progression. Pendant que Pallack communiquait par radio avec le pilote, l'encornet préparait les blessés de la veille pour une évacuation. Deux des cinq cas d'urgence d'origine étaient encore en vie. Dont Merritt, qui ne cessait de répéter qu'il n'oublierait jamais ça. Sheller lui renvoya que lui non plus. Lui et les infirmiers de la 2e section déposèrent le corps puant de Merritt sur un poncho tendu entre deux perches et le descendirent vers un bout de terre déchiqueté sur le flanc est de la colline, loin des tirs d'armes automatiques, afin d'y attendre l'hélico.

Mellas le regarda émerger du brouillard. Pallack lança un fumigène jaune et les obus de mortiers se remirent à tomber sur Helicopter Hill.

Le pilote s'adressait à Pallack d'une voix calme et posée.

— OK, fiston. D'où est-ce qu'ils tirent exactement ? Où ils tirent, ça, je le sais. À vous.

— Du passage juste au nord, Sir. Il y a aussi des mortiers vers le nord-ouest et directement à l'ouest, à peu près à la frontière. À vous.

— OK, fiston. Je vais le faire venir du sud-est. T'es sûr que ce fichu trou est assez grand pour que je m'y pose ? À vous.

— Oui, Sir. Je l'ai traversé. C'est un grand espace bien plat. À vous.

— Grand et bien plat, ça m'aide pas des masses. Si tu me donnais quelques chiffres ? À vous.

— Un grand espace bien plat, Sir, répéta Pallack. À vous.

— Je suis pas d'humeur à déconner. À vous.

Pallack ne voulait pas révéler au pilote à quel point la zone était petite ; il avait peur qu'il ne fasse demi-tour sans même essayer de s'en approcher.

— Bon Dieu, fiston ! Je sais que tu penses que je vais repartir si c'est trop petit, mais je te le jure, si tu ne me donnes pas les dimensions de cet endroit, je fais faire demi-tour à ce fichu appareil ! Et tout de suite ! À vous.

Pallack hésita.

— Dix mètres, Sir. Mais y a pas de vent, putain ! À vous.

— Merde.

Le mot, grommelé, n'était pas censé passer à la radio. Malgré tout, l'hélico poursuivit son approche. Mellas aperçut le pilote, un grand homme corpulent – probablement un officier supérieur –, dont les mains bougeaient adroitement sur le tableau de bord, son large visage en sueur serré dans l'étroit casque en plastique. Il ne put s'empêcher de penser au Père Noël.

Déjà on entendait le claquement des tirs d'armes légères provenant du passage au nord, là, dans les airs, au-dessus de la zone d'atterrissage ; l'hélico se dirigeait droit dessus. Une deuxième volée d'obus de mortiers résonna à travers le brouillard, tous ceux qui attendaient l'hélico s'aplatissant aussitôt dans la boue. D'autres obus explosèrent dans la colline.

Assis à côté de ses blessés, Sheller se frottait le visage. Ridlow, le teint encore crayeux et le visage moite de sueur, demandait en plaisantant s'il valait mieux laisser son .44 Magnum avec Goodwin ou le prendre, mais les deux hommes étaient inquiets. Ridlow s'était déjà évanoui deux fois à cause de tout le sang qu'il avait perdu.

Le pilote se mit à parler comme pour se concentrer sur autre chose que sur le danger.

— D'habitude, je ne ferais jamais un truc pareil, fiston, mais j'ai été pris en otage par un cinglé de sergent-chef *redneck* juste à l'extérieur de Delta Med et il m'a dit de vous faire une faveur quand je passerais, sinon il m'abattrait en plein ciel. (Il éclata de rire.) Tu le connais, ce type ? À vous.

— Ouais. C'est l'Gunny ! répondit Pallack. Il le ferait en plus, Sir, ajouta-t-il. Vous serez bien mieux avec nous. À vous.

— C'est ce que je me suis dit, fiston.

La radio se remit à cracher des parasites.

Les tirs s'intensifièrent, mais l'oiseau continua de venir en ligne droite, en approche lente exposée. D'autres obus de mortier frappèrent la colline dans le dos des soldats du groupe d'évacuation. L'oiseau surgit brusquement au-dessus d'eux dans le brouillard, ses pales fouettant et martelant l'air, toutes turbines hurlantes. Ce fut le chaos lorsque l'oiseau se mit à trembler au-dessus du minuscule terrain plat à flanc de colline, ses pales évitant la pente de justesse. Mellas vit que des balles avaient perforé la verrière autour du pilote. Le copilote était affaissé, soutenu uniquement par sa ceinture de sécurité, son casque en plastique complètement brisé.

L'hélico toucha terre, le chef d'équipage se mettant à jeter des sacs dehors tandis que Sheller et Fredrickson, avec l'aide des autres, enfournaient les blessés graves dans le ventre de l'oiseau. Quelques secondes plus tard, l'hélico se remit en mouvement et les gamins au sol plongèrent dans les trous sans se préoccuper de ce que contenaient les sacs. La salve suivante arriva juste au moment où l'hélico commençait à virer pour s'éloigner et à prendre rapidement de la vitesse en avançant sous l'effet de la pesanteur pour glisser vers la vallée au sud. Une main sortit d'un des hublots cassés de l'hélico. Elle tenait un .44 Smith & Wesson, qui aboya six fois vers le passage nord.

Mellas décolla la tête du sol. Il descendit en flèche vers les sacoches en s'égosillant pour qu'on l'aide, et commença à les traîner vers les casemates en haut de la colline. À l'intérieur des sacs, il y avait plusieurs caisses de solutions intraveineuses et de munitions pour mitrailleuse, près de soixante litres d'eau, une caisse de grenades à main et, dans un sac de marin rempli de glace en train de fondre, deux caisses de Coca-Cola.

— C'est ce putain d'Gunny, *man* ! s'écria Pallack.

***

Les 1re et 3e sections revinrent à Helicopter Hill trois heures plus tard, après avoir dû marcher au rythme des blessés qui n'avaient pas trouvé de place à bord des oiseaux d'évacuation. Connolly tenait le sabre de Vancouver. Il gagna le PC et le donna à Mellas.

— Qu'est-ce que je suis censé faire de ce truc, bordel, Conman ? lui demanda Mellas en le soupesant.

— Aucune idée ! (Connolly regarda le brouillard.) Tout ce que je sais, c'est que s'il était reparti avec Vancouver, quelqu'un qui ne le méritait pas l'aurait pris. Vous, au moins, vous pourriez le troquer contre autre chose.

— Ça me paraîtrait injuste, dit Mellas. On devrait peut-être l'envoyer chez lui, à son père, ajouta-t-il sans conviction.

— Quel père ? demanda Connolly. Il ne l'aurait pas voulu, Sir. À votre avis, que pourrait bien foutre un Canadien au beau milieu d'une guerre américaine s'il avait une maison et un père qui l'attendent ?

Il s'assit dans la boue et regarda au loin, au-delà de Mellas, vers Matterhorn.

— C'était mon frère, putain, Sir.

Il se mit à pleurer. Mellas regarda le sabre, incapable de parler. Les larmes coulaient sur la bouche et le menton de Connolly. Il ne cessait de les essuyer de sa main crasseuse, se salissant le visage au passage. Il leva les yeux vers Mellas.

— C'était mon putain de frère !

Mellas laissa le sabre dans la casemate du PC. Puis il descendit vers la position de la 1re section, dont il prit le commandement sans même le demander à Fitch.

***

Il y avait maintenant quinze corps empilés au sommet d'Helicopter Hill, tous en rigidité cadavérique, plusieurs mutilés par un obus de mortier qui avait explosé au milieu d'eux. La section de Goodwin avait perdu quinze hommes : huit morts et sept évacués d'urgence. Les autres blessés de sa section étaient restés – ils étaient encore en état de se battre. Kendall, lui, en avait perdu quatorze : six tués et huit évacués, dix autres restés et encore en état, avec des blessures superficielles. La 1re section n'en avait plus que vingt, sur quarante-deux ; avec Mellas, cela faisait vingt et un. Parmi ceux-là, la moitié souffrait de blessures superficielles, mais était encore capable de se battre. Avec le groupe du PC et les servants de mortier, il restait à la compagnie un effectif de quatre-vingt-dix-sept hommes. Soixante litres d'eau divisés par quatre-vingt-dix-sept, cela revenait à environ trois quarts de litre par marine. Tout le monde eut aussi droit à une demi-cannette de Coca.

Il n'était encore que 10 h 15.

Ils redistribuèrent l'eau, la nourriture et les munitions qu'ils avaient prises aux morts, y compris ceux de l'APVN. Certains marines gardèrent l'eau de l'APVN dans des gourdes différentes des leurs. D'autres mélangèrent simplement le tout ensemble. Cela ne changeait pas grand-chose. Les mitrailleurs se rejoignirent et divisèrent équitablement les munitions.

Toute la journée, ils restèrent assis ou debout dans leurs trous, à fixer le brouillard. De temps à autre, quelqu'un criait : « Obus ! », et tous se serraient par terre, les genoux jusqu'au casque, en attendant les bruits qui leur diraient que ce n'étaient pas eux qui avaient été touchés.

Quand vint le soir, sous le pilonnage constant des mortiers de l'APVN, Mellas commença à perdre l'esprit. À un moment donné, il prit un deuxième gilet pare-éclats sur un cadavre et l'enfila par-dessus le sien. Il ne cessait de calculer : si un gilet pare-éclats amortit cinquante pour cent du tir, deux devraient en amortir soixante-quinze pour cent. Si j'en porte trois, ce sera quatre-vingt-dix-sept pour cent et demi, et quatre, quatre-vingt-treize pour cent trois quarts. Et de continuer ainsi jusqu'à ce que son esprit embrumé ne parvienne plus à faire la division ; alors, pour une raison ou pour une autre, il recommençait depuis le début. Si un en atténue la moitié, alors deux en bloquera les trois quarts... Puis il essayait d'arrêter de compter. Il passait de trou en trou pour discuter avec les hommes. Mais alors il entendait de nouveau les tirs, et savait que d'autres obus étaient en route. Il se précipitait vers le trou le plus proche et se repassait de nouveau les chiffres en attendant l'explosion. Soudain, il se rappela un cours où on lui avait appris que les mortiers étaient relativement inefficaces contre des troupes retranchées dans le sol. Mais le professeur n'avait pas mentionné les effets psychologiques.

***

Au crépuscule, Fitch convoqua une réunion d'officiers dans la casemate. Kendall arriva avant les autres, très sombre. Sa bourde avait fait le tour de la colline. Il jeta un regard coupable à Relsnik et à Pallack, marmonna un salut à l'adresse de Fitch. Puis il s'assit dans l'obscurité et serra les genoux contre sa poitrine avec ses bras pour attendre l'arrivée des autres.

— Comment ça va ? lui demanda Fitch.

— Ça va, chef.

— Et la section ?

— Quelques blessures de plus provoquées par des éclats d'obus, rien de sérieux. Ils sont fatigués. Ils ont vraiment soif. Ça fait deux nuits qu'on n'a pas dormi.

— Personne n'a dormi, lui renvoya Fitch en soupirant.

— C'est pas ce que je voulais dire, chef.

— Bien sûr, je sais. (Fitch sourit.) Non, vraiment, je sais. T'en fais pas.

Ils se turent. Ils entendirent un des soldats de poste d'écoute mettre fin à sa communication radio avant de quitter les lignes.

— Bravo Un, Bravo Un, ici Milford. Fin de comm. À vous.

Milford étant une ville du Connecticut, l'interlocuteur devait être un des PE[1] de la 1re section.

— Bien reçu, *Loco Cocoa*[2], Milford. (C'était la voix de Jackson, qui précisait qu'il avait bien compris le message.) Dis, l'officier de garde veut te parler avant que tu t'en ailles. À vous.

— Reçu, Un. Il vient ici ? À vous.

— Attends. (Il y eut une pause.) Affirmatif. Il dit qu'il sera là dans trois minutes. À vous.

— Milford terminé, répondit la voix.

Fitch eut un petit rire. Kendall savait qu'il essayait de lui remonter le moral.

1. Soldat de poste d'écoute.
2. *Loud and Clear*, l'équivalent de « Reçu cinq sur cinq », selon l'alphabet militaire.

— Mellas croyait vouloir devenir le Cinq, dit Fitch, mais je pense qu'il est plus heureux en tant que Bravo Un Autorité. Il préfère passer voir son PE qu'être ici, à la réunion des officiers.

Kendall se contenta de hocher la tête. Son monde était dans ses souvenirs. Bass qui agite son bâton richement sculpté en criant et en s'efforçant de coordonner le sommet de la colline, initialement le boulot de Kendall. Le corps de Fracasso que l'on jette dans l'hélicoptère. La condamnation silencieuse de sa section lorsqu'il la ramène vers Helicopter Hill.

Le silence gêné fut brisé quand Goodwin arriva en rampant dans l'entrée.

— Il fait plus froid que dans le cul d'un puisatier au mois de janvier ! déclara-t-il. Pourquoi j'ai laissé mon fichu sac derrière, ça, je le saurai jamais, bordel ! Encore une idée à la con d'un officier de merde.

— Hé, Scar ! lança Pallack. T'as eu ton troisième Purple Heart aujourd'hui ?

— C'est pas une blague, Jack ! (Scar rampa vers lui et baissa son col crasseux.) Regarde-moi ça. C'est une blessure, hein ? Une belle blessure d'éclat d'obus, pile dans le cou. Le Doc est en train de m'écrire un mot en ce moment. C'est fini, bande de pauvres connards ! (Il marqua une pause théâtrale.) Okinawa !

— Je vois pas de blessure, Scar, fit remarquer Pallack.

— C'est parce qu'il fait sombre ici, Jack.

— Tu vas vraiment avoir un troisième Purple Heart pour ça ? demanda Relsnik. Et rentrer à Okinawa ?

— T'as tout pigé. On peut pas avoir un type à bout de nerfs à la tête des troupes.

— Comment va la section ? finit par demander Fitch.

— Merde, Jack ! À ton avis ?

Fitch garda le silence.

— Ils vont bien, finit par répondre Goodwin. Mais on va se geler les meules cette nuit, putain !

— J'espère seulement qu'il ne se passera rien d'autre. (Fitch se tourna vers Pallack.) Va voir si Mellas s'est mis en route.

Sheller arriva en rampant, et ils reprirent leurs plaisanteries sur les Purple Hearts de Scar jusqu'à ce que Mellas traverse à quatre pattes l'étroite tranchée qui conduisait à la casemate.

Il y faisait chaud et l'on s'y sentait en sécurité, plus en tout cas que s'il s'était assis une fois de plus dans les lignes avec la section.

— Du nouveau sur la relève ? demanda-t-il avant même de s'être installé.

Il releva les jambes et ses rangers boueuses pour s'adosser à la terre moisie de la casemate.

— Ils étaient censés larguer Alpha et Charlie dans la vallée cet après-midi, répondit Fitch. Mais les conditions météorologiques ont tout fait foirer. Peut-être demain matin. Ils disent qu'ils font leur possible. En attendant, tout ce qu'on a à faire, c'est garder la colline. Ils n'étaient pas trop contents qu'on ait abandonné Matterhorn.

— Je les ai pas vus dans le coin, fit remarquer Mellas, les dents serrées.

— Personne ne nous fait de reproches, ajouta Fitch rapidement. Du moins pas par radio. Je leur ai dit qu'on n'avait pas assez de soldats pour tenir Matterhorn et qu'il y avait des hommes en civière à protéger, et aussi que le périmètre était plus petit.

— Alors qu'est-ce qu'il va faire, Jack? demanda Goodwin. Si ce fichu brouillard ne se lève pas, on sera à court d'Hotel Vingt demain soir.

— D'« Hotel Vingt »? demanda Fitch. Arrête un peu, bordel! Où t'a déniché cette expression?

— T'as jamais été à l'école, Jack? H deux O. L'eau. Tu te rappelles! T'en buvais avant, là-bas, dans le vrai monde. Tu tournais un petit robinet à la con dans la cuisine et il y avait un truc un peu transparent avec des drôles de bulles qui en sortait.

— Et on n'avait pas à le foutre en l'air avec de l'Halazone, ajouta Mellas.

— Non, c'est cette saloperie de gouvernement qui la foutait en l'air pour toi à l'usine! renchérit Pallack.

Ils rirent pendant un moment, puis ils se turent. Sheller rompit le silence.

— Il me faut de l'eau pour les blessés, et dans un endroit sûr auquel je puisse avoir accès. Ça leur éviterait d'entrer en état de choc.

Ils s'entendirent sur un plan pour collecter et redistribuer l'eau en en gardant une part pour les blessés.

Très faiblement, à travers la terre, ils entendirent un cri monter : « Obus! » Personne ne parla. Quelques secondes plus tard, deux bruits sourds traversèrent le sol jusqu'à eux.

— Ça a dû tomber plus loin, dit Kendall.

— Sans blague! s'écria Scar.

Fitch intervint rapidement.

— On peut remercier le brouillard pour ce petit service. Les Viets doivent se trimballer leurs obus de mortier, comme nous. Ils ne pourront pas vraiment tirer tant qu'ils ne seront pas capables d'ajuster leur visée.

— Sauf s'ils sont beaucoup plus nombreux qu'on ne croit à transporter des obus, fit remarquer Mellas, l'air sombre. Écoutez. J'ai fait des calculs toute la journée, bordel, alors j'ai compté les tirs de mortier. On dirait qu'ils arrivent par trois, depuis trois positions différentes. C'est-à-dire neuf à chaque coup. Aujourd'hui, ils les ont balancés environ toutes les dix à quinze minutes. Soit quarante par heure. Donc douze heures de bombardement aujourd'hui – quatre cent quatre-vingts tirs en tout. Ajoutez-y quarante ou cinquante lorsqu'ils tiraient sur Matterhorn, et on se retrouve avec plus de cinq cents. Soit deux cent cinquante hommes s'ils fonctionnent par binômes, ou cent soixante-six et deux tiers s'ils sont par groupes de trois.

— Hé, Jack, quelques-uns de tes deux tiers sont sur cette putain de colline !

Goodwin éclata de rire, et les autres se joignirent à lui.

Mellas poursuivit, concentré sur ses calculs.

— Mais ça, c'est seulement pour les soixante et un. Ils nous ont bombardés avec des quatre-vingt-deux, et je pense que certaines des grosses saloperies qui sont tombées sur Matterhorn l'autre jour provenaient d'un cent-vingt. Et un quatre-vingt deux, ça pèse… quoi : deux ou trois kilos l'obus ? Ces conneries de cent-vingt doivent en faire plus de dix. Dans ce cas-là, il pourrait y avoir bien plus de deux cent cinquante gars. Et ça, c'est seulement en se basant sur ce qu'ils ont tiré jusqu'ici. (Il balaya du regard tous les visages du groupe.) Soit on a une compagnie qui n'a plus d'obus et qui se fait la malle ce soir… (il marqua une pause) … soit on est dans une sacrée merde.

— Tu sais, Mellas, dit Fitch d'un ton moqueur, tu aurais dû intégrer le service de renseignements plutôt que de venir sur cette colline avec nous autres crétins de *grunts*.

— Le Renseignement militaire, c'est une contradiction dans les termes, lui renvoya Mellas.

— Ça, c'est de la bonne nouvelle, Sir ! déclara Pallack. Et si vous remballiez votre fichue calculatrice et que vous rentriez chez vous ?

***

Contrairement à l'opinion de Mellas sur l'efficacité du Renseignement militaire, la G2, la division en charge du Renseignement, était parvenue aux mêmes conclusions que lui au fil des derniers jours. En analysant les renseignements glanés dans les poches des soldats morts de l'APVN, les constats des observateurs aériens qui avaient réussi à se faufiler entre les nuages et le sol, et les comptes rendus des équipes de reconnaissance blotties sur les sommets de collines pour se protéger de la pluie et munies de télescopes Star-Lite, de capteurs infrarouges et de jumelles, tous ayant les yeux et les oreilles aux aguets, la division était à peu près sûre qu'un régiment de l'APVN venu du Laos se déplaçait vers l'est pour prendre le contrôle des hauteurs le long de Mutter's Ridge, au nord de la Route 9. Un deuxième régiment avançait parallèlement au premier, à travers la vallée d'Au Shau, au sud. La division supposait qu'un troisième descendrait dans la vallée Da Krong entre les deux autres, mais jusqu'à présent, on n'en avait rien vu.

En prenant Helicopter Hill, la compagnie Bravo s'était positionnée directement sur la route du régiment du nord. Cela obligeait l'APVN à se débarrasser d'elle en la bombardant, ou à l'isoler comme une tumeur et à la contourner en la pilonnant avec les mortiers, voire de l'artillerie. La seule alternative était de faire un détour extrêmement lent et difficile à travers les vallées étouffées par la jungle, en contrebas de la ligne de crête. Ainsi donc, la G2 pariait sur le fait que l'APVN attaquerait Bravo, mais pas avant d'avoir réuni les forces nécessaires.

Ce serait la course. À la division, on supposait que pour l'APVN, les marines savaient ce qui se passait. Ces derniers considéraient les soldats de l'APVN comme des professionnels et leur témoignaient le respect qui leur était dû. Ce n'était pas un hasard s'ils avaient décidé d'attendre que l'artillerie des marines se soit retirée pour l'opération Cam Lo avant d'intervenir. Cela dit, la carte maîtresse des marines était que l'APVN ne devait pas savoir à quelle vitesse ils pourraient tout remettre en place en cas d'éclaircie. Les Nord-Vietnamiens, qui se déplaçaient dans les limites de la ligne de crête, seraient en sécurité tant qu'il y aurait des nuages. Comme ils étaient à pied, les conditions météorologiques ne les affectaient pas autant que les marines, et ils seraient en position de l'emporter sur Bravo dès le lendemain. Si les nuages se dissipaient, la mobilité supérieure des marines leur permettrait d'intercepter les soldats de l'APVN, de les immobiliser, et de leur infliger des dommages considérables. Plus Bravo tiendrait longtemps, plus grandes seraient les chances de mener une bonne bataille, aux dimensions d'un régiment, bataille qui causerait de sérieux dégâts à l'APVN. Au pire, les marines risquaient de perdre une compagnie. Personne n'adorait, bien sûr, mais affronter une compagnie de marines acculée n'aurait rien d'une partie de plaisir, même pour une unité de l'APVN bien plus importante. Dans le plus mauvais des scénarios, l'APVN paierait un lourd tribut. Et dans cette guerre, c'était l'usure qui importait.

L'estimation du service de renseignements fut relayée avec professionnalisme et compétence au général Neitzel, et, plus bas, aux régiments.

***

Mulvaney surveillait le 1er bataillon de près depuis le lancement de Bald Eagle. Mais il s'inquiétait aussi pour deux autres bataillons d'infanterie, et même si les évaluations de la G2 semblaient cohérentes, il n'était pas prêt à remuer ciel et terre pour déplacer des unités avant d'être certain d'avoir vraiment quelque chose. Il lançait autant d'opérations qu'il le pouvait dans la limite du raisonnable, sachant qu'il en allait de la vie d'une centaine de gamins. Mais ces gamins étaient des marines. Ils étaient là pour ça. Il savait que la G2 avait raison. Si l'APVN s'arrêtait pour liquider la compagnie Bravo, et c'était une cible tentante pour tout commandant, elle le paierait cher. Et si lui n'arrivait pas à mettre ses autres bataillons en position à temps, Bravo paierait aussi. Ce qui dérangeait Mulvaney, c'était de savoir que les soldats de l'APVN payaient le prix de quelque chose qui en valait la peine : leur propre pays.

Il ne pouvait plus en dire autant pour les marines. Ce genre de clarté appartenait au passé. Quel était leur objectif militaire, d'ailleurs ? S'ils étaient là pour combattre les communistes, pourquoi ce n'était pas Hanoï leur cible, bordel ? Ils auraient pu facilement achever les chefs communistes et mettre fin à toutes ces conneries. Ou tout simplement balancer quelques divisions de l'armée de l'autre côté des frontières au nord et à l'est en positions défensives, ce qui aurait au moins triplé leur potentiel militaire. Ils auraient pu empêcher l'APVN d'entrer dans le pays avec un dixième des pertes encourues. Les Sud-Vietnamiens auraient réglé leur compte aux Vietcongs. Merde, depuis le Têt de l'année dernière, on le leur avait déjà réglé ! Les marines semblaient tuer des gens sans autre but que celui de les tuer. Mulvaney avait une sensation de vide dans les tripes. Il tentait de l'ignorer en faisant son boulot, qui était de tuer des gens.

***

Le commandant Blakely ressentait la même chose que Mulvaney, à deux notables différences près : il était plus excité, car il n'avait pas à s'inquiéter pour deux autres bataillons ; et c'était sa première guerre, pas sa troisième. Et puis, Blakely ne réfléchissait jamais à ce qu'on achetait, ni pourquoi. Il était là pour résoudre des problèmes.

Il savait que Bravo courait un risque. C'était lui qui avait mis la compagnie dans cette situation, et cela ne lui plaisait pas particulièrement. Et même s'il avait déjà vu des gamins morts se faire emmener dans les hélicos, il n'avait jamais vraiment été là à l'heure de leur mort. C'était d'ailleurs pour cette raison qu'il avait du mal à se respecter lui-même. C'était une guerre de capitaines et de lieutenants, et à trente-deux ans, il était déjà trop vieux. Il ne savait pas, et avait l'impression qu'il ne le saurait jamais, à moins de réussir à y prendre part d'une façon ou d'une autre, s'il avait ce qu'il faut pour mener une section ou une compagnie au combat.

Mellas aurait certainement dit que non, il n'avait pas ce qu'il fallait, mais il aurait eu tort. Blakely aurait accompli une tâche inférieure tout aussi bien qu'il accomplissait actuellement la sienne – avec compétence, pas parfaitement, mais assez bien pour que le boulot soit fait comme il fallait et les ennuis évités. Il aurait commis le même genre de petites erreurs, mais elles auraient eu moins de portée. Au lieu d'envoyer une compagnie sans nourriture en opération, il aurait pu placer une mitrailleuse dans une position désavantageuse. Mais les marines sous ses ordres auraient rattrapé ce genre d'erreurs. Ils se seraient bien battus, malgré la disposition imparfaite de la mitrailleuse. Les pertes auraient été légèrement plus élevées, ils auraient tué un peu moins d'ennemis, mais les statistiques de perfection n'apparaissaient jamais dans aucun système de rapport. On rend compte d'une victoire avec les pertes nécessaires pour l'assurer, pas celles qu'on aurait eues si la mitrailleuse avait été mieux placée.

Il n'y avait rien de sinistre là-dedans. Blakely lui-même n'aurait pas été conscient d'avoir mal positionné sa mitrailleuse. Pendant un temps, il s'en serait voulu des pertes occasionnées. Mais se demander pourquoi, ou pour quelle raison, ce n'était pas dans ses habitudes. Dans l'immédiat, le problème qui se présentait à lui était d'engager le combat avec l'ennemi et d'obtenir le plus grand nombre de morts possible. Il voulait faire du bon travail, comme tout honnête homme, et maintenant, il avait trouvé le moyen d'y parvenir. Expérience inestimable pour un officier régulier, il pourrait peut-être même jeter le bataillon tout entier dans la bataille.

***

Vers 3 heures, un des hommes de Goodwin en poste d'écoute se mit à presser furieusement un bouton sur le combiné. Mellas entendit la voix de Goodwin sur le réseau.

— Nancy, ici Scar. Y en a combien ? Appuie une fois pour chaque Viet. À vous.

Le combiné devint fou. Mellas perdit le compte.

— Jackson, descends ici et réveille tout le monde, dit Mellas. On a des ennuis.

— Pourquoi moi ?

— PR, Jackson ! Et puis, on te verra moins dans le noir.

— Vous ne mourrez pas avant de l'avoir payé, lieutenant ! chuchota Jackson.

— J'espère bien, bordel !

Jackson fila et bientôt Mellas entendit des chuchotements précipités parcourir la ligne.

Fitch exigea de parler au soldat en poste d'écoute.

— Nancy, ici Bravo Six. Si tu penses pouvoir revenir, appuie deux fois. À vous.

Pas de réponse.

— OK, Nancy, poursuivit Fitch, tout le monde est en alerte. Mets-toi simplement à terre et restes-y jusqu'à ce qu'on te dise le contraire. À vous.

Nancy répondit en appuyant deux fois.

Une minuscule coulée de terre glissa sur la paroi du trou de combat de Mellas et tapota sur son dos moite. Il ne voyait rien au-delà du petit tas de terre à côté de son trou. Un vent calme murmura avec le brouillard en traversant la jungle. La radio laissa échapper le bruit d'autres combinés dont on pressait frénétiquement les boutons.

— OK, vous autres Papa Echo ! lança Fitch par radio. Rappliquez si vous pouvez !

Mellas prit la radio et descendit vers les lignes en rampant pour alerter tout le monde que les PE allaient revenir. Jackson était en train de remonter.

— C'est vrai que vous luisez dans le noir, lieutenant ! dit-il en lui passant rapidement devant à quatre pattes.

Rider et Jermain étaient de PE. Tous guettaient, tendus. Puis vint un murmure : « Honda. » Une voix répondit en chuchotant : « Triumph. » On entendit alors des bruits de pas rapides sur le flanc de la colline et un léger grognement tandis que quelqu'un s'entassait dans un trou de combat. Puis… deuxième bruit de pas… et deuxième grognement. Sauvés.

Mellas venait à peine de regagner son trou en glissant quand la nuit fut déchirée par le rugissement d'armes légères dans la jungle en contrebas. Le brouillard s'illumina avec les flammes de bouche.

— Bravo Deux, grésilla la radio, ici Nancy. Ils nous ont repérés. On arrive.

Le bruit féroce des fusils de calibre 7,62 mm de l'APVN vint ponctuer les tirs plus légers mais plus rapides des M16 des marines.

— Nancy, bordel, vous enfuyez pas en courant! lança Goodwin en suppliant son PE de ne pas trahir sa couverture. Vous allez vous faire tuer. Restez calmes, Jack! On va vous tirer de là. À vous.

— On arrive, Scar, putain de merde! répondit la radio.

Puis les tirs cessèrent.

Un bouton fut de nouveau pressé sur le combiné, et on entendit une voix différente de la précédente. Celle-ci n'avait pas l'habitude de la radio – c'était une voix effrayée, isolée.

— Euh, lieutenant Goodwin, Sir, murmura-t-elle, vous m'entendez?

Il y eut un bref instant de parasites lorsque le bouton de transmissions fut relâché.

— Merde, Jack. *Lemon and Coke*[1]. À vous.

La voix revint.

— Roscoe est mort, je crois. (Il y eut une longue pause de bruit blanc tandis que le gamin appuyait sur le bouton sans se rendre compte qu'il empêchait Goodwin de répondre.) Oh putain, sortez-moi de là, lieutenant!

Il relâcha le bouton.

— Commence à reculer en rampant, OK? Reste près du sol et commence à reculer en rampant. À vous.

— Mais la radio est sur le dos de Roscoe.

— Laisse cette putain de radio! Tourne les boutons de réglage n'importe comment. Rampe vers les herbes, colle-toi au sol, et attends. On va venir te chercher. T'en fais pas. À vous.

Il y eut une longue attente. Puis le bouton fut pressé de nouveau.

— J'arrive pas à lui enlever c'te saloperie de radio! chuchota la voix, désespérée.

Goodwin se fit autoritaire.

— C'est un ordre, Jack! Change la fréquence et laisse tomber cette saloperie. Ils peuvent pas t'encercler, sinon ils tireraient sur leurs propres gars, alors éloigne-toi en rampant vers l'arrière et reste au sol. Une fois qu'ils seront dans la merde avec nous, ils auront autre chose à foutre que de chercher un pauvre Papa Echo. Dès qu'il fera jour et que la bataille sera finie, on viendra te chercher. Et maintenant, remue-toi, putain! À vous.

1. *Loud and Clear*, l'équivalent de « cinq sur cinq » en français.

Une fois de plus, il n'y eut pas de réponse. Puis la voix chuchota.

— Lieutenant, tirez-moi de là. S'il vous plaît, Sir.

Jackson poussa un léger gémissement.

— On peut pas, espèce de crétin, murmura-t-il. Commence à te bouger le cul.

— S'il vous plaît, lieutenant Scar, tirez-moi de là, répéta la voix.

Soudain, trois grenades à main explosèrent rapidement à la file, de faibles lueurs éclatant dans la jungle sombre.

— Nancy, Nancy, ici Bravo Deux. Si tu vas bien, appuie deux fois. À vous.

Goodwin répéta la question trois fois avant d'abandonner.

***

La compagnie attendit, mais l'attaque n'eut jamais de suite.

— Ce PE nous a sauvé la peau, déclara Mellas dans le silence qui s'ensuivit.

— Du moins pour ce soir, dit Jackson.

Ils savaient tous deux qu'ils étaient en vie parce que deux hommes étaient morts. C'était, bien sûr, précisément pour cette raison que les compagnies disposaient de postes d'écoute.

Il y eut peut-être un quart d'heure de silence. Puis, tout autour d'eux, de minuscules tintements assourdis montèrent de la jungle. Le bruit d'hommes qui creusent.

Mellas appela Goodwin par radio.

— Hé, Bravo Deux, tu entends ces types qui creusent ? À vous.

— T'as pas tort, Jack ! À vous.

La voix de Fitch se fit entendre sur le réseau.

— Bravo Trois, ici Bravo Six. Et de votre côté ? À vous.

Kendall répondit à voix basse.

— Ouais. En bas, dans le passage que la Deux a escaladé l'autre jour. À vous.

— Merde, Jack, lança Goodwin. On est encerclés, bordel ! À vous.

— T'es un putain de génie militaire, Scar ! À vous, grommela Fitch.

— T'as combien de Purple Hearts, Jack ? C'est ça, le signe du génie militaire. À vous.

Kendall ferma les yeux et s'efforça de se rappeler dans les moindres détails le visage de sa femme, son corps.

Mellas se mit à prier, en silence pour que Jackson ne l'entende pas.

— Mon Dieu, je sais que je ne prie jamais sauf quand j'ai des ennuis, mais mon Dieu, sors-moi de là, je t'en supplie, sors-moi de là.

Tout au long de sa prière, son esprit s'emballa, chercha une sortie, puis il décida d'abandonner les blessés, la section, tout, pour atteindre la protection de la jungle.

Mellas fut frappé par l'idée accablante et consternante qu'il y avait de fortes chances qu'il y passe. Là, sur ce bout de terre crasseux. Tout de suite. La vie venait à peine de commencer, et terriblement, étonnamment tôt, elle allait se terminer.

CHAPITRE 15

Le lendemain matin, lorsque le brouillard vira au gris terne, les marines commencèrent à remuer dans leurs trous. Quelques-uns avaient étendu leurs ponchos derrière leurs fosses pour recueillir la rosée. Ça n'avait pas marché, mais ils les léchèrent tout de même. Et échangèrent quelques plaisanteries. Mellas traversa à toute vitesse le sommet de la colline et gagna le trou de Goodwin. Celui-ci s'y tenait debout, seules sa tête et ses épaules en dépassant. Il portait son brêlage et testait les ressorts de ses chargeurs. Il semblait inquiet.

Mellas s'accroupit à côté du trou.

— Tu vas chercher ton PE ? demanda-t-il doucement.

— Ouaip.

Goodwin grimpa hors du trou et actionna la culasse de son M16.

— Les niacs ne peuvent pas être à plus d'une centaine de mètres d'ici, fit remarquer Mellas.

— Je sais, Jack.

Goodwin se retourna pour scruter le brouillard.

C'était la première fois que Mellas le voyait si sérieux. Il fut balayé par l'émotion.

— Hé, dit-il. Tu fais gaffe là-bas, hein ?

Goodwin se tourna pour le regarder.

— On va se tirer de ce merdier ?

Mellas haussa les épaules.

— Tout ce qu'il nous faut, c'est un jour d'éclaircie.

Ils levèrent les yeux vers les nuages, tout juste visibles dans la lumière matinale. Goodwin regarda Mellas.

— Je sais pas pour toi, mais moi, j'ai soif, putain. (Il porta deux doigts à ses lèvres pour lancer un sifflet aigu.) Hé, bande de connards *gunjy*, cria-t-il. Rappliquez ! (Il se tourna vers Mellas et sourit.) J'ai demandé des volontaires et ils ont tous voulu venir. Mais comme Roscoe et Estes sont tous les deux de la 1re escouade, c'est celle-là qui va partir les chercher.

Il brailla de nouveau.

— Bordel, Robb, ramène-les-moi en haut! (Il se retourna vers Mellas.) Avec la trouille qu'ils avaient la nuit dernière, je pense pas qu'ils aient pu aller à plus de trente ou quarante mètres au-delà des lignes.

L'escouade monta lentement et silencieusement vers le trou de Goodwin.

***

China faisait lentement glisser la culasse de sa M60 d'avant en arrière. Si une partie de son être protestait contre l'idiotie qu'il y avait à risquer sa vie pour ramener deux *chucks* déjà morts, une autre partie s'assurait que la mitrailleuse fonctionnait parfaitement. Il tourna les yeux vers le sommet de la colline et aperçut le fana de religion, Cortell, assis près des cadavres. Cet imbécile ne se rendait pas compte qu'il avait adopté les croyances de l'homme blanc. Mais il avait quelque chose que China lui enviait : Cortell, lui, savait avec certitude où Parker était parti. China remit la culasse en place dans un claquement et regarda Goodwin. Bon sang, ce blanc-bec de fils de pute de Sudiste avait l'air de prendre ces conneries de *Semper Fi* au sérieux. Et il était, lui, sur le point de se faire descendre au nom de ces foutaises alors qu'Henry menait ses petites affaires à la BCV? L'image de Parker s'efforçant de contenir sa peur affleura à sa conscience. Il revit Vancouver partir dans la nuit pour se frayer un chemin en bas vers la rivière, et Doc Fredrickson éponger Parker pour que la fièvre ne monte pas.

Il regarda Goodwin compter ses hommes en silence en pointant son index sur chacun d'eux. Il lui vint à l'esprit qu'il devait aussi remuer les lèvres quand il lisait. Goodwin adressa un signe de la tête à Robb, le chef d'escouade, et s'accroupit près du sol. Dix mètres au-delà des trous, il se mit à quatre pattes et commença à ramper. Robb se trouvait trois mètres derrière lui. Ensuite, ce fut le tour de China. Il y alla.

***

Mellas regarda jusqu'à ce que l'escouade entière ait rampé et disparu dans le brouillard. Toute la colline attendait la bataille. Une heure passa, interminable. Goodwin ne communiquait pas par radio. Cortell vint s'asseoir à côté de Mellas, sans rien dire.

Au bout d'un moment, ce dernier prit la parole.

— Ça t'arrive de prier pour ce genre de conneries, Cortell ?

Cortell le regarda sous le pansement ensanglanté enroulé autour de sa tête.

— Sir, je prie tout le temps.

***

Au bout d'une heure, l'escouade revint en traînant deux corps. Mellas remarqua que la radio du PE avait disparu. Lorsqu'ils atteignirent les lignes, Goodwin donna à l'encornet l'eau des gamins morts, puis il leur fit les poches.

— Hé! cria-t-il en montrant une unique boîte de ration C vert sombre, du putain de bœuf en daube!

***

Être assiégé est un type de guerre parmi d'autres. Derrière la terreur immédiate qu'il y a à s'entre-tuer traîne l'ennui, le fastidieux qui démoralise. Le brouillard resta épais ce matin-là, et l'APVN ne les bombarda qu'à quelques reprises. Les Nord-Vietnamiens devaient craindre de toucher leurs propres hommes retranchés autour des marines. Cela donna à tous beaucoup de temps pour réfléchir.

Mellas erra seul jusqu'au tas de cadavres empilés en haut de la ZA. Il ne vit que les rangers délavées des vétérans avec leur dessus en Nylon d'un jaune écœurant, et les rangers noires aux dessus vert foncé des petits nouveaux. Des étiquettes en papier avaient été attachées aux rangers et aux poignets des morts.

L'encornet s'accroupit à côté de lui. Il tenait à la main ce qui ressemblait à des photographies.

— Qu'est-ce que vous avez là, Sheller ? lui demanda Mellas.

— Des clichés. Trouvés sur les corps. J'ai besoin de votre accord pour les jeter. L'ordre actuel de la division est de s'assurer que rien de risqué ne revient au pays avec les cadavres.

— Rien de « risqué » ? répéta Mellas, les dents serrées.

Sheller baissa la tête, gêné.

— C'est juste ce qu'ils disent de faire, Sir.

Mellas feuilleta rapidement les photographies, les mains tremblantes. Il y avait des clichés de Nord-Vietnamiens morts : des corps explosés, noircis. Sur l'un d'eux, on voyait un cadavre sans tête, assis raide comme un piquet dans un trou de combat. Un gamin de la section de Goodwin posait à côté, et souriant, tenait la tête arrachée dans le creux de son bras. Sur une photo, on voyait trois jeunes Américains morts, tous serrés dans un unique trou de combat. Quelqu'un avait écrit dessus au stylo-bille : « Snake, Jerry et Kansas ». Il y avait aussi le portrait d'une magnifique Thaïlandaise allongée nue sur le lit d'une chambre d'hôtel. Mellas la contempla un long moment, admirant ses cheveux noirs qui flottaient sur les draps, ses jambes brunes et lisses qui dissimulaient pudiquement sa vulve. Cette fragile beauté au milieu du carnage lui coupa le souffle.

— Celle-là m'a perturbé, dit Sheller.

— Il avait rempilé pour la voir, non ?

Sheller fit oui de la tête.

— Brûlez tout.

Sheller sortit calmement un Zippo et mit le feu aux clichés. Ils les regardèrent s'enrouler lentement sous l'effet de la chaleur, changer de couleur et prendre feu. Et virent le corps nu d'une entraîneuse de bar de Bangkok faire de même. Personne ne lui connaissant d'autre nom que celui de Susi, on ne pourrait pas lui faire savoir que Janc était mort. Elle l'apprendrait lorsque sa prochaine lettre lui reviendrait marquée du tampon DÉCÉDÉ.

Mellas retourna vers son trou de combat et se recroquevilla à l'intérieur pour essayer de rester au chaud. Les deux gilets pare-éclats n'aidaient pas beaucoup. Jacobs vint lui demander si les oiseaux étaient en route.

— Tu peux me croire, Jake, si jamais on me transmet le message qu'un oiseau va atterrir ici, même un minuscule moineau, une sittelle à huppe noire ou un faiseur de veuves à poitrine velue[1], je te le fais savoir.

Mellas remarqua alors qu'une oreille était glissée dans l'élastique qui entourait le casque de Jake. Il se figea.

— C'est quoi ça, sur ton casque ?

— Une oreille, Sir, répondit Jake d'un ton désinvolte.

— Enlève-moi ça.

— Et pourquoi, bordel ? demanda Jacobs avec virulence. Ce p-putain de c-connard a tué Janc, et je le s-sais parce que c'est moi qui ai jeté son c-corps en bas de la colline !

— Tu sais que tu pourrais aller en prison pour mutilation.

— En prison ? En-en p-putain de prison ! Et qui va aller en p-putain de prison pour av-voir t-tué Janc ? C'est eux qui d-devraient aller en prison, ceux qui ont établi ces putains de règles.

1. Surnom donné aux hélicos qui s'écrasaient au sol.

— Jette-moi ça tout de suite. Et tu vas enterrer les corps.

— Pas question que j'enterre un c-corps de Viet ! Non, Sir.

— Allez viens, Jake, on va aller les voir.

Jacobs suivit Mellas en silence jusqu'aux lignes. Ils baissèrent le regard vers le bas de la colline abrupte, où les cadavres des gamins nord-vietnamiens morts avaient tous été jetés après l'assaut. Ils étaient allongés là, certains les yeux ouverts, les bras et les jambes de travers, rigides, dans des positions qui semblaient étrangement inconfortables. Un corps avait été tailladé au Ka-bar. Il lui manquait aussi une oreille.

— Qui a charcuté ce corps, Jake ? demanda Mellas d'une voix douce. Écoute, je sais qu'ils en ont tué dans notre camp, mais nous aussi, on leur en a descendu quelques-uns, non ?

Jacobs hocha la tête et regarda par terre. Mellas se rappela avoir ri avec lui du fait qu'ils avaient tous les deux été enfants de chœur.

— C'est moi qui l'ai coupée, avoua Jacobs. (Il leva la main, arracha l'oreille de son casque et la jeta violemment sur les corps.) J'ai c-couru en bas de la p-pente et je l'ai charcuté. Je sais pas pourquoi.

Ils restèrent debout à regarder le brouillard. Les yeux de Jacobs brillaient de larmes, mais il les retenait.

— Janc, bordel ! dit enfin Mellas.

Gambaccini s'approcha. Deux oreilles étaient épinglées au sommet de son chapeau de brousse.

— Moi aussi, j'ai coupé des oreilles, Sir, lança-t-il. Si vous collez Jacobs au gnouf, alors moi aussi je l'ai fait.

Mellas hocha lentement la tête.

— Gambaccini, j'en ai rien à secouer des Viets morts. Débarrasse-toi seulement de ces oreilles, histoire de ne pas aller en taule. (Il commença à s'éloigner.) Mais tu peux aider Jake à enterrer ces fichus corps.

Dès qu'il fut assez loin, Mellas jeta un coup d'œil derrière lui. Les deux hommes étaient encore debout et observaient les cadavres. Puis Gambaccini attrapa les deux oreilles et, ayant enroulé un doigt autour de chacune comme s'il allait faire des ricochets, il les expédia l'une après l'autre dans le brouillard.

***

Il y eut un instant pendant l'accalmie où Mellas, perdu au milieu des volutes de brouillard, sut, au-delà de toute capacité à se mentir à lui-même, qu'il avait effectivement tué Pollini ; il fut submergé par un sentiment de vide qui le fit tomber à genoux. Affaissé dans son trou mouillé, emmitouflé dans le cocon de deux gilets pare-éclats, il craqua. Il avait été la cible d'une cruelle plaisanterie. Dieu lui avait donné la vie, et avait dû rire en le voyant s'en servir pour ôter celle de Pollini, tout cela pour un petit bout de ruban censé prouver sa valeur. Et la plaisanterie, c'était sa valeur. Il n'était rien de plus qu'une suite d'événements vides qui finiraient comme une photo jaunie sur la cheminée de ses parents. Eux aussi mourraient un jour, et des membres de la famille qui ne connaissaient pas le garçon sur la photo la jetteraient aux ordures. Mellas savait, dans la part rationnelle de son esprit, que s'il n'y avait pas de vie après la mort, celle-ci n'était que sommeil. Mais ce cruel déluge de pensées ne provenait pas de la part rationnelle de son esprit. Il n'avait rien du caractère éphémère de la pensée. Il était aussi réel que la boue dans laquelle il était assis. La pensée n'était qu'un surcroît de ce rien qu'il avait mis toute sa vie à accomplir. La réalité de sa mort prochaine le secoua comme un terrier secouant un rat dans sa gueule. Il ne put que couiner de douleur.

Puis son esprit intervint. On va en réchapper. On fera le mort quand ils finiront par nous déborder. Pas de poignard – on fait le mort et on se sert de la confusion de ce dernier assaut pour couvrir sa fuite. Tu seras vivant ! Laisse tomber les marines et cette fausse idée de l'honneur. Pars dans la jungle avec les autres animaux, cache-toi, reste en vie. En vie !

Mais le terrier qui le secouait par le cou éclata de rire. Et après, quoi ? Une carrière dans le droit ? Un peu de prestige ? Un peu d'argent ? Une carrière politique peut-être ? Et après, la mort. La mort. Le rire le retourna, exhibant ses parties les plus intimes. Il s'offrait à Dieu comme une femme s'ouvre à un homme, les jambes écartées, le ventre exposé, les bras en croix. Mais contrairement à certaines femmes, il n'avait pas la force intérieure qui leur permet de faire une chose pareille sans peur. Il n'y avait aucune force de femme en lui.

Le terrier le secoua de nouveau et Mellas se sentit douloureusement en vie. Nu jusqu'au hurlement, dévêtu jusqu'au cri de souffrance, il sanglota sa colère contre Dieu dans des paroles rauques qui lui firent mal à la gorge. Il ne réclamait rien maintenant, pas plus qu'il ne se demandait s'il avait été bon ou mauvais. Ces notions faisaient toutes partie de la plaisanterie qu'il venait de découvrir. Il maudit Dieu en face pour la farce sauvage dont il avait fait l'objet. Et en le maudissant ainsi, pour la première fois, Mellas parla vraiment à son Dieu. Alors il pleura, ses larmes se mêlant à la morve pour couler sur son visage, ses pleurs étant la rage et la souffrance du nouveau-né qui enfin, quelle que soit la brutalité de l'affaire, est arraché à l'utérus.

Cette nouvelle lucidité de Mellas ne changea rien, du moins à l'extérieur, mais il savait maintenant qu'il ne ferait pas le mort. C'était ce qu'il avait fait tout au long de sa vie. Il ne s'échapperait pas dans la jungle pour se sauver : cet homme-là ne lui semblait pas digne d'être sauvé. Il choisirait de rester sur la colline et ferait de son mieux pour secourir ceux qui l'entouraient. Ce choix le réconforta et le calma. Mourir de cette façon était une meilleure façon de mourir, car vivre de cette façon était une meilleure façon de vivre.

***

L'encornet arriva en rampant dans le trou de Mellas, couvert du sang et du vomi des blessés.

— Il fallait que je m'en aille, dit-il.

Il se glissa à côté de lui pour observer la jungle et le brouillard. Mellas savait que sa propre crise existentielle ne valait rien pour Sheller. Et il comprit brusquement où Hawke trouvait son sens de l'humour. En observant les faits. Quelle bonne blague… savoir que Mellas décrocherait certainement une médaille pour avoir tué un de ses propres hommes ! Il semblait approprié que le président soit probablement réélu pour avoir fait la même chose, et à une échelle bien plus importante. Une nouvelle voix en lui se mit alors à rire avec Dieu.

Il prit conscience du fait qu'il riait à voix haute en voyant Sheller lui lancer un regard interrogateur.

— Quoi ? demanda Mellas, encore secoué de rires.

— Qu'est-ce qu'il y a de si drôle, Sir ?

Mellas rit de nouveau.

— T'es dans un état pas possible, Sheller, bordel ! Tu le sais, dis ?

Il continua de rire en secouant la tête d'étonnement face au monde.

***

L'ennui marqua le passage des heures. Les gamins luttaient contre l'envie de dormir. Juste avant midi, le brouillard se dissipa légèrement et flotta quelques mètres au-dessus de Matterhorn, offrant assez de visibilité pour qu'un oiseau puisse atteindre Helicopter Hill. Fitch réclama aussitôt par radio les oiseaux ravitailleurs.

Mais Helicopter Hill était aussi clairement visible des servants de mortier de l'APVN, qui se mirent à bombarder en réglant facilement leur tir. Lorsque les marines entendirent les projectiles quitter les tubes, ils surent qu'ils n'avaient que quelques secondes pour s'enfouir sous terre tandis que les obus décrivaient leurs grands arcs vers Helicopter Hill. Les obus s'abattirent, la terre trembla, la pression percuta les tympans et les globes oculaires. Ce n'était ni du son ni du bruit car on ne l'entendait pas. On le sentait. C'était de la souffrance.

Les marines se blottirent dans leurs trous et sentirent les secousses. Ils se tinrent les oreilles. La terre plut sur leurs casques et leur boucha les narines. Un gamin de la 3e section fut touché par un obus qui avait atterri au bord de son trou. Ils le tirèrent dans la casemate où se trouvaient les rares gourdes d'eau conservées pour les blessés. Aucun marine n'en avait.

Les oiseaux étaient déjà en route lorsque le brouillard tomba de nouveau. Les hélicoptères, incapables de trouver la zone d'atterrissage, rebroussèrent chemin une fois à court de carburant.

Les bombardements cessèrent.

L'ennui, la fatigue et la soif s'installèrent de nouveau.

Goodwin, agité, descendit sous la ligne de trous, face à Matterhorn. De temps à autre, à travers le brouillard, il apercevait les casemates que la 1re section avait attaquées le matin précédent. Il s'assit avec son fusil et en régla la visée. Puis il l'appuya à une bûche et s'installa pour observer et attendre.

Une heure passa. Goodwin avait la patience du chasseur-né. Il vivait dans un monde où le temps n'existait pas et ne le quittait que brièvement pour se délier les membres.

Le brouillard avança et lui cacha Matterhorn. Vingt minutes passèrent encore. Le brouillard se leva de nouveau. Goodwin aperçut une minuscule silhouette qui se traînait entre deux casemates. Il tira. La balle fit voler la terre sous la silhouette. L'homme se mit à courir. Goodwin visa au-dessus de lui pour compenser la distance et tira trois coups rapides. Le troisième toucha l'homme à la jambe et il s'affaissa. L'excitation fouetta la gorge de Goodwin. Il régla rapidement sa visée pour s'adapter à la distance et au vent, et tira deux coups de plus. Pas moyen de savoir où les balles étaient tombées. C'était bon signe : si elles avaient touché de la chair, elles n'auraient pas soulevé de boue. Sur Matterhorn, des armes légères ouvrirent le feu. Goodwin entendit le claquement des balles dans l'air autour de lui avant celui des détonations. Les balles percutèrent la pente au-dessus de lui avec un bruit sourd et les marines plongèrent dans leurs trous en plaisantant et en maudissant Goodwin qui, caché en dessous, réglait de nouveau sa visée.

Deux silhouettes se ruèrent hors d'une casemate et entraînèrent la cible de Goodwin. Celui-ci, furieux, se mit à tirer en mode automatique, mais le M16 remonta avec le recul. Il vit une balle traçante décrire un arc plat et orange qui sembla être aspiré rapidement dans la pente au-dessus des trois soldats de l'APVN.

— Merde ! Il nous faut un M14 bordel, Jack !

Les tirs s'estompèrent. Goodwin regagna les lignes et commença à troquer des balles perforantes contre des balles traçantes et les plaça en alternance dans ses chargeurs à raison d'une pour quatre. Ensuite, avec quelques hommes, il se glissa juste en dessous des trous et s'installa dans un endroit différent. À cette distance, les balles traçantes, plus légères, ne frapperaient pas exactement au même point que les autres projectiles, mais il pourrait évaluer à peu près où atterriraient les balles plus lourdes, tout en sachant qu'il aurait toujours une meilleure chance de rectifier sa visée en fonction de la portée et du vent. Il savait aussi que les traçantes révéleraient sa position.

Mellas descendit voir ce qui se tramait. Goodwin était assis là, penché sur son fusil, aussi patient et immobile qu'un chat qui attend près d'un trou de souris. Un quart d'heure s'écoula. Mellas finit par s'ennuyer et regagna son côté de la colline.

Deux heures passèrent. Le brouillard s'abattit une fois de plus, et il fut de nouveau sûr de pouvoir marcher ou s'asseoir à découvert. Les gamins se mirent à discuter, tailler des bouts de bois et creuser des étagères et des marches travaillées dans leurs trous. Plusieurs descendirent aider Gambaccini et Jacobs à creuser des tombes pour les soldats morts de l'APVN, simplement pour s'occuper. Nombre d'entre eux somnolaient, heureux de n'avoir rien d'autre à faire qu'attendre dans leurs trous. Tous regardaient le ciel toutes les deux ou trois minutes, comme des adeptes du culte du cargo attendant la délivrance.

Deux heures et demie de plus passèrent. Mellas descendit en rampant voir où en était Goodwin. Il attendait encore au-dessus de son fusil. Mellas s'allongea à côté de lui. Goodwin parla sans décoller les yeux de la visée.

— Ce petit connard est sur le point de sortir la tête de ce trou. Je le sens.

Mellas s'accroupit pour regarder de l'autre côté de la colline, qui apparaissait et disparaissait dans les volutes de gris. Dix minutes s'écoulèrent. Il pensa à l'homme dans la casemate de l'autre côté. C'était une de celles que Jacobs avait construites. Elle était creusée profondément, avec l'ouverture pour les yeux au ras du sol, des rondins mélangés à de la terre, des plaques d'envol métalliques et des sacs de sable ; à moins de la percuter pile sur le dessus, même une bombe de plus de deux cents kilos ne pourrait blesser personne à l'intérieur. Il faudrait faire appel à l'infanterie. Mellas n'eut plus envie d'y réfléchir.

Il s'ennuya de nouveau et repartit. Vers 15 heures, soit une demi-heure après avoir quitté Goodwin pour la deuxième fois, il entendit une seule détonation du M16, puis deux autres tirs, coup sur coup.

— Scar en a eu un !

Le cri flotta au-dessus de la colline. Mellas traversa le sommet à la course, en se baissant au cas où il y aurait eu des tirs de riposte.

— Je l'ai eu, ce petit connard ! déclara Goodwin tandis que Mellas se jetait par terre à côté de lui.

Un des gamins qui assuraient la sécurité avec Goodwin tendit les jumelles de Fitch à Mellas. Celui-ci regarda le soldat mort se faire traîner de nouveau jusqu'à la casemate.

— Je l'ai eu pile en haut de la gorge, précisa Goodwin d'un ton neutre. Je savais qu'il allait devoir sortir pisser à un moment donné.

— Joli coup ! dit Mellas. Tu vas en essayer un autre ?

— C'est toujours mieux que de patrouiller.

Le brouillard se dissipa l'espace d'un instant, exposant de nouveau le sommet d'Helicopter Hill à l'APVN. Un unique AK-47 crépita brièvement. Les marines se précipitèrent dans leurs trous. Mais à longue portée, le AK-47 était encore moins précis que le M16.

Mellas était couché par terre, la soif lui martelant le cerveau. Il avait l'impression d'avoir les lèvres et la langue en coton. Il prit note de l'évidente discipline de tir de l'APVN. Les soldats ennemis, qui pouvaient viser assez précisément avec leurs mitrailleuses 7,62, ne leur avaient pourtant pas tiré dessus : comme les marines, ils ne voulaient pas trahir leurs principales positions défensives. Mais ils n'avaient aucun scrupule à tirer avec leurs fusils SKS et leurs AK-47, particulièrement du petit passage au nord-est de Matterhorn.

Goodwin passa la tête au-dessus du rondin lorsque les tirs cessèrent.

— Ils ne savent pas où on est, Jack, dit-il d'une voix calme.

Il s'accroupit et s'éloigna du rondin en marchant accroupi, caché derrière les broussailles mortes ; puis il se redressa et, le regard braqué sur Matterhorn, pissa un coup. Ensuite, il revint sur ses pas et s'installa sur le ventre derrière le rondin. Il posa le fusil sur le rondin et appuya la joue contre la crosse.

— Tu vois la casemate avec le petit buisson à gauche, à deux casemates de celle où on a descendu le Viet ? demanda-t-il au gamin avec les jumelles.

— Ouais, répondit le gamin.

Ils avaient tous les deux délaissé les grades et l'habituel « Sir » de rigueur.

— J'ai vu quelqu'un bouger à l'intérieur et je vais le tuer.

Mellas le regarda, puis jeta un coup d'œil en face, à Matterhorn. Il était ravi de la prouesse de Goodwin. Lui aussi voulait tuer, mais il savait qu'il était loin d'être aussi bon tireur et qu'il ne ferait que se ridiculiser. Il n'avait pas non plus la patience prodigieuse de son camarade. Et il ne détestait pas l'APVN. Il voulait tuer l'ennemi parce que c'était le seul moyen pour que la compagnie quitte la colline, et parce qu'il tenait à vivre et à rentrer chez lui. Il voulait aussi tuer parce que la colère brûlante qu'il avait en lui n'avait nulle part où se décharger. Ceux qu'il avait détestés – le colonel, les politiciens, les manifestants, les brutes qui l'avaient humilié à l'école, les petits camarades qui lui avaient volé ses jouets lorsqu'il avait deux ans – n'étaient pas disponibles, mais l'APVN, si. Au plus profond de lui, il désirait simplement piétiner un corps qu'il aurait abattu. Il regarda Goodwin avec une certaine jalousie et dut s'avouer que ce désir de mort provenait de ce qu'une partie de lui était exaltée à l'idée de tuer.

***

À la base de combat Vandegrift, l'état-major du bataillon se tenait serré autour de plusieurs grandes cartes.

— Qu'en pensez-vous, lieutenant Hawke? demanda Simpson. Vous avez opéré partout dans le coin.

— Comme je vous l'ai dit hier, Sir, il y a une triple canopée tout du long jusqu'à la crête, et ils auront de la chance s'ils arrivent à faire trois *klicks* par jour… et en négligeant complètement la sécurité.

Le capitaine Bainford prit la parole.

— L'observateur avancé dit que l'endroit le plus proche, avant que la couverture nuageuse bloque tout, serait la côte 631. (Il désigna une colline qui descendait en pente douce dans la grande vallée au sud de Matterhorn.) Elle est seulement à neuf *klicks* de Matterhorn. Je n'arrive pas à croire qu'il faille trois jours pour la rejoindre!

Hawke explosa.

— Vous n'y croyez pas parce que vous n'y avez jamais été, bordel!

Bainford, vexé, jeta un coup d'œil à Blakely et à Simpson. Stevens chercha quelque chose à faire.

— Désolé, capitaine Bainford, reprit Hawke. Je suis peut-être investi trop personnellement dans cette affaire. Je n'avais pas l'intention de m'en prendre à vous.

— Ce n'est pas grave, Hawke, répondit l'officier des opérations aériennes, manifestement heureux de paraître magnanime. Je sais ce que ça fait.

Mon cul, ouais! se dit Hawke. Il s'efforça de penser à quelque chose de constructif. C'est alors qu'il comprit qu'il ne pouvait pas en faire plus qu'eux. Ni Blakely ni Simpson n'avaient beaucoup dormi depuis l'assaut sur Matterhorn, et cela se voyait, surtout chez Simpson. Ils avaient travaillé dur. Il avait fallu faire le détail du ravitaillement et tout classer par ordre de priorités ; coordonner hélicos, camions et équipes de chargement ; organiser et donner des instructions au soutien aérien à voilure fixe, non seulement pour aider la compagnie Bravo, mais aussi pour l'insertion de chaque compagnie dans le bataillon. Il avait fallu faire la même chose pour l'artillerie, s'occuper des obusiers de 8 pouces de Sherpa, des 105 désormais autour de Cam Lo, et de la propre section de mortiers de 81 mm du bataillon. Tout devait être prêt à être déplacé, emporté par les hélicos vers une nouvelle position qu'il faudrait protéger avec l'infanterie et ravitailler en munitions, eau et nourriture. Et tout cela, ils l'avaient fait. Tout était prêt à partir, y compris deux compagnies supplémentaires en contrôle opérationnel du 3ᵉ bataillon qu'on allait larguer afin d'empêcher toute retraite de l'APVN. Mais celles-ci étaient bloquées, comme tout le reste, et attendaient dans les zones d'atterrissage que les nuages soient assez hauts pour que les pilotes puissent atteindre les montagnes.

Hawke se disait que, s'ils n'avaient pas bientôt une journée d'éclaircie, la compagnie Bravo se retrouverait à court d'eau et de munitions et devrait abandonner la colline. Les soldats se verraient contraints d'affronter un régiment entier pour pouvoir poursuivre leur chemin. Il n'en resterait rien. Le colonel avait eu raison, se dit Hawke à regret. Il y avait bel et bien des putains de Viets autour de Matterhorn.

Le capitaine Bainford était furieux contre Hawke. Sous prétexte qu'il avait été dans la jungle avec la piétaille, il se comportait comme un cadeau des dieux offert au corps des marines et le traitait comme un enfant. Ces fichus *grunts* ne parvenaient pas à comprendre la charge que c'était d'être personnellement responsable de plusieurs millions de dollars en avions.

Le lieutenant Stevens aurait aimé pouvoir rattraper un peu de sommeil. Au cours des dernières quarante-huit heures, il était resté planté là, à répondre à des questions idiotes sur la distance à laquelle les 105 et les 155 pouvaient tirer. Il se demandait s'ils allaient pouvoir déplacer les deux canons de huit pouces à Eiger avec Gold Battery. Qu'ils transportent les huit pouces là-bas et ils dégommeraient ces fils de pute directement à travers les fentes de leurs casemates. On ne fait pas mieux qu'un huit pouces en matière de précision. Ces pauvres *grunts* sur cette colline, bordel ! Deux journées entières de quatre-vingt-deux viets.

Le commandant Blakely se sentait frustré. Il avait mis au point une opération parfaite et ce fichu temps avait tout foutu en l'air. On allait devoir se contenter de deux bataillons de marines pour attaquer tout un régiment viet en harcèlement. Dommage que Fitch ait commis la bourde de diviser ses forces. Et après, de se retirer sur la colline la plus basse. La gaffe classique. Ils auraient dû remuer ciel et terre pour remplacer Fitch par un capitaine régulier. Bien sûr, cela avait été une erreur de ne pas faire sauter les casemates de Matterhorn, mais ça, on ne s'en rendait compte qu'avec le recul. À l'époque, l'opération de ratissage de Cam Lo avait été toute une affaire – et un vrai cauchemar de se mettre au fait des changements à toute vitesse. Tout le monde avait suivi cette opération combinée avec l'ARVN, même la Maison-Blanche. La « vietnamisation ». Quelle foutaise ! Si Blakely était au Pentagone, on ne raconterait pas toutes ces conneries sur l'ARVN qui aurait été prétendument capable d'affronter l'APVN, ni ces merdes de pacification. Il fallait y aller et se battre avec la puissance de tir et les tripes américaines. C'était la seule façon d'agir. Il eut un sourire satisfait. Chopez-les par les couilles et leurs cœurs et leurs esprits suivront. Celui qui avait dit ça avait vraiment dû y être.

Le lieutenant-colonel Simpson était malade d'inquiétude. S'il ne tirait pas la compagnie Bravo de cette merde sous trois jours, les hommes seraient trop déshydratés pour se battre. Il devait leur rester assez de munitions pour deux affrontements de plus. Si l'APVN lançait un assaut conséquent, ils les épuiseraient toutes. Mais c'était probablement ça, la stratégie de ces petits salopards. Simpson s'imagina le petit colonel viet en train de manger du riz dans sa casemate de commandement et de regarder des cartes couvertes d'étranges caractères chinois. Ce petit connard allait se contenter de rester assis et d'attendre que l'ennemi soit à court d'eau. Si la compagnie Bravo essayait de s'enfuir, il les tiendrait par les couilles. Mais il suffisait que le brouillard tienne ne serait-ce qu'une journée de plus et Simpson aurait tout un régiment sous son contrôle. Après, s'il y avait une éclaircie, il pourrait appeler les avions à réaction et s'en donner à cœur joie. Cela dit, si la compagnie Bravo essuyait encore trop de pertes, cela ferait mauvaise impression, quelle qu'en soit l'issue. Cela semblait injuste.

— On a tous fait ce qu'on a pu, déclara Simpson en regardant toujours la carte. Je propose qu'on prenne un peu de repos avant la nuit. Elle risque d'être longue.

Tous le prirent au mot sauf Hawke, qui était de garde jusqu'à 20 heures. Une fois relevé de son poste, il alla au O-club du régiment pour entamer son propre *Mystery Tour.*

***

En poussant la porte grillagée du O-club, le colonel Mulvaney reconnut Hawke debout au bar. Il y avait déjà quatre verres à liqueur vides devant lui. Il s'approcha.

— C'est vous Hawke, non ? demanda-t-il en jetant une liasse de billets militaires roses sur le comptoir.

Puis, sans lui laisser le temps de répondre, il demanda au barman de leur servir à boire à tous les deux.

— Merci, Sir, dit Hawke.

— De rien. (Mulvaney appuya sa lourde carrure sur ses avant-bras.) Je vois qu'ils ont fait réparer le grillage.

Hawke étudia son verre.

— Apparemment, quelques jeunes officiers se sont pris une cuite et ont interrompu le visionnage d'un film.

— Vous savez de qui il s'agissait ? demanda Hawke.

Mulvaney l'observa dans la glace.

— Non. Mais en plus, ils ont volé un camion. Un de mes officiers d'état-major au cercle avait un peu trop bu lui aussi et il a mis deux trous de balle dedans. Il a reçu un blâme.

— C'est bête, Sir.

— Bête ?

— Je veux dire, pour lui. Non parce que tirer comme ça avec son pistolet dans le périmètre d'une base, c'est pas très malin.

— Voler un camion non plus.

— Oui, Sir, répondit Hawke.

Il baissa la tête.

Mulvaney s'adossa au comptoir pour observer les groupes d'officiers qui buvaient, assis aux tables.

— Eh bien, le grillage a été réparé. Et le camion va bien, dit-il en se tournant vers Hawke, qui fixait encore son verre. Mais de toi à moi, Hawke, ajouta-t-il d'une voix très calme et égale, c'est vraiment une belle connerie d'avoir fait ça. Ça aurait pu flinguer la carrière de quelques bons officiers, et on en a bien besoin ! Si je pouvais te botter le cul dans ce bar sans avoir à passer en cour martiale, je le ferais.

— Oui, Sir, dit Hawke.

Mulvaney se radoucit.
— Bon sang, Hawke, t'es irlandais ou pas ? Je vais devoir boire ça tout seul ?
— Non, Sir. (Hawke leva les yeux vers lui.) Sir, je suis désolé.
— Laisse tomber. J'ai connu ça, moi aussi. (Il montra un paquet de cacahuètes salées de la main gauche, mais il revoyait Jim Auld gémir sur le sable des rives du Tenaru, une supplication au fond des yeux pour qu'on l'aide, un trou sanglant là où était son bras avant que le canon antichar japonais ne l'arrache.) Il faut se rappeler d'évacuer toutes ces conneries de son système dans un endroit où on ne s'attire pas d'ennuis.
Mulvaney ouvrit le paquet de cacahuètes salées et les répandit sur le comptoir devant eux. Il les goba tout en parlant et descendant un demi-verre de whisky à la fois.
— Ma femme me dit que je ne devrais pas boire autant mais, bon sang, quel intérêt y a-t-il à avoir du whisky détaxé si on ne peut pas en boire plus que le premier fils de pute venu ?
— Je suis bien d'accord, Sir. (Hawke prit une autre gorgée et ramassa quelques cacahuètes.) Sir, vous avez eu des nouvelles de la relève pour la compagnie Bravo ?
— Non. Rien de neuf. Fichue mousson ! dit Mulvaney en lui adressant un sourire rassurant. Ne te fais pas de soucis pour eux, Hawke. Ils vont s'en sortir. On a déjà connu des situations bien pires.
— Ouais. On lit ça tout le temps dans les bouquins d'histoire remplis de récits de gloire.
Mulvaney voulut lui raconter le Réservoir de Chosin, mais il savait que Hawke n'aurait pas envie d'en entendre parler plus que lui-même avait envie qu'on lui évoque Château-Thierry à l'époque où il était lieutenant. La guerre de chacun était toujours pire que celle des autres.
— Pas besoin de cracher sur la bravoure simplement parce que t'es à cran et fatigué, finit-il par dire.
— Désolé, Sir. Ça m'a échappé, c'est tout.
— Échappé ? Foutaises ! Quel lieutenant qui se respecte n'est jamais à cran et fatigué ? Moi aussi je le suis, mais c'est moi le connard qui prend les décisions, alors j'ai pas le droit d'en dire du mal.
Mulvaney eut un petit rire.
Hawke ne réagit pas comme Mulvaney l'aurait voulu. À la place, il posa son verre et se tourna vers lui.
— En quoi c'était nécessaire que la compagnie Bravo parte à l'assaut, sachant que c'est la saison de la mousson ?

La colère accéléra le pouls de Mulvaney. Il voulut lui dire comment Simpson avait lancé l'ordre d'attaque sans l'avoir consulté au préalable, et que Blakely avait donné un pré-briefing officieux à l'état-major de la division, annulant ainsi toute possibilité de contre-ordre. Mais Simpson et Blakely en référaient à Mulvaney. C'était lui le responsable. C'était le code.

— On s'est dit que ce serait l'occasion de descendre quelques Viets, déclara-t-il. C'est notre boulot, Hawke. Tu le savais quand t'es monté à bord.

— Oui, Sir, c'est vrai.

Hawke avala une autre gorgée de whisky.

— Écoute, Hawke, je trouve que t'es un sacré officier et je ne vais pas te raconter de conneries. Si la compagnie Bravo est là-haut, c'est le résultat soit d'une bourde, soit d'une brillante manœuvre stratégique. Tout va dépendre du nombre de morts. Voilà le genre de guerre qu'on mène.

— Quelle bourde ? demanda Hawke. Il y en a eu beaucoup.

— Officiellement, ce sera celle de Fitch. Il a divisé ses forces, abandonné une position essentielle et s'est mis dans la merde. C'est un officier de réserve. Sa carrière n'est pas en jeu.

— Vous croyez vraiment que Fitch est si bête que ça ?

— Je t'ai dit comment ce sera interprété, pas ce que j'en pensais. Bon Dieu, Hawke, tu penses vraiment que je suis si bête que ça, moi ? Ce pauvre gosse avait trop peu d'hommes pour faire ce qu'on lui demandait tout en protégeant ses blessés. Tu crois que t'es le seul connard à avoir fait la guerre par ici ?

— Des fois, c'est l'impression que ça me fait.

— Eh bien, c'est faux. Grandis un peu et arrête de chercher sur qui reporter la faute, comme tout le monde dans le coin. Contente-toi de faire le boulot, bordel !

— Oui, Sir.

Des rires avinés s'élevèrent d'un des groupes d'officiers qui jetaient des dés pour payer à boire.

— Je ne voulais pas te sermonner comme un curé à la con, reprit Mulvaney.

— Je dois l'avoir bien cherché, Sir.

Mulvaney perçut qu'une barrière s'élevait entre lui et Hawke. Il se sentit perdu, seul, la mort dans l'âme.

— La situation est ce qu'elle est, dit-il en poussant une cacahuète avec son doigt épais.

— C'est comme ça, Sir, ajouta Hawke.

— Perds pas espoir pour autant, Hawke ! dit Mulvaney en souriant. Écoute, voir. Si tu promets de passer régulier, je me débrouille pour que t'obtiennes une compagnie de fusiliers, bordel.

Il vit Hawke réagir de façon visible, puis reprendre le contrôle de lui-même.

— J'ai quitté la brousse, Sir, je ne veux plus jamais y retourner. Mais merci, Sir.

Mulvaney l'étudia.

— N'essaie pas de baratiner un vieux singe comme moi, lieutenant, parce que j'ai déjà donné. Une compagnie de fusiliers dans les marines. Deux cent douze marines… deux cent douze hommes, parmi les plus courageux au monde. Et tu es à peine en âge d'entrer dans un bar et de boire. (Il marqua une pause.) Ça serait la compagnie Bravo, si le poste est libre.

Il vit Hawke retenir son souffle.

Mais celui-ci fut dispensé de répondre car, à cet instant même, le caporal Odegaard, le chauffeur de Mulvaney, cria à la porte :

— Colonel Mulvaney, la compagnie Bravo est de nouveau dans la merde, Sir !

Mulvaney avala le reste de son whisky, posa sa grande main sur le sommet du crâne de Hawke et appuya plusieurs fois, à peine perceptiblement.

— Réfléchis-y, dit-il. On a besoin de toi.

Puis il franchit la porte à grandes enjambées, Hawke sur les talons. Il savait, sans l'ombre d'un doute, que Hawke venait de passer régulier.

***

L'attaque débuta lorsque l'APVN fit son apparition sur le réseau radio de la compagnie.

— Allez-y faile fout', Bavo. Allez-y faile fout', Bavo, allez-y faile fout'.

— Putain ! dit Mellas à Jackson. (Le PE de Goodwin n'avait pas brouillé les boutons de fréquence de la radio.) Ils sont en train de bloquer le réseau.

— Ouais, ben, va te faire foutre toi-même, espèce de Viet de merde ! entendirent-ils Pallack rétorquer d'un ton brusque.

Mellas prit le combiné.

— Bravo, ici Bravo Cinq. Dis à tout le monde d'éteindre la radio tout de suite, bordel ! On vous donne une nouvelle fréquence le plus vite possible.

— Allez-y faile fout', Bavo, allez-y faile fout'.

Des coups de feu éclatèrent en un grondement juste en dessous des lignes de Kendall. C'était son PE.

— Allez-y faile fout', Bavo, allez-y faile fout'.

Les radios étaient inutilisables. Les PE se retrouvaient isolés.

Mellas cria vers Jackson au-dessus du vacarme.

— Ramène ton cul au PC avec une nouvelle fréquence.

Jackson se hissa aussitôt hors du trou et s'éloigna en rampant dans l'obscurité. Mellas fit de même, mais se dirigea vers son PE.

— Hartford au rapport ! cria-t-il. Hartford au rapport ! Le réseau radio est foutu. Ramenez-vous ici, Hartford. Nos amis débarquent !

Un coup de feu déchira la jungle en dessous, la flamme de bouche luisant étrangement dans le brouillard. On entendit gronder les M16 des postes d'écoute. Il y eut un cri indiscernable, puis quelqu'un hurla le mot de passe.

— Limonade, Limonade, c'est Jermain, bordel ! Limonade, on arrive.

Le grondement d'une nouvelle salve lui coupa ses paroles, mais Mellas entendit le bruit de quelqu'un qui se précipitait à travers les broussailles, suivi de celui d'un autre M16 en tir automatique.

En haut, au PC, Fitch était fou d'appréhension. Le réseau radio ne faisait que scander « Allez-y faile fout', Bavo, allez-y faile fout' », bloquant toutes les communications. Il quitta précipitamment la casemate pour voir ce qui se passait. Pallack et Relsnik le suivirent en traînant les radios.

En bas, à la 3e section, le lieutenant Kendall était accroupi dans son trou. Le grondement des échanges de coups de feu vers son poste d'écoute étouffait toute pensée dans son esprit. Genoa, son opérateur radio, l'observait anxieusement, regrettant que Samms ne soit plus en vie. Il espérait que le lieutenant resterait dans le trou, lui fournissant ainsi un prétexte pour faire pareil.

Goodwin prit son fusil et se dirigea vers le bas de la pente, en direction de l'emplacement de mitrailleuse de son escouade centrale. Là, même s'il ne pouvait pas parler à la radio, il pourrait au moins orienter le tir d'une de ses plus grosses armes et se trouver au cœur de la bataille. Son opérateur radio, qui ne savait pas ce qu'il comptait faire, se précipita après lui en criant :

— Amis, amis ! C'est Scar et Russell.

Goodwin avait doublé la taille de son poste d'écoute pour augmenter ses chances de survie et calmer la nervosité de ses hommes. Dès qu'ils entendirent tirer des deux côtés, les quatre gamins de PE se ruèrent vers les lignes. Ils coururent en haut de la pente, écartant des bras les broussailles épaisses et les branches d'arbres, haletant, les jambes parcourues de crampes à force d'être restés allongés sur la terre humide, guidés en avant par les étranges éclats de vert et de blanc qui faisaient apparaître et disparaître les broussailles et les arbres. Ils surgirent dans le champ de tir dégagé en dessous des lignes et se mirent à crier le mot de passe à l'instant même où l'un des hommes de Goodwin lançait une grenade à fragmentation M76. Elle dévala la pente vers eux en rebondissant.

— Merde ! Désolé ! C'est une grenade, putain ! s'écria aussitôt le gamin qui l'avait lancée.

Aucun des quatre ne l'entendit tandis qu'ils gravissaient la colline en haletant. Trois secondes plus tard, la grenade explosa. Un gamin de PE en prit la plus grosse partie dans le flanc droit. Les trois autres s'approchèrent de lui à plat ventre et le traînèrent en haut de la pente.

— Infirmier ! Infirmier ! hurlaient-ils.

Goodwin se leva et agita les bras, oubliant qu'ils ne voyaient rien dans le noir.

— Par ici bande de crétins, par ici ! cria-t-il.

Guidés par sa voix, ils traînèrent le marine blessé dans le trou de mitrailleuse. L'infirmier de la section arriva en rampant pour s'occuper du premier des nombreux blessés à venir. Tout le monde se fichait de savoir ce qui avait entraîné l'explosion qui avait blessé le garçon. Les marines étaient tous bien trop reconnaissants de se retrouver à l'intérieur des lignes avec leurs amis.

L'affrontement avec le PE de Kendall s'estompa. Les marines scrutèrent l'obscurité et le brouillard. Goodwin quitta l'emplacement de mitrailleuse à plat ventre pour atteindre un endroit situé derrière, à une dizaine de mètres à gauche, suivi de ses radios qui rampaient derrière lui, tandis que le réseau continuait de vomir des absurdités. Alors il s'allongea sur le dos et cria vers le ciel :

— Souvenez-vous… les Claymore en premier, puis les grenades et les Mike-79. Et ne gaspillez pas vos balles de fusil. (Sa voix calma les mouvements nerveux tout autour de la colline.) Personne ne tire avant moi. Si un seul de vous autres connards lâche un emplacement de mitrailleuse avant que ce soit nécessaire, vous ne serez plus jamais de corvée au mess jusqu'à la fin de votre service. (Puis il murmura à Russell.) Cassons-nous d'ici.

Il se mit à ramper à toute allure pour regagner la mitrailleuse, Russell juste derrière lui, alors même que de brillants éclats lumineux surgissaient de la jungle, les balles atterrissant à l'endroit où tous deux s'étaient allongés sur le dos.

La colline entière se tut. Tous attendaient. Le silence flottait comme une fumée au-dessus de leurs têtes.

Mellas regagna son trou en rampant et attendit que Jackson revienne avec la nouvelle fréquence radio. Il joua avec la sûreté de son M16 en se demandant s'il allait se faire tuer – il se sentait très seul, il avait peur et voulait que Jackson se dépêche de revenir : il se faisait du souci pour lui, inquiet à l'idée de devoir attribuer la nouvelle fréquence à la compagnie.

Kendall, accroupi dans son trou, pensait à sa femme, se demandait si les gamins de PE étaient encore en vie, aurait aimé que Fitch lui dise quoi faire. Il imagina le regard dédaigneux de Genoa. Il jeta un coup d'œil dans le noir par-dessus le bord de son trou.

Jackson, la radio sur le dos avec la nouvelle fréquence, revint à plat ventre vers le trou de Mellas en priant le ciel que personne ne l'entende et ne lui tire dessus par accident.

Pallack qui, terrorisé, était chargé de transmettre la nouvelle fréquence le long de la ligne, l'avait suivi en quittant le trou de Fitch.

— Hé, c'est Pallack ! chuchota-t-il en espérant se trouver près de quelqu'un. (Il n'y eut pas de réponse. Personne ne voulait révéler sa position.) Mais merde, putain, c'est moi, Pallack, celui qui porte la Romeo ! Me tirez pas dessus. OK ?

Personne ne répondit.

— Hé, Scar ! Je descends. OK ?

Aucune réponse.

Pallack était couché à plat ventre dans la boue, le visage enfoui dans la terre, souhaitant ne plus jamais bouger. Le brouillard froid lui passait sur le dos. Merde, pourquoi était-il le putain d'opérateur radio de la compagnie ? Il déglutit et continua de ramper vers le bas de la colline, le sang s'accumulant sur son visage avec la pesanteur.

— Hé, c'est Pallack, chuchota-t-il de nouveau, timidement. (Putain de merde, les lieutenants font ça toutes les nuits ? Pas étonnant qu'ils soient dans un tel état.) Hé ! C'est moi. Indicatif Papa du PC.

— Putain, Pallack, qu'est-ce que tu veux, bordel ? lança quelqu'un.

— Dis à Scar de monter à quinze virgule sept, chuchota-t-il.

— Merde, Pallack!

Ce dernier était déjà en train de s'éloigner en rampant le plus vite qu'il le pouvait.

***

L'attaque principale commença par une explosion à l'extrémité des lignes de la 1re section, et non par des tirs d'armes légères.

— Des *sappers*! chuchota Fredrickson.

Il déglutit. Les unités de *sappers* de l'APVN étaient des troupes d'élite qui transportaient des charges explosives remplies de plusieurs kilos de TNT dont ils se servaient pour dégager la voie à travers le barbelé et détruire des casemates. Ils les jetaient aussi dans les trous de combat. Après le passage d'une charge explosive, les infirmiers n'avaient plus grand-chose à faire.

Une nouvelle série de charges explosives fut lancée par les *sappers* nord-vietnamiens tandis qu'ils s'élançaient de l'endroit où ils avaient rampé en silence dans le noir. Au bruit des charges qui explosaient, les soldats de l'infanterie de l'APVN surgirent hors de la couverture de la brousse et gravirent la pente en courant, lourdement chargés de grenades, de fusils et de munitions, luttant contre la même pesanteur que les marines avaient combattue, suffoquant de tous leurs poumons pour inspirer le même air moite, leurs corps projetés en avant par la même adrénaline, la même peur.

Goodwin ouvrit le feu avec son M16 sans attendre les ordres de Fitch, et la colline tout entière éclata comme une chaîne de poudre à canon. La nuit se colora en orange et vert phosphorescent, le grondement des armes semblant réduire le cerveau de chacun à la taille d'un poing. Ce fut d'abord la ligne tout entière qui explosa sous les détonations des Claymore qui, actionnées par les marines dans leurs trous, vomirent de larges arcs de billes d'acier à hauteur d'aine. Ensuite, les marines firent rouler des grenades sous les jambes des ennemis à l'approche. Des balles traçantes, vertes pour l'APVN et orange pour les marines, s'entrelacèrent devant les lignes.

Mellas se colla les poings sur les oreilles, non pour bloquer le bruit assourdissant mais pour tenter de contenir ses pensées, de déterminer la marche à suivre et de ne pas laisser la peur l'envoyer se terrer, tremblant, au fond de son trou, en espérant la clémence de Dieu. Aucun son intelligible n'était perceptible au-dessus de l'explosion soutenue d'une compagnie de fusiliers des marines qui luttait pour rester en vie.

Les mitrailleurs entrecroisaient leurs tirs à l'horizontale de l'autre côté des lignes, installant un rideau d'acier mouvant à travers lequel les soldats de l'APVN en marche devaient lutter comme au ralenti. Mais ceux-ci avançaient quand même, silencieusement, laborieusement, courageusement. Certains atteignirent la ligne de trous de combat. Les autres furent abattus par une puissance de feu insensée.

Les Nord-Vietnamiens qui avaient survécu à l'orage de feu rampaient et s'élançaient entre les trous, jetant des charges explosives, tirant avec leurs fusils. La colline tout entière se désintégra pour n'être plus qu'une confusion de trois cents animaux humains, blancs, bruns et noirs qui s'efforçaient de s'entre-tuer pour sauver leurs peaux.

C'est alors que le bruit de la bataille changea. Le grondement explosif ne fut bientôt plus qu'éclats sporadiques ; on commença à entendre les cris d'excitation et de douleur, jusque-là noyés par le bruit, maintenant rythmés par l'explosion occasionnelle d'une grenade. Fitch, qui n'avait rien pu entendre jusqu'à présent, se mit aussitôt à réclamer des comptes rendus de situation. Mellas et Goodwin firent leur rapport. Rien du côté de Kendall.

— Où est Trois Autorité, Pallack, bordel ? fulmina Fitch. Ils auraient déjà dû s'annoncer.

— J'en sais foutre rien, Sir. J'leur ai donné la fréquence.

— Tu es sûr qu'ils l'ont eue ?

— J'ai entendu Genoa me dire qu'il l'avait.

***

Genoa avait effectivement entendu la fréquence, mais dans l'obscurité, il n'y avait pas vu assez clair pour tourner les boutons et, de plus, la lampe rouge de Kendall se trouvait dans son sac en bas de la crête, où ils l'avaient laissé trois jours plus tôt. Il avait fait tourner les boutons aussi vite qu'il pouvait sans réussir à capter la bonne fréquence. Et lorsque la bataille avait éclaté, il avait oublié les chiffres. Kendall n'avait rien écouté, pensant que son opérateur radio s'en occuperait. Genoa avait essayé différentes combinaisons, tourné vainement le bouton des dizaines dans un sens, celui des unités dans l'autre.

— J'arrive pas à avoir Bravo au bout du fil, Sir, dit-il, désespéré.

Kendall hocha la tête, les lèvres serrées.

— Il faut qu'on sache ce qui se passe, chuchota-t-il.

Genoa ne répondit pas. Il n'avait aucune envie de le découvrir.

— Il faut qu'on sache ce qui se passe, et qu'on fasse notre rapport au chef, insista Kendall.

Il prit une grande inspiration et sortit du trou en rampant. Genoa le regarda faire, consterné, avant de le suivre à plat ventre parce que c'était son devoir.

Des rafales sporadiques et des explosions occasionnelles continuaient d'éclater dans la nuit. À présent que leurs charges explosives avaient été envoyées, les soldats de l'APVN s'efforçaient de se retirer.

— Campion ! chuchota Kendall à son 2e chef d'escouade.

Personne ne répondit.

— Campion, c'est moi, le lieutenant, répéta Kendall à voix basse.

Il y eut une longue attente, puis un chuchotement tendu.

— Ici.

Kendall se redressa en position accroupie et se mit à courir vers la voix. Genoa le suivit.

Les deux *sappers* de l'APVN collés au sol connaissaient le mot anglais « lieutenant » et ouvrirent le feu avec leurs AK-47 dès qu'ils entendirent du mouvement. Incapables de voir leur cible, ils envoyèrent une grêle de balles en arc à environ un mètre du sol. Deux d'entre elles frappèrent Kendall et Genoa en pleine poitrine. Les deux marines s'effondrèrent, le souffle coupé par la douleur, chacun avec un poumon en collapsus et qui se gonflait de sang, ni l'un ni l'autre morts pour autant.

Campion, qui avait vu les lueurs de bouche des armes des deux soldats nord-vietnamiens, tira en automatique. Son compagnon fit de même, chacun lançant aussi une grenade à main. Puis ils attendirent, tendus. Ils n'entendaient rien d'autre que le lieutenant et son opérateur radio qui suffoquaient.

— Infirmier ! cria Campion.

Lui et son ami quittèrent le trou en rampant pour les trouver.

***

Les coups de feu se calmèrent. On cessa d'appeler les infirmiers à l'aide. Tous attendaient la lumière du matin, à écouter le bruit de la brindille qui se brise ou le bruissement de tissu dans l'herbe qui leur sauverait la vie. Les Nord-Vietnamiens restés à l'intérieur du périmètre rampaient désespérément, lentement, leurs fusils devant eux, essayant d'aller plus vite que le soleil, s'efforçant de ne faire aucun bruit. La tension et la peur liaient comme un fil tous les hommes présents sur la colline.

De temps à autre, un soldat nord-vietnamien tentait de prendre la fuite. On entendait le claquement d'un AK, suivi du bruit d'une grenade à main ou d'un M16.

La nuit se terminait. Les marines étendirent leurs ponchos à côté de leurs trous de combat dans l'espoir de recueillir un peu de la brume qui tourbillonnait autour d'eux.

En dessous des lignes, un soldat de l'APVN blessé se mit à gémir.

Après quelques brefs chuchotements pour s'assurer qu'il ne s'agissait pas d'un marine, Jacobs et Jermain lancèrent deux ou trois grenades en direction du bruit.

— Ça d-devrait lui f-faire fermer s-sa gueule, à ce connard! déclara Jacobs.

Ce fut le cas.

Mellas, qui souffrait encore de diarrhée après la longue marche pour préparer Sky Cap, sentit un bouillonnement urgent dans ses intestins. Il essaya de le maîtriser car il ne voulait pas chier dans le trou, et il avait peur de sortir.

— Faut que j'aille chier, finit-il par chuchoter à Jackson.

— Chier? Mais ça fait deux jours qu'on a rien bouffé, Sir! J'ai toujours su que vous étiez qu'un faux cul.

Mellas essaya de serrer les fesses de toutes ses forces.

— J'arrive pas à me retenir, insista-t-il.

Jackson ne dit rien. Mellas se traîna prudemment par-dessus le rebord du trou, son fusil entre les mains. Il avança à croupetons jusqu'à environ un demi-mètre du bord et tira sur son pantalon en scrutant l'obscurité et essayant d'entendre malgré le vent. Il était face à la pente. Les fèces coulèrent de son corps comme une pâte liquide et giclèrent sur l'arrière des jambes de son pantalon. Il se rendit compte que chier constamment, même liquide, signifiait qu'il perdait beaucoup plus de fluides que ceux qui n'étaient pas atteints de diarrhée.

C'est alors qu'il entendit un raclement. Il resta là, accroupi, la pâte merdeuse lui dégoulinant le long des cuisses, trop figé par la peur pour remuer ou faire du bruit.

Une douce lumière commençait à filtrer peu à peu à travers le brouillard. Mellas distingua le contour plus sombre du trou qu'il partageait avec Jackson, près de un mètre sur sa droite. De nouveau, il y eut un léger raclement. Il discerna à peine un soldat nord-vietnamien blessé. Ses vêtements lui collaient à la poitrine, visqueuse de sang. Mellas vit que la main qui tenait le fusil était près de la hanche du soldat, et qu'elle commençait tout juste à s'avancer tandis qu'il rampait vers l'avant. Le soldat s'était trouvé à court d'obscurité au mauvais moment.

Mellas projeta ses jambes derrière lui, atterrit dans sa merde et ouvrit le feu en automatique. Le M16 émit un éclair. Au début, les balles ne semblaient pas atteindre l'homme dont les yeux, figés, fixaient Mellas. Puis sa poitrine frémit et sa tête se rejeta en arrière de façon peu naturelle. Mellas gémit, le visage enfoui dans la terre, remerciant Dieu d'être encore en vie, se moquant d'avoir tué un homme.

Jackson s'était retourné, prêt à tirer avec son fusil.

— Ça va ? chuchota-t-il.

— Ouais, répondit Mellas.

Il s'éloigna de sa merde en rampant et faisant de son mieux pour ne pas en couvrir le reste de son corps. Il s'essuya le ventre et les cuisses, puis se frotta la main dans la boue pour la nettoyer. Enfin, il se mit à genoux pour remonter son pantalon mouillé et souillé.

Et s'approcha à quatre pattes de l'homme mort. Il l'avait touché pile entre les deux yeux, et deux fois en haut des épaules. Il se sentait trop tremblant pour se relever, mais se força à s'accroupir. Tout semblait fonctionner à merveille. Il était fier de lui. Pile entre les deux yeux.

***

Lorsqu'il fit plus clair, il descendit avec Jackson vers les lignes et alla de trou en trou pour évaluer les dégâts. La petite casemate ouverte que Young avait construite en rondins et en branches pour abriter sa mitrailleuse avait été détruite par une des charges explosives. Mole était assis sur le tas de bois et de feuilles. Il regardait fixement le trou, des larmes coulant de ses yeux.

— C'est Young, Sir, ne cessait-il de répéter. Le petit Young.

Après la charge explosive, il ne restait pas grand-chose des trois gamins qui avaient partagé l'emplacement. De la chair recouvrait les rondins et les côtés du trou. La mitrailleuse était tordue.

Mellas ne put que les regarder fixement à son tour, comme s'il s'agissait des pièces d'un puzzle, ne pouvant ou ne voulant pas donner un sens à la scène. Jackson se tint derrière Mole, posa les deux mains sur ses épaules et le berça doucement tandis qu'il restait assis là, les pieds pendant dans le trou.

***

Ils enlevèrent les ponchos accrochés aux ceinturons des marines morts encore attachés à leurs torses réduits en bouillie afin d'en faire des sacs mortuaires. Ils n'avaient aucune idée si les bonnes parties des corps parviendraient aux épouses ou aux parents concernés. Le mieux qu'ils pouvaient faire, c'était assembler une tête, deux bras et deux jambes. Tout en aidant à hisser les morts jusqu'au bord de la petite ZA, Mellas remarqua des gamins en train de lécher leurs ponchos. Sa propre langue lui semblait épaisse et cotonneuse. Il baissa les yeux pour voir si une quelconque humidité s'était accumulée sur les ponchos des morts qu'il transportait, mais réprima rapidement son impulsion. Il atteignit le tas et lâcha les parties de corps sur les autres. Il se demanda si on en était arrivé là dans les camps de concentration. Avait-on atteint le point où l'horreur n'a plus d'impact? Il se dépêcha de regagner son trou et lécha son propre poncho, en goûtant le caoutchouc, n'en tirant aucune satisfaction.

Mole se porta volontaire pour prendre la relève à l'emplacement de mitrailleuse décisif mais maintenant connu de l'APVN. Il déplaça sa propre mitrailleuse, située dans un emplacement moins important, vers le secteur de la 2e escouade. Il dut racler du sang et des bouts de chair sur les murs de la fosse avec son Ka-bar.

Les corps des Nord-Vietnamiens morts furent jetés sur le flanc de la colline avec ceux des batailles précédentes. Ils se figèrent dans des postures singulières tandis que la rigidité cadavérique s'installait. Les mouches ne tardèrent pas à s'attaquer à eux.

***

Une fois qu'il eut passé tout le monde en revue pour le pied de tranchée, qu'il se fut assuré que chacun prenait ses cachets contre le paludisme en dépit de la difficulté à avaler et qu'il eut redistribué les munitions prises sur les morts, Mellas fit une halte dans la casemate où Kendall et Genoa suffoquaient. À la lumière de la bougie qui éclairait l'intérieur sombre, le visage lisse de Kendall était blanc comme de la craie. On lui avait enlevé ses lunettes, et il avait l'air plus jeune sans ses verres jaunes de protection. Couché sur le flanc, il suffoquait comme un poisson hors de l'eau. Genoa était dans le même état.

Kendall s'efforça de sourire.

— J'imagine… quelqu'un a crié… ou alors c'était moi.

Ses paroles sortaient par brefs halètements torturés, mais il tenait à parler, à oublier le fait qu'il était en train de mourir.

Mellas regarda Genoa, qui était à peine conscient malgré ses yeux écarquillés et terrifiés. Sa respiration était sifflante et régulière. Sheller, qui travaillait sur un autre gamin blessé derrière les deux soldats, accrocha le regard de Mellas, leva les yeux de façon éloquente vers le brouillard avant de les baisser sur Genoa, et hocha lentement la tête.

Kendall suffoqua de nouveau, puis reprit :

— Et je… j'ai dit… c'est le lieutenant… ha…

Il essaya de rire, mais cracha du sang à la place.

Mellas essuya doucement le sang et la bave. Puis il frotta sa main sur les jambes de son pantalon encore moites de sa merde.

— Alors, continua Kendall, c'était… vraiment… con. (Il avala péniblement une bouffée d'air.) Genoa, aussi… ma faute… pardon.

— Tu es tout pardonné, dit Mellas en souriant. Je crois que certaines personnes doivent apprendre les choses à la dure. Et puis, c'était pas si con que ça. Tu vas pouvoir rentrer chez toi et voir Kristi, et Genoa baisera tout ce qu'il pourra en Californie.

Il tendit le bras, attrapa le poignet de Kendall de la main gauche et posa la droite sur le front du soldat, comme pour prendre la fièvre d'un enfant.

Kendall regarda Mellas, ses yeux bougeant rapidement d'un côté et de l'autre. Il se sentait incroyablement seul. Il posa le regard sur Genoa. Ils étaient couchés sur le flanc afin que le sang et le liquide se concentrent dans le poumon atteint et permette à l'autre de se remplir péniblement d'air. Mais celui-ci devait fonctionner deux fois plus vite pour obtenir suffisamment d'oxygène. Kendall et Genoa peinaient sous l'effort.

— Tu penses… des oiseaux… aujourd'hui ? reprit Kendall en haletant.

Mellas sourit et s'assit sur les talons.

— Putain de Dieu, tout le monde croit que je m'occupe du trafic aérien par ici ! dit-il doucement. Bien sûr qu'ils viendront. Dès que la chaleur aura dissipé le brouillard.

— Le brouillard, dit Kendall avant de recommencer à se concentrer sur sa respiration. (Il laissa entrer l'air dans un sifflement, haletant comme s'il venait de faire la course. Brusquement, la peur balaya son visage.) Je… me suis toujours demandé comment je… mourrais…

— Merde ! répondit Mellas. Tu vas pas mourir. Une blessure à la poitrine, c'est rien du tout à arranger, putain !

— Mellas… je… j'ai même pas de gamin. Je sais… à peine… ce que c'est… d'être marié… seulement… quatre semaines, merde !

Il lui fallait un temps horriblement long pour articuler ses pensées. Mellas avait envie de le laisser là pour se remettre à redistribuer les munitions et trouver le moyen de couvrir les voies d'approche à présent que la mitrailleuse de Young avait disparu avec la plupart des munitions.

— Mellas ?

— Ouais, Kendall.

— Mellas… me baratine pas. Pas d'hélicos… je suis mort.

Mellas se mordit la lèvre sans rien dire. Il regarda dans les yeux de Kendall.

— Me baratine pas… OK ?

— Non. Je te le promets, Kendall.

À bout de forces, Kendall ne dit rien de plus. Il continua de lutter pour emmagasiner de l'air.

Sheller arriva et s'accroupit entre Kendall et Genoa, dont il enleva le flacon de perfusion pour le transférer à Kendall. Il regarda Mellas.

— On va bientôt être à court de cette merde. Si c'est le cas, je vais me mettre à perdre des gars. C'est où sur la liste des priorités ?

— Tout en haut, répondit Mellas. En même position que les munitions.

— Ça a intérêt à arriver vite, bordel.

***

Mellas regagna son trou et s'y assit, Jackson sur sa gauche et Doc Fredrickson sur sa droite, dans un autre trou. Ils scrutèrent le brouillard, écoutant creuser tout autour d'eux. L'APVN ne partait pas.

Tout ce qu'ils pouvaient faire, c'était rester assis dans le brouillard et écouter les Viets qui creusaient et les halètements de Kendall et de Genoa. Mellas regarda fixement le néant gris devant lui. Il ne cessait de penser à la façon dont il allait regagner la BCV lorsqu'ils seraient mis en déroute.

Une fois de plus, il compta les balles de mitrailleuse. Il y en avait assez pour une minute de tirs environ, et ce en comprenant les deux 7,62 russes qu'ils avaient capturées. Ils avaient redistribué équitablement les munitions pour fusil, donné en moyenne un chargeur par homme. Trois salves brèves en mode automatique suffisaient à en vider un. Mellas se demanda s'il devrait économiser toutes ses munitions, ne pas tirer du tout, partir en rampant dans le noir et la terreur lorsque l'APVN frapperait. Les marines n'abandonnent jamais leurs morts ni leurs blessés. Les Viets ne s'attendraient pas à ce qu'un marine solitaire rompe le code et leur file entre les doigts. Il crapahuterait tout droit jusqu'à la BCV, où il serait en sécurité. Il marcherait tout droit hors de la guerre.

Ce fantasme ne cessait de revenir, avec de nouveaux détails. Mais cela restait un fantasme. Une partie plus forte en lui adhérerait au code. Il mourrait plutôt que d'abandonner qui que ce soit. Et il ne se rendrait pas non plus. Le cours dispensé à la Basic School flotta dans sa mémoire : « Un marine ne se rend jamais tant qu'il a les moyens de résister. Et à vous autres têtes de nœud, on vous apprend le combat au corps à corps. Alors si vos mains se sont fait exploser, vous pouvez vous rendre… sauf que c'est vos jambes que vous devrez lever en l'air. »

Ils avaient tous ri.

Il n'y avait pas d'issue. De temps à autre, cette pensée le submergeait comme une vague. Il n'y avait pas d'issue. Pis, il choisirait de rester et de se battre. Il allait mourir là, dans la boue. Il allait mourir et, contrairement à Kendall, il ne saurait jamais ce que c'est que d'être marié, même seulement quatre semaines. Lui non plus n'aurait jamais d'enfant, ne ferait jamais un travail susceptible de lui procurer une quelconque satisfaction, ne reverrait jamais ses vieux amis. Quelqu'un ramasserait peut-être ce qui resterait de son corps et l'enverrait chez lui, mais ce qui avait habité son enveloppe corporelle prendrait fin ici même, dans ce trou, affalé sur son fusil ou en train de chier dans son froc, comme tous les autres.

***

Toute la journée durant, la soif rongea les gorges, laboura les tempes, martela les têtes sous la déshydratation. Donnez-moi de l'eau. Partout, le brouillard. Le brouillard est fait d'eau, mais il n'apportait aucun soulagement.

***

Il y eut une série de cliquetis bruyants. Toute la colline se tendit. Les cliquetis s'assourdirent, puis s'arrêtèrent. Personne ne sut de quoi il s'était agi.

Fitch descendit et s'accroupit près du trou pour demander comment ça allait. Il avait les yeux enfoncés dans leurs orbites et assombris par la déshydratation.

— On a soif, répondit Mellas. Je croyais que les troupes avaient droit à de la bière et de la crème glacée tous les jours au Vietnam ?

Fitch eut un petit rire.

— J'ai des bonnes et des mauvaises nouvelles. Ils vont larguer deux compagnies du Deux Vingt-Quatre au nord dans la matinée, et deux autres dès que possible. Trois Vingt-Quatre va atterrir à l'est d'ici. Ils vont prendre des collines sur Mutter's Ridge et après, on aura deux ou trois batteries de cent cinq. (Il s'interrompit.) Et Alpha et Charlie sont arrivés dans la vallée au sud il y a cinq minutes.

— Merde alors ! (Mellas sentit poindre l'espoir et l'excitation.) Où ça ?

— Ça, c'est la mauvaise nouvelle. À cause des nuages, ils ont dû les larguer à deux jours d'ici… enfin, s'ils ne se retrouvent pas eux-mêmes dans la merde.

— Tu crois que c'est ce qui va se passer ?

— Tu te souviens de ton petit calcul avec les obus de mortier ?

Mellas ne répondit pas.

CHAPITRE 16

Quarante minutes plus tard, la compagnie Charlie établit le contact avec l'APVN. La section de Murphy était en tête, et fut prise en embuscade dans les bambous. Les soldats de l'APVN, qui avaient posé deux mines directionnelles DH-10 de plus de cinq kilos chacune contre un arbre, avaient attendu aussi longtemps qu'ils l'avaient osé, jusqu'à ce que les marines s'approchent, avant de tirer sur les goupilles et de s'enfuir en couvrant leur retraite par des tirs en automatique. Du gâteau, comme on disait dans le temps.

Un marine mourut, un autre y laissa une jambe. Murphy, qui dut abandonner une escouade pour les évacuer, perdit quatorze hommes en tout.

Sur la colline, les marines de la compagnie Bravo avaient tout entendu. Mellas se précipita au PC pour écouter le compte rendu de position de la compagnie Charlie. Elle se trouvait encore à six kilomètres de là, plus de mille deux cents mètres au-dessous de Bravo, et l'APVN était au milieu.

Fitch jeta un regard à Mellas. Ils savaient tous les deux que, sans les munitions de la compagnie Charlie, il n'y aurait guère plus d'une minute de tirs. Ensuite, on passerait aux poignards. Et après, ce serait fini. Fitch baissa un instant la tête entre les genoux, puis il leva les yeux.

— On ne va peut-être pas y arriver, dit-il.

— Je sais, répondit Mellas.

Ils ne pouvaient exprimer ce qu'ils ressentaient. Cela avait à voir avec l'éternité, l'amitié, les occasions perdues… avec la fin.

— Ça t'arrive de descendre sur Los Angeles ? demanda Fitch.

— Bien sûr.

— Si jamais on s'en sort, passe me voir, OK? Je te paierai une bière.

Mellas le lui promit.

— Bon Dieu, chuchota Fitch. Une bière.

***

Fitch replia la compagnie dans le plus petit cercle de trous. Il n'y avait désormais plus assez de marines pour défendre le périmètre extérieur. Mellas essaya de soulager la douleur dans sa gorge et sa langue en léchant la rosée sur le canon de son fusil. Ça ne marcha pas.

***

— Non mais, mourir de soif en pleine mousson ! ironisa Mellas en grimpant seul la pente pour voir comment se portaient Kendall et les autres blessés.

Il passa devant le tas grandissant de cadavres.

Genoa n'était plus là. Mellas s'agenouilla à côté de Kendall qui haletait comme un coureur, le regard dans le vide, concentrant toutes ses facultés pour maintenir le rythme incessant de sa respiration. Visiblement, il souffrait. Sheller avait décidé de ne pas lui donner de morphine, par peur de le tuer en anesthésiant sa respiration. Kendall désigna de la tête la boue trempée de sang et d'écume où Genoa avait été allongé.

— T'es loin d'être aussi mal en point que Genoa, dit Mellas.

— Ma faute, lui renvoya Kendall en suffoquant.

— On en a déjà parlé. C'est pas vrai, répondit Mellas. (Il hésita, en lutte avec lui-même, se demandant si cela aiderait son compagnon ou s'il ne ferait que céder à une forme d'auto-apitoiement. Puis il se jeta à l'eau, en espérant que tout se passerait pour le mieux.) Putain, c'est peut-être moi qui ai tué Pollini !

Kendall le dévisagea pendant quelques secondes, le temps d'enregistrer l'information, le souffle court.

— C'est lourd ça… merde… tout ça… à ramener chez nous.

Puis il sombra de nouveau dans le mutisme, à l'exception de son halètement rapide et torturé. Mais il y avait un léger sourire sur ses lèvres.

Mellas le lui rendit.

— D'après le chef, on a deux oiseaux en attente à la BCV, et un autre à Sherpa.

Kendall hocha la tête. Mellas sortit en rampant dans la lumière du jour afin d'éviter de fondre en larmes devant lui. Il se hâta de regagner le PC. À son arrivée, il trouva Fitch et Sheller recroquevillés, l'air absorbé, à l'écart des opérateurs radio. Il se joignit à eux. Fitch pinça les lèvres, puis lui fit signe de s'asseoir.

— Dis-lui, toi, Sheller.

L'encornet, dont le visage avait perdu de sa rondeur, se tourna vers Mellas.

— C'est l'eau, Sir. J'ai des gamins qui s'écroulent à cause de la déshydratation. Ils commencent à avoir des baisses de tension et à s'évanouir. On est en perte d'effectifs.

— Et alors ?

Mellas ouvrit les mains et allongea les bras, les coudes collés aux flancs. *Qu'est-ce qu'on peut y foutre ?*

Fitch intervint.

— On peut prendre la solution intraveineuse qu'on donne aux blessés et la refiler aux hommes pour qu'ils restent efficaces.

Mellas garda le silence, conscient de ce que cela signifiait pour les blessés. Il déglutit.

— Qui va décider de ceux qui n'auront pas droit à la solution ?

— Ce sera moi, répondit Fitch, l'air sombre. Personne d'autre.

Sheller regarda Mellas, puis les mains de Fitch, qui tremblaient.

— Merde, Jim ! T'es pas assez payé pour faire des choix pareils.

— Ouais, et je suis trop jeune et inexpérimenté ! (Fitch éclata de rire, à deux doigts de perdre le contrôle. Il se cala les mains sous les aisselles, probablement pour cacher leurs tremblements.) C'est toi qui es bon avec les chiffres, Mellas. Si on ne peut pas voir, qu'on a trop mal au crâne pour réfléchir, putain, et que chaque fois qu'on se lève pour tirer un coup de feu on a envie de s'évanouir, comment veux-tu qu'on défende les blessés ? Combien de blessés survivront comme ça et pas autrement ?

Mellas secoua la tête.

— Jim, c'est pas une question de chiffres ! Comment tu vas faire pour décider ?

— Je vais commencer par ceux qui sont le plus mal en point.

— Comme Kendall ?

— Comme Kendall.

— Bon Dieu, Jim ! (Mellas était brusquement au bord des larmes, mais pleurer était impossible. Il sentit sa mâchoire trembler et espéra que les autres ne le remarqueraient pas.) Bon Dieu de merde !

Puis, à sa grande honte, il souhaita de toutes ses forces que Fitch ne meure pas pour ne pas avoir à prendre sa place.

***

Dans l'après-midi, Fitch donna l'ordre de distribuer à parts égales la moitié de la solution intraveineuse à tous ceux de la compagnie. L'ordre fut désobéi. Personne n'en voulait. Fitch convoqua les toubibs et somma chacun d'eux de désigner cinq gamins de chaque section qui étaient déjà hors d'état, ou sur le point de l'être, à cause de la soif. Ils donnèrent les noms. Fitch et Sheller se précipitèrent de trou en trou pour ordonner aux gamins en question de boire, puis ils rayèrent les noms de la liste. Les autres les regardèrent faire avec des sentiments très mitigés.

Mellas en faisait partie. La soif le rendait fou, mais il n'avait pas été choisi. Il n'y avait rien d'autre à faire que de rester assis dans son trou de combat avec Jackson, qui n'avait pas été choisi non plus, et de prier pour une éclaircie. Mais le brouillard persistait, les enveloppant comme une laine grise et mouillée.

Un peu plus tard, lorsqu'il devint évident que les hélicos ne pourraient pas venir, Fitch appela Goodwin et Mellas. Ils le trouvèrent assis en tailleur, le regard perdu dans le brouillard au sud. Il s'était peigné les cheveux, avait soigneusement retroussé les manches boueuses de sa chemise jusqu'aux avant-bras.

Il leur fit signe de s'asseoir.

— On va se barrer d'ici !

Il y avait un éclat espiègle au fond de ses yeux, et Mellas ne put s'empêcher de sourire.

— Comment ça, Jack ? demanda Goodwin.

— J'ai compté les morts, dit Fitch. Chauds, froids, tout ce que vous voulez. On va mettre deux par deux les blessés qui peuvent marcher pour qu'ils s'entraident. On va suspendre les blessés graves entre quatre types, un pour chaque bras et chaque jambe. Ceux qui ne peuvent pas marcher mais qui sont capables de s'accrocher seront portés sur le dos par nos hommes les plus grands. Les plus petits prendront les morts sur leurs épaules. Ce qui nous laisse huit gars de libres, sans compter nous trois, donc onze en tout. (Il scrutait le brouillard.) Si on reste ici, on fera du corps à corps, ça, c'est sûr. Les blessés se feront massacrer. Alors moi, je dis : arrêtons les conneries !

Il regarda chacun d'eux, s'efforçant d'évaluer leur réaction. Ses deux lieutenants écoutaient, l'air impassible.

— Scar, toi, moi et quatre mitrailleurs, on va partir devant avec toutes les munitions. Les blessés qui peuvent marcher prendront une bonne partie de ce qui reste. Ils avanceront en V derrière nous. Mellas et deux autres fermeront la marche avec les M79 et toutes les grenades de la compagnie pour empêcher les Viets de nous coller au cul. Tous les autres auront la moitié d'un chargeur et resteront en mode semi-automatique. On va descendre en pente et on mettra les pleins gaz jusqu'à ce qu'on tombe sur la compagnie Charlie. Les côtés du V s'occuperont de la défense pendant qu'on se dépêchera de faire passer les blessés. Mellas, tu seras le bouchon à l'autre bout lorsqu'on démolira l'entonnoir. (Il regarda les deux lieutenants.) Qu'est-ce que vous en pensez ?

Il y eut une longue pause.

— Ce n'est pas vraiment ce que des stratèges appelleraient une manœuvre élégante, finit par déclarer Mellas.

Fitch éclata de rire.

— Quand est-ce qu'on part, Jack? demanda Goodwin. Cet endroit commence à me taper sur les nerfs !

— Juste à la tombée de la nuit. Les niacs seront en train de se préparer à attaquer et ne s'y attendront pas.

— Et s'il y en a qui sont séparés ? demanda Mellas.

— On les attendra. On y va tous ensemble.

— Tu sais ce que ça veut dire ?

— Tu m'étonnes que oui, bordel ! Et c'est toi qui fermes la marche, alors il y a de fortes chances pour qu'on doive t'attendre.

— Ça, c'est de la belle politique, Jim !

— Après la colonne en défense, la fuite en entonnoir pourrait être ma plus belle contribution à la science militaire à ce jour ! lança Fitch.

Un sourire lui relevait les commissures des lèvres. Ils éclatèrent tous de rire.

Le rire s'alimenta de lui-même. Bientôt, les trois hommes se mirent à rire à gorge déployée en imaginant des théories tactiques délirantes. Ils gloussaient encore lorsque la première des roquettes surgit du brouillard en contrebas. Ils se précipitèrent vers le fond du trou de Fitch et y bondirent tous ensemble, encore secoués de rire.

— Des roquettes ! s'écria Mellas. Et puis quoi encore ?

Ils éclatèrent de rire de nouveau. Au moins le mystère des étranges cliquetis était-il élucidé.

***

Fitch dit à Sheller de conserver juste assez de solution intraveineuse pour les blessés en prévision de cette nuit-là, en sachant qu'ils se trouveraient suffisamment bas sous la couverture nuageuse pour se faire évacuer, ou bien, qu'il pleuvrait. Ou alors, ils seraient mis en déroute et, une fois morts, n'en auraient plus besoin. Il ordonna donc de distribuer ce qui restait. Tout le monde eut droit à environ quatre gorgées de solution éventée et salée. Elle avait un goût de bouchon en caoutchouc.

Mellas resta avec Fitch pour écouter les radios. À un moment donné, Fitch se raidit et leva brusquement la tête. Alors Mellas entendit lui aussi des échanges de coups de feu, loin vers l'est.

— C'est forcément quelqu'un du Trois Vingt-Quatre, dit Fitch.

À la radio de Daniels, ils entendirent l'observateur avancé de la compagnie Mike réclamer tout ce qu'on pouvait lui envoyer.

— Les coordonnées de la mission sont en train d'arriver, Sir ! lança Daniels, tout excité. Sept-quatre-trois-cinq-sept-un.

Fitch planta le doigt sur les coordonnées. Plus de six kilomètres. Une éternité.

— On peut absolument rien foutre d'ici ! s'exclama Mellas désespéré.

— Ouais, répondit Fitch. Nous on est la princesse, et eux les tueurs de dragons.

Mellas le regarda.

— Les enfoirés ! s'exclama-t-il. On n'est rien qu'un appât à la con. Un appât !

Il se retourna brusquement et descendit la pente, furieux.

Une heure passa, et sa colère avec. Il baissa la main pour prendre un peu d'argile humide, serra le poing et la pressa en une boule jusqu'à ce que son avant-bras se mette à trembler. Puis il lâcha la terre et la regarda s'affaisser dans l'argile mouillée de son trou de combat. Il se mit à effleurer l'argile, à passer les doigts légèrement dessus, en une caresse. Il eut un sentiment de beauté et de désir pour cette terre humide et boueuse qui l'aurait presque ému jusqu'aux larmes s'il n'avait pas été trop déshydraté pour pleurer. De tout son cœur, il désirait revoir cette argile ne serait-ce qu'un jour de plus, et un jour encore après celui-là.

Jackson savait à quoi pensait Mellas et regardait droit devant lui, silencieux, ne voulant pas gêner le lieutenant en l'observant. Mellas cessa de tâter la terre et croisa les bras sur la poitrine de ses deux gilets pare-éclats.

— Je suis une belle source d'inspiration, hein ?

Il baissa les yeux sur le dos de ses mains boueuses. Il essaya d'essuyer les larmes qui n'étaient pas venues, maculant son visage d'encore plus de terre.

— On ne peut pas tous être Chesty Puller[1], Sir ! fit remarquer Jackson.

1. Voir note de la page 119.

Mellas poussa un profond soupir, puis un deuxième, en expulsant l'air avec les joues gonflées.

— Hé, Jackson, tu pourrais me montrer votre poignée de main avec les frères ?

— Hein ?

— Tu sais ! Toute cette connerie-là, *bap-bap-bap*.

Jackson regarda Mellas, ne sachant trop s'il était sérieux ou non. Celui-ci ne détournant pas le regard, Jackson leva les yeux au ciel.

— Bon, mais dites jamais à personne comment vous l'avez appris, OK ?

Mellas sourit et tendit le poing. Après cinq tentatives, il ne maîtrisait toujours pas l'enchaînement complexe.

— On y est presque, lieutenant ! dit Jackson en tendant une nouvelle fois le poing. Presque.

Mellas soupira.

— Je le sens pas !

— Vous le sentirez jamais, dit Jackson en souriant.

— Pourquoi ?

— Parce que vous êtes pas noir.

Soudain, Mellas se sentit gêné, même stupide, d'avoir demandé à Jackson de lui montrer la poignée de main.

— J'ai toujours cru qu'au fond on était pareils, dit-il.

— On l'est ! Putain, j'ai deux arrière-grands-pères blancs, tout comme vous. C'est juste qu'on a vu les choses différemment pendant si longtemps qu'on est pas vraiment capables d'en parler.

— Essaie un peu pour voir.

— Pas moyen, lieutenant ! (Jackson croisa les bras.) Vous croyez que quelqu'un va comprendre ce qu'on ressent quand on est dans la brousse ? Non parce que… même si ce type vous ressemble en tout point, vous croyez vraiment qu'ils vont comprendre ce que c'est que d'être ici ? Vraiment comprendre ?

— Probablement pas.

— Eh ben, être noir, c'est pareil ! À moins d'en être passé par là, il y a pas moyen.

Mellas remua les pieds et tira une ranger de la gadoue avec un bruit de succion. Il vit Mole, en bas dans les lignes, se lever pour essayer de pisser à côté de son trou. Ça ne se passait pas bien. Mellas n'arrivait pas à se souvenir de la dernière fois qu'il avait pissé, mais il se rappelait bien qu'il n'y avait eu que des gouttes brunes. Il entendit un tir d'obus. Mole remonta précipitamment sa fermeture Éclair et se précipita dans son trou. Trois obus anéantirent le sommet de la zone d'atterrissage. Mellas décolla les mains de ses oreilles et attendit. Mole se leva de nouveau pour finir d'essayer de pisser. Mellas l'observa sans rien faire, et Jackson aussi, en se demandant si quelque chose allait en sortir.

Lorsque Mole abandonna, Mellas se tourna vers son compagnon.

— Hé, Jackson ! Avant qu'on soit séparés, je voulais te demander un truc. Si tu trouves que je suis un connard de te l'avoir demandé, essaie juste de pas trop te foutre en colère.

Jackson ne répondit pas.

Mellas se jeta à l'eau :

— Je crois que des types comme China, et peut-être même Mole, envoient des armes en Amérique. Mole ne peut pas perdre autant de pièces de sa mitrailleuse qu'il le dit.

Jackson eut un petit rire.

— Je crois que cette opération a été arrêtée. (Il plongea le regard dans le brouillard, un pétillement au fond des yeux.) Disons... pour de meilleures pratiques commerciales.

— Quoi ?

— Parmi les frères, on dit qu'ils ont arrêté de le faire, Sir.

Mellas avait envie d'approfondir, mais il se retint. Il lui suffisait de savoir que la rumeur était vérifiée et qu'il était inutile d'agir.

— Il va y avoir de sérieux ennuis ? demanda-t-il après un bref silence. Je veux dire... en Amérique. Tu sais, avec des armes sérieuses.

Jackson ne répondit pas.

— J'ai le sentiment que, d'une certaine façon, je devrais être impliqué, mais je peux rien faire.

— Non, vous pouvez pas !

— Rien du tout ?

— Fichez-nous la paix, c'est tout. (Jackson l'avait regardé droit dans les yeux et parlé avec gentillesse. Mellas avait beau être officier, et blanc, à cet instant précis, Jackson n'était qu'une personne proche de son âge et qui partageait son trou.) Vous comprenez vraiment pas, hein ?

— Apparemment non.

Jackson soupira.

— Merde, lieutenant ! On sera peut-être morts dans une heure ou deux, alors j'imagine que c'est pas le moment de déconner en disant pas ce qu'on pense. Ça vous va ?

— Pas pour le coup d'être morts dans quelques heures, répondit Mellas.

Jackson grogna en guise d'acquiescement.

— OK, Sir. (Il marqua une pause avant de reprendre.) Vous êtes un raciste.

Mellas déglutit et le regarda, bouche bée.

— Bon, minute, reprit Jackson, qui choisissait manifestement ses mots. Vous emballez pas ! Moi aussi, je suis un raciste. On peut pas grandir aux États-Unis sans l'être. Tous ceux qui se trouvent sur cette putain de colline le sont, et ceux dans le vrai monde aussi. Sauf qu'il y a une grosse différence entre deux racistes comme nous que vous pourrez jamais changer, et moi non plus.

— C'est quoi ?

— Qu'être raciste, ça vous aide et que moi, ça me fait du mal.

Jackson regarda au loin. Tous deux gardèrent le silence. Puis Jackson ajouta :

— Vous savez, China a vraiment tout pigé. Il faut qu'on renverse cette société raciste. C'est pas facile ! (Il s'anima.) Il y a une autre différence entre des racistes comme nous.

Mellas ne dit rien.

— Certains ont des préjugés et d'autres pas. Vous par exemple, je dirais que vous faites de votre mieux pour pas en avoir. Moi pareil, et Cortell aussi, et même Mole, même s'il l'admettra jamais. Hawke, lui, il en a pas du tout. Pas avoir de préjugés, c'est le mieux qu'on puisse faire tout de suite. Pour le racisme, c'est trop tard.

— Je ne comprends pas.

— Combien d'amis noirs vous avez dans le vrai monde ?

Mellas marqua une pause et détourna le regard vers le brouillard, gêné. Puis il fit face à Jackson.

— Aucun.

— Ouaiiiis, dit Jackson avec un sourire. Et moi, j'ai pas d'amis blancs. On sera pas libérés du racisme avant que ma peau noire envoie les mêmes messages que la moustache rouge de Hawke. Mais vu comment vont les choses en ce moment, vous pouvez pas me regarder sans penser à un truc en plus, et moi, quand je vous regarde, c'est pareil.

Mellas commençait à comprendre.

— On saura qu'on est libérés du racisme quand chaque Blanc aura un ami noir, ajouta Jackson. (Il éclata de rire.) Hé, mais c'est vous le fort en maths, lieutenant ! Ça veut dire que chaque Noir devrait avoir sept ou huit amis blancs. Hou là ! Pas moyen. On en est loin ! (Sa voix se fit douce.) Vraiment loin.

— Tu m'as bien eu ! dit Mellas. (Il sourit.) Alors qu'est-ce qu'on fait ?

Il attendit que Jackson réfléchisse.

— C'est comme cette façon que vous avez de bien aimer China, reprit Jackson. Faut arrêter les conneries.

— Quel mal il y a à bien l'aimer ?

— Aucun ! Tout le monde l'aime bien. C'est pour ça qu'il est si fort en organisation. Mais je veux dire… c'est la façon que vous avez de l'aimer. Je veux dire, c'est votre nègre !

La pique réduisit Mellas au silence.

— Vous savez ce que c'est qu'un Oncle Tom, hein ? reprit Jackson en tripotant le nœud coulant qu'il avait autour du cou.

— Une espèce de Stepin Fetchit[1] ?

— Ouais.

— C'est le nègre de quelqu'un. (Les longs doigts de Jackson se mirent à tambouriner sur son uniforme sale.) Ça, c'est l'idée d'un *chuck* qui vivait à Hollywood en 1935. Mais maintenant, on a des gars comme China. Ils portent l'afro même si ça leur attire des ennuis. Merde, ils le font exprès ! Et ils balancent des conneries à la gueule des petits Blancs dès qu'ils peuvent. Eh bien, vous savez quoi ? Vous savez ce qu'ils sont ? C'est les nègres de mecs comme vous, c'est ça qu'ils sont. Chaque fois qu'ils se lèvent pour vous dire de leur lâcher la grappe, et que toute cette putain de société a été construite par des racistes et des porcs, alors des petits étudiants blancs qui vivent avec le fric de leur papa à Berkeley ou à Harvard se lèvent pour dire : « Ouais, c'est ça, petit, explique-nous ce qui se passe, à nous autres porcs blancs qui nous sentons coupables ! Je suis avec toi. T'es mon nègre, mon nègre à moi ! » Sauf qu'aucun d'eux est prêt à intégrer nos écoles. Aucun d'eux est prêt à déménager dans le Sud et à faire partie des jurés pour défendre l'homme noir. Et ils se font pas renvoyer chez eux dans des sacs en caoutchouc non plus. D'ailleurs, dès que cette guerre a commencé à chauffer, tous les gosses blancs ont oublié les droits civiques pour s'inquiéter de la conscription.

Jackson cessa de parler. Il tremblait de colère. Il prit une profonde inspiration et expira.

— Eh bien moi, je suis le nègre de personne ! poursuivit-il. Je suis pas le putain de nègre d'un petit blanc-bec d'étudiant et je suis pas non plus celui d'un mec qui fait du cinoche. Je serai mon nègre à moi !

— Si t'es ton nègre à toi, comment ça se fait que tu laisses China te persuader de refuser de prendre l'escouade ?

1. Acteur et humoriste noir américain qui incarnait souvent le stéréotype négatif du Noir.

— Il m'a pas persuadé ! J'avais nulle part où aller. Si je prends l'escouade, je suis le nègre du système. Si je reste où je suis, je suis le nègre de China. C'est comme si je pouvais ni me lever, ni me coucher. Où que j'aille, je suis le nègre de quelqu'un. C'est pour ça que j'ai pris la radio quand le lieutenant Fracasso me l'a proposée, et que maintenant, je suis en train de la ranger. (Il grogna.) Alors j'ai atterri quelque part au milieu, et on croirait que je suis devenu votre nègre, à vous ! (Il poussa un nouveau grognement.) Apparemment, c'est ce que j'ai trouvé de mieux pour rester mon nègre à moi malgré tout.

Il regarda Mellas, un soupçon d'interrogation sur le visage. Mellas comprit qu'il essayait de voir comment il le prenait.

Il plongea les yeux dans le brouillard, imaginant les nombreuses fois qu'il avait plaisanté avec des types comme Jackson. Puis il revit Mole tourner le visage vers lui après avoir nettoyé sa mitrailleuse quand Cassidy avait rasé Parker à Matterhorn. Et Jackson en train de se jeter contre les bambous pour construire la ZA inutile, puis de se tenir à découvert sous les obus de l'APVN pour évacuer les blessés de Matterhorn. Et Mole, encore, fixant du regard la casemate mitrailleuse où Young s'était fait descendre et acceptant de la prendre seul, effrayé mais conscient du fait qu'il s'agissait d'un point essentiel à la défense, et dont l'ennemi avait désormais connaissance. Il comprit que ces hommes-là n'avaient pas du tout besoin de son aide. Tout ce qu'il avait à faire, c'était de ne pas se mettre en travers de leur chemin.

— J'ai tout fait foirer, Jackson ! dit-il. Je suis désolé.

— Merde, Sir ! Vous avez rien fait foirer de plus que nous autres. Moi et Mole, on l'a seulement compris quand vous avez passé la nuit avec les autres lieutenants à pondre ce plan à la con pour prendre Helicopter Hill.

Ils échangèrent un regard et éclatèrent de rire.

— Une putain d'attaque furtive menée par Scar ! lâcha Jackson entre deux gloussements. Me-eerde.

Ils replongèrent dans le silence.

— Alors si les Blancs vous fichent la paix, reprit Mellas, où est-ce que ça va vous mener ? C'est eux qui contrôlent notre société, après tout. Les Blancs riches, d'ailleurs.

— Ouais, répondit Jackson, et les nègres riches aussi. Regardez qui la fait, cette putain de guerre : des Blancs pauvres et des Noirs pauvres. Et de temps à autre, il y a un paumé d'abruti comme vous, enfin… si je peux me permettre, lieutenant.

Il s'interrompit et son regard se reporta sur la jungle en contrebas. Mellas le laissa réfléchir. Puis Jackson se tourna vers lui.

— Il faut qu'on s'occupe de nos propres problèmes. Tout ce que vous avez à faire, c'est commencer à nous traiter comme tout le monde. C'est aussi simple que ça. On a rien besoin de spécial. C'est sûr, y en a qui vont nous en faire baver ! Pour de bon. Ils seront en colère et balanceront des saloperies partout et casseront des trucs. Vous aussi, vous en avez des comme ça. Regardez cet enfoiré de Cassidy ! Mais on a pas besoin d'aide particulière. On est des gars comme les autres. Traitez-nous comme ça, c'est tout. On est pas plus cons et pas plus intelligents que vous. (Il regarda Mellas.) Mais c'est vrai qu'on fait de la meilleure musique.

Mellas éclata de rire.

— Laissez-nous résoudre nos problèmes comme tout le monde, poursuivit Jackson. On fera peut-être même des conneries. On est des gars comme les autres, lieutenant, pareils que vous. (Il serra alors le poing et le tendit vers Mellas.) On nous traite différemment, c'est tout.

Il hochait la tête en guise d'encouragement. Mellas sourit et tapa le poing de Jackson avec le sien, et ils passèrent une fois de plus en revue la poignée rituelle. Mellas l'exécuta encore maladroitement, mais en riant de plaisir.

Deux roquettes montèrent violemment de la jungle, projetant chacun au plus profond de son trou. Goodwin annonça par radio un blessé de plus.

Daniels convoqua une mission d'artillerie qui arriva à grand fracas, lancée par une batterie d'obusiers de 155 mm. De magnifiques salves de bruit en provenance de la jungle les balayèrent. Mellas poussa un grognement de satisfaction. Il ne savait pas que les 155 avaient été déplacés pour être à portée de tir.

— Au moins, ils font enfin quelque chose pour nous autres nègres, déclara-t-il.

***

Stevens et Hawke étaient restés debout toute la nuit pour exhorter les états-majors de diverses organisations à déplacer une batterie de 105 à la BAF Eiger, une dizaine de kilomètres au sud-est de Matterhorn. Si elle se trouvait à portée maximale pour soutenir la compagnie Bravo, elle pourrait défendre les compagnies venues aider du sud et de l'est. Ils réussirent également à convaincre l'état-major du régiment d'y déplacer deux 155. C'étaient ceux-là que Daniels dirigeait. Ils avaient voulu déplacer une batterie de 105 à Sky Cap, mais cela avait été rendu impossible par le même brouillard qui empêchait tous les vols vers Helicopter Hill. Mais Eiger, qui faisait près de huit cents mètres de moins que Sky Cap, était dégagée, et les munitions et d'autres réserves s'y accumulaient rapidement.

Simpson et Blakely tournaient dans le dos des opérateurs radio et se précipitaient sur chaque compte rendu des compagnies Alpha et Charlie. Celles-ci avançaient à un rythme atrocement lent.

— S'ils ne se bougent pas le cul, le Trois Vingt-Quatre finira par y arriver avant nous ! marmonna Simpson d'un air sombre. Où est la relève ?

— Sur la ZA, Sir. Tout est prêt.

***

Au bord de la zone d'atterrissage boueuse de la base de combat Vandegrift, tous les nouveaux soldats de la relève arrivés dans le bataillon attendaient sous la bruine qui tombait lentement. Des boîtes en carton, contenant chacune quatre récipients en verre remplis de solution intraveineuse dans une caisse de protection en bois, étaient entassées près des gamins, en plus des boîtes de munitions et de rations C, toutes recouvertes de bâches en toile caoutchoutée afin d'empêcher que les gouttes ne réduisent le carton en bouillie. Un petit réservoir d'eau se tenait aussi sous la pluie, enveloppé dans un filet de chargement à accrocher sous un des hélicos. Les rumeurs selon lesquelles la compagnie Bravo se faisait massacrer allaient grandissant. Les gamins étaient pâles de peur et de froid, incapables de manger.

***

Au QG de la division à Dong Ha, le colonel Mulvaney était en pleine réunion avec le général Gregory Neitzel, le commandant de la 5e division des marines, Willy White, le commandant du 22e des marines, le régiment d'artillerie, et Mike Harreschou, le commandant du 15e des marines, un autre des trois régiments d'infanterie de la division. Un aide de camp entra avec un billet.

— Excusez-moi, Sir, dit-il. Mike Trois Vingt-Quatre a établi le contact à 743571.

Ne connaissant pas le protocole, il ne savait pas s'il fallait tendre le morceau de papier à Mulvaney, dont c'était la compagnie, ou au général.

Mulvaney lui épargna cette décision en lui arrachant la feuille des mains.

— Une force de taille inconnue. Putain de merde ! (Il se tourna vers l'aide de camp.) J'en veux une évaluation dès que possible.

— Oui, Sir.

L'aide de camp repartit.

Le général et le chef d'artillerie s'approchèrent vivement d'une grande carte épinglée au mur.

— Juste ici, Willy ! dit le général en montrant de son doigt les coordonnées. Exactement là où on pensait. Elle en est où cette batterie à Smokey ?

— Elle devrait être prête à tirer dans l'heure, Sir.

— Bien. (Le général Neitzel se tourna vers Mulvaney.) Mike, qu'en penses-tu ?

— C'est notre régiment de Viets, pas de doutes là-dessus.

Mulvaney s'approcha de la carte et, de son doigt épais, indiqua les emplacements de chaque contact avec l'ennemi. Il y avait eu l'incident de l'embuscade avec la compagnie Charlie, juste au sud de Matterhorn. Puis deux affrontements avec les compagnies Lima et Alpha et, en ce moment même, la compagnie Mike était engagée. Toutes ces batailles formaient un arc. Mulvaney compléta le cercle en traçant grossièrement le contour de la zone contenant le régiment de l'APVN.

— Willy, dit le général, si je devais autoriser votre 1er bataillon à ajouter quelques armes d'artillerie en plus, vous pourriez les mettre au travail n'importe où ?

— Oui, Sir ! Du moment que j'ai quelques *grunts* pour assurer la sécurité. On pourrait établir une batterie ici, sur la cote 427, au sud de Matterhorn. Eiger pourrait la soutenir, et vice versa ; même si j'aimerais bien remettre quelque chose sur Sky Cap. (Il faillit mentionner la décision d'abandonner toutes les bases d'artillerie dans les montagnes à l'ouest, comme Sky Cap, dans le but de soutenir l'opération politique dans les plaines, puis se ravisa.) Mais c'est quand même bien près de cette fichue ZA, et il me faudrait une bonne sécurité. On va avoir besoin d'un soutien aérien, ou peut-être d'une contrebatterie de Red Devil si on ne veut plus être bombardés par l'artillerie viet de l'autre côté du Ben Hai. (Red Devil était l'indicatif d'appel d'une unité d'artillerie lourde de huit pouces appartenant à l'armée.) Les cent vingt-deux des Viets ont été conçus comme des canons navals et peuvent nous atteindre, mais nous, on ne peut pas les toucher avec nos cent cinq. (Il s'interrompit et se caressa le menton.) Tout cela en partant du principe qu'on réussira à avoir l'autorisation politique de nous défendre.

Neitzel fit la grimace.

— J'en fais mon affaire.

Harreschou et Mulvaney échangèrent un regard.

— Peut-être une batterie de cent cinquante-cinq sur Lookout, poursuivit White. Ils auraient la portée suffisante. Mais ça prendrait un peu plus de temps.

— Combien ?

— Pour demain après-midi ?

— Demain matin ! insista Neitzel.

— Je ne sais pas, Sir.

— On vous donnera une capacité de transport supplémentaire avec quelques CH-47 de l'armée sortis de Phu Bai.

— On tentera le coup, Sir. C'est rapide, mais on peut essayer.

— C'est essentiel ! rétorqua Neitzel.

Il gagna la carte et passa la situation en revue une nouvelle fois avec eux, comme pour se rassurer sur la stratégie. L'APVN avait attaqué du Laos avec trois régiments, le long de trois couloirs séparés afin de tirer parti du retrait de l'extrême ouest rendu nécessaire par l'opération politique à Cam Lo. Elle avait aussi été encouragée par le fait que, juste avant Noël, on avait complètement retiré de la zone la 101e division aéroportée de l'armée, à cause des violents affrontements dans les montagnes centrales. Ce qu'elle ne savait pas, c'était que la 101e venait juste d'être envoyée dans la vallée d'Au Shau. Cette unité-là pouvait avancer extrêmement vite, compte tenu de sa capacité de transport aérien. Ce qui laissait à la 5e division des marines la charge de s'occuper des deux poussées au nord : celle au centre, dans la vallée de Da Krong, et celle au nord, sur Mutter's Ridge. Le 24e régiment des marines de Mulvaney s'occupait de la voie d'approche la plus au nord des trois empruntées par l'APVN, dû au fait qu'il s'y trouvait déjà. Son 2e bataillon, le Deux Vingt-Quatre, avec ses quatre compagnies de fusiliers, se faisait déplacer dans la vallée au nord de Matterhorn. L'APVN répugnerait à se rendre au nord pour affronter le bataillon des marines qui l'y attendait. Elle se heurterait à eux comme de l'eau contre un barrage. Les Viets se concentreraient devant cet obstacle et se rendraient vulnérables à l'artillerie, qui restait indifférente aux conditions météorologiques une fois en place, ainsi qu'aux attaques Arc Light venues de Guam, avec ses B-52 qui volaient bien au-dessus des nuages et lâchaient leurs bombes en se servant des radars. Les trois compagnies restantes de Simpson qui appartenaient au Un Vingt-Quatre étaient en train d'adopter une position en image inversée, sur le côté sud de Matterhorn. Cela empêcherait l'APVN d'aller vers le sud, tandis que le Deux Vingt-Quatre leur interdirait tout accès au nord. La compagnie Mike du 3e bataillon était déjà en contact avec le régiment de l'APVN, et les compagnies restantes du Trois Vingt-Quatre allaient frapper dans les heures suivantes. Cela empêcherait toute avancée vers l'est, le long de la ligne de crête. L'APVN serait forcée de se retirer vers l'ouest. Mais la compagnie Bravo, posée sur Helicopter Hill, bloquait la seule voie directe vers la frontière laotienne.

Neitzel considéra alors la situation du point de vue de l'ennemi. L'APVN avait besoin des hauteurs de la crête. Une tentative d'avancée à travers la jungle, dans les vallées en dessous, serait un vrai cauchemar pour toute unité d'infanterie. Si le commandant de l'APVN n'allait pas assez vite, il risquait de se retrouver coupé des autres, ou scindé en deux par un mouvement en tenailles opéré par les bataillons des marines au nord et au sud. Tant qu'il se sentirait à l'abri des frappes aériennes, il pourrait rester sur la crête, défendre les hauteurs et faire payer cher aux marines chaque colline. Mais il savait lui aussi que la météo pouvait changer. Son meilleur pari devait être de mettre en déroute la compagnie Bravo et de l'ôter de son chemin. Ce serait une victoire sur le plan de la propagande, on en parlerait partout dans les journaux aux États-Unis, on ferait de toute cette poussée au nord une réussite politique… et c'étaient bien les victoires en politique et en propagande, et non l'usure, qui gagneraient cette guerre pour le nord. De plus, éliminer la compagnie Bravo donnerait à l'APVN le contrôle de l'extrémité ouest de Mutter's Ridge et lui permettrait un repli méthodique.

Le problème du général Neitzel consistait à tout mettre en place à temps.

Il se tourna vers l'autre commandant d'infanterie.

— Harreschou, je veux que le Quinzième des marines les contienne dans la vallée de Da Krong.

Le colonel Harreschou hocha la tête en essayant d'imaginer comment il allait s'y prendre pour faire virer ce putain de régiment à 180 degrés et se débrouiller pour qu'il se retrouve en position dans le Da Krong avant que l'APVN ne surgisse dans la plaine côtière. Il se mordit la lèvre inférieure. Les deux autres colonels ne bronchaient pas.

— OK, Sir ! Vous savez aussi bien que moi ce que ça va entraîner.

— Je sais, répondit le général. Comme je l'ai dit, en mobilisant la 101e, on pense pouvoir bénéficier d'un peu de leur capacité de transport. Je vais déplacer nos quarante-six au nord pour aider Mike, et vous aurez les quarante-sept de l'armée.

Harreschou grogna. Les gros CH-47 de l'armée avaient beaucoup plus de capacité de transport que les CH-46 des marines, qui étaient bâtis plus petits et comportaient des pales de rotor pliantes pour tenir sur les porte-avions. Cela signifiait qu'il leur en faudrait moins que de 46, mais que se passerait-il si aucun n'était disponible et si Neitzel avait déjà concentré les 46 au nord ? Harreschou ne demanda pas ce qu'il ferait dans ce cas-là. Il n'y avait pas de réponse et, comme d'habitude, il savait que les marines se débrouilleraient pour que ça fonctionne.

Le colonel White s'éclaircit la gorge.

— J'ai pas mal de bases d'artillerie qui traînent par là-bas, Greg, dit-il.

— Je le sais, Willy, merde !

Neitzel marqua une pause. L'autre régiment d'infanterie de la division, le 19e des marines, rentrait juste d'une opération au sud. Les hommes étaient en loques et épuisés, mais ils pourraient au moins défendre des bases d'artillerie, quitte à devoir diviser les compagnies. Les artilleurs eux-mêmes pourraient combler les lacunes dans les périmètres où on manquait de fantassins. D'un autre côté, avec les régiments de Viets engagés, ils n'auraient pas assez de forces pour menacer aussi un grand nombre de bases d'artillerie.

— Vous aurez les *grunts* du 19e des marines. Ils sont franchement épuisés, mais ils devraient être en mesure d'assurer la sécurité des bases d'artillerie.

White hocha la tête.

Neitzel se tourna pour regarder Mulvaney.

— Quand Bravo a pris cette crête à leurs éléments avancés, ça a vraiment foutu les Viets dedans. C'était du bon boulot, Mike !

— Un coup de bol à la con, Greg, lui renvoya Mulvaney. Vraiment à la con.

Le sarcasme ne passa pas inaperçu auprès de Harreschou, qui jeta un rapide coup d'œil à son vieil ami Mulvaney. Ils avaient été ensemble avec la 1re division à Inchon. D'ailleurs, Mulvaney avait fait son service en tant que Trois de Neitzel quand celui-ci avait dirigé la Deux-Neuf pendant le merdier au Laos ; c'était pour cela qu'il n'avait pas peur de risquer un commentaire sarcastique. Willy White était allé à l'École militaire amphibie avec Neitzel, et tous deux avaient été de jeunes officiers à Saipan. Le corps des marines étant petit, les relations personnelles aidaient souvent à passer outre aux comportements bureaucratiques habituels ainsi qu'aux petites conneries qui vont de pair avec toutes les unités militaires, y compris celles des marines.

— Du bol, je veux bien, dit le général sans relever le sarcasme de Mulvaney. Si Sweet Alice ne s'était pas retrouvée dans la merde, on n'aurait jamais envoyé Bald Eagle. Bravo n'aurait jamais attaqué la crête. Putain, Mike, je sais que tu te fais du souci pour Bravo là-haut ! Bien sûr, c'est risqué, mais c'est précisément ce que les Viets n'attendent pas de nous. On s'est montrés trop prudents. La guerre, c'est risqué !

Il s'assit dans son fauteuil en cuir rembourré et se pencha en arrière, les yeux braqués sur la carte des opérations, les mains serrées derrière la tête.

— Je ne pense pas que Nagoolian ait la moindre idée de ce qu'on pourra balancer autour de cette colline une fois qu'on aura déplacé ces batteries. C'est le ciel tout entier qui va lui tomber sur la gueule ! (Il leva les yeux vers Mulvaney.) Bravo pourra tenir jusque-là ?

Mulvaney savait que Neitzel comprenait parfaitement ce qu'il lui demandait. Il savait aussi pourquoi. Ils étaient là pour tuer les ennemis de leur pays. Si ça fonctionnait, ils en tueraient beaucoup.

— Ils tiendront, dit-il.

Neitzel fixa intensément Mulvaney l'espace d'un instant ; puis il se leva et s'approcha de la carte.

— Nagoolian pensait avoir piégé une compagnie, dit-il à personne en particulier. (Il abattit un large poing sur la carte, pile sur Matterhorn.) Nous, on est sur le point de piéger tout un régiment ! (Il se tourna vers les trois hommes.) Prions simplement le ciel que le mauvais temps et Bravo tiennent un jour de plus.

***

Tandis que la paperasserie et les hélicoptères déplaçaient batteries d'artillerie, matériel et marines épuisés à travers des cieux de plomb, le lieutenant Theodore J. Hawke s'effondrait sur sa couchette dans la tente BOQ. Mais malgré son épuisement, il ne parvint pas à s'endormir. Il se repassa une multitude de détails. Et ne trouva aucun endroit où il pourrait être d'une quelconque utilité.

Soudain, il se redressa. Stevens, qui défaisait les lacets de ses rangers et qui était sur le point de perdre connaissance, lui jeta un regard perplexe, mais ne dit rien. Hawke se mit à tirer de l'équipement de sous son lit.

— Qu'est-ce que tu fous ? demanda Stevens en bâillant.

Il était assis là, une ranger dans la main.

— Je fais mes valises !

— Pour quoi faire ?

— C'est comme l'instinct de nidification. Ça me prend une fois par mois.

— Si tu veux, dit Stevens. (Il laissa tomber sa ranger par terre et s'allongea en poussant un soupir.) Putain que j'ai mal aux pieds ! gémit-il.

Hawke sourit en enfilant ses vieilles rangers délavées. Il ramassa son .45 qui commençait déjà à rouiller par terre dans son étui. Il le regarda avec dégoût. Il le sortit, tira sur la glissière et grogna. D'après ce qu'il avait entendu dire, il y aurait des tas de fusils de réserve. Il attacha sa cartouchière avec ses gourdes et son brêlage et attrapa son casque et son gilet pare-éclats. Il enroula soigneusement sa vieille coiffe de civil et la fourra dans une des volumineuses poches de côté de son pantalon. Et attacha sa boîte de poires transformée en tasse à l'extérieur de son sac.

Stevens se redressa.

— Tu vas quand même pas monter sur la colline, si ? demanda-t-il. (Hawke, qui était en train de fourrer sa doublure de poncho dans son sac, ne prit pas la peine de répondre.) Le Trois, il va dire quoi ? Je veux dire… t'as vu ça avec lui ? Abandonner son poste sans permission, c'est du sérieux, Hawke.

— Stevens, le Trois a autant besoin d'un Trois Zoulou qu'un satyre a besoin d'un gode, bordel ! Il y a deux lieutenants bleus-bites là-haut et zéro état-major. Tu peux les compter : zéro ! Et un putain de troupeau de petits nouveaux qui font dans leur froc à la ZA. De toute façon, j'ai déjà demandé au Trois.

— Bon Dieu ! dit Stevens, manifestement surpris. Dur à croire qu'il t'ait laissé partir.

— Il l'a pas fait.

Hawke franchit la porte et se retrouva sous la pluie. Il pataugea le long de la route boueuse qui descendait vers la zone d'atterrissage, et sentit le poids familier du sac, la pluie qui commençait à filtrer à travers ses habits, la boue et l'eau qui se glissaient par les œillets métalliques de ses rangers et lui mouillaient les chaussettes. Mulvaney peut se la garder, sa compagnie de merde ! se dit-il, triste et amer. Il n'y avait qu'une seule compagnie en ce qui le concernait, et elle était en train de se faire démolir pendant qu'il regardait sans rien faire.

***

Le sentiment d'agir dura les dix minutes qu'il fallut à Hawke pour descendre jusqu'à la grande ZA. Deux hélicoptères bipales CH-46 se tenaient côte à côte sur la piste, le fuselage grêlé et vérolé par un usage brutal, leurs longues pales de rotor affaissées sous la pluie. On aurait cru qu'ils avaient été laissés à l'abandon. Près de là se tenaient une quarantaine de soldats de relève, blottis, l'air malheureux, sous leurs ponchos.

Hawke distinguait à peine l'autre côté du petit terrain d'aviation. Les nuages étaient si proches du sol que la pluie semblait se matérialiser dans l'air autour de leurs têtes. Il comprit qu'un hélico ne pourrait même pas trouver ce terrain d'aviation et encore moins la compagnie Bravo, qui se trouvait plus de neuf cents mètres plus haut, dans les montagnes. Et dans cinq heures, il ferait noir.

Il s'assit dans la boue, les genoux remontés sous le poncho, et se demanda ce qu'il venait de faire. Il était en train de désobéir à un ordre direct, de foutre en l'air une carrière, tout ça pour s'asseoir sans pouvoir rien faire sur ce fichu bout de terre mouillée. Il serra son poncho un peu plus autour de son cou.

Au bout d'une dizaine de minutes, il se rendit compte que deux paires de rangers très noires et très neuves se tenaient devant lui. Il leva les yeux. Deux gamins sautaient d'un pied sur l'autre, ne sachant trop quel était le protocole pour interrompre un broussard dans ce qui était de toute évidence une tentative de fuite dans l'oubli.

— Vous êtes avec la compagnie Bravo ? finit par demander l'un d'eux.

Hawke les contempla sans rien dire et nota qu'ils avaient l'air bien nourris.

— Un de vous serait capable de trouver une autre raison à la con pour rester assis là, sous la pluie ? demanda-t-il enfin.

Son intervention fit surgir deux sourires hésitants.

C'est alors que Hawke remarqua quelque chose.

— Vous avez des munitions pour mitrailleuse quelque part ?

— Non, répondit un des gamins, surpris. Je suis un zéro-trois-onze.

Il faisait référence au code de spécialité militaire d'un fusilier chez les marines, et non à celui d'un mitrailleur.

— J'en ai rien à foutre que tu sois expert en armes nucléaires ou pas, bordel ! Est-ce que quelqu'un t'a filé des munitions pour mitrailleuse à trimballer ?

Hawke avait quitté son état léthargique.

— Euh, non, euh…

— Lieutenant ! acheva Hawke à sa place.

— Désolé, Sir. Je ne savais pas. J'ai seulement…

— Qui est responsable de ce merdier ?

— Euh, c'est moi, Sir. Il y a personne parmi nous au-delà de première classe, mais comme j'étais bon tireur à Pendleton, le gars avec la radio… celui qui a un sweat-shirt marqué *Shore Party*… m'a nommé responsable.

— C'est fini, tu l'es plus.

— Oui, Sir !

— À présent, tu seras connu sous le nom de Jayhawk Zoulou.

— Euh, oui, Sir ! Jayhawk Zoulou.

— Tu pourrais me localiser la casemate COC du bataillon ?

— Je crois que oui, Sir.

— Je veux que tu me trouves un sergent-chef du nom de Cassidy. Tu lui dis que le Jayhawk lui demande de descendre à la ZA le plus vite possible avec autant de munitions pour mitrailleuse que quarante enculés de bleus-bites bien nourris tout droit sortis de l'ITR peuvent en transporter. (Il s'interrompit.) Et je veux dire : à peine transporter. Il saura l'interpréter.

Le gamin commença à partir, mais Hawke l'arrêta.

— Et cent soixante gourdes pleines d'eau.

— Cent soixante, Sir ?

— Tu veux que je fasse le calcul à ta place, c'est ça ? Quatre fois quarante. OK ? En comptant les deux que chacun transporte en ce moment, ça n'en fait que six par personne.

— Oui, Sir.

— Si tu ne ramènes pas Cassidy ici avant que le brouillard se lève, je te botterai ton cul de bleu jusqu'au Laos. (Il lui adressa un sourire, ainsi que le signe des serres recourbées.) Par le pouvoir du faucon ! rugit-il.

Le gamin lança un bref coup d'œil à son ami et courut vers le COC.

Dans l'heure qui suivit, Cassidy rejoignit Hawke à la ZA, où chaque remplaçant fut chargé de munitions pour mitrailleuse et d'eau jusqu'à pouvoir à peine bouger. Hawke ou Cassidy s'approchait de chacun d'eux et lui demandait de sauter sur place. Si le gamin semblait un peu trop vif, ils lui jetaient une autre cartouchière sur les épaules jusqu'à ce que ses genoux manquent se dérober sous lui. Puis Cassidy s'en alla, et ils se retrouvèrent de nouveau assis dans la boue, couverts de munitions et de gourdes.

— Vous faites pas de bile, plaisanta Hawke en prenant un ton monocorde et sonore. Venez à moi, vous tous qui peinez et ployez sous le fardeau. (Des sourires se dessinèrent. Il s'en prit rapidement à eux.) Mais pas question que je soulage des putains de pécheurs comme vous ! (Il se tourna vers un des remplaçants qui avait esquissé un sourire.) Tu me prends pour Jésus-Christ ou quoi ? Tu trouves que je ressemble à Jésus ?

— Euh, non, Sir, dit le gamin.

Mais à présent, d'autres aussi essayaient de cacher leurs sourires.

— Tu penses peut-être que je ressemble à la Vierge Marie ?

— Non, Sir. Même pas... non, Sir !

— Même pas un peu ?

— Non, Sir ! rugit le gamin.

— Merde ! Et dire que je me suis rasé ce matin.

Des sourires naissaient un peu partout.

Hawke redevint sérieux.

— Vous serez soulagés de tous vos fardeaux, ça, vous pouvez me croire. Tout ce que vous avez à faire, c'est passer de l'arrière d'un hélico au trou de quelqu'un. Ça m'étonnerait que vous trouviez ça difficile, compte tenu des circonstances.

Comme d'habitude, l'alliance de son accent nasillard et sarcastique typique de Boston et de son empathie naturelle lui mettait le public dans la poche. Mais il ne cessait de porter le regard au-delà de la piste d'atterrissage, guettant une éclaircie.

Il en vit une vers 15 heures. La pluie incessante diminuant, bientôt il aperçut le pied des collines, à environ un kilomètre de là. Il se leva, courut vers les CH-46 au bord de la piste et réveilla un membre d'équipage qui dormait à l'intérieur.

Il lui fallut quelques minutes pour le persuader d'appeler les pilotes. À un moment donné, l'homme lui demanda pour qui il se prenait.

— Je suis le capitaine Theodore Hawke, adjoint à l'officier des opérations du 24e régiment, prétendit-il, et bon sang, si vous ne ramenez pas des pilotes dans ces putains d'oiseaux au plus vite, vous allez tous devoir garder la tête haute devant le colonel Mulvaney et expliquer pourquoi ils ont laissé une de ses compagnies se faire mettre en déroute parce qu'ils n'ont pas voulu leur apporter des munitions quand on le leur demandait !

— Oui, Sir ! répondit le membre d'équipage. (D'autres hommes s'étaient alors approchés et observaient la scène en silence.) Je ne connais pas l'indicatif d'appel pour le O-club, Sir.

Il fallut quelques minutes, mais l'homme d'équipage finit par obtenir la fréquence et l'indicatif d'appel, et réussit à contacter un barman à la voix blasée. Après une première confusion quant à qui appelait pour quoi, une voix se fit entendre à la radio mise en mode haut-parleur par l'homme d'équipage.

— Qu'est-ce qui se passe bordel, Weaver ?

— Sir, l'adjoint au Trois du 24e régiment est ici et se demande pourquoi on ne vole pas. À vous.

— Dis à ce fils de pute qu'on ne vole pas parce qu'il y a des rochers au milieu de ces putains de nuages ! À vous.

— Euh, Sir, il est là, à écouter. À vous.

Il y eut une pause.

— C'est qui ? À vous.

— C'est, euh, le capitaine Hawke, Sir. L'équipe du Trois du 24e des marines.

— Le capitaine ? Passez-le-moi ! À vous.

La voix semblait sûre d'elle.

On tendit à Hawke les écouteurs de l'homme d'équipage avec le micro attaché.

— Qu'est-ce que c'est que ce bordel, capitaine ? Ici le commandant Reynolds !

Hawke se retrouvait avec un grade inférieur, même s'il avait vraiment été capitaine. Au point où il en était, autant aller jusqu'au bout.

— Sir, j'ai une compagnie de marines qui a vraiment besoin de ravitaillement et le temps s'est dégagé. Le colonel Mulvaney veut que ces oiseaux partent sur-le-champ.

— Capitaine, le temps ne s'est pas dégagé. Je le vois d'ici, en ce moment même. Et ces oiseaux ne partiront pas tant que le Groupe n'aura pas levé l'interdit météorologique. Je me fous de savoir ce qu'en pense un colonel *grunt*. Je risque des millions de dollars en appareils. C'est clair ? À vous.

Hawke ne répondit pas. Il avait déjà entendu ces conneries de « millions de dollars en appareils ». Il rendit les écouteurs à l'homme d'équipage et se mit à courir à travers la piste pour rejoindre le O-club.

Trois minutes plus tard, il surgit de la porte grillagée, dégoulinant de sueur à cause de la chaleur retenue par son poncho. Des visages se détournèrent de leurs verres, de leurs jeux de dés et de cartes pour le regarder. Il n'était pas difficile de repérer les pilotes. Quatre d'entre eux, tous en tenue de vol, étaient assis à la même table. Parfait pour le bridge.

Il s'approcha d'eux.

— Le commandant Reynolds est-il parmi vous ?

Un homme avec quelques kilos de trop et le visage rougeaud repoussa sa chaise et leva les yeux vers lui.

— C'est moi. Capitaine Hawke, je présume ? dit-il d'un ton moqueur.

— Sir, je peux voir le pied des collines ! Ça veut dire qu'il y a un *klick* de visibilité.

— Et moi, je peux voir une trentaine de mètres de ces putains de collines, ce qui fait donc une trentaine de mètres de visibilité… vers le haut ! répondit Reynolds en indiquant le plafond. Et ça, c'est ici, à plus de soixante-quinze mètres au-dessus du niveau de la mer. Votre putain de compagnie est à plus de mille cinq cents mètres au-dessus du niveau de la mer. Il n'y a pas moyen, bordel, capitaine ! Pas avant d'avoir eu un VFR[1] et une fin d'interdit météorologique de MAG-39.

— Vous ne pouvez pas savoir à quoi ça ressemble à mille cinq cents mètres à moins d'y aller.

— J'ai pas besoin d'y aller pour le savoir ! On a envoyé un oiseau météo il y a une heure, et c'est une vraie purée de pois d'ici jusqu'en Birmanie. (Il regarda ses compagnons avec un léger sourire.) On est constamment en contact avec le capitaine Bainford du 1er bataillon, et ce sont ses gars là-haut, pas les vôtres. Il a aussi un contrôleur aérien avancé sur place. À nous tous, je crois qu'on pourra faire le boulot… (Il marqua une légère pause) … dès que ce sera possible. Alors maintenant, veuillez nous laisser nous occuper des vols, capitaine !

La brusque fureur du vétéran d'infanterie au combat traversa Hawke comme un éclair. Sa main partit vers la crosse de son .45, mais le pistolet était caché sous son poncho. Le fait qu'il lui aurait fallu le relever pour atteindre l'arme le ralentit juste ce qu'il fallait. Pour une raison ou pour une autre, l'image de Hippy, sa M60 serrée contre son gilet pare-éclats, se frayant péniblement un chemin à travers la jungle sur ses

1. *Visual Flight Rules* en anglais, ou les règles du vol à vue, applicables lorsque le temps est dégagé.

pieds ravagés, le frappa. *Respire*, pensa-t-il. Il respira. Et réfléchit encore. Avant de se jeter à l'eau.

— Je ne suis pas capitaine, ni l'adjoint au Trois du régiment. Je suis le lieutenant Hawke, du 1er bataillon S-3 Zoulou, anciennement officier adjoint de la compagnie Bravo. Mes gars sont à court d'eau et de munitions, et en train de mourir là-haut. Ils ont besoin d'aide. (Les pilotes haussèrent tous les quatre les sourcils.) Voler, j'y connais rien, mais essayer, oui, bordel ! Alors vous allez rester plantés là à jouer aux cartes, ou vous allez essayer ?

Il y eut un long moment de silence. Les pilotes savaient mieux que Hawke ce qu'il leur demandait de faire. Dans ces conditions, en avançant presque à l'aveuglette juste au-dessus des arbres parce que c'était le seul espace aérien où ils y verraient quelque chose, une seule erreur de navigation, une seconde d'inattention, un léger changement de température qui transformerait un air clair en brouillard, et ils verraient le flanc de la montagne un fragment de seconde avant de mourir, avec tous les marines à bord.

Hawke tenta un dernier coup désespéré.

— Des marines sont dans la merde ! Vous avez peur de les aider ou quoi ?

Un lieutenant plus jeune repoussa sa chaise.

— Ça suffit, bordel ! s'exclama-t-il.

Il jeta ses cartes sur la table et se leva. Hawke craignit d'être allé un peu trop loin. Mais le pilote jeta un coup d'œil à son partenaire de bridge, qui était manifestement son copilote.

— Qu'est-ce que t'en dis, Nickels ?

— Putain !

Nickels jeta à son tour ses cartes sur la table, face visible, et se leva, suivi du lieutenant.

— Alors, commandant ? demanda le lieutenant. J'ai comme l'impression qu'on nous a traités de poules mouillées !

L'homme rougeaud soupira et abattit ses cartes sur la table. Il se leva de sa chaise.

— Quelqu'un a une Jeep ? lança-t-il à la cantonade. J'ai pas envie d'aller à mon enterrement à pied.

***

Et ce sont là les vraies origines de l'histoire qui fit plus tard le tour du 24e régiment des marines et de la 5e division, histoire selon laquelle un lieutenant *grunt* serait entré dans le O-club du régiment et aurait braqué son pistolet sur quatre *zoomies* en menaçant de les tuer s'ils ne partaient pas en mission pour sauver son ancienne équipe.

Le récit qui fit le tour du MAG-39 et du 5e marine Air Wing était que quatre pilotes avaient désobéi à un interdit météorologique pour serpenter vers le sommet d'une montagne de plus de deux mille mètres de hauteur, avec seulement neuf ou dix mètres d'intervalle entre leurs roues et les arbres, sous la pluie battante de la mousson, pour se porter au secours d'une compagnie de marines encerclée par un régiment de l'APVN.

CHAPITRE 17

Le CAA capta les appels radio des deux oiseaux longtemps avant qu'on ne les entende. Il fut abasourdi. Il paraissait impossible qu'un hélico puisse les trouver. Il venait de donner la hauteur du plafond nuageux à Bainford et celui-ci avait décrété qu'il leur faudrait attendre car il était trop dangereux de voler.

Mellas courut accroupi derrière le CAA jusqu'à la ZA, où ils se tassèrent tous les deux dans un trou proche. Une unique balle de sniper leur passa au-dessus de la tête.

— Je sais pas ce qui se passe, Sir, bordel, mais il y a deux oiseaux en bas dans la vallée qui essaient de nous trouver. Ils disent qu'ils ont des renforts et des munitions. Pourtant, d'après le capitaine Bainford, ils seraient tous en interdit météo.

À cet instant, la radio siffla.

Le CAA répondit.

— Négatif, Sir ! Je ne vous entends toujours pas. À vous.

Lui et Mellas s'assirent en silence. Mellas lui fit signe de lui passer la radio et se mit rapidement sur la fréquence de la compagnie. Pallack répondit.

— Ici Cinq Autorité ! dit Mellas. Dites à tout le monde qu'un oiseau est en train de nous chercher. Je veux le silence complet. À vous.

Bientôt, le périmètre tout entier fut plongé dans le silence et chacun attendit dans le brouillard, n'osant pas espérer.

Au bout de quelques minutes, Mellas vit le CAA se crisper, regarder vers le sud et sortir sa boussole. Les oreilles de Mellas étaient si endommagées par les récents combats qu'il n'entendait plus qu'un bourdonnement aigu qui semblait s'être installé pour de bon dans sa tête.

— Magpie, Magpie, ici Big John Bravo ! J'entends des bruits de rotor à un sept neuf. Je répète, un sept neuf degrés.

Le CAA regarda Mellas, puis secoua le poing, excité. Il souriait. Une voix se fit entendre à la radio.

— Affirmatif, Sir !

Il y eut une nouvelle pause.

— Magpie, ici le CAA de Big John Bravo. Il y a environ... (Il plissa les yeux pour regarder les nuages.) ... douze mètres.

Puis il baissa la tête. Mellas comprit qu'en disant la vérité le CAA risquait de condamner la compagnie en faisant faire demi-tour aux hélicos, mais que, en la taisant, c'étaient les hélicos qu'il mettait en danger. Il accrocha son regard et lui adressa un hochement de tête approbateur. Le CAA sourit et leva de nouveau les yeux vers le ciel.

— C'est comme ça, Sir, dit-il doucement.

Puis il se crispa de nouveau, concentré sur sa boussole, et appuya sur le bouton de son combiné.

— Magpie, j'entends le bruit de rotor à un huit cinq maintenant. À vous.

Dans son esprit, Mellas vit les hélicos se diriger vers l'ouest et dépasser l'endroit où le CAA avait entendu le bruit de leurs rotors pour la première fois, puis virer vers le nord pour tenter de rebrousser chemin. Ce qui signifiait qu'ils étaient probablement juste à l'ouest de la frontière laotienne. S'ils parvenaient à prendre de l'altitude et à maintenir leur trajectoire vers le nord, ils manqueraient les collines au sud. Mais ils dépasseraient certainement Helicopter Hill et Matterhorn dans les nuages. En restant proches du sol, ils risquaient de s'écraser sur l'une ou l'autre colline. Mellas pria intensément pour qu'ils survolent la jungle en rase-mottes.

— C'est bon, Magpie ! Vous êtes encore à un huit cinq degrés. Tenez-vous prêt pour mon signal.

Il y eut une nouvelle pause intense, cette fois remplie par le vrombissement régulier des pales de rotor augmenté par le gémissement des turbomoteurs. Puis, juste au-dessus d'eux, dissimulés par le brouillard, deux hélicos traversèrent soudainement le ciel. Le CAA se leva d'un bond et cria dans le combiné.

— Top ! Top !

Lui et Mellas virent les hélicos disparaître. Les marines sur la colline étaient silencieux. Tous écoutaient la plainte des moteurs et le cliquetis des pales d'hélicos qui griffaient l'air raréfié des montagnes en entamant un virage serré. Le CAA cria des relèvements à la boussole tout en courant vers le centre de la ZA.

— Je vous entends à zéro trois zéro. (Il marqua une pause.) À zéro trois cinq. (Il attendit.) Zéro trois cinq, constant... Oui, Sir... C'est ça Sir, la position de la crête est à environ zéro neuf zéro. C'est juste à notre Echo, environ trente mètres en dessous.

Enfin, un immense fuselage surgit des nuages, le ventre exposé tandis que le pilote relevait le nez de l'hélico, les roues arrière vers le bas, luttant pour avancer, les réacteurs à pleins gaz pour maintenir une descente constante. Puis il arriva en bondissant et les nouveaux renforts se ruèrent, tombèrent, trébuchèrent et rampèrent vers les côtés de la ZA tandis que l'air éclatait de tirs d'armes automatiques et de mitrailleuses provenant à la fois de Matterhorn et du passage au nord. Mellas avait sorti sa boussole et marquait tranquillement des relèvements en se fiant au bruit de la mitrailleuse dans le passage nord. Il trouva l'emplacement sur sa carte.

— Je te tiens, ducon ! s'écria-t-il.

Le premier hélico décolla, et le deuxième s'abattit juste derrière lui. Une fois de plus, des silhouettes sombres sortirent en trombe de la porte arrière en titubant sous un poids excessif avant de tomber, ramper et se ruer à l'abri. Puis, à la stupéfaction et à la grande joie de Mellas, une des silhouettes se redressa sur la zone d'atterrissage et leva le bras droit pour former le signe du faucon. Mellas se leva lui aussi.

— Bon sang, Hawke, par ici ! cria-t-il avec jubilation. Par ici !

Hawke se retourna et, lesté par l'eau et les munitions, courut vers lui avec une démarche saccadée. Le cœur de Mellas bondit dans sa poitrine lorsque Hawke s'écroula dans le trou. Les marines sur la colline risquèrent leur vie pour courir vers lui et rire, crier, lui flanquer des claques dans le dos.

Puis les obus de mortier s'abattirent de nouveau.

***

Lors d'une accalmie dans le bombardement, Mellas traversa la ZA en courant et sauta dans le trou que Hawke était en train de se creuser. Il sortit son Ka-bar et commença à le planter dans l'argile dure pour l'aider, incapable de réprimer un large sourire.

— Alors, qu'est-ce que tu fous là ?

— Je m'emmerdais.

— Ah, je croyais que tu devenais sentimental.

— Je suis un sentimental qui s'emmerde.

Hawke grogna et projeta une nouvelle pelletée d'argile.

De nouveau, ils entendirent les tirs de mortier. Ils se collèrent au fond du petit trou. Les obus secouèrent la terre sous eux, de la fumée noire leur irrita les narines. Les explosions les ébranlèrent, les ondes de pression leur firent mal aux yeux.

— C'est sympa comme endroit, fit remarquer Hawke en jetant d'autres pelletées de terre. Suffit, bordel ! Ce sera bien assez profond.

Il planta la pelle dans le sol et se recroquevilla de nouveau dans le trou.

— Hé, Hawke ! lança Mellas. T'as de l'eau ? Je crève de soif.

Hawke sortit une gourde de son petit sac.

— Eh ben merde alors ! s'exclama-t-il.

Il montra la gourde à Mellas. Il y avait un petit trou de shrapnel dedans.

— C'est toujours mieux qu'un trou dans le cul !

— Ouais, mais c'était celle avec du Rootin'Tootin'Raspberry.

Il lui tendit la gourde à moitié vide. Mellas en avala une grande gorgée d'un trait tant il avait envie de nager dans son goût sucré et acidulé. Il finit par s'arrêter avec un sourire et un soupir satisfait.

— J'ai toujours été un grand fan du Baron von Lemon[1], mais le Rootin'Tootin'Raspberry fera l'affaire.

— C'est que c'est très difficile de trouver du Baron von Lemon cette année, dit Hawke.

Une nouvelle explosion eut lieu, à seulement quatre mètres de leur trou, suivie de quatre autres. Mellas avait l'impression de se trouver emprisonné dans un gros sac noir et bastonné par des matraques invisibles. La fumée remplaça l'oxygène. Ils ne pouvaient pas parler. Ils subissaient.

Puis les explosions se déplacèrent vers une autre partie de la colline. Hawke sortit calmement sa tasse en fer blanc et un petit morceau de C4 et se mit à préparer du café. Il leva les yeux vers Mellas, qui le fixait intensément.

— C'est la source intarissable de tout ce qui est bon et le remède à tous les maux, décréta-t-il.

Il alluma la boule de C4 pour faire bouillir l'eau. Une fois le café prêt, il tendit la tasse à Mellas.

Celui-ci en but une gorgée. Puis il ferma les yeux et en but une deuxième. Il soupira avant de rendre le café fumant à Hawke.

— Quand est-ce que Delta viendra nous remplacer ?

1. Goût citron.

— J'en sais foutre rien ! Est-ce que je ressemble à…

— Une diseuse de bonne aventure ? Non, mais tu es censé être le Trois Zoulou, même si je sais pas ce que c'est.

— C'est rien ! Et si j'étais la compagnie Delta, je ne ramènerais pas mes fesses par ici.

— T'es bien venu, toi ! lui fit remarquer Mellas, brusquement sérieux.

La brève pause que marqua Hawke fut sa réponse au remerciement de Mellas.

— Ouais, répondit-il doucement, mais moi, je suis cinglé ! Je pouvais plus le supporter, bordel.

— Si terrible que ça, hein ?

— Oh, merde ! J'en sais rien. Un politique accompli comme toi se serait peut-être plu à l'arrière.

Il essaya de sourire.

— C'est toujours mieux que de patrouiller, lui renvoya Mellas. Moi, je suis là à me geler les couilles en pleine jungle et à crever de soif en pleine mousson.

Hawke regarda le ciel.

— Le Six et le Trois racontent que vous avez abandonné vos sacs. Que c'est pour ça que vous avez froid et que vous êtes à court d'eau et de nourriture. Et qu'après, vous vous êtes endormis dans les lignes la nuit dernière.

— Ils rigolent ? dit Mellas lentement.

— J'ai bien peur que non. Simpson parlait encore de démettre Fitch de ses fonctions.

— Mais qu'est-ce qu'il a, ce con ? cria Mellas en se relevant. Qu'est-ce qu'ils ont tous, bordel ? Ces types se sont juste battus une semaine sans rien pour pieuter, sans bouffe, sans eau, et cet enculé de merde est convaincu qu'ils dormaient ? C'est nous qui devrions être cinglés, pas ce connard de pochetron !

Un obus explosa, mais Mellas se moquait qu'il lui tombe dessus.

— Assieds-toi avant de te prendre un obus, putain ! s'écria Hawke en l'attirant par terre.

Mellas s'assit. Il avait envie de frapper quelqu'un.

— C'est rien qu'un gros mensonge, bordel ! Notre PE a pris le premier coup, comme dans les manuels. Personne ne dormait. Je peux te le garantir, putain !

— En tout, vous avez essuyé plus de pertes que vous en avez confirmé.

— Qu'est-ce qu'il veut qu'on fasse ? Qu'on envoie une ou deux escouades de plus et qu'on les fasse tuer pendant qu'elles comptent des Viets morts, histoire d'arrondir ses rapports de merde à la division ?

— Je ne sais pas ce qu'il veut, Mel ! Je sais seulement ce qu'il dit. (Hawke tripotait un bâton et s'interrompit pour envoyer un peu de terre avec.) Ça va, sinon ? Sur le plan personnel, je veux dire ?

— Ouais, répondit Mellas. J'ai un peu de ferraille dans le cul et dans les mains, mais avec l'ulcère tropical, ça se voit pas.

— Je parle pas de ça. Je veux dire, avec Bass et Janc et tout ça.

— Je m'en remettrai.

Mellas détourna les yeux pour regarder le ciel vide et maintenant presque noir.

— J'en doute.

— Qu'est-ce que t'en sais, putain ?

— Je le sais, c'est tout.

— Comment va Mallory ? demanda Mellas pour changer de sujet.

— Il se trimballe par-ci par-là. Il attend la cour martiale. Son putain de rendez-vous chez le dentiste. Ce sera probablement dans six mois et quelques.

— Combien de temps est-il resté dans le conteneur ?

— Je l'ai sorti environ trois heures après votre départ.

— Merci.

— Pas de problème. J'espère seulement que ce sera toi son témoin de moralité, pas moi.

— T'as des ennuis ?

— J'ai dit au troufion de garde que je prenais les choses en main. Blakely a râlé comme quoi j'avais agi derrière son dos, que ça donnait une mauvaise image de lui, de Cassidy, du corps des marines, de la justice militaire, de tout ce que tu voudras ! Après, il s'est barré au O-club.

Ils éclatèrent de rire. Puis Mellas se rappela Hawke, les rangers cirées, son carnet sorti, s'efforçant de faire bonne impression au briefing du bataillon. Il baissa les yeux sur la boue.

— Hawke, je sais ce que ça t'a demandé. Merci. C'est pas le genre de type qu'on a envie de prendre à rebrousse-poil. (Puis il sourit.) Surtout depuis que t'es devenu un perpète !

— La prochaine fois, occupe-toi de ton propre sauvetage, c'est tout ce que je demande ! rétorqua Hawke, un peu vivement.

— Ils vont lui en faire baver ? demanda-t-il en essayant de comprendre pourquoi Hawke était en colère.

— Il a braqué un flingue sur un officier de la Navy qui en fait toute une histoire.

— Il était vide, putain !

— Ça reste un flingue quand même. Toi, ça fait déjà trop longtemps que t'es dans le coin ! Pour les gens ordinaires, un flingue, c'est dangereux. Ils cherchent pas à savoir s'il y a un chargeur dedans ou pas, ils trouvent pas ça marrant. Le docteur est furax, il veut la tête de Mallory. Et il l'aura. Pour plusieurs années.

— Peut-être que ça fait trop longtemps que Mallory est dans le coin lui aussi, dit Mellas. Ces fichus médecins de la Navy ont passé leur temps à le renvoyer !

— J'ai pas envie de parler de Mallory, bordel ! lança Hawke.

Ils entendirent d'autres tirs d'obusier éclater au loin.

— T'es pas obligé, dit Mellas, qui se poussa contre le côté du trou pour attendre une fois de plus les explosions.

Ils en étaient si proches que, après coup, les oreilles de Mellas bourdonnèrent et Hawke se contenta de fixer en face de lui la paroi du trou, du sang dégoulinant de son nez et de sa bouche grande ouverte. Ils se regardèrent, sans rien dire. Puis Mellas sortit un carnet et se mit à travailler sur la liste de ravitaillement pour le prochain oiseau.

— Mellas, arrête une seconde, tu veux bien ?

Mellas leva les yeux et s'efforça d'entendre ce que Hawke avait à dire malgré le bourdonnement dans ses oreilles.

— Je t'en veux à mort de m'avoir traité de perpète.

Les paroles de Hawke se déposèrent comme un lourd fardeau sur les épaules de Mellas.

— Je blaguais ! protesta-t-il.

— Je t'en veux à mort, répéta Hawke.

— Je suis désolé. Je le pensais pas. C'étaient mes sarcasmes habituels.

Il essayait de trouver un moyen de se racheter, mais les mots avaient déjà été prononcés. Il ne pouvait qu'espérer le pardon.

— Des fois, j'ai la bouche qui va plus vite que le cerveau, ajouta-t-il sans conviction.

— Que ton cœur, Mellas ! le corrigea Hawke. (Visiblement, il était encore en colère.) Qu'est-ce que c'est qu'un perpète à ton avis, bordel ? Tu crois vraiment que c'est le type que s'imaginent ces gamins ? C'est facile pour les gars dans ton genre. Tu vas rentrer et tu seras le supérieur du perpète de merde jusqu'à la fin de ta vie. Qu'est-ce qu'un type comme toi fout dans le coin, d'ailleurs ? À vivre à la dure ? Contrairement à toi, ces soi-disant perpètes de merde n'ont nulle part où aller. Et les troufions de merde non plus. Pour la plupart d'entre eux, il n'y a qu'ici. C'est le sommet de leur petite colline. Et des types comme toi le survolent et chient dessus. Des putains de trous du cul condescendants.

— Je cherchais pas à débiner qui que ce soit ! marmonna Mellas.

— Débine pas les bons comme Murphy et Cassidy, c'est tout. Toi, tu vas faire l'école du barreau. Et Cassidy, où il va aller, bordel ? Ici, il compte pour quelque chose. Et toi, tu chies dessus !

Mellas commença à s'emporter aussi.

— Qu'est-ce que je suis censé faire ? M'apitoyer sur son sort ? J'imagine que je devrais aussi m'apitoyer sur celui du colonel et du Trois !

— Écoute ! Le colonel est un connard. Le Trois aussi. Très bien ! Je suis d'accord. Tout ce que je veux savoir, c'est s'il t'arrive de te demander pourquoi c'est des connards ? Tu crois que ça leur fait plaisir de passer chaque minute de leurs vies minuscules à s'inquiéter que quelqu'un vienne leur chier dessus parce qu'une de leurs compagnies n'a pas fait un poste de contrôle à temps ? Je te dis pas d'oublier que ce sont des connards. Je dis simplement que si tu te mets à traiter quelqu'un de tous les noms, aie un peu de compassion ! Tu peux les étiqueter tout ce que tu veux, mais qui ils sont et qui tu es, c'est autant un coup de bol que tout le reste.

Ils regardaient tous les deux la boue devant eux, incapables de laisser se croiser leurs regards.

— Y a des fois où j'oublie de rester à ma place, finit par dire Mellas en esquissant un bref sourire.

Hawke sourit aussi.

— Merde. T'as qu'à faire une blague de ce putain de sermon ! Mellas ! (Il se cala les mains sous son gilet pare-éclats et le regarda.) Mellas, t'as tout ce que j'ai toujours voulu avoir. Ça me rend jaloux de te voir comme ça, comme si t'en avais rien à branler.

— Moi, j'ai tout ce que t'as toujours voulu avoir ? répéta Mellas en éclatant d'un rire qui était à moitié cri de douleur. Mais Hawke, j'ai rien du tout. Que dalle !

— T'as de la cervelle, tu sais où tu vas et comment y arriver. T'appelles ça rien ?

— Pendant une seconde, tu me donnes l'impression d'être une merde et un monstre d'insensibilité, et celle d'après tu me dis que j'ai du talent et que tu m'envies ?

— J'ai pas dit que t'étais parfait, putain !

Au-dessus de leurs rires, ils entendirent le bruit distant des tirs de mortier. Ils s'accroupirent et attendirent. Mellas comptait les secondes pour voir si le temps de vol était le même que pour la dernière salve. Il ne l'était pas. Les obus atterrirent près du sommet de la ZA, n'entraînant qu'un petit bruit sourd.

— Hawke, dit Mellas calmement, tu sais qu'on sera peut-être morts demain.

— Putain ! rétorqua Hawke. Ce soir ! (Il sourit.) Mais tu vas pas te faire tuer, Mellas. T'as trop de chemin à faire.

***

Ce soir-là, le siège fut levé. Mais il n'y eut ni cavalcade retentissante, ni coups d'épées étincelantes, ni sonneries de clairon. Simplement, quand l'air atteignit une certaine température, l'humidité et le brouillard s'évanouirent. Matterhorn se tenait devant eux, d'un noir verdâtre dans la lumière mourante. Les gamins sortirent de leurs trous de combat et lancèrent des acclamations. Les tirs de l'artillerie légère et des mortiers de l'APVN les repoussèrent bientôt dans leurs trous, mais tout avait changé. Les hélicoptères pourraient voler.

Et le firent. Ils arrivèrent à travers les tirs d'armes automatiques et les explosions d'obus de mortiers. Des soldats de relève au teint livide se précipitèrent vers les trous les plus proches en chancelant sous le poids des munitions, des solutions intraveineuses, de l'eau et de la nourriture supplémentaires. Des infirmiers et des amis des blessés se ruaient dans le sens contraire pour entrer et sortir vivement des fuselages tremblants, empiler des corps vivants, courir se mettre à l'abri de l'unique mitrailleuse ennemie qui, s'étant révélée dans le passage nord-est, piquait systématiquement la zone d'atterrissage de balles. Puis les pilotes mirent pleins gaz et les hélicos décollèrent en virant jusqu'à être hors de vue, emportant les heureux blessés avec eux, y compris un Kendall triomphant et souriant.

Juste avant la tombée de la nuit, une unique section de la compagnie Delta arriva et se mit en position entre les sections de Mellas et de Goodwin. Ce soir-là, tandis que des tirs d'artillerie amis démolissaient Matterhorn et que Daniels imposait des tirs protecteurs qui enveloppèrent la compagnie Bravo et la section de la compagnie Delta comme une armure de fumée, les gamins burent du Kool-Aid et du Pillsbury Funny Faces[1] et mangèrent des rations C tout en se jetant joyeusement

1. Poudre aromatisée à diluer dans de l'eau (concurrente de Kool-Aid), dont les sachets présentaient des personnages en forme de fruit.

des mottes de terre de temps en temps. En ce qui les concernait, c'était la fin de tout ce merdier.

***

Mais pour le général Neitzel, ce n'était pas fini, et le temps commençait à manquer. Il contacta par radio le colonel Mulvaney à la BCV pour l'exhorter à avancer encore plus vite.

Mulvaney, lui, savait que leur chance était en train de tourner. Les dirigeants de l'APVN avaient dû reconnaître leur vulnérabilité, et leur régiment devait foncer vers le Laos aussi vite qu'il pouvait. La prière de Neitzel pour que les conditions climatiques restent mauvaises et lui accordent une journée de plus n'avait pas été exaucée. Le brouillard s'était dissipé trop vite. Mulvaney eut un petit rire. Trop de ces fichus gamins de la compagnie Bravo avaient prié contre les vœux de Neitzel, pensa-t-il fièrement. Non, l'APVN comprendrait qu'elle avait perdu l'avantage et se disperserait pour se regrouper au Laos, comme d'habitude. Elle attendrait des années s'il le fallait. Tout avait été hasardeux depuis le début. « Risqué », avait dit le général en espérant que Bravo ralentisse suffisamment les choses pour mobiliser le 24e régiment en entier. Ç'aurait été une sacrée bataille ! Mais avec les hélicos cloués au sol, les marines ne pouvaient tout simplement pas avancer assez vite.

L'APVN était en train de poster une arrière-garde sur Matterhorn pour défendre la colline en se repliant, mais à part cela, la partie nord de l'opération était terminée. Maintenant que leur flanc nord était exposé, les deux unités qui descendaient dans les vallées de Da Krong et d'Au Shau au sud seraient rappelées. Nul besoin de se précipiter lorsque le temps joue en sa faveur, songea Mulvaney. C'était bien le problème. L'APVN avait tout le temps du monde. Les Américains, eux, n'avaient que jusqu'aux prochaines élections. Cela dit, il n'avait coûté qu'une demi-compagnie de marines pour foutre en l'air une poussée d'importance majeure. La division entière ayant été mobilisée, tous les blessés et les morts de la compagnie Bravo seraient comparés avec ceux d'une division complète, et le briefing quotidien ne parlerait plus que de « pertes légères ». L'action n'apparaîtrait même pas dans les journaux. Contrecarrer une offensive ennemie de première importance avant même qu'elle ne commence ne suffisait pas à faire un article, c'est tout. Ce qui intéressait les journalistes, c'étaient les sujets brûlants et les Pulitzer, et ni l'un ni l'autre ne résultait de batailles où l'on ne récoltait que des pertes légères. Les pertes lourdes, elles, constituaient des sujets brûlants et soutenaient la politique antimilitariste. Avec le temps, les mauvaises nouvelles continuelles découragent toutes les populations civiles, et les Américains ont le seuil de tolérance le plus bas de la planète pour ce genre de choses. Mulvaney grogna. Il fallait bien le reconnaître aux Viets. *Ils nous tiennent par les couilles*, pensa-t-il.

Il partit pour le rata du soir, sachant qu'il y aurait un bon rétropédalage à mettre en place le lendemain matin. Neitzel avait fourré sa bite partout dans la province de Quang Tri sans aucun résultat. Mulvaney rit de nouveau. Il lui faudrait probablement faire une rapide marche arrière, lui aussi.

***

Dans la tente du lieutenant-colonel Simpson, personne n'avait envie de rire. Simpson et Blakely sentaient tous les deux filer la chance comme du sable entre leurs doigts.

— Hawke avait raison ! gronda Simpson. C'est dans la brousse qu'il faut être, bordel, pas assis sur son cul à rien foutre pendant qu'on déplace cette artillerie de merde ! Il a eu raison de monter là-haut.

— Je pense qu'il devrait être réprimandé pour avoir abandonné son poste, voire passer en cour martiale, déclara Blakely d'une voix calme mais ferme.

— Vous êtes qu'une petite vieille, Blakely ! affirma Simpson. (Il se servit un autre verre de bourbon et le vida rapidement.) Je propose qu'on déplace le PC à Helicopter Hill. Histoire de diriger les opérations de là, pile au milieu !

Blakely se demanda aussitôt de quoi cela aurait l'air pour une commission d'évaluation des décorations. Il écarta cette idée, la trouvant idiote, puis il y pensa de nouveau. Il savait, même si ce n'était pas l'avis de ce vieux schnoque, que la fête était presque terminée. Maintenant qu'une intervention aérienne à voilure fixe était fort probable, que la fuite vers la zone démilitarisée était bloquée, que deux bataillons de marines avançaient du sud et de l'est et qu'une compagnie renforcée se tenait pile sur la ligne d'approvisionnement de l'APVN, Nagoolian reprendrait la route vers le Laos. Les Viets n'étaient pas des crétins… du moins, pas ceux du Nord. Mais il était probable qu'ils défendent Matterhorn pour couvrir leur retraite. Et ça, on pouvait peut-être en tirer quelque chose de bon.

— Vous avez peut-être raison, Sir, dit Blakely.

— Bien sûr que oui, bordel ! répliqua Simpson, qui se servit un autre bourbon.

Il proposa la bouteille à Blakely.

Celui-ci regardait son verre vide et pas la bouteille en réfléchissant à toute allure. Il se mit à parler, les yeux encore fixés sur son verre.

— Compte tenu des pertes de la compagnie Bravo, dit-il prudemment en préparant ses arguments, le faible ratio de morts, le fait qu'ils se soient endormis en plein boulot… et la liste n'est pas finie… il semblerait presque impératif qu'un bon commandant de bataillon prenne personnellement les rênes dans un problème de leadership devenu aussi incontrôlable que celui-là.

Simpson le regarda, la bouteille de bourbon encore tendue. Puis il la retira lentement.

Blakely le laissa réfléchir.

— Commandant Blakely, déclara Simpson après un long silence, je veux que le groupe du PC soit prêt à gagner la position de la compagnie Bravo dès ce soir.

— Ce soir, Sir ?

— Vous m'avez entendu. Ce soir ! Débrouillez-vous pour que Stevens m'éclaire tout ça à l'artillerie et dites à Bainford qu'on aura seulement besoin d'un hélico. (Il toucha le dessus de la bouteille comme s'il s'agissait d'un talisman.) Et je veux qu'un assaut soit prêt à être lancé sur Matterhorn à la première heure du jour.

— Par qui, Sir ?

— Par la compagnie Bravo. Elle a besoin de racheter son honneur et de retrouver sa fierté.

***

Le groupe PC du bataillon arriva sur la colline aux alentours de 22 heures. Il s'installa immédiatement dans la casemate de Fitch, qui fut déplacé avec son groupe dans un trou ouvert, près de la ZA.

Vers 23 heures, Mellas conduisit une patrouille de reconnaissance. Il fit avancer l'escouade lentement et silencieusement, jusqu'à ce qu'il ait l'impression d'être proche de la position de l'ennemi. Il demanda un obus éclairant. Dans l'oscillante lumière verdâtre, il aperçut la ligne de trous abandonnés que l'ennemi avait creusés tout autour d'Helicopter Hill. Les soldats de l'APVN s'étaient probablement retirés dans les casemates de Matterhorn dès que le temps s'était dégagé – ils savaient que les avions à réaction ne tarderaient pas à arriver.

Mellas fut de retour vers 1 heure.

— Ils se sont barrés dee-dee et nous, on sera partis d'ici demain ! annonça-t-il à Fitch et à Goodwin.

Goodwin sourit. Fitch, lui, garda les lèvres serrées. Il revenait juste de son ancienne casemate, désormais occupée par Simpson et Blakely.

— Qu'est-ce qui ne va pas? demanda Mellas en remarquant son humeur. Ces suceurs de bites ne t'ont quand même pas relevé de tes fonctions, si? (Soudain, il eut peur que son ami ne parte.) Hawke m'a parlé des sacs...

Fitch hocha la tête.

— Rien d'aussi bon. (Goodwin et Mellas échangèrent un regard perplexe.) On nous a donné l'ordre de prendre Matterhorn, lança-t-il, désespéré. Assaut de jour, à l'aube.

Mellas, saisi de peur, respira un grand coup.

— On ne peut pas emmener ces types là-haut une fois de plus! murmura-t-il.

Goodwin se leva, sa silhouette se profilant sur la faible lumière du ciel nocturne. Il regarda vers Matterhorn, même si on ne pouvait pas la voir.

— Le colonel dit qu'on a perdu notre fierté quand on s'est fait virer de la colline, reprit Fitch, et que maintenant, on va la reprendre.

Il s'était remis à trembler.

— Il est fou! décréta Mellas. On est encore largement en sous-effectifs, même en comptant les nouveaux!

Fitch essaya de trouver quelque chose à dire à ses deux lieutenants.

— On est censés avoir des voilures fixes.

Mellas et Goodwin se contentèrent de le dévisager.

Il fit une nouvelle tentative.

— Ce n'est peut-être pas si fou que ça! Je veux dire... de garder l'initiative pour adopter une position d'attaque dans le noir. Le reste de Delta n'est pas encore arrivé. Alors c'est à nous de jouer.

— C'est des conneries ça, Fitch! lui renvoya Mellas. La seule raison, c'est qu'ils peuvent pas attendre une journée de plus parce qu'ils ont peur que les Viets se barrent. (Il emplit ses poumons d'air frais et humide avant d'expirer en s'efforçant de garder son calme.) Qu'ils aillent se faire foutre avec leur décompte des morts! Des morts, j'en ai compté assez!

Goodwin abonda dans son sens.

— Ces types en ont trop vu pour se faire tuer par un barjo de merde! (Il se frotta les mains sur son pantalon ensanglanté. Il avait été touché ce matin-là, mais n'en avait rien dit.) Écoute, ajouta-t-il, c'est pas une blague! Je sais que j'aime bien rigoler, mais cette fois, c'est sérieux. (Il marqua une pause pour s'assurer que Fitch et Mellas comprenaient qu'il ne plaisantait pas.) Je propose qu'on les bute, ces enculés! On attend que le merdier commence, et on balance quelques grenades. Ils pourront mourir tous les deux en héros, bordel ! J'en rendrai compte moi-même.

— Je t'aiderai, dit Mellas.

Fitch hocha la tête.

— Tu sais que tu peux pas faire ça, Scar ! Ce serait un meurtre.

— « Un meurtre » ! répéta Scar d'un ton amer. (Il décrivit un arc avec le bras pour montrer la colline et ce qu'il en restait.) Ça change quoi ?

Fitch, soudain submergé, se cacha le visage avec les mains et se plia presque en deux au-dessus de la carte étalée devant lui.

— Je ne sais pas ce que ça change, marmonna-t-il. Laisse-moi tranquille, putain !

Ses mains tremblaient de nouveau.

Il y eut un moment de silence.

— On peut mettre la guerre sur le dos des ordres, déclara Mellas en ne s'adressant à personne en particulier, ce qui veut dire qu'on peut la mettre sur le dos de quelqu'un d'autre. Mais le meurtre, on est obligé d'en prendre la responsabilité personnellement.

— Je sais pas ce que ça veut dire, putain, Mellas ! s'écria Goodwin.

— Moi non plus, jusqu'à il y a quelques jours.

Il pensa à Pollini et au soldat mort au-dessus de son trou, tous les deux tués – ou assassinés –, de son fait.

Fitch leva la tête.

— Il n'y a pas moyen d'y couper, à moins de vous mutiner, déclara-t-il. Et je ne suis pas prêt à le faire. Une fois parti d'ici, je compte baiser comme un lapin. J'ai pas envie d'aller en taule.

Mellas gratta les callosités sur ses mains. Il donna un léger coup de pied dans la boue et soupira. Il savait que Fitch avait raison.

— D'accord, dit-il, voyons voir quel plan à la noix tu nous as pondu ce coup-ci, Jim.

Il échangea un regard avec Fitch, et tous deux éclatèrent de rire.

Goodwin secoua la tête et se joignit à eux.

— Ce sera pas le putain d'angle volant[1], Jack !

***

1. *Flying wedge*, en anglais : littéralement l'angle, ou le coin volant. Une tactique militaire également appliquée au football américain où les attaquants avancent en V, pointe en avant, afin de faire une percée dans les lignes ennemies.

Une fois de plus, ils passèrent en revue les mornes possibilités. Quand sonnèrent 3 heures, ils avaient un plan. Goodwin gravirait le flanc est, qui était plus étroit, avec la 2e section. Mellas, avec une section constituée du gros de la relève, de ce qui restait de la 1re section, d'une escouade de la 3e et de celle des mortiers qui ne portait maintenant plus que des fusils, s'occuperait de la pente sud, qui était plus large. Ils attaqueraient ensemble, protégés des tirs de l'autre équipe par l'épaulement sud-est de la colline. Conman partirait avec six des remplaçants, ainsi qu'avec les marines qui restaient de la section de Kendall, à présent guère plus grosse qu'une escouade, et prendrait le contrôle du passage nord. Cette manœuvre avait pour but d'arrêter les tirs du sniper qu'ils avaient essuyés lors de l'assaut précédent et, en particulier, ceux de la mitrailleuse qui avait révélé sa position en tirant sur les hélicos. L'arrière de la section d'assaut de Goodwin serait exposé à ses coups de feu. Cortell prendrait la tête de l'escouade de Connolly. Fitch et le groupe PC de la compagnie s'installeraient entre les sections de Mellas et de Goodwin et avanceraient derrière eux afin que Fitch ait au moins la possibilité de voir ce qui se passait. La compagnie Delta viendrait en hélicoptère pour protéger le groupe PC du bataillon et établir un tir de couverture. La 3e escouade de la 1re section, désormais sous les ordres d'Hamilton, ainsi que Mole et son ravitailleur feraient le tour vers l'ouest et tueraient les soldats ennemis s'enfuyant de la colline, ou empêcheraient les renforts d'arriver si jamais l'assaut s'enlisait.

***

Mellas fit de Jacobs son adjoint et confia l'escouade de Jacobs à Robertson, qui avait été le chef de sa 1re équipe de tireurs. Ensuite, il convoqua tous les chefs d'escouade et leur répéta le plan. Il pensait qu'il valait mieux garder les escouades intactes, même si elles faisaient toutes à peu près la moitié de leur taille précédente. Mais cela signifiait aussi que Jacobs et lui en avaient cinq à contrôler au lieu de trois.

Connolly déglutit en apprenant qu'on le nommait responsable de ce qui restait de la 3e section, ainsi que du transport de la mitrailleuse sur la ligne de crête. Il aurait préféré être un mauvais chef d'escouade plutôt qu'un bon. Il aurait souhaité que Vancouver soit encore là pour l'aider. Et aussi ne pas avoir autant de bleus-bites. Il aurait aimé être rentré chez lui.

Mellas remarqua sa réaction.

— Conman, je sais que tu peux y arriver ! Sinon, je ne t'aurais pas donné cette section.

Connolly cessa de déglutir, mais Cortell prit la parole après que Mellas eut terminé le briefing.

— J'y vais pas ! lança-t-il. Je prends pas l'escouade de Conman.

Tout le monde le dévisagea.

— Traitez-moi d'enculé de poule mouillée si vous voulez, mais pas question que je monte sur cette colline parce qu'un taré de sale Blanc veut se faire général sur mon dos de Noir ! J'y vais pas, *man*, et je serai pas le seul !

Personne ne le lui reprocha. Il avait reçu une blessure à la tête et aurait pu sauter à bord de l'oiseau qui avait emmené le groupe du PC du bataillon dans l'après-midi, mais il était resté.

— OK, Cortell, dit Mellas. Qui veux-tu à la tête de l'escouade ?

Cortell s'attendait à une autre réaction. Il fut interloqué. Il regarda autour de lui. Personne ne parla.

— Rider, finit-il par dire.

— Va le chercher.

Cortell hésita. Puis il tourna furieusement les talons et se dirigea vers les lignes.

Mellas perçut la peur des hommes qui se serraient près de lui dans l'obscurité.

— Tous ceux qui ont une excuse valable pour quitter la colline peuvent s'en servir ! annonça-t-il.

On remua les pieds, le regard braqué par terre. Jacobs prit la parole.

— J-Jermain a un R & R et son bras est b-bousillé à cause de ce b-bout de métal.

— Je t'en prie, Jake ! dit Mellas. Avant que je me fasse tuer, si tu pouvais appeler ça du shrapnel, juste une fois ! (Les autres rirent doucement.) Il y a quelqu'un d'autre qui peut s'occuper du M79 ?

— Je le porterai moi-même, répondit Jacobs.

— OK. (Mellas regarda autour de lui.) Quelqu'un d'autre ?

Personne ne parla.

Rider s'approcha du groupe en rampant, l'air inquiet. Il avait les cheveux roussis, les sourcils brûlés et le visage couvert de pommade.

— Lieutenant, j'ai entendu dire qu'on allait lancer l'assaut demain. Cortell raconte que tout le monde est en train de péter les plombs et qu'il va se faire évacuer d'urgence.

— C'est comme ça, Rider, dit Mellas.

***

L'attente pour l'assaut à venir était bien différente de celles d'avant. C'était comme s'ils avaient déjà jeté leurs vies au loin.

Mellas ne cessait de penser aux filles qu'il aurait aimé mieux connaître. Il se rappela un bal organisé par le Boston Rugby Club. Il était monté à Boston de Princeton avec deux amis de l'équipe de rugby. Tous deux avaient une petite copine à Radcliffe[1], et l'une d'elles avait arrangé un rendez-vous pour Mellas avec sa camarade de chambre. Ils avaient mis des smokings ; les filles, des robes longues. Il neigeait, une neige douce et moelleuse. Après le bal, ils s'étaient rendus dans une maison au bord d'un lac et s'étaient blottis près d'un feu. Les deux autres couples avaient gagné les chambres, laissant Mellas seul avec la fille. Il voyait bien qu'elle avait peur qu'il ne soit juste une brute de plus sortie de l'équipe de rugby. Mellas, lui, avait peur qu'elle ne le trouve maladroit parce qu'il ne savait pas quoi faire. Ils étaient restés assis là, nerveux, incapables même de se parler et avaient gâché ce précieux instant.

Mellas eut envie de tendre le bras de l'autre côté du Pacifique et de s'excuser. Il ne se rappelait pas son nom. Elle ne savait pas qu'il se trouvait dans un trou, sur le point de mourir. La guerre était en train de déchirer l'existence et de la fendre en éclats, il n'y avait pas de deuxième chance et toutes les premières avaient déjà été gaspillées. Mellas vit aussi Anne en train de pleurer. C'était pourtant elle qui lui avait tourné le dos la dernière nuit qu'ils avaient passée ensemble. Comment pouvait-ce être elle qui pleurait ? Mais maintenant, il ne pourrait jamais lui expliquer ce qu'il ressentait, lui dire combien il souffrait, comprendre pourquoi elle avait fait ça, s'excuser de ne pas s'être montré plus compréhensif, ou lui crier dessus parce qu'elle ne l'avait pas été, elle non plus. Ils étaient déchirés, séparés, sans deuxième chance.

Il se vit rouler en bas de la colline avec Pollini ; il vit le trou net dans sa tête. Puis il se rappela Bass qui taillait son bâton de quillard, et Vancouver se penchant sur lui et Scar dans la casemate pour leur dire : « Nagoolian s'est barré par là. »

Une fois, plus tard dans la nuit, Mellas murmura :

— Ça va ?

Il s'adressait à Bass, à Vancouver et à Pollini. Jackson pensa que c'était à lui qu'il parlait et répondit que oui. Mellas se demanda pourquoi Jackson avait dit ça.

1. Université féminine rattachée à Harvard et située près de Boston.

La radio chuchota lorsque Goodwin contrôla un PE. Même avant un assaut, les tâches fastidieuses de la guerre se poursuivaient, ininterrompues.

Lourd et épais, le brouillard restait en suspension tandis que les gamins se mettaient en file indienne sur le flanc sud d'Helicopter Hill. Mellas avait l'impression que les nuages au-dessus de lui étaient des plaques d'ardoise. Les gamins étaient fatigués, pleins de désespoir face à toute cette démence. Pourtant, ils vérifiaient tous leurs munitions, faisaient glisser leurs culasses, s'apprêtaient à prendre eux-mêmes part à la démence. C'était comme si les vétérans de la compagnie, succombant à cette folie, avaient décidé de se suicider. Mellas, malade d'épuisement, comprenait enfin pourquoi des hommes se jettent sur des grenades à main.

Il passa sa section en revue sans rien dire. Beaucoup des gamins lui étaient inconnus, mais d'autres étaient des amis proches. Tirer sur la gourde mal attachée d'un soldat, donner une petite secousse à une grenade à main placée négligemment, il fit toute l'inspection de routine comme une mère remet de l'ordre dans la tenue de ses enfants avant qu'ils ne partent à l'école.

Puis il entendit quelqu'un descendre la pente vers eux en traînant des pieds. Une silhouette fantomatique sortit du brouillard sombre, un M16 sur l'épaule, des ceintures de porte-chargeurs pleins en travers de son gilet pare-éclats.

— Alors, Mel, lança Hawke, elle est où, ma section, bordel ?

Mellas ne put que hocher la tête. Les mots lui manquaient.

— Tu peux prendre le 3ᵉ troupeau, Hawke, avec Conman ! finit-il par dire. C'est guère plus qu'une escouade. L'idée, c'est de contenir les tirs du sniper à l'arrière de Scar. Là-bas, dans le passage au nord-est, il y a une mitrailleuse. (Il sortit sa carte et la lampe à verre rouge.) Je crois qu'elle est juste là, dit-il en indiquant l'emplacement qu'il avait calculé. Tu devras probablement dégager quelques casemates. (Il plongea le regard dans les yeux sombres et intenses de Hawke.) Merci d'être venu, Jayhawk ! J'espère que tu vas pas te faire tuer.

— Pourquoi tu crois que je prends la section qui monte pas sur la colline, putain ?

Hawke se tourna et longea la ligne d'hommes en levant les doigts pour former le signe du faucon.

— Hé, lieutenant Jayhawk, vous allez vous faire exploser le cul ! cria quelqu'un.

— Seulement si ces putains de Viets ont inventé une balle qui tire sous terre !

Avec Hawke, les gamins riaient de la mort.

La voix de Pallack se fit entendre sur le PRC-25.

— OK, Bravo Un, Deux et Trois. C'est le coup d'envoi !

***

La compagnie partit dans la jungle noire tandis que l'artillerie hurlait au-dessus d'eux et que ses projectiles explosaient sur Matterhorn, faisant vibrer le sol. La lumière des obus qui éclataient, réfléchie et adoucie par le brouillard, les atteignait sous la forme de pâles lueurs.

Ils passèrent devant Cortell et Jermain, le tireur de M79 de Jacobs, qui les observaient assis sur un rondin.

— Bonne chance les gars ! lança Cortell d'un ton sincère.

Jacobs répondit merci. Quelques autres aussi. Personne ne leur en voulait. Jermain regardait ses amis lui passer devant en file indienne et secouait la tête en silence, comme pour se dire : « J'y vais pas. Pas cette fois. Cette fois, c'est de la folie. »

Jermain et Cortell virent le dernier homme disparaître. Ils ne dirent rien pendant au moins trois minutes. Puis Jermain prit la parole.

— Je me sens un peu merdeux.

— Moi aussi, répondit Cortell.

Il y eut un nouveau silence.

— Tu penses qu'on va au paradis quand on meurt ? demanda Jermain.

— Je pense rien du tout ! Mais je crois que Jésus s'occupera de nous quand on mourra. (Cortell regarda Jermain.) Croire, c'est pas penser.

Jermain prit le temps de digérer ce qu'il venait de dire.

— Et si t'avais tort ?

Cortell éclata de rire.

— Et si c'est toi qu'as tort ? Tu t'en seras toujours moins bien tiré que moi dans la vie. C'est moi qu'ai pris le pari le plus sûr, pas toi.

— J'ai pas dit que je croyais pas.

— Non, tu préfères éviter les risques et pas choisir ! Jésus, c'est pas ce qu'il veut. T'arriveras jamais nulle part si tu choisis pas.

— Je veux aller nulle part sauf retourner dans le vrai monde.

— Ouais, là, je suis d'accord avec toi ! (Cortell resta silencieux pendant un moment.) Tout l'monde ici pense que c'est facile pour moi. Que je suis un bon petit enfant de chœur du Mississippi avec une gentille maman qui va à l'église, et que, comme je suis un crétin de nègre bouseux avec la grande foi, j'ai aucun problème. Eh ben, ça marche pas comme ça ! (Il marqua une pause. Jermain ne dit rien.) J'ai vu mon ami Williams se faire bouffer par un tigre, reprit-il. J'ai vu mon ami Broyer se faire arracher le visage par une mine. Qu'est-ce que tu crois que je fais toute la nuit ? Que je passe mon temps à remercier le bon Dieu ? Que je lève les mains vers le ciel en criant alléluia ? Tu sais ce que je fais ? Tu sais ce que je fais ? Je perds courage. (Soudain, la gorge de Cortell se serra et étrangla ses paroles.) Je perds courage. (Il inspira un grand coup en s'efforçant de reprendre son sang-froid. Puis il expira et poursuivit calmement, de nouveau maître de lui-même.) Je reste assis là et je vois aucun espoir. Fini, l'espoir ! (Cortell voyait ses amis morts.) Alors le ciel redevient gris vers l'est, et tu sais ce que je fais ? Je choisis à nouveau de continuer de croire. Depuis le début, je sais que Jésus, c'est peut-être rien qu'un conte de fées, et que moi, je suis qu'un pauvre crétin. Mais je choisis quand même. (Il se détourna de ses images intérieures et retourna aux ténèbres du monde qui l'entourait.) C'est pas facile.

***

La section était bien avancée dans la jungle lorsque Mellas vit Jermain, un M16 entre les mains, lui foncer devant. Jermain tendit le fusil à Jacobs et reprit son lance-grenades M79, ainsi que le gilet rempli de grenades, sans dire un mot. Jacobs se retourna et sourit à Mellas, le visage illuminé par un obus éclairant. Jermain continua d'avancer, refusant de se retourner.

— Hé, Jermain ! finit par chuchoter Mellas lors d'une halte.

Jermain se retourna, l'air contrarié.

— Prends pas cet air de chien battu, putain, dit Mellas doucement. Cortell vient aussi ?

— Ouais. Ce cinglé de fils de pute s'est mis à prier et a dégagé sans me demander si je venais ou pas. Alors moi aussi, j'ai dégagé. Cinglé de fils de pute !

— Toi ou lui ? demanda Mellas.

Jermain éclata de rire.

— J'en sais foutre rien, Sir !

— Eh bien, je suis content que vous soyez venus. J'espère que tu pourras partir en R & R.

— Moi aussi, Sir.

Ils repartirent. Mellas mit Robertson en tête avec Jermain et trois nouveaux gamins, sachant que les deux hommes avaient escaladé Sky

Cap ensemble et qu'ils étaient proches. À eux deux, ils devraient réussir à gérer les bleus.

Les nouveaux sursautaient au moindre petit bruit. Le barrage d'artillerie devint plus sonore à mesure qu'ils s'approchaient de Matterhorn. Robertson ralentit pour ne plus faire qu'un pas à la fois et s'approcher petit à petit de l'extrémité de la jungle. La ligne tout entière attendait tandis que l'escouade de Robertson avançait un centimètre après l'autre en cherchant à tâtons les champs de tir ouverts que Bravo elle-même avait dégagés.

Peu à peu, le brouillard prit une teinte grise avec l'arrivée de l'aurore. Alors Robertson leva la main. Il se tourna pour chuchoter quelque chose que Mellas ne put entendre à cause du grondement de l'artillerie. Il savait qu'ils avaient atteint la limite des arbres. Il se précipita vers l'avant en position accroupie. Robertson, sur le ventre, regardait ce qu'il avait devant lui, à tout juste un mètre du terrain dégagé.

Devant eux se dressait Matterhorn, laide et nue à présent, enveloppée dans la douce et écœurante fumée des canons. Mellas distinguait les grandes trouées qui avaient été déchirées dans le barbelé pendant et après leur précédent assaut. Il aperçut aussi les anciennes casemates de la 1re section. Il fit avancer la section en une longue ligne d'assaut, juste à l'intérieur de la jungle, puis il contacta Goodwin par radio pour opérer la jonction. Lorsque ce dernier répondit qu'il était en contact avec le flanc droit de Mellas, celui-ci appela Fitch et lui dit qu'ils étaient à la ligne de départ.

Les gamins étaient couchés par terre, en sueur, leurs fusils devant eux, certains buvant nerveusement de l'eau et du Kool-Aid dans leurs gourdes. Le bombardement s'arrêta. Ils entendirent le reste de la compagnie Delta arriver à bord des hélicos qui n'essuyèrent que des tirs de fusil sporadiques. Malgré tout, Mellas avait peur. Il observait la colline avec angoisse. L'artillerie et les mortiers n'avaient été d'aucune utilité contre les positions fortifiées. C'était du bon boulot, ces casemates! pensa-t-il avec regret. À présent, tout dépendait des voilures fixes. Sauraient-elles les détruire au napalm ou à coups de bombes de cent, voire deux cents kilos?

Ils attendirent. Rien ne se passa. Mellas, pris de panique, saisit le combiné.

— Bravo Six, ici Bravo Cinq. Où est cette putain de voilure fixe avec le *snake and nape*? À vous.

— Elle est censée être en route. Ils ont des problèmes météorologiques. Ils voient pas cette putain de colline, et ils vont trop vite pour courir le risque de descendre plus bas.

— Merde ! chuchota Jackson.

Mellas contacta Hamilton, qui avait poursuivi vers l'ouest pour positionner son escouade de manière à intercepter tout renfort de l'APVN ou à tuer tout soldat ennemi qui se replierait de Matterhorn. Leur progression était terriblement lente.

— Bougez-vous le cul ! s'écria Mellas d'un ton féroce.

Hamilton confirma.

Mellas s'allongea près de Jacobs et de Jackson. Ils attendirent. Mellas avait encore envie de chier. Il eut de nouveau l'impression que ses intestins étaient remplis de papier de soie mouillé.

Jackson sentait le poids de la radio lui écraser la poitrine dans la terre. Cela lui rendait la respiration pénible, mais en même temps, c'était agréable d'être pressé si près de la terre. Un insecte étrange lui passa devant le nez. Il lui vint à l'esprit que dans le monde de cet insecte les événements de la journée passeraient inaperçus. Son esprit retourna au vrai monde, à sa famille, à son quartier de Cleveland. Lui en train d'apporter le déjeuner au garage de son père, chez Moe's Tire and Retread. Sa mère en train de rire avec les clientes en les coiffant chez Billie's Cut and Perm. Comme l'insecte, eux aussi vivaient dans un monde séparé.

Mellas demanda de nouveau à Hamilton où il en était. Il se trouvait encore à plusieurs centaines de mètres de sa destination. Cela irrita Mellas, qui le fit savoir à Hamilton. Il contacta Fitch.

— Putain, où sont nos avions, bordel ?

— Je ne sais pas, Cinq ! Terminé, répondit Fitch sèchement.

Mellas rampa vers l'arrière. Jackson le suivit. Ils se déplacèrent en position accroupie derrière la longue ligne des marines.

— On attend un *snake and nape*, disait Mellas en touchant les gamins à l'épaule. On attend la voilure fixe. Ils vont bousiller la colline au napalm avec des *snake eyes*.

L'agitation des gamins retomba.

Il arriva avec Jackson à la hauteur de Cortell. Celui-ci le regarda.

— Je suis cinglé, lieutenant ! Je suis un cinglé d'imbécile de ramasseur de coton.

— Je le pense aussi ! acquiesça Rider avec un large sourire.

— Hé, *man*, lui renvoya Cortell, c'est moi qui réfléchis par ici ! Je pense qu'être chef d'escouade, ça t'est monté à la tête.

Rider sourit et haussa les épaules.

Jackson s'agenouilla à côté de Cortell, et les deux hommes se touchèrent le poing selon le rituel, en échangeant un regard solennel.

— Hé, mon frère, on vit un vrai cauchemar ! finit par lancer Jackson.

— Contente-toi de te fier à Jésus, répondit Cortell. (Ils savaient tous les deux que c'étaient peut-être les dernières paroles qu'ils échangeaient.) Mais n'oublie pas de garder ton fusil hors de la boue, putain !

Ils se touchèrent de nouveau le poing et Jackson se retourna pour suivre Mellas le long de la ligne.

Les deux hommes regagnèrent leur place, à côté de Jacobs. Il régnait un silence de mort sur la colline. L'air ne remuait pas. La fumée des obus qui s'éclaircissait donna une teinte grise à la boue explosée.

Jacobs ouvrit un sachet de Choo-Choo Cherry, versa les cristaux rouge foncé dans sa main et les jeta dans sa bouche. Sa main se teinta de rouge à l'endroit de la paume où la transpiration avait dissous les cristaux. Il tendit le sachet à Jackson, qui en prit lui aussi. Ses lèvres devinrent pourpres.

La radio grésilla.

— Foxtrot Whisky arrive. Baissez la tête, putain ! À vous.

On se passa le mot le long de la ligne. Puis un hurlement précipité emplit les oreilles, et l'immense masse d'un chasseur bombardier Phantom cingla l'air si près au-dessus de leurs têtes qu'ils perçurent la turbulence du sillage. Il disparut de l'autre côté de la colline. Tandis que le bruit s'estompait, il fut remplacé par le claquement d'une unique arme automatique.

— Comment ça se fait qu'ils aient rien largué ? demanda Jake.

Il avait sorti son appareil photo Instamatic.

Mellas haussa les épaules.

Un deuxième avion à réaction arriva au-dessus d'eux. Des bombes snake-eyes – quatre œufs minuscules, sombres dans le ciel gris – tombèrent de ses ailes. Les bombes fleurirent brusquement pour donner naissance à des queues à quatre pétales qui ralentirent leur chute rapide, permettant à l'avion de se mettre hors d'atteinte avant qu'elles ne touchent le sol.

Les bombes explosèrent sans dommage de l'autre côté de la colline.

Mellas communiqua aussitôt par radio.

— Ces crétins d'enculés sont en train de bombarder le mauvais endroit ! Dis-leur de larguer à cinq cents. À vous.

— Bien reçu, Bravo Cinq, répliqua Fitch. On fait passer le mot. Terminé.

Un autre Phantom tonna au-dessus de leurs têtes. Mellas regarda, incrédule, quatre autres snake-eyes flotter de façon inoffensive hors de leur vue.

— Bon sang, chef, ils sont en train de rater la colline ! cria-t-il.

Goodwin était aussi à la radio.

— Je t'en supplie, nom de Dieu, dis-leur qu'ils sont en train de frapper la mauvaise cible ! S'ils ne détruisent pas ces casemates, on va se faire rétamer. À vous.

Mellas s'affaissa de nouveau dans la terre. Une fois de plus, les avions leur passèrent au-dessus avec un bruit fracassant. Une fois de plus, ils gâchèrent leur précieuse cargaison dans la jungle.

Jake se retourna pour regarder Mellas, les yeux fous de frustration et de peur.

— Qu'est-ce que je peux foutre ? lui cria presque Mellas.

Fitch suppliait l'opérateur radio du capitaine Bainford. Bainford finit par venir au bout du fil.

— Je vous dis qu'un des pilotes a rendu compte d'une cible secondaire. À vous.

— Je me fous qu'il dise avoir frappé l'usine de munitions de la Glorieuse Révolution, vous êtes en train de rater cette putain de cible ! À vous.

— Écoutez, Bravo Six, il faut que vous essayiez de voir ça de leur point de vue. Ils vont à huit cents kilomètres-heure et il y a du brouillard. C'est un sacré boulot ! À vous.

— Faites en sorte qu'ils tirent dans le mille ou j'ouvre le feu sur eux, je le jure, bordel ! À vous.

— On va voir ce qu'on peut faire. Big John Un Quatre terminé.

Un unique avion arriva, à une centaine de mètres seulement au-dessus d'eux. Deux longs cylindres en forme de saucisses en dégringolèrent. Napalm.

Les cylindres tombèrent hors de vue, à cinq cents kilomètres-heure, de l'autre côté de la colline, brûlant inutilement la jungle avec la gelée chimique enflammée. Un deuxième avion suivit. Une de ses bombes percuta le sommet de la colline, juste à l'intérieur du cercle de casemates. Des flammes orange mélangées à une intense fumée noire balayèrent la terre sombre qui constituait la ZA de Matterhorn. Mais là, il n'y avait rien à brûler.

Mellas attrapa le combiné. Il quitta la fréquence de la compagnie. Dès qu'il eut celle du bataillon, il se mit à crier.

— Bordel de merde, dites à ces crétins d'enculés de larguer à deux cents mètres ! Je répète. Larguez à deux cents mètres !

— Bravo Cinq, ici Big John Trois. Libérez le réseau, bordel ! On contrôle les voilures fixes. Ils nous disent que le dernier largage avait l'air pile au bon endroit. Maintenant, libérez le réseau ! C'est un ordre !

— Bon sang, puisque je vous dis qu'ils n'y voient rien ! Je suis là, moi ! Ils sont en train de frapper la mauvaise cible, bordel !

Mellas roula sur le flanc en gémissant.

Les deux avions revinrent, et de nouveau, le napalm vaporisa inutilement plusieurs centaines de mètres au nord-ouest de la colline. Puis ils ne revinrent plus.

La voix sèche de Fitch se fit entendre sur le réseau de la compagnie.

— C'est terminé ! Les intempéries leur bouchent la vue. On a un autre vol en attente, mais Big John dit qu'ils ne vont pas pouvoir le lancer. C'est trop dangereux par ce temps.

Il y eut une pause.

— Trop dangereux, répéta Mellas dans le vide.

Fitch revint sur le réseau.

— OK, c'est terminé ! Plus d'intervention aérienne. La fête est finie ! On y va. À vous.

— Bravo Un, reçu cinq sur cinq, répondit Mellas en tendant le combiné à Jackson.

Goodwin confirma qu'il avait bien reçu le message, et Hawke aussi.

Alors Mellas se leva.

Ses mains tremblaient. Le sang lui martelait si fort la gorge que chaque battement de cœur lui faisait mal. Ses cuisses étaient trop faibles pour empêcher ses genoux de se dérober. Ses entrailles vides bouillonnaient encore du désir d'éliminer des excréments liquides. Il donna le signal et avança dans la nudité de la colline. Les autres marchèrent avec lui, sortant des arbres en une seule ligne qui tremblait.

CHAPITRE 18

La longue file des marines avançait en silence, se rompant et se tordant sur la terre desséchée, vacillant autour de souches brisées avant de se reformer. Les respirations se firent pénibles au fur et à mesure qu'ils escaladaient la pente abrupte.

Continue de marcher, se disait Mellas. *Ne cours pas. Continue de marcher.*

Vingt mètres. Il jeta un coup d'œil par-dessus son épaule pour voir s'il y avait des traînards. La jungle derrière les marines avait déjà l'air, comme d'habitude, impénétrable. Vingt-cinq mètres. Un gamin trébucha un rien et fut projeté en avant. Il se rattrapa. La ligne montait. Vingt-huit mètres. Peut-être n'y avait-il personne là-haut. Trente mètres. On n'entendait que le bruit des respirations tandis que les gamins gravissaient la colline.

Les casemates semblaient être à des kilomètres au-dessus d'eux.

Mellas glissa en arrière sur la pente, mais se rattrapa. Il pensait encore : *Continue de marcher. Ne panique pas. Il n'y a peut-être personne. Ne cours pas. Garde tout jusqu'à ce que tu en aies besoin. Il n'y a peut-être personne.*

La tension était semblable à un ballon qu'on gonfle jusqu'au point d'éclater. C'était à chaque pas qu'on devait faire entrer de force un peu plus d'air à l'intérieur. Jusqu'à ce que le caoutchouc maltraité explose.

Les casemates clignotèrent et le sol autour des marines sembla s'animer. L'air fut fendu par les balles et le bruit des AK-47, des fusils SKS et des mitrailleuses 7,62 RPD de fabrication russe. Presque aussitôt, Fitch donna le signal pour que la compagnie Delta restée sur Helicopter Hill ouvre le feu. Il y eut un grondement abrutissant lorsque celle-ci déversa ses munitions au-dessus des marines de la compagnie Bravo. Mellas les entendit craquer et claquer dans l'air au-dessus de lui et les regarda s'abattre le long de la ligne de casemates. Il fut inondé d'adrénaline. Puis il prit conscience des cris de ceux qui se faisaient toucher.

Il essaya de hurler par-dessus le grondement.

— On y va, bon sang. On y va !

Il se propulsa en avant pendant que Jackson se précipitait sur sa droite. Une volée de balles de mitrailleuse percutant la boue devant eux, ils plongèrent tous les deux à terre avant de se hisser par la force des ongles jusqu'à un rondin. Du coin de l'œil, Mellas vit Robertson se mettre à l'abri dans un cratère d'obus. Mais un des membres de l'escouade de Robertson se retrouva tout seul, à donner des coups de pied dans la terre derrière lui. Un autre marine attrapa les jambes du gamin et commença à l'entraîner à l'abri, mais les balles de mitrailleuse en progression terrassèrent le deuxième gamin. Il se recroquevilla en position fœtale en se tenant l'abdomen. Puis il resta immobile.

Mellas passa la tête au-dessus du rondin pour s'élancer. Les balles lui projetèrent de la boue et des fragments de pierre dans le visage, claquant et craquant au-dessus de sa tête. Il plaqua son visage au sol. Aller plus loin aurait été suicidaire.

L'attaque, à peine commencée, s'arrêta complètement.

Un autre nouveau de l'escouade de Robertson jaillit de son abri pour tenter de rejoindre les deux autres allongés devant lui. Une balle lui transperça la poitrine. Jacobs se rua après lui et Mellas appela un infirmier à l'aide. Doc Fredrickson arriva en courant, traversa un espace ouvert et plongea pour se mettre à l'abri du rondin tandis que Jacobs y ramenait le gamin, toute la scène ne durant pas plus de cinq secondes. Le gamin que Jacobs avait entraîné était mort.

Ils étaient maintenant quatre, plus un corps, serrés derrière le rondin. Mellas marmonnait et priait à voix haute, bien que personne ne puisse l'entendre : il avait le visage collé par terre. *Pourquoi, mon Dieu, pourquoi n'ont-ils pas lâché le napalm ? Pourquoi n'ont-ils pas attendu que le temps soit dégagé pour réduire la colline en cendres ? Pourquoi faisons-nous ça maintenant ? Pourquoi est-ce que personne ne bouge ?*

L'air vibrait de bruits, de balles et de folie. Cela faisait maintenant plus de trente secondes qu'ils étaient couchés derrière ce bout de bois.

Jermain s'approcha en courant du groupe à l'abri du rondin. Des balles fusèrent autour de lui, déchirant l'air.

— Il y a pas la place pour toi, Jermain, bordel ! cria Mellas, mais le soldat fit mine de ne pas l'entendre et continua sa course.

Il se jeta sur Jackson et Mellas, dont il expulsa l'air des poumons.

Il y est arrivé, pensa ce dernier.

La poitrine de Jermain se soulevait violemment, ses yeux roulaient sauvagement d'avant en arrière. Mais il était arrivé sans se faire toucher. Cette pensée tournait sans cesse dans l'esprit de Mellas. Il se remit face contre terre en s'efforçant de ne pas entendre les coups de feu. Il se laissait immobiliser par le bruit et la confusion, mais Jermain hurla :

— Je sais où se trouve cette putain de mitrailleuse, lieutenant!

Mellas aurait voulu lui rétorquer : *Et alors, bordel? Je monte pas là-haut. Je monte pas là-haut juste pour qu'un connard de colonel puisse se décrocher une putain de médaille!*

— Eh bien, tire-lui dessus, à cet enculé, se contenta-t-il de dire avant d'enfoncer son visage dans la terre merveilleuse.

Jermain dégringola du dos de Mellas et de Jackson vers l'extrémité du morceau de bois. Il tira une grenade, puis il se baissa de nouveau, tandis que devant le rondin et sur plusieurs centaines de mètres derrière, la terre volait en éclats sous les balles de mitrailleuse.

Fitch criait à la radio. Jermain sortit la tête et tira une deuxième salve, suivie d'une troisième. À cause du bruit, Mellas n'entendait pas ce que disait Fitch. Il se couvrit une oreille.

— Qu'est-ce qui se passe là-bas, bordel? disait la voix de Fitch. Deux est bloqué. Ils ne peuvent pas bouger. Trois a trouvé au moins cinq positions dans le passage. Tout l'avant de cette fichue colline est truffée de mitrailleuses. Qu'est-ce qui se passe là-bas, bordel? À vous.

Mellas haletait. Il ne savait que répondre. En entendant un cri aigu, il se retourna. Jermain, touché à l'épaule, chancela et tomba sur Jackson, du sang coulant de sous son gilet pare-éclats. Jackson le repoussa et le sang gicla sur Mellas. Fredrickson tendit le bras pour fourrer un tas de compresses sur la blessure de sortie dans le dos de Jermain tandis que Jacobs attrapait le M79 et, furieux, se mettait à tirer sur la mitrailleuse que Jermain avait affrontée.

Mellas contempla le sang sur ses bras et sur ses mains, puis le visage contorsionné de Jermain. Soudain, ce fut comme s'il flottait au-dessus de la scène, comme s'il observait la compagnie tout entière. Tout se passait au ralenti, dans un silence flou.

Jermain allait probablement mourir.

Une explosion provenant du secteur de Goodwin ébranla la colline.

Cela faisait maintenant un peu plus d'une minute qu'ils se trouvaient derrière le rondin.

Mellas, lui, flottait haut au-dessus de la colline. Il vit la ligne des marines qui s'étirait sous lui, certains à gigoter ou se contorsionner de douleur, d'autres allongés, immobiles. Il vit ceux qu'il connaissait, encore vivants et s'efforçant de le rester, derrière des rondins, par petits défilements, beaucoup allongés à plat ventre et tâchant de se fondre dans la terre. Il étudia les casemates. Il vit les tirs s'entrecroiser comme sur un dessin. Il aperçut la mitrailleuse que Jermain avait attaquée… et il sut. Il flotta en arrière, dans le passé, vers un cours de tactique militaire qu'on lui avait dispensé à la Basic School : un commandant rouquin y avait expliqué que les officiers subalternes étaient souvent superflus parce que les caporaux et les sergents pouvaient s'occuper de presque tout. Mais il venait toujours un moment où ces officiers méritaient chaque sou de leur salaire et, quand cette heure sonnait, ils le savaient.

Il revint sur la colline. Son heure était venue.

Il vit la fumée s'élever du napalm en flammes. Il vit ce qui ouvrirait un passage à travers les tirs entrecroisés, et c'était juste en face de lui, et lui tirait dessus.

Il appuya sur un bouton du combiné.

— Bravo Six, ici Bravo Cinq. À vous.

Comme s'il se tenait derrière sa propre épaule, Mellas se vit expliquer calmement la situation à Fitch par radio. On aurait dit qu'il lisait un texte. Il n'était plus là mais, d'une certaine façon, il dirigeait la scène d'en haut, ou d'à côté.

Il n'attendit pas la réponse. Il tendit le combiné à Jackson. Pourquoi Jermain ? Pourquoi celui qui s'était porté volontaire pendant que les trouillards restaient à l'arrière ? Pourquoi ses amis étaient-ils en train de mourir ? Il semblait n'y avoir qu'une seule issue à ce cauchemar. Et l'issue, c'était leur seule et unique mitrailleuse.

— La M60 ! cria-t-il. Ramenez-moi cette putain de M60 !

D'une façon ou d'une autre, il devait attirer les tirs de la mitrailleuse ennemie.

Un nouveau accourut avec la M60 ; un porteur de munitions se précipita après lui avec les lourdes boîtes en acier pleines de bandes de balles. Le mitrailleur avait les yeux fous de peur et de douleur. Il avait été touché au mollet gauche. Mellas vit des petites gouttes de sang se détacher de sa jambe de pantalon trempée. Mais il s'élançait malgré tout, il courait à toute allure. Il plongea sur Fredrickson, puis il roula sur le côté alors même que le porteur de munitions s'empilait sur eux. Ses yeux très blancs ressortaient sur le noir de son visage. Il vint à l'esprit de Mellas que, s'il n'avait pas été là, ce gamin aurait certainement été en train de frimer sur le terrain de basket de son lycée.

— Commence à tirer sur cette putain de casemate. Celle-là, juste là ! cria Mellas en montrant du doigt droit devant lui. Et ne relâche pas le tir !

Le nouveau acquiesça d'un signe de tête. Lorsqu'il se déplaça, il laissa du sang derrière lui. Mellas le voyait jaillir par à-coups. Une artère, pensa-t-il abstraitement. Il lui restait peut-être trois ou quatre minutes de conscience.

Le gamin appuya la M60 sur le rondin et la cala sur son épaule. La mitrailleuse aboya. Puis elle adopta les brèves rafales disciplinées qui permettent d'épargner le canon et sont celles du mitrailleur entraîné. Mellas se sentit soulagé. Il remercia silencieusement un instructeur anonyme de Camp Pendleton.

Le mitrailleur de l'APVN riposta. Le duel gagna en intensité. Le grondement augmenta. Les deux nouveaux continuaient de tirer, les yeux plissés jusqu'à être presque fermés, comme si cela pouvait les protéger des balles.

Mellas redirigea les tirs du M79 de Jake vers une deuxième casemate, juste à gauche de la mitrailleuse de l'APVN. Il avait l'intention de se servir des projectiles pour aveugler les hommes à l'intérieur avec de la boue et de la fumée.

— Continue de tirer sur l'entrée ! Nulle part ailleurs, peu importe ce que je fais ! lui ordonna-t-il.

Jacobs hocha la tête et engagea un nouveau projectile dans son arme. Mellas attrapa une des grenades accrochées à ses bretelles.

— Mon Dieu, aide-moi… maintenant ! chuchota-t-il.

Il sentait que c'était peut-être son dernier instant d'existence, là, derrière ce rondin, avec ces camarades, et cet instant était d'une douceur indescriptible. Une tristesse pleine de nostalgie montant en lui en même temps que la peur, il regarda une fois encore les visages résolus de ses compagnons. Il s'humecta les lèvres et dit au revoir, silencieusement, ne voulant pas quitter la sûreté du rondin et leurs corps tièdes.

Puis il se leva et courut.

Il courut comme jamais auparavant, sans plus d'espoir que de désespoir. Il courut parce que le monde était divisé entre amis et ennemis et qu'on avait déjà choisi son camp à sa place, son seul choix se résumant à jouer son rôle avec cœur et courage, ou pas. Il courut parce que le sort l'avait mis dans une position de responsabilité et qu'il avait accepté ce fardeau. Il courut parce que son amour-propre l'exigeait. Il courut parce qu'il aimait ses amis et que c'était la seule chose qu'il pouvait faire pour mettre un terme à cette folie qui les tuait et les mutilait. Il courut droit sur la casemate où explosaient les grenades tirées par le M79 de Jake. Les balles de la mitrailleuse M60 sifflaient sur sa droite, fusaient devant lui, gémissaient comme des chats qu'on torture, claquaient comme le fouet de la mort. Il courut, et jamais encore il ne s'était senti aussi seul et aussi effrayé de toute sa vie.

Il passa devant la grande brèche ouverte dans le fil barbelé et poursuivit son chemin. La casemate n'était plus qu'à cinquante mètres au-dessus de lui. Il attendait encore la balle qui mettrait fin à sa course et lui permettrait de se reposer. Il la désirait presque, pour ne pas avoir encore et encore la terrible responsabilité de rester en vie. Mais il courait. En zigzag. En virevoltant. Sa respiration n'était plus que halètements douloureux. Il aperçut un trou peu profond juste au-dessus de la casemate, sur sa droite. Il pria. Il se vit s'efforcer de l'atteindre, il se vit d'en haut, petit et chétif sur cette vaste et terrible pente, là, à labourer le sol de ses jambes. Le trou surgit, large et menaçant, au-dessus de lui. Il l'atteignit, y roula et aperçut un mouvement du coin de l'œil. Il se retourna en visant avec son M16 ; déjà il se savait condamné, déjà il était sur le point de presser la détente. Puis le mouvement prit la forme d'une personne, la tête enroulée dans un pansement plein de sang. C'était Cortell, avec trois nouveaux. Ils l'avaient suivi.

Il se releva et libéra la cuillère sur la grenade qu'il transportait. Puis il se précipita vers l'entrée de la casemate en suppliant le ciel que Jacobs ait le bon sens d'arrêter de tirer lorsqu'il s'en approcherait. Il atteignit la porte, passa devant la casemate à toute vitesse et jeta la grenade à l'intérieur. Et roula sur la droite tandis que Cortell le suivait en courant et lâchait sa propre grenade. Elles explosèrent presque ensemble.

Il se releva en roulant. Il regarda par-dessus son épaule, avec ahurissement… puis joie. Jackson courait vers lui. Et derrière lui, il y avait une autre équipe de tireurs. Sur leur droite, un autre groupe chargeait la casemate mitrailleuse, toujours prise sous les tirs méthodiques du nouveau mitrailleur. La section tout entière gravissait la colline après lui, comme une nuée d'insectes. Tout au bout, sur le flanc droit de l'assaut, Mellas vit la 2e section suivre tant bien que mal Goodwin, qui courait devant en faisant signe à ses hommes d'avancer.

Le cœur de Mellas se gonfla d'émerveillement.

Les balles des marines volaient à présent vers le haut de la colline, celles de l'APVN vers le bas de la pente. Les rafales étaient si denses que, à un moment donné, Mellas entendit deux balles s'entrechoquer et ricocher en bourdonnant et partir en parallèle avec les tirs qui se croisaient. L'air était plein de grondements et de hurlements. Puis, un peu plus bas sur la pente, Mellas vit, semblables à des poupées de chiffon, ceux qui n'avaient pas survécu, ou qui n'en réchapperaient pas. Certains étaient pris de mouvements convulsifs. Deux d'entre eux rampaient vers le défilement. Les autres restaient sans bouger, dans des positions peu commodes.

Trois minutes s'étaient écoulées depuis le premier coup de feu.

***

Vu d'Helicopter Hill, l'assaut semblait digne de figurer dans un manuel militaire. En fait, c'était bien le cas. Blakely faisait les cent pas, tout excité. Simpson, les yeux collés à ses jumelles, serrait si fort la mâchoire que tous les muscles de son cou étaient tendus comme des cordes.

***

Mellas courait à toute vitesse sur sa droite en criant pour essayer de déporter sa section vers celle de Goodwin. L'affrontement, qui s'était délité, ne se résumait plus qu'à des actions individuelles effrénées. Le bruit, la fumée, la confusion et la peur régnaient. Mellas contourna une petite bosse et vit Goodwin une centaine de mètres plus loin courir parallèlement à la colline, le combiné en main et son opérateur radio se ruant derrière lui pour que le cordon reste lâche.

Jackson tendit le combiné à Mellas.

— C'est Scar, Sir.

Mellas parvenait à peine à entendre ce qu'il disait au bout du fil à cause du bruit et de la violence de ses halètements.

— Une mitrailleuse… extrémité de la ZA… bien dans la merde, Jack !

Il y eut d'autres tirs de mitrailleuse. Mellas le vit s'affaisser, puis se relever.

— Faut qu'on l'ait, ce fils de pute… avec des grenades, cria Goodwin. T'approche pas !

Alors même que Goodwin parlait, Mellas vit Robertson jaillir d'un trou d'obus et disparaître de l'autre côté de la bordure de la ZA. Il fut stupéfait de le voir si haut au-dessus des autres. Goodwin se déplaçait vers le sommet, sous le bord de la ZA, avec cinq soldats, chacun transportant deux grenades. Ils ne voyaient pas Robertson ; ils ne savaient absolument pas qu'il était là. Mellas attrapa le combiné. Alors qu'il s'apprêtait à crier : « Bon sang, Scar, il y a un homme à moi là-haut ! », Goodwin fonça en avant, s'éloignant de son radio. Les cinq marines le suivirent d'un bond.

Robertson apparut et traversa en courant la ZA, en direction de la casemate que le groupe de Goodwin essayait d'atteindre, à la vue de tous sauf d'eux. Il atteignit le haut de la casemate au moment même où douze grenades à main passaient par-dessus le rebord de la ZA. Il essaya de s'arrêter net, ses bras battant l'air. Il jeta sa propre grenade au loin et tenta de foncer à l'abri. Les grenades commencèrent à éclater en une explosion soutenue qui le masqua.

Mellas, le combiné encore à la main, ferma les yeux. La fumée se dissipa légèrement. La mitrailleuse se remit à tirer. Mellas entendit Goodwin jurer à la radio.

Puis Robertson reparut. Tout seul, au milieu du cercle de trous ennemis, exposé, il revint en courant vers la casemate mitrailleuse. Il y lâcha deux grenades, puis il resta tranquillement debout et en prit une troisième sur ses bretelles. Il la dégoupilla et la lança à l'intérieur. C'est alors que du feu et de la fumée sortirent de la casemate en dessous. Il s'affaissa à genoux en se contorsionnant légèrement, et disparut à leur vue.

Mellas savait qu'il était mort.

— Robertson a eu la casemate, Scar ! Je l'ai vue exploser, dit-il par radio.

Goodwin se mit aussitôt à faire avancer sa section.

Mellas prit alors conscience d'un vague bruit d'acclamations en provenance d'Helicopter Hill. Elles l'emplirent d'une rage chauffée à blanc. Il se retourna pour regarder derrière lui. Des marines tiraient sur des casemates, s'efforçant de manœuvrer pour les attaquer sur les côtés. Les Nord-Vietnamiens étaient manifestement finis, mais ils continuaient à tirer sur les marines des trous en bordure de la ZA.

La fureur de Mellas lui donna l'adresse d'un animal. Il oublia tout ce qui s'était passé jusque-là. Il savait seulement qu'il voulait tuer. Qui ou quoi, il s'en fichait.

— Bon sang, bougez-vous, bordel ! hurla-t-il à Hamilton à la radio. Ces connards vont se mettre à fuir la colline et je les veux. Bougez ! Bougez ! Bougez ! Je veux ces putains de Viets morts. Vous m'entendez ? À vous.

— Oui, Sir, répondit la voix d'Hamilton dans un grésillement.

Mellas haletait.

Il se dirigea vers les trous ouverts, au-dessus des casemates abritées. Il savait qu'à présent le travail serait sale et méthodique. Il n'y aurait plus d'acclamations. Il se rendit compte à quel point l'APVN devait les détester pour ne pas s'enfuir.

Jacobs rejoignit Mellas et Jackson. Il avait le visage strié de poudre noire, de boue et de sueur. Son Instamatic se balançait contre son gilet pare-éclats.

Mellas dirigeait équipes de tireurs et individus, regardant les positions se faire détruire l'une après l'autre. Il avançait prudemment, par bonds rapides entrecoupés de longues pauses. Jackson et Jacobs suivaient chacun de ses gestes.

Soudain, un homme se dressa dans un trou au-dessus d'eux et lança une grenade.

Cette vision paralysa Mellas. Le petit objet noir semblait suspendu dans l'air au-dessus de lui.

— Grenade ! *Chi-comm*[1] *!* hurla Jackson.

Mellas vit la grenade exploser. Deux petits objets se précipitèrent de chaque côté de sa tête. Puis le monde devint noir lorsque l'explosion l'enveloppa. Elle le projeta brutalement en arrière et manqua lui disloquer la tête. Il s'effondra par terre, cédant aux ténèbres ; les bruits des coups de feu et de la confusion s'éloignèrent en tourbillonnant. Mourir était un immense soulagement. Pour la première fois, il se sentait en sécurité.

***

Jackson rampa jusqu'à Mellas et appela Doc Fredrickson à l'aide. Mellas avait le visage couvert de sang, de brûlures de poudre et de bouts de soudure. Jackson cria encore, mais Fredrickson était hors de portée et avançait au milieu des cadavres abandonnés lors de la première tentative pour gravir la pente. Jackson secoua Mellas.

— Sir, Sir ! Ça va ?

Il ne cessait de chercher de l'aide autour de lui. La radio lui jacassait dans l'oreille, mais maintenant c'était à lui, ou à Jacobs, mais plus à Mellas, de prendre les décisions.

Jacobs rampa jusqu'à Jackson.

— M-mon Dieu. I-il va bien ?

Jackson secouait encore Mellas en répétant « Sir. Sir ! ». Il se tourna vers Jacobs.

— Je sais pas ! Je crois qu'il est mort. Merde.

Jacobs jura.

— Maintenant c'est ta section, putain, Jake. Qu'est-ce qu'on fait ?

Jacobs n'en avait pas la moindre idée. Une rafale de fusil fit fuser des balles au-dessus de sa tête. Il vit Fredrickson courir vers un autre corps,

1. Grenade à fragmentation antipersonnelle lancée à la main, utilisée par l'APVN et le Vietcong.

loin en dessous. Puis le soldat de l'APVN dans le trou au-dessus d'eux surgit de nouveau et lança une deuxième grenade.

— *Chi-comm!* cria Jacobs.

Avec Jackson, il agrippa Mellas par les jambes et dévala la pente en le traînant face contre terre. Tandis qu'ils descendaient la côte au pas de course, la grenade les suivait inexorablement, avançant avec la pesanteur, comme reliée à eux. Jackson finit par le comprendre.

— Stop! cria-t-il.

Jacobs et lui enfoncèrent les talons dans la terre. Ils se tassèrent contre le corps inerte de Mellas, et le projectile mortel les dépassa en bondissant. La grenade explosa environ une demi-seconde plus tard, juste en dessous d'eux. Ni l'un ni l'autre ne furent blessés.

Jacobs retourna Mellas sur le dos. Il déchira ses deux gilets pare-éclats et colla une oreille sur sa poitrine.

— J'entends que dalle. Bordel de merde!

Puis il retira le casque de Mellas, sortit sa gourde et lui versa du Kool-Aid au raisin sur tout le visage afin de faire partir un peu de la saleté. Il ne cessait de secouer la gourde pour en vider les dernières gouttes sur les yeux du blessé fermés à la poudre noire, à la soudure, au sang et à la terre.

***

Le monde redevint noir pour Mellas. Il sentit l'humidité froide et l'odeur de raisin sucrée du Kool-Aid. Ensuite, il y eut des coups de feu et des hurlements tout autour de lui dans l'obscurité. Il sentit, plutôt qu'il n'entendit, quelqu'un crier en tirant sur ses gilets pare-éclats et son casque. Il essaya de bouger. En vain. Il tenta d'ouvrir les yeux, et réussit enfin à en ouvrir un. Il vit une lumière grise. Le cauchemar continuait. Impossible de se réveiller. Il voulait retourner à l'oubli. On entendait des bruits de voix qui criaient comme sous l'eau. Une fois de plus, il revint à la lumière grise. Il savait qu'il avait quelque chose à voir ou à faire avec ces voix. Il prit conscience du fait que Jackson était allongé sur lui, le protégeant des tirs. Il comprit que la grenade était défectueuse et qu'elle s'était séparée en deux le long de la soudure au lieu d'éclater en fragments mortels. Il se rendit compte que Jacobs était en train de crier à la radio, que, couché sur le dos à côté de lui et de Jackson et les yeux tournés vers le ciel, il parlait sans doute avec Fitch.

— Ah, m-merde, chef, je crois qu'il est Coors. Une g-grenade. En p-plein dans le visage. P-pas d'infirmier. Qu'est-ce que j-je fais maintenant? À vous.

— Tu veux bien dégager de là? demanda calmement Mellas à Jackson. Je peux pas bouger, putain!

Jackson roula par terre en emmêlant le cordon du combiné autour du cou de Mellas, l'appareil étant presque arraché à Jacobs. Qui fut alors obligé de regarder Mellas.

Il le vit ouvrir un œil.

— P-putain de merde, lieutenant! dit-il, soulagé. Je pensais que j'allais d-devoir prendre la section.

— Merci! Ça fait plaisir de savoir que je t'aurais manqué.

Mellas avait l'impression d'avoir le visage à vif, comme si la peau en avait été arrachée. Il n'arrivait pas à ouvrir l'œil droit. Il se dit qu'il l'avait perdu.

Il remarqua le liquide pourpre sur sa main lorsqu'il essaya de s'essuyer les yeux.

— Je t'avais bien dit que je détestais le Bugs Bunny Grape, lâcha-t-il.

Jackson regardait en haut de la colline. Il écarquilla les yeux.

— Oh merde! murmura-t-il. *Chi-comm!*

Une troisième grenade descendit la côte en bondissant. Jackson et Jacobs entraînèrent Mellas avec eux, en trébuchant l'un sur l'autre. Ils atterrirent par terre à l'instant même où la grenade explosait. Une brusque secousse les frappa. Il y eut une bouffée de fumée sale, et puis l'odeur.

Ils se mirent à grimper tant bien que mal pour regagner le trou. Jackson sortit une grenade qu'il lança en bras cassé, lui faisant décrire un arc par-dessus le rebord du trou. Elle explosa.

Ils attendirent un instant. Mellas retrouva enfin sa lucidité.

Une fois de plus, une grenade noire vola par-dessus le rebord, et les trois hommes se précipitèrent à l'abri. Jacobs s'élança parallèlement à la colline, mais glissa. Il essaya d'enfoncer les ongles dans la pente abrupte pour freiner sa descente. La grenade glissait le long de la pente avec lui. Jacobs eut un cri de frustration et de terreur. Ses doigts ratissèrent l'argile boueuse; ses rangers labourèrent le talus. Ses yeux s'écarquillèrent.

— Je p-peux pas m'arrêter, putain! s'écria-t-il.

La grenade éclata. Mellas et Jackson tournèrent le visage face contre terre. Lorsqu'ils se retournèrent, le shrapnel avait emporté la moitié du cou de Jacobs. Ils dévalèrent la pente, l'attrapèrent par la chemise et le ceinturon et le tirèrent en biais jusqu'à un creux minuscule dans le sol en espérant y trouver un abri. Du sang giclait de la gorge de Jacobs. Il essayait de l'arrêter avec les mains. Mellas les écarta, enfonça la sienne dans le long trou étroit et sentit la chaude pulsation de son sang et les minuscules bulles d'air qui s'échappaient de ses poumons. Jacobs ne pouvait plus proférer le moindre son. Seuls ses yeux pouvaient dire la terreur de ce dernier instant.

Mellas poussa un cri et pressa fort son poing crasseux sur la carotide sectionnée pour essayer d'arrêter l'hémorragie. Alors la lumière quitta les yeux de Jacobs et la terreur s'évanouit. Mellas s'éloigna de lui en roulant. Il lança à Jackson un regard d'ahurissement et de souffrance. Sa main dégoulinait de sang.

— Jake ? Jake ? dit-il, questionnant, accusant, pleurant sa perte.

Une autre *chi-comm* descendit la côte en roulant. Ils se jetèrent par terre, et la grenade explosa. Ils étaient encore en vie, sans aucune raison. Jackson monta la colline en criant, la lourde radio sur le dos, apparemment oubliée. Il tenait une grenade dans la main droite et un fusil dans la gauche. Mellas, pris d'une clarté soudaine, vit la solution. L'un d'eux ne devrait pas se baisser. Il courut à gauche de Jackson. Ce dernier jeta la grenade dans un juron étouffé, puis s'aplatit au sol en attendant qu'elle explose. Mellas, lui, ne se jeta pas à terre. Il continua de courir. La grenade éclata. Mellas se sentait invulnérable. Tandis que la fumée se dissipait, il se jeta par terre, juste au bord du trou. Un jeune soldat nord-vietnamien passa la tête dehors. Il y avait un autre gamin avec lui, mais celui-là s'était affaissé, inerte, contre la paroi arrière. Le jeune soldat de l'APVN sortit une autre grenade. Il leva le bras en arrière pour la lancer. C'est alors qu'il aperçut le visage sanglant et noirci de Mellas, son fusil braqué droit sur lui.

Mellas regarda le visage du jeune homme passer de la détermination à l'horreur, puis à la résignation. Pourtant, il n'appuyait toujours pas sur la détente.

— Ne lance pas ce truc, murmura-t-il, tout en sachant que le jeune soldat nord-vietnamien ne pouvait ni l'entendre, ni le comprendre. Ne lance pas ce truc et je ne tirerai pas. Laisse tomber, c'est tout.

Mais il vit la haine envahir le visage du jeune homme. C'était la haine qui l'avait fait rester dans son trou, à se battre au-delà de tout espoir de survie. Et même maintenant, pensa Mellas, le gamin avait dû deviner que s'il ne jetait pas sa grenade Mellas ne tirerait pas. Mais il la lança tout de même, les lèvres retroussées pour montrer les dents.

Alors va te faire foutre, pensa Mellas avec amertume lorsqu'il vit la grenade voler vers lui. Il appuya sur la détente et le M16 réagit en automatique. Les balles transpercèrent la poitrine et le visage du gamin, lui firent éclater l'arrière des poumons et du cerveau. Mellas posa la tête sur son fusil et gémit.

— Je t'avais dit de ne pas la lancer, pauvre connard.

La grenade explosa, éparpillant des éclats tout le long de son flanc gauche. Comme il portait encore deux gilets pare-éclats, seules ses fesses et ses jambes reçurent le métal déchiqueté.

C'est là que Jackson le retrouva, encore couché sur son fusil, quelques secondes plus tard.

— Ça va, lieutenant ?

Mellas hocha la tête. Il se redressa douloureusement en position semi-accroupie en se servant de son fusil pour se relever. Des marines étaient en train de se rassembler sous la bordure de la zone d'atterrissage. Il ne restait plus qu'à s'occuper de quelques trous isolés au sommet, où de petits groupes de Nord-Vietnamiens s'étaient mis à l'abri.

— Ils sont en fuite ! entendit-il quelqu'un crier. Ils sont en fuite, putain !

Enfin.

Il avait l'impression qu'on lui enfonçait un clou dans l'œil. Ses jambes le brûlaient. Il clopina vers les deux soldats nord-vietnamiens morts qui leur avaient jeté des grenades. On leur aurait donné quinze ou seize ans. Il tapota l'un d'eux avec le canon de son fusil et il y eut un mouvement, une contraction. Il appuya sur la détente et, oubliant que son M16 était encore en mode automatique, tira trois balles dans la tête du gamin avant d'avoir le temps de s'arrêter.

Sa rage était partie, seule lui restait une lassitude inerte, écœurante. Il savait maintenant, avec la certitude la plus totale, que les Nord-Vietnamiens n'abandonneraient jamais. Ils continueraient la guerre jusqu'à l'anéantissement, et lui n'avait plus la volonté de faire ce qu'il faudrait. Il resta planté là, à contempler le gâchis.

***

Sous la crête ouest, le travail d'Hamilton commençait à peine.

— Ils quittent la colline, cria-t-il. Grouillez-vous, bon sang ! On y va !

Avec Mole il sortit de la jungle sur la crête défoliée. Ils se jetèrent à terre, le reste de l'escouade se précipitant pour les rejoindre. Hamilton montra un petit groupe de silhouettes qui quittaient Matterhorn en bon ordre. Mole installa le bipied de la mitrailleuse par terre. Son ravitailleur rampa à côté de lui en tenant la longue bande de balles en cuivre loin du mécanisme d'alimentation. Mole commença à tirer. Deux des silhouettes s'effondrèrent. Les autres s'éparpillèrent.

— On en a eu, lieutenant ! annonça joyeusement Hamilton à la radio.

Il aperçut un petit monticule, droit devant eux. Il tapa Mole sur l'épaule. Ce serait l'endroit idéal pour contrôler tout le passage. Il se leva et courut, la radio sur le dos. Mole partit après lui.

Une roquette s'élança violemment de la jungle où l'APVN s'était mise à couvert. Elle explosa devant Hamilton, le tuant sur le coup.

Mole cria le nom d'Hamilton. Il lança son fusil à son ravitailleur, attrapa le corps d'Hamilton et le traîna de nouveau vers leur position initiale, qui était sûre. Le reste de l'escouade le suivit. Mole n'était pas prêt à se faire descendre simplement parce qu'un connard quelconque se mettait à avoir des pulsions sanguinaires.

***

La bataille pour la ZA entra dans sa dernière phase. Les pentes sud et est étaient couvertes de marines tuant méthodiquement tout ce qui bougeait. Fitch et le groupe du PC gravissaient la pente sud. Hawke et Connolly, qui avait capturé la mitrailleuse de l'APVN, s'occupaient de la pente nord qui était exposée et tiraient de courtes salves sur l'ennemi battant en retraite. Trois groupes de l'APVN, incapables de s'échapper, s'étaient positionnés dans les anciens trous d'artillerie de Golf Battery. Un des groupes avait une mitrailleuse qui tenait les marines en respect et couvrait le sommet de la colline avec ses tirs.

Mellas appela Hawke par radio.

— J'envoie une équipe de base-ball au nord pour passer derrière cette fichue mitrailleuse. Vous allez voir l'indicatif Charlie, il a un pansement autour de la tête au lieu d'un casque. Le descendez pas ! À vous.

Mellas leva les yeux vers Cortell, qui hochait la tête, son pansement crasseux se défaisant légèrement.

— Dis-lui de lancer un fumigène en arrivant, qu'on ne lui tire pas dessus. À vous, dit Hawke.

Mellas relaya le message, et Cortell hocha encore la tête. Mellas arracha sa dernière grenade fumigène de son brêlage et la lui donna.

Il y eut une brusque explosion tout près. Les trois hommes tressaillirent. On entendit des cris en espagnol. Amarillo avait lancé deux grenades dans une casemate juste en dessous, et se glissait rapidement à l'intérieur. Il y eut un bref crépitement de tirs de son .45. Tout le monde attendit anxieusement, les yeux braqués sur l'entrée.

Bien connu de tous, le motif du treillis de camouflage des marines apparut de dos. Amarillo traînait un corps mutilé hors de la casemate. Il lui avait tiré toutes ses balles dans le crâne.

Puis un ricochet de la mitrailleuse de l'APVN passa en vrillant follement au-dessus de leurs têtes.

— OK, Cortell, vas-y ! dit Mellas.

Cortell partit rejoindre son escouade en rampant. Mellas sortit la tête du trou qu'il partageait avec Jackson et les deux garçons nord-vietnamiens morts. Il prit l'un des corps, le fourra au fond du trou et se tint dessus pour y voir un peu mieux. La ZA était déserte, exception faite du corps de Robertson étalé à côté de la casemate mitrailleuse.

Il ne restait plus aucun arbre sur Matterhorn. Les buissons épais dans lesquels il avait trébuché en arrivant avec Scar avaient brûlé. Toute cette magnifique colline était tondue, déshonorée, vide.

Mellas vit Goodwin passer brièvement la tête par-dessus la bordure de la ZA. Goodwin se baissa de nouveau lorsque des tirs de mitrailleuse et de fusil le prirent pour cible depuis quelques positions voisines. Il appela Mellas par radio.

— Comment on va choper ce petit connard, Jack ?

Mellas lui expliqua que Cortell était en train de se frayer un chemin vers l'arrière de la position. Ce n'était plus qu'une question de temps. Les ennemis qui restaient étaient piégés.

De temps à autre, un marine surgissait, apparemment sans but précis, vidait la moitié d'un chargeur dans la direction de la mitrailleuse ennemie, et se baissait de nouveau.

Mellas aperçut la fumée rouge de Cortell. Il se leva.

— Ne tirez pas ! cria-t-il. Cessez le feu ! Cessez le feu !

Goodwin fit pareil.

La tête enveloppée de pansements de Cortell apparut un instant au-dessus de la crête. Les sept gamins qui restaient de l'escouade sautèrent par-dessus le rebord de la ZA, jetèrent sept grenades sur la position de la mitrailleuse, et se ruèrent en bas, où on ne pouvait les voir. Le mitrailleur commença à tourner son canon vers la nouvelle menace. Les grenades éclatèrent à l'intérieur et autour de la fosse peu profonde, entraînant une série d'ondes de choc qui martelèrent les tympans de Mellas.

Aussitôt, Goodwin traversa la ZA en courant vers la fumée des explosions. Un soldat de l'APVN, stupéfait, tenta tant bien que mal de tourner la mitrailleuse vers lui, mais il ne fut pas assez rapide. Goodwin, telle une panthère fondant sur sa proie, était déjà au-dessus de lui et fit feu avec son M16. Les soldats de l'APVN qui restaient dans des fosses de mitrailleuses proches se dressèrent, sans armes, les yeux emplis de terreur, et levèrent les mains en l'air. Ils furent abattus en quelques secondes lorsque toutes les armes disponibles sur la colline firent feu sur eux.

Mellas, encore debout sur le corps du garçon mort, pencha la tête en avant et reposa son visage sanglant et brûlant sur l'argile fraîche. Jackson s'inclina en arrière afin de caler sa radio contre la paroi du trou.

— On a gagné, dit-il.

Mellas se contenta de hocher la tête à l'intérieur de sa doublure de casque. Son casque resta immobile contre l'argile. Il se délecta de la sensation de la terre fraîche sur son menton et sa bouche. Mais, bientôt, avec le vent qui soufflait sur sa chemise humide, le froid devint désagréable. Il se traîna hors du trou et se mit à interpeller divers chefs d'équipes de tireurs afin d'organiser la défense en cas de contre-attaque. Il se rappela alors Hamilton, qui attendait en embuscade en bas.

— Bravo Un Trois, Bravo Un. Désolé de t'avoir pressé autant. Et si tu montais t'installer ici de huit à dix. Douze devrait arriver au nord. À vous.

Il y eut un long silence.

— Un Trois, ici Un Autorité. Bien reçu ? À vous.

La voix tremblante de Mole se fit entendre.

— L'indicatif Hotel est Coors. À vous.

Les mains de Mellas se mirent à trembler.

— Il y en a d'autres ? À vous.

— On a deux Oleys légers. À vous.

— Tu peux ramener tout le monde sans te faire aider ? À vous.

— Ouais. À vous.

— Un terminé.

Mellas tendit le combiné à Jackson.

La colline était à eux.

Jackson se pencha en avant et mit la tête entre ses mains.

Mellas s'approcha en boitant de l'extrémité de la ZA pour regarder Mole gravir tant bien que mal la pente, Hamilton sur son dos.

Mole laissa tomber Hamilton aux pieds de Mellas.

— Désolé, Sir. Je sais que vous étiez proches.

Il s'éloigna, laissant Mellas planté au-dessus du cadavre.

Mellas vida les poches d'Hamilton en silence. Il trouva une lettre de sa mère. Elle avait écrit : *T'en fais pas, Buster, tu seras vite rentré et tout ça sera fini.* Mellas ne savait pas que le surnom d'Hamilton était Buster. Il eut l'impression de ne pas l'avoir connu du tout… et qu'il ne le connaîtrait jamais.

Il avait des élancements dans la jambe gauche à cause du shrapnel, sa jambe droite le brûlait. Avec le sang, son pantalon lui collait aux jambes. Il sentait une douleur vive et palpitante dans son œil aveuglé. Si seulement il avait pu s'asseoir, tout simplement s'asseoir et ne rien faire. Mais il fallait mettre les défenses en place.

Il se releva péniblement. Une explosion le heurta. Il se jeta à terre en roulant près de Jackson. Ils levèrent les yeux et virent une fumée grasse flotter à travers la ZA. Quelqu'un criait pour qu'un infirmier lui vienne en aide.

— Mine! Une mine! cria un homme du secteur de Goodwin. Tout est miné, bordel!

— Putain de Dieu, marmonna Mellas.

Il se leva de nouveau. Le sol autour de lui était devenu toxique. Il ne savait plus où poser le pied.

Mais il fallait mettre la compagnie en position. Mellas se mit à genoux et passa de trou en trou en rampant et cherchant les signes de mines enterrées ou à déclenchement à fil. Les gamins eux aussi voulaient juste s'asseoir. Mellas plaisanta avec eux, les rassura, les menaça. Au bout d'un moment, ils se mirent à fouiller la colline, à jeter des cadavres hors des trous, à creuser de nouveau les tranchées à moitié enterrées. D'autres gravissaient péniblement la pente en ramenant des marines morts, ou aidaient à déplacer les blessés en vue d'une évacuation. Fitch demanda des volontaires pour dégager une petite section au sommet de la colline pour un oiseau d'évacuation. Bientôt, une rangée de marines se forma et rampa lentement à travers la zone et, Ka-bar en avant, sonda la terre en quête de mines et de fils déclencheurs. Un gamin fut déchiqueté à partir de l'abdomen lorsque son genou déclencha un dispositif de pression que son poignard avait manqué. Ils jetèrent ce qui restait de lui sur le tas de cadavres.

Fitch convoqua une réunion d'officiers. Mellas s'y rendit en faisant le tour de la bordure de la ZA. La fumée l'étouffait et l'écœurait. Elle dérivait mollement de la colline pour rejoindre les lourds nuages gris qui s'éloignaient à perte de vue vers le Laos.

— Beau travail, Mel, lança Fitch.

Il avait la mine défaite, les traits tirés. Hawke et Goodwin étaient tous les deux assis, les coudes reposant sur l'intérieur des genoux. Ils avaient le regard perdu dans le vague.

— Hamilton s'est fait tuer, répondit Mellas. Avant, il portait ma radio. (Il ne savait pas pourquoi il parlait. Il fallait qu'il le dise à quelqu'un, c'est tout.) Conman va bien? demanda-t-il à Hawke.

Celui-ci fit oui de la tête.

Fitch regarda Mellas de plus près.

— Il faut que tu te fasses évacuer, dit-il.

Mellas ne répondit pas. Avec son œil valide, il regardait Helicopter Hill de l'autre côté. Il vit des gens vêtus d'uniformes vert vif les observer à la jumelle.

— Ces putains de connards ont applaudi, dit-il très doucement.

— Hé, dit Hawke en lui touchant l'épaule. C'est pas grave. Ils savaient pas.

Relsnik s'approcha avec la radio et tendit le combiné à Fitch.

— Big John Six, chef, annonça-t-il.

La voix du colonel était sèche et directe.

— Bien reçu, Bravo Six. Je veux que vous me donniez le nombre total de victimes, ainsi qu'un compte rendu après action. Vos oiseaux d'évacuation sanitaire sont en attente. Votre zone est-elle sûre ou pas encore ? À vous.

— Pas encore. À vous, répondit Fitch d'une voix neutre.

— Magnifique ! J'aurais aimé avoir une caméra pour filmer ça, c'est tout ce que je peux dire. Big John Six terminé.

Fitch balança le combiné par terre à côté de Relsnik.

— Il aurait aimé avoir une putain de caméra pour filmer ça ! dit-il.

Il regarda au-delà de la petite déclivité, vers Helicopter Hill.

Mellas suivit son regard, la tête pleine d'images qui s'entrechoquaient. La compagnie trop lasse pour continuer mais qui continuait quand même. Lui qui, impuissant, regardait les bombes atterrir sur l'autre côté de la colline. Ces conneries d'acclamations… comme si ce combat avait été un match de foot du vendredi soir ! L'ordre incroyable de Simpson, là, pendant la longue marche jusqu'à Sky Cap, de mettre fin aux évacuations sanitaires. Hippy, estropié. La poussée en avant insensée. La connerie. Le sang qui giclait de la jambe du nouveau mitrailleur. La gorge de Jacobs. Pourquoi ? Où était le sens de tout ça ?

Son œil valide se fixa sur la petite silhouette vêtue d'un treillis propre. Il ne vit que le colonel. Les six cents mètres qui les séparaient se réduisirent à rien. Mellas décida de le tuer.

Il s'éloigna du groupe en boitant lentement.

— Hé, Jack ! cria Goodwin, mais Fitch lui posa une main sur le bras pour le retenir.

Hawke regarda Mellas, l'air perplexe. Mellas descendit la pente en traversant les lignes de Hawke. Il répondit à peine aux saluts de Conman et de la 3e section qui étaient en train de creuser.

Juste au-delà des lignes, il chambra une cartouche et poussa le sélecteur du fusil en position de sécurité. Il s'enfonça dans les broussailles, descendit dans le passage et se rapprocha de l'autre colline, indifférent au danger. Il trouva un rondin et régla sa visée pour la distance en se réjouissant de faire exactement ce qu'on lui avait appris au stand de tir. Il s'installa. La matinée grise et morne semblait éternelle. Le temps ne signifiait rien. Il n'y avait plus que la petite silhouette du colonel, loin au-dessus de lui sur la pente défoliée. Il poussa le sélecteur en position automatique. Avec les balles traçantes, il était certain de l'avoir. Il se pencha sur le fusil et inclina le cou afin de bien être plein guidon avec son œil valide. Le colonel se tourna de l'autre côté. Mellas attendit. Il voulait que ce connard voie les balles traçantes fondre sur lui avant qu'elles le déchirent, afin qu'il sache, tout comme Jacobs avait su. Le colonel était encore en train de parler. Mellas attendit avec la patience d'un animal. Le temps s'était interrompu. Il n'y avait plus que cette tâche unique. Attendre que ce connard se retourne pour qu'il puisse voir les balles arriver. C'est alors que Simpson se mit à courir.

Mellas entendit quelqu'un crier d'une voix rauque dans son dos. Hawke lui atterrit dessus en plongeant la tête la première, et poussa le fusil en avant tandis que Mellas appuyait brusquement sur la détente. Les balles déchirèrent la terre devant eux. Mellas, pris de furie, tendit le bras pour frapper Hawke. Celui-ci se dégagea en roulant et donnant de violents coups de pied qui arrachèrent le fusil des mains de Mellas. Ce dernier décocha un coup de poing qui atteignit Hawke en pleine figure, et se releva pour chercher son fusil. Hawke se retrouva alors debout devant lui, le souffle court, son fusil pointé juste à côté de Mellas, mais manifestement prêt à se défendre.

— Va te faire foutre, Hawke. Va crever en enfer !

Hawke ne dit rien, observant Mellas, sur ses gardes.

Mellas se mit à hurler.

— Ce salopard les a tous tués ! Il nous a envoyés ici, en haut, sans soutien aérien, pour pouvoir assister au spectacle. Il nous a regardés mourir. Ce connard ne mérite pas de vivre. Va te faire foutre, Hawke ! Va te faire foutre, toi et ton putain de… ton… oh, et qu'on aille tous se faire foutre !

Il s'affaissa par terre, le regard dans le vide.

Hawke lui posa une main sur l'épaule.

— Allez, Mel, la contre-attaque pourrait nous frapper d'une minute à l'autre.

Mellas le suivit et regagna le sommet la colline.

CHAPITRE 19

La contre-attaque ne se concrétisa jamais. L'APVN se dirigeait vers le Laos, couvrant sa retraite à l'aide d'unités d'infanterie et de mortier bien placées.

Un oiseau d'évacuation sanitaire remonta de la vallée en martelant l'air de ses pales, Pallack le guidant par radio. Trois tirs de mortiers de l'APVN encadrèrent l'hélico, projetant au sol les marines qui hissaient les blessés à bord. Ils se relevèrent immédiatement et reprirent leur tâche avant de courir vers leurs trous en tenant leurs casques pour les protéger du souffle des pales. L'hélicoptère plongea depuis la bordure de la ZA et s'élança dans le vide en prenant de la vitesse. Un autre oiseau parvint à passer et emporta les dernières urgences. Puis le brouillard revint. S'il mit fin aux bombardements, il empêcha aussi toute autre évacuation sanitaire.

La journée se passa dans une stupéfaction épuisée ; des adolescents américains morts furent traînés jusqu'à une pile de cadavres près de la zone d'atterrissage, les adolescents vietnamiens morts ayant droit à la fosse à ordures, au pied de la face nord.

L'encornet informa Fitch que l'œil droit de Mellas était gravement blessé. S'il n'était pas déjà perdu, ce serait le cas sans une opération chirurgicale immédiate. Le seul endroit possible pour cela était l'un des navires-hôpitaux. Mellas dit à Fitch que, comme Conman devrait probablement prendre la tête de la 3e section lorsque Hawke rejoindrait l'état-major du bataillon, il ne se voyait pas donner la 1re section à Jackson ou à Cortell. Quelle que soit leur expérience au combat, ils n'avaient encore que dix-neuf ans. De plus, Fitch et Goodwin seraient les seuls officiers de la compagnie. En réalité, même s'il ne le disait pas à haute voix, Mellas s'était simplement trop attaché à eux pour laisser la section affronter le danger sans son aide. Il refusait de partir. Fitch savait qu'il avait raison quant au manque de meneurs et, pour ce qu'il en savait, son œil était déjà perdu. Il lui permit donc de rester.

Ce soir-là, Mellas et Jackson traînèrent quelques planches de contreplaqué déchiqueté sur leur trou en frissonnant comme deux bêtes blessées dans le vent froid qui soufflait du Laos en gémissant. Jackson était parfois secoué de sanglots étouffés. Mellas fixait les ténèbres de son œil valide, pris de douleur dans sa jambe et de pulsations dans son autre œil. Il avait tenté de lire les boîtes de ration C plus tôt et avait trouvé cela difficile et désagréable. Il se consolait en imaginant à quoi il ressemblerait dans une publicité pour chemises Hathaway[1]. Puis un sentiment de peur et de deuil lui remontant de l'estomac, où il s'était jusqu'alors terré, il regretta ardemment de ne pas avoir suivi le conseil de Sheller et tenté de sauver son œil. Il pria.

Il rampa hors du trou pour inspecter les lignes à 20 h 30. Il revint à 22 h 30, en tirant sur sa jambe. À 0 h 30, il sortit à nouveau.

— Je vais y aller, lieutenant, lui proposa Jackson. Je suis aussi capable que vous de maintenir les gars éveillés.

Mellas ne discuta pas. Il s'endormit immédiatement, la radio contre la joue.

Jackson se dégagea des planches de contreplaqué en rampant et entra dans un vent froid. Même s'il ne pouvait pas les voir, il sentait que les nuages étaient plus hauts et se déplaçaient rapidement vers l'est. Dans l'obscurité qui entourait Matterhorn, la jungle respirait en silence après les furies convulsives de la matinée. Il eut l'impression qu'elle reprenait des forces et se préparait à lancer son propre assaut sur Matterhorn lorsque tous ces insectes destructeurs l'auraient quittée pour la laisser nettoyer ses blessures. Elle ramperait lentement vers le haut de la colline, la recouvrant d'une nouvelle peau verte qui protégerait à nouveau l'argile et la pierre exposées, masquant les ordures jetées sur ses flancs, adoucissant le bord artificiel de la ZA et lissant les contours de Matterhorn.

Jackson s'accroupit, là, près de la terre solide et endormie, et en sentit la force de guérison. Des larmes inattendues lui montèrent aux yeux.

— Hamilton, murmura-t-il. Je suis désolé. Putain, je suis tellement désolé, *man*.

Il pleurait maintenant sans retenue. Il savait bien qu'il était idiot de parler à voix haute à un mort, mais il avait le sentiment qu'il devait, d'une manière ou d'une autre, s'excuser auprès d'Hamilton d'être

1. Célèbre campagne de promotion des années 50 pour une marque de chemises américaine qui présentait un homme portant un bandeau de borgne.

encore en vie et si heureux de l'être. Hamilton voulait se marier, avoir des enfants. Maintenant, tout ça, Jackson l'aurait et pas lui.

La crise de larmes passa. Jackson resta encore un peu, sentant le vent humide et froid sur son visage mouillé. Il s'essuya la figure avec ses mains brûlantes et craquelées par la saleté, la déshydratation et les infections. Il n'était pas parvenu à se débarrasser d'un tiraillement d'angoisse persistant lorsqu'il était parti vérifier les lignes à plat ventre. Pourquoi Hamilton était-il mort et lui, vivant ? Lorsqu'il eut fini d'inspecter tous les trous, il n'eut pas envie de retourner dans le sien, sous le contreplaqué. Quelque chose le poussait à grimper vers la ZA désertée.

Lorsque Jackson déclencha la mine, l'explosion ramena brusquement Mellas dans le noir et le froid. Il pensa d'abord qu'il s'agissait de quelqu'un du groupe du PC. Puis il entendit le cri fou et effrayé de Jackson.

— À l'aide ! Mon Dieu, aidez-moi ! S'il vous plaît... quelqu'un... aidez-moi !

Mellas jeta la radio sur son dos et rampa en direction de la voix, répétant « non » dans un murmure. Il l'atteignit juste après Fredrickson, qui maintenait Jackson au sol et essayait de lui tenir les cuisses. Jackson hurlait.

— Aidez-moi à immobiliser ce mec, lieutenant ! lui dit Fredrickson. Bon sang Jackson, arrête de gigoter !

Mellas s'allongea sur la poitrine de Jackson qui respirait fort, et murmura :

— Ça va aller Jackson. Ça va aller.

— Sheller ! cria Fredrickson à l'encornet, qui rampait déjà dans les ténèbres. J'ai besoin d'un peu de solution intraveineuse, bordel, et de quoi suturer ces artères.

Sheller apparut avec un flacon et des tubes de perfusion, en plus de son matériel. Tandis que Fredrickson faisait de son mieux pour contenir l'hémorragie, Sheller enfonça un cathéter dans le bras de Jackson en tenant le flacon de solution aussi haut qu'il le pouvait. Jackson commença à se calmer, sa terreur panique diminuant à mesure que les deux soldats parvenaient à relancer son organisme défaillant. Mellas regarda le corps de Jackson. Fredrickson travaillait sur les chairs déchiquetées sous ses genoux. Il n'y avait pas de pieds.

— Ça va aller, Jackson, ne cessait de répéter Mellas. Ça va aller.

Jackson gémit, puis s'évanouit.

Mellas ne pria pas, mais son esprit s'éleva encore une fois au-dessus de la zone d'atterrissage et observa tout le I Corps qu'il surplombait, à la recherche de quelque chose de bien meilleur que Dieu – un bon pilote d'hélico.

***

Sur le terrain d'aviation de MAG-39 situé juste en dehors de Quang Tri, le lieutenant Steve Small perdait à l'acey-deucey[1] face à son copilote, Mike Nickels. Small avait l'impression que cette partie n'avait jamais commencé, et qu'elle ne finirait jamais. Elle appartenait au quotidien du MAG-39, tout comme le sable, les tenues de vol imbibées de sueur, le bourbon à dix *cents*, les draps terreux, les fantasmes honteux et inavouables, les mauvais films et l'anxiété sous-jacente qui suggérait que le prochain vol serait peut-être celui où une balle de .51 viet allait vous transpercer par l'anus et vous ressortir par la bouche.

Le CH-46 de Small attendait dans la nuit, les pales de ses birotors affaissés sous leur poids. Des membres de l'équipage sommeillaient sur des civières en toile posées entre les caisses de munitions pour mitrailleuse et les boîtes de solutions intraveineuses. Le protège-poitrine posé sur les épaules de Small lui semblait plus lourd que d'habitude. Il avait peut-être un peu poussé au O-club. Ou bien alors il n'avait peut-être pas assez bu. Il avait passé tant d'heures au manche de ce maudit oiseau qu'il ne faisait plus de différence entre piloter bourré ou net. On aurait dit que la bestiole volait toute seule. Ses pales tourbillonnantes et ses à-coups écœurants envahissaient ses rêves la nuit, et sa beauté aussi, quand elle quittait en glissant un sommet montagneux ou se coulait en un atterrissage parfait dans un espace réduit et que les *grunts* lui souriaient à lui, se dépêchaient de récupérer leurs livraisons tant attendues ou le fixaient d'un regard éteint et soulagé en jetant à bord ce qu'il restait de leurs amis.

La radio de la salle d'astreinte couina et l'homme de garde reposa son magazine de *hot rod*[2] pour y répondre. Small et Nickels écoutèrent, tendus. Small regarda sa montre : 2 h 17. Aucun espoir qu'il fasse jour. Encore Big John Bravo. Un, Urgence. Matterhorn. Météo affreuse. Les abrutis qui avaient découpé cette saloperie de perchoir à canaris sur Sky Cap. Les crétins de fils de pute, pour lesquels il avait dû traverser tout l'ouest de la province de Quang Tri en rase-mottes pour emmener leur cinglé de lieutenant rouquin et ses soldats de relève surchargés au cœur

1. Variante du jeu de backgammon.
2. Voitures au moteur gonflé.

du pire merdier qu'il avait jamais vu en bientôt dix mois de vols en zone de combat. Et ces salauds n'en avaient toujours pas fini. *Nom de Dieu de merde*, pensa-t-il. Il se demanda ensuite pourquoi le dieu chrétien constituait un juron bien plus satisfaisant que le dieu juif de son enfance. Tout avait commencé lorsqu'il avait appris qu'Art Buchwald[1] avait fait partie du 4e marine Aircraft Wing durant la Seconde Guerre mondiale. Qu'est-ce qui lui avait pris, bordel? Toutes ces pensées se bousculaient dans sa tête en même temps qu'il se ruait vers la porte avec Nickels. Il aurait été impensable de ne pas y aller.

Le bruit de leurs pas précipités réveilla l'équipage. Small entama immédiatement les procédures de démarrage tandis que Nickels demandait par radio que l'artillerie n'intervienne pas, afin qu'ils ne se fassent pas descendre en plein vol lorsqu'ils croiseraient les gros 175 de l'armée à la BCV et les missions de nuit des huit pouces tirés de Red Devil.

Les moteurs vrombirent. Les pales commencèrent à tourner gauchement. Les instruments de bord brillaient devant les deux pilotes. Small roula sur la piste pour se mettre en position. Le fuselage trembla; le grondement s'intensifia, jusqu'à ce qu'ils n'entendent plus que les radios dans leurs casques. L'oiseau avança dans le noir et quitta doucement le sol. Les lumières éparses diminuèrent rapidement derrière eux dans la brume, puis disparurent. Ils étaient dans une obscurité totale, mis à part la faible lueur verte du tableau de bord.

Small était en sueur, mais pas à cause de la chaleur. Ç'allait être une belle merde.

Il reçut des coordonnées de Nickels et se stabilisa vers deux mille mètres. Des nuages noirs obscurcissaient le ciel au-dessus de lui. En dessous, invisibles mais distinctes dans son imagination grâce au nombre incalculable de missions effectuées de jour, se trouvaient les plaines, avec leur herbe à éléphant, leurs bambous et leurs rivières paresseuses. Puis vinrent les montagnes.

— Essaie de trouver Bravo sur la fréquence de leur compagnie, demanda Small à Nickels via l'intercom.

Il essayait de déceler le moindre élément familier qui lui permettrait de savoir à quelle distance du sol il se trouvait – à quelle distance de la mort.

— Big John Bravo, Big John Bravo, ici Chatterbox Un Huit. À vous.

1. Humoriste américain et éditorialiste du *Washington Post*.

Silence. Peut-être que ces crétins de *grunts* ne savaient pas que le Groupe avait modifié le code radio Magpie[1], selon les instructions d'opération permanentes pour que le service de renseignements des Viets continue à avoir de quoi fouiner. Small n'aimait pas Chatterbox[2]. Ça sonnait trop mignon. Et il ne se sentait pas mignon.

— Big John Bravo, Big John Bravo, ici Chatterbox Un Huit. À vous.

Il y eut une explosion de crépitements.

— Ils doivent pouvoir nous entendre, dit Nickels. Mais pas assez de jus pour nous atteindre sur la fréquence de leur compagnie.

Small regarda une carte écornée posée sur une écritoire à pince qu'il s'était attachée à la jambe. Il se mit sur la fréquence du bataillon, sachant que l'opérateur avait probablement sorti la grosse antenne.

— Big John Bravo, ici Chatterbox Un Huit. À vous.

La voix de Relsnik, amplifiée par l'antenne du 292, surgit des ombres dans les casques des deux pilotes.

— Chatterbox, ici Big John Bravo. On vous reçoit *Loco Cocoa*. Et vous ? À vous.

Small sourit en entendant l'expression *Loco Cocoa* à la place de « cinq sur cinq ». Il ne connaissait pas celle-là. Ç'avait été *Lemon and Coke* la semaine dernière. *Lickety Clit*[3] quinze jours avant.

— Je vous reçois bien. J'ai aucune idée où vous êtes, bon sang ! À vous.

— On est sur Matterhorn, Sir. À vous.

Small jura entre ses dents. Ces satanés gamins qui s'occupaient des radios, bordel ! Où se trouvait ce fichu CAA ? Il inspira un grand coup pour maîtriser sa colère et sa peur.

— Je sais que vous êtes sur Matterhorn, Bravo. Ce que je veux dire, c'est que je ne vous vois pas ! Il fait noir là-haut, bordel. Allumez une lumière, putain.

Il y eut une longue pause. Une nouvelle voix se fit entendre.

— Chatterbox, ici Bravo Six. On s'est pris des tirs de mortier toute la journée et on n'a pas trop envie d'allumer des lumières. À vous.

Eh bien, moi, j'ai pas trop envie de voler en aveugle dans ces putains de montagnes, pensa Small. Il savait que Bravo en avait récemment pris plein la gueule.

1. Soit « la pie ».
2. « Pipelette », en anglais.
3. Jeu de mots entre *lickety split*, à toute allure, et *lickety clit*, suce-clito.

— Comment est votre plafond ? Et où se trouve votre CAA ? À vous.

Il y eut une nouvelle pause. On peut toujours compter sur ces saloperies de *grunts* pour ne pas avoir la moindre idée de la hauteur des nuages.

La réponse sonna plus comme une question.

— Un peu moins de cinquante mètres, Chatterbox ? À vous.

— Putain.

À l'intérieur de leur bulle faiblement éclairée, les deux pilotes se regardèrent. Pour faire cinquante mètres, à près de cent soixante kilomètres-heure, il fallait moins d'une seconde.

La voix de Fitch résonna à la radio.

— On vous entend, Chatterbox. Vous êtes à notre Sierra Echo. Position un-quatre-zéro. Vous pouvez vous mettre sur la fréquence de la compagnie ? À vous.

— Compris. On se retrouve là-bas. À vous.

Small corrigea immédiatement la direction de l'hélicoptère et tourna les boutons pour repasser sur la fréquence de Bravo, afin de libérer le réseau du bataillon pour d'autres échanges radio.

Ils rétablirent le contact.

— Vous me donnez un signal quand je passe au-dessus de vous. OK ? demanda Small. Où j'en suis au niveau de la trajectoire ? À vous.

— Toujours à notre Sierra Echo, lui répondit Fitch. Continuez à avancer. À vous.

La bulle du cockpit vibra de vert et de rouge dans l'obscurité. Small se représenta un Bravo Six imaginaire quelque part sous lui dans un trou boueux, et essaya d'entendre le bruit étouffé de tondeuse à gazon synonyme de vie ou de mort pour un *grunt* blessé. La radio cracha « Top ! », Small vira immédiatement sur l'aile et ne vit que l'obscurité.

— J'ai rien vu, putain, Bravo ! À vous, répondit Small en redressant déjà l'oiseau à l'horizontale pour revenir vers la zone où il avait entendu « top », tout en surveillant son altimètre et son indicateur de roulis et de tangage. À votre avis, à quelle hauteur on était ? À vous.

À nouveau, une longue pause. À nouveau, une réponse interrogative.

— Cent quatre-vingts mètres ? À vous.

— Il y a d'autres saloperies de montagnes dont il faudrait se soucier ici ? demanda Small à Nickels d'un ton brusque.

Celui-ci répondit sur-le-champ.

— Dong Sa Mui, à mille cinq cent cinquante mètres. Environ deux *klicks* au nord-est. À part ça, il n'y a à peu près que Matterhorn sur quatre *klicks*.

Small marmonna dans sa barbe.

Il demanda aux *grunts* d'essayer d'envoyer quelques obus éclairants d'artillerie. Ils n'éclairèrent que la brume.

— C'est quoi le problème avec votre urgence, Bravo ? À vous, demanda Small, presque distrait car il tentait en même temps de réfléchir à ce qu'il pouvait faire.

— Il a les deux jambes arrachées. À vous.

À quoi bon alors ?

— Je peux pas vous trouver sans lumières sur la ZA, bande de crétins ! Il n'y aurait pas moyen d'en dissimuler quelques-unes ? À vous.

De nouveau, le silence.

— On pourrait mettre quelques tablettes allume-feu dans des casques. À vous.

Dieu du ciel, un putain de grunt *capable de penser ! En voilà un miracle, bordel.*

— Bien. Placez-les dans un cercle de vingt mètres de diamètre. Compris ? Dix mètres de rayon, précisément. Sinon, je ne pourrai pas savoir à quelle hauteur je suis. À vous.

Il y eut un silence. Puis Bravo Six revint.

— Chatterbox, il ne pourra faire que treize mètres et demi de diamètre. Le reste de la zone est miné et on ne peut pas le sécuriser. (Il y eut une pause et une seconde de grésillement lorsque Fitch relâcha le bouton de communication. Puis il revint.) Mais, si vous tenez à le tenter, nous on veut bien prendre le risque de faire le cercle. À vous.

Small bascula sur l'intercom pour s'adresser à Nickels.

— Miné ? Tu y crois, à cette connerie ? Ils veulent que je me pose au sommet d'une putain de montagne dans le noir, dans cette merde de brouillard, et cette saloperie de ZA est minée ? Tout ça pour récupérer un pauvre type qui préférerait probablement être mort de toute façon ! Enfin, moi, je préférerais. Bon Dieu ! Les deux jambes, putain !

— C'est mieux que les deux couilles.

— Pas sûr. Qu'est-ce qu'il fera une fois rentré ? Il baisera des melons jusqu'à la fin de sa vie ?

Small essaya d'imaginer à quoi ressemblerait une zone de treize mètres et demi comparée à un terrain de vingt mètres, et s'efforça de faire rentrer cette image dans son esprit afin que, au cas où il l'aperçoive, il puisse deviner à quelle hauteur de la ZA il se trouvait.

— OK, Bravo. Ne courez pas le risque de vous prendre une mine, mais faites faire ce putain de cercle. J'ai pas toute la nuit. Et si je vous demande de tirer une Willy Pete[1], j'en ai rien à foutre que vous vous bouffiez un tir de mortier, vous me balancez une saleté de Willy Pete ! Vous en avez ? À vous.

Bravo Six répondit que oui.

***

Ils récupérèrent des tablettes allume-feu dans toute la compagnie et disposèrent leurs casques en cercle autour de Jackson et des deux infirmiers. Lorsque le pilote leur donna son signal, China et Conman coururent de casque en casque avec des briquets pour allumer les allume-feu. Un cercle bleu, fantomatique dans le brouillard, se dessina autour de Jackson, les casques masquant les flammes bleues dans toutes les directions, sauf directement vers le haut.

L'immense hélicoptère arriva à toute vitesse, quelques mètres seulement au-dessus de leurs têtes. Le souffle des pales renversa deux casques, et des ombres coururent cacher les deux tablettes en les jetant de nouveau dans les casques à mains nues.

Mellas entendit le pilote grommeler à la radio.

— Bordel de Dieu, Bravo. Je suis juste au-dessus de vous, bande de couillons. OK, j'arrive ! Préparez votre homme. J'ai vos tablettes allume-feu en visuel. À vous.

— Tu y crois, Nickels ? demanda Small en passant sur l'intercom. Je viens de dire : « J'ai vos tablettes allume-feu en visuel. »

Putain de merde, pensa-t-il, *treize mètres et demi*.

— OK Bravo, on arrive ! Lancez bien ce Willy Pete quand je vous le dirai. À vous.

Small regarda par-dessus son épaule l'obscurité derrière l'hélico, mais le cercle pâle s'était de nouveau perdu dans les nuages. Sans aucune visibilité, il fit faire demi-tour au gros oiseau en se fiant plus à son ressenti qu'à ses talents de pilote pour revenir vers la ZA – toujours et encore gardant cette faible image de lueur bleue à l'esprit. Il redressa lentement l'hélico et remit son altimètre au même niveau. Puis il changea le pas et l'attitude. L'hélicoptère grondait, seul, dans l'obscurité.

1. Grenade à main antipersonnelle M34 au phosphore blanc, selon les initiales de *White Phosphorous*, ou phosphore blanc, en anglais.

Soudain, tel un feu follet, un rectangle bleu tremblotant apparut, se déplaçant vite, trop vite, se transformant en cercle, se transformant trop vite, putain, bien trop vite.

— Maintenant, bordel. Maintenant ! hurla Small.

— Maintenant ! cria Fitch, et Pallack dégoupilla la grenade au phosphore blanc pour la jeter sur la zone d'atterrissage.

Une brusque lumière blanche et brillante frappa brutalement les yeux des hommes. L'immense masse noire tourbillonnante s'abattit sur la zone dans un crissement angoissé de métal qui se gondole. Les roues avant cédèrent et l'oiseau partit sur le côté, piqua du nez et pivota sur ses roues déformées, tordu par la force de couple de ses pales. Puis il vacilla de côté et s'arrêta, hayon arrière bloqué.

Le chef d'équipe sortit à plat ventre par-dessus le canon d'une mitrailleuse .50 en criant. Les porteurs de civière hissèrent Jackson à travers l'ouverture étroite et tendirent le flacon de plasma au mitrailleur posté sur le côté de l'appareil. Fredrickson et Sheller, voyant Jackson en sécurité à l'intérieur, se retirèrent précipitamment et se jetèrent dans la boue alors que les pales de l'hélico reprenaient de la vitesse. Fredrickson ramassa deux objets ensanglantés et les jeta dans l'ouverture latérale : les rangers de Jackson, ses pieds toujours dedans.

C'est alors que les obus de mortier commencèrent à filer en direction du phosphore brûlant. L'hélicoptère rasa la zone d'atterrissage et disparut dans les ténèbres du bas de la colline.

— Dégagez du sommet ! hurla inutilement Fitch.

Tout le monde courait se mettre à couvert. Conman essaya d'éteindre le phosphore brûlant. Celui-ci se brisa en plus petits morceaux, et il hurla de douleur lorsque l'un d'eux perça un minuscule trou dans sa jambe en se consumant. Il traversa le muscle pour ne s'arrêter qu'une fois l'os atteint.

***

Mellas passa le reste de la nuit à essayer de comprendre pourquoi Jackson avait perdu ses deux jambes alors que lui-même semblait rebondir d'une échappée belle à l'autre. D'une certaine manière, il avait l'impression d'avoir triché. Puis il rit doucement. Qu'était-il censé faire ? Se lever et se faire dégommer pour obtenir le pardon des morts et des estropiés ?

Il pensa à la jungle qui repoussait déjà autour de lui pour couvrir les cicatrices qu'ils avaient créées. Il pensa au tigre, qui tuait pour manger.

Était-ce mal? Et les fourmis? Elles tuaient, elles aussi. Non, la jungle n'était pas mauvaise. Elle était indifférente. Tout comme l'était le monde. Le mal, alors, devait être la négation de quelque chose que l'homme avait apporté au monde. En fin de compte, c'était le fait de se soucier qui exposait le monde au mal. Se soucier… Et après, ce souci vole en éclats. Tout le monde meurt, mais tout le monde n'en a pas souci.

Mellas prit conscience qu'il pouvait créer la possibilité du bien et du mal en se souciant d'autrui. Il pouvait invalider ce monde indifférent. Mais, ce faisant, il s'exposait à la douleur de le voir détruit. Avoir tué ce jour-là n'aurait pas été mal si les soldats morts n'avaient pas été aimés par des mères, des sœurs, des amis ou des épouses. Mellas comprit qu'en détruisant le lien qui unissait ces gens il avait pris part au mal, mais que ce mal l'avait blessé à son tour. Il comprit aussi que sa participation au mal résultait du fait d'être humain. Être humain, c'était le mieux qu'il pouvait faire. Sans l'homme, le mal n'existait pas. Mais le bien non plus, ni rien de moral bâti dans le monde du fait. Les humains étaient responsables de tout. Cette plaisanterie cosmique le fit rire, mais la mort dans l'âme.

***

Le lendemain matin, Mellas rampa hors de son trou pour effectuer sa ronde dans le périmètre. Il passa de trou en trou en plaisantant et essayant de détendre tout le monde. Il se moqua de Conman qui avait voulu tenir du phosphore brûlant à mains nues. Conman lui fit un doigt d'honneur, mais cela sembla lui faire plaisir que Mellas reconnaisse son sacrifice. Certains gamins commencèrent à ouvrir des rations C avec les minuscules ouvre-boîtes accrochés à leurs plaques d'identification. D'autres faisaient du café. Plusieurs creusaient des trous pour chier en dehors des lignes.

Partout autour de Mellas, les crêtes et les sommets se détachaient sur le ciel qui s'éclaircissait. La jungle dans la vallée en dessous n'avait pas changé depuis son arrivée : silencieuse, gris-vert, à la fois ancienne et sans âge. Mais elle n'était plus un mystère. Elle contenait des rivières qu'il avait traversées et dans lesquelles il avait combattu. Il y avait aussi des sommets de collines dont il connaissait intimement les accès et les moindres contours, et des parcelles de bambou piétinées et repoussées, qui se relevaient déjà. Et il y avait un sentier, sur lequel la végétation recommençait à pousser et qui ne tarderait pas à disparaître. Ce n'était qu'une journée ordinaire de plus dans le monde concret. Mais celle-ci était différente parce que le mystère avait été légèrement percé, et que Mellas voyait les choses autrement.

Il s'arrêta au PC pour se renseigner sur Jackson. Fitch l'informa qu'il était encore en vie.

Quatre Phantom survolèrent le sommet de la colline en rugissant et en faisant voler l'aube en éclats par leur bruit, juste au moment où un feu d'artillerie se déchaînait dans la vallée au nord-ouest.

— Ce sont les préparatifs de Speeding Home Kilo, murmura Fitch en ne s'adressant à personne en particulier.

Rapidement, quatre CH-46 pénétrèrent dans la vallée au nord en décrivant des cercles. Tout le monde au PC écouta sur la fréquence de Kilo le commandant en chef de la section déclarer la zone sûre.

— Les Viets se font la malle, putain ! lança Pallack.

Tout le monde sourit. Mellas, lui, se dit que la mission de Kilo consisterait à se positionner à cheval sur les itinéraires de repli. Ils auraient de quoi faire bien assez tôt.

Hawke les rejoignit et Fitch fit passer son café à tout le monde. Il fut décidé d'établir une nouvelle ZA hors de vue des observateurs de l'AVPN, entre Matterhorn et Helicopter Hill, afin d'évacuer les blessés capables de marcher, comme Mellas. Celui-ci confia à Conman le commandement de la section, et on l'aida à gagner la nouvelle zone en bas de la colline, où il s'effondra.

Il resta allongé là, à moitié conscient. Anne flottait dans son esprit et, lorsqu'il se réveilla, il sentit le soleil voilé sur son visage, ou alors la brume froide… ainsi qu'un grand vide et un désir de la revoir tout différent de ce qu'il avait jamais pu éprouver jusqu'alors. Mais il savait qu'il était inutile de penser à se remettre ensemble, et que cette question ne se poserait pas avant plusieurs mois de toute façon. Il y avait des filles blanches à Sydney. Des filles aux yeux ronds. Peut-être irait-il dans l'outback australien. Une ferme tranquille, avec des moutons. Peut-être y tomberait-il amoureux. Peut-être sauverait-il son œil. Tout lui semblait faire partie d'un cycle tandis qu'il fixait le néant gris au-dessus de lui, tandis qu'il entendait le roulement de vagues lointaines sur une plage chaude, tandis qu'il sentait le soleil tirer son corps vers le haut comme une pluie qui s'évapore.

Puis il se rappela le sabre de Vancouver, toujours dans la casemate du PC sur Helicopter Hill. Il demanda à deux blessés capables de marcher de l'accompagner par sécurité.

Stevens était de garde dans la petite casemate. Une équipe de travail était sur le point d'en terminer une plus importante pour le groupe du

PC. Mellas vit le colonel et le Trois discuter avec Bainford en regardant quelque chose au nord, leurs cartes dépliées. Il fit un signe de tête à Stevens dans l'obscurité, rampa dans le coin et sortit le sabre.

— C'est le tien, Mellas ? demanda Stevens, stupéfait.

Mellas le regarda longuement.

— Je sais pas, répondit-il finalement. Je sais vraiment pas.

— Ouais. OK, dit Stevens. Vous autres, vous avez fait un sacré boulot hier.

En regardant Stevens d'un seul œil, Mellas prit conscience qu'il avait toujours considéré son point de vue comme acquis. Maintenant, il voyait Stevens autrement. Il ne pouvait pas lui en vouloir de ce commentaire. Stevens n'était que Stevens, un rouage dans la machine qui essayait d'être sympathique. Et Mellas n'était que Mellas, un autre rouage qui décida de ne pas se mettre en colère. Être un rouage ne lui plaisait guère, mais c'était comme ça. Il sourit de cette conversation silencieuse.

— Merci, dit-il.

Il regagna la nouvelle ZA et s'endormit, le sabre à côté de lui.

***

Quelqu'un donnait des coups de pied dans sa ranger. Mellas ouvrit son œil valide. Il fut inondé d'une mauvaise colère d'être dérangé.

C'était McCarthy. La compagnie Alpha traversait la petite zone d'atterrissage en zigzag.

— Réveille-toi, petit con ! lui lança McCarthy. Il m'a fallu une éternité pour te repérer avec ce fichu pansement que t'as autour du visage.

Mellas sourit et lui tendit la main. L'opérateur radio de McCarthy fumait avec impatience.

— Où est-ce que tu vas ? demanda Mellas.

— À l'ouest. Le Deux Vingt-Quatre a mis en place une position d'arrêt pile sur la Z, au bout laotien de la vallée. Nous, on va jouer le rôle du marteau. La compagnie Charlie est en route pour le nord en ce moment même. Elle vous tire de là cet après-midi. (Il marqua une pause.) Vous avez passé un sale quart d'heure, hein ?

— Ouais, lui confirma Mellas. Mais rien d'inhabituel. Des « pertes légères », je crois que c'est comme ça qu'on dit dans le vrai monde. Tout ce que tu as à faire, c'est rapporter qu'il s'agit d'une action de bataillon et que le pourcentage de pertes avoisine le zéro. Qui va tenir Matterhorn ?

— Qu'est-ce que ça peut te faire ? Toi, tu seras en train de te la couler douce à bord du *Sanctuary*, à éblouir des infirmières aux yeux ronds.

Peut-être qu'on se retrouvera pour un autre *Mystery Tour* lorsque cette saloperie d'opération sera terminée.

— Qui va tenir Matterhorn, putain ? insista Mellas en se redressant sur les coudes, son œil valide commençant à être pris de spasmes.

McCarthy haussa les épaules.

— Personne, dit-il.

Mellas se laissa retomber par terre et fixa le ciel. Personne. Enfin, il parla.

— Sois prudent, Mac.

— T'en fais pas pour moi, répondit McCarthy.

Mellas le regarda. Ils savaient tous les deux que McCarthy irait au feu cet après-midi-là, le jour même où Mellas quittait tout. C'était un autre cycle, un autre rythme épuisant et convulsif, et si ce n'était pas Mellas, c'était McCarthy, et si ce n'était pas McCarthy, ce serait un autre comme lui, encore et encore, comme une image piégée entre deux miroirs de salon de coiffure, de plus en plus profonde, de plus en plus petite, s'enfuyant en courbe vers l'inconnu avec le temps et la distance, mais toujours à se répéter, et toujours identique. Mellas se dit que s'il pouvait briser un de ces miroirs, toute cette souffrance prenant fin, il resterait seul à rêver. Mais les miroirs n'étaient que des pensées, que des illusions. La réalité, c'était McCarthy, là, debout au-dessus de lui avec son visage amical, et son opérateur radio impatient de partir parce qu'ils allaient devoir marcher encore plus vite pour rattraper le reste de la section.

— Bonne chance, dit Mellas.

McCarthy lui fit un signe de la main et suivit péniblement son opérateur radio. Il se retourna et le salua encore une fois. Mellas ne cessait de penser : *Ne te fais pas tuer, nom de Dieu, ne te laisse pas aller à te faire tuer.*

CHAPITRE 20

L'hélicoptère d'évacuation vola vers l'est. Il passa comme un éclair au-dessus d'une plage blanche avant de survoler la mer de Chine méridionale. Au bout d'un moment, un bateau blanc, à la superstructure et la coque ornées de grandes croix rouges, apparut en dessous. L'hélico s'inclina en arrière, ses pales martelant l'air, et se posa sur le pont. Des infirmiers se précipitèrent à l'intérieur pour hisser les blessés sur des civières. Une infirmière en treillis munie d'une écritoire à pince inspectait les fiches d'évacuation et les blessures. Elle répartissait rapidement les blessés par groupes. Les plus atteints étaient poussés sur le côté tandis qu'on dépouillait ceux qui avaient des blessures plus superficielles de leurs armes, de leurs rangers et de leurs vêtements avant de les précipiter à l'intérieur du bateau.

L'infirmière attrapa la fiche de Mellas, sans vraiment le regarder.

— Je vais bien, dit-il. Ces gars-là sont bien plus mal en point que moi.

— Laissez-moi m'occuper du triage, marine.

Elle leva les yeux vers ses pansements. Elle avait le visage rouge et dur, de petits yeux qui semblaient manquer de sommeil et de gros sourcils. Ses cheveux étaient attachés en deux couettes courtes et raides.

— Les plus aptes à survivre partent en premier, déclara-t-elle.

Mellas comprit qu'il s'agissait de maximiser le nombre d'hommes susceptibles de retourner au combat.

— C'est quoi ? lui demanda-t-elle en montrant du doigt le sabre de Vancouver.

— C'est à un ami.

— Toutes les armes, marine ! lui lança-t-elle en lui faisant signe de le lui donner.

— Je suis lieutenant.

— Ah, dé-so-lée, fut sa réponse pleine de sarcasme. Écoutez-moi donc, lieutenant ! J'ai beaucoup à faire. Toutes les armes… même les souvenirs à la con.

— Souvenir, mon cul !

— Qu'est-ce que vous avez dit, marine ? Vous savez que vous parlez à un lieutenant de l'US Navy, n'est-ce pas ?

C'était l'équivalent d'un grade de capitaine chez les marines.

— Oui, madame. (Il lui adressa un salut peu soigné et non réglementaire, la main recourbée mollement.) Comment je peux savoir qu'on me le rendra ? demanda-t-il en maintenant son salut, dans l'attente qu'elle lui rende la pareille.

Elle le fusilla du regard.

— Bell, prenez l'arme de cet homme, cria-t-elle par-dessus son épaule.

— Je vous ai dit…

— Vous obéissez aux ordres, lieutenant, ou je fais un rapport.

Elle passa au suivant, lut sa fiche d'évacuation, écrivit sur son écritoire.

Bell, un infirmier, s'approcha et prit le sabre. Il l'examina pour l'évaluer.

— Comment je peux savoir qu'on me le rendra ? demanda Mellas à nouveau.

— Vous viendrez le chercher quand on vous donnera l'ordre de revenir à terre, Sir.

— Je veux un reçu.

— Sir, vous retardez le processus. Le 24e des marines est dans la merde et…

— J'en fais partie moi, du 24e des marines ! Je veux un reçu, bordel.

— On n'a pas de formulaires de reçus pour les sabres, lieutenant. Il ira avec les fusils. Ça ne posera pas de problème.

— Trois de mes hommes ont dû payer leurs fichus fusils parce qu'un connard de la Navy les a vendus aux Viets. Je veux un reçu, et je le veux maintenant !

Bell chercha de l'aide autour de lui. Il repéra l'infirmière et alla la voir. Mellas la vit serrer les lèvres, puis dire quelque chose à Bell. Celui-ci revint.

— Il va falloir attendre, Sir. Le lieutenant dit qu'elle est occupée.

Lorsque la dernière civière disparut à l'intérieur du bateau, l'infirmière s'approcha de Mellas avec raideur.

— Bon, c'est quoi le problème, lieutenant ?

— Madame, le lieutenant aimerait avoir un reçu pour l'arme du lieutenant, madame.

— Un reçu. Je vois. (Elle baissa les yeux sur son écritoire.) Mellas, sous-lieutenant, compagnie Bravo, 1er bataillon du 24e régiment des marines. C'est exact ?

— Oui, madame.

— Je vais vous donner un ordre direct, sous-lieutenant Mellas, et le HM-1 Bell en sera témoin. S'il n'est pas respecté, je vous mets en état d'arrestation pour avoir désobéi à un ordre direct. Est-ce parfaitement clair ?

— Oui, madame, répondit Mellas d'une voix tendue.

— Lieutenant Mellas, donnez cette arme, ce sabre, au HM-1 Bell et rappliquez en bas, dans la salle des officiers. Si vous ne bougez pas dans dix secondes, je vous mets aux arrêts. Les choses étant ce qu'elles sont, je signale dans mon rapport que vous avez perturbé le triage.

Mellas savait reconnaître quand il était vaincu par le système. Il donna le sabre à Bell.

Dans la salle des officiers, un autre infirmier récupéra son treillis puant, mais Mellas refusa de le laisser prendre ses rangers. Il les attacha au bout de son lit en lui lançant un regard furieux. Lorsqu'il jugea que les rangers étaient hors de danger, il trouva une bassine, la remplit d'eau chaude et poussa un grand soupir en y plongeant les pieds. Un peu plus tard, il fut ramené à la réalité par la voix d'un autre infirmier.

— Débridement, lieutenant !

Mellas sortit les pieds de la bassine à contrecœur.

On le mit sur un lit à roulettes et le poussa plus profondément à l'intérieur du bateau. Puis on lui fit une anesthésie locale et il regarda l'équipe médicale enlever du métal, de la terre et du tissu de ses jambes, découper des bouts de chair morte puis nettoyer et panser les blessures provoquées par les éclats de shrapnel.

— Le reste sortira tout seul, déclara le chirurgien, qui regardait déjà le problème suivant sur sa liste en s'essuyant les mains.

Un infirmier poussa de nouveau Mellas jusqu'à son lit. Il dut le réveiller pour l'y mettre.

***

Il se réveilla en sursaut, le cœur battant, en entendant son nom. Il avala une bouffée d'air et chercha frénétiquement le danger avec son œil valide. Une infirmière rousse, dont le badge indiquait *Elsked, K. E.*, se tenait au-dessus de lui. Comme l'infirmière du triage, elle portait la double barrette d'un lieutenant de la Navy. Sa voix était cassante.

— Vous êtes attendu au bloc opératoire dans cinq minutes, lieutenant. (Elle regarda ses jambes bandées.) Vous pouvez marcher ou vous avez besoin d'aide ?

— Ce qui sera le plus efficace, répondit-il.

Il s'extirpa du lit et marcha, les jambes raides. Elle ouvrit la voie dans le couloir en se retournant de temps en temps pour voir où il en était.

Mellas observa chacun de ses gestes, nota ses hanches et le contour de sa bretelle de soutien-gorge sous l'impeccable tissu synthétique blanc de sa robe. Il avait envie de la rattraper et de la toucher, d'être en contact avec quelqu'un de doux qui sente le propre et le frais, quelqu'un de chaud. Il avait envie de parler à quelqu'un qui sache ce qu'il ressentait, quelqu'un qui puisse parler à ce qui en lui était seul et perdu. Il avait envie d'une femme.

L'infirmière ordonna à deux infirmiers de disposer Mellas sur une table d'opération. Elle refusait de croiser son regard. Il regretta d'avoir été envoyé en ce lieu où son brusque déluge de désir n'avait aucune chance d'être assouvi. *Elle pense que tout ce que je veux, c'est la tringler*, se dit-il, amer. *C'est vrai, bien sûr, mais c'est tellement plus que ça.* Il rit à voix haute.

— Qu'est-ce qu'il y a de si drôle ? demanda un des infirmiers en déplaçant une immense machine suspendue à un rail.

Il la positionna soigneusement au-dessus du visage de Mellas.

— *Entre l'émotion et la réponse [...], le désir et le spasme [...], tombe l'Ombre*[1], dit Mellas.

Il ébaucha un sourire.

L'infirmière rousse se tourna pour le regarder fixement.

Ils le tinrent par les épaules, et un médecin plus âgé entra. Il examina l'œil de Mellas avant d'injecter un anesthésiant local juste à côté. L'infirmière lui nettoya l'œil, rinça la terre et la poudre qui s'y étaient mêlées avec la pommade que Fredrickson avaient fourrée dedans. Un éclat de shrapnel lui avait ouvert la paupière. Un autre fragment de métal lui était entré dans la chair, juste au-dessus de l'arête du nez, avant de s'arrêter contre l'ossature du crâne. Mellas était raidi de peur à l'idée de ce qui allait suivre. Il leva son regard vers la grande machine noire suspendue à des rails au-dessus de lui. Elle était munie de grosses et épaisses lentilles

1. T. S. Eliot, *The Hollow Men* (« Les Hommes creux », traduction de Pierre Leyris).

ainsi que d'une aiguille en acier inoxydable longue d'une quinzaine de centimètres qui se rétrécissait en une pointe très fine. La machine se mit à émettre une lueur à travers les lentilles qui grossissaient les yeux du médecin occupé à le scruter. Puis les lentilles couvrirent la lumière étincelante qui parut lui entrer dans le cerveau. L'aiguille en acier sortit du nuage lumineux et le médecin tourna des boutons pour la diriger. Les mains de l'infirmière rousse lui appuyèrent sur le front et la poitrine. L'aiguille pénétra dans son œil. Il s'agrippa au lit et s'efforça de ne pas hurler.

Morceau par morceau, les éclats et fragments de la grenade défectueuse lui furent ôtés de l'œil. Puis le chirurgien lui fit deux points de suture dans la paupière.

— Vous avez une chance incroyable, lieutenant, déclara-t-il en retirant déjà son masque. Deux de ces éclats n'étaient qu'à quelques microns de vous sectionner le nerf optique. Vous auriez perdu l'œil. (Il repoussa la machine.) Vous n'y verrez pas normalement pendant une semaine ou deux. Portez un cache dessus pendant quelque temps, mais vous devriez pouvoir rejoindre votre unité d'ici une semaine.

Il se tourna et commença à se laver les mains. Mellas eut l'impression qu'on venait de lui annoncer sa pendaison.

On le poussa jusqu'à son lit et il dormit.

***

Une fois réveillé, il quitta ses draps raides et boitilla jusqu'au couloir. L'acier froid sous ses pieds vibrait sous l'effet des moteurs du bateau. Il héla un infirmier qui passait pour lui demander où se trouvaient les hommes de troupe. On lui indiqua la bonne direction, il repartit en clopinant. Il trouva Jackson dans une salle avec une dizaine d'autres marines blessés, tous reliés à des flacons de perfusion. Jackson, réveillé et calé contre la tête de lit, regardait le mur, une couverture sur les jambes. Il n'y avait aucune bosse à l'extrémité de la couverture.

Soudain, Mellas n'eut pas envie que Jackson le voie. Il avait envie de s'éloigner et de l'effacer de son esprit.

Un infirmier s'approcha de lui.

— Je peux vous aider, euh…

— Lieutenant, dit Mellas. J'aimerais voir un de mes hommes.

— Sir, nous ne sommes pas censés avoir des visites, sauf entre 16 et 18 heures. Ces gars sont encore dans un état plutôt critique.

Mellas le regarda.

— Doc, c'était mon radio.

— Si jamais une de ces fichues infirmières arrive, je vous couvre pas, l'avertit l'infirmier avant de faire un pas de côté.

Mellas s'approcha du lit. Jackson tourna légèrement la tête, puis détourna le regard.

— Salut, Jackson ! Comment ça va ?

— À votre avis, putain ?

Mellas respira un grand coup et hocha la tête. Il ne savait pas quoi dire. Manifestement, Jackson ne voulait pas le voir.

— Écoutez, lieutenant, barrez-vous, c'est tout.

D'autres marines qui avaient à moitié suivi leur échange depuis les lits voisins reprirent leur lecture ou se remirent à tripoter les cordons de leur pyjama bleu clair.

Mellas, lui aussi en pyjama, debout, tout seul, se sentit brusquement nu. On aurait dit un suppliant aux moignons de Jackson.

— Jackson ?

Celui-ci tourna de nouveau la tête et le regarda froidement.

— Jackson, je... (Il tenta de garder une certaine dignité, ne voulant pas s'effondrer devant tout le monde.) Jackson, je suis désolé que ça te soit arrivé.

Jackson se retourna vers la cloison. Ses lèvres se mirent à frémir.

— J'ai perdu mes jambes, dit-il d'une voix tremblante. (Il commença à gémir.) J'ai perdu mes jambes. (Il se tourna vers Mellas.) Qui va vouloir baiser un type qu'a pas de jambes ? (Sa voix monta et il craqua complètement.) Qui va vouloir baiser une putain de pastèque ?

Mellas recula de quelques pas en secouant la tête, avec l'impression d'avoir fait quelque chose de mal en restant en vie, en s'effondrant et laissant Jackson aller vérifier les trous. Il désirait le pardon, mais il n'y en avait aucun. Jackson se débattait maintenant en hurlant. Des infirmiers se précipitèrent pour le maintenir en place, et l'un d'eux lui enfonça une aiguille dans la cuisse.

— Vous feriez mieux de partir, lieutenant, dit l'infirmier.

Mellas regagna le couloir en boitant. Il écouta les hurlements étouffés se poursuivre jusqu'à ce que la drogue les fasse cesser ; puis il regagna lentement la salle des officiers.

Il dormit, et dormit encore, ne se réveillant que pour les repas. Lorsqu'il eut enfin le courage de refaire une visite à Jackson, il trouva quelqu'un d'autre dans son lit. Jackson avait été envoyé au Japon.

***

Entre deux changements de pansements, Mellas prenait de grandes douches, en se foutant que la Navy demande de n'en prendre que des courtes. Puis il dormait encore. De temps en temps, il voyait l'infirmière du triage. Ils s'évitaient soigneusement. Il voyait aussi l'infirmière rousse entrer dans la salle de soins et en sortir. Il ne pouvait s'empêcher de la regarder. À son grand mécontentement, elle semblait bien s'entendre avec l'infirmière du triage.

Il essaya d'engager la conversation avec elle, mais, de toute évidence, elle était de service et n'avait pas beaucoup de temps à lui consacrer. Elle restait polie et lui adressait à l'occasion un sourire bienveillant après lui avoir examiné l'œil. Bientôt, ils eurent de brèves conversations. Il apprit qu'elle aussi était originaire d'une petite ville, mais dans le New Hampshire, et qu'ils avaient tous les deux aimé ramasser des mûres. S'il lui était reconnaissant de ces brèves discussions, ce qu'il voulait vraiment, c'était qu'elle le prenne dans ses bras et qu'elle le serre si fort qu'on aurait cru qu'ils avaient rampé l'un à l'intérieur de l'autre. Mais ça ne devait pas arriver.

Au bout de quelques jours, ses blessures ne saignant plus, on lui demanda s'il voulait prendre ses repas au mess des officiers. Il accepta.

Il entra en hésitant dans la salle en bois poli ; il portait ses vieilles rangers, un treillis propre et la barrette dorée d'un sous-lieutenant sur le col. Les Philippins qui travaillaient au mess apportaient la touche finale aux nappes. Les tables étaient dressées avec de la porcelaine blanche. Mellas baissa les yeux sur ses rangers balafrées qui juraient avec le pont moquetté. Un des Philippins lui indiqua une table pour huit avec quatre bougies allumées au milieu. Il s'assit. Le reste des chaises fut pris par des infirmières, sept en tout.

Le cœur de Mellas bondit de joie à l'idée d'être assis à côté de ces femmes. Il essaya de contenir son excitation en se frottant les mains sur la nappe. Plusieurs des infirmières tentèrent de lui parler, mais il ne parvenait pas à répondre intelligemment. Il était frappé de mutisme. Tout ce qu'il pouvait faire, c'était engouffrer de la nourriture, les regarder, et puis rire. Elles évoquaient les intendants à Manille et Sasebo, des permissions à Taipei ou Kuala Lumpur. Certaines y allaient d'allusions grivoises aux officiers du sexe opposé, et les autres gloussaient.

Mellas avait envie de les toucher. Il avait envie de tendre la main pardessus la table et de la poser sur leurs cœurs, sur leurs seins. Il voulait poser la tête sur leurs épaules, sentir leurs peaux, absorber leur féminité.

Mais elles étaient plus âgées que lui, et d'un grade supérieur. De plus, elles étaient mal à l'aise et se disaient qu'il était en manque de sexe. C'était vrai, mais il n'y avait pas que ça. Au bout d'un moment, leur discussion se fit moins embarrassée, glissant autour de lui et sur lui, ne tenant pas compte des problèmes et des occasions venant du fait qu'elles étaient femmes et qu'il était homme. Au bout d'un moment, elles s'excusèrent et le laissèrent seul. Les serveurs philippins débarrassèrent les tables. L'un d'eux lui apporta du café frais.

Mellas vit quelqu'un se lever d'une chaise à l'autre bout de la pièce. L'infirmière rousse. Elle sembla hésiter, puis se dirigea vers sa table.

— Je peux m'asseoir ? demanda-t-elle.

— Je vous en prie.

Il s'efforça de faire une plaisanterie sur les sièges vides autour de lui, mais n'en trouva aucune.

— Comment va votre œil ?

Elle s'assit et se pencha près de lui pour inspecter le pansement.

— Ça va.

— Vous aimez le café, hein ?

Elle lui sourit chaleureusement. Elle avait défait ses cheveux, habituellement noués au sommet de sa tête. Ils lui tombaient presque jusqu'aux épaules.

Mellas s'ouvrit comme une fleur. Il se surprit à lui raconter chaque détail nécessaire pour faire du café à l'aide d'explosif C4. Ils évoquèrent leur chez eux, leur enfance dans une petite ville. Elle le taquina pour avoir paraphrasé Eliot juste avant son opération de l'œil. Puis elle ajouta :

— D'une certaine façon, j'ai eu l'impression que l'ombre, c'était moi.

Il s'éclaircit la gorge et racla ses rangers sur le tapis sous sa chaise.

— Eh bien, pas exactement. Non parce que… vous en faisiez partie. Vous voulez vraiment savoir ?

— Bien sûr.

Elle sourit, comme pour dire : « Nous sommes entre adultes. »

— Dans la brousse, dit-il, c'est d'abord un *Bang*, puis un murmure. Après, on atterrit ici et il n'y a plus qu'un murmure, pas de *Bang*[1].

Il regretta aussitôt cette tentative de faire de l'esprit.

1. Jeu de mots sur *Bang*, qui veut dire « Boum » et « Baiser », et référence aux derniers vers du poème *Les Hommes creux* : « C'est ainsi que finit le monde / Pas sur un Boum, sur un murmure » (Traduction Pierre Leyris).

— C'est pas si drôle que ça, dit-elle.

— Vous avez raison. Désolé. (Il marqua une pause.) J'en ai un peu assez d'être poliment traité comme un délinquant sexuel.

— Vous croyez que nous, on n'en a pas assez de tous ces gamins qui se ramènent ici de la jungle et qui en crèvent d'envie ?

— Vous parlez de sexe.

— Je ne pensais pas nécessaire de vous faire un dessin.

— Non, non, je sais dessiner… et écrire. Écoutez voir. S-E-X-E. C'est ça ?

Elle eut un sourire sarcastique.

— Malin.

— Ouais. Malin. (Il regarda sa tasse de café.) C'est ce que veut tout jeune gaillard américain vigoureux, non ? (Il inclina la tête en la regardant. Et vit Williams, suspendu à une perche.) C'est naturel, non ?

— Bien sûr, répondit-elle sans méchanceté.

Cette façon calme et aimable qu'elle avait eue de dire « Bien sûr » fit prendre conscience à Mellas qu'il parlait avec un véritable être humain, quelqu'un qui se souciait de lui. Cela désamorça la colère qu'il éprouvait d'être perçu comme une menace et de n'avoir pas su lui dire qu'il voulait simplement être son ami. Il regarda fixement sa tasse.

Elle s'adossa à son siège et lui jeta un regard un peu interrogateur.

— Ils savent qu'ils ne peuvent pas avoir accès au s-e-x-e parce que les hommes de troupe ne baisent pas les officiers, dit Mellas. Peut-être que tout ce qu'ils veulent, c'est avoir à côté d'eux quelqu'un qui soit une femme, et non de faux hommes qui parlent comme des faux hommes. Ils veulent simplement une vraie femme qui leur sourie et qui leur parle comme s'ils étaient de vrais gens, pas des animaux.

— Vous verriez les choses différemment si vous étiez à notre place.

— Et vous aussi, si vous étiez à la nôtre, lui renvoya Mellas.

— C'est comme ça, dit-elle. (Elle le regarda droit dans les yeux et eut un sourire chaleureux.) Écoutez, je ne voulais pas faire la prude.

Il remarqua qu'elle avait les yeux verts.

Il comprit qu'elle essayait d'établir un lien avec lui. Il se laissa attendrir et lui rendit son sourire.

— Il faut que vous compreniez ce qu'on fait ici, lança-t-elle. (Elle commença à tendre la main vers lui sur la table, mais se ravisa et posa les deux mains sur sa tasse de café.) On répare des armes. (Elle haussa les épaules.) Vous êtes un système de guidage pour quarante fusils, trois mitrailleuses, quelques mortiers, plusieurs batteries d'artillerie, trois calibres de canons navals, et quatre types d'avions d'assaut, et en ce moment vous êtes en panne. Notre boulot, c'est de vous réparer et de vous renvoyer au combat le plus vite possible.

— Je sais. Mais je n'ai pas vraiment l'impression d'être une arme en ce moment.

— À votre avis, j'ai souvent l'impression d'être un mécano ? rétorqua-t-elle. (Elle se radoucit.) Ce n'est pas pour ça que je suis devenue infirmière. (Elle posa les paumes de ses mains sur les côtés de son front, puis les coudes sur la table.) C'est vrai, ça m'arrive d'en avoir assez de tout ça. (Elle leva les yeux vers lui, désormais non plus en infirmière de la Navy, mais simplement en jeune femme épuisée.) Il y a trop de gamins qui montent à bord, finit-elle par dire. Ils se sentent seuls. Ils souffrent. Ils ont peur de mourir. (Elle s'interrompit.) On ne peut que retaper les corps. Pour ce qui est de… (Elle chercha le mot adéquat.) … du reste, eh bien, on essaie de garder nos distances. Ce n'est pas facile.

— C'est comme ça, dit-il.

Elle était en train de remuer tous les sentiments qui l'avaient assailli au début de repas. Comme il avait peur de dire quelque chose qui ne fallait pas et qu'elle s'en aille, il resta muet.

Elle rompit le silence.

— Ils vont vous renvoyer dans la brousse, n'est-ce pas ?

Mellas acquiesça de la tête.

Elle soupira.

— En gros, si je fais bien mon boulot, ils vous renvoient au combat.

— Plutôt embêtant.

— Rien de tel que de retrouver la brousse.

Mellas lui sourit de nouveau. Il avait l'impression d'être compris. Il avait l'impression de pouvoir lui parler.

— C'est différent cette fois-ci, dit-il. Je sais ce qui m'attend. (Il déglutit, leva les yeux, puis expira brièvement.) J'ai peur d'y retourner.

Il la regarda, inquiet à l'idée d'avoir franchi une ligne, d'en avoir trop révélé. Il passa sa main sur son œil non bandé, bloquant la lumière douce du carré des officiers. Il fut inondé d'images : des corps raides et crispés, la terreur sur le visage de Jacobs, du sang qui giclait d'une jambe.

— Vous vous souvenez de ce que vous ressentiez en ramassant des mûres ? demanda-t-il. Vous savez… avec des amis et disons… la grand-mère de quelqu'un qui est venue avec vous et qui va faire une tarte en rentrant… et l'air est si tiède que c'est comme si la Mère Nature faisait cuire du pain.

Elle hocha la tête, un sourire sur les lèvres.

— Oui, je m'en souviens.

— À l'époque il y avait un gros buisson de mûres, reprit-il. Juste à côté de la décharge de la petite ville de bûcherons où j'ai grandi. (Il lissa la nappe. Elle attendit qu'il continue.) C'est comme si une voiture vous fondait dessus en vrombissant, avec six costauds à l'intérieur. Vous êtes debout à côté de cette vieille dame toute gentille, votre seau plein de mûres à la main, et soudain vous avez un peu peur. Tous les gars ont bu. Ils ont le visage masqué. Ils portent des fusils. L'un d'eux prend les seaux de mûres et les jette sur le côté de la route. Ils vous bousculent. Après, ils vous emmènent à la décharge en rigolant un peu, comme s'ils comptaient s'amuser. On vous dit que vous allez jouer à quelque chose. Voici les règles. (Il appuya doucement un couteau à beurre sur la nappe blanche.) Les hommes, enfin... les garçons, doivent traverser la décharge à quatre pattes, d'un bout à l'autre. Chaque fois qu'on tombe sur une boîte dont on ne voit pas le couvercle, on doit la ramasser et la montrer aux hommes avec les fusils. Si elle est vide, on peut poursuivre. Si elle n'a pas été ouverte, on se fait tuer. On descend dans les ordures. Dans la décharge, il y a toujours un feu qui couve. La fumée vous fait dégueuler et tousser. La vieille grand-mère a pour tâche d'apporter de l'eau à tous ceux d'entre nous qui trouvent une façon plaisante ou futée de révéler la boîte. Si on se montre particulièrement malins, on nous donne même des médailles. Bien sûr, si on refuse de les ramasser, alors on doit rester ramper parmi les ordures à tout jamais, ou du moins jusqu'à ce que ces drôles de types en aient marre de leur jeu de merde.

Mellas dut pousser ces dernières phrases entre ses dents serrées. Il tordait le couteau à beurre sur la table, ses phalanges toutes blanches.

— Et un par un, bordel... (Le couteau se pliait lentement.) ... tous les gars avec lesquels vous avez ramassé les mûres se font tuer. Et vous, vous continuez simplement à être futé. (Il se balançait en avant avec chaque parole.) Et le jeu continue, encore et toujours.

Il leva les yeux vers elle, son couteau à la main. La même fureur qui l'avait poussé à sortir son Ka-bar et à lacérer des plantes montait en lui. Il avait envie de frapper, de faire mal. Il enfonça la pointe du couteau dans la nappe, et avec les deux mains, il tordit la lame à quatre-vingt-dix degrés.

La jeune femme en fut manifestement effrayée. Elle se leva.

— Je suis désolée, lieutenant, dit-elle. Peut-être que je...

Elle commença à en dire plus, mais s'arrêta.

Mellas était abasourdi par ce qui venait de se passer.

— C'est moi qui devrais être désolé, dit-il. (Il reposa nerveusement le couteau courbé près d'une assiette, ne voulant plus l'avoir dans la main. Posé là comme ça, l'objet avait l'air très curieux.) C'est sorti comme ça, c'est tout. Je me sens vraiment bête.

Elle tendit le bras par-dessus la table et posa la main sur la sienne.

— Ne vous en voulez pas. C'est peut-être ce qui vous permet de tenir. (Elle lui pressa rapidement la main plusieurs fois.) Dieu sait qu'on a tous besoin de quelque chose. (Elle le regarda un moment.) Faites attention à vous là-bas.

Puis elle sortit rapidement par la porte de la cloison.

***

Mellas était seul, avec son cœur qui battait fort et sa rage inexplicable. Il savait qu'il venait de détruire son unique chance de parler avec la seule femme qui lui avait offert ce que toutes les autres avaient eu peur de lui donner. Il avait envie de courir vers elle, de l'attraper, de lui parler d'amour et d'amitié. Au lieu de quoi, il saisit une pleine poignée de fourchettes et couteaux étincelants sur la nappe blanche et la jeta violemment sur un des divans somptueusement rembourrés posés contre la cloison. Un Philippin qui travaillait au mess passa la tête par une des portes battantes de la coquerie. Lorsqu'il vit Mellas planté là, à lutter pour se maîtriser, il se retira vite à l'intérieur.

***

Mellas termina son café en silence. Il voyait son reflet dans les boiseries polies. Sombre, un peu déformé, mais c'était lui, tel qu'il était à cet instant, seul.

***

Mellas voulait quitter le navire-hôpital.

Mellas avait peur de retourner dans la brousse.

Mellas n'avait nulle part où aller.

***

L'ordre arriva dans la matinée. Il devait rejoindre son unité avant 20 heures le lendemain. Alors, avec l'arrivée de cette feuille polycopiée marquée de son nom, ses pieds retrouvèrent la terre ferme. Le temps inonda de nouveau sa vie comme une marée inattendue mais inévitable. Il était resté cinq jours sur le bateau.

***

Il entreprit de retrouver son fusil et le sabre de Vancouver.

Le marin à l'armurerie avait l'air de s'ennuyer. Son arme ? Son M16 ? On avait dû l'envoyer à la 5e division des marines. Oui, le voilà sur la liste… Un sabre ? Aucune idée… On ne prend pas de sabre ici. Ce n'est pas considéré comme une arme.

Mellas explosa. Le marin compatit. Mellas exigea de voir quelqu'un. Le marin l'envoya à son chef. Celui-ci l'envoya voir l'officier d'intendance. L'officier d'intendance appela les archives. On n'y trouva aucun sabre. Ne vous inquiétez pas, il a dû partir à la 5e division des marines avec les fusils. Avait-il un reçu ?… Voilà, remplissez ce formulaire d'équipement manquant. Après tout, c'est bien une arme.

Mellas regagna sa salle abattu, envahi par un sentiment d'impuissance.

Au dîner ce soir-là, il était sombre. À sa table, tous savaient qu'il retournait dans la brousse le lendemain matin. Il cesserait bientôt d'être un problème. Tout le monde était poli. L'infirmière rousse n'était pas là.

***

Aux alentours de minuit, il enfila précautionneusement ses habits par-dessus ses pansements et partit à sa recherche. Il entra dans le couloir en acier qui tremblait faiblement. La douce houle de la mer de Chine méridionale, ainsi que la vibration des moteurs, traversait la semelle de ses rangers. Il se dirigea vers l'intérieur du navire, à travers un labyrinthe de couloirs, en bas d'échelles qui menaient vers des espaces inconnus.

Ces quelques derniers jours, de la même façon qu'il avait observé des filles disparaître dans des rues et des maisons inconnues au lycée, il avait repéré les endroits où les infirmières s'éclipsaient une fois leur service terminé. Il savait aussi que l'infirmière rousse était le lieutenant K. E. Elsked.

Dans la chaleur et le calme des ponts qui résonnaient et des couloirs éclairés par de faibles lumières rouges, Mellas se rapprochait silencieusement du centre du quartier des officiers. Il savait que le secteur où logeaient les infirmières lui était interdit. Néanmoins, il poursuivit, nerveusement. Il croisa un infirmier, puis un marin. Tous deux le regardèrent mais ne dirent rien – c'était un officier. Il continua sa progression dans les couloirs. Ses rangers, malléables après toutes les heures qu'elles avaient passées dans l'eau, chuchotaient doucement sur le métal. Il prit un tournant dans le couloir et passa devant une porte ouverte. À l'intérieur, il aperçut un officier plus âgé, aux cheveux gris, penché sur un petit bureau. Il sursauta en comprenant qu'il s'agissait du capitaine du bateau. Il se dépêcha de passer et emprunta un dédale ahurissant de coudes, sans trop savoir où il était : son instinct lui dirait où trouver les quartiers du lieutenant Elsked, avec son nom sur la porte.

Il finit par les trouver.

Son cœur battait fort dans sa gorge. Si elle réagissait mal, il aurait de sérieux ennuis. Il regarda de part et d'autre du couloir vide, déglutit et frappa à la porte.

Au bout d'un moment, il entendit une question étouffée adressée à quelqu'un d'autre, puis une autre, plus forte.

— Qui est-ce ?

Mellas ne savait pas quoi répondre. Il ne lui avait jamais vraiment dit comment il s'appelait. S'en souviendrait-elle depuis le bloc opératoire ?

— Qui est-ce ? répéta une deuxième voix, plus sévère.

— Euh, c'est moi, dit-il en se sentant bête. Le lieutenant des marines. (Il s'interrompit.) T. S. Eliot.

— Qui ça ? demanda la deuxième voix, étouffée et agacée.

— C'est bon. Je le connais, dit la première. (Il y eut une pause.) J'ai bien peur que toi aussi.

La porte s'ouvrit. Le lieutenant Elsked, un peignoir blanc en tissu-éponge serré autour d'elle, coula un regard dehors.

— Qu'est-ce que vous faites ici, bon sang ? dit-elle en chuchotant.

— Il faut que je vous parle de quelque chose.

— Quoi ? Vous allez vous attirer de vrais ennuis.

— Alors laissez-moi entrer.

Elle serra un peu plus son peignoir, le refermant davantage.

— S'il vous plaît, murmura Mellas en lui lançant un regard suppliant. Ce n'est pas ce que vous pensez. J'ai besoin d'aide. (Il vit ses doigts se détendre légèrement.) J'ai besoin de quelqu'un qui connaisse les rouages par ici. Je veux dire, les rouages sociaux.

Elle marqua un temps d'arrêt.

— OK. (Elle ouvrit l'écoutille.) Bon Dieu, ce que je dois pas faire pour mon pays !

Mellas se glissa à l'intérieur.

Elle alluma une lampe de bureau.

— Désolée, Kendra, dit-elle.

Mellas leva les yeux et aperçut l'infirmière du triage sur la couchette inférieure. Elle lui rendit son regard, la mâchoire serrée.

— Je crois que vous vous connaissez déjà, lança malicieusement le lieutenant Elsked. Le sous-lieutenant Mellas, du corps des US marines, dit elle en adressant un léger signe de tête à Mellas. Réserviste, c'est exact ? (Elle eut l'ombre d'un sourire.) Voici le lieutenant Dunn, de l'US Navy. (Elle tira une chaise de dessous le bureau.) Maintenant que les présentations sont faites, vous pourriez peut-être vous détendre tous les deux. (Elle s'assit et tira sur son peignoir pour le serrer un peu plus autour de ses genoux. Elle se pencha en arrière et glissa les mains dans les poches du peignoir, manifestement amusée.) Aucun de vous n'est aussi mauvais que le croit l'autre.

Dunn lança un regard glacial à Mellas. Elle remonta sa couverture autour de ses épaules et lui tourna le dos pour faire face à la cloison.

Mellas jeta un coup d'œil au lieutenant Elsked, qui eut un petit haussement d'épaules comme pour signifier qu'elle avait au moins essayé. Elle baissa les yeux un instant sur ses pieds nus. Mellas ne put s'empêcher de suivre son regard. Il s'attarda une fraction de seconde sur ses mollets avant de fixer ses ongles d'orteil rouges.

— Alors, T. S. ? dit-elle en lui jetant un regard bienveillant. Ou je peux vous appeler Waino ? Drôle de nom.

Mellas se sentit rougir, gêné, car visiblement, elle avait tout appris de sa rencontre avec sa camarade de chambre… et avec bonheur, puisqu'elle connaissait son nom.

— Waino, c'est parfait, répondit-il.

— Moi, c'est Karen. Je parie que vous ne le saviez pas.

— Non, c'est vrai, lieutenant Elsked.

— Vous pouvez m'appeler Karen quand je suis en peignoir.

Il y eut une pause délicieusement gênée, rompue par la camarade de chambre d'Elsked qui remua de façon résolument bruyante.

Mellas se jeta à l'eau :

— Quelqu'un m'a volé mon sabre.

Dunn rejeta les couvertures qui lui recouvraient la tête et se tourna vers lui.

— J'en ai jusque-là de ce fichu sabre ! Maintenant, vous allez vous bouger le cul et dégager d'ici. Si ce n'était pour le lieutenant Elsked, je vous ferais arrêter.

Mellas sentit sa fureur habituelle commencer à se déployer, mais, cette fois, il la maîtrisa. Il se tourna vers Elsked.

— J'ai besoin de votre aide. Je suis allé voir toutes les personnes qui me sont venues à l'esprit. Il a disparu. Je n'ai pas de reçu. Il n'y a aucun moyen de retrouver sa trace. La dernière fois que je l'ai vu, il était entre les mains d'un HM-1 du nom de Bell.

— Qu'est-ce que vous voulez que le lieutenant Elsked y fasse, lieutenant ? demanda Dunn.

Mellas inspira fort et lentement. Il garda les yeux braqués sur ceux d'Elsked. Elle l'observait avec une froide objectivité.

— Je me disais que vous sauriez peut-être comment le retrouver, reprit-il. En posant quelques questions à droite à gauche... vous savez, si vous demandiez à des infirmiers... ils l'ont peut-être vu. Quelqu'un doit bien l'avoir.

— OK. J'essaierai de me renseigner demain, pendant mon service.

Mellas secoua la tête.

— Ça ne peut pas attendre. J'ai des ordres pour partir demain.

La peur lui donna le vertige.

Elsked le regarda attentivement.

— Il vous reste combien de temps là-bas ?

L'esprit de Mellas s'arrêta.

— On est quel jour ?

Elsked éclata de rire.

— Jeudi trois avril, sauf s'il est minuit passé. Ce dimanche, c'est Pâques.

Mellas regarda sa main droite et remua les doigts.

— Trois cent quatre jours et un réveil, finit-il par dire. (Ça sonnait comme une condamnation à perpétuité.) Si je reste éveillé toute la nuit. Sinon, c'est deux réveils.

Il se força à sourire.

Le visage d'Elsked était plein de bonté.

— C'est long.

— Ouais.

— Votre œil, ça va ?

Il fit oui de la tête.

— Et les jambes ?

Il fit de nouveau oui de la tête.

La lueur dans les yeux de la jeune femme se réchauffa. Elle baissa encore le regard sur ses jambes. Les yeux de Mellas suivirent. Elles étaient bien dessinées.

— Pourquoi ce sabre est-il si important ? demanda-t-elle.

— Quelqu'un est mort… (Il s'interrompit. Il revit Vancouver mettre fin à l'embuscade et, ce faisant, lui sauver très probablement la vie. Combien d'existences sauvées devait-on à ce guerrier ?) Je ne sais pas. Il l'est, c'est tout ! (Il marqua une pause.) Il fallait y être pour comprendre.

— Bon sang, c'est rien qu'un souvenir ! lança Dunn.

Elle avait enfilé un peignoir bleu sous les couvertures. Elle quitta sa couchette, son corps raide sous le peignoir.

— C'est plutôt difficile à expliquer, dit Mellas.

Cela l'irritait que Dunn trouve que le sabre était insignifiant, mais il se retint.

— Vous avez intérêt à le croire, lui renvoya Dunn en plissant davantage les yeux. (Elle attrapa un treillis et une paire de petites chaussures noires avec d'épaisses semelles en caoutchouc.) Allez, viens, Karen !

— Tu vas où ? lui demanda Elsked.

— Chercher l'officier de service.

Dunn tourna le dos et enfila son pantalon sous son peignoir. Elle se retourna, en maintenant l'ouverture de son vêtement.

— Il n'a rien fait de mal, protesta Elsked d'une voix douce mais ferme.

— Il est en zone non autorisée, c'est tout. Sans parler de la désobéissance à un ordre direct et du manque de respect dû à un officier supérieur.

Dunn s'assit sur la couchette pour enfiler une paire de chaussettes kaki et ses chaussures, tout en s'efforçant de maintenir son peignoir fermé. Elle se leva.

— Kendra, arrête, il est simplement venu demander de l'aide. Où est le problème ?

— Peut-être que je n'aime pas les sabres. Peut-être que je ne l'aime pas, lui. Il est en zone non autorisée et il a largement dépassé les bornes.

Elle avança vers l'écoutille.

Mellas posa la main dessus, comme pour lui barrer le chemin. Ses entrailles palpitaient. Il fit de son mieux pour parler d'une voix calme et contrôlée.

— S'il vous plaît, lieutenant, madame. (Il lui tendit une main, paume ouverte, doigts écartés, comme pour la repousser.) Vous pouvez me croire, je ne suis pas venu ici pour causer des ennuis. Je suis en zone non autorisée, je le reconnais. Écoutez, je ne peux pas expliquer pourquoi c'est si important. S'il vous plaît. Je suis seulement venu ici demander à Karen… au lieutenant Elsked… de l'aide, et je pense que c'est à elle d'en décider. Si elle refuse, je m'en vais. Je pars même si elle accepte. Je m'en vais demain. Je sortirai de votre vie. Qui sait, peut-être même de la mienne. (Il se tourna vers Elsked.) Karen, il me faut ce sabre.

Si se jeter aux pieds de Dunn avait pu être utile, il l'aurait fait.

Elsked s'en rendit compte, et son visage fut traversé de compassion. Elle hocha lentement la tête. Elle se leva et attrapa son uniforme.

— Allez attendre dans votre salle, lui dit-elle. Il y a toujours du café en train. Je vous y retrouve dès que possible, dit-elle en se tournant vers Dunn, qui les observait, les lèvres serrées. Alors du calme, maintenant. OK? Il est inoffensif. (Elle jeta un regard à Mellas.) Du moins, pour nous.

***

Mellas gagna la sécurité du mess des officiers sans incident, mais son cœur battait encore la chamade. Il se servit une tasse de café et commença à attendre. Une heure passa. Il but deux tasses de plus. Il lut distraitement des revues. Des infirmières et des médecins défilaient dans la salle lorsque les gardes se succédaient. Certains lui adressaient un signe de la tête ou un bonjour. La salle se vida. Il entama une quatrième tasse. Une heure de plus s'écoula.

C'est alors que Elsked entra dans la pièce lambrissée. Elle tenait le sabre. Ses yeux brillaient et elle respirait fort, ses seins montant et descendant de façon visible.

— Vous l'avez! s'écria Mellas.

Il se précipita pour la prendre dans ses bras, puis il ralentit et s'arrêta.

Elle le lui tendit, presque cérémonieusement, comme pour lui remettre une médaille. Il s'en empara.

— Bon sang, Karen! Merci. (Il attrapa l'arme par la poignée et le serra fort, les yeux mouillés de larmes de triomphe et de gratitude. Il tint le sabre devant eux deux.) J'ai l'impression d'être Sir Francis Drake, déclara-t-il, soudain gêné.

Elle éclata de rire.

— Eh bien, si vous y tenez vraiment, je veux bien vous toucher les deux épaules avec, mais je n'ai pas vraiment eu l'impression d'être la reine Elizabeth quand j'ai frappé à l'écoutille du bon docteur qui l'a acheté au HM-1 Bell. (Elle s'esclaffa.) Par contre, j'ai bien joué le rôle de cette fichue Bloody Mary[1] lorsqu'il a fallu revenir sur la transaction !

— Ça ne m'étonne pas du tout ! dit Mellas avant de rire. (Il baissa les yeux sur elle et se rendit compte qu'elle faisait une bonne quinzaine de centimètres de moins que lui.) Il appartenait à un type dans ma section qui s'appelait Vancouver. Il est mort avec alors qu'il traversait la ZA en courant pour essayer de dégommer des Viets qui arrivaient de l'autre côté. Il a sauvé l'assaut. Il… (À sa grande surprise, Mellas commençait à être étranglé par l'émotion.) Il…

Il voulait continuer, mais la tristesse qui l'étouffait lui emplissait les poumons et empêchait sa langue de fonctionner. Il ne pouvait pas parler.

— Ça va aller, dit Karen en lui touchant doucement l'avant-bras. C'était un ami. Il vous manque, comme les autres.

Elle lui agrippa doucement l'avant-bras et ne le lâcha pas.

Mellas ne put que hocher la tête, le visage strié de larmes.

— Je savais que c'était important. Vous n'avez pas besoin de l'expliquer. Je suis heureuse d'avoir pu le retrouver.

Elle accrocha son regard, puis relâcha son bras.

Il sourit. La sensation d'étouffement était partie.

— Je ne pense pas que vous compreniez ce que vous avez fait, dit-il.

— En fait, répondit-elle, c'est tout le contraire, je crois !

Mellas regarda le sabre.

— Ouais. C'est comme si je me disais qu'on allait en avoir besoin un jour, ou un truc dans le genre. C'est absurde, j'imagine.

— Non. C'est sain.

Il la regarda droit dans les yeux, et elle le regarda aussi, ses yeux clairs et chaleureux.

— Je ne vais probablement plus vous voir, dit-il.

— Espérons-le. (Elle essaya de sourire, mais ne parvint qu'à lui adresser une sorte de convulsion tremblotante.) Dieu sait qu'il vaut mieux que vous évitiez de revenir ici. (Elle se mordit la lèvre inférieure.) Ça ira pour vous ? Je veux dire… (Elle hésita.) Vous savez ce que je veux dire… pas sur le plan physique.

1. Ou « Mary la Sanglante », surnom donné à la reine d'Angleterre Mary Tudor en raison des persécutions qu'elle mena contre les protestants anglicans pendant son règne.

Mellas hocha plusieurs fois la tête.

— Maintenant, oui, réussit-il à sortir.

Elle tendit le bras vers lui et l'embrassa rapidement sur la joue. Il l'attrapa avec le bras gauche et la serra contre lui, le sabre encore dans la main droite, coincé entre eux deux. Il avait envie de se fondre en elle. Il tenta d'enfouir la tête dans ses cheveux doux et roux. Elle le repoussa, doucement mais fermement. Il vit qu'elle avait les larmes aux yeux lorsqu'elle se retourna et s'éloigna rapidement.

CHAPITRE 21

Le jour du départ de Mellas pour le navire-hôpital, la compagnie Bravo quitta Matterhorn en file indienne et remonta de nouveau sur Helicopter Hill pour se faire évacuer. Tous les trous qu'elle avait creusés furent pris par la compagnie Delta et le QG du bataillon.

Fitch regardait nerveusement autour de lui. Les gamins s'assirent. Certains, apercevant des amis à eux, allèrent les voir pour essayer de se glisser dans leurs trous, mais la plupart se contentèrent de rester exposés, allongés sur le dos dans l'argile mouillée.

Blakely se glissa hors de la casemate de commandement dès que l'opérateur radio l'informa de l'arrivée de Bravo. Il voyait bien que les soldats n'avaient plus envie de combattre. Pourtant, il ne put s'empêcher de ressentir un frisson de joie en repensant à l'assaut. Il regretta de ne pas être un jeune lieutenant pour y avoir participé. Mais il fut immensément fier du rôle qu'il avait joué. Ce n'était que du travail de logistique, mais il savait que c'était important, et qu'il y excellait.

Dans l'immédiat, il avait deux tâches merdiques à accomplir. La première était de dire à Bravo de retourner en bas de la colline. Il ne pouvait pas déplacer la compagnie Delta, car il fallait qu'elle se trouve sur la ZA en tant qu'élément de réserve et d'exploitation. Laisser Bravo sur la colline n'aurait fait que tout encombrer et entraîner des pertes par tirs de mortier. En plus, si elle se retranchait tout en bas dans le col, l'APVN ne pourrait plus emprunter les voies d'accès les plus directes aux deux collines.

Il regarda Fitch et Hawke s'approcher avec lassitude. L'opérateur radio de Fitch marchait environ trois pas derrière, et criait quelque chose à un des soldats de la compagnie Delta.

— Lieutenant Fitch, dit Blakely en tendant le bras pour lui serrer la main, je suis désolé de vous avoir fait marcher jusqu'ici.

Il lui expliqua que tous les oiseaux étaient occupés à déplacer des troupes et de l'artillerie, et que Bravo allait devoir passer la nuit dans le col entre Matterhorn et Helicopter Hill.

— Génial! lâcha Pallack de façon à peine audible.

Blakely le regarda, un peu irrité de constater ce manque de respect.

— Sir, mes hommes sont à bout, déclara Fitch. Vous leur demandez d'établir un nouveau périmètre en position exposée. On pouvait à peine les tenir éveillés hier soir.

— Ça ne m'étonne pas, lui renvoya Blakely.

Il enrageait qu'avec un comportement si peu professionnel Fitch parvienne toujours à s'en sortir avec les lauriers. L'assaut avait mis le colonel aux anges. Au sein de la division, tous, y compris le général, avaient suivi l'attaque. Mais personne n'avait vu la gestion flottante des troupes, le manque de respect, le fait que certains s'étaient endormis en montant la garde et que tous s'étaient retrouvés en rade sans eau ni nourriture.

— Génial, répéta Pallack.

— Caporal Pallack, ça suffit comme ça! s'écria Fitch. Allez dire à Scar de distribuer de l'eau, de la nourriture et ce qu'il faut comme munitions à tout le monde. Je vous rejoindrai plus tard.

— Oui, chef!

Pallack jeta un bref coup d'œil par-dessus l'abîme de hiérarchie et de classe qui le séparait du commandant, puis il se retourna vers ce qui restait de la compagnie pour faire son travail.

— J'aimerais vous parler, à vous deux, dit Blakely.

Il se dirigea vers l'entrée de la casemate, Hawke échangeant un regard avec Fitch.

— Qu'est-ce qu'il va faire? demanda ce dernier. Nous dire de repartir à l'assaut de la colline?

— C'est tout à fait possible, répondit Hawke. Avec Delta pour assurer la défense.

Ils le suivirent à l'intérieur.

Blakely déclara qu'il pourrait traduire Hawke en conseil de guerre pour abandon de poste.

— Vous savez sans doute aussi que je ne vais pas le faire, ajouta-t-il en s'adressant à Hawke. Mais pourquoi est-ce que vous n'êtes pas simplement venu m'en parler?

Hawke garda le silence.

— Vous avez quelque chose à dire pour votre défense avant que je vous congédie?

— Pour ma défense ? Non, Sir.

— Bon, très bien. Le colonel veut vous voir. Il se trouve vers le PC de Delta. Moi, j'aimerais discuter seul à seul avec le lieutenant Fitch.

— À vos ordres, Sir.

Hawke partit voir Simpson.

Après son départ, Blakely informa Fitch que Simpson allait le transférer hors du bataillon. Ce n'était que par bonté d'âme et en reconnaissance de son récent assaut qu'il ne le relevait pas de son commandement pour incompétence. Fitch pouvait se considérer comme transféré dès qu'ils auraient regagné la BCV. Goodwin le remplacerait jusqu'au retour de Mellas, qui dirigerait la compagnie le temps qu'ils obtiennent un officier régulier.

Au PC de la compagnie Delta, Simpson déclara qu'il se proposait d'attribuer une Bronze Star à Hawke.

Quand ce dernier rejoignit Fitch et Pallack près de l'ancienne casemate de Fitch, il entendit des voix crier : « Obus ! » Partout, on se précipita dans des trous. Les tirs de mortiers s'abattirent avec fracas. Des marines se blottirent dans leurs trous et se cramponnèrent à leurs casques en priant et en s'efforçant de ne pas penser et de ne rien entendre ni ressentir. Hawke s'accroupit près du sol à côté de l'entrée de la casemate, les yeux fixés sur son ancienne compagnie.

Fitch et Goodwin, côte à côte, menèrent en silence la compagnie hors de la colline. Le fusil en bandoulière, les marines de la compagnie Bravo suivirent sans un mot, ne prêtant apparemment aucune attention aux obus. Ils étaient épuisés, aussi indifférents que si les projectiles qui tombaient étaient des gouttes de pluie.

Quelques marines de la compagnie Delta regardèrent par-dessus le bord de leurs trous et observèrent leurs camarades, tout comme Hawke. Certains hochèrent la tête en marmonnant « Bande de tarés ». D'autres sifflèrent discrètement. La plupart gardèrent le silence.

L'émotion serra Hawke à la gorge. Il comprit brusquement pourquoi les victimes des camps de concentration avaient marché en silence jusqu'aux chambres à gaz. Face à l'horreur et à la démence, c'était la seule chose humaine à faire. Ce n'était ni noble, ni héroïque… mais humain. Vivre en succombant à la démence était l'ultime perte de fierté.

***

Le lendemain après-midi, une fois que l'état-major du bataillon se fut retiré, la compagnie fut ramenée à la BCV. C'était dimanche. Le père Riordan, l'aumônier du bataillon, pensa qu'il serait réconfortant de donner une cérémonie commémorative. Le colonel et le Trois acceptèrent de bon cœur, même si des services réguliers avaient déjà eu lieu dans la matinée.

***

Goodwin dut contraindre tout le monde à y aller. L'approvisionnement livra de nouveaux uniformes. La compagnie descendit vers les douches constituées de sac de toile, près du ruisseau. Mais, lorsque les hommes eurent rincé la terre, les croûtes de sang et le pus de leurs corps, leurs ulcères tropicaux firent suinter du pus frais sur leurs uniformes neufs. Il n'empêche, ce fut un vrai plaisir de pouvoir appuyer sur ses blessures et de regarder en couler le pus tout propre et jaune-blanc avant qu'il ne pénètre dans le coton immaculé et rêche des nouveaux treillis. On râla bien un peu mais, avec l'eau claire, les nouveaux vêtements et un repas chaud, cela resta limité.

À 15 h 50, Fitch et Goodwin se dirigèrent vers l'emplacement boueux où les troupes dressaient leurs abris.

— OK. Vous avez dix minutes pour vous rendre à la chapelle ! annonça Fitch. On vous y retrouve. Après, vous serez livrés à vous-mêmes jusqu'à 8 heures demain matin.

Il regarda autour de lui. La taille de sa compagnie était ridiculement réduite. Puis il regarda par terre, incapable de parler, les épaules voûtées.

— Écoutez, les gars, ajouta-t-il.

Il essaya de sourire. Aucun mot ne vint. Son nez commença à couler. Les muscles de sa gorge lui faisaient mal. Alors, il leva le bras et enleva sa casquette.

— Écoutez… dit-il d'une voix faible et enrouée.

On se leva. Ceux qui portaient des casquettes les ôtèrent, debout, certains les mains jointes devant eux, regardant Fitch qui restait planté là, sous le ciel de plomb.

Fitch remit sa casquette et partit vers la chapelle.

***

Au service, le père Riordan entraîna tout le monde dans un cantique. La plupart des Noirs ne le connaissaient pas, la moitié des Blancs non plus.

Riordan présenta Simpson.

Simpson embrassa du regard les jeunes visages fraîchement nettoyés devant lui et fut pris de fierté et de bravoure. Debout, les mains derrière le dos et les jambes légèrement écartées, il leur dit à quel point il était fier de chacun d'entre eux, fier de ceux qui avaient tout sacrifié.

— C'était un assaut exemplaire, de ceux qu'on lit dans les livres. Dans la meilleure tradition du corps des marines. (Il marqua une pause, cherchant des mots susceptibles de transmettre ce qu'il ressentait.) Je ne sais pas si vous êtes au courant, mais il y a un tableau d'affichage dans mes quartiers avec une liste de toutes mes unités. Si l'une d'elles accomplit un travail particulièrement remarquable, je colle une étoile dorée à côté afin que tous ceux qui entrent puissent la voir. Je n'y ai mis que deux étoiles depuis que je suis au Vietnam. Eh bien, ce matin, j'en ai ajouté deux de plus ! Une pour les mortiers de 81 mm, mon arme personnelle préférée pour les attaques d'opportunité, et une pour la compagnie Bravo. (Il contempla les visages levés vers lui.) Jamais un commandant n'a été aussi fier.

Il s'assit, retenant les larmes qui inondaient ses yeux.

Le père Riordan se leva.

— Baissons la tête et prions. (Il attendit qu'on cesse de remuer et de faire du bruit.) Notre Père qui êtes aux cieux, nous vous prions de prendre les âmes de ces jeunes défunts qui, ces derniers jours, sont morts pour leur pays dans le plus grand don que puisse faire un homme afin de permettre aux autres de goûter à la liberté et d'avoir la chance de vous adorer de la façon dont ils…

Les murmures avaient déjà commencé au fond de la tente.

— Hé, Gambaccini, vous autres ritals écoutez ces conneries tout le temps ?

— Ça, pour Jésus, c'est rien qu'une putain de parodie !

— Notre colonel est une putain de saloperie d'étoile dorée.

— Hé, Scar, on peut se barrer ?

— … réconfort et consolation aux êtres chers laissés par nos compagnons d'armes défunts. Qu'ils sachent que leur sacrifice ne fut pas vain, mais accordez-leur, notre Père adoré…

— Ce putain de Père adoré, il nous a vraiment pas fait de fleur, à nous, sur la colline !

— J'en veux pas à Dieu, mais lui, Il doit être sacrément en pétard contre moi !

— Cortell, monte là-haut et montre-lui comment prêcher, à ce maquereau, *man*.

Il y en avait aussi quelques-uns qui ne disaient rien, comme Mole et China.

***

Le colonel partit se coucher vers minuit en se disant que la journée avait été plutôt bonne. À 2 heures, des silhouettes indistinctes se glissèrent dans la descente, vers ses quartiers. Devant sa tente, le marine chargé de la sécurité luttait de toutes ses forces pour ne pas s'assoupir. Il entendit quelqu'un crier en bas, sur le sentier boueux, près de la casemate d'approvisionnement.

— Ouuuuuuh-iiiiiii, on est complètement beurrés!

Puis une autre voix se joignit à la première.

— Eh ouais. Me-erde, *man*!

Des rires montèrent du sentier. Le garde vit deux marines noirs se taper dans la main. Il sourit.

La barre de fer s'abattit sur le côté de son visage, lui fracturant l'os de la mâchoire et lui délogeant cinq dents. Un deuxième coup lui arriva de l'autre côté, le frappant au-dessus de l'œil. Il tomba à genoux et en reçut un autre sur le cou. Une main noire étouffant son gémissement, il fut poussé doucement vers le sol boueux.

Puis ce fut un tourbillon d'activité. Les deux prétendus soûlards disparurent en courant. Les deux porteurs de barres se précipitèrent dans la direction opposée. Quelqu'un souleva froidement le rabat de la tente et y jeta une grenade. Et fila lui aussi dans le noir.

***

Le bruit sourd de la grenade touchant le sol réveilla Simpson en sursaut. Il lâcha un grognement étouffé, effrayé… et se mit à courir. Il trébucha sur les cordes de la tente, glissa dans la boue et l'obscurité, s'efforçant désespérément d'aller plus vite que l'explosion. Il plongea dans la terre mouillée à l'extérieur en se couvrant la tête.

Rien ne se passa.

Il leva les yeux, se sentant bête dans ses sous-vêtements boueux. Il aperçut son chargé de sécurité effondré par terre.

— Officier de service! cria-t-il.

La lourde porte de la casemate du COC s'ouvrit, un trait de lumière se répandit par terre avant que le rideau de camouflage ne l'arrête. Stevens arriva en courant.

— Appelez un infirmier, bordel ! cria Simpson. Mon garde est tombé dans une embuscade.

— Vous allez bien, Sir ?

— Appelez un infirmier, putain !

Stevens se tourna vers un des opérateurs radio qui courait vers lui.

— Tu l'as entendu, va chercher un toubib !

Le gamin partit à la course vers le poste de secours du bataillon.

Simpson tremblait.

— Quelqu'un a essayé de me grenader, bordel ! J'ai entendu entrer la grenade. Elle a pas explosé.

— Putain de merde, Sir ! s'écria Stevens. (Debout, les deux hommes regardaient la tente du colonel.) Vous êtes sûr qu'elle a pas explosé, Sir ? finit-il par demander en ayant peur que le colonel ne lui demande d'aller vérifier.

Simpson resta immobile un instant, tandis que ses sous-vêtements boueux refroidissaient.

— Putain, oui !

D'autres quittaient la casemate du COC. L'un d'eux tenait une lampe torche. Puis deux hommes arrivèrent du poste de secours en courant. L'infirmier avait lui aussi une lampe électrique. Simpson la lui prit des mains et entra dans ses quartiers.

Par terre, il y avait une grenade dont on avait enlevé le détonateur. Elle était enveloppée dans une feuille de papier. Simpson la retira et la défroissa. Il s'agissait du tableau de service polycopié d'une compagnie, avec les noms, les grades, les matricules et les dates de fin de service. C'était la compagnie Bravo. Certains noms avaient été lourdement barrés au stylo-bille. À côté, on avait soigneusement tapé à la machine des mots comme *assassiné, estropié, mutilé, aveugle*…

Simpson chiffonna la feuille. Blakely fit irruption dans la pièce.

— Vous allez bien, Sir ? demanda-t-il.

— Oui, bon sang ! Il m'a été d'une grande aide, votre putain de chargé de sécurité.

— Il s'est fait sacrément passer à tabac, Sir.

— Il le méritait ! Il devait être en train de pioncer. Je devrais le traduire en conseil de guerre, ce salaud !

Il tendit la grenade à Blakely.

— Elle n'a pas de détonateur, fit remarquer ce dernier. (Simpson lui jeta un regard froid.) Je vais demander à ce qu'on relève les empreintes digitales, ajouta-t-il.

— Pas la peine. Vous savez qu'il n'y a que peu de chances que ça réussisse.

Simpson alluma la lumière. Il tendit la feuille froissée à Blakely. Celui-ci déglutit et lui rendit le tableau de service.

— Sir, je propose d'agir sur-le-champ.

— Comment ça ?

— Désarmez la compagnie Bravo jusqu'à ce qu'on la renvoie dans la brousse. Rassemblez toutes les grenades, toutes les armes. Mettez d'autres hommes de garde. Dans mes quartiers aussi.

— OK. Faites venir le sergent-chef Cassidy. C'étaient ses hommes. Et appelez le lieutenant Goodwin aussi. C'est sa compagnie.

***

Moins d'une demi-heure plus tard, Cassidy se trouvait debout avec trois marines de H & S, à examiner tristement le campement ridiculement petit constitué de ponchos et de corps étendus face contre terre qui était son ancienne équipe. Certains gamins dormaient sous la pluie, à l'endroit même où ils étaient tombés, ivres morts. Il serra les mâchoires. Goodwin avait refusé de l'aider.

— OK. Tout le monde debout ! Réveillez-vous là-dedans. On arrête de pioncer.

Les gamins gémirent. Certains regardèrent leur montre : 3 heures. La peur frappa. Quelqu'un se trouvait dans une telle merde qu'on les y envoyait de nouveau. La frayeur s'abattit sur l'enceinte boueuse. Mais des marines devaient avoir des problèmes. Ils iraient.

— Quelqu'un est dans la merde, sergent Cassidy ? demanda quelqu'un.

— Oui, rétorqua-t-il, l'air sombre. La compagnie Bravo.

Des gamins frissonnèrent sous la bruine. Certains enfilèrent des gilets pare-éclats pour se réchauffer.

— Je veux voir tous les chefs de section suppléants, reprit Cassidy.

Trois anciens chefs d'escouade s'approchèrent : China pour la 2e section, Connolly pour la 1re et Campion pour la 3e. Trois visages inquiets se tournèrent vers Cassidy.

— Quelqu'un a tabassé le garde du colonel cette nuit. Il s'est presque fait tuer. (Il avait le regard braqué sur China pendant qu'il parlait.) Un putain de bon marine. Plus que trois jours et c'était son tour de se barrer. Et quelques trous du cul l'ont passé à tabac parce qu'il a été tiré au sort pour être chargé de la sécurité. Vraiment pas de quoi être fier.

China restait calme. Connolly et Campion échangèrent un regard.

— On a jeté une grenade désamorcée dans les quartiers du colonel. On l'avait enroulée dans le tableau de service de la compagnie Bravo. (Il marqua une pause.) Avec quelques modifications.

— Comme quoi, Gunny ? demanda Connolly.

Cassidy regardait encore China.

— Comme le nom barré de ceux qui sont morts pour leur pays, avec le mot *assassiné* tapé à la machine.

— Vous pensez que c'est quelqu'un de la compagnie Bravo qui a fait ça, Gunny ? demanda China, les yeux écarquillés.

Cassidy avait beau le détester, il admirait son calme.

— Je ne pense rien du tout, répondit-il. J'ai l'ordre de rassembler toutes les grenades, les armes, les Claymore, tout. Je veux que ce soit empilé juste ici, par sections.

— C'est quoi, ces conneries, Gunny ? demanda Connolly.

D'autres, qui s'étaient rassemblés autour du groupe de quatre, se joignirent à sa protestation.

— Fais ce qu'on te dit de faire, c'est tout, Conman.

— Ce putain de fusil, je l'ai mérité !

— Oui, c'est vrai. Comme vous tous.

Cassidy serra les dents. Il regarda leurs visages défaits et hagards, leurs yeux morts. Il regarda la misère autour de lui, vit les gamins avec lesquels il avait marché malgré la chaleur et le froid frissonner dans le noir, perplexes, en colère. Il avait envie de leur crier de lui faciliter la tâche.

Mais personne ne bougeait.

— Je vais devoir vous les prendre de force ? lança-t-il.

— Vous avez pas tort, Gunny ! lança Connolly.

Il se dirigea vers sa guitoune, sortit son fusil et le jeta dans la boue. Puis il s'assit et le fixa du regard.

— Ramasse-le, Conman.

— Va te faire foutre, Cassidy.

Cassidy s'approcha de lui à grandes enjambées et le domina de toute sa hauteur tandis qu'il continuait de regarder le fusil couvert de boue. Alors Conman se retourna d'un mouvement brusque, plongea le bras dans sa guitoune affaissée et en sortit la mitrailleuse modifiée de Vancouver. Et la jeta dans la boue.

— Voilà. Cet enculé de merde peut l'avoir aussi.

Les larmes lui montèrent aux yeux et il essaya, mais en vain, de les faire partir en clignant des paupières.

Cassidy regarda fixement la mitrailleuse qui reposait dans la boue.

— Je veux toutes les grenades aussi, Conman, finit-il par dire.

— C'est ça ! Bande d'enculés, vous voulez tout, hein ?

— Où est ta fierté, bordel, Conman ? demanda Cassidy d'une voix douce.

— Je l'ai laissée sur cette putain de colline qu'on vient d'abandonner.

Cassidy se détourna. Il reprit la voix qu'il adoptait au champ de manœuvre.

— Bordel de merde, je veux toutes les munitions et les grenades soigneusement empilées ! Je veux les fusils en tas comme il faut. Et les tas, je les veux ici !

Quelques gamins commencèrent à bouger pour prendre leurs armes. C'est alors que China éleva la voix.

— Hum-hum, dit-il.

Tous se figèrent. China attrapa sa mitrailleuse et la jeta dans la boue devant lui. Il se tint droit au-dessus. D'autres firent de même. Bientôt, l'endroit fut recouvert de grenades, de fusils, de bandes de munitions, de cartouchières, de mines Claymore et d'armes prises à l'ennemi.

— Et nos ouvre-boîtes, bordel, Gunny ? Cette petite poule mouillée de merde veut aussi nos John Wayne ?

— J'ai une aiguille dans mon nécessaire à couture. Vous la voulez ?

Cassidy, seul, debout, ne disait rien. Au bout d'un moment, il fit signe à son équipe de H & S de ramasser les armes. Les marines de la compagnie Bravo, écœurés, commencèrent à se baisser pour entrer dans leurs guitounes ou à s'enrouler par terre dans des ponchos humides.

China se tenait encore au-dessus de sa mitrailleuse, à attendre. Lorsqu'un des marines de H & S s'approcha de l'arme, China la repoussa du pied. Le gamin se redressa.

— Écoute, *man*, c'était pas mon idée !

Il se pencha de nouveau pour attraper la mitrailleuse. Une fois encore, China la repoussa. Le gamin se tourna vers Cassidy, qui n'avait pas remarqué leur échange, puis de nouveau vers China.

— Allez, quoi ! Laisse-moi en finir avec ces conneries. J'ai rien contre toi.

— Touche ce flingue et je te tue.

— Bon sang, prends pas ça pour toi comme ça.

China se pencha en avant.

— Personne prend ma mitrailleuse sauf Cassidy. Si tu la ramasses, tu te fous dans une belle merde, que je sois là ou pas.

— D'accord. D'accord.

Le gamin poursuivit son chemin.

Cassidy avait remarqué. Il s'approcha de China.

— Comment ça se fait que Schaffran a pas ramassé ta mitrailleuse ?
— Il voulait pas.
— Tu l'as menacé, espèce de merde ?
— Comment j'aurais pu menacer qui que ce soit ? J'ai pas d'arme, moi.
Quelqu'un ricana. Cassidy se rendit compte que ceux qui étaient restés avaient les yeux braqués sur lui pour voir ce qu'il allait faire. China et lui, debout face à face, se toisaient.
— Tu vas faire ton devoir, Cassidy, et ramasser ma mitrailleuse ? demanda China d'une voix douce.
Cassidy le regarda droit dans les yeux. Ses mains se mirent à trembler. Alors il se pencha pour prendre l'arme.
China la repoussa du pied.
— Parker, dit-il.
Cassidy se redressa. Sa voix tremblait de colère.
— Si tu crois que je vais t'ordonner de faire quelque chose pour que tu puisses refuser, devenir un putain de martyre et traîner à l'arrière à attendre de passer en jugement avec les autres merdes que t'appelles tes potes, tu te fourres le doigt dans l'œil !
Il tendit de nouveau le bras vers l'arme. Une fois de plus, China la repoussa du pied.
— Broyer, dit-il.
Cassidy se leva.
— Moi aussi j'ai perdu des amis, China.
— Comment un putain de rouage peut avoir des amis ? Comment un putain de rouage peut être jamais un homme ?
Cassidy serra les poings et vit China se préparer à recevoir le coup. Il hésita, s'efforçant de contenir sa colère.
— Être un homme, c'est quelque chose que tu comprendras jamais, dit-il.
Il se baissa et ramassa la mitrailleuse.
— Tu me files la gerbe, rouage.
China s'éloigna vers sa guitoune, laissant Cassidy avec l'arme boueuse. Les autres soldats de la compagnie Bravo lui tournèrent le dos.
Mais certains ne l'oublièrent pas.

***

— L'heure est venue de buter ce fils de pute ! déclara Henry. Maintenant !

— On a vu assez de morts, répondit China calmement.

Henry se leva et se retourna brusquement.

— Putain ! Je suis obligé d'écouter ces conneries de « on a vu assez de morts » comme si j'étais un petit gamin qui regarde son grand-papa revenir de la guerre avec de grands yeux ? Tu sais qui t'as tué, toi, là-bas, non ? Tes propres frères. Ouais ! Tes propres frères ! C'est avec eux que t'as vu « assez de morts ». Eh ben, moi je dis, fini les conneries ! On va faire des morts de notre côté. Et pour notre camp !

China voyait bien qu'Henry avait la plupart des frères de son côté. Malgré tout, certains d'entre eux, comme Mole, se tournèrent vers China pour qu'il dise quelque chose. Mais son éloquence lui fit défaut.

— Tu vas rester assis sur ton cul pendant que ce péquenaud de raciste balance notre frère Mallory dans un conteneur de merde comme un animal ? reprit Henry. Et toi, tu grimpes en haut de cette putain de colline comme si t'étais un Audie Murphy[1] version nègre, et la moitié de ta compagnie se fait tuer pour rien, et c'est lui qui t'envoie des Coca-Cola à la con comme si tu faisais partie d'une putain d'équipe de foot ? Allez, *man* ! Et après, on te coupe les couilles en te prenant tes fusils ? Tu crois pas que ce putain de perpète t'a fait violence ? Ou alors tu serais en train de devenir blanc de plus d'une façon ? Peut-être que ton père est un enculé de Blanc et que c'est lui qui t'a laissé des taches blanches partout.

En entendant cette raillerie familière, China serra les dents si fort qu'il eut peur de se briser une molaire. Il savait ce que Henry était en train de faire, mais il n'oubliait pas qu'il y avait trop d'enjeux pour céder à la rage.

Henry marcha d'un air suffisant jusqu'à la malle d'ébène makassar et en ouvrit le lourd couvercle.

— Réfléchis-y, mon frère, le temps que je nous prépare un bon spliff pour les frères, et que j'essaie de comprendre pourquoi t'es un tel taré.

Il retira soigneusement les vêtements et autres objets de la malle pour découvrir une boîte magnifiquement sculptée avec un tiroir coulissant. Il l'ouvrit et en sortit un bong argenté, un bol en cristal, une rouleuse à cigarettes joliment ornée et du papier.

China se jeta à l'eau.

— C'est toi qu'es taré ! Qu'est-ce que tu crois accomplir en dégommant une aut' côte de porc vouée à Dieu et à son pays ? C'est rien qu'un rouage dans la machine. Putain, il a rampé devant moi, *man* !

1. Militaire, puis acteur américain considéré comme le soldat américain le plus décoré de la Seconde Guerre mondiale.

Henry laissa le couvercle de la malle ouvert et se contenta de lui sourire. Il s'approcha calmement de la commode assortie, retira le faux fond du tiroir et en sortit un petit sac plastique de marijuana. Dans le tiroir du haut, il prit un briquet argenté incrusté de diamants. Toujours le sourire aux lèvres, il se tourna vers China.

— C'est toi qui lui as refilé ton flingue. Pour moi, il t'a coupé les couilles, putain !

China mordit à l'hameçon, mais pas comme Henry l'aurait voulu.

— Tu crois que je suis pas prêt à leur rouler dessus, à ces pauvres types ? Tu crois que je vois pas que c'est rien qu'une bande de pauvres fils de pute ? (Il se tourna vers les autres frères, sans même s'adresser à Henry.) Vous croyez que c'est quoi ça, les gars ? Des conneries de gang ? Notre but, c'est pas de brutaliser les gens, de les bousiller sans raison ! Notre but, c'est d'arrêter les choses à la source du mal. À la source, putain ! Il faut qu'on renverse une société raciste. Si on en vient à se bagarrer, faut que ce soit vraiment du dur. On peut pas les laisser nous avoir l'un après l'autre.

Il se tourna vers Henry, qui s'était assis sur son lit de camp et se préparait soigneusement un joint avec la rouleuse décorée.

— Tu crois que je suis pas assez remonté pour ce genre de saloperie ? Tu crois que j'ai pas compris que la vengeance, ça va être un vrai merdier pour ce péquenaud de raciste ? Mais elle a intérêt à venir à point. Avec toi, tout ce qui va se passer, c'est qu'ils vont te jeter ton cul de nègre dans un autre conteneur Conex, comme Mallory. Ils vont même faire pire. Ils vont te balancer la tête en bas dans un de ces putains de trous de punition, comme pour les Viets, et tu seras tombé si profond qu'ils devront te pomper du soleil depuis le Texas. (Cela fit rire les autres frères, et China commença à se sentir mieux.) Ils te balanceront si loin dans la brousse qu'ils devront envoyer des singes à cailloux[1] pour t'apporter ton courrier. (Il frappa le poing dans sa paume.) Il faut qu'on ait le pouvoir ! Par ici, un péquenaud de Géorgie mort, c'est qu'une goutte dans un seau. J'ai laissé des corps de péquenauds de Géorgie partout sur cette putain de colline. Et des frères aussi. Les morts, ça vaut rien. C'est juste des gros riens.

— Le pouvoir, répéta Henry d'un air méprisant. Me-erde. (Il lécha la colle sur le joint et lissa la feuille pour la mettre en place.) Toi et ton baratin de Noir, China ! Mao, il dit que le pouvoir est au bout du fusil.

1. Les marines appelaient ces petits singes des *rock apes* parce qu'ils leur jetaient des cailloux.

Ce mec, il sait comment ça se passe. Et toi, qu'est-ce que tu vas faire? Retourner au vrai monde et chanter *We Shall Overcome*[1] ?

Ce fut au tour d'Henry d'être pris de fou rire.

— Arrête un peu ! dit China.

— Alors, qu'est-ce tu vas faire? demanda Henry en léchant calmement le papier de cigarette le long du bord pour le coller sans cesser de regarder China en plissant les paupières. Le China, je le vois déjà en train de chanter *We Shall Overcome* en entrant prendre sa douche de cyanure.

Les amis d'Henry y allèrent de leurs commentaires.

— Allez, Henry ! Apprends-lui la vie.

— Ouais, China ! Pourquoi tu traînes plus avec nous ?

— Allez, quoi, mon frère ! Qu'est-ce qui te prend ? Hein, *man* ?

— Il me prend rien, leur rétorqua China. J'étais dans cette putain de brousse à essayer d'arranger des conneries pendant que vous autres baratineurs de mes deux, vous étiez ici à parler de la révolution. Moi, la révolution, je la mets en pratique.

— C'est toi qui vas arrêter un peu, mon frère ! dit Henry. Tout ça parce que t'as pas trouvé le moyen de te barrer de la jungle ! (Il éclata de rire.) Si t'es vraiment en train de mettre la révolution en pratique, alors t'as intérêt à commencer ici. Grenade-le, cet enculé. Comme ça, on apprendra à ces connards de racistes que la vengeance, elle commence tout de suite. S'ils veulent nous baiser, alors nous aussi on va les baiser, mais en pire.

Il porta le joint à sa bouche et commença à frotter la pierre du briquet.

China, les sens plus en éveil que jamais après des mois passés dans la brousse, sentit l'odeur de l'essence à briquet. Cela l'agaça et l'écœura légèrement.

— Je t'ai dit que ça servait à rien ! C'est qu'un petit rouage dans le mécanisme. Et puis, on peut se faire comprendre sans tuer. Il faut qu'on arme l'homme noir pour qu'il se défende. Le truc, c'est pas d'assassiner des gens. On peut peut-être lui balancer un fumigène sous le cul une nuit ou mettre un mot dessus, comme on l'a fait pour le colonel.

— Tu veux écrire un autre mot? demanda Henry en soufflant la fumée. (Les autres rirent.) On verra ça plus tard, hein. Bien plus tard.

Il tendit le joint à quelqu'un d'autre, puis il tourna le dos à China pour prendre quelque chose sous son lit de camp. Une grenade à fragmentation.

1. « Nous triompherons. » Hymne des défenseurs pacifiques des droits civiques.

— Ça, c'est pas de la fumée ! dit-il en la faisant doucement sauter dans la paume de sa main. (Puis il la lança à China.) Moi, je crois que t'es trop poule mouillée pour t'en servir.

Personne ne rit.

China sut, en un éclair de lucidité, qu'une fois de plus Henry le menait par le bout du nez. S'il faisait ce qu'il voulait, c'était Henry le chef. S'il refusait, il serait disgracié, et ce serait toujours Henry le chef.

— On va bien voir qui c'est, la poule mouillée, dit-il.

Il tira sur la goupille de la grenade… et tout lui sembla se dérouler au ralenti. Il était tellement las de tout ce massacre que le sien n'avait plus aucune importance. C'était le même sentiment de lassitude suicidaire qu'il avait éprouvé en quittant la colline sous les tirs de mortier. Il n'était que vaguement conscient des gens qui criaient, qui couraient, qui se précipitaient vers l'entrée de la tente.

— Il est taré, *man* ! Une putain de grenade qui explose ! Bon Dieu !

China, la langue sur les lèvres, concentré sur le compte à rebours, renvoya la grenade à Henry et regarda la cuillère s'envoler vers le côté de la tente.

Henry, les yeux écarquillés, la relança à China, sauta dehors et plongea sur la terre mouillée.

China jeta la grenade dans la malle ouverte, en rabattit violemment le lourd couvercle et balança un gilet pare-éclats par-dessus. Puis il se rua à l'autre bout de la tente, derrière un tas de sacs de marin. Il se jeta à terre, roula sur lui-même pour s'éloigner de la plaque métallique du plancher, se colla le visage dans la poussière juste en dessous, au bout de la tente, et se couvrit la tête avec les mains et les bras.

L'explosion lui martela les oreilles et le corps.

Il resta couché sur la terre humide. Le silence et l'obscurité s'emplirent peu à peu d'un bourdonnement douloureux dans ses oreilles, puis de l'odeur du TNT. Sa tête lui faisait mal. Mais il était sain et sauf. Il entendit le brouhaha animé des voix à l'extérieur de la tente. Il se leva. Quelqu'un ouvrit le rabat désormais déchiqueté de la tente en ruine.

Henry entra. Il alluma le briquet et, froidement, regarda ce qu'il restait de sa malle d'ébène jadis solide, sa commode grêlée d'éclats de shrapnel et les sacs de marin déchirés.

— Tu vas me le payer, China.

China savait qu'il ne parlait pas du mobilier. Il savait aussi que, si l'image d'Henry en avait pris un coup, le pouvoir l'emportait toujours sur l'image… tout comme, il commençait à le comprendre, l'idéologie. Le pouvoir, c'était la capacité de récompenser et de punir. Henry pouvait récompenser avec de l'argent et de la drogue. Il pouvait punir en refusant l'argent et la drogue. Superbe combinaison. Mais, au final, Henry ne tenait ce pouvoir que d'un petit groupe autoproclamé. Il était prêt à assassiner. China savait qu'un homme capable de tuer quelqu'un est capable de tuer n'importe qui. La seule façon de tenir tête à ce genre de pouvoir, c'était d'être prêt à mourir.

China regagna la zone de la compagnie, inquiet et plein d'appréhension.

CHAPITRE 22

Un hélicoptère emmena Mellas sur la cinquantaine de kilomètres qui séparait le navire-hôpital de la réalité et le déposa sur le terrain d'aviation de Dong Ha. De là, il prit un camion de l'armée qui le conduisit treize kilomètres au sud, à travers un morne désert de rizières abandonnées, jusqu'à Quang Tri, où se trouvait l'arrière administratif de la division. Mellas voyait bien qu'il intriguait le chauffeur. Après tout, il avait un cache sur l'œil, plusieurs boîtes de cigares sous le bras et un sabre accroché à une sangle compliquée qui lui passait par-dessus l'épaule.

Enfin, le chauffeur ne put se contenir plus longtemps.

— Où tu l'as eu, le sabre? demanda-t-il.

Cela amusa Mellas.

— Dans la brousse.

— Ah.

Il y avait certaines choses qu'il ne pouvait raconter aux non-initiés. Pour eux, la brousse ne devait, et ne pouvait, que rester un mystère.

***

Dans le bureau en contreplaqué non peint de la compagnie Bravo, un employé tapotait à la machine à écrire. Il avait enlevé sa chemise et la sueur luisait sur son dos large orné d'une cicatrice de blessure de sortie. La fumée de sa cigarette s'enroulait mollement en s'élevant dans l'air côtier humide. Au-dessus de l'employé, tout le mur du fond était recouvert de l'image agrandie d'un magnifique mannequin dans une publicité pour gaine et soutien-gorge. Il y avait, écrit dans une jolie écriture ronde, un mot de la jeune femme sur la grande affiche : *Aux hommes de la compagnie Bravo, 1er bataillon, 24e des marines. Vous faites du bon boulot. Bisous, Cindy.* Il était daté de février 1967; c'était juste deux ans plus tôt mais, d'une certaine façon, cela appartenait déjà à une époque révolue.

L'employé expliqua à Mellas que Fitch partait pour Okinawa dans l'après-midi et l'informa du faux grenadage, du message enroulé autour de la grenade et du désarmement de la compagnie par Simpson. Il raconta aussi que Cassidy était venu à l'arrière, soi-disant pour dire au revoir à Fitch, mais surtout pour se noyer dans l'alcool et oublier le fait que c'était lui qui avait, en fin de compte, pris leurs armes aux hommes. Puis il lui apprit que la compagnie partait pour Eiger en hélico dès le lendemain et qu'on en avait confié le commandement à Hawke. D'après les ragots, c'est Mulvaney lui-même qui lui avait confié le poste. Mellas déclara qu'il était content. Ensuite, il se rendit à l'intendance pour y toucher un nouvel équipement de broussard. Là, on lui apprit qu'il allait devoir accepter un prélèvement sur son salaire pour payer son ancien fusil avant qu'on puisse lui en donner un neuf.

— C'est la Navy qui l'a, putain !

— Je suis désolé, lieutenant, mais moi, je vais pas sortir de fric pour cette saloperie. Si vous voulez rentrer un jour chez vous, vous avez intérêt à ce que toutes vos factures soient payées. Si elles le sont pas, vos commandes ne seront pas acceptées. Vous pouvez rester ici jusqu'à la fin de vos jours, moi, je m'en fous.

Mellas paya cent vingt-sept dollars.

Il partit avec son nouveau fusil et se traîna jusqu'à une autre tente d'approvisionnement pour y chercher son sac de marin. Lorsqu'il le trouva, il en passa le contenu en revue pour prendre les objets qu'il aurait envie d'emporter dans la brousse. Il sourit en en sortant plusieurs des tee-shirts et boxers verts que sa mère lui avait teints et se rappela le jour où il avait demandé à Goodwin s'il fallait porter des sous-vêtements dans la brousse. Il les jeta dans une poubelle et se dirigea vers le staff club[1] pour oublier l'endroit où il serait vingt-quatre heures plus tard.

Le staff club s'était amélioré depuis la dernière fois qu'avec Goodwin ils y étaient allés noyer leurs peurs dans la boisson. Un superbe magnétophone Akai trônait maintenant sur le comptoir, lequel comptoir s'ornait d'une belle marqueterie, de plusieurs panneaux de publicité pour de la bière qui tournaient, scintillaient et montraient des eaux bleu ciel bien loin de cette tristesse. Accrochée depuis peu, haut sur le mur derrière le comptoir, il y avait la mitrailleuse à canon scié de Vancouver. Elle était flanquée de deux mitrailleuses russes prises à l'ennemi.

Le sergent-chef Cassidy était assis seul à une table, une bouteille de Jack Daniel's Black Label devant lui. Il n'y avait personne d'autre dans

1. Bar réservé aux officiers d'état-major.

le club. Gunny Klump, le gérant, était sorti faire des courses, laissant Cassidy s'occuper de la boutique. Mellas déclara qu'il boirait bien une bière, et Cassidy disparut derrière le comptoir. Il en ressortit les bras chargés de cannettes froides et mouillées, qu'il posa solennellement sur la table devant Mellas.

— Inutile de se lever et de se rasseoir sauf pour pisser, dit-il.

Il avait déjà bien entamé son propre *Mystery Tour*.

Mellas prit une des cannettes, y fit deux trous et en vida le contenu. Puis il en ouvrit une autre et s'adossa à sa chaise. Il remarqua un climatiseur à moitié installé dans le mur de contreplaqué.

— La climatisation, lâcha-t-il, songeur. Pas mal.

— Ouais, marmonna Cassidy. Klump s'est dit qu'il pourrait attirer les gars des autres bataillons lorsque la chaleur du printemps s'abattra. Ça l'aidera à faire quelques bénéfices.

— À ces putains de bénéfices ! dit Mellas en levant sa cannette.

Il la vida en repensant à Hamilton et à ses cent vingt-sept dollars.

— Vous avez sans doute entendu parler du chef, reprit Cassidy.

— Je suis sûr que tout ça a eu l'air bien gentil.

— On peut pas tromper les troupes, putain ! marmonna Cassidy en prenant une autre gorgée de whisky et serrant fort son verre à liqueur jusqu'à ce que ses phalanges blanchissent sous ses cicatrices d'ulcère tropical. J'aurais dû être là-haut avec vous. C'est là que vous auriez eu le plus besoin de moi.

Mellas fut tenté de lui révéler qui l'avait fait transférer pour soulager un peu son sentiment de culpabilité. Il le vit lever les yeux vers la mitrailleuse de Vancouver bien astiquée et huilée, exposée sous une grande fleur de lis placée au-dessus de fusils croisés, l'emblème du 24ᵉ des marines : *Les Braves du Bois Belleau.*

— J'en ai eu, des boulots merdiques, depuis que je suis dans le corps des marines, Sir, reprit Cassidy en reportant son regard sur Mellas. Mais le pire que j'aie jamais eu à faire, ç'a été de passer d'homme en homme pour leur prendre leurs fusils. Il y a vingt ans de ça, si on avait essayé de prendre son flingue à un marine, on se serait mangé une balle. Merde, il y a cinq ans de ça, oui !

— Les temps changent, marmonna Mellas.

Il pensa à la fille de la pub pour gaine et soutien-gorge.

— J'ai dû passer d'homme en homme. J'ai fait Wind River et Co Roc avec certains, et l'opération sur la zone démilitarisée. Et j'ai dû les fouiller comme des putains de prisonniers ! (Il tourna ses yeux bleus mouillés de larmes vers Mellas.) Eh bien, je l'ai fait, parce que c'était mon boulot. Mais j'ai pas aimé ça, lieutenant. Je le sentais, qu'ils me détestaient. (Il s'interrompit, se rendit compte qu'il serrait les poings et rouvrit lentement les doigts.) J'imagine que c'est pour ça que j'ai dû me barrer de là-bas.

Mellas et Cassidy se saoulèrent.

Midi venait de sonner quand Mellas laissa Cassidy ivre mort sur la table et se traîna de nouveau jusqu'au bureau de la compagnie. Il grimpa avec lassitude en haut de l'escalier de derrière, où deux lits de camp étaient séparés du reste du bureau par une couverture en laine suspendue. Il savait qu'il aurait un affreux mal de crâne plus tard dans la journée… à moins qu'il ne puisse continuer de boire. Pouvait-il continuer de boire à tout jamais ? Il se jeta sur un des lits. La couverture en laine était chaude et rêche sous sa joue en sueur. Son esprit, et le sol sous lui, tourbillonnaient. Il eut de nouveau l'impression de se trouver sur un tapis roulant qui l'emmenait vers une falaise. Chaque minute qui passait le rapprochait un peu plus du lendemain, ce lendemain où il serait de retour dans la brousse. Son esprit, refusant d'affronter cette pensée, se ferma.

***

À la BCV, la tension qu'éprouvaient les nouveaux pour l'opération à venir était déjà palpable. Les vieux routiers, comme China et Mole, discutaient à voix basse ou nettoyaient simplement leurs fusils et leurs mitrailleuses, inlassablement : ils avaient appris comment éloigner les émotions gênantes. Ils mangeaient. Ils buvaient de la bière. Ils se concoctaient avec minutie des tasses de café. Ils essayaient d'être de corvée au mess. Ils fumaient de la marijuana. Ils plaisantaient. Ils pensaient aux filles restées au pays. Ils se masturbaient.

Les nouveaux Noirs étaient surtout attirés par les deux mitrailleurs noirs, taciturnes dieux de la brousse qui portaient des cordes de pendu vert sombre autour du cou. China, entouré de sa cour, engageait la conversation, parlait un peu de politique, écartait d'une plaisanterie toutes les peurs dont on lui faisait part. Mole ne parlait qu'à China et aux autres briscards. Se faire de nouveaux amis ne faisait pas partie de son programme.

China et Mole nettoyaient leurs mitrailleuses près de l'ouverture d'une grande tente pour dix hommes, dressée sur de la boue tassée et qu'ils partageaient avec dix-huit autres marines noirs. Devant la tente, lorsque les rabats étaient tirés complètement en arrière sur le toit, ils avaient suffisamment de lumière pour voir ce qu'ils faisaient tout en restant à l'abri de la pluie. Mais celle-ci était à présent moins constante. Le printemps vietnamien arrivait, et serait bientôt suivi par l'implacable saison sèche.

Ils avaient complètement démonté leurs mitrailleuses et en nettoyaient chaque pièce méticuleusement. L'air sentait le solvant pour résidus de poudre Hoppe's N.9, envoyé de chez eux suite à de nombreuses requêtes, ainsi qu'un mélange de diesel, de merde des latrines et de naphtaline émanant de la toile de la tente. Mole leva les yeux de sa mitrailleuse et eut un petit rire doux.

— C'est pas vrai, China! Regarde voir ce qui nous arrive sur la route.

China jeta un coup d'œil et sourit en apercevant Arran et Pat. Ce dernier, au pied et en liberté, avançait à pas feutrés, comme toujours, la langue très légèrement pendante, l'air de faire sa promenade du dimanche. Ses oreilles rouges partirent en avant lorsqu'il entendit la voix de Mole. Arran, qui avait remarqué ce mouvement mais n'entendait rien, suivit la direction des oreilles. Il aperçut Mole et China et leva haut sa carabine d'une main, le sourire aux lèvres.

Arran toucha le poing de China et de Mole. Pat s'assit, toujours au pied.

— Je te croyais à Au Shau, putain, ou dans un trou du même genre! lança China.

Arran eut un large sourire.

— C'est tout fini! Je reviens avec vous autres. J'ai entendu dire qu'on partait demain en hélico.

Les deux mitrailleurs hochèrent la tête, mais gardèrent le silence.

Pat se mit à gémir – il ne voulait plus être au pied. Il était focalisé sur une silhouette qui arrivait sur la route. Hawke. Il gémit de nouveau. Arran éclata de rire et le relâcha. Le chien bondit sur la route pour saluer Hawke. Tous deux ne tardèrent pas à se bagarrer, Hawke étreignant le robuste cou du chien, le tenant entre ses bras et lui faisant bouger la tête d'avant en arrière, tandis que Pat essayait de fourrer le nez dans l'entrejambe de Hawke en se frottant comme un chat contre ses cuisses.

Hawke, qui riait encore des cabrioles de Pat, arriva à la hauteur des trois marines. Il fit signe à China et à Mole de rester assis.

— Ça suffit, OK! dit Arran au chien. Un peu de respect pour le chef. (Le ton de sa voix se modifia un tout petit peu.) Assis! (Aussitôt Pat se posa sur l'arrière-train en haletant joyeusement.) Une chose est sûre, il vous adore, chef! C'est pas tout le monde qui se fait saluer comme ça!

Hawke frottait la tête et les oreilles de Pat. Il leva les yeux vers les trois marines.

— Ouais. Je suis vraiment content de vous revoir, vous deux, dit-il. On a l'impression d'être aveugle sans vous là-bas. (Il posa une main sur l'épaule de Mole, se glissa entre lui et China et passa la tête à l'intérieur de la tente sans rien leur dire. Il tira la tête en arrière et se tourna vers les deux mitrailleurs.) J'ai cru comprendre que vous aviez viré quelques *chucks* de la tente.

— Je me casse, déclara Arran avec un sourire.

Il claqua doucement des doigts et Pat se leva.

— Quatre heures trente dans la tente d'approvisionnement! lança Hawke.

— Oui, Sir! Ça fait plaisir d'être de retour.

Arran partit, avec Pat qui l'accompagnait à pas feutrés sur sa gauche, comme à son habitude.

Les trois hommes regardèrent un moment le chien et son maître s'éloigner.

— Alors? demanda Hawke.

— Personne a viré qui que ce soit, chef, dit China.

Hawke l'observa un instant.

— Hum-hum.

— Non, pour de vrai, Sir. Ils sont partis tout seuls.

Hawke réfléchit un instant.

— Tu sais, China, j'en ai rien à foutre que vous vous réunissiez. Jamais eu rien à foutre. Tout le monde va verdir quand on montera à bord des hélicos demain. (Inconsciemment, il regarda en l'air.) Vous êtes prêts?

Tous deux penchèrent la tête sur le côté, et Mole haussa les épaules.

— J'ai besoin que vous calmiez les petits nouveaux. OK?

— On peut faire ça, Sir, dit China.

Hawke les observa avec un hochement presque imperceptible de la tête.

— Bien. Merci.

Les deux mitrailleurs le regardèrent s'éloigner sur la route.

— C'est un mec bien, déclara Mole.

— Ouais, dit China. C'est vrai. On a eu du bol, pour une fois.

— China, tu crois qu'on devrait lui dire? demanda Mole à mi-voix.

China gratifia son ami d'un sourire rayonnant.

— De quoi ? Lui dire quoi ?

— Arrête un peu, China ! Qu'Henry veut descendre Cassidy.

— Ça, c'est des vieilles conneries. Ils vont rien faire du tout.

— Je sais pas.

— Allez, *man* ! Y a pas moyen, mon frère. Je leur ai parlé aux gars, et ils voient ce que je veux dire sur la fraternité des Panthers. On commence ici, au Nam, et on ramène notre détermination au pays. On aura connu l'épreuve du feu, on aura été testés…

Mole lui coupa la parole.

— Arrête tout de suite, China. Juste pour une fois, épargne-nous ces conneries de discours de pasteur révolutionnaire sorti de sa cambrousse. Henry, il en a rien à foutre de tout ton baratin de merde sur les Black Panthers. Il a seulement besoin que les frères vendent au détail pendant que lui il vend en gros. S'il doit tuer Cassidy pour rester le chef, il le fera.

China regarda les pièces éparpillées sur le poncho de Mole.

— Il comprend pas, dit-il à voix basse.

— C'est toi qui comprends pas.

***

Mellas fut réveillé par le léger raclement d'une ranger sur le plancher en contreplaqué. Son cœur se mit à battre fort. Il était couvert de sueur et avait mal à la tête. Fitch, qui baissait les yeux sur lui, le visage empreint de tristesse, avait raclé sa ranger exprès afin de ne pas le plonger dans l'hyperactivité du combat suite à un réveil trop abrupt.

— Salut, Jim, dit Mellas.

Fitch s'assit sur le lit en face.

— T'es bourré, Mellas ?

— Non. Je viens de descendre quelques bières avec Cassidy, c'est tout. Il est quelle heure ?

Fitch regarda sa montre.

— Une heure de l'après-midi.

— T'es déjà à l'heure civile.

— Je l'ai jamais quittée.

Mellas balança les pieds par terre. Il avait la tête en feu et qui cognait. Il passa les mains dans ses cheveux mouillés de transpiration. Il les essuya sur son pantalon neuf et raide.

— J'ai tout de même réussi à sauver mes fichues rangers, dit-il en contemplant leur blancheur familière.

Il y eut un silence gêné.

— J'imagine que tu as appris que je partais, alors, finit par dire Fitch.

— Ouais.

Mellas ne savait comment poursuivre la conversation. Il vit Fitch rougir légèrement. Celui-ci interprétant probablement son silence comme une condamnation, il recommença à parler.

— Je suis vraiment content que tu t'en tires.

— Moi aussi.

Fitch eut un sourire crispé, et il y eut un autre silence gêné.

— Tu pars quand ? demanda Mellas.

— À 6 heures. Je prends le grand oiseau pour quitter Dong Ha. Je devrais être à Oky après-demain.

— Officier en charge de la buanderie, hein ? dit Mellas avec un sourire.

— Division des chaussettes et des tee-shirts.

— Tu aurais pu en toucher deux mots à Mulvaney. C'est pas de bol.

— J'aurais dû passer par Simpson.

— Merde, chef ! Les voies officieuses. Tu dois bien savoir que c'est comme ça que ça marche !

Fitch détourna les yeux vers le mur en contreplaqué et adopta le célèbre « regard perdu dans le lointain ». Mellas se dit qu'il devait se passer tout un film dans sa tête. Fitch finit par se tourner pour fixer l'œil valide de Mellas.

— Je veux pas retourner dans la brousse. Je ferais n'importe quoi pour rester en vie.

Il se mit à fourrer de l'équipement dans un sac de marin déjà plein à craquer. Il se peigna en se penchant légèrement pour se regarder dans un miroir en acier cloué à une petite planche. Ensuite, il mit soigneusement une casquette de civil amidonnée. Astiquée de près, son unique barrette argentée de lieutenant luisait.

— Toujours aussi fringant, dit Mellas.

— Il y a un endroit à Da Nang qui s'appelle le White Elephant, dit Fitch en enlevant sa casquette pour lisser ses cheveux foncés, et là-bas il y a de la chatte aux yeux ronds. Des filles de la Croix-Rouge, des hôtesses. C'est climatisé. Putain, il y a même une Allemande qui vend des Mercedes à des gros richards de l'AID ! Et dans à peu près trois heures, je serai en train de m'y bourrer la gueule, et je vais oublier que j'ai vu cet endroit un jour.

Il hissa le sac de marin sur son épaule. Mellas se leva en tremblant. Il sentit sa gorge se nouer. Il vit les lèvres de Fitch se mettre à frémir, puis adopter l'expression crispée et pincée qu'il prenait pour cacher ses sentiments au reste de la compagnie.

— Prends bien soin de toi, Mellas. Je vous écrirai pour vous faire savoir où j'en suis.

— Ça nous ferait plaisir.

— Dis aux mecs de passer me voir quand ils retourneront dans le vrai monde. Tu sais que je m'en fous si c'est des troufions.

— Ils le savent.

Ils restèrent debout, à se regarder. Mellas était incroyablement heureux que Fitch s'en soit sorti vivant.

***

Juste avant qu'il ne fasse noir, Mellas acheta une bouteille de Jack Daniel's au sergent d'artillerie Klump et se fit emmener jusqu'à MAG-39, où il prit l'un des derniers oiseaux en partance pour la BCV. Les terres vides qui s'assombrissaient défilèrent sous lui. Il pensa à Cassidy qui, effrayé, se saoulait au staff club mal éclairé. Si la situation avait empiré à ce point, il ferait mieux d'en parler au Jayhawk. Puis il pensa à Fitch, dans cette boîte de nuit bien éclairée qui s'appelait le White Elephant et où des Américaines couchaient avec des gros de l'AID et du CORDS[1]. Puis il pensa à lui-même, là, en route pour les sombres montagnes couvertes de jungle. *Plus que dix mois à tenir*, songea-t-il. Cinq autres opérations Piste des larmes. Cinq autres Matterhorn. À présent, il savait que les opérations à Matterhorn et celle de la Piste des larmes n'avaient rien de particulier. Elles faisaient toutes les deux partie d'une guerre simplement ordinaire.

Dix minutes plus tard, l'hélico atteignit les montagnes et l'océan de la jungle déferla par vagues encore plus imposantes au pied de la première colline. Mellas sortit sa carte – c'était maintenant devenu une habitude compulsive – et prit ses repères tandis qu'un pic plus élevé passait sous lui comme un éclair, une rivière l'enserrant dans un méandre serré en forme de S. Puis ils survolèrent le soulèvement de collines suivant, à présent plus élevées et accidentées.

1. *Civil Operations and Revolutionary Development Support*, organisation civile et militaire qui dépend du Département d'État, créée dans le but de coordonner les programmes de pacification civils et militaires.

Il défit le sabre de Vancouver attaché au côté de son sac, s'approcha d'un hublot ouvert et se faufila à côté du mitrailleur qui, posté près de la porte, l'observait sans cesser de promener nonchalamment son regard sur la terre en dessous. Lorsque Mellas atteignit le hublot, le souffle d'air menaça de lui arracher le cache de son œil. Il tira dessus pour le remettre en place, s'agenouilla, se pencha dans le vent qui se précipitait sur lui et tint son sabre droit devant lui à l'extérieur. Puis, envahi de souvenirs, il le regarda une petite minute environ. Et le jeta dans le crépuscule.

Il le regarda tomber derrière eux en tournoyant et accrocher un éclat de lumière mourante avant de se fondre dans l'immensité gris-vert en dessous. Alors il déplia sa carte pour indiquer soigneusement l'endroit où il était tombé d'une croix, et écrivit *SV*, sabre de Vancouver, à côté.

Le mitrailleur posté près de la porte hocha la tête.

— Ah, vous autres putains de *grunts, man*! lui cria-t-il. Bande de tarés.

***

En s'approchant de la BCV en début de soirée, Mellas ressentit la nostalgie que beaucoup connaissent une fois de retour chez eux, aussi sordide que soit l'endroit. En contrebas, quelques lumières, insouciantes des roquettes de l'APVN, clignotaient derrière les rideaux de couvre-feu.

En sortant de l'hélico, il tomba sur un petit groupe d'officiers supérieurs de l'état-major de la division qui attendaient qu'on passe les prendre, porte-documents en main et .45 glissés dans leurs étuis noirs et luisants. Mellas marcha silencieusement sur la route sombre qui menait à la zone du bataillon et passa devant les tentes où il avait attendu le départ de Bald Eagle. Une compagnie du 19e des marines s'y trouvait ; on taillait des bouts de bois, écrivait des lettres, nettoyait des fusils et jouait aux cartes pour tromper l'ennui et la peur. L'air était nettement plus chaud que la dernière fois où il était venu à la BCV.

Il atteignit la tente d'approvisionnement de la compagnie Bravo. Quelqu'un avait essayé de la redresser. L'intérieur était en ordre, les sacs de marin soigneusement empilés à l'arrière sur des palettes en bois pour ne pas toucher la boue. Le vieux bureau était toujours là, avec deux bougies allumées dessus. Trois inconnus étaient assis à l'intérieur.

— On peut vous aider, marine ? demanda l'un d'eux, sèchement.

Il semblait gonflé à bloc et arrivait manifestement tout juste du vrai monde. Il avait un poignard glissé dans la ranger. En le voyant, Mellas faillit pousser un grognement.

— Putain ! dit-il. C'est la compagnie Bravo ici ou quoi ? Je suis le lieutenant Mellas. Où sont Hawke et Scar ?

Les trois inconnus se levèrent.

Mellas se débarrassa de son sac, défit son brêlage et laissa tout tomber avec un bruit mat sur le plancher métallique à ses pieds.

— Heureux que vous soyez de retour, Sir ! déclara l'homme. On a beaucoup entendu parler de vous. Je suis le sergent-chef Irvine, et voici le sergent-chef Bentham, et le lieutenant LaValley, Sir. (Il eut une hésitation.) On a cru comprendre que vous aviez perdu un œil.

— C'est ce que tout le monde a cru comprendre, lui renvoya Mellas.

Il serra la main de chacun d'eux en jouant le héros blessé et muet. Il vit le nouveau lieutenant le regarder avec un respect mêlé d'admiration, comme il l'aurait fait lui-même quelques mois plus tôt face à un vétéran. Mais là, leur réaction ne signifiait rien pour lui ; elle lui disait seulement que les récits de Matterhorn avaient probablement été exagérés bien au-delà de tout ce qu'il aurait pu concocter lui-même, et que les nouveaux gamins seraient on ne peut plus nerveux.

Il fouilla dans son sac et en sortit la bouteille de Jack Daniel's.

— Du neuf sur ce qui se passe ?

Le nouveau lieutenant lui expliqua qu'ils se rendaient à Eiger et qu'ils y resteraient environ une semaine pour garder la batterie d'artillerie. La compagnie Charlie serait larguée dans la vallée au nord d'Eiger en même temps et avancerait vers le nord. Au bout d'une semaine, les deux compagnies permuteraient. Alpha se trouvait déjà sur Sky Cap, avec la compagnie Delta qui balayait la vallée de la rivière Suoi Tien Hien, immédiatement à l'est.

— On part quand ? demanda Mellas.

— À 6 heures demain matin.

Mellas grogna.

— Alors j'ai le temps de me bourrer la gueule cette nuit. (Il leva la bouteille vers le nouveau lieutenant et les deux nouveaux sergents-chefs.) Quelqu'un en veut ? C'est votre dernière chance.

Chacun prit une petite dose dans une tasse de café ou de gourde, en signe d'amitié.

— Vous pensez que la zone sera dangereuse quand l'ennemi y arrivera ? demanda le lieutenant qui, sa tasse entre les genoux, se penchait en avant.

— J'ai la tête d'une diseuse de bonne aventure ? lui répondit Mellas en le vannant. Non. Je ne pense pas. (Il regarda le liquide ambré qui reflétait la lumière des bougies.) Comment vont les troupes ?

— On a beaucoup de bleus, lieutenant.

C'était l'autre sergent-chef, Bentham, qui avait pris la parole. Mellas le regarda, surpris. Il parlait comme s'il avait déjà été au combat. Cela le rassura. Il avait probablement été fait sergent lors de son dernier tour de service, puis promu au rang de sergent-chef de retour dans le vrai monde, avant d'être renvoyé ici dès ses deux années de répit terminées.

— T'as quelle section ?

— La 3e. Jusqu'à ce qu'on obtienne un lieutenant de plus.

— Et vous deux ? demanda Mellas aux autres.

— Moi, je vais piloter la 2e section avec le lieutenant Goodwin, répondit le sergent-chef au poignard coincé dans la ranger.

— Et moi, j'ai votre ancienne section, déclara LaValley avec un sourire.

— C'est pas la mienne, dit Mellas en riant. Si t'as des ennuis, tu pourras tout mettre sur le dos d'un type qui s'appelle Fracasso. Bien sûr, je veux bien m'attribuer le mérite de ce qu'ils feront de bien.

— D'après ce que j'ai entendu dire, ils n'ont pas eu trop le temps de se dire qu'ils faisaient partie de la bande du lieutenant Fracasso, fit remarquer LaValley.

Mellas fit tournoyer son whisky.

— Non. C'était un putain de bon gars. Et c'était bel et bien sa section. (Il regarda LaValley, submergé par une vague de tristesse. Il descendit son whisky et sourit, malgré le trou béant qu'il avait en lui et que l'alcool ne pouvait combler.) T'inquiète pas pour ça ! Ils seront à toi en un rien de temps. Quand on est resté un peu dans le coin, on distingue les bons des mauvais en une fraction de seconde. T'as pas de soucis à te faire.

Mellas essaya d'inclure tout le monde en parlant, et fut certain que tous se sentaient inclus. Mais il savait que le Jayhawk aussi était capable de distinguer les bons des mauvais. Le type avec cette saloperie de poignard dans la ranger partait avec Scar afin que ce dernier puisse l'empêcher de faire trop de dégâts.

— Quant à moi, ajouta-t-il, je vais retrouver quelques potes et me saouler jusqu'à me retrouver à genoux pour dégueuler partout. Et si jamais je réussis, vous devrez peut-être prendre la tête de la compagnie demain pendant que le chef et l'officier adjoint essaieront de reprendre connaissance.

Il les laissa rire et sortit chercher Hawke et Goodwin. Il vit un marine solitaire marcher sur la route, une serviette autour du cou et une boîte à savon dans la main. Probablement en chemin pour une dernière douche avant l'opération.

— Lieutenant Mellas, cria le gamin, on a entendu dire que vous étiez d'retour!

C'était Fisher.

— Bon sang, Fisher! Je te croyais reparti dans le vrai monde. Qu'est ce qu'on doit faire pour se barrer de ce putain d'endroit?

— J'en sais rien, Sir. Se faire tuer, je crois.

Ils se turent tous les deux, puis ils éclatèrent de rire.

Ils échangèrent une poignée de main et un immense sourire.

— Ça va? Là, en dessous, je veux dire.

Mellas indiqua de la tête l'entrejambe de Fisher.

Celui-ci lui raconta son opération et comment il avait réchappé à la sangsue.

— Tu veux dire que tout fonctionne? demanda Mellas.

— Je déconne pas, lieutenant! Enfin, au moins, tout fonctionne au Japon. Bon sang, mais je suis amoureux des Japonaises! Elles savent s'occuper de vous, Sir.

— Je l'ai entendu dire, répondit Mellas. Je suis content que tu ailles bien. Sérieux, Fisher. Vraiment content.

— Ouais. Merci, Sir. (Puis son expression changea.) Il paraît qu'avec les gars, vous vous êtes retrouvés dans un sacré merdier.

Mellas n'avait pas envie de parler de Matterhorn.

— T'as retrouvé ton ancienne escouade? demanda-t-il.

Fisher comprit.

— Ce qu'il en reste, répondit-il. C'est toujours la 2ᵉ escouade, j'imagine. (Il donna un coup de pied dans un tas de boue.) Merde! Plus que soixante-sept jours. Je suis un nain dans les dizaines. (Il adressa un sourire à Mellas.) Je suis si court que je peux balancer mes jambes assis sur mon gilet pare-éclats. D'ailleurs je suis si court que quand je le porte, il traîne par terre. Et vous, il vous en reste combien, lieutenant?

— Trois cent trois et un réveil.

Il pointa le doigt sur le visage de Fisher et ajouta :

— Et me fais pas chier avec ça.

— Merde, lieutenant, vous devriez encore compter par mois!

Mellas éclata de rire, sincèrement heureux que Fisher soit si court. Il lui fourra la boîte de cigares dans la main pour qu'il les distribue à la compagnie, et poursuivit son chemin sur la route. En arrivant à la tente BOQ, il trouva McCarthy, Murphy, Goodwin et Hawke qui riaient autour d'une cantine sur laquelle reposaient trois bouteilles ouvertes.

— Approchez, c'est le *Magical Mystery Tour*! chanta-t-il. Je suis venu vous emmener[1] !

Deux officiers qu'il ne connaissait pas grognèrent. L'un d'eux essayait de dormir.

— Bon sang de merde. Encore un.

— Hé! cria McCarthy. C'est Mellas. Avec un putain de cache sur l'œil !

Murphy le prit dans ses bras et le souleva de terre tandis que Mellas tenait la bouteille de whisky au-dessus de sa tête. Il le reposa par terre et McCarthy lui prit la bouteille.

— Loué soit Dieu, à jamais! dit-il en la portant à la lumière. Pour notre bien-être et celui du corps des marines.

Mellas lui montra le majeur.

— Scar et Patch[2] ! lança Hawke. C'est pas une compagnie que j'ai. C'est un putain de cirque!

— Eh bien, emmène ton putain de cirque ailleurs, lança le dormeur contrarié. Je suis de garde dans trois heures.

— Aucune endurance, bordel! dit Hawke. (Il se leva et se cala avec soin sa casquette de treillis sur la tête en se regardant dans un miroir en acier accroché à un des piquets de la tente.) Allez! Cassidy est à Quang Tri. On va chez lui et on laisse dormir ces beaux officiers d'état-major.

Cassidy dormait dans une petite pièce bien rangée, avec sa propre entrée qui donnait sur l'extérieur au fond de la tente S-4. Il y faisait sombre. Hawke finit par trouver une bougie et l'alluma. Puis il s'assit sur le lit de camp de Cassidy.

— Au fait, Hawke, dit Mellas, félicitations pour avoir eu la compagnie. (Il tendit la main.) Moi, je trouve ça génial!

— Merci, Mel. (Hawke se pencha en arrière sur le lit.) Mais c'est marrant, quand même. On croirait que c'est pas la même compagnie.

— Je vois ce que tu veux dire.

McCarthy tendit à Mellas et à Goodwin des tasses remplies de whisky.

— Arrête de pleurer ta putain de compagnie perdue! dit-il. Tu me fais perdre mon temps, bordel.

— Alors on part en *Mystery Tour* dans la Jeep de ma compagnie! lança Hawke. Qui est assez sobre pour conduire jusqu'au O-club ?

1. Allusion aux paroles de la chanson des Beatles, *Magical Mystery Tour* : « *Roll up for the magical mystery tour! I'm coming to take you away.* »

2. « Cache », en anglais.

Mellas regarda autour de lui.

— Moi, je crois.

— Bien, dit McCarthy. Assieds-toi à l'arrière et rattrape-nous. Je prends le volant, bordel !

***

Bientôt, tous les cinq se retrouvèrent assis autour d'une table au rudimentaire O-club du régiment, hâtive barricade dressée contre la réalité. Un petit générateur ronflait sans interruption, apportant une lumière clignotante. Les murs de contreplaqué dépouillés présentaient encore les tampons de classification. De la poix suintait des clous apparents. Une cible pour fléchettes délabrée était clouée à un mur.

Ils collèrent des bougies directement sur la table en faisant fondre des flaques de cire. Puis ils commandèrent cinq verres chacun, seul moyen d'éviter de se prendre le bec pour savoir à qui reviendrait l'honneur de payer la dernière tournée. McCarthy et Murphy attendirent au comptoir tandis que le barman distribuait vingt-cinq petits verres remplis de whisky et les disposait sur deux grands plateaux. Tenant ces plateaux devant eux, ils se frayèrent ensuite un chemin entre les tables. McCarthy serrait un paquet de biscuits salés Ritz entre les dents. Hawke s'en empara et l'ouvrit tandis qu'on posait les petits verres sur la table. McCarthy retourna chercher deux pichets d'eau et cinq verres plus gros qu'il mit sur la table devant Hawke.

Celui-ci était en train de compter le nombre de biscuits dans le paquet.

— Voilà ! déclara-t-il. Sept chacun. Sauf que moi, j'en prends huit, parce que je suis le commandant de la compagnie.

Il fit passer le sachet à Mellas, qui prit ses sept biscuits avant de le tendre à Goodwin. Hawke saisit un pichet et, sans rien dire, se mit à leur demander combien d'eau ils préféraient dans leur whisky en levant un, deux ou trois doigts. Une fois tout le monde servi, il leva son verre.

— *Semper Fi*, bande d'enculés ! lança-t-il avant de descendre son premier verre.

Mellas ne tardant pas à être délicieusement saoul, le bourbon lui parut frais et moelleux alors qu'il lui réchauffait le ventre. Le contraste était magique. Il avait pleinement conscience de l'instant, malgré le bourbon. Il savait que les cinq hommes avaient partagé des expériences que personne d'autre n'avait connues ou ne connaîtrait. Il savait aussi qu'il était peu probable qu'ils vivent tous assez longtemps pour partager de nouveau un tel instant. D'ailleurs, ce serait peut-être lui qui ne serait plus là. Toute la gaieté du monde... tous ces cris, toute cette ivresse qui atténuait la douleur... ne pouvait lui cacher cette pensée menaçante. Mais c'était justement cette pensée menaçante qui lui faisait prendre conscience du précieux de l'instant.

— Hé, Mel, dit Hawke, quand on sera de retour dans le vrai monde, on devrait monter une affaire ou un truc dans le genre. Merde, tous les cinq. On se marrerait bien, non ?

— Vu nos connaissances, tout ce qu'on pourrait faire serait de concurrencer la Mafia, fit remarquer Murphy.

— La seule affaire qu'on pourrait monter, ce serait un putain de bar ! ajouta McCarthy. Mais je veux bien en gérer un avec vous.

— Je bois à ça, dit Hawke en levant son verre. Voilà ! Un putain de bar. (Il eut un hoquet.) Un putain de bar exceptionnel. (Il gloussa.) On l'appellera le Casemate.

— Non ! protesta Mellas. C'est pas assez raffiné. Appelons-le l'Ellsworth[1].

— Vas te faire foutre avec ton raffinement, Jack, dit Goodwin. Nous ce qu'on veut, c'est un putain de bar, pas une boîte de tarlouses !

— C'est ça, renchérit McCarthy, et pour y boire un coup, il faudra garer sa voiture à quatre cents mètres et couper avec une machette à travers des bambous et de l'herbe à éléphant pour y arriver.

Mellas réfléchit un instant.

— Sauf qu'on donnera pas de cartes au client ! dit-il. Pas de carte ! (Il se mit à claquer de la paume sur la table avec chaque mot.) Pas de putain de carte !

— Mais t'as le droit à une grenade fumigène, précisa Hawke. Comme ça, si t'abandonnes, un hélico pourra te ramener au parking gratuitement.

— Putain, fais-les raquer ces enfoirés, Jayhawk, protesta McCarthy. Merde ! Je sais pas trop si tu seras bon en affaires. Tu feras jamais de fric si t'es trop tendre.

Les plaisanteries sur le Casemate prirent du volume et se firent plus outrancières. Forcer les clients à jeter des bouts de nourriture aux rats et balancer des sangsues sur les tables. Les faire remplir cent sacs de sable pour payer le couvert. Les contraindre à s'accroupir ou à s'asseoir sur un plancher mouillé. Les faire boire de l'eau en léchant les tuyaux

1. En référence à Elmer E. Ellsworth, réputé pour avoir été l'une des premières victimes de la Guerre de Sécession.

au plafond. Les faire pisser dans les coins. Les forcer à retourner à pied au parking… pour découvrir qu'on leur a piqué leurs bagnoles! Bientôt, tous les cinq, ils furent debout, à taper des pieds et à scander encore et encore : « Pas de ravitaillement! Pas d'évacuation! Pas de carte! »

Hawke finit par s'asseoir. Les autres l'imitèrent.

— Ça ne marchera jamais, décréta-t-il en buvant un coup.

— Pourquoi, Jack? demanda Goodwin.

— Le gouvernement ne nous délivrera jamais de permis pour faire sauter la moitié de la clientèle.

Il y eut un instant de silence. Puis Murphy leva son verre.

— Au Casemate! lança-t-il.

Sa tête s'inclina brusquement vers le verre levé.

— Et à tous ses clients, ajouta Hawke.

Il y eut un autre silence tandis qu'ils jouaient avec leurs verres.

— Ah, allez vous faire foutre, dit Murphy. Vous savez pas vous amuser.

— L'exemple type du perpète, Murphy! fit remarquer Mellas. Vous, tous les trucs merdeux, ça vous plaît. C'est pour ça que le gouvernement réussira toujours à vous fourguer ses boulots à la con. (Il descendit le reste de sa boisson et posa le verre sur la table.) Vous êtes des putains d'idiots.

Tout le monde resta silencieux. McCarthy réprimait manifestement un sourire. Il accrocha le regard de Hawke, puis il jeta un coup d'œil à Murphy. Mellas ne releva pas qu'il s'aventurait en terrain dangereux.

— Faut bien que quelqu'un les fasse, ces boulots de merde, Mel! dit Murphy en serrant les mains autour de son verre vide.

— Ben moi, j'ai fait tous les boulots de merde qu'ils pourront jamais me filer. Je me casse, putain! Et tu peux aller te faire foutre, toi et ton gouvernement, si t'es assez con pour rester.

— Comment tu veux que le corps des marines réussisse un jour à se démerder si vous autres connards de poules mouillées, vous vous barrez en vous disant que vous pourrez vous faire plus de fric ailleurs?

— Arrête, Murph! Tout le fric au monde suffirait pas à me faire rester dans le Crotch.

— Pourquoi tu pars alors?

— Je le déteste, putain, c'est pour ça! J'en ai marre de ces putains de mensonges, et de devoir les couvrir avec du sang.

— Je bois à ça! dit McCarthy en rotant.

— C'est pas une réponse, ça, bordel, fit remarquer Murphy.

Ses bras robustes reposaient dans des flaques de bourbon renversé. Les autres s'étaient calés au fond de leurs chaises et, un sourire idiot aux lèvres, regardaient Mellas et Murphy s'affronter – le lièvre et l'ours.

— Vous autres, vous vous barrez en laissant les menteurs, les lécheurs de boules et les troupes se faire avoir encore plus. Vous avez trop la trouille de vous lever en public avec les cheveux coupés à ras parce que vous avez peur de jamais pouvoir baiser.

Plutôt que d'accepter le fait que la moquerie l'avait blessé parce qu'elle était vraie, Mellas s'emporta.

— Lève-toi, putain ! s'écria-t-il en se levant de sa chaise.

Il serrait les poings.

McCarthy le rassit sur son siège en le tirant par le dos de sa veste de treillis.

— Bon Dieu, Mellas, Murphy te tuera. C'est pas parce qu'il a touché un putain de point sensible qu'il faut que tu t'offres en sacrifice humain !

— Murphy a raison, renchérit Hawke. Depuis que t'es dans le corps des marines, Mellas, combien de femmes est-ce que t'as fréquentées qui sont allées à la fac et qui viennent pas du Sud ?

— Aucune, voilà combien, répondit McCarthy à sa place.

— Eh oui, dit Hawke. Si tu montes à Washington DC, il y a des tas d'étudiantes qui travaillent pour toutes sortes de cabinets gouvernementaux, mais toi, t'es là, avec tes cheveux coupés à ras, rien de plus qu'un nègre à Georgetown s'il en est.

— Merci, Theodore J. Hawke, lui renvoya Mellas. Et un philosophe camouflage de plus !

Il pensa à Karen Elsked et ressentit un vide.

Hawke se pencha en arrière sur sa chaise.

— Tu crois que je mens ? Dans six mois, vous deux, dit-il en montrant Mellas et McCarthy du doigt… vous deux, six mois après avoir quitté les marines, si jamais vous vous en sortez vivants, vous serez des putains d'intellos communistes à cheveux longs qui raconterez à tout le monde que cette guerre, c'est de la merde, et que vous le saviez depuis le début. Et tu sais quoi ? Ce sera des mensonges. Des mensonges pour pouvoir avancer dans leur monde. Vous aurez les cheveux jusqu'au cul, vous fumerez de la dope, vous protesterez et vous manifesterez en portant des sandales et des perles à la con comme tous les autres. Et vous le ferez pour aucune autre raison que pour vous faire aimer des filles.

— Va te faire foutre, Hawke ! s'écria McCarthy.

— Non, je vais pas me faire foutre, dit Hawke en se penchant de nouveau vers la table. Vous aurez tous les deux peur de retourner dans le vrai monde et de dire à tous ces trous du cul que vous avez été de putains de bons marines. Oh bien sûr, pas des légendes. Pas mêmes parmi les meilleurs. Mais vous étiez bons. Et vous essaierez de leur expliquer à tous à quel point vous étiez mauvais, et vous leur direz que vous êtes désolés, histoire de ne pas avoir à raconter comment ça se passe vraiment. À quel point ça peut être bon de faire quelque chose de mal.

— Putain, t'es bourré, dit McCarthy, mais je veux bien boire à ça ! (Il s'exécuta, et vida son verre avant de le poser sèchement sur la table.) Moi, je me suis engagé comme volontaire, bordel !

— Et pas nous ? demanda Mellas en se mettant debout et levant son verre en manquant se casser la gueule. À ces putains de volontaires !

Tous se levèrent solennellement. Hawke titubait à moitié. Murphy et Goodwin s'appuyaient l'un contre l'autre. Ils trinquèrent et burent. Puis Mellas se tourna pour regarder Hawke en face. Il tenait son verre vide devant son visage.

— Bravo est mort, dit-il d'une voix calme en le regardant par-dessus le verre avec son œil valide. Bravo s'est relevé. Bravo combattra de nouveau.

Il leva le verre au-dessus de sa tête et ajouta :

— Mea culpa.

Hawke accommoda un bref instant et se signa avec gravité.

— Absolution, dit-il en articulant plus ou moins.

Son regard redevint trouble. Mellas sourit en guise de remerciement et trinqua avec lui. Il regarda un instant son verre vide et le laissa tomber par terre. Le verre se brisa. Mellas prit un verre plein et le porta au-dessus de sa tête en effectuant un tour complet sur lui-même. Puis il trempa le pouce et deux doigts dans le bourbon et se mit à les oindre avec des mouvements solennels et cérémonieux du poignet en psalmodiant :

— *Dulce et decorum est pro patria mi-i-i. Dulce et decorum est pro patria mor-r-i*[1].

Hawke s'agenouilla et tira la langue. McCarthy y posa solennellement un morceau de biscuit sec. Il prit un verre de whisky avec les deux mains et se mit à en verser lentement le contenu sur la tête de Hawke. L'alcool goutta sur son visage. McCarthy fit le signe de la croix au-dessus de la tête de Hawke et lança :

— Au nom du colonel, du Trois et de ce bon à rien de Con-grè-ès.

1. Expression latine tirée d'une strophe d'Horace, signifiant : « Il est doux et honorable de mourir pour sa patrie. »

Hawke resta agenouillé, la langue tirée, à lécher le liquide ambré qui lui dégoulinait sur le visage. Alors McCarthy leva les doigts en V – le signe de la paix – et se retourna lentement, le bras levé haut au-dessus de sa tête. Et entonna à l'intention de la foule désormais silencieuse :

— Paix. C'est ma paix que je vous donne.

Puis, avec le pouce et les deux doigts contigus collés ensemble et levés haut au-dessus de sa tête, il effectua un tour complet sur lui-même.

— Délivre-nous du mal et accorde-nous la paix en notre temps.

Suite à quoi, il prit le verre vide, le regarda un moment et le fracassa contre le mur. Hawke se jeta en arrière et resta couché par terre, bras et jambes écartés, déployé tel un aigle en plein vol, fixant le plafond du regard, saoul.

— Hé, Jack! dit Goodwin. Cette fête commence à prendre un tour foutrement trop religieux.

***

Dans la chambre de Cassidy, ils faisaient circuler des bières. Ils éprouvaient la proximité qui vient du partage, comme lorsqu'on se passe un calumet de la paix. Hawke parla de sa squaw numéro un. Elle lui avait écrit une lettre pour lui faire savoir qu'elle avait un nouveau petit ami et qu'elle ne pouvait pas continuer à lui écrire parce qu'elle était contre ce qu'il faisait. Les cinq hommes burent à la bonne santé de la jeune femme et à sa force morale. Mellas voyait bien que Hawke était profondément blessé, mais ce dernier n'en laissa rien paraître et but avec les autres en raillant la fin de sa relation.

Au bout d'un moment, les bières furent terminées et Goodwin, Murphy et McCarthy sortirent prendre deux heures de sommeil avant de partir en opération. Hawke et Mellas se retrouvèrent seuls. Mellas était rompu et la tête lui tournait. Il voulait dormir, mais il savait que ce serait leur dernière nuit ensemble avant que leur nouvelle relation officielle n'apporte une couche supplémentaire de complications. Demain, Hawke serait le chef, et Mellas, l'officier adjoint.

Ils tripotèrent leurs cannettes de bière vides dans un silence gêné. Mellas finit par lancer doucement la sienne à Hawke.

— T'as peur de retourner dans la brousse? lui demanda-t-il.

— Pourquoi je me bourre la gueule à ton avis?

Ils réfléchirent un instant.

— Je suis content que t'aies eu la compagnie, Ted. Ç'aurait été un vrai désastre si on me l'avait donnée.

Hawke sourit et hocha la tête.

— Mellas, espèce de pauvre crétin, t'avais aucune chance de l'avoir. T'es encore qu'un connard de bleu-bite.

Mellas sourit et acquiesça d'un hochement de tête.

— Ouais, mais ç'aurait été un désastre tout de même.

— Putain, Mellas ! On te fera lieutenant dans un mois environ, et quelques mois après, tu seras court et tout ce que tu voudras, ce sera rentrer chez toi. Et c'est là qu'ils te le proposeront, quand t'en voudras plus. Mais, comme il n'y aura pas de meilleure alternative, tu accepteras. Et la meilleure alternative, ce sera toi.

Mellas éclata de rire, flatté et gêné par ces louanges.

— Bref, ce sera un plaisir de travailler avec toi. D'ailleurs, j'aimerais sérieusement qu'on pense à ouvrir ce putain de bar si jamais on retourne dans le vrai monde. (Il rit brièvement par le nez.) Le Casemate. Je laisserais tous les anciens combattants observer les clients à travers des glaces sans tain.

Hawke se pencha en arrière et sourit en regardant le plafond de la tente. Ensuite il se redressa, brusquement sobre.

— C'est un putain de fantasme, Mellas. Au moins pour dix-huit ans.

— Qu'est-ce que tu veux dire ?

— J'ai signé pour toujours.

— Non !

— Si, dit-il en essayant de prendre un ton enjoué. Je vais m'enrouler dans le rouge et l'or du corps des marines.

Mellas ne répondit pas.

Hawke chercha maladroitement les mots qui convenaient, les yeux braqués sur sa cannette écrasée plutôt que sur Mellas.

— Tu sais. Merde ! Je ne sais pas ce que je foutrais une fois de retour dans le vrai monde. Toi, c'est différent. T'iras à l'école du barreau, putain, ou un truc dans le genre, et tu monteras directement au sommet. Moi ? Merde ! Il y a des bons gars par ici. Mulvaney. Coates. Cassidy. Même Stevens. Il fait ce qu'il peut. (Il leva les yeux vers Mellas.) De bons gars. De bons officiers.

— Si je t'avais pas jeté ma cannette de bière, je trinquerais avec toi, bordel !

Mellas s'allongea sur le sommier et fixa son regard sur les plis de la tente au-dessus de lui, contemplant le jeu d'ombres projeté par l'unique bougie.

— Murphy a raison. Les troupes se font encore plus avoir si les bons ne restent pas.

Mellas pensa à l'ancienne compagnie Bravo, à présent disparue, éparpillée dans des hôpitaux au Japon ou aux Philippines, ou dans des sacs caoutchoutés embarqués dans des long-courriers commerciaux qui traversaient le Pacifique, en route pour l'Amérique.

— Dis-moi, Hawke, lança-t-il sans le regarder, en se contentant seulement de suivre les ombres au plafond. Avant que tu ne deviennes Bravo Six – (il ne put s'empêcher d'ajouter une petite pique) – et un régulier – (Hawke lui fit un doigt d'honneur) – pourquoi est-ce que le colonel nous a envoyés sur cette putain de colline la deuxième fois ? (La voix de Mellas se mit à trembler. Cela le surprit.) Les Viets ne se sauvaient pas. La compagnie Delta aurait pu s'en occuper.

Hawke prit un peu de temps avant de répondre.

— Parce que vous vous êtes portés volontaires, dit-il. Il avait annulé l'ordre pour l'assaut, mais, à la dernière minute, il a dit à Fitch qu'il enverrait Delta s'il ne voulait pas faire le boulot.

Mellas se redressa. Les larmes qui avaient commencé à se former lorsqu'il s'était mis à évoquer l'assaut s'étaient taries, mais sa gorge se serra.

— Quoi ?

— Simpson a dit à Fitch qu'il avait deux options : reconquérir la fierté de la compagnie qui avait abandonné Matterhorn, raison pour laquelle il fallait qu'il y ait ce deuxième assaut, ou être un chien à foie jaune et laisser la compagnie Delta nettoyer le bordel de Bravo. (Il marqua une pause.) Et tout ce que ça entraîne. Tu sais à quel point le corps des marines est petit.

— Si j'avais su que Fitch s'était porté volontaire, j'aurais voulu le tuer, lui aussi, dit Mellas d'une voix douce, presque songeur.

— Et si tu t'étais retrouvé confronté au même choix, tu te serais proposé toi aussi, tout comme Fitch, lui renvoya Hawke.

— Je sais.

— Tu as toujours envie de tuer Simpson ?

— Nan. Tu sais que j'ai pété les plombs là-haut. Il faisait son boulot, c'est tout. (Il s'allongea sur le lit.) Je préférerais seulement qu'il soit sobre quand il le fait.

Il rit, et Hawke se joignit à lui. Puis ils sombrèrent dans le silence.

— Ce qu'il y a de marrant, reprit Mellas, c'est que j'aime toujours bien Fitch. Je serais monté en haut de la colline avec lui, même si je l'avais su.

— Avant ou après l'avoir tué ?

— Les deux.

Tous deux se turent à nouveau. L'alcool brouillait la vision de Mellas et menaçait de l'attirer dans le sommeil. Puis il refit surface.

— Il nous a quand même portés volontaires, ce pauvre enfoiré de merde. Ça le poursuivra bien plus longtemps qu'un mauvais rapport. Et moi qui me sentais mal parce que j'aime bien tuer des gens !

Hawke rit discrètement.

— Toi, au moins, t'as fait le plus dur de ce côté-là. C'est ceux qui ne le savent pas qui sont dangereux. Il y en a au moins deux cents millions là-bas, dans le vrai monde. Ce ne sont pas les classes qui font de nous des tueurs. C'est rien qu'une putain d'école de perfectionnement. (Il eut un rire amer.) Je me rappelle ma saloperie d'ex-squaw me disant qu'elle trouvait inconcevable – c'était son mot à elle, « inconcevable » – d'aller au Vietnam comme je le faisais, quelles que soient les conséquences. Ça, c'était juste avant qu'elle parte en Europe pour sa troisième année de fac et qu'elle y rencontre son nouveau petit copain.

D'une main, Hawke écrasa la cannette de bière qu'il tenait. Puis il se mit à pétrir sa cannette mutilée d'avant en arrière, en la tordant et la pliant. Mellas garda le silence.

— Aucune d'elles n'a jamais rencontré le singe fou que nous avons en nous, reprit Hawke. Nous, si.

— C'est comme ça, dit Mellas.

La voix de Hawke se fit de plus en plus douce.

— Peut-être qu'on pourrait avoir un parc d'attractions de l'autre côté de la rue, avec un manège qui s'appellerait le Singe Fou.

Il s'allongea sur le lit, les pieds par terre, les yeux fermés.

— T'es à deux doigts de pioncer, Jayhawk, dit Mellas doucement.

— Mais non, bordel, marmonna Hawke. Je me repose juste les yeux.

Ils éclatèrent de rire à cette vieille plaisanterie. Puis la respiration de Hawke devint lente et régulière.

— Hé, dit Mellas. Jayhawk.

— Hmm.

Mellas lui souleva les pieds et les posa sur le lit, puis il le couvrit d'une doublure de poncho et souffla pour éteindre la bougie. La tente fut plongée dans le noir. Il se fraya un chemin sous la pluie, dans le noir, et gagna la tente d'approvisionnement de la compagnie Bravo, où il s'enroula dans sa doublure de poncho. Il s'endormit à même le plancher métallique en écoutant les sifflements et grognements des inconnus maintenant endormis qui ne tarderaient pas à partager sa vie de la manière la plus intime qui soit.

***

Quelqu'un le secouait pour le réveiller.

— Qu'est-ce qui se passe, putain ? chuchota-t-il, pris d'un violent mal de tête.

— C'est moi, China, Sir.

— Bon sang, China, qu'est-ce que tu veux, bordel ?

Mellas roula sur le flanc. Son œil blessé l'élançait encore plus que son crâne. Il se demanda ce qu'il avait fait de son cache, ou s'il l'avait perdu quelque part. Puis il le trouva au sommet de sa tête.

— Lieutenant Mellas, faut nous aider. Il va y avoir des ennuis cette nuit.

— De quoi tu parles ?

— Je crois que quelqu'un va se faire tuer, chuchota China.

Mellas entendit un bruit de raclement à l'extérieur de la tente, derrière China. Puis on craqua une allumette, et il vit Mole allumer une bougie. Son visage, comme celui de China, était tendu et inquiet.

— Oh merde, faut que j'aille pisser, dit Mellas. Donne-moi une seconde, putain.

Il se mit debout de l'autre côté du rabat de la tente et pissa dans le noir et le froid. À son retour, China et Mole discutaient tout bas. Les autres dormaient à poings fermés, à l'exception du nouveau lieutenant, qui les dévisageait les yeux écarquillés, mais sans intervenir. Mellas les emmena dehors.

— Bon alors, qu'est-ce qui se passe, bordel ? demanda-t-il.

Il était complètement habillé, il ne s'était pas dévêtu lorsqu'il s'était effondré par terre.

— C'est Cassidy, Sir, répondit China. Je crois qu'ils vont le grenader cette nuit. Moi, je voulais juste y balancer une désamorcée, vous voyez ? Pour faire passer un message, mais eux, ils vont le descendre. Ils disent qu'une petite explosion de merde, ça fait rien avancer.

— Mais Cassidy est à Quang Tri, putain, fit remarquer Mellas. Qu'est-ce que je peux y foutre, moi ?

— Non, il y est pas, Sir. Il est revenu. On a vu les lumières allumées cette nuit.

À ces mots, Mellas se redressa d'un coup.

— Bon Dieu ! murmura-t-il. Le Jayhawk y est !

Mole, interloqué, regarda China.

— C'est pour ça qu'on le trouvait pas.

Mellas se mit à courir. Il ne pensait qu'à éloigner Hawke du lit de camp de Cassidy. Il se sentait mal et avait envie de vomir, mais il continuait de courir.

Mole lui fila devant, ses longues jambes avançant encore plus vite, fonçant de toutes ses forces pour atteindre Hawke. China, plus trapu, le suivait. Les trois hommes étaient pleins d'une appréhension qui les poussait comme une main dans le dos et courait avec eux, tandis que le brouillard qui montait du sol tourbillonnait à leurs pieds.

L'explosion déchirant l'air, Mellas accéléra, courut comme il ne l'avait jamais fait encore, mais fut accablé de désespoir.

Des ombres s'éloignaient de la tente à toute allure. Mellas se rua dans l'entrée, juste derrière Mole. Il ne voyait rien à l'intérieur. Il sentit l'odeur écœurante et brûlante du TNT. Il trébucha jusqu'au lit où il avait allongé Hawke. La grenade avait éclaté directement en dessous. Des bouts de matelas voletaient encore dans l'air. Ce qui restait du lit déchiqueté était couvert d'un sang poisseux. Il essaya de trouver d'où il coulait en passant et repassant les mains sur le corps mou.

— De la lumière ! hurla-t-il. De la lumière, bordel !

Hawke était allongé sur le ventre. Mellas trouva sa tête et palpa son cou, en quête d'un pouls. Il n'y avait rien. Il passa la main sous son corps pour lui toucher la poitrine et ne rencontra que de la bouillie tiède. Il était allongé sur le ventre lorsque la grenade avait explosé en dessous.

Mellas entendit des bruits de pas dehors, puis une lampe électrique brilla dans l'entrée. La lumière éclaira le visage de Hawke. Il avait les yeux ouverts. Il avait dû entendre la grenade tomber par terre avec un bruit sourd juste avant qu'elle n'éclate.

China tremblait à l'entrée de la tente. Mole lui parlait doucement, un bras sur son épaule. Tous les deux regardaient Mellas, l'air terrifié.

Mellas se mit à trembler. Incapable de se maîtriser, il s'accroupit, s'immobilisa en s'appuyant au lit de camp de Hawke et regarda ses yeux grands ouverts. Mais Hawke n'était plus là.

— Adieu, Jayhawk, dit-il, et il lui ferma les paupières.

***

Il se leva et regarda Mole et China. Il avait envie de les tabasser jusqu'à ce qu'ils perdent connaissance, de leur trancher la langue pour avoir gardé le silence jusqu'à ce qu'il soit trop tard. Il avait envie de hurler des accusations de meurtre et de les envoyer en prison. En même temps, il savait qu'il n'en tirerait qu'un peu plus d'amertume. La justice en temps de guerre n'était que papier dans le vent. En compromettant Henry, il entraînerait aussi China et Mole, et il ne le voulait pas. Leur seul péché avait été celui qu'il avait trop souvent commis lui-même, celui de ne pas l'ouvrir. Et puis, il les aimait bien, et la compagnie ne pouvait se permettre de perdre ses deux meilleurs mitrailleurs. Il se rendit brusquement compte qu'il réfléchissait comme le commandant de la compagnie. Il devait veiller sur deux cents marines. À chacun de s'occuper de sa conscience. Lui ne se souciait vraiment plus ni de justice ni de punition… en tout cas, pas de celles qui vont avec les tribunaux. La vengeance ne guérirait rien. La vengeance n'avait aucun passé. Elle ne faisait qu'amorcer des choses. Elle ne créait qu'encore plus de gâchis, qu'encore plus de pertes, et il savait que le gâchis et les pertes de cette nuit ne seraient jamais rachetés. On ne peut pas combler les trous de la mort. Le vide peut, lui, être comblé par d'autres choses au fil des ans – par de nouveaux amis, par des enfants, par de nouvelles tâches – mais les trous demeurent.

Mellas vit la boîte de conserve qui servait de tasse à Hawke accrochée à son brêlage posé sur le dossier d'une chaise. Il la décrocha et la fourra dans une de ses poches.

— Vous avez intérêt à déguerpir, dit-il calmement à Mole et à China, et il leur passa devant pour sortir.

***

Il resta pour voir la pagaille inévitable qui allait s'ensuivre. Tous les hommes de la compagnie Bravo sans exception restèrent muets comme les pierres, et lui aussi. Tout ce qu'il savait, c'était qu'il dormait lorsque la grenade avait explosé. Les enquêteurs allaient devoir remonter tout seuls la piste jusqu'à Henry. S'ils ne le faisaient pas, ainsi soit-il. S'ils le faisaient, les preuves seraient insuffisantes pour donner lieu à procès, et encore moins à condamnation. De plus, il y avait une guerre à mener, et personne n'avait intérêt à se lancer dans une enquête pour meurtre qui prendrait beaucoup de temps.

Quand le raffut retomba, il partit seul jusqu'au bord de la piste d'atterrissage déserte et s'allongea dans la boue. Il pleura jusqu'à ne plus pouvoir pleurer. Puis il resta là, vide, seul, sous le ciel qui se teintait lentement de gris.

Goodwin finit par le trouver et l'aida à se relever. Ils gagnèrent la casemate de COC, où Blakely les informa que Mellas serait le nouveau commandant de la compagnie jusqu'à l'arrivée d'un capitaine. S'il faisait du bon travail, il aurait peut-être une compagnie à lui plus tard… peut-être même la compagnie Bravo. Mais sa première tâche, une fois le contrôle d'Eiger assuré, serait d'aider le S-1 à rédiger l'enquête sur cette mort accidentelle.

CHAPITRE 23

L'opération fut lancée à 6 heures, comme prévu. À 10 heures, la compagnie s'était installée et Mellas avait envoyé trois patrouilles. Ce ne fut qu'avec la venue du soir et sa douce lumière déclinante qu'il put se retrouver seul. Il se cacha derrière une souche explosée et essaya de réfléchir au sens des choses. Il savait qu'il ne pouvait pas y en avoir pour un mort. Le sens ne pouvait venir que des vivants. Il ne pouvait venir que de ses choix et de ses actions. Le sens était créé, non découvert. Il comprit que lui seul pouvait en donner à la mort de Hawke, en choisissant ce que celui-ci avait choisi, à savoir la compagnie. Les choses qu'il avait désirées avant – le pouvoir, le prestige – semblaient désormais vides, et leur quête sans fin. Étant donné que seuls ses pensées et ses actes présents pourraient lui donner la réponse, il ne la chercherait ni dans le passé ni dans l'avenir. Les événements douloureux seraient toujours douloureux. Les morts sont morts, pour toujours.

Il brûlait d'envie de partir en patrouille, de retrouver la pureté et la verte vitalité de la jungle, où la mort a un sens car elle fait partie du cycle ordonné au sein duquel elle advient, là, dans la quête de nourriture qui, sans passion, entraîne la destruction de la vie pour assurer son maintien. Il pensa au tigre qui avait tué Williams. La jungle et la mort étaient les seuls éléments propres de la guerre.

La chaleur de la soirée annonçait celle qui ne tarderait pas à suivre la mousson. Mellas sentit la nuit sombre l'envelopper comme les bras d'une femme. Les postes d'écoute étaient sortis. Tout comme les étoiles majeures, qui brillaient dans le ciel. Vers le Laos, paresseux, des balles traçantes de l'APVN et des tirs antiaériens flottaient magnifiquement au-dessus de l'horizon. L'APVN s'efforçait de descendre un pilote américain, mais, avec la distance, l'effort qu'on déployait ressemblait plus à un feu d'artifice au ralenti qu'autre chose. Il sentit une légère brise descendre des montagnes et l'entendit bruire dans l'herbe de la vallée en contrebas, vers le nord. Il était fortement conscient du monde naturel. Il imagina la jungle, et elle était pleine d'une vie palpitante, en train d'envelopper rapidement Matterhorn, Eiger et tous les autres sommets arasés, et de tout recouvrir. Autour de lui, les montagnes et la jungle chuchotaient et remuaient, comme conscientes de sa présence, mais indifférentes.

Il commença à se préparer du café en sachant qu'il aurait besoin de caféine pour rester éveillé toute la nuit, et qu'il ferait bientôt trop sombre pour pouvoir réchauffer quoi que ce soit sans danger. La vieille boîte de conserve de poires qui servait de tasse à Hawke lui était agréable et familière. Plus d'une fois déjà ce jour-là, entièrement happé par les souvenirs qu'il avait de ce dernier, il avait trouvé quelque réconfort à la prendre pour y préparer soigneusement et attentivement du café. Lorsqu'il eut fini, il but une première gorgée bien prudente ; le bord de la tasse avait atteint la température idéale, celle qui brûle un peu les lèvres.

Il prit conscience de quelqu'un, là, en bas dans les lignes, qui jouait un rythme sur un tambour fabriqué à partir d'une boîte de ration C. C'était un rythme étrange, sauvage, puissant. Parfois fort, parfois doux, mais toujours féroce. Alors des voix basses, psalmodiant d'étranges harmonies atonales, s'élevèrent tels des esprits de la terre. Et là, tandis que le rythme gagnait en puissance, les voix se firent plus intenses, quoique guère plus fortes. Peu à peu, il distingua les paroles de la mélopée, comme s'il avait capté sa fréquence. Elles le glacèrent en même temps qu'elles élevaient son esprit vers le ciel.

***

Si c'est bon pour Jacobs, alors c'est bon pour moi.
Si c'est bon pour Jacobs, alors c'est bon pour moi.
Si c'est bon pour Jacobs, alors c'est bon pour moi.
Bon pour moi. Bon pour moi.

***

Les voix continuèrent de psalmodier. À chaque nouveau nom, le rythme s'altérait pour en intégrer les syllabes. Mellas descendit lentement la pente pour retrouver les chanteurs en s'efforçant de ne pas renverser son café. Conman, Mole et Gambaccini. C'était Mole qui tambourinait sur la boîte de ration C. Tous les trois fixaient les ténèbres, absorbés dans leur rythme. Mellas s'assit. Il ne les dérangea pas.

Puis il entendit un léger bruit derrière eux et leva les yeux. China, immobile, écoutait et regardait. Mellas se déporta un peu et tapota la terre à côté de lui. China s'assit. Mellas leva sa boîte de conserve chaude pour porter un toast silencieux à Hamilton. Il la tendit à China, qui but une gorgée et la lui rendit. Ni l'un ni l'autre ne dirent quoi que ce soit.

***

Si c'est bon pour Shortround, alors c'est bon pour moi…

***

Chaque nom évoquait un visage dont on se souvenait, une main tendue du haut d'un rocher ou de l'autre côté d'un ruisseau tumultueux… ou un regard de peur lorsque l'ami comprenait que la mort était venue le chercher.

***

Si c'est bon pour Parker, alors c'est bon pour moi…

***

Mellas essaya de rejeter les autres souvenirs : les corps brûlés, l'odeur, la troublante raideur sous les ponchos mouillés. Il n'y parvenait pas. La psalmodie continuait, les musiciens s'abandonnaient au rythme de leur être, trouvant l'apaisement dans le contact avec ce rythme, l'apaisement dans cette façon qu'ils avaient de chanter la mort, le seul vrai dieu qu'ils connaissaient.

Mellas ne dormit pas cette nuit-là. Il s'assit par terre et regarda dans le vide, vers le nord-ouest, vers Matterhorn. Il regarda les montagnes changer subtilement sous les ombres des nuages que projetait une lune à son déclin en traversant le ciel, jusqu'à ce qu'enfin elles se mettent à décroître avec l'arrivée des premières lumières à l'est. Il se demanda s'il y avait du sens à ce que des ombres de nuages ainsi projetées par le clair de lune puissent se déplacer au-dessus des montagnes alors même que, sur celles-ci, rien ne bougeait ou n'en était même affecté. Il comprit alors qu'ils n'étaient tous que des ombres : les hommes qui psalmodiaient, les morts, les vivants. Tous des ombres qui flottaient au-dessus de ce paysage de montagnes et de vallées, tous des ombres qui transformaient l'agencement des choses dans leur progression mais laissaient tout inchangé après leur passage. Seules les ombres elles-mêmes pouvaient changer.

REMERCIEMENTS

Je tiens à remercier Barbara Lowe, Ken Pallack, Greg Neitzel et mon épouse, Anne Marlantes. Il y a eu des heures sombres où j'ai eu envie de renoncer, mais j'ai continué grâce à leur soutien et leurs encouragements constants. J'aimerais aussi remercier : Gisèle Fitch, ma première épouse, qui a traversé avec moi la difficile période de stress post-traumatique et qui était sur tous les fronts pendant que je rédigeais le premier jet ; Michael Harreschou, qui m'a encouragé quand j'écrivais bien, et secoué quand ce n'était pas le cas ; Albert LaValley, Arthur Kinney, Waverly Fitzgerald et Joyce Thompson, qui m'ont appris les mécanismes de l'écriture de la fiction ; Sherman Black, Ladene Cook, Lloyd Hanson et James Lynch, qui m'ont appris à aimer la littérature ; Kama, qui a tapé la première version de ce texte pour presque rien ; Tom Farber, l'éditeur, et Kit Duane, le directeur rédactionnel, chez El León Literary Arts, qui ont été les premiers à faire de Retour à Matterhorn *une réalité. Enfin, j'aimerais remercier Jofie Ferrari-Adler, chez Grove Atlantic, pour ses superbes corrections ; Morgan Entrekin, chez Grove Atlantic, pour avoir vu la valeur littéraire de ce roman et avoir pris le risque de le publier ; mon agent, Sloan Harris, chez ICM, pour ses conseils et son soutien ; Susan Gamer et Sunah Cherwin, pour leurs corrections admirables ; et Don Kennison, pour ses corrections d'épreuves. Nombre des personnages du roman portent le nom d'amis, ce qui explique pourquoi certains des noms précités peuvent sembler familiers.*

Photocomposition Datagrafix

Impression réalisée en octobre 2012 par CPI Bussière
pour le compte des Éditions Calmann-Lévy
31, rue de Fleurus 75006 Paris

N° d'éditeur : 5183975/03
N° d'imprimeur : 123880/4
Dépôt légal : octobre 2012

Imprimé en France